新潮日本古典集成

東海道四谷怪談

郡司正勝　校注

新潮社版

目次

付　録

凡例

〔はじめに〕

一、本書は、現代の読者に、『東海道四谷怪談』の最も読みやすい本文を提供するとともに、観劇の際のハンドブックとしても活用できるよう編集した。おおよそ、以下の方針に基づいて、通読と鑑賞の便を図ってある。

〔底　本〕

一、『東海道四谷怪談』の活字翻刻本は、今日までに約十種類ほどのものが存在するが、本書の底本には、『東海道四谷怪談』の初演本を転写した写本のうち、最も良質と思われるうちの一本、江戸時代後期の台本蒐集《しゅうしゅう》家鈴木白藤旧蔵の半紙本四冊（早稲田大学演劇博物館所蔵）を使用した。この底本は、初日の序幕だけが文政九年に補写されているほかは、すべて初演の年の文政八年に写されたことが明記されており、現存台本中、最も貴重なものといえる。

一、底本は、狂言作者の手控え用の台本と思われ、文体・用字などに正本（台帳）の面影が色濃く残されている。ただし、作者の鶴屋南北は、稽古や上演の過程で起った変更を、書き込みや貼り紙等によって正本に記録する習慣があるので、書写する場合、その改訂前後のどの部分を転写するかによって、数種類の系統の写本が伝えられることになる。そこで本書は、次の二本によって校合し、底本の誤脱等を正した。

(イ)早稲田大学演劇博物館所蔵で、伊原青々園旧蔵の透写本三冊

(ロ)東京大学国文学研究室所蔵の半紙本五冊

なお、(イ)は底本と別系統の台本、(ロ)は底本と同系統の台本である。

〔本　文〕

一、底本では、正本の慣習により、台詞やト書きの人物指定が、すべて役者名で書かれているが、近代の戯曲様式に従った台本翻刻の通例によって、役者名を劇中人物の名におきかえた。また、底本は、手控え用の台本であるためか、台詞ごとに改行する正本の慣例に沿っておらず、すべて追込みの形で書かれ、ト書きも二行に割り書きされている。本書では、これを通常の正本の書式に倣い、台詞・ト書きごとに改行し、ト書きの割り書きをも改めた。加えて、各台詞の頭にある「一」(頭書き)は、これを省略した。

一、かぶきは、役者のイメージなくしては成立し難い性質をもつので、初演時の配役一覧を各幕の冒頭に付した。これを「役人替名《やくにんかえな》」というが、通常は「看板」や「番付」に載せられるもので、江戸の正本にはこれを記載する習慣がなく、各幕の表紙に役者の連名のみを記すのが常である。ただ、上方の台本や、貸本屋に提供された台本には付されることが多いので、本書もその例に倣うことにした。底本でも、三幕目に「役人替名」が付されているが、利用しやすいようにすべて新たに作製

し直した。その際、本文をもとにしつつ統一を図り、不十分な点を番付で補い、主だった役者の順に二段に併記した。

一、場割りは、上演方法を明確にするため、絵本番付によって統一し、場の名称を底本によって補った。ただし、底本にないものを補った際には、頭注でその旨を断った。

一、仮名遣いは、歴史的仮名遣いによって統一した。また送り仮名も、通行の送り仮名法によって統一をとった。ただし、訛《なまり》や、「だわへ」「だハ」などの語尾の「へ」「ハ」等は、底本の表記を留めた。

一、底本の表記に平仮名が続くなど、誤読を招く恐れのある際は、適宜漢字をあてた。漢字は、現行の字体・用字法によって統一をとったが、一部、底本の用字を残したものもある。

一、「是」「夫」「此」等の漢字は平仮名書きとし、読みやすさを図った。難読の漢字には振り仮名を付し、清濁を正すとともに、底本にない句読点を補った。

一、片仮名は、原則として平仮名に直したが、「コウ」「コレサ」などの呼びかけの語や、感情を表現する発語などは、片仮名のままとし、台本の面影を止めた。

一、底本にみられる踊り字は、平仮名の場合は「ゝ」を、片仮名には「ヽ」を、漢字には「々」を用いて統一をとった。また、二字以上を繰り返す際には「〱」を使用した。

一、底本には、狂言作者の書き癖で「○」「升《ます》」「ゟ《より》」等の記号が使われている。「升」「ゟ」などは一種の速記記号であるから、現代通行の文字に改めた。「○」は、ふつう「思ひ入れ」と読むのであるが、台詞の中の「○」は、ト書き中に使用される「思ひ入れ」よりは軽いもので、「気を変えて」

というほどの気分を表す。そこで本書では、「○」を底本の表記のまま残すことにした。

〔注　解〕

一、注釈は、傍注（色刷り）と頭注とによって構成した。原則として、傍注には現代語訳、頭注には本文鑑賞上の基礎知識をあてるようにした。しかしスペースの関係で、現代語訳を頭注欄にまわさざるを得ない場合も生じた。

一、傍注の現代語訳は、原文の文意・口調を逸脱しないかぎり、自然な現代語となるよう努めた。

一、傍注においては、〔　〕によって原文にない語（主語・目的語・述語など）を補足し、（　）によって、代名詞等で語られた事柄や人物を補足説明した。

一、頭注と本文の該当個所とは、それぞれに付した漢数字によって連結されている。

一、頭注欄では、必要に応じて＊印の注を設け、作品をより深く理解するための手がかりとした。

一、頭注には、舞台を彷彿《ほうふつ》させるための一助として、演出注を施してある。これは、昭和四十六年九月、国立劇場における中村勘三郎主演によるものと、昭和四十八年九月、歌舞伎座における中村歌右衛門主演によるものとを参考に、扮装《ふんそう》、鳴物、演技等について注記したものである。特に、本作初演時の演出との相違が浮き彫りになるよう心がけた。ただし、これはあくまでも校注者の見解による演出ノートと承知されたい。

一、頭注欄を利用して、各場面の冒頭に場の俗称を記した。

一、頭注欄には、場の俗称のほかに、あるひとまとまりの話柄を要約した小見出しを、色刷りで掲げた。

一、本文の見開き二頁分に相当する頭注は、必ずその二頁内に収まるよう配慮した。

〔付　録〕

一、巻末に、道具帳、役割番付、役者評判記の位付・評判、香盤を付すとともに、初日序幕の地獄宿の部分を伊原本によって紹介し、底本との比較に供した。詳細は付録の扉裏を参照されたい。

〔おわりに〕

一、本書の校注にあたっては、早稲田大学演劇博物館から資料の提供を受けた。頭注に記した鳴物付については、杵屋栄左衛門、芳村五郎治両氏の協力を得、資料面で織田紘二、岩田秀行、吉田玉緒各氏のお世話になった。

一、付録の舞台装置図は、村上佳子の筆になる。また、最後に、古井戸秀夫君には全面的に面倒をみていただいたことを記して深謝したい。

東海道四谷怪談

初日序幕

初日二番目[一] 序幕

浅《あさ》草《くさ》境《けい》内《だい》の場[二]
同[三] 裏《うら》田《たん》圃《ぼ》の場

役人替《かへ》名《な》[四]

民谷《たみや》伊《い》右衛《ゑ》門《もん》[五]　市川団十郎小間物屋与《よ》七《しち》[六] 実ハ佐藤与茂七　尾《を》上《のへ》菊五郎
薬売り 直助[七]　松本幸四郎伊右衛門妻お岩[八]　二役　尾上菊五郎
奥田庄三郎　尾上松助お[九]袖《そで》　岩井粂《くめ》三《さぶ》郎《らう》
伊[一〇]藤喜《き》兵《へ》衛《ゑ》　市川宗三郎大三ツの升太《ますた》[一一]　市川高《こ》麗《ま》蔵《ざう》
四[一二]谷左門　尾上蟹《かに》十《じふ》郎《らう》乳《う》母《ば》お槇《まき》　市川おの江
按《あん》摩《ま》宅《たく》悦《えつ》　大谷門蔵伊[一三]藤孫娘お梅　岩井春次

一 当時の一日の芝居狂言の上演順序は、時代物が一番目、世話物が二番目であった。本作は、一番目の「忠臣蔵」とともに初日・後日二日間に分けて上演された。
二 二場とも、浅草（現台東区）周辺が舞台。「浅草境内」は、浅草寺境内のこと。
三 浅草寺北側の田地。「浅草田甫」とも。
四 配役のこと。役者が登場人物に名を替える意。「役人替名の次第」ともいう。
五 実説の「田宮」に「民谷」をあてた。
六 赤穂浪士の矢頭右衛《え》門《も》七《しち》がモデル。
七 当時巷間《こうかん》に流布していた主殺し「直助権兵衛」の名をとったもの。
八 「お岩」の名には、『延紙《のべ》の書残《かきおき》』の紙屋治兵衛女房など、夫に裏切られる妻の系譜があった。「二役」は、ここでは尾上菊五郎が佐藤与茂七とお岩の二役に扮《ふん》するのをいった。
九 明和頃の美人「堺屋《さかいや》お袖」がモデル。
一〇 巷説《こうせつ》の「伊藤某」の名をとったもの。
一一 酒屋「大三ツ屋」の小僧。酒を量る升を擬人化した名。
一二 お岩の父親。四谷左門町（現新宿区）に発生した事件に因《ちな》む人名。
一三 「お梅」は妊婦を象徴する名。巷説で妊娠したとされる伊藤の妾を当て込んだ。

[一]秋山長兵衛　坂東善次
薬売り藤八《とうはち》　松本染五郎
医者尾扇《び[二]せん》　尾上扇蔵
通人文嘉《ぶんか》　市川市五郎
柏屋《かしはや》彦兵衛　三枡勝蔵
乞食坊主願哲《こじきばうずぐわんてつ》　市川団次
乞食坊主運哲　中村つる蔵
中間《ちゆうげん》伴助《ばんすけ》　中村千代飛助《ちよびすけ》

茶見世の女房お政　坂田半十郎
宅悦女房お色　岩井長四郎
[三]猿寺《さるでら》の桃助《ももすけ》　尾上梅五郎
[四]砂利場《じやりば》の石　尾上けい蔵
非人《ひにん》　づぶ六　市川銀兵衛
非人　目太八　中村千代蔵
非人　泥太《どろた》　市川子《ね》の助《すけ》
若イ衆　大ぜい

[五]本舞台三間《げん》の間《あひだ》、正面[六]額堂、長押《なげし》に[七]座元の紋付けたる[八]団子挑灯《だんごでうちん》を掛け、茶見世の道具よろしく〔大道具を適切に飾り〕。[九]上《かみ》の方《かた》、[一〇]楊枝《やうじ》見世の体《てい》。こゝに、[一一]お袖《そで》、古き中形《ちゆうがた》の浴衣《ゆかた》を着て、楊枝を拵《こしら》へてゐる〔削っている〕。かたはらに、[一二]奥田庄三郎、菰冠《こもかむ》りにて〔乞食姿で〕、[一三]面桶《めんつう》を枕《まくら》にして寝てゐる。額

浅草境内の場

一　巷説の「秋山某」によった人名。
二　扮する役者の名に因んだ役名。役割番付（パンフレット）では、扇蔵の住居の市谷を当て込んで、市谷尾扇。
三　浅草寺裏の教善院の俗称。猿の瓦《かわら》で有名。猿と桃はつきもの。「桃助」はその擬人化。
四　浅草田町一丁目の両側約百間の俗称。その砂利置場から出た地名。石の擬人化。
五　歌舞伎舞台はもと能舞台を借用したもので、三間四方のものを本舞台、のちに拡張した部分を付舞台と称した。その本舞台三間に飾る大道具の指定で、「舞台書き」ともいう。
六　絵馬堂。仁王門から本堂に向って右手。
七　本作初演の座元中村座。紋は角切銀杏《すみきりいちょう》。
八　団子形の小さく丸い提灯《ちょうちん》。
九　上手とも。舞台からみて左手。
一〇　浅草観音堂前から山門への道筋の両側に楊枝店が立ち並んでいた。楊枝店を持ってきたのは「四谷怪談」の種本の一つ『謎帯一寸《なぞのおびちょっと》徳兵衛《とくべえ》』の連想。先行作に『金竜山《きんりゅうざん》創《まくらのいしずえ》礎』がある。

一一〈扮装〉鬘《かつら》は丸髷《まるたぼ》しゃぐまのつぶし島田。紺佃格子《こんつくだごうし》の着付に前垂れをし、中ぐらいの大きさの柄の染め模様の浴衣を着る。

一二〈扮装〉乞食姿。鬘は袋付の銀杏髷《いちょうまげ》。奉納手拭《てぬぐい》で頰《ほお》かむり。着物は藍《あい》の木綿格子。

堂の下には、[一四]文嘉《ぶんか》、[一五]通人《つうじん》の形《なり》、[一六]柏屋《かしはや》彦兵衛、店者《たなもの》の拵へ。こちらの（下手の）[一七]床几《しやうぎ》へ、[一八]猿寺《さるでら》の桃助《ももすけ》、砂利《じやり》場の石、[一九]地廻《ぢまは》りの形《なり》にて、茶を呑んでゐる。[二〇]お政、茶屋の女房にて、茶を汲《く》んでゐる。この見[二一]得《え》、[二二]大拍子《だいびやうし》にて、幕明く

幕開きの仕出しの会話

彦兵　[二三]かみさん、マ一ツおくれんかへ（もう一杯おくれ）

お政　ハイ／＼、だいぶ〔喉が〕おかわきなされますナ

彦兵　えらう走つて（うんと走って）来たさかい、かわきくさるわい（喉がかわいてならぬわい）の

文嘉　かみさん、わたしはゆるりとしやせう

お政　ハイ／＼、○　桃さん、もつとあげようか

桃助　マ一ツ貫ふか

石　コレ、てへげへに呑みやナ（遠慮しいしい飲めよ）、接待《せつてへ》ぢやあるめへし（振舞じゃないのだ）

桃助　接待《せつてへ》といふがあるものか。茶代は御節句に、水引《みづひき》でゆはへて持つて来ておくのだ

石　おつう言やアがる（体裁のいいことを言いやがる）。観音様の[二四]仲市ぢやアあるめへし

一三　乞食の持つ曲物《まげもの》。飯を盛る器。

一四　〈扮装〉鬘は袋付の浮根の小髷。象牙筒《ぞうげ》の莨入《たばこい》れをさし、ちょっと嫌味《いやみ》にすました着物に、雪駄《せった》をはく。

一五　遊びに通じた者。嫌味な粋人。

一六　〈扮装〉商店の手代の形《なり》。袋付の銀杏髷、木綿縞の着物。紐提げの莨入れ、渋扇。

一七　ここでは、茶店で腰掛ける長床几。緋《ひ》毛《もう》氈《せん》を敷く。

一八　〈扮装〉桃助・石両人とも鬘は袋付の銀杏髷。浅葱《あさぎ》の手拭を肩にかけたりする。莨入れに縞財布《しまざいふ》を持つ。

一九　盛り場を横行する、ならず者。遊び人。

二〇　〈扮装〉鬘は地髱《じたば》に天神髷。浅葱の鹿子《かのこ》をかけ、黄楊《つげ》の鬢《びん》かきと玉の簪《かんざし》を插《さ》す。前垂れをし、紫緒《お》の日和《ひより》下駄をはく。

二一　この場面では、様子、情況の意。

二二　神楽囃子《かぐらばやし》の一種。社寺の境内等の情景に使う。現今ではこれに双盤《そうばん》を打ち合せる。

二三　上方弁で言う。江戸の店者《たなもの》には京坂出身者が多かった。扮する三枡勝蔵は上方役者。

二四　諸本「長芋」と読むが意味不明。池田文庫本の表記「なか一」によった。雷神門から仁王門の間に立った歳の市の水引幕を見立てたものか。

ト桃助、お袖の方を見て

桃助　ときにおまさん、あの子はいつから出る《［あの店に］》。石や、見や《見ろよ》。豪敵《がうてき》なものだぜ《素敵な女だぜ》

石　豪気《すごく》に婀娜《あだ》だナ《いい女だなあ》。おらア始めて見たぜ

お政　そのはずさ。あの子は昨日《きのふ》から、替りに頼まれて出たが、楊枝見世にやア過ぎもんだねへ《もったいないぐらいだ》

桃助　違へねへ。粂三《くめさ》[一]にそのまゝだぜ。イヨ、やま〳〵[二]

石　よせへ。かはいさうに。まぜつけへすな《からかうな》

ト文嘉・彦兵衛、お袖を見て

文嘉　なるほど、あざやかだの《みごとなものだな》。コウ、ありやアなにか、月三両[三]の三月《みつき》しばり、とでも言はざア《とでもいわなければ》、咄が分るまいの《話になるまいよ》

お政　なにサ、そのくせさうでもねへさうさ《ああ見えてもそうでもないそうさ》

彦兵　ほんにけう《こりゃ驚きだ》といものぢやナ。なんと花[四]三本くらゐで、こそ[五]にはよう《女を買うことが》出来《でけ》まいか《出来るだろうか》

お政　さやうさね。出来ない事はござりますまいよ

一　お袖役の岩井粂三郎の愛称。人気のある役者の登場の際に、見物を喜ばせる台詞《せりふ》をワキ役や相手役に言わせる手法。「楽屋落ち」の一つ。本作のあと九月に上演された『盟《かみかけて》三五大切《さんごたいせつ》』の序幕にも、粂三郎の演じた小万に対して「小万さんは大和屋《やまと》（粂三郎の屋号）によく似てゐるによつて」という台詞がある。

二　大和屋の略。役者を誉めるとき、その屋号を呼ぶのを習慣とする。おやま（女形）にも通う。

＊　お袖は店番をしながら、切株の台で房楊枝の先を木槌《きづち》で叩《たた》いている。その立膝《たてひざ》をした姿はかなり大胆なもの。『役者珠玉《たま》尽《づくし》』（文政九年板）に、これを見た男が「おらア気がわるくなつたから、みかけて網打場へかけ出した」とある。「網打場」は深川にあった岡場所（私娼窟）。

三　一か月三両の給金で、三か月契約の囲い者。妾《めかけ》。天明頃からの風俗。

四　花代。女郎の揚代のこと。一本は四百文。

五　「こそ」は隠し売女《ばいじょ》。上方の隠語。「こっそり遊ぶ意からきた語。「こそのお山に送られて」（『新版歌祭文』）。

六 江戸の私娼。中宿《なかやど》や自宅へ客を引いた。上等は金一分、下等は二朱ほどを相場とする。上方の「こそ」に対する江戸語。『好色一代女』に「世間を忍ぶ暗物女《くらものをんな》、江戸にて地獄といひたるも、くらき義なり」とあるが、「地者の極上」の意とする説もある。
七 東大本では「おらつち」。江戸訛。
八 大砲。浅草寺絵馬堂に、大筒を抱えた侍の額が掲げられていたので、それをふまえた。明和五年板『絵本あつまの花』にみえる。
九 大筒を鉄砲の一種とみて、この語を引き出した。空鉄砲の「啌をつく」に掛ける。鉄砲見世の女（私娼）の意をも掛けたか。「啌をつくと大筒を放し」（『続膝栗毛』文政三年板）。
一〇 当時実際に浅草寺境内に木菟《みみずく》の見世物が出たのを当て込んだものか。
一一 浅草観音堂の裏山。別に山ではないが、金竜山という山号からいう。見世物の場所。
一二 辻《つじ》ビラの絵図。
一三 雄山閣本は「胴の大きさが四尺二寸」とある。
一四 裕福な武家の一行にふさわしく、「大拍子を静かな調子で打つ。
一五 本舞台からみて向う。つまり花道から。

石
桃助　そんならありやア、[六]地獄をするか
お政　どうして、そんな事はしめへわナ《するはずがないよ》
石　風《ふう》がわりい《風俗が悪い》と思つて、[七]おらつたちに《おれたちに》は隠すの〳〵《隠すのだな》
お政　オヤ、なに隠すものかな。本当にかたいとよ《身持ちが堅いとさ》
石　しら〴〵しくおめへのやうに、啌《うそ》をつく者はねへ
桃助　年中[八]大筒《おほづつ》の額の下、商売をしてゐるから、[九]鉄炮《てつぱう》は当りめへよ
石　ほんに鉄炮といへば、奥州の猟人《かりうど》が、素敵な《大きな》[一〇]木兎《みみづく》をいけ捕つて来て、[一一]奥山《おくやま》で見せるさうだ
桃助　さうさ、この[一二]画図《ゑづ》がそれよ
　ト額堂の柱にかけてある画図をとつて見せる
彦兵　これぢやナ。どえらいものぢやナ
文嘉　なんだ。背《せい》の高さが五尺六寸、[一三]目の大きさが四寸二分《にぶ》。こいつはたいそうな木兎だの
　ト皆々立ち寄り見る。[一四]静かなる大拍子《だいびやうし》になり、[一五]向ふより、伊藤

＊浅草の雑踏のなかで、土地の匂いを描写し、登場人物を紹介してゆく手際は、序幕の幕開きの情景描写を得意とする鶴屋南北（本作の作者）ならではのもの。色好みの上方商人の上方弁と軽薄な江戸の通人の江戸弁との対照など、茶屋の女房を絡ませての台詞は見事である。

お梅の恋煩い

喜兵衛[一]、袴《はかま》、大小《だいせう》[二]、老《ふ》けたる拵《こしら》へ。お梅[三]、振袖《ふりそで》娘。お槇《まき》[四]、乳母《うば》の形《なり》。尾扇《びせん》[五]、医者[六]にて、若イ衆《し》[七]の中間《ちゆうげん》[八]付き添ひ出て、花道《はなみち》にて

喜兵　コリヤお梅。今日《けふ》はだいぶ気合ひがよささうなが《気分がよさそうだが》、あまりおして歩行致すにも《無理して歩くにも》及ばぬ事ぢや。駕《かご》など申し遣《つか》はさうか

お梅　イエ〳〵、私はやはりこれがよろしうござりますれど、あなたがさぞ御気まだるう《もどかしく》思《おぼ》し召しませうと存じまして

お槇　サア、何事にもそのやうにお気遣ひ遊ばすが、それがやつぱりあなたの御持病。今日《こんにち》は御保養がてらの御参詣《さんけい》。お気まゝにおひろひ遊《お歩きになり》ばし、御下向には《お帰りには》またなんぞ、御気に入りましたお人形でも、大旦那様へおねだり遊ばしませ

尾扇　さやう〳〵。とかくにその御病症《ごびやうしやう》には、御鬱散《ごうつさん》が肝要で《気晴らしが肝腎です》ござります。チトあれにて《茶店で》、御休息遊ばしまするが、よろしうござりませう

喜兵　いかさま《なるほど》、さやう致さう。サヽ、来やれ〳〵

ト右[九]の鳴物にて、皆々本舞台へ来《きた》り、床几《しやうぎ》[一〇]へ掛ける

一〈扮装〉油付の白がちの胡麻塩《ごましお》の細みよりの髷《まげ》の鬘《かつら》。鼠小紋の着付に両刀を帯し、茶仙台平《せんだいひら》の袴、鼠羽二重の羽織。雪駄《せった》をはき、渋扇をもつ。

二 大刀と小刀。

三〈扮装〉丸髷《まるたげ》の文金高島田に、箔《はく》置きの釣り仕掛けの櫛《くし》、薬玉《くすだま》翠柱の簪を插す。着物は薄藤色に、竹・梅模様の振袖、赤地模様の帯を矢の字に結び、袋に入った房つきの懐剣を差し、黒骨の金銀の女扇を持ち、草履《ぞうり》をはく。

四〈扮装〉丸髷の忍び返しの鬘。納戸色の七宝花模様の着付に、黒繻子《くろじゆす》の丸帯、日和《ひより》下駄をはく。

五〈扮装〉くわいの鬘、黄八丈の着物に黒の十徳、鼠色のパッチをはき、医者差しを差し、黒雪駄をはき、渋扇をもつ。

六 伊藤喜兵衛一家の取巻きの医者。こうした医者を俗に「太鼓（幇間《ほうかん》）医者」と呼んだ。

お政　お出《い》でなされまし

　　　ト茶、煙草盆《たばこぼん》を出す

お槇　御覧遊ばしませ。このやうにも御参詣の、〔人々が〕たえず群集《ぐんじゅ》致しまする観音様はございませぬ。今日は私もとも〴〵に御願《ごぐわん》がけ致しまするほどに、あなた様にも、かのお方《あのお方》に早う。◯[一二]　サア早う御利益《ごりやく》にて、御本復《ごほんぷく》遊ばすやうに《全快なされますように》御信心遊ばしませ

お梅　こちらがこれほど思うてゐても、あなたの方《あちらのお方》には余所外《よそほか》[一三]に、またどのやうな。◯[一四]　お鬮《みくじ》など取つて見やいなう《ごらんよ》

お槇　畏《かしこま》りました。私がのみ込んでをりまする《何もかも承知しております》

尾扇　イヽヤまた、あまたの《多くの》医書をも見開いたる尾扇なれども、娘ッ子の病症を見定むるには乳母《おんば》にはしかず《勝る者はない》と、千金方《せんきんはう》[一五]にも論じてござるて。まつたくこれは恋煩《こひわづら》ひと相《あひ》見えまするて

　　　ト お梅、恥づかしき思ひ入れ

お槇　また尾扇さんの[一六]、そのやうな〔あからさまな〕事を《ことを》

七　大部屋のその他大勢の役者。「若イ衆」とはいっても年齢には関係ない。中間などの役は、その中から出る。

八　使い走りの下部《しもべ》。下男。下僕。〈扮装〉下馬銀杏《げばいちよう》髷の鬘、尻端折《しりはしょ》りに中間木刀を差し、福草履をはく。

九　再び一行が進行を起すきっかけの鳴物。

一〇　上手の床几に、喜兵衛・お梅が腰を掛け、その脇に、尾扇とお槇が立つ。先の大拍子（一七頁一四行）。

一一　あのお方と早く一緒になられますようにと言いかけて、お梅の病気の件へと転ずる思い入れ。

一二　全快。

一三　「余所」は「外に」を強調した語。

一四　好きな女の人が居ようかも知れぬという思い入れ。そのあと、気を変えて次の台詞にかかる。

一五　古代中国の医書。正しくは『千金要方』『千金翼方』。唐の孫思邈《そんしばく》撰。鍼灸《しんきゅう》、導引、養生の法を記す。三十巻。

一六　底本「[合字]」。平仮名の「さ」「ま」の合字が記号化したもの。台本では「さま」とも「さん」とも読む。以下、文脈により読み分けた。

桃助 石や、聞いたか。あのお嬢様は恋煩ひだとよ。おほかた手めへを思つてゐるのぢやアねへか

石 うさアねへ《そのとおりだ》。恋の煩ひなら、滝に[一]打たせてみればいゝ

彦兵 大切な銭金遣うてさへよう出けんものが、女子《をなご》の方から煩ふほどに慕ふとは、どこのわろか《野郎か》[二]、えゝ月日の下で生れくさつたナア《いい星の下に生れた運のいい男だ》

文嘉 こつちでよければ、お寝間のお伽《とぎ》[三]といきてへね

桃助 モシ、[四]おつう言ひなさるね《いい気なことをいうじゃないか》

喜兵 たとへ恋煩ひであらうとも《恋の病であろうとも》、気に入つた男なら、金にあかしても《金にものいわせて》聟《むこ》に致し遣はすハ。ハテ、当時《現在》[五]出頭《しゅつとう》の師直《もろのう》[六]様の御家来、伊藤喜兵衛が独《ひと》りの孫。◯[七] なに尾扇《びせん》老、乳母もとも〴〵お梅が胸中、承つた上では、またいかやうとも取り計らうて遣はさうほどに、さやう心得てござれ

お槇 畏《かしこま》りました。この儀は《これについては》、私が、また追つて《やがて》申し上げまするでござりませう

一 恋と鯉《こい》を掛け、鯉の滝登りから、滝に打たせてみればその病気が直るかも知れぬと洒《し》落《や》れたもの。病気のとき滝に打たせて祈念したことをもふまえる。
二 和郎《わろ》。男を罵《ののし》っていう言葉。
三 お相手をつとめること。
四 乙《おつ》なことを言う、の意。ここは、妙なことをいうね、とちょっとからんだ言い方。
五 主君の気に入りで、権勢のある実力者。
六 「忠臣蔵」の世界における塩冶《えんや》判官の敵《かたき》役高師直《こうのもろのう》。実説の吉良義央《きらよしなか》。ここで初めて一番目の「忠臣蔵」との関わりが明らかになる。
七 独《ひと》り言《ごと》のように言って、思いを変え、医者と乳母に向って、次の台詞《せりふ》となる。
八 豊島区雑司ガ谷の四家町にあたる。巷説の四谷にひかれて字をあてた。
九 利発なこと。
一〇 豊かな生活。
一一 塩冶判官。実説の浅野内匠頭《たくみのかみ》に対応する役柄。『太平記』から借用した名。
一二 仕種《しぐさ》の意。ここは口惜《くや》しいという動作。
一三 お袖も庄三郎も塩冶の家中の人間であるから、今を時めく師直の家来喜兵衛の台詞を聞いてそれぞれ口惜しがるが、その表現が違

尾扇　それがよろしうござるて。何事も仰せ出だされうが《どんな望みを言い出されようとも》、これが一ツ《なに一つ》出来ぬと申す儀はござらぬて。少し御不快とあれば《少しでもご気分がすぐれないといえば》、御保養の為と《ご静養のために》ござつて、[八]四谷町辺に御別荘をもおしつらひなされ《お構えなされて》、なんでもあなた《お梅様の》の御意《ぎよい》次第で《お心次第で》ござります

喜兵　イヤモウ、それもまつたく、御主人師直公[九]御発明と申し《といい》、御威勢によつて我々に至るまで《家来の我々まで》、かく[一〇]活計歓楽《くわつけいくわんらく》に年月をも送ると申すものぢや。見さつしやれ、我が君に敵対致さば、[一一]塩冶《えんや》殿のやうに家国をも《家や国までも》失ひ、家中の者どもちり〴〵《家中は皆離散することになる》。さやうなうろたへた主人へ仕官致すも《そのような軽率な主人に仕えるというのも》、これも因縁。それを思へば、〔我々は〕冥加《みやうが》至極の身の上ではないか《幸せこの上ない有難い境遇ではあるまいか》

尾扇　さやうでござりまする

藤八五文の薬売り

トこれを聞き、お袖《そで》、無念の[一二]こなし。菰《こも》を冠《かぶ》りし〔奥田〕庄三郎、顔を上げて、無念の[一三]思ひ入れ。大拍子になり、向ふより《花道から》、[一四]直助・藤八、[一五]藤八五文薬売りの形《なり》にて、[一六]呼びながら出て来《きた》り

藤八　コレ直助。手めへ今日《けふ》は、本郷から板橋の方を流す《売り歩く》と言つたぢやア

う。「こなし」は具体的な動作で、後に喜兵衛にたてつくお袖の性格を示し、「思ひ入れ」は、二枚目の庄三郎が、じっと耐え忍ぶ感じを表す。

一四〈扮装〉茶の結城《ゆうき》の二本縞の着付に、紺献上の帯、紺の手甲脚絆《てつこうきやはん》。尻っ端折り。袋付の銀杏髷に、山道の手拭を吉原かぶりにし、麻緒の素草鞋《わらじ》をはき、薬箱をかたげ白扇を持つ。藤八も大方これにならうが、着付を松坂縞にしたり、手拭も中形の模様にしたりして、ちょっと変える。

一五 この頃流行した、香具師《やし》の薬売り。価格は一粒五文で、万病の薬。長崎の綿屋藤八が発売元。売子は紺絣《こんがすり》の単物《ひとえもの》に脚絆、草鞋がけで筍笠《たけのこがさ》をかぶり、蛇の目の紋のついた薬箱を背負い、岡村藤八五文薬と書いた扇子を持って、二人連れで売り歩いた。『続飛鳥川《あすかがわ》』に「文政八年夏より流行る」とある。

一六 現行演出では、花道を前後して登場し、前者が「藤八」、後者が「五文」と呼び、最後に声を合わせて「奇妙」という。

＊ ト書きでは一般に格助詞が省略される。作者は事物に対する評価を避けて読み手にそれを委ねることになる。

ねへか。それにまた、なぜこゝを流すのだ

直助　わたしはちつとこつちに用があるから、から向け《こっちの方へ向って》て来たのよ

藤八　コレ隠すな。知つてゐるぜ。手めへこの頃ぢやア山の女[一]にかゝつて《入りびたって》、外《ほか》[二]売溜《うりだ》めも親方の方へやらねへさうだが、そんな事があつちやア、外の売り子へも外聞《ぐわいぶん》がわりいぜ《悪いぜ》

直助　なにサ、おらア跡月《前の月》から、大山道者《おほやまだうじや》[三]を当てに、川崎[四]の方を流してゐたハ。その売溜めが谷中《やなか》[五]まで、持つて行かれるものか。いつか《そのうち》一度は持つて行きやす

藤八　おつう《まったく》根〆《ねじめ》[六]をきめてゐるナ《うまいことをいうぜ》。きめるといへば、大三《だいみ》[七]ツで一合《いちがふ》きめよう《きゅうっとやろう》

直助　そいつもよからう

藤八　サア、行くべエ〳〵。○　藤八五文[八]

直助　奇妙[九]

ト呼びながら舞台へ来る。お政、見て

一　浅草寺裏手の奥山の女。楊枝店の女。
二　売り上げ金。
三　相模《さがみ》の国（神奈川県）雨降山《あふり》（通称大山）の石尊大権現に参詣《さんけい》する道者。山開きは六月二十八日で、夏季に賑《にぎ》わう。鳶《とび》の者や職人など、江戸っ子の信仰を集めた。この台詞から、七月の盆興行に近い七月下旬に季節が設定されていることが分る。
四　東海道の宿駅川崎。現在の川崎市。川崎大師で賑わう。
五　上野の北西に続く寺町で、浅草には近いが、川崎には遠い。ここに薬屋の親方がいたという設定。
六　三味線の音締め。「根〆をきめてゐる」とは、洒落《しや》れたいい音色を聞かせる、の意だが、ここは財布の紐《ひも》を締めることを掛けたか。
七　浅草観音堂の随身門前角にあった酒屋の屋号。大の字を三つ組み合せた印を屋号とする。本店は本郷金助町《きんすけ》（現在の本郷三丁目）にあり、所々に出店があった。
八　藤八製薬の薬は価五文だよ、との呼声。
九　効能が「奇妙」の意。奇妙によく効くというのである。
＊　当時の行商人は、一つの流行風俗でもあり、人目につく扮装や芸能で客を引いた

お政　一ぷく呑んでお出でな《一服煙草でものんで休んでおいでよ》
直助
藤八　ハイ〳〵
桃助　オイ〳〵、〔ここへ薬を〕一ツくんな
直助　ハイ〳〵
ト[一〇]薬を出して売る
石　オイ〳〵、こゝへも一ツくんな
藤八　ハイ〳〵
桃助　[一一]コウ、こりやなんに効《き》くの
藤八　第一[一二]積《しゃく》つかへ、頭痛と目まひ
直助　[一三]腎精《じんせい》を増し、[一四]脾胃《ひゐ》を補ふ《助ける》。[一五]岡村藤八、[一六]おらんだ伝法でござります
文嘉　腎精を増すとは耳よりだね。おれにも一包みくんな
直助　ハイ〳〵
彦兵　わしも求めうか
藤八　ハイ〳〵

（歯磨き売りなどは居合技《いあいわざ》を見せた）。なかでも薬売りは、香具師《やし》に属し、膏薬《こうやく》や枇杷《びわ》葉湯や飴《あめ》を売り歩いた。当時有名なものに、与勘平《よかんべい》膏薬、熊《くま》の伝三膏薬、徳平膏薬、お駒飴、念仏飴、朝鮮の弘慶子《こうけいし》などがある。これらの風俗をもとに曲亭馬琴は『流行商人絵詞　二十三番狂歌合』をものしている。

一〇　紙に包んだ薬。

一一　江戸の下町職人等が使う、いきのいい呼びかけ語。「これ」「おい」に当る。

一二　胸腹部の痛み。さしこみ。

一三　腎臓の精力。東洋医学では、腎臓が気力の源とされ、また一般にも腎臓の虚実が性欲の強弱に関わるとされていた。次の「腎精を増すとは耳よりだね」という台詞はこれをうけたもの。

一四　脾臓と胃。

一五　二一頁注一五参照。

一六　オランダから渡ってきた医学のこと。いわゆる蘭方。一般には好奇心の対象となり、南北の作品では、オランダ渡りの薬は、多く毒薬として登場する。

お政[一] 掛けていきな《腰かけて》〱

直助 今日はだいぶお取込みで《〔そちらは〕忙しそうで》ございますから、[二]おもんさんの見世で、一ぷくやりませう

藤八 また[三]びりにかまりやアがる《女にかまけやがる》。そんなら、おらア大三《だいみ》ツに待つてゐるぜ

直助 気めへを見せて《気前のいいところをみせて》、いゝのを《いい酒を》[四]二合半《こなから》とくらはせやせう《飲もうよ》

藤八 そんなら早くこい。待つてゐるぜ

直助 アイサ、今にゆくハ

　トやはり大拍子にて、[五]下座《げざ》へはいる。直助、〔上手の〕楊枝見世へ来《きた》り

直助 [六]お袖《そで》さん、おまへ昨日《きのふ》から見世へ出るさうだの

お袖 それいナア《それはなあ》、こゝのおもんさんといふに〔人〕頼まれて、それでわたしが[七]名もやつぱりおもんといふて、昨日からこの見世へ〔出ています〕

直助 アヽ、さうかへ。そんなら藤八[八]おもん、[九]奇妙、のがれぬ仲だ《逃れられぬ縁だ》。まづ一ぷくやらかしやせう。〔きせるを〕一ツお貸し

一 伊原本には前頁の藤八の台詞《せりふ》との間に、直助と藤八の「これは有難うござります」が入る。こういう会話は、捨て台詞（台本に書き込まれていない台詞）に近い即興性をもつ。

二 「おもん」は「転び芸者」の通言。川柳に「河東をひきやれにおもんは大こまり」とある。お袖が「おもん」を名乗ることで「地獄」に出ていることが暗示されている。

三 「びり」は、「女」を意味する下等な隠語。尻のことか。

四 一升の半分が「なから」、その半分を「小なから」という。ここは二合五勺入りの徳利。

五 本舞台の外。下座の口のこと。役者の出入り口。いまは下座というと、下手の囃子方《はやしかた》のいるところをさし、さらに歌舞伎の「囃子」のことをいうが、古くは上手、下手の奥が下座の口で、「外座」とも表記した。

六 お袖は、鈴木春信の錦絵に描かれた明和頃の美人。『半日閑話』に「浅草地内大和茶屋女、蔦屋《つたや》およし、堺屋おそで、錦絵に出る」とある。お袖に扮した粂三郎の屋号「大和屋」から「大和茶屋」を、本作が上演された堺町の中村座から「堺屋お袖」を連想したもの。

七 水茶屋や花街では本名以外の呼び名を別につける。良い名だったり売れっ子の名だっ

ト腰を掛ける

お袖　サア、のみな

ト[一〇]吸ひ付けて《〔きせるを〕》出す

石　[一一]今の咄の代物《しろもの》は《女は》、豪気《がうぎ》なものだの《素敵なものだな》

桃助　[一二]粂三《くめさ》にそのまゝだぜ。〇[一三]　コウ、石や、ちつと山[一四]もひやかさうぢやアねへか

石　そんなら嬉《うれ》[一五]しので一ぺい呑まう

彦兵　わしもちつと廻《〔得意先を〕》つて来うか

桃助　サア、行くべい

ト大拍子にて、四人、下座《〔下手の〕》へはいる

喜兵　イヤ、なにを申す事やら一向分らぬて

尾扇　イヤモウ、がさつな者どもでござりまする

お槙　ほんに私と致しました事が、[一六]御新造《ごしんぞ》様からお楊枝《やうじ》もお言ひつかり申して参つたに、とんと《すつかり》うち忘れましてござります。幸ひあれにござ

たりすると、それを襲名する習慣がある。

八 商売上の口癖である「藤八五文」に「おもん」を掛けて洒落《しや》れて言ったもの。

九 売り声に不思議な縁の意を掛ける。

一〇「吸い付け煙草」は、女郎などが客をもてなす情愛表現で、一般の婦女子が他人にするものではない。川柳に「美しさ男へたんとふしが売れ」とあるように、単なる店番の女ではない楊枝店の女の生態がうかがわれる。

一一 底本が付録に掲げた宅悦の件を欠くので、この台詞はちょっと見当はずれとなっている。付録参照。

一二 底本は「花友」。翌文政九年、大坂浅尾座再演のときのお袖は藤川友吉（俳名・花友）であったので、それが台本に残った。

一三 全く別の台詞に移るため気を変える。

一四「山」といわれた浅草寺境内には種々の小店が軒を並べていた。文化頃には二百二十軒余りあったという。

一五「嬉しの」という飲屋が存在したか。

一六 奥様。富貴な人の妻女。ここはお梅の母親、後家《ごけ》のお弓をさす。

りますが、どのやうなのがよろしうござりませうやら、おなぐさみに《お気晴らしに》、あなた、御覧なされませ

お梅　[一]女子《をなご》どもへも、土産《みやげ》に調《ととの》へて遣はしませうか《買ってやりましょうか》

喜兵　オヽ、さうしやれ〳〵。[二]おのしも参つて見て《お前も一緒にいって》やりやれ

ト楊枝見世へ、皆々来て

お槇　お土産はかやう致しませう《こうしましょう》。[三]○[四]五倍子《ふし》に[五]羽根楊枝と[六]房《ふさ》楊枝と。[七]○御覧遊ばせ。[八]江戸香《かう》と申しまする歯磨《はみがき》にも、やはり[九]御贔屓《ごひいき》の団十郎の似顔が書いてござりまする

お梅　尾扇《びせん》さん、おまへも歯磨を、お取りなさんせいナア

尾扇　イヤ〳〵、[一〇]愚老はチト心願の儀がござつて、楊枝歯磨なぞは[一一]断《た》ち物《もの》でござりまする。あなたのお土産には、[一二]○アレ、あそこにある[一三]役者の紋所を書きましたのではどうでござります。おほかた、[一四]梅幸か団十郎なぞが、御意に入りましたらうな《お気に入りますでしょうな》

お槇　ほんにそのやうながよろしうござりませう

一　喜兵衛に向って言う。大勢の女中どものいる豪奢《ごうしゃ》な伊藤家の生活を想像させる台詞。
二　「おぬし」の訛。
三　楊枝棚《だな》に向って言う。
四　婦人が歯を染める際に用いる染料。植物につく虫の巣で、渋いタンニンを含む。
五　歯を染めるときに用いる羽根の楊枝。
六　柳の先を叩《たた》いて、房状にした歯ブラシ。
七　お梅に向って。
八　市川団十郎の似顔が刷られている袋に入った歯磨粉の品名。当時流行しはじめた新風俗を当て込んだもので、市川団十郎作の合巻『後三年手煉義家』（文政九年板）には、「百薬香」という名の歯磨の広告がのせられており、「役者似顔極彩色袋入り品々」と説明がある。その流行ぶりは、「当時江戸中諸商人のしろ物に此人（団十郎）の模様を付ぬはなく、菓子や歯磨やはいふに及ばず」（『役者花見幕』文政八年板）といわれ、文政十二年に団十郎が上坂すると、上方にまで波及したという（『役者始開暦』文政十三年板）。
九　お梅は、団十郎の扮《ふん》する伊右衛門に惚《ほ》れているので、江戸の娘としての団十郎贔屓《ひいき》と、伊右衛門への恋との両意を重ね合せた。楽屋落ち。
一〇　老人の謙称。知識階級の用語。ここでは

お袖の意地

喜兵　なんにせい、コレ女子《をなご》、いろ〳〵取り揃《そろ》へて、これへ出せ〳〵

尾扇　サヽ、早く御覧に入れさつしやい。○[一五]

　　トこの内、お袖、そ知らぬ顔をしてゐるゆゑ

この女めは、なにをうつかり致してをるぞ。早く出さぬか〳〵

お袖　申し、あなた方は、[一六]高野《かうの》の御家中《ごかちゆう》でござりまするナ《ご家来衆ですね》

喜兵　ハテ、この女も商売は致さず、いな事を《変ったことを》聞く女子ではある。いかにも師直《もろのう》公の藩中ぢやが、それを聞いてなにゝおしやる

お袖　サア、それなれば売られませぬゆゑ

喜兵　高野の家中へ売られぬとは、そりやまたなぜ

お袖　サア、あまり御威勢がつよいゆゑ、御求めなされたその上で、御意《お気に》に入らぬ《入らない》その時は、またどのやうなおたゝりを《災いを》、受けまいものでもないゆゑに、それでどうも《どうしても》売られませぬわいナ

喜兵　ハヽア、さては塩冶浪人の身寄りの者と《塩冶家の浪人にかかわりのある者》見ゆる。エヽハ、売らぬと申さば買ふまいハ。軒をならべていくらもあるわサ

気取った言い方。

一一　心に願を掛けて、ある食物を断って食わないこと。ここでは、食物ではないが口に入れるものであるところがおかしい。尾扇に扮する尾上扇蔵に関する楽屋落ちと思われるが不詳。

一二　さて、どれにしようかという思い入れ。

一三　役者の紋が付いた楊枝（紋楊枝）をさして言う。

一四　三代目尾上菊五郎の俳名。団十郎と菊五郎は、女性人気を二分していた人気者で、「江戸で一番の色男といへば、マア何よ、寺島の梅幸さんに木場の親方（団十郎）」（『虎石想曾我』文政十三年、大坂下りの人気者中村芝翫の台詞）とうたわれた。

一五　上の台詞を横柄に言い、お袖を見る。

一六　「忠臣蔵」の高師直《こうのもろなお》にあたる。本作は当時の現代劇であるから、お上《かみ》を憚って実在の高家を避けて「高野」としたもの。

＊　歌舞伎では、役者の名を台詞に入れて見物を喜ばせるのが通例である。この芝居では、お岩はじめ三役に扮する当時四十二歳の菊五郎と当時三十五歳の伊右衛門役の団十郎が江戸劇団を背負う人気役者であった。

直助の仲裁

お袖　外《ほか》でお求めなされませ

喜兵　それをおのれにならはうか《お前に言われるまでもない》。こいつ、出過ぎた女めではござるわへ

　ト立[一]ちかゝる。お袖、無念の思ひ入れ。直助、この中へはいり《二人の間に入り》、

直助　コレサ、どうしたものだ。そんな愛嬌《あいけう》のねへ。〇[二]　イエ、旦那、これはかうで《こういう訳で》ございます。この娘は、昨日《きのふ》からこの見世へ雇はれて、替りに〔店へ〕出ましたゆゑ、楊枝[三]の値段《ねだん》もろく〳〵存じませぬゆゑ、それでたゞ今のやうに申し上げたのでございます。必ずお気にさへられ《けっして気になさいますな》ますナ

尾扇　イヤ〳〵、まかりならぬ《許せぬぞ》。あまりと申せば失礼なやつだ

直助　そこをどうぞ御堪忍《かんにん》なされて下さりませ

尾扇　なんのいらざるかばひ立て、我[四]もよく、五[五]文と出るやつだナ

喜兵　打つちやつておきやれ。たとへ塩冶浪人が、どれほど御主人《(師直)》を恨まうとも、当時《現在》足[六]利《あしかが》家にても格別のお取り扱ひにて、新地御拝領なさ[七]《新たに土地を賜って》れてお屋敷替《やしきがへ》へ、かく御威勢のあなた《(師直公)》へ対し、扶[八]持《ふち》はなされの素浪《すらう》

一　詰め寄ること。舞台用語。
二　お袖から喜兵衛に向きを変える。
三　値段は安価で、五本一束で売られていたらしく、三、四文から十文内外ぐらいであった。
四　「我」はお前の意。一人称を二人称に使う例は、浄瑠璃《じょうるり》、歌舞伎に多い。時代物や、もう少し丁寧に言う場合は「我が身」を用いる。
五　やたらに口出しをすることを「四文と出る」といった。四文銭は、寛永鋳銭や文久通宝などの銭四文に当る穴あき銅銭。よく出回る最も多い銭であるところから、この意味に用いられた。それを直助の「藤八五文」にかけて洒落《しゃ》れた。『浮世床』（初編・文化八年板）にも、「何でも四文と出たがるから不びんだ」とある。
六　第一番目の『仮名手本忠臣蔵』における足利将軍家。江戸将軍家のことを芝居などに仕組むことは禁じられていたので、時代を足利時代に移し変えている。
七　実説の吉良家が本所松坂町（現墨田区）の吉良邸に移ったことをふまえる。
八　臣下として貰う給与の米・給金から離れた、の意。失職したことをいう。

人《にん》ども、いらざる我慢も貧からと《せずともいい辛抱も貧乏のまけ惜しみ》、いやはや、馬鹿な女めぢや

　トこれにて、庄三郎、無念の思ひ入れ

尾扇　おのれ《こやつ》、屋敷へ連れ行くやつなれど《引き立ててゆくべき者だが》、今日はそのまゝにさしおくぞ

直助　それは有難うござります

お槇　せつかくの御参詣、モウあなたにも《旦那様には》、御了簡《れうけん》なされて遣はさりませ《お許しなされて下さい》

喜兵　よしない事に《つまらぬことに》参詣のさまたげ、サヽ、来やれ〳〵

　ト大拍子になり、喜兵衛先に、お梅、お槇《まき》、尾扇《びせん》、中間《ちゆうげん》付いて、下座[九]へはいる。直助、跡見送り

直助の横恋慕

直助　コウ、お袖さん、坊主[一〇]が憎けりや袈裟《けさ》までと〔の譬えのように〕、おまへの言ふのも尤《もつと》もだが、今のやうに言つた日にや《今のような言い方をしては》ア、すぐに敵《かたき》にけどられる《気づかれるよ》わな。しかし、から言ふこのわしが、以前はおまへの親御、四谷左門様とは同じ家中の、奥田将監《しやうげん》[一一]が下部《しもべ》の直助。〔塩冶様の〕[一二]御短慮とはいひながら、御家中は皆ちり〳〵《とるに足りぬ》。わづか小者《こもの》[一三]のわしまでも、藤八五文の薬売り。おれはまだしも、〔歴とした〕左門様のお娘御が、今では楊枝見世の雇ひ女。こ

九　一行は花道から来て、観音堂への参詣に向うわけだから、この場合の「下座」は上手にあたる。二四頁注五参照。

一〇　諺《ことわざ》。坊主が憎いと、そのかけている袈裟《けさ》まで憎いの意。

一一　赤穂浪人のうち、千石取りの組頭奥野将監ではなく、義士として討入りを果した奥田孫太夫重盛をふまえた名か。

一二　ここは『仮名手本忠臣蔵』の三段目「松の廊下の刃傷《にんじよう》」をふまえている。

一三　武家で使われた雑役の下男。下僕。

れも時世《時節》とあきらめて、貧しい暮しもとも〴〵に
お袖　[一]かけもかまはぬ小者のそなた。それほどまでに、この身《私の身を》を思うて
直助　思うてどころか。屋敷にゐる時から《屋敷奉公の頃から》、付けつ廻しつ《［お前の尻を］追っかけ回し》言った事、まんざらおまへも忘れはしまい。色になりと《情婦になりとも》、女房になりと、なつてくれる気はねへか

ト　お袖に寄り[二]添ふ。お袖、つんとして

お袖　以前そなたは下部《しもべ》直助《下男の直助》、わたしがとゝさん左門様とは、将監《しやうげん》様は[三]同じ格式《［の家柄］》。その小者の軽い身《低い身分》でゐながら、浪人した《［父の左門が］》とあなどつて、わしをとらへて[四]あたいやらしい。聞く耳は持たぬわいなう
直助　なんだナ《なんだそんなこと》、軽いの重いのと、[五]燈籠仏《とうろうぶつ》様へ願がけでもしやアしまいし。もとは小者にもしろよ、運が向きやア薬売りでも。○[六]　コレ、コレ、[七]二十や三十の元手は、コレ、こゝにでも持つてゐるハ

ト　懐《ふところ》より[八]財布を出して見せ

おまへがうんとさへ言へば、おれもまた、[九]三度飛脚《ひきやく》へ狐《きつね》の憑《つ》いたや

一　かけ構《かま》いのない。とるに足りぬ。
二　お袖の膝にもたれる。
＊　直助がお袖を口説《くど》くところは重要で、これがお袖の悲劇の要因となる。姉のお岩が伊右衛門、妹のお袖が直助と、義理の姉妹がそろって悪党に見込まれるという設定が、この劇の骨子のテーマである。
三　奥田将監になぞらえられた奥田孫太夫重盛の格式は、江戸定府の馬回り、武具奉行で、扶持高は、百五十石。

お袖の肘鉄

四　「あた」は強意の接頭語。
五　不詳。軽い切子《きりこ》燈籠を仏様へ上げて、重い願いをかけるということか。
六　このとおりとばかり、懐ろの財布へ手をそえる。
七　二十両の略。小店を開業する元手くらいは持っているというもの。
八　小道具。縞《しま》の財布を用いる。
九　月に三度、江戸と京・大坂の間を往復する飛脚。派手な格好をしていたその三度飛脚の上に狐が乗り移ったようだと、自嘲して言ったもの。

うな形《なり》をして歩きもしねへハ。なんぞ《なにか》一〇おつりきな商売を見つけて、

おめへと二人〔で暮し〕、一一こんなところへも出しちやアおかねへハ。どうだ〔承知して〕

ナ《くれるか》〱

トしなだれる。お袖、つきのけ

お袖　たとへ一二有徳《うとく》に暮さうとも、一三そぐはぬ人に一四片時《かたとき》へんし〔一緒にいることはいやです〕

一五ト外へ出る

直助　おめへまだ一六屋敷気質がやまねへの。それぢやアおれに恥をかゝせるやうなものだ。お袖さん、コウ、どういふものだナ

ト手をとるを

お袖　エヽ、知らぬわいナア

トふり切つて、一七下座へはいる。やはり一八大拍子。直助残り

直助　あんなにまた強情《がうじやう》な女もねへものだ

ト言ひながら〔下手の〕茶見世の方へ来り

一九一ぱい〔茶を〕おくれナ

一〇 洒落《しや》れた、うまい商売。

一一 こんな楊枝店の店番などに出すような苦労はさせないよ、の意。

一二 金持。裕福。

一三 自分と釣り合わぬ人、の意。嫌な人。

一四「片時」は少しの時間の意。音読すれば「へんし」となる。同じことを訓と音で重ねた表現。「流涕《りゆうてい》泣き給ふ」の類。

一五 このト書き、東大本・岩波文庫本なし。このト書きがないと、そのままお袖は坐っていることになる。今日の演出ではお袖が外へ出てくることはなく、店の奥へ引っ込む。しかし楊枝店は、川柳にも「家根を上げ縁をおろすと楊枝見世」とあるように、簡略な造作で、奥はない。

一六 武家屋敷に育った堅い気質が抜けないな、の意。

一七 ここは、上手の下座の意。今日の演出では、後ろの障子か暖簾《のれん》口に入ることになる。

一八 お袖の退場の動作についた鳴物。次の場面へ展開するために気分を変えるのである。

一九 一生懸命お袖を口説《くど》いたので、喉《のど》が渇いたことを表す。現行演出では、直助は煙管《きせる》を煙草入れにしまいながら下手にくる。伊原本は、直助の台詞に「口が酸《す》くなつた」が入る。

お政　アイ。◯　コウ、藤八[一]さん、今聞けばおめへの名は、直助さんといふさうだが、どつちが本当だへ

直助　なにさ、藤八といふのは、この薬を売る親方の名で、おれが名は直助さ

お政　さうかへ、さうしてさつきから聞いてゐれば、あの子をくどいてゐるが、馬鹿《ばか》〳〵しい。なんのあんなに口をすぼめる[二]事があるものか。あの子はあゝ見え[三]ても、得手《えて》[四]に出るわな

直助　なに、得手に出るとは

お政　それ。◯

ト囁《ささや》き

ずいぶんわかる[五]とよ

直助　そんならまじめに見せておいて、やつぱり分るか。それで出来りやア、奇妙《素敵だ》[六]

お政　口はりつぱに言つても、内証《ないしよう》[七]が火の車ださうさ

一　直助の薬売りの仲間の名。もともと岡村藤八という薬の発売元の名であるが、「藤八五文」の呼び声から、世間ではこの種の薬売りの名だと考えられていた。後に直助は、直助・権兵衛と二つの名を名乗るが、それを暗示する台詞《せりふ》でもある。

二　口を小さくして遠慮がちに言うこと。

三　あのように素人らしく見えるが。

四　得手物。例のもの。ここでは売春をさす。

五　「わかる」は、情理をわきまえること。金さえ出せば春を売るのさ、の意。

六　嬉《うれ》しい悲鳴を、藤八五文の呼び売りの慣習語に重ねた。

七　「内証」は暮し向き。「火の車」は、地獄の火の車のこと。生活の苦しさを言ったもの。

八　「敷」は座敷。「地獄」の中宿《なかやど》である借座敷で断られ、掃き出されるよ、の意。薬売りの身分がわかる。

九　「樽拾ひ」は、酒店の小僧が、得意先から空《から》になった酒樽を集めて歩くこと。または、その小僧。〈扮装〉前髪立ち、油屋の柿色の前掛けを首からかけ、冷飯草履（藁だけで作った粗末な草履）で、酒徳利を縄《なわ》でぶら下げた姿。但し現行演出ではこの役は省略される。

直助　そんならどうぞ、今夜すぐに〔買いたいものだ〕
お政　それだと言つて、その形《なり》ぢやア、敷《しき》[八]ではくわな
直助　そりやすつぱりきめて来るのさ《すっきりと格好よく着換えてくるさ》
　　ト大拍子になり、向ふより《花道から》、大三ツ《だいみ》の升太、徳利をさげ、樽拾《たるひろ》[九]ひの形《なり》にて、出て来り
升太　[一〇]大三ツはへ、大三ツはよろしう／＼
　　ト[一一]呼びながら、舞台へ来る
お政　コウ、直さん《直助さん》。ゆく〔女の所へ〕ならどうで《どうしても》いる〔酒が〕から、五合《ごんがふ》やつて《もたせて》おかうかの
直助　い丶やうにしてくんな
お政　コウ／＼《これこれ》、御[一二]用どん、藪《やぶ》[一三]の按摩《あんま》さんのところへ、い丶の《いい酒を》を五合持つて行つてくんナ
升太　エ丶、あの地[一四]獄の看板の出てゐるところかへ
直助　[一五]なに、地獄にも看板があるか
お政　なに、灸点《きうてん》[一六]の看板サ

一〇 大三ツ屋の酒はいかがですか、酒樽の御用は済みましたか、との呼び声。
一一 花道の七三で呼ぶ。一種の捨て台詞で、本舞台へ来るまでちょうどよい回数を繰り返し触れてくる。
一二 御用聞きのこと。「どん」は、「殿」を軽く扱った音便。小僧や下女は、皆「どん」を付けて呼ばれた。
一三 藪之内（現在の台東区花川戸）の略。浅草寺裏の北馬道町から浅草山之宿町へ抜ける横町の俗称。この一帯は「馬道《うまみち》」と呼ばれ、境内で揚枝や線香を売る店の権利を持つ櫃親《はこおや》が住み、おもん等の櫃子《はこ》も近辺に集っていた。「按摩さん」は、そこに住んでいる宅悦のこと。按摩が藪《やぶ》（下手《へた》）だとの洒落でもある。
一四 灸点屋の看板は、娘が灸をすえている絵が普通。川柳に「きつぱりと無い娘かく灸看板」とあるように、その娘が「地獄」を暗示するのだが、それを閻魔にしてあるのが味噌。
一五 禁止されている私娼に看板があるわけはないので、驚いて直助が聞き返したのである。見物にもびっくりさせておいて、次の台詞で落ちをつけて笑わせる手法。
一六 灸点を下ろす、灸点屋の看板。

升太　[一]ちやうどおめへのやうな、怖い顔の閻魔《えんま》が灸をするゑてゐるからサ
お政　なんだナ《なにを言うのだ》、この子は、お客をとらめへて《お客をつかまえて》
升太　なに、お客なものか、この人は藤八五文だ［の薬売り］
直助　馬鹿を言ふナ。これでも晩にやア［地獄宿の］お客さんだ
お政　むだ口をきかずと早く［酒を］持つて来な
升太　持つてはゆくが、置いていけはあやまる《ただ置いていけというのは勘弁してもらいたい》
お政　人も聞いてゐるハ《人聞きの悪いことを言うんじゃないよ》。小僧のくせに
直助　こゝに[二]一本あるから、肴《さかな》も少し気取つて《適当にみつくろって》置いてくんナ
　ト[三]大銭四百文《もん》出して渡す。お政取つて
お政　これぢやア多いわナ
直助　余りは茶代よ。〇[四]　小僧や、早く持つていつてくれ
升太　そんなら銭はこゝから《ここの家から》取るのだね
お政　エヽ、早くいきな。番頭さんに[五]言つゝけるよ
升太　言つゝけてみな。[六]味噌《みそ》を買ひに来ても、まけてやりはしねへ

一　直助の役に扮している五代目松本幸四郎の顔に当てていう。当時幸四郎は敵役《かたきやく》の名人として「古今無類」といわれた。上演の時は六十二歳であった。鼻が高く眼が窪《くぼ》んで凄みがあり、舞台で横向きになって睨《にら》むと、子供は泣き出したという。

＊　今日の演出では、お政、直助、升太のこういった会話は略してしまうが、庶民の生活が生き生きと語られており、南北得意の活気に満ちた台詞となっている。当時は下級役者の粒が揃っており、立役《たてやく》の者と十分太刀打ちのできる実力を備えていればこそ生きてくる部分なのである。酒屋の小僧升太の、ませた子供ぶりも、当時の社会相をうかがわせて面白い。

二　銭緡《ぜにさし》一本の意。穴あき銭四百文を緡に通して一本とする。酒五合の値段は、上酒で二百文ほど。

三　「大銭」は小銭（一文銭）に対する語で、四文銭のこと。

四　小僧の方へ向いて。

五　江戸弁。「いっつけるよ」と発音する。

六　酒屋では、酒のほか酢・醤油《しょうゆ》・味噌《みそ》・砂糖なども商った。

七　緡から抜いて銭を数える。

八　気を変えて。

お政　サア、持つていきな
　ト[七]銭をかぞへて、〔升太に〕やる
升太　そんならいつて来よう。◯[八]大三《だいみ》ツはよろしう
　ト呼びながら[九]向ふ《花道を》へはいる
直助　[一〇]いま〳〵しい《癪にさわる》餓鬼《がき》だ《小僧だ》。どれ、おれも出直して来よう。[一一]ほんに、これもやつておかう。◯
　ト懐より[一二]二《に》朱《しゅ》一ツ出して、お政に渡し[一三]
うまく頼むぜ。あふり《けしかけるのが》が肝腎《かんじん》だ
お政　そこに如才《抜け目が》があるものか。おつにおいやつて《うまく口車にのせて》手なづけて
直助　どうぞ《なんとか》今夜で[一四]病《や》みつかせ
お政　色《情婦に》にするとも、女房にするとも〔お好きなように〕
直助　奇妙。ドレ、行つて来ようか
　ト[一五]下座へはいる。お政、跡見送り
お政　直さん、〔出直して〕早く来なよ。◯

九　伊原本には「下座へはいる」とある。
一〇　直助に扮した幸四郎が、実子の高麗蔵にやりこめられたのである。高麗蔵は十五歳で、幸四郎が四十八歳の時の子。
一一　思いついたように言う。
一二　二朱金または二朱銀一枚。江戸訛で「にし」と発音。一両の八分の一にあたる長方形の金銀貨。ただし、ここでは南鐐《なんりょう》と呼ばれた二朱銀と思われる。揚代《あげだい》として与えたもの。当時、二朱女郎とか二朱の新造といわれた吉原の最低の女郎の揚代に相当する。
一三　お政は金を帯の間に挟む。
一四　のぼせ上がらせること。「病《やまひ》づかす」とも。
一五　上手か下手かどちらかの下座の口。東大本では直前に「神楽《かぐら》になり」とある。いずれにしても鳴物が入るところ。浮かれた気分で入る鳴物であろう。
＊　お政に扮する半十郎は、道外方《どうけがた》をも兼ねた敵役で純粋な女形ではない。このような役を加役といい、衣装はもちろん、化粧に使う紅まで座元から支給された。なお、半十郎は、のちに当時の役者の逸話を集めた随筆『積善翁筆記』を遺した坂田積善。

直助退場

ト帯の間より、以前の二朱と銭を出して

口[一]はきいてみようものだ。酒のしつぽと《酒代の残りと》引手《ひきて》[二]で三百、ねへ物にして《なかったものと思って》、下駄でも《〔これで〕》買はうか。〇 イ、ヤ、やつぱり米屋へ入れておから《借金を払ってしまおう》。[三]ドレ、いつて《〔米屋へ〕》来ようか

ト下座へ、はいる。双盤太鼓《さうばんだいこ》[四]になり、向ふより《花道から》、づぶ六・泥太・目太八、非人《ひにん》[五]の形《なり》、願哲《ぐわんてつ》[六]・運哲、乞食《こじき》坊主の形《なり》にて、四谷左門、浪人者の親父《おやぢ》[七]、編笠《あみがさ》をもち、皆々に引きずられて出て来る。少し跡より、民谷伊右衛門[八]、黒羽《は》折《をり》[九]、大小《大刀小刀》、同じく浪人者にて、出《い》で来る。非人皆々花道にて

新参の乞食

皆々　来やアがれ〳〵

づぶ　ふてへ《図々しい》親父だ。こいつがほんの《本当に》、乞食の上《うは》めへとりといふのだ《上前をはねるというやつだ》

皆々　なんでも《どうしても》引[一〇]きずつてゆけ〳〵

ト皆々、左門を捕へ、舞台へ来る

願哲　コレ、わりや《お前は》どこのやつか知らねへが、おいらが《われわれの》仲間《なかま》も、[一一]わたり引

一 このお政の台詞には、表は派手な水茶屋女の、陰の生活苦がよく描かれている。身近な共感を呼び起し、笑いと拍手がくるところ。

二 客引き代。

三 東大本はこの直前に「〇」が入る。決心がついたという思い入れで、後に続く。

四 双盤鉦《そうばんがね》と大太鼓を用いた鳴物。「双盤」は寺院で用いる鉦。ガンドン、ガンドン、ガンドンドンと打つ。情景が騒がしく一変するので、鳴物がやや金属音の入った太鼓の囃子《はやし》に変る。

五 〈扮装〉みなそれぞれボロの着付に三尺を結び、浅葱《あさぎ》手拭で頬かむりなどする。頭陀《ずだ》袋《ぶくろ》を提げ、お椀《わん》を持ち、冷飯草履をはく。

六 中村つる蔵の役名。底本にないので補った。つる蔵は、のちの名優三代目仲蔵。当時は子役から中通り《ちゆうどお》になる前の見習いであった。

七 〈扮装〉黄八丈の小格子で、黒の肩入の入った着付。鼠献上の帯。白がちの胡麻塩の髪に細みよりの髷《まげ》。胸に頭陀袋を提げ、冷飯草履をはき、刀を差し、人目を忍び物乞いするときに被《かぶ》る編笠を持つ。

八 〈扮装〉黄八丈の着付に白献上の博多帯。黒の蠟色《ろいろ》の大小（刀と脇差）を差し、蒔絵《まきえ》の印籠《いんろう》を提げ、雪駄《せつた》をはく。頭はむしりの御家

きがあるものだハ

目太　われも《お前も》たゞのぐれ[一二]ぢやあるめへ。いゝ年をしやアがつて、馬鹿《ばか》なやつぢやアねへか

泥太　[一三]青天井《あをてんじやう》に草筵《くさむしろ》、一年中寝所《ねどころ》は行きあたり、[一四]ばつたこほろぎにもつき合ひがあるハ。うぬ、ふてへやつだ

づぶ　まして[一五]土一升《いつしやう》米一《ひと》つかみ、御繁昌《はんじやう》の御地内で《観音様の境内で》、[一六]敷石の上のすまひだハ。サア、だれにわたつて《渡りをつけて》この地内、貰つたのだ《もの貰いするのだ》

願哲　なにも言ふ事はねへ。[一七]頭《かしら》のところへ[一八]そびつてゆけ

皆々　それがいゝ〳〵

ト皆々寄つて左門をこ突《づ》く

左門　[一九]お手まへたち《お前さまたち》の中に《社会に》、さやうな《そのような》作法《さはふ》のあると申す事も存ぜず、このところで物貰《もら》ひ致しをつたは身が不念《自分の落ちどです》。なにぶんにも容赦《ようしや》致しやれ《お許し下さい》

づぶ　ナニ、容赦しろですむものか。マア、われが貰ひ溜めを《お前が貰って溜めた金品を》こゝへ出

人髷《にんまげ》。手に目塞笠《めせき》を持つ。
九　黒縮緬の羽織。お先手同心に与えられた「役羽織《やくばおり》」で、縞物の着物とともに、巷説の「田宮某」を当て込んだもの。但し今日では用いない。
一〇　乞食の頭《かしら》の所へ連れて行けというもの。
一一　渡り(関係)をつけるためのつて。金品。乞食仲間に入るために必要なのである。
一二「ぐれ」は、まぎれ込んだ者。悪党。
一三　青空を天井にし、草原を筵《むしろ》として。以下乞食の生活を面白く述べたてる。
一四「行きあたりばったり」と、虫のバッタを掛け、その連想からこおろぎと続けた。
一五　繁華の地ゆえ土地の値段がきわめて高価で、一かけらの土塊も米一升分の価値があるとの意。諺《ことわざ》「土一升金一升」による。聞きかじった諺を言い損ねたとも、自分たちの生活に引きつけて言い換えたともとれる。
一六　草筵どころではない、立派な敷石の上での生活だ、と自慢している。
一七　乞食頭《がしら》。
一八　正しくは「すびって」。引きずること。
一九　左門は乞食に落ちて間もないのである。

せ〳〵

左門　イヤ、往来の合力受けうと存じたのみ《道ゆく人々の援助を受けようと思っただけで》、いまだ一銭も手取りは致さぬ

目太　こんなやつをうつちやつておくと《ほっておくと》、仲間のきまりが悪い《示しがつかない》ハ

一泥太　見せしめのために、着物を二ふんばいで

願哲　三筋骨《すぢぼね》を抜いてやれ四

皆々　それがよい〳〵

ト皆々、寄つて、左門を打擲《ちやうちやく》《打ち叩く》する。この時、伊右衛門、この中《非人たちを》へはいる《分けて中に入る》。皆々を五よろしく止めて、左門をかばふ。よき時分り《よい頃合いを見計らって》、喜兵衛・お梅・尾扇《びせん》・お槙《まき》、六出て窺ふ

伊右　七イヤ〳〵、ちと待ちやれ〳〵

ト伊右衛門〔左門が〕と顔見合せ

左門　ヤ、そなたは

ト左門、思ひ入れ

一　東大本「つる蔵」。底本の役者は子の助であるが、こうした下回りの役者の配役は、定着するまでに異動することが多い。
二　剝《は》ぐに接頭語「ふん」がついたもの。
三　働けぬように、手足の筋を抜くというのである。
四　底本はこのあと「皆々　それか」とあるが、次の行の「それがよい」と重複して写し誤ったと思われるので省略した。
五　非人達を、ますますと捨て台詞で止める。
六　観音堂へ参詣《さんけい》の帰途に出会ったというように、上手の傍にて窺《うかが》う。
七　非人たちを止める台詞。

下心ある伊右衛門の救済

＊非人は一般には乞食の同類と見做《な》され、南北の戯曲では大いに活躍する。多くは大部屋役者がこれに扮し、舞台幕開《まくあ》きの群集描写を形づくる。鶴屋南北の自作『桜姫東文章《さくらひめあずまぶんしょう》』の、堕落した清玄・桜

姫を百叩きにする場面、「夢《ゆめ》の権八《ごんぱち》」（『其《その》小唄夢廓《こうたゆめもよしわら》』）の、権八を刑場へ引く場面などでも非人の活躍は印象的である。また本作の幕開きで奥田庄三郎が非人に扮しているが、武士が非人になって仇敵《あだがたき》を狙《ねら》うという設定は、「非人敵討」（『敵討《かたき》檻褸錦《うちつづれのにしき》』）以来、敵討物の大きなテーマである。大時代のものでは「非人の景清」（『常磐春羽衣曾我《つきせぬはるはごろもそが》』）が名高く、これらは大立者が演ずる。

八 大勢で一人をいじめようとする擬勢《ぎせい》をするさまをいう。舞台用語。

九 左門とは深い関係にあるのだが、乞食どもにはできるだけ関係のないかのようなふりをし、またいい機会だからこの際左門を助けて、自分の願いを聞きとどけて貰おうとの計算が伊右衛門にはある。

一〇 言いくるめる言葉を思いついた時に、ちょっと戸惑ってから言う発語。以下、伊右衛門は、非人に対してことさら武士らしい言葉を使う。

づぶ　モシ〳〵、あなた、お知る人かは存じませぬが、わしらの渡世《なりわい》の邪魔をするこの親父を、なんで止めだてなさるのだへ

願哲　仲間の法《おきて》を破られちやア

目太　おいら達の世渡りが出来やせぬハ

運哲　知る人でもなんでもかまふ事はねへ

皆々　ふんばげ〳〵

ト立[八]ちかゝるを

伊右　マア〳〵、待ちやれ〳〵。サア、身どもあへて知る人と申すではなけれども《特別知っている人というわけではないが》、〇[九] それ[一〇]〳〵、身《自分も》も今日はチト志《すこし祈願が》あつて、当《この》観世音へ参《さん》詣《けい》致す道すがら、委《くは》しい様子は存ぜねど、なにか老人を捕へ手込めに致す様子《よってたかって打ち叩く様子》。勿論《もちろん》、当人にも心得違ひと存じをらるればこそ《本人も非人仲間の法にそむいた間違いを知ったからこそ》、手出《抵抗も》しも得《え》致されぬと相見ゆる《何もできぬと見受けられる》。しからばこれにて理非は分りをるやうなもの《正しいかどうかは明らかだ》。〔しかし〕老体のお人、見る目も気の毒に存ずるゆゑ、このお人に成り代り、武士たるものがその方どもへ対して詫《わ》び致すほどに、この

まゝに勘弁致してはくれまいか《許してはもらえないものか》

づぶ　なに勘弁しろ。なんぼお侍様でも、乞食の法は御存じはありやすまい。貰《もら》ひ溜《だ》めを出させた上、身ぐるみ脱がせて持つてゆかにやア

皆々　仲間の法が立ちやせぬハ

伊右　なるほど、さやうな儀《そのようなことも》もあらうて。しからばかやう致し遣はさう。○これに《ここに》少々金子《きんす》たくはへ致しをる《金を持っているから》間、その詫代《わびしろ》と致し《詫びのしるしとして》遣はすほどに《差し出すから》、このまゝに了簡致して《許してやってもらいたい》くりやれ

ト伊右衛門、鼻紙袋[一]より一朱銀[二]を四ツ出しやる。左門、これを見て

左門　イヤ、その金子《きんす》借り受けては〔困る〕

伊右　ハテ、何事も、この場は拙者に〔任せて〕

ト思ひ入れ[三]

づぶ　ヤア、コレ、この旦那から一朱で四ツ〔お貰い申した〕

皆々　それは、[四]お有難うございます

一 外出の折、鼻紙や薬や小銭などを入れる二つ折りの布や皮製の袋。鼻紙入れとも。舞台では小道具の扱い。現行では、二つ折りの紙入れの中に、小判一枚と一朱金四枚を入れておく。

二 一両の十六分の一。文政七年（一八二四）に鋳造された劣悪な貨幣の一朱金も同価値。乞食にやるのは普通一文か二文であろうから、ずいぶんはずんだことになる。

＊江戸時代の通貨は、金・銀・銅の三本立てで、金一両が銀六十匁と定められていたが、金の相場は毎日変動し、開幕の頃は一両四貫文（四千文）台であったのに幕末には十貫文にもなった。当時の江戸ではおよそ六貫文くらいが相場。

三 左門の顔を見て、すべておまかせくださいというような仕種をする。

＊伊右衛門が非人の手から左門を救う件は、本作初演の年に出板された南北の合巻『成田山御手乃綱五郎』のお糸・綱五郎の趣向をふまえたものである。

四 思わず乞食の職業的発声法が出て、一斉に高声で引きのばした口調となる。

親の許さぬ夫婦仲

づぶ　イヤハヤ、なによりのお裁きでござります《よい裁決のつけようでございます》

運哲　身ぐるみはいでも、[五]一本が物はねへところへ、あなたがお出でなす
つたばつかり、親父も仕合せ《幸せだし》、こつちも仕合せ

願哲　[六]外《ほか》のやつらの来ぬ内に

目太　[七]弁天山で〔酒を〕一ペエやらうか

皆々　それがいゝ〳〵。[八]エヽ有難うござります

ト皆々〔下手の〕下座へはいる。左門、あたり〔を憚って〕見廻し、[九]思ひ入れあつて

左門　御覧のとほり、[一〇]尾《を》羽《は》うちからす今の身の上、御《ご》深切千万 忝《しんせつせんばんかたじけ》なう存ずる。たゞ今の恩借《今しがたお借りした金は》、明日きつと返却致すでござらう《お返ししましょう》

ト行きかゝるを、伊右衛門、袂《たもと》をひかへて《引いて留め》

伊右　アイヤ、チト御待ち下され。◯[一一]

ト[一二]合方、楊弓の音になり、伊右衛門、〔地に〕手をつかへて

これはあなたのお言葉とも存じませぬ。[一三]舅《しうと》は親なり、聟《むこ》は悴《せがれ》。たとへお岩と別れましたとて、あなたは正《まさ》しく実の親

五　銭緡《ぜにさし》一本のこと。四百文。
六　乞食仲間が来ると分け前が減るというのであろう。
七　浅草観音の境内には、山門の前から向って右手に一名を大仏山という小山があった。昔は池の中にあり、銭瓶《ぜにがめ》弁天社（一名老女弁才天）が祀《まつ》ってあったので、俗に弁天山という。
八　もう一度、高声で一斉に言う。
九　こいつはとんだ者から借金をしてしまったという後悔を表す。
一〇　落ちぶれた姿の形容。鷹《たか》の尾や羽が損じてみすぼらしくなるところから出た表現。身分ある者が零落した姿をいう。
一一　ここから、伊右衛門と左門とが対決する重要な台詞にかかる。台詞の改まるこの個所では緊張した空気と間《ま》を必要とする。舞台用語では「気味合いの思い入れ」という。
一二　三味線の合方に、楊弓の音が加わる。この鳴物は、奥山の楊弓の店から聞えてくるという設定。太鼓をドンと打って、縁《ふち》をカチッと叩き、楊弓が的に当った音を出す。
一三　ここで初めて、伊右衛門と左門が、婿・舅の関係であることが明かされる。

左門　サア、それゆゑにこそ《だからこそ》今の金子《きんす》、借りともなう存じをつたて《借りたくないと思っていたのだ》

伊右　そりやまたなにゆゑさやうには《それはまたどういう訳でそう思われたのですか》

左門　いつたん《一度は》聟舅の縁組は致したれど《縁を結んだけれど》、最早《すでに》娘のお岩をも、この方へ引き取るからは《こちらへ引き取った以上》、聟でもなく《〔いまは〕》、舅でもござらぬゆゑ

伊右　左門様、なぜまたお岩めを返しては下さりませぬ。互ひに飽きも飽かれもせぬ仲。ことにはこのほど《近頃では》懐妊致し《〔お岩が〕妊娠し》、子まで儲けし二人《ふたり》が仲。なにがあなたのお気に入らいで《お気に添わないのでしょうか》

左門　そりや御自分の心に問はつしやい。もつとも娘お岩めも、[一]不所存にてころび合ひ、親のゆるさぬ夫婦仲。畢竟《ひつきやう》やらう貰ふと、きつと致《ちゃんとした》した仲立ち《媒酌人も》もなけれども、そりやこの道ばかりは《恋の道だけは》別なものと《特別だと》、そのまゝに捨ておいたが、気にはさへられな《気にしなさるな》、聟のこなたの根性が、舅のおれが気に入らぬ

伊右　[二]なにがなんと

左門　[三]トサア、訳《わけ》はいまだ御主人《（塩冶判官公）》御繁昌《はんじやう》の砌《みぎ》り《頃》、お国元にて《領地で》御用金紛失《ふんじつ》。

御用金の盗賊

一　心得違いから伊右衛門と勝手に馴れあい、の意。「ころび合ひ」は、私通、野合《やごう》のこと。江戸時代には、親が認めない結婚は正式のものではなかった。ことに、武家の社会では許されないことで、芝居に於ても「親の許さぬ転び合い」という台詞は決り文句であった。

二　詰め寄られた時に聞き返す形で反発する歌舞伎の常套句《じょうとうく》。時代口調で、誇張して、甲高く、詰め寄るように言う。『絵本太功記《えほんたいこうき》』十段目の幕切れで、久吉が「今改めて見参《けんざん》」、久吉・加藤の両人が「見参〳〵」というと、光秀が「何が何と」と、気負い立って咎《とが》めるところなどは好例。

三　相手を制止する発語。そうしておいて言《い》い解《ほど》く次の台詞へ続く。

四　赤穂浪士の一人萱野《かやの》三平《さんぺい》がそのモデル。大石内蔵助とともに神文誓約した人物だが、自刃《じじん》によって討入りには加わっていない。第一番目の『仮名手本忠臣蔵』では、菊五郎が演じる。五段目、六段目の主人公で、自害する。

五　「忠臣蔵」の三段目、四段目にあたる塩冶判官の妻顔世《かおよ》御前に対する高師直《こうのもろなお》の横恋慕《よこれんぼ》に発する刃《にん》

その預りは早野勘平が親[四]三太夫〔その三太夫の〕、落度となり、切腹致して相果てた《死んだ》。その盗人《ぬすびと》もこの左門、よつく存じてまかりあれど《知っているけれど》、この詮議中《紛失調べ中に》[五]お家の騒動《さうどう》。それゆゑたうとうそれなりに《そのままとなり》、なにもかも言はずにをる身が情け《黙っているのは私の情けだ》。それゆゑ娘は添はされぬ

トこれにて《これを聞いて》伊右衛門、むつとして《立腹して》

伊右　[六]だまらつしやい左門殿。シテまたなんぞ、手まへが盗んだと申す証拠でもござるか

左門　ハヽヽヽ、証拠呼ばはりさつしやれば、自分の悪事を自分の口から白状致すやうなもの。その以前、娘のところへ[七]結納の帯代《おびしろ》にと送られたる金子、一両/\お家の[八]極印

伊右　[九]ヤ

左門　それを言はぬが舅の寸志《舅としての厚意》。そのまゝにして〔金子を〕戻した事、貴様《きさま》覚えてござらうがな

伊右　イヤ、あの金は[一〇]配分金

傷《じょう》事件、またその騒動によって判官切腹に至る出来事をいう。

六　伊原本はこの台詞が詳細で、伊右衛門の性格がさらに強調されている。「だまらつしやい左門殿。今そのもとは聟《むこ》でもないといひやつたぞよ。すりや、あかの他人でござるぞよ。すりや、あかの他人の伊右衛門へ向つて、づか/\/\ともの言はつしやるが、シテまた何ぞ手前が盗んだと申す証拠でもござるか」。

七　婚約の際、男の方から帯代として金を贈る習慣。小袖一重に帯一筋を添えるのが本来のやり方。

八　偽造を防ぎ、品質証明のために、金銀や品物に押した印。

九　驚き、返答に詰る声。

一〇　塩冶家が没落したとき家中へ分配した金。「忠臣蔵」の四段目、判官切腹の段の後、斧《おの》九太夫と息子の定九郎が配分金を主張し、その強欲ぶりを示すところがあるが、伊右衛門にはこの定九郎のイメージがある。歌舞伎では、定九郎は五段目になって初めて登場するが、初代中村仲蔵は、定九郎に色悪《いろあく》という役柄の型を用い、白塗りで演ずる道を創始した。この伊右衛門の扮装と役柄は、それを受継いだものである。

左門　言はつしやるな。まだ騒動《お家騒動に》にならぬ前、なんで配分おしやつた《どうして配分などするものか》

伊右　サ、そりやア

左門　跡先そろはぬ《つじつまの合わぬ》言葉の端。それゆゑ娘は、エヽ返さぬ

伊右　スリヤ、どうあつても《どうしても》〔お岩を戻して下さらぬか〕

左門　今の恩借はきつと返す。お岩を返す事まかりならぬ

伊右　一ならずばいゝハ。畢竟舅《ひつきやうしうと》と思ふゆゑ、言葉を尽し手を下げて《頭を下げて》、二もつちやうづればつけ上がり、三往来の人に合力《がふりよく》受けて、食ふ事もならね《食うに事欠くような》へ分際《ぶんざい》《身の上で》で、心が違ふの気に入らぬのと《性格や根性が気に入らぬなどと》、やせ我慢も貧乏から、貢《みつ》いでやらうと存じたに〔それを断るとは〕、身のほど知らぬ老いぼれめ

四トこの内《この台詞の間に》、左門、ものも言はず《返事をせずに》行きにかゝる〔下手の方へ〕を、伊右衛門、捕へて〔左門の袂を〕

待たつしやい。一言《いちごん》の挨拶《あいさつ》もなく、五近頃無礼《ぶれい》でござらうぞ

左門　無礼といふ事、よく知つてゐさつしやるナ。身どもがものを申さぬは、一たん娘をやつたよしみ《縁からだ》。親の気に入らぬ聟《むこ》ゆゑに、取り返し

一　左門に言い伏せられて居直った伊右衛門は、武家詞をやめ、つい遊び人のぞんざいな物言いになってしまう。

二　「もつちやうづる」は、鄭重に扱うこと。

三　左門が乞食となり、謡《うたい》などを唱って往来の人から金銭の恵みを受けていることをさす。

四　伊原本は、この後、左門の台詞「身に錦繡をまとふとも」（四六頁一行）となり、その間の台詞は一〇一頁に挿入されている。

五　「近頃」は、近来になく、の意から、はなはだ、まことに、というほどの意として副詞的に用いられた。

六　若者らしくない、思い切りが悪い、の意。色事を遊びのようにする一般の青年と違って、いかにもふんぎりの悪い伊右衛門を詰った台詞ではあるが、伊右衛門がお岩にいかに惚れていたか、またお岩との仲がいかに離れがたいものであったかを想像させる。本作の骨子である愛憎の問題が後に展開されてゆく際のキーポイントとなる重要な台詞。しかも

たあのお岩、幾度言つても返す事はならぬといふより外《ほか》はない。それゆゑ無駄にものは申さぬ。こなたも若い[六]者のやうでもない。女ひでりは《女に飢えている訳では》あるまいし、ひつこく《しつこく》言はずと、〔お岩のことは〕思ひ切つたがよいわサ

伊右　スリヤどのやうに申しても〔返すことはならぬのか〕

左門　[七]君子《くんし》に二言《にごん》なしサ

伊右　貴様は君子か。ハヽヽヽ、[八]君子はその罪を憎んでその人を憎まず。よしや《もしかりに自分に》手まへに不始末な事がござらうとも、そこが[九]親身《しんみ》。[一〇]若い者ゆゑ、異見《いけん》を言つて下さつても《意見して下さっても》よささうなものを、わづかな事を言ひ立てに、娘を引き上げ《娘を取り上げ》苦しいまぎれ《生活の苦しさに》、遊女売女《ばいた》にでも売る心《つもり》か。たいがいそこらでござらう

左門　ハヽヽヽ、おのれが《お前の》心に引きくらべ〔劣った〕、大事の娘を添《そ》はしておいたら、おのれこそ《お前こそ》、[一一]夜鷹《よたか》にがな売りこくるであらう《でも売ってしまうだろう》。それが[一二]不憫《ふびん》さ二ツには、盗人根性のあるものを、縁者にしてはこの身のけがれ《親類にもっては自分の身のけがれになる》

伊右　[一三]なんと

伊右衛門ではなく左門に言わせているところに作者南北の手腕がある。

七　君子は一度言い出したことを翻すようなことはない、の意。「武士に二言なし」の類。

八　武士の教養としての『論語』の文句で応酬している。「忠臣蔵」十段目にも、本蔵に対する由良之助の台詞として用いられている。

九　親しい間柄。肉親のこと。

一〇　左門のひやかし半分に言った「若い者」の語を逆手にとって、真面目な言葉として切り返している。若い者だからこそ親身な忠言があってもよさそうに思うが、いい歳をして知らんぷりとは何だ、という意味になる。お岩を求める真剣な気持をからかわれたことに対して、その怒りが徐々に高揚してゆく。

一一　私娼の蔑称。街娼。「京大坂にてさうか江戸にて夜鷹」(『物類称呼』)。

一二　一つには娘を街娼などにしたくないため、二つには云々と、個条書き風に言い放ったのである。

一三　憤って聞き返す発語。

左門　言へば言ふほどその身《お前の》の破滅。身に錦繡《きんしう》[一]をまとふとも、不義の富貴《道義に反する富》は頼みにない《裕など望んでいない》
伊右　なんと
左門　どりや、帰宅致さうか
　ト唄《うた》[二]、かすかなる[三]双盤《さうばん》になり、左門、向ふ《花道へ》へはいる。伊右衛門、跡を見送り
伊右　この身《俺の》の悪事を気取《けど》つた左門。露顕《ろけん》致さば後日のさまたげ《将来の障害になる》。最早生《生か》けては《して置いては》。◯[四]　跡[五]追つかけて。さうぢや《〔殺してしまおう〕》
　ト早[六]めたる双盤になり、伊右衛門、追つかけて、向ふ《花道を》へはいる。
　喜兵衛・お梅・お槙《まき》・尾扇《びせん》・中間付き出て、伊右衛門の跡を見[七]送り
喜兵　今のはたしかに塩冶浪人《旧塩冶家の浪人者》。しかし、今一人《もう一人の》のあの若者、古主《こしゆう》[八]の塩冶を思はぬ様子。さすればどうぞ《そうだとすればなんとか》こつち《(師直方)》へ引つ込み《味方させ》、御主人へ推挙《すいきよ》[九]なし、[一〇]なにかの様子を糺《ただ》すにはこれ究竟《くつきやう》

一 美しい錦《にしき》を刺繡《ししゆう》した衣服。
二 現行では、「竹に成唄入り」の合方。
三 左門の零落した身の上や挙動につく音楽。淋しさを余韻として残す。東大本では「かすめたる双盤」。「双盤」については三六頁注四参照。
四 そうだ、殺してやろうと頷《うなず》く。
五 伊原本では「跡ぼつかけて」。

伊右衛門の殺意

六 早打ちにする双盤の音。
七 本舞台に残った伊藤喜兵衛たちの一行は、伊右衛門が入るのを、上手からやや中央に出てきて、見送る。
八 昔の主人。
九 仕官を推薦すること。

見送る喜兵衛とお梅

一〇 塩冶浪人たちに仇討の意図があるかないかを探り、また彼等の動静を確実につかむにはいい手蔓《てづる》だ、との含みがある。喜兵衛は隠居し、娘聟の与市は死去している。にもかかわらず伊藤家が成立している背景を暗示する台詞。

お槙　お梅様の御病気も〔あの浪人が原因〕

お梅　ほんに[一一]ゆかしい〔お方だわ〕

喜兵　ヤ

ト[一二]思ひ入れ。お梅、[一三]顔を隠す。この前より、後ろに庄三郎、[一四]以前の形《なり》にて〔乞食に身をやつして〕、出かゝりゐて〔様子を見ていて〕、この時、喜兵衛の前へ出て

庄三　[一五]御報謝《ごほうしや》お願ひ申します

ト[一六]面桶《めんつう》を差し出す

喜兵　[一七]物参りの帰るさ、[一八]手の内を遣はせ

ト供《とも》の中間《ちゆうげん》、銭一文出して

中間　それ、とらせるぞ〔やるぞ〕

庄三　ハイ、有難うございます。御大身の〔ご大家の〕旦那様、[一九]益々御繁昌《ごはんじやう》で、その上お目出たい事だらけでございます

喜兵　なにが目出たい

庄三　先ほど、よそながらちよつと承りますれば〔聞きかじりましたところでは〕、あなたのお主様〔(師直公)〕は[二〇]御屋《おや》

一一 自分の思いがつのることをいう。人柄が奥ゆかしいのではない。

一二 どうした、と聞き返す思い入れ。喜兵衛とお梅は、伊右衛門について、それぞれ別のことを考えているのがわかる。

一三 聞き咎められて恥ずかしげに顔を隠す。

一四 奉納手拭《てぬぐい》で頬かむりし、薦《こも》を着た形。

一五 お恵みをお願い致します、の意。

一六 「めんつ」とも。飯を盛る曲物《まげもの》の器。

一七 神社仏閣参詣《さんけい》の帰り途《みち》だから、の意。

一八 小銭を施せ、の意。「手の内」は乞食などに与える金銭や米。手もとにある小銭を乞食などに施すこと。

一九 貰《もら》いに対して祝言《しゆうげん》を述べたもの。乞食はただ貰うということはなく、祝言を述べる。祝言職であった者の零落した姿として祝言を述べる。この場合は、浪士の一人の庄三郎にしてみれば胸糞《むなくそ》が悪いのだが、その感情を押え、敵の情報を得るために「お目出たい事だらけ」と言って近づいたのである。

二〇 幕府の命にて、諸侯・旗本の屋敷を替えること。公務を免除された現実の吉良義央に下った幕府の処置をふまえる。

敷《しき》替へがござりますると承りましたが、定めしお首尾《〔お上の〕》のよいのでござりませう。いづれの辺へ御屋敷替へでござりまするナ

喜兵　ハテ、非人のくせに、それ聞いてどう致す。シテ、身《拙者の》が主人を何人《なにびと》と存じてをるか

庄三　エ、〇[一]　イエ、どなた様やらそのところは存じませぬが、あまり御出世の御目出たさ。むさくろしい非人でも、せめてあなた方のお名をでも承りますれば、私が身の守りにでもなりませうと存じまして

喜兵　いかさま《なるほど》、主人の御出世を、それほどまでに目出たいと悦《よろこ》ぶなら、非人とてもまんざら憎くはない。申して聞かさう。手まへ《私の》主人は、当時《近頃》[二]出頭第一の高野《かうの》様。この度、[三]お屋敷替へは[四]鎌倉花水橋の向ふ川[五]岸、葛飾郡《かつしかごほり》と申すところに[六]新地を下され、あらたにお屋敷が立つぢやて。[七]家老用人は申すに及ばず、中間下々に至るまで御加増《中間をはじめ下々にまで給与を増し与えられて》あつて、イヤモことの外《莫大な》《ほか》のお物入り《ご出費》。なんと御威勢はひどい《大変な》ものであらう

庄三　エヽ、スリヤお屋敷は花水橋の向ふ、葛飾郡へあらたに御屋敷。そ

一　喜兵衛の主人が高野師直であることを知っているのを聞き咎められて、「エ」と驚くが、すぐにそういったそぶりを見せまいとする思い入れとなる。

二　君側《くんそく》の寵臣。出頭人。出頭者。

三　実説の吉良家では、高家の職を辞して、元禄十四年九月二日に呉服橋（現中央区）門内から、隅田川の向う岸、本所一ツ目（現江東区）の旗本松平登之助の旧邸に引移っている。これを暗にふまえたのである。

四　江戸に起った事件、地名などを芝居にすることは禁じられていたから、芝居ではすべて鎌倉にすり替えられている。従って「鎌倉花水橋」は隅田《すみだ》川の両国橋を隠してある。花水橋は鎌倉の稲瀬川にかかる橋。江戸と鎌倉とを巧妙に使い分けるのが、当時の作者の腕であった。河竹黙阿弥作「白浪五人男」（『青《あお》砥稿花紅彩画《とぞうしはなのにしきえ》』）の勢揃いも、背景は明らかに隅田川でありながら、傍示杭《ほうじぐい》には「稲瀬川」と書くのがきまりである。

五　葛飾郡といえば隅田川の対岸であり、鎌倉の稲瀬川とは無関係。鎌倉と江戸との矛盾が顔を出している個所である。

六　旧地に対して新しく拝領した土地をいう。将軍家から新たに下されたもの。

のところがお上《かみ》[八]屋敷でござりまするか

喜兵　オヽサ、すなはちそこがお上屋敷と定まるのサ
　トうかく咄《はな》して、庄三郎、いちく（逐一）に聞いて思ひ入れ[九]あつて、
　この内、いま貰《もら》うた面桶《めんつう》の中の銭を、[一〇]喜兵衛に見えぬやうに、
　辺《あた》りへ捨てる。尾扇《びせん》、これを見つけて

尾扇　ヤイく、このどう[一一]乞食め。せつかく旦那が合力（お恵み）なされた銭を、なんでおのれ（お前は）捨てたのだ。[一二]冥利《みやうり》（罰あたりな）を知らぬやつでござるわへ

庄三　どう致して私が〔そんなことを〕

尾扇　でもたつた今、愚老が見てをつた

喜兵　なんぢや、合力した銭を捨てた。ハヽア、〔それで〕わかつた。道理こそ（道理で）委《くは》しく屋敷の様子を根問《ねど》ひ致す（しつこく問いただすと思ったが）と思つたが、察するところ、塩冶家の浪人だな。非人になつて、御主人（師直公）をつけねらふとは、〔身の程知らずな〕及ばぬ事だ（不可能なことだ）

尾扇　さやうく。いらざる非人が刃向ひだて（たかが非人の分際で無駄な抵抗というものだ）。屋敷へ引つ立て、拷問《がうもん》して、[一三]一味〔の名〕のやつらを白状させう

七　武家の職名。家老に次ぐ地位で、一切の雑事、出納の事務に当る重職。

八　主君が起き臥しする大名屋敷。下屋敷（郊外などにある別荘）に対する語。

九　細大洩らさず聞いて心に留めようとする思い入れ。

一〇　喜兵衛に気付かれぬよう、さも汚らわしげに銭を叩きつける。但し見物と尾扇だけには見えるように傍《かたわら》へ捨てることになる。

一一　罵《ののし》る語。「どう」は接頭語。「ど」と同意。

一二　神仏が人知れず与える利益《りやく》。有難味《ありがたみ》。

一三　仇討《あだうち》に加わる塩冶浪人の一味をさす。

一ト庄三郎、ちよつと二立ち廻り、尾扇を見事に投げる

喜兵　イヤ、非人に似合はぬその手の内《腕前》

ト刀を抜きかける。庄三郎、面桶にてちよつと止めて《〔手元を押え〕》

庄三　イヤ、私も腹からの《根からの》非人でもござりませぬ。小さい時から角力《すまう》好き、三ちつとゝやつとゝ小力もあるが身の疵《きず》。喧嘩《けんくわ》より親の勘当、せう事《仕方なしに》なしに非人をしても、生きてゐたいがすなはち人情。それをめつた《やたらに》にお侍、瓜《うり》や西瓜《すいくわ》ぢやあるまいし、めつたに切られちやなりませぬ

ト振りほどいて立廻りの内、庄三郎、懐中より四廻文状《くわいぶんじやう》を落す。

尾扇、取り上げ《〔拾って〕》

尾扇　さてこそ《これこそ》一味のこの廻文

庄三　五南無《なむ》三《さん》それを《〔奪われては〕》

トかゝるを《手を出すのを》、つきのけ、尾扇《〔は〕》、廻文を持つて、花道へかけ出す。

庄三郎、追ひかけ行からうとするを《〔傍にいた〕》、喜兵衛、止める。この時、向ふより《花道から》、六佐藤与茂七、七小間物屋の形《なり》にて、荷を背負つて出て、

一　東大本は、この直前に「ト懸《かか》る」が入る。これによれば、尾扇が庄三郎の襟首《えりくび》を摑《つか》むとか、胸元を捕える動作を見せる。

二　刀を抜いて争う「殺陣《たて》」ではなく、ちょっとした摑み合いをさす。ここは尾扇が庄三郎に投げられて、尻餅《しりもち》をつくなり腹這《はらば》いになるなりする。

三　「ちつとやそつとも」が口調子で訛《なま》った流行語。少しばかりはの意が、転じて得意な気持を表すように使われた。庄三郎役者の一種の啖呵《たんか》で、見物にうける台詞。従って性格や身分の写実を脱した唱《うた》い台詞《ぜりふ》となる。「梅川忠兵衛」（『恋飛脚大和往来《こいびきゃくやまとおうらい》』）における忠兵衛の出《で》の台詞「ちつととやつとと、おそまつながら、梶原源太は俺かしらん」は有名。

四　塩冶浪人一味の回し状。「かいもんじょう」とも。大切な秘書や手紙を、立回りのうちに取り落し、多くの人の手を巡ってゆきつつ劇を展開させてゆく作劇法は、歌舞伎の常套手段である。なかでもお家騒動物に多く見られ、例えば「先代萩《せんだいはぎ》」では連判状や呪咀《じゅそ》文が大事な要素となっている。

危うし廻文状

五　「南無三宝」の略。元来は仏・法・僧の三宝に帰依《きえ》する気持を表したが、失敗したときなどに発する言葉となった。芝居の常用語。

一八尾扇の持つてゐる廻文を引つたくり、懐《ふところ》へ入れて、舞台へ来る。

尾扇、追つかけ来り

尾扇　ヤイ、町人め、今の品を〔返せ〕

庄三　ヤア、こなたは佐藤

与茂　九エヽ、○　またこの気違ひ乞食がなにを言ふやら。ハヽヽヽヽ。○一〇モシ〱旦那方、この非人はなにを無礼致したかは存じませぬが、この辺りにまごついてをりまする、アリヤ《あれは》宿なしの気違ひでござります。○一一　ナ、気違ひ〱。気違ひをとらへ理屈をおつしやりませ《道理をおっしゃるのは》、一二不狂人の同じく狂ふ世の譬《たと》へ〔の通り〕、何事も御勘弁なされて遣はされませ《下さいませ》

喜兵　イヤ〱、気違ひと申すは、その方が扱ひ《仲裁人が取り結った》の啌《うそ》と申すもの。身ども《拙者の》が主人の名を聞いて、屋敷の所替へまで根問ひを致した《問いただした》この非人、塩冶《えんや》浪人に相違ない。それゆゑ身どもが《自分が》〔詮議するのだ〕

与茂　スリヤ《そんなら》、あなた方は

尾扇　師直《もろのう》様の御家老、伊藤喜兵衛様

六　菊五郎の三役のうちの一役。お袖の許《いい》嫁《なずけ》。花道の揚幕から登場する。

七〈扮装〉銘仙の中縞の着付に、白の手甲脚絆をつける。頭は袋付の二つ折れの髷《まげ》。腰に町人差しの小刀を差し、莨入《たばこい》れを提げ、麻緒草鞋《わらじ》をはき、小間物の荷を萌葱《もえぎ》の風呂敷包みにして背負う。小間物屋は大名家の奥向きへ、女性の化粧品・日用品などを持って出入りするので、女性にもてるような小綺麗《こぎれい》な若い男が多かった。与茂七は美男であるために小間物屋に扮して師直の動静を探っていたのである。このイメージは、『忠臣連理廼鉢植《ちゅうしんれんりのはちうえ》』で小間物屋弥七として登場する千崎弥五郎に受継がれている。なお、二枚目立役を本役とする菊五郎にとって、この役はかなりウェートの高い役であった。

八　花道の七三で回文状を奪う。

九　庄三郎が、「佐藤」と言いかけたのを、打ち消すように、かぶせて言う。

一〇　気を変え、喜兵衛一行に向って。

一一　庄三郎に向い、「そうだな」と顔でのみ込ませ、大きな声で気違いだと言い広める。

一二　狂人をとらえて理屈をいう人もやはり狂人だ、との意の諺《ことわざ》。暗に喜兵衛たちを諷刺《ふうし》している。

与茂　ハヽア、それゆゑこゝで
ト[一]思ひ入れ
尾扇　[二]塩冶の浪人、屋敷へ引つ立て拷問《がうもん》するハ
与茂　これはまたけしからぬ事を《異様なことを》承りまする。この乞食は、いつも〳〵た《とり》わいもない《とめもない》事申しまする気違ひ。なんの《どうして》塩冶の浪人でござりませう《などでございましょう》。よし《たとえ》また塩冶の浪人でござりましたところが、なんでお屋敷へ引つ立てて拷問なされまする。[三]お上からさやうなお触れでもござりましたか
喜兵　ヤ[四]
与茂　なんぼお家は断絶でも、その家来の浪人まで引つ捕へて、[五]根葉を絶やさうといふやうな科《とが》も《罪科も》ござりますまい。なんとそんなものぢやござりませぬか《どうですそのとおりではありますまいか》
喜兵　[六]ム、
ト[七]思ひ入れ

一 なるほど合点がいったわい、という思い入れ。
二 庄三郎に対して言う。
＊ 気違いには元来脱社会性があり、彼らが時の権力を避け得るというテーマは佯狂《ようきよう》の系譜をなしている。「一条大蔵卿《いちじやうおおくらきよう》」（『鬼一法眼三略巻《きいちほうげんさんりやくのまき》』）、「仲蔵狂乱」（『狂乱雲井袖《きようらんくもいのそで》』）などがその典型。この連想によって庄三郎を俄気違い《にわかきちが》いに仕立てたのである。
三 「お上」は幕府のこと。赤穂浪士たちの復讐《ふくしゆう》に対して、吉良家では用心に用心を重ねていた。ことに本所へ移ってからは出入りの商人について身元調査をし、渡奉公人《わたりぼうこうにん》に暇を出し、新しい奉公人を三河の知行《ちぎよう》地から呼び寄せたといわれている。しかし幕府ならびに町奉行の取締りや警備はほとんどなされなかった。与茂七はその現実をふまえて痛いところをついたことになる。
四 虚をつかれた際の語。口を開けた形で発声する。
五 血筋の末端の係累。
六 言い詰められ、追い詰められたときの語。ここは喉《のど》の発声である。
七 返事に窮した思い入れ。

尾扇　それはそれに《それはそれということに》もしてやらうが、今愚老が持つてかけ出した物を、なぜ途中で引つたくつた

与茂　あなたの持つてお出でなさつたといふのは、ア丶、これでござりまするか。〇[八]

ト懐中より鼻紙[九]の三ツ折りにしたるを出して

私も[一〇]粗相《そさう》な。あなたが薬の引札《ひきふだ》[一一]を配つてお出でなさるのだと存じて取りました。これは大きに粗相《そさう》、真平[一二]御免下されませ。サア、お返し申します

〔尾扇へ〕ト返す

尾扇　イヤ、身どもが持つてゐたのはこれではない。この非人が懐中より落した廻文《くわいぶん》

与茂　イ丶エ、そんな物は存じませぬ。〔あなたから〕私が取りましたはこの〔の〕鼻紙。おほかた《多分》あなたの覚え違ひでござりませう。〇[一三]　それとも気違ひの非人、本当に廻文とやらを落したか

八　今気付いたという思い入れ。

九　町人の鼻紙は、藁《わら》入りの生紙《き》（生漉紙《きずき》）。女性たちは、「小菊」とか「小杉」などの小形の柔らかなもの、遊女などは「延《のべ》」（延紙）を用いるものときまっていた。普通は携帯用品入れの鼻紙袋に入れて持ち歩く。

一〇　粗忽《そこつ》な。軽はずみな。

一一　広告用のチラシ。宣伝ビラ。「報条《ほうじょう》」ともいう。開店や新製品の売出しで配った木板刷りのもので、主に化粧品屋、料理屋、そば屋、煙草屋、染物屋、酒屋、呉服屋、蠟燭《ろうそく》屋、菓子屋などのものが多いが、なかには入歯屋や遊女屋などのもあった。蜀山人《しょくさんじん》（大田《おおた》南畝《なんぽ》）、式亭三馬、山東京伝、滝沢馬琴、柳亭種彦など著名な戯作者が筆を執り、洒落《しゃ》れた文句で口上を述べた。

一二　「真平」は挨拶の接頭語で、ひたすら、の意。「真平御免下さりませ」で、ちょっと失礼、といった感じ。江戸の男性語で、女性は用いない。

一三　尾扇に向って喋《しゃべ》っていたのを、気を変えて庄三郎に向い、自分の意図をのみ込ませようという仕種《しぐさ》をする。

庄三　イヤ、鼻紙でござります

与茂　ソレ御らうじませ《ご覧なさい》。やつぱり初手から鼻紙を廻文状などゝは《初めから鼻紙だったのに》、お医[一]者様、あなたも少し気違ひと見えまする

尾扇　エヽ馬鹿《ばか》を言ふな。◯[二]　でもみす〱

喜兵　よいわ〱、〔そのまま〕捨てておけ。たとへどのやうな浪人めらが、羽根ツ[三]はたきをしたとても、〔敵討など〕なんとして〱〔かなうものか〕

与茂　イヤモウ[四]、気《き》[五]遣《づか》ひのきんの字もある事ぢやアござりませぬ。ことにこんな気違ひの非人、御了簡《れうけん》なされて遣はされませ《お許しなさってやって下さい》

尾扇　無性《むしやう》に《やたらに》非人をかばふ町人。われも《お前も》おほかた〔塩冶浪人の一人であろう〕

与茂　[六]どうしましたへ

喜兵　イヤサ、（与茂七）町人が挨拶《あいさつ》[七]。気違ひとあれば了簡して遣はさう《許してやろう》

与茂　それは有難うござります。◯[八]　サア〱、気違ひの乞食、早く裏[九]の田甫《たんぼ》へいつてナ。◯[一〇]　イヤサ、早く[一一]いけ〱

庄三　ハイ〱、これは旦那様、有難うござりまする

一　「お医者様」と持ち上げておいて、あなたも気違いだとからかっている。
二　みすみす言いくるめられるとはと、腹を立てる思い入れ。
三　ばたばた羽ばたいても。あがいても。
四　口調子に乗せて、後の内容を強調した。
五　少しもその気づかいはない、の意。「きんの字」とは、「気遣ひ」の最初の音を使って強調した表現。
六　尾扇が、お前も怪しいと言いかけたのを、高飛車に、「どうかしましたか」と空とぼけて、ちょっと詰めよった。
七　ここは仲裁の挨拶《あいさつ》。
八　庄三郎に向って。
九　浅草裏田甫。浅草観音裏から吉原へかけての裏田甫をさす。
一〇　あとで、と納得させる思い入れ。いつもの落ち合う所で、という意を含ませてある。その上で、気を変えて次の台詞となる。
一一　喜兵衛たちに見えぬように、片手の甲で、行け行けという仕種《しぐさ》をする。

ト与茂七に思ひ入れ[一二]。与茂七、《〔回文状は〕》おれが懐に《自分の懐中に》あるといふこなし[一三]。

庄三郎、うなづいてはいる[一四]

お槇　ほんにモウ、どうなる事とたいてい案じました《どうなることかと並大抵どころでなく心配しました》わいナア

お梅　それいなう《本当にそのとおり》。○　モウ《〔さあ〕》行かうぢやござりませぬか

喜兵　いかさま《なるほど》、さぞお梅も待ちどほであつたらう。そこから駕《かご》に乗つて帰るがよからう。サア、尾扇《びせん》老

尾扇　ちつとも早く《すこしでも早く》参りませう

与茂　[一五]さやうなら《それならば》、モウお帰りでござりますか

尾扇　たしかに懐中《〔に回文状を持っているはずだ〕》

ト思ひ入れ[一六]

与茂　[一七]お静かにいらつしやりませ

ト与茂七、[一八]こちらの床几《しやうぎ》に腰を掛けて思ひ入れ

喜兵[一九]　それはさうと、さつきの浪人

お梅　まいち度《もう一度》ひと目[二〇]《〔お会いしたいものだわ〕》

一二　与茂七と顔を見合せる。

一三　演出用語。台詞がなく、ちょっとした動作で表現するところ。この場面では、自分の懐ろを軽く叩いてみせる。

一四　どこへ入るかは指定してないが、上手には喜兵衛一行がいるので、下手へ入るのが妥当であろう。

喜兵衛一行の帰宅

一五　今日で用いる別れの挨拶ではない。したがってアクセントが違う。ここは、この一件がやっとおさまってほっとした、さっさと帰ってくれ、というようなニュアンス。

一六　与茂七の懐中に未練を残す思い入れ。

一七　軽く頭を下げて見送るのだが、むしろ追い立てる感じの台詞。

一八　「こちらの」は、不明確な言い方だが、下手にある、茶店寄りの床几《しょうぎ》であろう。与茂七が床几に腰かけると存在感が小さくなり、喜兵衛一行の花道への入りが邪魔にならず際立つ。

一九　以下、次頁二行目までの台詞は、伊右衛門の入った花道の揚幕の方を見て、花道の付際で言う。

二〇　東大本では「お目」。その場合は「お目もじしたいものぢやなア」の余韻を残した省略となる。

喜兵　そち《お前も》も見たいか
お梅　一アイ
喜兵　二おれも逢ひたい
　三ト唄《うた》になり、喜兵衛・お梅・お槙《まき》・尾扇・中間付き添ひ、向ふ《花道を》へはいる。与茂七、残り、四こなしあつて
与茂　すんでの事にこの廻文〔奪い取られるところであった〕
　ト辺りを見て、思ひ入れあつて
　こゝのかみさんは見世をあけて、どこへいつてゐるかしらん
　ト五大拍子になり、〔下手の〕下座より、六お色《いろ》、按摩《あんま》の女房の形《なり》にて、出て来り
お色　七おまさん、この間は〔どうも〕。八○　オヤ〳〵、ゐないさうだ
与茂　九〔いる〕男の茶見世だが、はやらうかネ
お色　オヤ、一〇与七さん。おめへが茶見世を出せば、一一山中《やまぢゆう》の女は皆殺し《べたぼれだ》一二だわナ
与茂　有難いネ。一三〔俺の方が先に〕わつちが先へ死ぬであらう。ときに《ところで》お色さん、常住《じやうぢゆう》山《奥》

一　恥ずかしそうな仕種をして言う。
二　お梅と喜兵衛とは、逢いたいという点では同じでも、思わくはそれぞれちがう。
三　「サ、、来やれ来やれ」などと喜兵衛の捨て台詞あって、ト書きの指定順序で、出《で》の時と同じ囃子で華やかに花道にかかる。
四　やれやれと、ほっとして立ち上がる。
＊　これでこの場の事件が一段落し、この後は、次の場面まで与茂七・お色の会話で笑わせながらもってゆく。南北得意の軽快なタッチの描写である。
五　幕開きと同じ鳴物。一五頁注二二参照。
六　按摩宅悦の女房。お色役の岩井長四郎は半道敵《はんどうがたき》の役者で、純粋な女形ではない。〈扮装〉今日の演出ではふつうお色の登場はない。詳細不明。しかし登場するとすれば、茶店のお政に近い形で、地髱《たぼ》の結び兵庫の鬘に、素足に黒緒の女物の低い日和下駄などをはく。
七　「お政《まき》さん」がつまって発音された。

色男のうかれた会話

八　誰もいないという思い入れ。
九　与茂七が店の中に小隠れして、この台詞で顔を出すという演出なら面白い。浅草境内の水茶屋は美女が売りものだったから、男ならどうだろうかと洒落れたのである。

お色　へ《山で》来て商《あきなひ》をするが、小間物屋といふものは、是非女を相手にしてす《どうしても女を相手にしなければ》る《ならぬ》商売だが、[一四]うまい事を言はれては倒れ、横目で見た《流し目を使った》というては倒れ、考へてみると、よつぽど割の悪い商売だの

お色　啌《うそ》ばつかり。山中《やまぢゅう》の女が、おめへの来るのを、毎日〳〵待つてゐるよ

与茂　気をよく《気前よく》貸すからの事さ。大きな篦棒《べらぼう》[一五]だ

お色　ときに素敵《すてき》なものが出来たよ

与茂　さうだとサ《そういう話だよ》。この頃二三日、山へ来ないが、たいそう美しいのか[一六]

お色　コレサ、この見世だアな

　　ト上手《かみて》の楊枝見世へ指をさす

与茂　こゝはおめへ、おもんさんの出てゐたところだぜ

お色　そのおもんさんが病気だといつて、をとゝひから雇つて出した子だが、内《内証》は《は》よつぽど苦しがりださうサ《[一七]生活に困っているそうだ》

与茂　ムヽ。粂三《くめさ》に似てゐるといふ評判だが、本当か

一〇「与茂七」がつまった形。
一一 浅草奥山の女たち。
一二「殺す」は、相手を悩殺すること。「殺し文句」などと同じ用法。美男の役者には「女殺し」などという掛け声が見物からかかった。
一三 そんなに女に惚れられたら、こっちの方が先に命をとられてしまう、の意。
一四 女の方から色っぽく持ちかけられて代金を只《ただ》にさせられたりすることをさす。小間物屋は、月貸の掛け売り。
一五 とんでもない、馬鹿な、の意。江戸弁。
寛文十二年（一六七二）頃、見せ物に出た篦坊という黒人の名から出たという。
＊ お岩・小平・与茂七の三役を演ずる三代目菊五郎は、美男の名が高かった。楽屋の鏡台の自分の顔を見て、「おれはどうしてこういい男だろう」と独り言をいったという話が、『俳優百面相』に出ている。与茂七役でほれぼれするような男振りを見せておいて、後で醜悪なお岩の亡霊になるところが座付作者としての南北の狙いである。
一六 東大本「が」。底本なら疑問となり、東大本なら確認の形となる。
一七 貧乏人のこと。名詞として用いる。

お色　[一]ずぶ大和《やま》ときてゐる。[二]そのくせおとなしいの。[三]屋敷出ださうさ

与茂　そいつはなほい丶の。名はなんといふへ[四]

お色　[五]先《せん》の名はなんとかいふか知らねへが、こ丶の見世へ出るから、やっぱりおもんさんよ

与茂　名はおもんだの。◯　[六]内《家はどこだ》はどこだへ

お色　[七]北新町だよ

与茂　宗旨はなんだ

お色　[八]法華《ほっけ》だとよ

与茂　寺はどこだ

お色　エ丶

与茂　[九]弔ひは《葬式は》何時《なんどき》だ

お色　なにを言ふのだ《〔ばかなことを〕》

与茂　ホイ、《〔しまった〕》あんまり浮かれたやつサ。《調子にのりすぎた》そいつはどうかなるまいかね《（おもん）なんとかものにならないかね》

お色　なるどころか、[一〇]得手物《えてもの》に出るわな

一　大和屋《やまとや》（粂三郎の屋号）そのまま、の意。「やま」は女形の「おやま」にも、遊女をさす「おやま」にも通う。

二　お袖に扮した粂三郎は、祖父・父に当る四世・五世岩井半四郎の流れを汲み、「おちゃっぴい」と呼ばれるお転婆娘を表芸とした。それをふまえて「おとなしい」とした楽屋落ちである。

三　武家の出身の意。「忠臣蔵」のお軽に照応。身分のいい女が落ちぶれたことに対する好奇心が働いている。

四　疑問詞。

五　外《ほか》では何と名乗ったか知らないが、この見世へ出る女は代々「おもん」を名乗ったから、その女の名もやっぱりおもんさんだよ、との意。客商売の際の改名である。

六　「もん（門）」を受けて「内《うち》（家）は」と洒落《しゃ》れた。「お紋」とした本もあるが、それでは洒落が通じない。

七　浅草藪の内に近い聖天横丁《しょうでんよこちょう》（現浅草二丁目）あたりの俗称。

＊　おもんという美しい楊枝店の女が買えると聞いた与茂七は、嬉しくなって浮かれ出し、調子にのって、お色と漫才《まんざい》のようなとんちんかんなやりとりをする。この短い台詞は、とんとんと畳みかけて速く

なり、お色の「なにを言ふのだ」で止《と》めが打たれる。南北らしい台詞である。
八 巣鴨（現豊島区）にある、実説の田宮家（お岩の実家）の菩提寺、妙行寺の宗旨は法華であり、南北の作品では『法懸松成田利剣《けさかけまつなりたのりけん》』などに法華宗の影響がみられる。役者には法華宗が多く、南北自身の宗旨も法華で、菩提寺は本所押上《おしあげ》（墨田区）の法華宗春慶寺である。
九 門から家へ、家から所へ、その宗旨から寺へ、寺から葬式へ、といった数珠《じゅず》つなぎの連想をうけて言う。
一〇 例のもの。ここは売女《ばいじょ》。
一一 前の法華をうけた洒落《しゃれ》。これは妙（耳より）だ、の意。直助の「藤八五文奇妙」（二四頁一二行）と照応する。
一二「勿怪《もっけ》の幸い」を洒《しゃ》落れたもの。
一三 話題をもとに戻して。
一四 伊原本では「よひ（宵）といふわけサ」と駄洒落で受けている。
一五 浮いた気分をがらりと変え、しんみりと。
一六「やっす」は、落ちぶれた姿に変装すること。与茂七が堅物の奥田庄三郎を自分と対比させて引合いに出したのである。
一七 奥田将監の息子庄三郎をさす。
一八 吉原（現台東区）五十間道の酒屋。奥田屋平兵衛。

与茂　そりや[一一]妙法蓮華経《めうほふれんげきやう》
お色　すぐに法華でしやれたの
与茂　[一二]法華の幸ひだ。今夜すぐに出かけようが《出かけるつもりだが》、出る〔座敷に〕だらうか
お色　商売物《売り物》だもの、出なくつてサ〔どうなるものかね〕
与茂　サア〱、行きやせう〱
お色　豪気《がうぎ》にせくの《大そう急ぐね》。マア、荷〔小間物の〕をどこぞへ預けて来ねへナ《きなさいな》
与茂　いかさま《なるほど》。[一三]◯　コウ、きつと晩には〔間違いないだろうね〕
お色　[一四]承知だといふ事よ《のみこんでいるということさ》
与茂　ちよつぴり酒で〔あおっておいて思いをとげよう〕
お色　さうサ
与茂　こいつは浮いて来たわへ
　ト荷を背負ひ、立ち上がり、[一五]思ひ入れあつて
かうして騒げば騒ぐものゝ、同じ《同じく》[一六]姿をやつしても〔あの堅物の〕、[一七]奥田〔将監の〕の子息は
お色　なに、[一八]奥田より大三《だいみ》ツがいゝわな

与茂　忠義ゆゑとて菰冠《こもかぶ》りとは

お色　[一]そんなに呑めるものかな。五合《ごんがふ》でいゝわな

[二]与茂　なにを言ふ。間違ひきつてゐらア《全く意味を取り違えていやがる》

両人　サア、行きやせう

　　ト両人よろしく[三]思ひ入れ。大拍子にて、この道具廻る

本舞台三間《げん》の間《あひだ》、[四]二重《にぢゆう》の世話屋体《やたい》。[五]向ふ、[六]反古《ほご》張り付きの襖《ふすま》。上《かみ》の方《かた》に、破《や》れ障子を立てたる一間《いつけん》の屋体。よきところに《適当なところに》、小さき対立《ついたて》、二枚折りの交張《まぜば》りの屏風《びやうぶ》。[七]いつものところに、門口。こゝに、[八]灸するゐの看板と、[九]奉公人口入《くちいれ》と書きし看板を二枚並べて掛けてあり。こゝに、[一〇]宅悦《たくえつ》、按摩《あんま》の拵《こしら》へにて、捨《す》て台詞《ぜりふ》にて、行燈《あんどう》をともしゐる。[一一]流行唄《はやりうた》にて、[一二]道具止る

トすぐに、向ふより《花道から》、お政、ぶら[一三]挑灯《でうちん》をともし、跡より、直助、

一　非人に身をやつすための薦《こも》と薦被りの酒樽（薦に包んだ四斗入りの樽）とを勘違いした。

二　伊原本は、以下の二行に代り「与茂　アさぞや苦患を　お色　そこが地獄さ　ト与茂七、気を変え　与茂　おきやアがれ」と、トントン拍子の台詞となっている。

三　それぞれに思い入れのポーズがある。世話物の場合は、一度ちょっときまって（「ちょいぎまり」）、それを崩して動き、舞台が回る。その際、「チョン」ときっかけの柝《き》が入り、鳴物でつないで次の場面へ移る。

四　世話屋体には、平《ひら》と二重《にじゆう》とがある。二重は一尺四寸高の二重に組み上げた屋体。

藪の内地獄宿の場

五　見物席から見た向う。舞台の正面。

六　襖《ふすま》の破れたところを反古《ほご》で張って隠したもの。出入りに使う。貧乏所帯の感じを出す。絵本番付には暖簾《のれん》口もあり、現行では暖簾口を使って出入りが演出される。

七　舞台上のきまった位置。下手寄り。

八　三三頁注一四参照。

九　「奉公人口入所」などと書かれた、就職の周旋屋を示す看板。

一〇　宅悦は目明きの足力《そくりき》按摩。「足力等は灸治を兼る」（『守貞漫稿』）。〈扮装〉黒襟《くろえり》のか

かった松坂縞の木綿着に、茶木綿帯。頭は半坊主。

一一 当時の現代感覚を出すとき、流行の小唄を三味線にてうたう。

一三 回り舞台が回ってきて止る。このとき柝《き》が入る。これを「止め柝《ぎ》」という。

＊ この場の設定は、安永・天明期に栄えた馬道の岡場所を当て込んだもの。六三頁注一二、八〇頁注九参照。

めかしこんで私娼窟へ

一三 足元を照らす丸提灯。柄の先でぶらつく。

一四 袴《はかま》をはかないことをいう。

一五 花道の七三で以下の台詞を言う。

＊ 藤八五文の薬売りは、「五文にて奇妙にきくか知らねどもきいた風には見えぬ藤八」（了阿上人）などと、その野暮ったさが狂歌や川柳で揶揄《やゆ》されている。直助はその野暮な姿を改め、さっぱりとした衣服に着替えて女遊びに出かけるのである。また「奇妙」という語も「清正と藤八妙で名が高し」と川柳にあるように当時の人々の耳に馴染んでおり、その「藤八五文奇妙」の洒落をここでいったんお政の言葉で封じておくという趣向。

一六 ここで、正面暖簾口から、「ハイハイ」と返事して宅悦が出るのが現行演出。

羽折、[一四]着流しに着替へ、出て来り

直助　[一五]コウ、おまさん《お政さん》、いよ〳〵あの楊枝《やうじ》見世のお袖を買はしてくれるか

お政　初手は《はじめは》お袖と言つたか知らねへが、今ではおもんさんといふよ。ど《いず》うであゝいふ事に出るものを《れにせよ地獄などに出るからは》、勤めを《揚代を》出して買つた日にやア、いやおうはないのさ

直助　そいつは奇妙

お政　これさ、その《〔口ぐせの〕》奇妙を言ふと、すぐに藤八があらはれるから《藤八五文の薬売りとバレるから》、お言ひでないよ

直助　それは承知さ

お政　サア、お出でナ《来なさいな》

トやはり流行唄《はやりうた》。両人、舞台へ来り

宅悦さん、お客をつれて来たが、いゝかね

宅悦　[一六]アイ、そりやア有難うござります。サア、おはいりなされませ

直助　ハイ、御免なさい

ト両人、内[一]へはいる

宅悦　あなたはなんぞお望みは、[二]大か小かネ

直助　なにサ、灸《きう》[三]をすゑるのではござりやせん。かの《あの》おもんとやらを〔買いたい〕

宅悦　[四]エヽ、章門《しやうもん》をおすゑなさるのでござりますか

直助　なにサ、灸事ぢやアねへ《灸をすえるのではない》

宅悦　さやうなら《そういうことでしたら》、ゆるりとなされませ。すぐに、あの障子[五]の内へお出でなされい

直助　アイ〳〵。〇[六]　ときに、さつきの小僧〔升太〕は、酒を持つて〔そろそろ〕来さうなものだナ

お政　わたしがモウ一ぺん行つて〔催促に〕来よう

直助　そんなら頼むよ

宅悦　そのついでに、[七]かの咄《はなし》を

お政　承知だよ

ト[八]流行唄《はやりうた》になり、挑灯《てうちん》を持ち、お政、向ふ《花道を》へはいる。直助は上《上手》

一　灸点屋の中へ入って戸を閉める。

二　灸の大小に掛けて、あなたは大年増《おおどしま》の「大」と小娘の「小」のうちどっちがお望みかね、と問うた。底本では前の場の宅悦の件（付録参照）がカットされているので唐突のようだが、その部分ですでに「大」「小」のことが語られていたわけである。

三　直助は、灸の大小と勘違いし、断る。

四　宅悦はとぼけて「おもん」をわざと「章門」（灸点のツボで、横腹にある）に掛けてとり、灸でないことを確かめるために念を押したのである。なかなか食えないところのある宅悦の性格が出ている。

五　上手の障子屋体をさす。二枚の汚した障子が入れてある。

六　気を変えて、独り言をいう。

七　お客だと言っておもんを呼んでこい、というもの。

八　賑やかで軽い流行歌の入った三味線の下座で、お政は帰ってゆく。

九　障子屋体は、上手に付設される舞台装置で、障子を開閉することにより二つないし三つの場面が構成できる。事件をドラマチックに、またテンポを諧調に展開させてゆくのに役立ち、歌舞伎の視覚的構成を織りなす巧妙な手段ともなっている。本作では、伊右衛門

浪宅・小塩田隠れ家・蛇山庵室などの各場に設けられている。

一〇 お袖の境遇やこの場面に即してついた三味線の合方。近年では「江戸で亀井戸の唄入り」に「題目太鼓」がついた例がある。

一一 舞台にはひとり宅悦が残り、艾《もぐさ》などをほぐしているところへ、お袖が夜の女となり、宅悦の家をさして夜道を忍び足で登場する。

一二 人に知られては恥ずかしく、また違法の商売でもあるので人目を忍んでいる様子。馬道の岡場所の風俗をうつしたもの。

一三 父親の左門は外出していても、家にはお岩がおり、外出の理由がたちにくかったもの。

一四 役者によって違うが、ここでは独り言に近いものとなる。

一五 「奥」は、世話屋体正面奥にある襖《ふすま》。

一六 足音を表現するツケの音。ここでは障子屋体の中の騒動の物音。ツケ打ち（大道具方より出る）は、上手の舞台の端に出て、俎板《まないた》のような板をもち出し、この上に二丁の拍子柝を打ちつけて擬音効果とする。

一七 お袖が障子を開けて逃げ出すのを、直助がしどけない姿で追いかけて出、二重舞台の下におりて舞台中央で次の台詞となる。現行では二重の上。

夜の顔

の障子屋《や》体《たい》[九]へはいる。宅悦、残る。すぐに、[一〇]合方になり、向ふ《花道から》より、[一一]お袖、以前の形《なり》にて、草履《ざうり》をはき、爪立《つまだ》て[一二]、そろ〳〵出て来り、門口《灸点屋の》へ来《きた》り

お袖　御免なされませ。今晩は

ト小声にて言ふ。宅悦、聞きつけ

宅悦　オイ〳〵、御苦労〳〵。今夜はだいぶおそかつたの

お袖　ハイ、[一三]内の様子がちつと出にくうござりましたゆゑ

宅悦　サア〳〵《客が待っているから》、あすこの障子の内へ

お袖　ハイ、有難うござりまする

トお袖、上《上手の》の障子屋体へはいる。宅悦、[一四]捨て台詞言ひながら合《三味線の》方にて、[一五]奥へはいる

ト障子《屋体》の内、[一六]ばた〳〵にて、[一七]お袖、逃げ出すを、直助、追つかけ出て来り

直助　どうして〳〵、逃がすものか

一 相手の言葉尻をついだ台詞。二人の台詞を一緒にして初めて意味が通る技法。
二 世慣れた直助は、動転したお袖の気を静めるために、わざと大袈裟に「アヽ」と感動してみせ、「孝行者だなう」と讃《ほ》めてお袖を持ち上げたのである。
三 相手の意外な言葉に対する、驚きと疑問の発語。
四 坐って。落着いてなどの意。やや高飛車な物の言い方。芝居の常用語。
五 ここで態度があらたまり、ちょっと動きがきまる。
六 直助の、述懐と口説《くぜつ》の交った聞かせ台詞に入る合方《あいかた》。台詞の中を縫って奏される、しっとりと落着いた三味線の合方。
七 艱難辛苦《かんなんしんく》を助けるため、の意。
八 世を渡るための職業。この場合は、賤業《せんぎよう》としての売女をさす。
九 気がついて、気を変える思い入れ。
一〇 財布を出し、その重さを見せびらかす。縞木綿《しまもめん》の紐《ひも》つきの財布。身分のいい者は折りたたみの鼻紙入れを用いる。

あの手この手の口説

お袖　それぢやというて、《〔恥ずかしくて〕》どうマア顔が
直助　[一]合はされぬのも尤《もつと》もだが、お袖さん、アヽ、[二]おめへは孝行者だなう
お袖　[三]エヽ
直助　マア[四]下にゐて、おれが言ふ事をとつくりと聞きなせへ
　　ト[五]こなし。[六]合方かはる
おまへの親御《(四谷左門)》も、わしが主人《(奥田将監)》も、不慮《思いがけない》なお家の騒動にて、今の流浪。《〔お前は〕》親の[七]艱苦を貢《みつ》ぎの為、浅ましいこのすぎはひ。[八]外《ほか》の人はともかくも《どう言おうとも》、わしはそれを推量《同情して》してゐるゆゑ、せめてちつと《少しでも》も手助けになつて進ぜようと。◯[九]かう言つても日頃から、わしが無理に口説《くど》くゆゑ、おまへは得心《とくしん》もあるめへが《納得はしまいが》、今は薬商《くすりあきなひ》もよつぽど繁昌《はんじやう》して、これ見なせへ。◯
　　ト懐より、[一〇]財布《さいふ》を出して
金も相応《相当》に持つてゐる。なんと《どうだ》見ず知らずの者にかうして《こんなことをして》肌を触《ふ》るよりも、わしが言ふ事を聞いてくれゝば、こんな商売もさせず、安

楽に親御もすごし《養い》、おめへにも楽をさせるが、それともおめへが好きこのんで、かういふ勤めに出なさる気かへ

お袖　なんのマア《とんでもない》、一一名さへ地獄と言ふほどな、苦しい渡世も《世渡りも》、今おまへの一二言ふとほり、これもやつぱり親の為

直助　親を思ふ心なら、わしが言ふ事も聞くがいゝではないか。またこの事が親御へ知れてみなせへ、一三昔気質《かたぎ》の左門様、貧乏しても穢《けが》らはしい、武士の名までよごすと言ひ、様子によりやアお主《しゅう》の名まで

お袖　一四エヽ

直助　サア、一五三方四方まん丸く、金と《金のため》一六転んで得心する方が《俺と寝ることを承知する方が》、よからうぜエ

お袖　サア、その深切は忝《かたじけ》なうござんすが、どうも肌身を穢す事は〔できません〕

直助　ならねへものが《できないような女が》なぜまたこんな〔勤めに出るのだ〕

お袖　勤めといふは身すぎ《生活の手段のため》ばかり、床の内では〔客に〕訳言うて、頼めば人に鬼もなく〔許してくれます〕

直助　その替りにはうまい事も《いいことも》ないといふものだ。ハテ、たゞ惚《ほ》れて口説《くど》

＊吉原などの、幕府公認の公娼と違って、岡場所といわれた私娼は、「隠し売女」「隠しよね」とも呼ばれるように、表向きは商店を装いつつ裏で売春を営んでいた。宅悦の家はこれらの売女に座敷を貸したもので、もう一つランクが落ちると夜鷹《よたか》になる。発覚すれば、彼女達は身上に応じて過料（罰金）の上、百日間の手《て》鎖《ぐさり》となった。

一一　地獄というその名のとおり、この生業は地獄の苦しみだというもの。

一二　伊原本では「言はしやんす通り」と女言葉になっている。

一三　古い倫理感に基づく堅い武士気質。

一四　ぎくりと胸にこたえた時の悲嘆の発語。

一五　お前も、俺も、左門様も、旧主人（塩冶判官）の名をも出さずに丸く収めようというのである。四方八方などというごとく、口調子を合わせた表現。

一六　「転ぶ」とは、売春すること。「転び芸者」「ころ蔵」「けころ」「ころり」などの呼称は「転ぶ」から出た私娼をさす語。「三味線の下手《へた》は転ぶが上手なり」という川柳は、「転び芸者」のことを言ったもの。

くと思ふ《〔お前の〕》から了簡《れうけん》が違ふ《考え違いが起るのだ》。サ、ほんの以前の深切づく《以前のよしみでの親切》、マアこの金で、親御にも、[一]袷《あはせ》でも買つて着せるがいゝぢやねへか

お袖　そんなら以前ひとつ[二]家中《かちゆう》にいたよしみに、[三]大枚《たいまい》のその金を

直助　浪人ならば大枚だらうが、今十や二十の金《現在では十両や二十両》、[四]商人の身ではなんでもないのサ

お袖　その深切な心なら、ちつとの内《少しの間》その金を

直助　貸すといふのは他人の事だ《他人行儀だ》。ハテ、いくらでも《〔やりましょう〕》

お袖　嬉《うれ》しうござんす

　ト金を取りさうにするを

直助　ただ嬉しうござんすばかりでは、ちつとまづいナ

お袖　それぢやといふて

直助　[五]床の内はともかくも、一緒に寝るくらゐは

お袖　エヽ

　トいやがるお袖の手を引き、無理に障子の内へはいる。流行唄《はやりうた》

一　これから秋に向うので、袷を買って着せてあげなさいというもの。季節感の出た台詞でもある。

＊　旧暦の七月は秋である。この季節の興行を「盆替り」という。七月七日から盆に入り、民間では墓参りをして盆の行事を行うので、芝居でも「盆狂言」では、非業の死をとげた登場人物を弔うという気持をこめて怪談物を仕組む。本作も怪談物の性格をもつので、台詞の中にも季節性を持たせて、見物の実感をそそるようにできている。

二　塩冶家という同じ家中にあったゆかりで、の意。

三　大層たくさんの。

四　薬売りは香具師《やし》で、「商人」などという立派な身分ではない。お袖の前で気取ってみせたのである。

五　床に入るのは嫌でも共寝ならいいだろうと、同じようなことを繰り返して言うところが、直助の下心をうまく表現している。

になり、向ふより、お色、ぶら挑灯[六]を持ち、跡より、与茂七、
出て来り、すぐに、門口へ来て

与茂七の登場

お色　モシ宅悦さん、いゝお客をおつれ申したよ。モシ[七]、こつちへおはい
りなされませ
与茂　ハイ、御免なさい
ト内へはいる。宅悦、奥より《襖から》出て
宅悦　ようお出《い》でなされました
与茂　ハイ〳〵。わしは急ぐから[八]、早いがようございます
お色　アノおもんさんはあるかしらん《頼めるかしら》
宅悦　ちやうどこつちへ《私のところへ》来てゐる
お色　それは幸ひ。ちよつと頼んで
宅悦　そんならおれが呼んで来よう
ト宅悦、奥へはいる。お色、そこへ床をとり[九]、屏風《びやうぶ》をたて、こ
のうしろへ行燈《あんどう》をやり、暗く[一〇]する。

六 竹の柄をつけてぶら下げる小ぶりの提灯。

七 与茂七に対して言う。

八 本当に急いでいるわけではない。従来の歌舞伎の常式であるおっとりした二枚目をわざと避けて、当時の新しいタイプの色男にみられる気取った言い方を写したものである。

九 二重舞台の前の平舞台の真中に、頭を見物席の方へ向けて蒲団《ふとん》を敷き、枕を二つ並べる。そして二枚折りの枕屏風を後ろへ立て、その後ろへ行燈を置いて舞台を暗くする。現行の演出では、二重舞台の上で行われ、行燈に風呂敷を掛ける方法をとる。

一〇 素人のお袖が顔を見られて恥ずかしくないように、部屋を暗くしたのである。一般に、遊女屋では、遊女の年齢や醜さが隠されるよう、灯を消すなどの習慣的な配慮がなされる。

一 地獄は暗い所だというイメージに、闇の女の意が重ねられている。

二 伊原本では、「みょうだいどころ」と読ませている。遊里語の「回し部屋」の意があるか。

三 あぶないところを。屋体の中で直助に迫られて貞操があぶなくなったことをさす。

四 男女がしめやかに語らうこと。遊里語。「しげれ松山」などの歌謡から出た言葉。「ア丶、さぞ今頃は、しげれ松山」(『積恋雪関扉《つもるこいゆきのせきのと》』)、「千春 そこでゆつくり 両人 おしげりなんし」(『天衣紛《くもにまごう》上野初花《うえののはつはな》』)。

素人売女

五 与茂七は寝床の上で寝転んでいる。

六 この場は現在あまり上演されなくなっているので、下座音楽の伝承はない。

七 このとき、お色の台詞がないとお袖が入るきっかけがつかめないので、「丁寧《ていねい》に勤めておくれよ」といったような捨て台詞を言うことになっている。

八 お袖が陰気くさく押し黙っているので、呼びかけて肩を抱くか手をとるかした時の発語。

与茂　なぜ真暗《まっくら》にした

お色　こゝ《これこそ》が地獄[一]の名代[二]所サ

与茂　なるほど

　ト上《上手の》の障子屋体《やたい》より、お袖、出て来り

お袖　のつ引きならぬ《引くに引かれぬ》ところへ、呼び出して下さんしたゆゑ、マア〱ひ[三]やいなところを〔助かりました〕

お色　コレ、おもんさん、随分おとなしいお客だから、丁寧に勤めなよ

お袖　ハイ、有難うござります

お色　モシ、ゆるりとおしげり[四]なされませ

　ト与茂七[五]の床の上へ、お袖を突きやる。唄《うた》[六]になり、お色[七]、奥《褻へ》へはいる。お袖、与茂七の傍へ、おづ〱来《きた》り

お袖　モシ、お休みなされましたかへ

与茂　どうして〱。ひとり寝るくらゐなら、内《家で》で寝てゐるのサ。これサ[八]、どうしたものだ。斟酌《しんしやく》せずとこつちへ《遠慮せず床の中へ》はいりなせへ

お袖　ハイ〳〵

　　ト思ひ入れ

与茂　なぜうぢ〳〵してゐる《ぐずぐずしているのだ》ナ。エヽ真暗で、顔が見えねへ。ちよつとあかりを持つて来よう

お袖　[九]アヽモシ、あかりを持つて御出でなされずとも［ようございます］

与茂　アヽ恥づかしいか。エヽ畜生《ちくしやう》め[一〇]

　　ト手をとる。合方[一一]

お袖　モシ、私はあなたにお願ひがござります[一二]

与茂　なんだ〳〵。[一三]◯　床へもはいらねへ内からお願ひとは、どうでろくな事ぢやアあるめへ

お袖　サア、申しにくい御無心《おねだりですが》ながら、私[一四]がかういふ事に《こうした勤めに》出まする訳《わけ》、お聞きなされて、不憫《ふびん》と思し召し《かわいそうとお思い下さって》、どうぞ一緒に臥《ふ》せりまする事は《寝ることだけは》

与茂　なんの事だかいつからわからぬ《ちっとも合点がゆかぬ》。マア〳〵、その訳を言ひなせへ

お袖　[一五]ハイ、お恥づかしながら

九　与茂七が行燈をとりに立ち上がろうとするのを止める台詞。

一〇　人を罵《ののし》っていう語から転じて、嬉しいときの反語に用いられた。羨《うらや》むときも同様。

一一　次頁のお袖の述懐につく三味線の伴奏。今日の上演では、「どうぞ一緒に臥せりまする事は御勘弁下さりませ」と言ったところで、合方にかかる。のちに屏風が倒れて明るくなるまで、生け殺し（役者の挙動や台詞に応じて下座音楽を付けたり付けなかったり、強弱を調整すること）にて、二人の台詞を縫って続く。

一二　ここで、両手をついて頭を下げる。

一三　ちょっと興醒めて、どうせろくでもない願いだろう、おおかた金でもねだるのであろうという思い入れ。

一四　「…というわけ、まア一通りお聞きなされて下さりませ」というのが、述懐にかかる際の決り文句。

一五　この直前に、底本は「ト合方」と書き、消してある。おそらく次の「ト合方」（七〇頁一行）へ移動させたものであろう。東大本はこのト書きがそのまま残っており次頁のト書きはない。

お袖の述懐

一　こうした述懐に入るとき、それにふさわしい合方を伴うのが常式。女形の場合は「私はもと…」などと身の上を語り出すのを合方が助ける。演ずる役者の好みによってもかわる。
二　身上話なので、お袖の台詞はもとの武士の娘としての言葉遣いに戻る。
三　お岩が伊右衛門のところに縁付いたことをさす。
四　食べてゆくことができない貧窮状態をいったもの。
五　人に知られたくない勤め。ここは隠し売女の勤め。
六　恥。これまでに述べた、貧乏ゆえに金が要《い》るという、恥ずかしい理由。
七　へりくだってものを頼むときの語。男なら「へイ〳〵」、奴《やっこ》なら「ねい〳〵」となる。ひとくさりの台詞の最後は、こうして締め括られるのが一つの型。
八　公許の郭《くるわ》である吉原。ここで働くには親の承諾を必要とする。
九　太夫。吉原で最高の遊女をいう。禿《かむろ》などが「おいらが太夫」の意で呼んだのに始まる呼称という。「花魁」は当字。花魁になるには、よほど上玉《じょうだま》（よい身分・容姿）の者でなければならず、子供のころからの教養も必要

[一]ト合方

[二]私はもと武家の娘でござりまするが、様子《わけがあって》あつてとゝさんは《父さんは》浪人。またひとりの姉《あね》さんもござりまするが、このお方もさる[三]屋敷へ縁付き、懐妊《くわいにん》して、どういふ事にやまた《どういうわけかまたしても》候《ぞろ》離別。[四]一日の煙《けむり》も立てかねまするその中へ、かてゝくは《その上》姉さんの病気。よんどころなく《仕方なしに》、昼の間は楊枝《やうじ》見世へかはりに雇はれ、夜はこのやうなあさましいすぎはひを《なりわいを》致しまするも、せめて少しのおあしを《お金を》貰《もら》ひ、とゝさんや姉さんをすごしたい《養いたい》ばつかり。心にもない[五]隠し勤め、買うて下さる情け深いお客様に、この身の[六]疵《し》瑕《が》を打ちあけて、お願ひ申すも無理ながら、どうぞせつない私が身を、不《ふ》憫《びん》と思《おぼ》し召《め》して、一ツ寝致しまする事は《一緒に寝ることは》、おゆるしなされて下さりませうなら、[七]ハイ〳〵、有難うござりまする。

与茂　ム、なるほど。聞けば気の毒な事だの。親の為にかうした勤め。しかしこんな事に《隠し売女などに》出ずとも、[八]吉原へでも行つて、よい[九]花魁《おいらん》になつたら

よささうなものぢやアねへか
お袖　イエ、このやうな事致しまするも、親姉の前へはいつから沙汰なし《少しも知らせておりません》
与茂　かくれて出るのか。ハテ孝行なものだの。その孝行な心を聞いて、なほ／＼《よけいに》思ひがました《惚れた》。◯　コレ、おまへよく積つてもみナ《考えてもみろ》。一ツ《一緒に》寝せずに《寝ないで》断りばかり言つてみなせへ、中には腹を立つ客もあらう。またとても《いっそ》孝行にするくらゐなら、肌《はだ》をけがしてその訳を咄《はな》してみなさい、[一〇]どんなよい旦那が付かうかも知れぬ。その上、つい通りの《通り一遍の》客でも、ツイ二朱《にしゅ》[一一]か一分《いちぶ》[一二]はやるやうになるわサ
お袖　それがなりますほどならば《それができますくらいならば》、申しにくい事お頼み申しは致しませぬ
与茂　肌をけがされぬとあるからは《いうからには》、ハヽア、許嫁《いひなづけ》の男でもあるといふ事か
お袖　エ。[一三]◯[一四]　イエ、サア、[一五]さういふ訳でも
与茂　そんならなにも跡[一六]のへるものではなし、人に知れやアせず、いゝぢやねへか

とされた。但しこの語は上方では用いない。
一〇　金持のよい客が馴染みになり、ひょっとしたら世話をしてくれるかも知れない、というもの。
一一　二朱金一つ。一両の八分の一にあたる長方形の金貨。それをチップにくれるというのである。当時二朱あれば下級の小見世の遊女を買うことができる。
一二　一歩。一分金。一両の四分の一の長方形の金貨または銀貨。小粒《こつぶ》ともいう。吉原では、振袖新造《ふりそでしんぞう》（禿《かぶろ》あがりの若い遊女）あがりの女郎を、その揚代から「一分の女郎」という。
一三　本心を言い当てられ、ギックリしていう。
一四　気を変えてごまかす。
一五　ためらって発する語。
一六　「跡」は、女性の性器をさす。使ってもへるものでないという言い方は、よく使用されている。不良ぶった与茂七の性格がでているところ。

お袖　でもどうぞこればかりは〔お許し下さい〕

与茂　一ハテサ、悪い合点《がってん》（考えだ）だ。そんなに〔性交は〕せつないものでもないわさ（つらいものでもないよ）

ト お袖を無理にとらへる

お袖　アレ、およしなされませ

ト飛びのかうとするはずみに、二屛風倒《びやうぶたふ》れて、明るくなる。

これにて、両人顔見合せ

与茂　ヤ、そちは女房

お袖　おまへは与茂七さん

与茂　コレ

三トおさへる

お袖　面目なうござんす〱

〔袖で〕ト顔かくし、打ち伏して、思ひ入れ

与茂　四面目ない（面目ないだと）。イヤ、面目ないもすさまじい（興がさめる）。コレお袖、手まへは〱。

与茂　五○屋敷の騒動それよりして（騒動があってから）、互ひにちり〱別れたが、今まで便《たよ》

一 疑問の意の「ハテ」に、「コレサ」などと納得させる際の「サ」がついた。

二 与茂七とお袖が争うはずみに屛風が倒れ、陰に置かれていた行燈の灯《ひ》に照らされて舞台が明るくなる。夫婦が地獄宿で再会するといった劇的場面の効果を挙げるための重要な演出である。今日の演出では、役者の段取りで行燈に掛けた風呂敷が落ちて明るくなるという手法がとられている。月が出たり、炉の火がぱっとついたりして再会に気づくという手法は、歌舞伎の常套《じようとう》的演出であるが、当時人気の菊五郎と粂三郎が色事にでもなるのかと、かたずをのんで見守る見物の心理を裏切って、買いにきた女が自分の妻であったというような着想は、さすがに南北である。

思いもよらぬ再会

三 世を忍ぶ身なので、本名を呼ばれたため、人に聞かれるのを憚《はばか》ってお袖を制したのである。

四 むっとして言う。台詞の調子が高くなる。

五 強問《こわど》いして、あとの言葉が出ないという思い入れ。今日の台本では「そなたはナ〱」とあってから「替った合方」になり、次の詰め寄る台詞になる。

りもせぬおれゆゑ、モウ忘れはてゝ、このやうな勤めに出るのだナ。現在亭主がありながら、男欲《ほ》しさのいたづら[六]か、あんまりあきれて、ものが言はれぬわへ〳〵

　トお袖、いろ〳〵[七]思ひ入れあつて、合方[八]

お袖　与茂七さん、様子を御存じないからは、恨ましやんすも腹立ても尤《もつと》もでござんすが、男欲しさのいたづらとは、あんまりむごいおつしやりやう。お屋敷の騒動より、皆ちり〳〵に御浪人。今もお咄し申したとほり、親の為にかうした勤め。いたづらな《みだらな》心があらば、なに《どうし》しに《てまた》親の疵瑕《しが》までも、打ち明けて咄しませう。これまで一度の便りもなう、つれないおまへに操[九]を立て、せつない苦しい言《い》ひ訳《わけ》を、聞きわける人はまれにして、たいがいみんな無得心《むとくしん》[一〇]。それをとやかう《ああでもない》言ひぬけて《こうでもないと》、人一倍のこの苦労。わたしがかうした勤めより、恨み[一一]はこちからなんぼもある《恨みを言いたいことはこちらの方でいくらもある》。現在わたしといふ女房のある身でゐながら、かういふところへ遊びに来て、女房と知らずこのわしに、貞女[一二]

お袖の恨みごと

六 みだらなふるまい。

七 情けないやら口惜しいやらで千々《ちぢ》に心乱れる思い入れ。

八 恨みごとや口説《くぜつ》につく三味線の合方。伝承がないため不詳だが、今日では「替った合方」（前頁注五参照）を、もう一度はっきりと弾き直し（「つき直し」という）てはじまるのであろう。

九 以下、操《みさお》を汚さぬためのお袖の先の言動の理由が明らかにされる。

一〇 承知しないこと。

一一 以下、言い訳から転じて恨み言となる。お袖に扮する粂三郎の父岩井半四郎は、面長、目もと涼しく、受け口で、京坂下りのぼんじゃりとした女形にはない、鉄火な新しい「悪婆《あくば》」の江戸女のタイプを創出した。岩井流は「つんと顔を上て仕打有たきもの」（『役者早料理』）と評されていた。粂三郎は当時二十七歳、父・弟とともに三座の立女形《たておやま》を勤めた。岩井流の中でも特異な二重瞼で、文政期に流行しはじめた為永春水の人情本の女主人公として、菊五郎とともにその挿絵を彩った。

一二 貞節を立てる女の操を破らせ、の意。

やぶらせ、ようも〳〵《よくも》抱いて寝ようとさしやんしたナ。かういふところに遊んでゐる間《ま》はありながら、女房のところへ一言《ひとこと》の、便りする間はござんせぬか。ほんに〳〵、あんまりな《あまりに身勝手な》おまへの心に引きくらべ、[一]逆ねぢな今の腹立て。[二]そりやあんまりぢや〳〵わいなア

与茂　さう言はれてみれば一言もないが、さぞかしいかい《大変な》苦労。おれも折々そなたのところへ便りもしようと思うてゐれど

お袖　イエ〳〵、その便りのない事は、実は、恨みは致しません。といふ訳は、[三]由良之助《ゆらのすけ》様の[四]思《おぼ》し召《め》し立ち、御主人の仇敵《あだがたき》を

与茂　[五]コレサ。[六]〇　訳もない事を《くだらぬことを》聞きはづゝて《聞きかじって》、ずわら〳〵と《ずけずけと》［言うが］、外《ほか》の浪人にそんな噂《うはさ》があるか知らぬが、おれはちつともそんな気はない。今は商人《あきんど》小間物屋。なにしに敵討ちなぞとは《どうして敵討ちなど謀ったりしようか》

お袖　サ、[七]女は口のさがないもの《はしたないもの》、お隠しあるは尤《もつと》もながら、かうしたところへうか〳〵《浮かれて》と、[八]遊びあるくも、敵《かたき》へ油断さする為［でしょう］

与茂　これはしたり《これはまたどうしたものだ》。またしても敵々と、そんな[九]時代な事は聞くもいや。

＊お袖の恨み言には、言うだけ言ってしまえばあとはからっとして物わかりがよいという、当時の新しい女性の性格描写が盛り込まれている。言葉つきも、この台詞の前半部分にみられる武士の娘の「ござんす」言葉からがらりと変って、町の女の「さしやんす言葉」になっている。

一　今のあなたの腹立ちは、逆恨みもいいところだ、というもの。

二　口惜しがって半泣きになる。

三　「忠臣蔵」の塩冶家の家老で敵討ちの首領、大星由良之助。赤穂浪士の中心人物大石内蔵助のこと。

四　御計画、の意。

五　お袖が敵討ちのことを口走るのを聞き、他人に聞かれてはならぬので、「コレサ」と制した。

六　辺りを憚ってまぎらすように。

七　諺《ことわざ》。女は無分別につまらぬことを喋《しやべ》るものだ、の意。

八　第一番目の『仮名手本忠臣蔵』七段目で、由良之助は、敵に敵討ちを気取《けど》られないように、わざと遊び呆《ほう》けてみせる。ここはその趣向をふまえたもの。

九　古めかしい事の意。敵討ちなどという大時代な事といったニュアンス。

仲直り

久しぶりで女房[一〇]ども、今までの事、腹がたつならあやまり[一一]、行燈の明るくなつたが結ぶの神（縁結びの神だ）

お袖　[一二]なるほど、迂闊《うくわつ》に大事も。〇[一三] ほんに思へば久しぶり、ようマアまめ（丈夫で）でゐて下さんしたナア

ト奥（襖から）より[一四]、お色、出て来《きた》り

お色　モシ、きまつたらお勤めを（話がまとまったら揚代を〔下さい〕）

与茂　ほんにそれ〳〵（〔忘れていたっけ〕）

ト紙入れ[一五]より、金[一六]を出し

うぬが（自分の）女房に勤めを出すも（出すというのも）

お色　[一七]エヽ

与茂　これも咄《はなし》の種だらう

お袖　ほんにマア、思ひがけなう

与茂　コウ、かみさん、酒はあるか

お色　アノさつき大三ツでとつたのがあるが、冷《ひ》やでござりますぞへ

一〇「ども」は、侍が自分の女房を親しみをこめて呼ぶ際の接尾語。なお、「身ども」などと自称として用いられる時は卑下する語となる。

一一 あやまった、の意。直下に続けて「ありあけ行燈」の語呂合せをなす。

一二 なるほど、敵討ちの大事を口に出し、相手方に聞かれたらどんなことになろうとも知れぬ、というもの。

一三 お袖は、「迂闊に大事も」と、また敵討ちのことを口にしたのに気付いて、話題を変えるのである。と同時に与茂七との夫婦間の危機がここで一段落し、次の場面に移る。

一四 東大本ではこの直前に、与茂七の「おのしもまめで目出たい〳〵」が入る。

一五 二つ折りの紙入れ。小道具。

一六「江戸地獄、上品は金一分、下品は金二朱ばかりの由也」（『守貞漫稿』）。

一七 二人の話を知らないので訝《いぶか》ったもの。

与茂　なに、冷やでもかまはぬ

　　トお色、辺《あた》りより、徳利と茶碗《ちやわん》を取つて来《きた》り

お色　たんとおたのしみなされませ

　　トお色、奥《襖へ》へはいる。与茂七、徳利と茶碗をとり

与茂　サアかゝア、一ツ[一]吞《の》まつし

お袖　ほんにいつの間にそのやうなもの言ひに

与茂　ハテ、手めへ《お前は》はやつぱり古風な[二]事を言つてゐるな

　　トこの時、[三]上手の障子〔細目に〕をあけ、直助、この様子を聞いてゐる

お袖　おまへ、[四]さゝを深うはあがらぬぢやないかへ《酒をそんなに飲まないのではなかったのかい》

与茂　なんだ、さゝをあがらぬ。[五]お富士様の蛇《じや》ぢやアあるめへし

　　ト酒を吞む

お袖　かういふところへ遊びにござんすからは《遊びにおいでになるからには》、定《きつと》めしはう〴〵《あちこち》へも行《ゆ》か

しやんしたのでござんせうなア

与茂　なに《どうして》、行《い》くものか。手めへのところなればこそ

一 「飲まっしゃい」に同じ。この言い方は、下層町人や職人の鉄火な口調。当時の現代調といってよい。ここですっかり町人言葉となっているところが生世話《きぜわ》らしいところである。

二 与茂七がお袖を時代遅れだと言っているのは、『仮名手本忠臣蔵』の世界がもはや古いためである。作者南北には、「忠臣蔵」の現代版がこの「四谷怪談」なのだという意識があったのである。

夫婦の酒事《ささごと》

三 直助の立ち聞きしているのが見物から見えるように正面の見物側の障子を開けるのである。

四 「さゝ」は酒の女性語。

五 富士浅間《せんげん》神社で出した麦藁《むぎわら》細工のお守りの蛇のこと。ここは、近くにあった浅草馬道の浅間神社の蛇。笹竹《ささだけ》の枝に蛇がまきついて上がることに、「酒《ささ》をあがる」（酒を飲む）を掛けて洒落《しゃれ》た。

六 言い詰められて話題を変える。

七 言葉尻を捉えてとがめだてをすること。

八 お袖は貞節な女性ではあるが、かなりてきぱきした物言いをし、江戸っ子肌の下町女

お袖　そんなら初手《しよて》から《はじめから》知つてござんしたのかへ《〔私だと〕知った上のことだったのですか》

与茂　なにサ、知りもしないが。◯[六]　ハテ、よく詞《ことば》[七]とがめをするナア。さうとがめれば、おれも言はにやアならねへ。今まで多くの客に出たうち、なかにやア自由になつたのも《いうことをきいたのも》あるであらうナ

お袖　イエ〳〵、神さんかけて《神様に誓って》、そんな事はないぞへ。その証拠には、おまへにもあのとほり

与茂　ソリヤこそおれと知つてゐても《〔わざと言ったのではないか〕》

お袖　イエ、知らねばこそあのやうに

与茂　もしおれがやうに無理やりにあゝしたら《手ごめにしたら》どうする

お袖のしゃべり

お袖　[八]ソリヤモウおまへ、わたしが一心《一生懸命》。[九]人を見て法とやら、[一〇]勇《いさ》み肌《はだ》のお客なら、馴《な》れぬながらも職人の、女房でござると偽《いつは》つて、亭主の病気に勤めはすれど、心は清ききよ[一一]鉋《がんな》、かけていなして《帰らせて》また明日《あす》の夜《よ》。坊さん客にはこつちから、帯は解かいで《解かずに》長々と、お談義[一二]説《と》いて詫《わ》び事も、御出家だけにおとなしく《おだやかに》、[一三]縁なき衆生《しゆじやう》は度し難しと、得心し《納得して》

の気性が表れている。この長台詞は、武家娘としてはやや品の悪い、女郎の手練《てれん》を思わせるが、一方、伝統的な女方の「しゃべり」（調子にのってひとりで喋りまくるのを一つの見どころとする芸）の面白さを狙《ねら》った演出が入り込んでいる。与茂七の相槌《あいづち》を織り込んでのこのやりとりは、かなり浮いた調子の異質なものであり、地獄宿の雰囲気《ふんいき》のなかで喜劇的な味をみせる。幾人もの客を操って金を集めるという遊女描写は、すでに先行作『男《おとこ》券盟立願《むすびちかいのりゆうがん》』『比翼蝶春曾我菊《ひよくのちようはるのそがぎく》』などにみられ、鈴木主水《もんど》の「七人廻し」（『百人町《ひやくにんちよう》浮名《うきなの》読売《よみうり》』）の趣向となって定着、一つの伝統をなしている。こうしたパターンを面白くはめ込んだのである。但し、今日ではこの台詞は省略される。

九「人を見て法を説け」（相手に応じた処置が必要だ、の意）と諺にもあるように。

一〇 鳶《とび》の者や職人衆をさす。侠《きお》い肌の者。

一一 仕上げの鉋《かんな》をかける意に、心が清いのに感心させ、そのまま帰らせる意を掛けた。

一二 お寺の説教のこと。

一三 諺。仏はいっさいの衆生を済度《さいど》するが、それでも仏縁のない者は救えない、の意。ここは男女の仲の縁がない意を掛けた。

て帰るわいナ

与茂　また店《たな》向きの商人ならば

お袖　宵《よひ》もかぎりの四ツの鐘、これが別れのきぬ〴〵と、思へば遅う床へ行《い》て、帰らにやならぬ勘定も、ツイ十路盤《そろばん》のたま〴〵は、明日の夜ごんせと《お出で下さいと》だましてやる

与茂　侍客の山さんなら、ぬける《逃げる》手管《てくだ》もあるまいがな

お袖　武家はもとよりこつちのもの、手討ちにあはうが殺されうが、忠義の為とたらし込み、頼めばぐつと侍冥利《みやうり》、せう事なしに《仕方なしに》賞《ほ》めそやし、いなした《帰した》跡へ旅人の、客はひとしほあはれ性、年貢《ねんぐ》の代りに来ましたと、言へば涙の片手にも《涙を押えたその片手で》、小豆《あづき》一升《いつしやう》大根一抱《いちは》、貰うた事もあるわいナア

与茂　さて、商売といふものは、こはいもの《恐ろしいものだ》。おぬしはよく馴《な》れて、咥《うそ》《嘘》の上達《が上手になった》。来世は閻魔《えんま》に舌を抜かるゝぞや

お袖　イエその気《き》遣《づか》ひはござんせぬ。この世からさへ地獄の勤め

一　商家の奉公人のこと。
二　門限。店者《たなもの》の住み込んでいる商家のそれ。
三　四つ時の鐘。午後十時。
四　男女が共寝したあと、お互いの衣服を着て別れること。後朝《きぬぎぬ》。
五　心積りの意。商人の話だから、勘定とか算盤《そろばん》等の、商いの縁語を用いている。
六　算盤の珠に、久しぶりの意の「たま〴〵」を掛けた。
七　山出しの客。ここは田舎《いなか》者の国侍《くにざむらい》。
八　男女の間の謀計。多くは遊女が客を騙《だま》す手段の意で用いる。「手練手管《てれんてくだ》」とも。田舎侍は、遊び方を知らず、遊女の手管をまともに受け取ったりするので扱いに困ることが多かった。「手管とは何の事だと浅黄裏《あさぎうら》」（『柳多留』）。
九　「冥利」とは、知らないうちに神仏が与えてくれる利益《りやく》。自誓の意に用いる。「町人冥利」「侍冥利」などと使う。
一〇　哀れみ深い性質。
一一　年貢米が納めきれず、その身代りとして遊女になりました、の意。因みに、遊女になるための証文には、名目上必ず年貢米が納めきれず、という一条を書きこむ必要があった。

与茂　いかさま《いかにも》、言やれば《言ってみれば》そんなもの、思はず《思いがけず》今宵《こよひ》逢うたのは

お袖　ほんの《本当に》一三地獄で仏とやら

与茂　一四地獄に知る人、《〔しかも〕》尽きせぬ縁《〔夫婦の〕》

お袖　モウこれからは一五奈落《ならく》の底まで

与茂　放れぬ夫婦。女房ども

お袖　こちの人《あなた》、ほんに今宵は夢ではないか

与茂　夢ならさめるな

お袖　オヽうれし

ト抱きつき、互ひに懐《ふところ》へ手を入れる。与茂七は、お袖の懐の財《さい》布《ふ》を出す。お袖は、与茂七の懐の一六廻文状《くわいぶんじやう》を出す

与茂　一七貧苦に迫ると言ひながら、この金は

お袖　さてこそ義士の廻文状

ト与茂七、これをひつたくり

与茂　これ見られては《〔一大事〕》

＊勇み肌・坊主・店者・侍・百姓と、それぞれの客に対する手練手管の洒落にのった口拍子のおもしろさは、「八人芸」の趣向をふまえたもので、落語の「五人回し」の趣がある。

一二 客をだました罪で来世は地獄へ堕《お》ちるだろうと言われたのに対し、すでに現世で地獄と呼ばれる勤めをしています、と応じた。

一三 諺。与茂七を仏に喩《たと》えている。

一四 どんな遠くへ行っても知人がいるという意の諺「地獄にも知る人」をふまえ、地獄になっていた女房に会ったことを掛けている。縁が尽きず再びめぐり会ったことをいう。

一五 梵語《ぼんご》で地獄のこと。

＊「ほんの地獄で仏とやら」以下「オヽうれし」までのお袖と与茂七の台詞を「割り台詞」という。一連の台詞を割り当てたり、尻取り式に連綿と続けてはじめて意味が通るようにした、音楽的効果の高い台詞術である。

一六 前の場で、医者尾扇から取り上げた義士の回文状。

一七 以下の二行は、それぞれが懐ろから引き出した財布と回文状を、お互い別々に行燈の灯にかざしてみて言う台詞。

お袖　エ、[一]

与茂　[二]女房なれども。◯[三]シテ《ところで》、この金は《［どうしたのだ］》

お袖　サア、その金はナ。◯[四]マア、寝て咄さうわいナ

ト唄[五]になり、お袖、屏風《びやうぶ》[六]を引き廻す。直助[七]、屏風の外へ来り、内の様子を聞き、腹のたつ思ひ入れいろ〳〵あつて、無性《やたらに》に手[八]を叩《たた》く。奥より《襖から》、宅悦、お色、出て来る

宅悦　モシ〳〵、おまへも如才もなくつて《世馴れているはずなのに》、地獄で手を[九]叩く者があるものでございますか

お色　さうさねへ、地獄で舌をぬく人はあるが、手を叩くとはぶ遠慮ナ

直助　やかましいわへ。うぬら、よく女の[一〇]二重売りをしやアがるナ

宅悦　モシ〳〵、声高《こわだか》に《大声をお出しなさいますな》おつしやりますな。いつ二重売りを致しました

直助　しねへものか。おれが買つた女は、この屏風の内にゐるハ

お色　ソリヤアお前独《ひと》り《［だけ］》買ふ子ではあるまいし、[一一]廻しといふ事もござります

一　お袖は、与茂七の台詞を聞いて、与茂七の懐ろから取った回文状がはじめて大事なものであったと気付く。

二　回文状を見られた以上、女房であってもことによると命を貰わなければならぬ、の意。

三　気を変え、お袖から取上げた財布を見る。

四　直助とのことがちょっと言いにくいので、気を変えて次の台詞となる。

五　現在では唄は用いず、「しげさ合方」を引き流し（それまでの合方をそのまま弾くこと）夜番太鼓を打ち合す。

六　後ろにあった屏風を蒲団《ふとん》の前にもってきて、お袖・与茂七を見物の目から遮蔽《しやへい》してしまう。

だし抜かれた直助

七　直助は浴衣姿で上手障子を開け、そっと屏風の外から中の二人の睦言《むつごと》を聞き、悔しがる思い入れを様々に演じて見物を笑わせる。

八　宿の者を呼び出すために手を叩いた。

九　公《おおやけ》の遊女屋ではないのだから、おおっぴらに手を叩いて人を呼んでは危険なのである。ことに浅草裏田甫の馬道辺りの私娼窟は「馬道、浅草チヨンノマ、金一歩、当時なし。紫鹿子に云、此浄土、物事静にて、人柄、髪の風、地娘といふたて、至て人目を忍び、つゝしむ故、騒ぎはならず。按に当時の地獄といふものにや」（『岡場所廓考』）とい

直助　なに、かくし売女《ばいた》のくせに、廻しも気がつよい。あの女は泥坊《どろばう》だ。大騙《おほがたり》だ。それを承知で買はせるからは、うぬらも《お前らも》盗人《ぬすつと》の同類だぞ〳〵

宅悦　モシ〳〵、なんぼ《いくら》出たらめの悪態《あくたい》でも、盗人泥坊と言はれてはすみませぬ。それにはなんぞ証拠がござりますか

直助　証拠といふはこの屏風の内、寝てゐる野郎も大泥坊だ

トわめく。この時、与茂七・お袖、屏風をあけ

与茂　コレ、さつから聞いてゐれば、盗人の泥坊のと、そりやアだれの事だ

直助　外《ほか》でもねへ、うぬら《お前ら》二人《ふたり》の事だ

与茂　ヤア、さう言ふわりやア《お前は》、見たやうな男だが

直助　見たはずよ。以前屋敷の同家中、奥田が家に下部《しもべ》奉公、今は商人《あきんど》薬売り、藤八五文で仕出した《もうけた》金、地獄の女におこはにかゝつちやア男が立たね《すたれる》へ。それゆゑ騙《かたり》だ、大泥坊だ

われた。その風俗を当て込んだもの。

一〇 直助と与茂七とに、お袖を二重売りしたことを言ったもの。

一一 「廻し」とは、遊女が幾人もの客を回って、同時に勤めること。遊里のしきたりで、吉原には専用の「回し部屋」があった。

一二 回しをとるなどというのはちゃんとした遊女屋のこと、隠し売女のくせに回しをとるなどもっての外だというのである。

一三 ペテン。詐欺。

一四 悪口。直前に「出たらめ」とあるように、江戸っ子特有の見てくれの啖呵《たんか》に近い。「鬼の女房にや鬼神がなると、今からこの揚巻が悪態の初音」（「助六」）などと、大勢の前で悪態をつくのを見栄《みえ》にしたものも存在する。但し直助の悪態は、かなりリアルな汚ないものとなっている。

一五 さっきから。底本・東大本ともに「き」がない。こうした急場の語調では「き」は息で飲んでしまい、発音されないのである。一種の江戸弁。本作でも、「お政《まさ》さん」が、「おまさん」と呼ばれた例（五六頁参照）がある。

一六 「おこは」は、美人局《つつもたせ》のこと。男女がぐるになり、女が男を誘惑し、その場に男が踏みこんで金銭をゆすり取る。「おおこわ」の転訛《てんか》とも。

直助の啖呵

与茂　そんなら今のあの金は

直助　女が懐財布の金《女の懐ろにある財布の金》、[一]ほつかり渡しておいたのも《〔今となっては〕》、[二]もしやにかゝつたや[三]ら、腹立つ《腹だたしい》その上傍で、舌《した》たるい夫婦呼ばはり。あまつさへ《その上に》、おれ《おれが》が銭で《出した金で》買つた酒まで、たゞくらつての《ただ飲みしての》いちやつきを、仏のやうな男でも、胸[四]の炎《ほむら》は地獄の廻し、うぬらは盗人、大騙《おほがたり》。〇[五] [六]トサア言つてはあんまりありふれた、憎まれ口もよつぽど古風《憎まれ口をきくのも古くさい》。どうで《どうしても》売女《ばいた》に出るからは、[七]一座廻しを合点《がつてん》で、おれが方へもすべよく《さっぱりと》出れば、金もやらうしこの場もすます。[八]洒落《しや》れてしまふがいゝぢやアねへか

　　トお袖にしなだれかゝる。与茂七、隔て《〔中を〕》ゝ

与茂　[九]イヽヤならぬ。武士の女房、金銀づくで外の男に添寝《そひね》さす事まかりならぬ

直助　なんだ、武士だ《武士だと》。〇[一〇] コレ、以前は武士でも今は浪人、町家《ちやうか》の住居の小間物屋《〔ではないか〕》。それでも武士か

一　いい気分で、うっかり。
二　「もしや」とは、詐欺のこと。
三　伊原本・全集本とも「やら、腹立つ」なし。
四　瞋恚《しんい》の炎。地獄の「炎」に掛ける。
五　がらっと気を変える思い入れ。
六　「ト言つては」の間に「サア」という思い返しの語が入った。
七　幾人かの一座で、女をたらい回しにして寝ること。
八　物わかりよく、洒脱《しゃだつ》なさばきをすればいい、の意。つまり、お袖をこっちへも回してくれというのである。
＊　ここの直助の台詞は、悪党として徹底したい気持と、お袖に対する未練とに分裂している。松本幸四郎のようなこわい顔をした実悪の役者が、こんな未練たらしい台詞をいうのが、生世話《きぜわ》の愛敬であった。
九　お袖との色模様では町人言葉を用いていたが、ここで一転して、強面《こわおもて》な侍の言葉で高飛車な態度に出る。
一〇　気を変えて、声の調子が一段と高く、激した言い方となる。

与茂　ヤ[一一]

直助　女房〳〵と味噌[一二]らしく《自慢らしく》、〔言うが〕どこから貰つてだれが仲人《なかうど》。よしまた相対[一三]の夫婦にもしろ《だったとしても》、隠し売女に出しておけば、買ひに来たおら《俺は》アお客だ。まこと武士の浪人が、女房を地獄に出してもすむか

与茂　[一四]サア

直助　たゞし、女が《女の》親の貧苦を貢いでやる《助けてやる》、金があるか

与茂　[一五]サアそれは

直助　[一六]それ見ろナ。おらア畢竟《ひつきやう》深切づくで《結局親切心で》、親の難儀とあるゆゑに《生活苦というから》、金まででやらうといふ男を《この俺を》、ぬつぺり《すっかり》だまして一文の、はたらきもねへ《稼ぎもない》浪人を、亭主でござると嬉《うれ》しがる、思へばやつぱり親不孝。金もいら《いらない》ずは《というなら》こつちへ返せ。どうで《いずれにしても》貧乏神のとつついた、うぬらに《お前らに》金はさづからねへハ。きり〳〵《さっさと》こゝへ〔財布の金を〕出してしまへ

[一七]トいろ〳〵言ふ。与茂七、口惜しき思ひ入れにて

与茂　エヽコレ、貢ぎの金も少々はたくはへあれど《溜めてはあるが》、[一八]義士の神文《しんもん》。外《ほか》へ

一一　言い込められた際の語。
一二　手前味噌の略。味噌をあげるともいう。
一三　仲人を介さず、お互い同士の意向で夫婦になったものをいう。
一四　返す言葉もないときの発語。
一五　言い込められるとき、三段に詰めるのが通常の演出であるが、ここでは一回で済ませている。これも生世話としてのこの場に現実感をもたせるための技法の一つ。
一六　直助の与茂七をなじる台詞には理屈があって現実的である。実際、お袖は直助をだましたことになるが、見物の方からいえば、だまされた直助は笑いの対象になって同情はひかない。
一七　この台詞のほかにいろいろ言ったというのではなく、この台詞のように様々になじったという説明である。
一八　四十七士どうしで神に誓いを立てた誓《せい》文《もん》。自分から「義士」というのはおかしいが、「忠臣蔵」の四十七士はすべて義士、という当時の社会の通念に従ったもの。

遣《つか》[一]はぬ配[二]分金

直助　ヤ[三]

与茂　エヽ、瓦《かはら》[四]も同じ

　　　ト[五]我が懐《ふところ》へ思ひ入れ。お袖、以[六]前の財布を出し

お袖　ソレ金

　　　ト投[七]げ出す

直助　すんでの事にあぶない事よ《騙りとられるところだった》

お袖　それ返したら言《い》ひ分《ぶん》も《［あるまい］》

直助　あつても言はねへ。なに、未[八]練らしい

愛想づかし

お袖　最前いろ〳〵深切に、言うたこの金その時も、底に針[九]ある詞《ことば》のはし。とるまい《貰うまい》とは思うたれど、そこがさもしう《いやしく》世につれて《世に落ちぶれ》、親の難儀とついこの金、ちつとの間懐へ、入れておいたがこつちの仕落ち《こちらの落度》。それを言ひ立て《言い張って》盗人の、やれ騙《かた》りのと声高《こわだか》に、わづかな金で腹立てる、ほんに貧苦なわたしらより、心のむさい《汚ない》直助殿。千金万金つんだと

一　東大本「遣へぬ」。その場合は遣うことのできぬ金の意となる。

二　塩冶家没落のときの配分金。四十七士は敵討ちの資金として配分金を使用するとの契約を交わしている。

三　口惜しまぎれに与茂七が口をすべらした配分金の話を聞きとがめる語。

四　懐ろに持っていても使われぬ金だから、今は瓦礫《がれき》も同じ、値打ちのないものだ、の意。

五　自分の懐ろに持っている配分金に思い入れする。

六　直助から貰った財布の金。

七　お袖が投げ出した財布を直助が拾い取る。

八　未練たらしいと言っておきながら、お袖に対する未練が洩れ出ているうまい台詞。現行演出ではここでお袖・直助が、バッタリとツケ入りの「見得《みえ》」になると、下座は「あま合方」にかかり、次の台詞となる。

九　底本「釘」。伊原本により改めた。

一〇　ここは夫与茂七のこと。

一一　心が金に匹敵する、の意。

一二　苦しみ。

て、なんの心に従はう。[一〇]ぬしは貧しい浪人でも、わたしが好いた心[一一]
が金。日本中の宝をば、山につんでもかへられぬ、大事の男。この
後わたしがどういふ[一二]苦患《くげん》、身を切り売りにしてなりと、かはいゝ男
の為と思へば、辛苦《しんく》な事《つらいことも》もござんせん。ほんに今まで[一三]あたいやらし
い。つけつ廻しつ無理くどき。この後ふつつり《きっぱりと》うるさい悪魔、払う
たと思《おも》や《思えば》このやうな、嬉しい事はないわいナ

直助　エヽ、それほどまでに惚《ほ》れた男と

お袖　いやな男とくらべては、[一四]毒と薬の隣り同士《どし》、目に見るさへもいやぢ
やわいの

直助　エヽ、畜生め
[一五]トこなし。直助、思ひ入れ。[一六]流行唄《はやりうた》になり、向ふより《花道から》、藤八、
以前の形《なり》にて、出て来り[一七]

藤八　あの野郎《(直助)》めは、どこへか[一八]はまり込んでゐるかしらん。なんでも《おおかた》地獄《地獄宿》
へ《の女に》はまつたに違ひないわへ

一二「あた」は接頭語。「いやらしい」が強調される。
＊女の「愛想づかし」である。嫌な男に憎まれ口をたたくというこの件は、「愛想づかし」の型としてはストレートなもので、同様な例としては「助六」（『助六由縁江戸桜《すけろくゆかりのえどざくら》』）の揚巻《あげまき》や、「佐野次郎左衛門」（『籠釣瓶花街酔醒《かごつるべさとのえいざめ》』）の八橋などにみられる台詞が挙げられる。また、「殺し」の伴う世話物では『五大力恋緘《ごだいりきこいのふうじめ》』『伊勢音頭恋寝刃《いせおんどこいのねたば》』などのように、愛する者に心にもない愛想づかしを言って別れさせるという設定が見どころとなっていることが多い。
一四 毒と薬のように、見た目は同じようだが正反対のものを並べたようだ、の意。「助六」における揚巻の、助六と比べた意久への悪態をふまえた台詞。
一五 悔しがるこなし。「こなし」とは、歌舞伎用語で、仕種《しぐさ》、演技のこと。
一六 現行演出では「江戸で唄入り」に「題目太鼓」で出、以下、藤八の入るまで「引流し」で続ける。
一七 花道の七三で次の台詞となる。
一八「はまり込む」は、女の色香に溺《おぼ》れること。

藤八の追打ち

ト言ひながら舞台《本舞台へ》へ来り

御免なされませ。○[一]

　ト門口をあけ

[二]やア、こゝにゐた〳〵

直助　[三]やア、おめへは

　ト逃げさうにする

藤八　[四]どつこい〳〵。おほかたこんなところにゐるであらうと思つた。道理でこの頃売溜《うりだ》めもよこさず、薬もかためておろし売り《卸売りにし》、親方からは仕切[五]りの金まで、[六]皆うぬが《全部お前が》引きずり込んで、[七]地獄狂ひとは太いやつだナ〳〵

直助　モシ、なにわしがそんな事をするものか。売溜めも薬も、あした親方のところへ持つて行[八]きやす

藤八　そんならなにしにこゝへ来てゐるのだ

直助　サア、こゝへ来てゐるのは。○[九]　オヽそれ〳〵、肩がつかへたから《こったから》、

一　侍階級などが他家を訪問する際には、門口で挨拶《あいさつ》をして、中から戸を開けるまで待つが、こうした下賤《げせん》の者たちの場合は、挨拶とともに手をかけて戸を開けてしまう。

二　直助を見て言う。

三　藤八と顔を見合せて言う。

四　直助をつかまえて言う。

五　仕切金。買い手が売り手に支払う金。

六　直助が私腹をこやしていたことをさす。

七　地獄の女を買うのに夢中になること。

八　行きます、の意。「やす」は町人の丁寧語。弱点をつかれたので下手《したて》に出たのである。

九　返答に詰って言い訳を考え、ふっと思いつく。

灸《きう》をするに来たのさ。こゝの内は《この家は》灸点《灸点屋》だから、灸をするに来たのさ。

ノウ《ねえ》、かみさん

ト目で知らせる《合図する》

お色　さやう〳〵。今するかゝる最中で《ところで》ございます

宅悦　そこに[一〇]艾《もぐさ》がほぐしてある。早くするてあげ申せ

直助　[一一]コレサ〳〵、本当にするなくてもいゝわさ

藤八　灸をするとは啌《うそ》つきの。やつぱり地獄狂ひだらう

直助　どうして《いやいや》、今灸をするてゐるのさ

ト[一二]肌《はだ》をぬぐ。お色、艾《もぐさ》をとつて来《きた》り

お色　ソレ、[一三]皮切りぢや

ト[一四]灸をするる

直助　アツヽヽ。これがほんの[一五]焦熱《せうねつ》地獄、モウよい〳〵

藤八　たつた一ツでよいとは、[一六]ハテ、よくきく灸だ。この灸は一ツで[一七]二朱か。も一ツするるとお[一八]直しになるだらう。なんでもかでも売溜めと

一〇　底本は「灸」と書かれた横に「艾《もぐさ》」と訂正してある。東大本「もくさ」。

一一　宅悦の台詞に驚いて、本当に灸をすえられてはたまらぬと思ったのである。

一二　藤八に見破られそうになったので、痩せ我慢をして両肌《もろはだ》を脱ぐ。

一三　一番はじめにすえる灸。灸点用語。熱さに馴れていないので格別熱い。

一四　両肩の痃癖《けんぺき》に艾を置き、線香の火をつける。

一五　八大地獄のうちの第六番目。炎熱地獄とも火焚《かぼん》地獄ともいう。猛炎に炙《あぶ》られる地獄。

一六　藤八は、直助の嘘を見抜いて、あざ笑うようにいう。

一七　地獄の揚代を灸代に見立てて嬲《なぶ》っているのである。足力按摩屋での灸代は、『守貞漫考』によれば二十四文。

一八　遊女屋で一定の時間をすぎると、二度代金を払わなければならない。これを「直し」という。灸を女と掛けてあるので、二度灸をすえると「直し」になるだろうとあざけったのである。

裸にされる直助

薬を持つて行かねばならぬ。サア〳〵、よこせ〳〵

直助　明日《あした》わしが持つて行きますよ

藤八　なにを、うぬが親方のところへ《お前が親方の許へ〔行けるものか〕》、出入り[一]は叶《かな》はぬ、おれに取つて来《〔金と薬を〕》いと言はしつた《言われた》。サアよこせ〳〵。〇

ト直助を捕へ、懐《ふところ》より、金財布《ざいふ》[二]を出し

藤八　そりやこそ《やっぱり》〳〵、こゝに持つてゐる。薬の代金のかはり、その着物と羽折《はおり》をよこせ

直助　これまで取るのか

藤八　これも親方の仕着《しき》せ[三]だ。灸をするゐに来たのに、羽折[四]できまつて来ず《着飾って来るまでも》ともの事だ《ないことだ》。きり〳〵《さっさと》脱げ〳〵。〇

ト直助を裸《はだか》[五]にして、羽折・着物を取り、金財布《ざいふ》もともに取り上げ

ふてへやつでござるわへ。〇

ト これをかゝへ、門口へ出て

一　親方が藤八に、直助はもう出入り差止めだ、金と薬を取り返して来い、と命じたのである。

二　直助がお袖にやり、またお袖から返された財布が、また藤八によって持って行かれてしまう。巧みな小道具の扱い方である。

三　支給の定め着。商家で、重年の奉公人に夏冬二季に与えた着物。多くは木綿の縞物。

四　女を買いにゆくのなら足もとをみられぬように羽織を着てめかしこみもするだろうが、灸をすえに来たのだからそんなに見栄を張ることはない、というもの。

五　直助は褌《ふんどし》と腹巻きだけになる。

宅悦　どなたも《みなさん》おやかましうござり《お騒がせいたしました》ます
かう《このように》丸裸にされては、こつちの勤め《代金》も
お色　[六]ちやアふうかへ
直助　〔女に〕ふられたからは〔代金を〕やらずともいゝわへ
宅悦　[七]ほんに今まで薬売りの
お色　藤八
宅悦　[八]ざまア
藤八　[九]奇妙
ト流行唄《はやりうた》になり、藤八、〔は〕着物をかゝへ、向ふへ《花道を》[一〇]はいる。与茂七、
最前よりこの様子を見てゐて
与茂七　なるほど、今時《近頃》の薬売りは違つたものだ。〔自分のような〕一文《いちもん》なしの素《す》浪人でも、親方の物を引きずり込んで《とり込んで》、着物まではがれはしないが、さつきから金持〳〵と、[一一]金片切《かねびら》つた商人が、[一二]りつぱな形《なり》だ。あの金は親方の金か。人《他人の》の金を引きずり込んで《とり込んで》、それで金持と言はうなら《言うのなら》、[一三]御金蔵

六「ちやアふう」とは、うやむやに消えてしまうこと。「もし明日にもお死になされては、大枚の金が、ちやアふうになります」（『一粒万金談』朋誠堂喜三二）。
七 宅悦・お色の夫婦が、直助から金が取れぬと知って、馬鹿にし、罵《ののし》る台詞。
八「ざまア見ろ」の略。見られたざまではない、の意。前行を受けて「藤八様」にかけた駄洒落。底本・東大本「さまあ」。伊原本に従った。
九「藤八」「五文」「奇妙」となるところだが、「五文」を「ざまア」と洒落《しや》れて言い換えたのである。いつも直助が「藤八五文」、藤八が「奇妙」と言って薬を売り歩いているので、習慣のままに藤八の「奇妙」が出たことになる。二四頁の一三行目「藤八おもん奇妙」と対照させれば面白い。
一〇 藤八の出《で》のときの下座音楽が、ここまで「生け殺し」（六九頁注一一参照）されながら続く。
一一「金片切る」とは、金を惜しげなく派手にぱっぱっと使うこと。
一二 裸の見すぼらしい姿を皮肉った語。
一三 大名の金蔵。暗に、御用金を盗んだ伊右衛門のことを連想させる。

の番人は、みんな金持。盗人騙《かたり》と大声で言つたその身が今目前《今目の前で本当の》、ほんの正銘大盗人。[一]ハテさて気の毒千万ナ

お袖　ほんに思へばあの金もとらぬが仕合せ《貰わなくて幸いだった》。[二]盗人のすでに同類。こはい事

ト直助、しよげてゐる思ひ入れ

宅悦　コウ〳〵、裸《はだか》でおらが内に《私の家に》[三]ゐられてはあやまるの《参ってしまうね》

お色　はやく出て行きなせへ〳〵

直助　今出て行くわへ。エヽいま〳〵しい。とんだところで恥面《はぢつら》を［かいた］

与茂　恥と思はぬ逃げ支度。思へば灸も無駄にするゑ

お袖　[四]山も見られぬあの姿

与茂　こつちはこれから夫婦づれ

お袖　手に手をとつて

宅悦　お帰りならば、挑灯《てうちん》を貸して上げませう

与茂　アイ、そんなら挑灯借用代

一　小気味よさそうに言う。
二　すんでのところで盗人の同類にされるところだった、の意。「すでに盗人の同類」とあるべきだが、台詞では文脈よりも強調すべき語や音楽的律動の方が重視され、見物の印象に訴えるために倒述することが多い。「それぢや、額の、親父に疵《きず》がなかつたか」(『三《さん》人吉三廓初買《にんきちさくるわのはつがい》』)。
三　東大本「いてつかれては」。
四　前途の見込みがたたないさまをいう。
五　提灯借用代に二朱とは、張り込みすぎである。直助に見せつけるために見栄を張ったことになる。
六　二人一緒に言う台詞。思わぬ実入り《みい》り(収入)に、欲張り夫婦が共に喜んだのである。
七　直助のような泥棒がいるから。
八　旧浅草山之宿町辺りの地名。宅悦の家がある所。三三頁注一三参照。

トまた懐《ふところ》より、二朱[五]出してやる。お色・宅悦、受け取り

お色 宅悦 エヽ、[六]有難うござります

与茂 コウ、あんなもの[七]が内にゐるから、油断しなさんな

宅悦 なに、今に叩《たた》き出しますよ

お色 アイ、お挑灯

ト藪《やぶ》[八]の内と書いたるぶら[九]挑灯〔に灯をつけ〕を渡す。与茂七、これを持ち

お袖 サア、モシ、こちの人《あなた》

与茂 今宵は外《ほか》[一〇]でしつぽり[一一]と

ト両人、門口[一二]へ出ながら

お袖 つもる咄《はなし》を

与茂 道々二人《ふたり》〔で〕

直助 [一三]エヽ、思へば

与茂 [一四]浦山《うらやま》しいか

直助 [一五]目あては挑灯

九 この提灯は後の場へつながりをもつ重要な小道具。

一〇 東大鶴見校訂本の「他で」によって「ほか」と読む。他所《よそ》で、の意。

一一 しっぽりと濡れる意。男女のこまやかな情交をいう。「今宵しっぽり露霜に、色づく…」（『積恋雪関扉《つもるこいゆきのせきのと》』）。

一二 戸を開けて門口へ出る。

一三 「エ、」は、口惜しがる声。「思へば」は、下に「悔しい」などが省略されており、もっと強めると、「思へば〳〵」となる。東大本は、この直助と次の与茂七の台詞がない。今日の演出では、「与茂七 羨《うらや》しいか ○ 女房行かうか お袖 アイ」との台詞の後、「露の情唄入り」の下座になって、二人は花道を入り、直助が残ることになる。

一四 「羨《うらやま》しい」の当字。「悔しいか」と言うかわりに「羨しいか」と、直助の台詞を先取りしている。

一五 二人が去ってゆくのを見て、直助の口惜しさは高潮する。ついに殺意を生じた直助は、与茂七を殺す目当てはあの提灯と、きっと決意を示すのである。直助という下僕が、下女に惚れたことを馬鹿にされて主人を殺害するという巷説をふまえた趣向。

トきつと《決然と》立ち上がる

宅悦　はやく出てうしやアがれ

ト直助を突き飛ばす。そのまま、直助、門口へ行かうとする。与茂七、〔門口から〕内をさしのぞく、お色、門口をさす《門口をしゃんと閉める》。直助、尻餅《しりもち》をつく。柝《き》[一]の頭。お袖、〔与茂七の〕手をとり、こなし。宅悦、[二]〔直助に〕またかゝるを、[三]直助、きつと引きしき、表を窺《うかが》ふ。[四]この見得よろしく、[五]拍子幕

[六]禅《ぜん》の勤《つと》めにて[七]つなぎ、[八]引つ返し

浅草裏田甫の場(一)

本舞台、[九]向ふ、一面の生垣。上の方《上手》、稲叢《いなむら》[一〇]。この傍に、[一一]誂《あつらへ》の石。下の方《下手》、石地蔵。[一二]土手板。すべて〔浅草の〕裏田甫《たんぼ》の道具[一三]。こゝに、づぶ六・目太八・願哲《ぐわんてつ》・運哲、以前の非人《ひにん》の形《なり》。庄三郎、同じく菰《こも》冠《かぶ》りにて、皆々[一四]貧乏徳利、肴《さかな》[一五]のあら煮《に》を竹の皮へ包み、[一六]酒呑ん

一　幕を閉める拍子木の第一音。「柝頭《きがしら》」とも。ここで、尻餅をついた直助、外で思い入れをする与茂七・お袖・宅悦、といった具合に、それぞれ形のきまった模様となり、チョンと閉幕の拍子木の頭が入る。

＊世話物では、柝頭で一度きまっておき、再び動作をほぐして幕となる。大見得のまま幕になる時代物とは異なる。

二　宅悦は、捨て台詞を言いながら、直助を打とうとする。

三　宅悦を引きつけて膝の下へ組み敷き、与茂七・お袖のいる表の方を窺い見る。

四　幕の閉る時の決り文句。「見得」は、ここでは時代物の「見得」と違って、情景というほどの意である。「よろしく」は、役者の演技によろしく任せるという意。

五　拍子木を刻んで幕を引く。

六　長撥で大太鼓と銅羅縁を、ドンチトドン、ドンチトドン、ドンチト、チットン、チットンドンと打つ。「ぜんづと」とも。

七　次の幕へ連続する際鳴物でつなぐこと。

八　回り舞台を使うべきところを、道具または扮装上の都合で一旦本幕を引き、すぐにまた幕を開けてその効果を狙う演出。

九　ここは、舞台の正面。

乞食らの太平楽

でゐる。[一七]静かな禅の勤めにて、幕明く

運哲　今日《けふ》のやうな仕事が毎日あればいゝな

目太　さうよ、一人《ひとり》前[一八]小二朱一ツづゝの[一九]立ちまへだ

庄三　いゝ仕事をしたな。おいらに沙汰《さた》なしに《知らせずに》

づぶ　それだからこんなにおごるのだ《御馳走するのだ》

願哲　手めへの《お前の》仲間入りの時も、やつぱりこんなにおごつたぜ

づぶ　コレ、見や。これが二升の酒だ。[二〇]素人でもこんなにおごるものはあるめへ

運哲　なに《どうして》あるものか。昔の[二一]紀文大尽《だいじん》でも、おいらにやア叶《かな》はねへ。肴《さかな》を見てくれ〳〵

願哲　なんだ、鯛《たひ》だナ〳〵

運哲　[二二]鯛も野暮《やぼ》に身ばかりはねへハ。あら煮《に》だハ

目太　さうサ、[二三]素敵にあら煮だな。あんまり丁寧に身をとつてしまつたナ

一〇 稲束がかけてある。「忠臣蔵」五段目、山崎街道の場の見立て。
一一 のちに腰を掛けるための路傍の石。
一二 浅間神社の土手を表す切り出しの板。
一三 大道具のこと。舞台装置。
一四 一升または五合入りの口の長い粗製の酒徳利。瀬戸物。
一五 身をおろしたあとの骨にいくらか肉の付いた煮魚。
一六 欠けた茶碗に酒をついで飲んでいる。
一七 淋《さび》しい舞台情景を出す下座音楽。また次に起る殺人の無気味な雰囲気《ふんいき》を醸す。
一八「古二朱銀」の略。明和九年（一七七二）から文政七年（一八二四）までに出た貨幣。
一九 賃金。日当。「たちめえ」と訛《なま》る。
二〇 自分たち乞食を、玄人《くろうと》とみての発言。
二一 大尽（金持）の代表格、紀の国屋文左衛門。明暦の大火に材木商として大もうけをし、遊里で豪遊《ごうゆう》した江戸中期の豪商。
二二 肉ばかりの魚を食べるのは野暮で、自分たち通人はあら煮を好むのだ、というもの。この時代に八百善などで凝った料理が流行った。
二三 ここでは反語。骨だけで身のないことをいった。

づぶ　その替りどんないゝ女がしやぶつた骨かも知れねへ

庄三　コリヤア、[一]富士屋《ふじや》のおあまりだらう。さつき見てゐたら、[二]鼻の欠けた瘡搔き《かさかき》がしやぶつてゐたつけ

づぶ　エヽきたねへ事を言ふ。おらア[三]虫が悪いから、きたねへ事を言ふと、ぢきに《すぐに》胸が悪くなる

目太　[四]さまを見ろ。手めへが《お前の姿が》形《なり》がきれいな形か

づぶ　これでもおらアきれい好きだ。けして捨てゝある[五]菰《こも》は着た事がねへ。いつでも[六]仕付けのかゝつた、新らしい菰ばかりだ

願哲　菰に仕付けがかゝつてゐるものか

運哲　[七]体《からだ》に仕付けがあるといふのだ

庄三　こいつは違ひねへ。大笑ひだ

皆々　ハヽヽヽ

づぶ　大笑ひか中笑ひか知らねへが、なぜみんなおれを安くして《馬鹿にして》笑ふよ。コレ、[八]太平楽《たいへいらく》ぢやアねへが、この仲間ぢやアおれが[九]一番ふるいハ。

一　富士屋茂兵衛。浅草馬道にあった即席料理屋（『江戸買物独案内』）。

二　梅毒で鼻が落ちた者。「瘡搔き」も梅毒患者。夜鷹《よたか》を連想して言ったもの。

三　「癇《かん》」の俗称。「癇の虫」とも。

四　自分の姿をよく見ろ、の意。

五　乞食は、普通酒樽《さかだる》を包んであった薦《こも》をその背に着ている。

六　仕付け糸。新しい着物の仕立て上がりに形が崩れぬようにつける糸のこと。酒樽の両縁は、縄《なわ》で締めるように通してある。それを着物の仕付けに見立てたところに、面白味がある。

七　傷だらけの、あるいは膏薬《こうやく》を貼《は》ったその体を仕付け糸に見立て、さらに躾《しつけ》が身についている意を掛けた。

＊　実際の乞食の会話としては気がききすぎているが、黄表紙の流れをくむ知的な言葉遊びの面白さは当時の草双紙や滑稽本《こっけいぼん》の趣と通じるものがあって、言語遊戯にたけたこの幕の作者二世松井幸三ならではの冴えを見せている。幕末には、こうした役をやる達者な下回りの役者が揃《そろ》っていた。

八　「太平楽」は、言いたい放題を言うこと。

九　づぶ六役の市川銀兵衛に関する楽屋落ち。

皆々　腹からの宿なしだ《生れながらの無宿者だ》。はゞかりながら、田甫《たんぼ》の[一〇]づぶ六様といふ、人に知られた宿なしだ。あんまり籠《こ》[一一]めてくれるな

づぶ　ソリヤづぶ六がおこつた〳〵

皆々　なんだこいつらは

ト無性に《やたらに》腹を立てる

目太　ヤア、小屋[一二]の始めのひと踊り、づぶ六踊りが所望ぢやが、合点《がってん》か

皆々　オヽサテ、合点だ

ト皆々、踊りながら、禅の勤めになり、非人皆々はいる。[一三]ば[一四]た〳〵になり、向ふより《花道から》、秋山[一五]長兵衛、浪人[一六]の形《なり》、酒[一七]店の若い者を引つ立て出て来り

長兵　うしやアがれ《来やあがれ》〳〵

若者[一八]　ハイ〳〵、御免なされませ《お許し下さい》。モウ御勘定には及びませぬ《代金はいりません》。よろしうござります〳〵

長兵　イヽヤ、身どもゝ《拙者も》武士だ。呑[一九]んだ酒の銭をたゞは借りねへ。四[二〇]谷ま

一〇 泥酔者を意味する江戸語。普通名詞を役名としたのである。
一一 一緒くたにされてたまるものか。
一二 歌舞伎で、五月の曾我祭《そがまつり》に行われる雀踊《すずめおど》りの際の歌詞〽ヤア、千代の始めのひと踊り、仕出し踊が所望《しょまう》ぢやが合点か／オ、扨《さて》、合点だ」をもじったもの。この時大太鼓で雀踊りの囃子《はやし》が入る。「小屋」は、乞食小屋。
一三 下手の下座の口へ入る。
一四 これより東大本・伊原本は、九八頁四行までを欠く。「ばた〳〵」については、六三頁注一六参照。
一五 伊右衛門の浪人仲間。悪友。
一六 〈扮装〉黄八丈の着付に黒襟鼠袖《くろえりねずみそで》。茶の男帯。白の下がり。鬘《かつら》は袋付下馬銀杏《げばいちょう》。黒柄遣《づか》いの大小。黒緒の雪駄《せった》をはく。
一七 底本「音蔵」。下立役《したたちやく》等か。
一八 底本は役者名を欠くので補った。
一九 無銭で飲んだりはしないというのを、体裁よく言ったもの。

秋山長兵衛の出

二〇 本作の名題の由来となった地。四谷見付から内藤新宿に至る甲州街道の両側の町並みをいう。表通りは商家、裏は屋敷町・寺町。ここは武家屋敷の多い四谷新宿あたりの高台をさす。

若者　で参らば《〔一緒に〕来れば》、我に《お前に》払ってやらうと言ふのだ

サア、それぢやによつて《ですから》、モウ代物は《代金は》いりませぬ。なんぼ家業で《商売でも》も、わづか三百[一]か四百の銭で、山[二]の手くだりまで付馬《つきうま》[三]には参られませぬ。もうようござります。またおついでの節《〔戴けばよろしゅうございます〕》

長兵　イ、ヤ、借りねへ。おれも秋山長兵衛だ。仲間へ対して外聞がわり《悪い》い。払つてやるから来やアがれ〳〵

若者　なにサ、おついでゞよろしうござりまする

長兵　[四]引酒をしちやア武士が立たない。うしやアがれ〳〵

ト無理に引つ立てる。[五]若い者迷惑なる思ひ入れにて、逃げようとする。両人、[六]捨て台詞《ぜりふ》。[七]この時、上手より、[八]中間《ちゅうげん》伴助、出て来り。この中へはいり、ごつちやになる。[九]トヾ若い者《〔長兵衛を〕》、ふり放し、下座へ、逃げてはいる。長兵衛・伴助、顔見合せ

伴助　ヤ、あなたは秋山長兵衛様

長兵　コレハ伴助、よいところへ

一　三百文《もん》や四百文ぽっちで。
二　江戸の高台の住宅地。「下町」に対していう。
三　「付馬」は、無銭飲食遊興した客につき従って、勘定を取り立てにゆく者のこと。
四　ただで飲む酒。
五　役者名がないため、底本は「、、」として空白にしてある。
六　台本にない台詞。ここでは「サア失しやがれ」「もうよろしうござります」などと繰り返して言う。
七　二人が言い争っている時。
八　〈扮装〉紺看板《こんかんばん》。鬘は袋付下馬銀杏。中間木刀を差し福草履をはく。
九　「トヾ」は台本用語。いろいろあった末。とどの詰り。

一〇　民谷伊右衛門が日雇いで雇った下僕。

伴助　私もよいところでお目にかゝりました。あなたを今朝ほどより、一《あま》遍《ねく》尋ねてをりました

長兵　なんぞ急用でもあつてかな

伴助　さればでござります。[一〇]民谷の下部《しもべ》、日雇ひの[一一]小平め、夜前[一二]ソウキセイを盗み、[一三]かけ落ちを致したゆゑ、[一四]お旦那官蔵様もとも〳〵に手分けを致し、小平めが行方を尋ねをりまする

長兵　なに、スリヤ民谷の家に伝はる良薬を奪ひとつて。[一五]〇　ハテさて、[一六]人は人体《にんてい》によらぬものぢやな

伴助　さやう〳〵、名さへ小仏小平と申せど、とんだ[一七]イケつぶといやつでござりまする

長兵　なに、気遣ひない。きやつは《やつは》折々[一八]深川で見かけたれば、あの地をとも〳〵《一緒に》尋ねたら、よも《よもや》知れないといふ事もあるまい

伴助　[一九]それ究竟《くつきやう》。さやうなら《それならば》、その由お旦那へも申し聞かせ、伊右衛門様も定めし御安堵《あんど》《御安心［なされましょう］》

一一 小仏《こぼとけ》小平《こへい》。第二幕になって登場する人物。「め」は卑下の意を表す接尾語。

一二 民谷家家伝の良薬の名。一本に「蘇気精」。正しくは「桑寄生」。祛風《きよふう》・通絡に効果があるとされる漢方薬。大変稀な品で、聞きなれぬ名であるため片仮名書きにしてある。因みに、今日ではリューマチ等の薬として「サルノコシカケ」が桑寄生として市販されている。

一三 逐電すること。ここでは、男女二人連れで失踪《しつそう》する意ではない。

一四 伴助の主人関口官蔵。伊右衛門の仲間。

一五 「ウム」と考えこむ思い入れ。あの人柄の良い小平なのに、どうしたことかと考えこむのである。

一六 人柄。或いは「にんたい」と読むか。

一七 「太い奴《やつ》」を強調した表現。「イケ」は接頭語。

一八 隅田川河口の左岸の低湿地帯。現江東区。富岡八幡の門前町は、岡場所のような享楽街《きようらくがい》を生んだが、一帯は貧民住宅地でもあった。小平の家のある所で、後日序幕への導入にもなっている。

一九 それが最もいい、の意。

長兵　身どももこれより同道致さう
伴助　さやうならば長兵衛様
長兵　伴助、サヽ、コウ来やれ
　ト唄になり、両人、はいる。[一]庄三郎、[二]下座《げざ》より出て、あたり見廻し
庄三　今日《けふ》昼間、[三]地内にて取り落したる廻文《くわいぶん》状。その時ちやうど来《き》合《あは》せたあの与茂七殿。どうぞ安否《あんぴ》を聞きたいものだが
　ト[四]時の鐘、合方《あひかた》になり、向ふより、与茂七、以前の[五]ぶら挑灯《でうちん》をさげ、出て来り
与茂　[六]庄三郎がゐるところは、たしかにこゝら
　ト辺りをさがす。庄三郎、すかし見て
庄三　さう言ふ声は、与茂七殿か
与茂　庄三郎殿か。[七]○　コレサ、たしなみ召され《気をつけなさい》。[八]いかに若いとて、最前《さきほ》とても《どのように》思慮もなく、高野《かうの》家の侍に身の上をさとらるゝやうな事。[九]畢《ひつ》

一　舞台の上手の袖か、花道かへ入るのであるが、この場合は前者であろう。すぐあとで下手の下座の袖から庄三郎、花道から与茂七が登場するので、出会うことになってしまうためである。
二　東大本は、九五頁よりここまでを欠く代りに、「庄三　ハテさう〳〵しいやつらだ　○トあたりを見まはし」が入る。
＊　秋山長兵衛の件《くだり》は初日中幕への橋渡しとして、その内容を暗示する役割をもつ。
三　浅草観音の地内。
四　時の鐘の音を銅鑼《どら》でゴーンと聞かせ、三弦入りの木魚入りの禅の勤めで、淋《さび》しい夜道の感じを出す。
五　「藪《やぶ》の内」と書かれた地獄宿の提灯。庄三郎に会いにきたのである。敵討は女房といえども秘密だから、お袖は家へ返したことになろう。

義士の本心

六　庄三郎の住んでいる乞食小屋を訪れようとしているのである。闇夜《やみよ》に提灯の灯だけだから、暗闇の中をさがすような仕種をする。
七　東大本「か」なし。「か」があると、相手を確認する様子は出せるが、強い表現となる。
八　与茂七役の菊五郎と庄三郎役の松助とは

竟《きやう》身どもが参り合せたればこそよけれ《よかったが》、重ねて《これからは》から気をつけさっしやるがようござるぞ

庄三　御厚志《ご親切な》の御異見[一〇]、忝《かたじけ》なう存ずる《有難う存じます》。しかし鬱憤《うつぷん》忘れかね《口惜しさを押え切れず》、思はず知らず

与茂　それも尤《もつと》も。御主人の御無念のほど、明け暮れ忘れぬわれ〱なれば、かゝる《このような》姿もみな忠義〔ゆえのこと〕

庄三　それにつけてもあの砌《みぎり》[一一]、取り落したる義士の廻文

与茂　その廻文も身どもが所持《私が持っている》。これよりすぐに某《それがし》[一二]は鎌倉表へ立ち越え、それより都山科《やましな》[一三]へ通達して、思ひ〱に出立の、支度を調《しらぶ》《整える》るこの廻文

庄三　鎌倉へ御出であらば敵地の近辺。身の上をさとられぬやう拙者[一四]が姿と

与茂　なるほど、非人の姿と取り替へて。貴殿は江戸[一五]に徘徊《はいくわい》なす、一味の者へ

親子。役の上の関係だけでなく、実生活の面影が二重映しにされているところ。

九　運よく自分が来あわせたからいいようなものの、さもないと、とんだことになりかねなかった、の意。「畢竟……なればこそ」という慣用的言い回し。

一〇　忠告の意。

一一　あの時。

＊　ここでは二人とも武士の言葉になる。ことに与茂七は、町人の軽い台詞から、武士の堅い台詞へと言葉遣いを一変させ、そこが見どころの一つになる。

一二　『仮名手本忠臣蔵』が鎌倉を舞台にとっていることをふまえた。従って「鎌倉表」とあるのは実は「江戸表」のこと。直後（一三行目）に「江戸」が出てきて矛盾を生じているが、むしろそうすることによって当時の取締りの目をくらましているわけである。

一三　京都の山科。「忠臣蔵」九段目、大星由良之助の「山科閑居」の場を受けている。「山科へ通達して」は、由良之助に知らせることを意味する。山科は京都市山科区。

一四　お互いに衣服を交換して、目をくらまそうという提案である。

一五　江戸で敵《かたき》の様子をさぐって歩く同志の者たちと連絡をとってくれ、というもの。

庄三　最前聞いたる〔師直の〕屋敷替への趣《おもむき》[一]、花水橋の向ふ、葛飾郡《かつしか》へ引き移るとあるいちく\、余所《よそ》ながら《それとなしに》に知らすでござらう

衣服を取り替えて

与茂　しからば姿をかへぐ\《取り替えて》に

ト手早く着類をぬぎ、庄三郎の襤褸《つづれ》[二]と着替へる。庄三郎も、同じく与茂七の衣装を着て

庄三　この挑灯《てうちん》[三]は〔どうしよう〕

与茂　非人の《非人に》挑灯はいらぬもの。これも貴殿へ

庄三　[四]しからば与茂七殿

与茂　後《ご》しての面会《後日お目にかかりましょう》

庄三　[五]随分御無事で

与茂　御別れ申す

ト時[六]の鐘にて、与茂七、菰《こも》を冠《かむ》り、向ふ《花道を》へはいる。庄三郎、こ[七]なしあつて

庄三　これにてまづは一ツの安堵《あんど》《ひと安心》。しかし、急に違つたこの姿、仲間の乞《こ》

一　鎌倉雪の下新堀にかかる橋であるが、江戸の両国橋に見立てている。従って「花水橋の向ふ」とは葛飾《かつしか》郡向島のこと。直後に江戸の地名（葛飾郡）が出てきて矛盾をきたしているところが、かえって真相を悟らせる。向島は、隅田川を挟んで浅草に対する地域で、文人墨客の行楽の地、また別荘地であった。菊五郎の別荘も向島の寺島にあった。

二　乞食のぼろの衣装。

三　この提灯は、後の意外な展開を導く小道具なので、見物に印象づけるために特にこの対話が用意されている。

＊　役者の手に触れるものを小道具という。小道具係が製作管理し、小道具方が取り扱う。これに対する大道具は、舞台装置を意味するが、立樹は大道具でも、その枝を折る場合、役者の手に触れる枝は小道具の管轄となる。

四　与茂七から提灯を受け取って言う。

五　「随分」は、十分に、の意。強意の副詞。

六　惨事の場面を暗示する鐘の音。情景が一転する。また深夜への時間の推移をも示す。

七　与茂七を見送るこなし。

八　四谷左門の登場につく合方。三弦入り禅の勤めの鳴物《なりもの》。

食《じき》どもが見つけたら、また面倒。ちつとも早く今の内、さらだ〳〵

トやはり時の鐘にて、〔下手の〕下座へはいる。[八]合方になり、向ふより《花道から》、

左門[九]、以前[一〇]の形《なり》にて、出て来り

待ちぶせ

左門　ア世の盛衰とは言ひながら、不慮[一一]の事にて家中はちり〳〵、浪々《浪人の身の》の身の貧苦のなか、二君[一二]《じくん》に仕へず義を守り、身は泥水にけがれても、心は清きこの左門。それに引きかへ伊右衛門め、忠義[一三]〳〵と心の邪《よこしま》。かやうな不道《道に外れた》の悪者に、あのお岩めは添はしておかれぬ。それを《あれ》とやかう《これと言って》望む伊右衛門。なにとも以て得とく致さぬ《納得がゆかぬ》。◯[一四] ハテ、なんとした〔ものであろう〕

ト思案の思ひ入れ。[一五]この時、伊右衛門、下《下手》の生垣を押しやぶり、窺ひ出て、左門の行く先へ地蔵を蹴倒《けたふ》す。これにて、左門、〔地蔵に〕けつまづき、思はずこける。伊右衛門、そのまま《そこをめがけて》大[一六]袈裟《げさ》に切り下げる。左門、ハツと倒れる。伊右衛門、足を踏みかけ、止《とど》めをさゝうとする。左門、起き上がるを、[一七]よろしく踏みつ

九　四谷左門に扮した尾上蟹十郎《かにじゅうろう》は、菊五郎の養父尾上松緑の門弟で、江戸ではその他大勢の下立役《したたちやく》だったが、旅役者となり奥州辺の芝居では座頭株の大立者であった。川柳に「江戸の後足仙台へ行ってはね」と詠まれたのを地でいった役者で、菊五郎は自分の一座の貴重な脇役として彼を呼び寄せたのだが、格式を重んじた江戸歌舞伎にあっては稀な現象であった。

一〇　三六頁注七参照。

一一　思いがけぬ事件で、の意。塩冶判官切腹の御家騒動をさす。

一二　「忠臣は二君に仕へず」(『史記』)をふまえた表現。

一三　口先では忠義を唱えながら心は邪険だ、の意。

一四　思いあぐむ思い入れ。

一五　これまでに、左門は本舞台にかかる。伊右衛門は、先回りして生垣の後ろに潜《ひそ》み、左門を待ち伏せしていたことになる。東大本・伊原本では、左門の後を伊右衛門が追い、呼びかけて出る。これは『仮名手本忠臣蔵』五段目の定九郎の面影を写している。

一六　肩先から、いわゆる袈裟がけに、斜めに切り下げる。

一七　「よろしく」は役者の演技に任せる個所。

浅草裏田甫の場(二)

二つの惨劇

け、刀をふり上げ[一]、きつと見得[二]。時の鐘にて[三]、この道具廻[四]る。

本舞台、向ふ《正面いっぱい》一面の槇垣《まきがき》[五]。上の方《上手》、富士浅間《せんげん》[六]の賽銭《さいせん》箱。同じく裏田甫《たんぼ》の道具。こゝに、直助、頬冠《ほほかぶ》りにて、与茂七の衣装を着てゐる庄三郎を、出刃にてさし殺してゐる。尤《もつと》[七]も、以前の挑灯《てうちん》、取り落しある。時の鐘にて、道具止る[八]

トちよつと[九]立ち廻つて

直助　恋の敵の佐藤与茂七、宵《よひ》の意趣を覚えたか《恨みを思い知ったか》。◯

ト止めをさす。やはり《続いて》、捨鐘[一〇]、虫の音[一一]

後日に見とがめられぬやう、つらの皮《顔の》を。◯[一二]

ト持つたる出刃にて、皮[一三]をくる〳〵とめくり

[一四]刃物があつては《証拠が残る》

一　底本「ふみ上ケ」。東大本に従った。

二　台本用語。格好よくポーズを作り、面《おもて》を切り目を見開いてきまり、緊張して静止した形をとる。このとき「ツケ」が「バッタリ」と入る。

三　凄《すご》みを出す効果と、回り舞台にかかる合図を兼ねる。これに「風の音」をきかせる。

四　大道具が回ること。ここは、道具替りの定まりの合図の柝《き》を用いず、いわゆる「柝無し」で回る方法(「鳴子回し」)を用いた。江戸時代には、舞台下の奈落《ならく》に鳴子を引いておき、舞台上で道具方が鳴子を引く合図によって回した。

五　槇の生垣。

六　浅草千束《せんぞく》の富士浅間《せんげん》神社。前の場が神社の垣の外、この場は垣の内という設定。

七　「尤も」は以下が但し書きであることを示す。提灯のために与茂七と間違えて庄三郎を殺したことを見物に納得させるため、目につくように置く。

八　回り舞台が回ってきて、止る。この間すべて「風音《かざおと》」でつなぐ。

九　ちょっと庄三郎の抵抗の動作があって。

一〇　時刻とは無関係に、凄味《すごみ》を出すための銅鑼《どら》を打つ。

ト思ひ入れあつて、垣根のきはへ、出刃をかくす。[一五]ばた〳〵に
なり、[一六]上の方《上手の》の垣より、左門、[一七]朱に染まり出る。跡より、伊右
衛門、抜刀にて出て、[一八]ちよつと立ち廻りあつて、左門を切り倒
し、[一九]止めをさし

伊右　強情ぬかした老いぼれめ、刀の錆は《〔となったのも〕》自業自得。[二〇]ハテ、いゝざまだわ
へ

ト直助、[二一]傍へ寄り、すかし見て

直助　さう言ふ声は、たしか民谷の

ト伊右衛門、同じくすかし見て

伊右　[二二]奥田の下部《しもべ》直助か。どうしてこゝに《〔いるのだ〕》

直助　恋の意趣《恨みの》ある佐藤与茂七。たうとうこゝで

伊右　ばらしたのか《殺したのか》

直助　おめへも誰やら

伊右　女房《(お岩)》の親の四谷左門、お岩を返さぬその上に、国で《国元で〔俺が〕》ぬすんだ用金を、

一一 虫笛で淋《さび》しい野山の感じを出す。
一二 「そうだ」と考えつく思い入れ。
一三 今日では、ゴム製の顔の皮をむしり捨てるさまを見せるが、古くは赤く染めた和紙を濡らして用いたのであろう。南北独自のグロテスクな手法。『男券盟立願《おとこむすびちかいのりゅうがん》』『敵討乗合噺』に先行の趣向がある。
一四 顔の皮をめくるのと同じく、証拠を消すための手段である。
一五 駆け出してくる足音。ツケの音である。
一六 垣は、前の場の続きの場として移動して用いられている。
一七 破れた肩から血の色の布を見せるか、血糊をべったり塗るかしてよろめきつつ出る。
一八 時代物の立回り(殺陣《たて》)は、舞踊化された様式性を見せるが、世話物の場合は、写実を旨とする。この場合も三、四回の刀の打ち合せがある。
一九 ここで効果を出すための捨鐘が入る。
二〇 せせら笑うように、鼻にかけて言う。
二一 伊右衛門の傍へ寄って闇をすかし見る。
二二 直助は奥田将監《しょうげん》の下僕だから、旧主人の子息を殺したことになる。恋敵を殺すかのように見せて、結局巷説の主殺し(九一頁注一五参照)になるという仕組みである。

けどつた《気づいた》老いぼれ。後日のさまたげ《将来の邪魔になる》、それゆゑ是非なく〔殺したのだ〕

直助　ちやうど〔二人〕揃つた人殺し、一寸のがれに《その場のがれに》〔人に〕知れぬやう、つらの《顔の》皮をめくつておけば、当分気やすめ

伊右　いかさま《なるほど》、そんなら身どもも老いぼれめの

ト刀にて、左門の顔を切らうとする。向ふ《揚幕の方》、ばた〳〵と人音す〔の足音〕るゆゑ、伊右衛門・直助、ちよつと[一]小隠れ《後ろへ隠れる》する。時の鐘、[二]合方になり、向ふより《花道から》、[三]菊五郎二役[四]お岩にて、手拭《てぬぐひ》を冠《かぶ》り、[五]安下駄をはき、[六]糸立《いとだて》をかゝへ、出て来り

お岩　モウよつぽど夜深《ふ》けでもあらうに、このマアとゝさんは、なにをして帰りのおそい事ぢややら。お年の上《老年ではあり》といひ、宵からの胸さわぎ、急に案じられるゆゑ、お迎へに出てみたが、どこにお出でなさんす事やら

ト このやうな事言ひながら、舞台へ来る。[七]下座より、お袖、以前の形《なり》にて、小挑灯を持ち、走り出て来り、思はず[八]お岩に行き《つき当》

一　お岩が駆け出してくる足音を聞いて、伊右衛門・直助はそれぞれ上手・下手に別れ、後ろの垣根の元の闇《やみ》にしゃがみこんで様子を窺《うかが》う。

二　現行では、三弦入り禅の勤めの合方に「風の音」をかぶせる。

三　尾上菊五郎が、初日序幕で与茂七・お岩の二役を勤めることをさす。女形のお岩は立役からの加役ということになる。このほか小平役もあわせると三役を勤める。

四　〈扮装〉黒縮緬《ちりめん》花色裾付、紫御殿模様の肩入れの入った着付、黒繻子《じゅす》の丸帯。丸髷《まるたぼ》の唐毛のつぶし島田に、晒《さらし》手拭を吹き流しにかぶる。武家娘であることを示すために、衣装の接《つ》ぎはぎの肩入れの布に御殿模様のものを用いてある。

五　南北の先行作『色一《いろいち》座梅椿《ざうめとしらたま》』《行き合った姉妹》のおつるは草履下駄《ぞうりげた》。但し現行演出では藁《わら》草履ばきである。

六　麻糸を縦糸とし、横糸を藁で織った安筵《むしろ》。夜鷹《よたか》などの街娼《がいしょう》が商売用に抱えて出るもの。

七　この場合は、上手の下座の口から出る。

八　ここでお岩は、お袖と入れ替って上手へ行き、お袖が下手になる。

当《り》り、びつくりして

お袖　ハイ〳〵、御免なされませ、心のせくもの《急ぎの者で》でござります

　トこれにて、お岩、お袖を見て

お岩　ヤ、そなたは妹

お袖　オヽ、姉さんかいナ。◯[九]

　トお岩の形《なり》を見て

おまへマア[一〇]あぢな形をしてゐなさんす。ことに夜深けといひ、[一一]身持ちでゐながら、冷えては〔体に〕悪いぢやござんせぬか。さうしてマア、なんぼ別れてゐればとて、夫のある身で、おまへはいやしい[一二]辻君《つじぎみ》の

お岩　[一三]アヽ、これ。◯[一四] なるほど、朝夕貧しい暮しをするゆゑ、そのやうに思やるも尤《もつと》も。また、わしが[一五]このやうな物かゝへてゐるゆゑ、なほさらさう見ゆる筈《はず》ぢやが、さつきに内を出る時に、〔雨が〕すこしばらついたゆゑ、傘《かさ》はなし、それでこれを。◯[一六] マア〳〵、わしよりはそな

＊菊五郎は、初期の当り役である「湯上りの累」をはじめ、加役として女形をしばしば勤めた。その天稟の美貌は、人気の若女形を凌ぐものがあったが、一方で、仕種のかどかどに、純粋な女形にない粗暴で大胆な態度がみられ、欠点となっていた。しかしそれは逆に、従来にはない特殊な魅力をも生み、幕末の「弁天小僧」につながる「双成《ふたなり》」の系譜をなす。

九　お岩の姿を不審に思う思い入れ。

一〇　意味ありげな姿。変った姿。

一一　妊娠の身で、の意。

一二　当時の最下等の売女。「夜鷹」は俗称であまりに直接的なので、やや上品な古語の「辻君」を用いた。下町では本所吉田町（現墨田区）、山の手では四谷鮫《さめ》ヶ橋（現新宿区）あたりに多かった。二十四文が定価であったが、客は五十文ほどを与えた。当時蕎麦《そば》の価は十六文である。

一三　あわてて、相手の口を封じる語。

一四　気を持ち直して。

一五　糸立の筵のこと。

一六　ちょっと糸立をみて、気を変え。

たの身の上。お屋敷に《〔奉公して〕》ゐる時分《いるとき》、与茂七といふ許嫁《いひなづけ》がありながら、この頃聞けば、おそろしい、地獄とやらに《〔出ているとやら〕》

お袖　エ[一]

お岩　なんぼ貧しい暮しをしても、武士の娘のあらう事か《武家の娘がしてよいことか》。◯[二] トサ、表向きでは《表立っては》言はねばならぬ。[三] そこを言はれぬ《その点を強く咎められないのは》わしが身も《私自身も》、ありやう《本当は》はそなたの推量のとほり、いやしいわざ《〔辻君という〕》を勧めるも、年寄つた《年老いた》とゝさん《父さん》が、貧苦の上にわしらへ気がね。[四]現在娘の兄弟に《姉妹に》、隠して。

◯　ト合方

毎日浅草の、観音様の地内《境内》へ出て、一銭二銭の袖乞[五]ひをなさるゝとやら、お止め申すも《お止めすることも》知つてはゐれど、[六]昔気質《かたぎ》で子にさへ隠してお出《い》でなさるゝところへ、そのやうな事言うたら、面目ないとてもしひよつと。◯[七] ほんに日頃の気性ゆゑ、そこでわしが思ふには、内《家》の事さへ[八]相応に手廻つたら、おのづから《自然に》とゝさんの御苦労も止むであ

＊主人ゆゑに貧困のなかで苦労をし、父や夫に隠して辻君を勧めるといった趣向は、曾我狂言の「鬼王貧家」といわれる場の月小夜に見出され、南北のものでは『色一座梅椿』に先例がある。

夜鷹と地獄

一　真実をつかれて、ぎょっとする声。
二　気持を変えて。
三　東大本は「が」が語尾につく。
四　現に。仏教的現在の因業、というような嗟嘆《さたん》がこめられている。
＊女方が身の上の苦労を綿々と述べる台詞は、「くどき」といって聞かせ所の一つである。三弦の合方が、その間を縫って情緒を助ける。
五　乞食。往き来の人々の袖にすがって、物を乞うことからきた呼称。
六　頑固で一本気な様子。
七　死ぬようなことがあったら、という思い入れ。
八　それなりに生活に困らなくなったら。

らうと、思ひついた辻君[九]も、肌《はだ》は触れねど訳言うて、やつぱり袖乞《乞食も》ひ同前《同然の》な、今の世渡り《職業》

お袖　サア、わたくしも同じその心で、とゝさんにもおまへにも隠して、この頃一二度は恥づかしい事に出ますれど、それがもつけの幸ひや《思いもかけぬ幸運を呼》ら《んで》、今日《けふ》許嫁《いひなづけ》の与茂七さんに、不思議にお目にかゝつて、いろ〳〵咄《ばなし》のその上に、またどこへやら行かしやんしたゆゑ、その跡慕うて《追って》こゝまで来る道。なにやらしきりに胸さわぎ

お岩　[一〇]ムヽ、さう言やれば《そういえば》、わしもとゝさんの帰りが遅いゆゑ、ことにやつぱり胸さわぎ。なんぞ凶事がなければよいが

トお袖、挑灯にて、辺《あた》りを見て

お袖　エヽも気にかゝるところへ、それ〳〵、姉《あね》さん、おまへの際《きは》にも、《そばにも》血がこぼれて《流れて》ゐるわいなア

お岩　エヽ気味の悪い。◯[一一]　オヽ、たいさうな生血《のり》[一二]ぢやわいなう

ト辺りを見る内、[一三]お岩は左門の死骸《しがい》、お袖は庄三郎の死骸を見

姉妹の嘆き

九　夜鷹。生々しい「夜鷹」の称を避けたもの。「辻君」は「立君」ともいい、古くは『七十一番歌合』にみえる。

一〇　納得がいったことを示す発語。但し、目下の者に言う時の語調。

一一　ちょっと飛び退き、あたりを見る思い入れ。

一二　血糊《ちのり》。生血《なまち》。

＊　血糊は、「糊紅《のりべに》」ともいい、紅に生麩《しょうふ》を混ぜて煮て、人の血そっくりに作る。この時代から幕末にかけての生世話狂言は、舞台一面に血糊を使うのが特徴。菊五郎はこれ以前に「白子屋お駒」の磔《はりつけ》の場面で、お駒の体を貫いた竹鑓《たけやり》から生血がしたたるという場面をみせている。

一三　上手に左門の死骸、下手に庄三郎の死骸がある。

つけし思ひ入れ

お岩　ヤア、そりやこそとゝさん

お袖　オヽ、覚えの《覚えのある》着る物、印の挑灯《てうちん》。与茂七さんもこのところで

両人　コリヤマアどうせうぞいナ〳〵

ト両人[一]よろしく泣き落す。この時、直助・伊右衛門、そつと[二]抜き足にて両花道[三]へかゝり、窺《うかが》ひゐる。お岩、左門の死骸《しがい》を抱きおこし

お岩　モシ、とゝさんいナア〳〵。気をたしかにもつて下さんせ。敵《かたき》は何者でござんす[四]

お袖　ほんにマアとゝさんといひ夫まで、一ツところであへない御最期

ト伊右衛門、東の花道《（仮花道）》より、ばた〳〵[五]と足音して、かけ来り。恟《びつく》[六]りして

伊右　夜陰になにやら女の泣き声。◯[七]　ヤア、わりやア《お前は》女房お岩でないか

お岩　ヤア、おまへは伊右衛門殿。とゝさんが殺されてお出でなされます

一　姉妹二人は、それぞれ、左門、与茂七（庄三郎）の死骸にすがりついて一緒に泣く。「泣き落す」は、様式的な手法でだんだんに堰《せき》を切ったような泣き方をすることをいう。

二　二人は、姉妹の後ろから抜けて、直助は本花道へ、伊右衛門は仮花道（注三参照）にかかり、七三にて、しゃがんで、姉妹の様子を窺う。

三　本花道・仮花道の総称。舞台からみて、右手（下手）が本花道、左手（上手）を仮花道という。西側の本花道に対して「東の花道」「東の歩み」ともいい、幅も本花道の三分の一ほど。

四　東大本は、このあと次のト書きまでに、今際《いまわ》のひと言さえ聞けなかったことを悲しむ台詞が入る。

五　わざと高い足音を立てる。

六　びっくりしたふりをするのである。

七　わざとらしい独り言を言ううち、はっと気付いたような思い入れをする。

仕組まれた罠

わいナ

伊右　ヤ[八]ヽ、ヽ、コリヤこれ舅《しうと》を何者が。エヽこれ、今一足早くば《早ければ》お《う》め〱《からかと》と討たせまいもの。エヽ残念ナ

ト思[九]ひ入れ。直助、本花道より、やはり足音して、かけ来《きた》り。

お袖を見て

直助　おめへはお袖さんか。〇[一〇]ヤア[一一]〱〱。これはさつき見覚えある挑灯といひ、さては与茂七殿は

お袖　とゝさんと同じところでこのやうに

直助　オヽ〱〱、これは大変〱

伊右　スリヤ、お岩が妹の許嫁、佐藤与茂七もこのところで。ム[一二]ヽ、察するところ、舅《しうと》の身の上あやふいところへかけつけた与茂七、助太刀せんと思ひしに、かへつてともに討たれたに違ひあるまい。さすれ《とすれば》ば討ちし曲者《くせもの》は、よつぽど手だれ《手練の者らしいぞ》と見ゆるわへ

トこの内、直助、思[一三]ひ入れあつて

八　男が大袈裟に驚くときの発語。女形の「シエ、、」にあたる。時代物の用語で、世話物では「ヤア」を用いるのが普通だが、この場合は誇張した感じを出すために、わざとこれを用いている。

九　わざと大袈裟に表現してみせる。

一〇　辺りを窺っての思い入れ。

一一　世話物で驚く際発する「ヤア」を重ねて誇張した表現。やや滑稽味をもたせて言う。

一二　これも驚く語だが、かなり落着いた段階で、大変なことだと認知するときの発声である。これもわざと誇張して、笑わせる。

＊　二人が殺されたいきさつをでっちあげ、自分を「手だれ」などと言ってほくそ笑んでいるところにも伊右衛門の悪者ぶりがよく出ている。伊原本によると、伊右衛門はむしろ左門に打ち負かされそうであったのを、卑怯な手段を用いて殺す段取りになっている。このあたりの伊右衛門・直助の台詞には、残酷さのなかに滑稽感があり、救われている。

一三　決意を示す思い入れ。

直助　さうだ、南無阿弥陀仏《なむあみだぶつ》

　卜伊右衛門の脇差にて《脇差を抜いて》、腹切らうとする。伊右衛門、よろしく[一]止めて

伊右　ヤア、そちは奥田の下部《しもべ》直助、なにゆゑ切腹〔するのか〕

直助　[二]サア、〔腹を〕切らねばならぬこの身の言ひ訳、安い奉公する者は《身分の低い下僕などは》心も悪く、現在の御家中の娘、これなるお袖様に横恋慕《れんぼ》[三]、許嫁の与茂七様のある事まで、知つてゐながら金片《かねびら》[四]切つて、このお子（お袖）を無理にくどいた罰《ばち》があたり、宵に〔地獄宿で〕思はぬわしが恥。二《ふた》こと三《み》ことと言ひ合つた、あげくに切られた与茂七様。〔当然〕わしに疑ひかゝらにやならぬ《疑いがかからなければならぬ》。わしも宵には与茂七様を恨んでみたが、よく〳〵思へば、忠義一途にこりかたまり、二君に仕へず、貧しい浪人してゐる各様《おのおのさま》[五]〔の事情〕をよい事にして《につけこんで》、色[六]にせうのなんのと、思へば〳〵勿体《もつたい》ないと、先非を悔いて《以前の罪を後悔して》せめてもの、その言ひ訳に来かゝるこの場。思ひがけない横死の様子《非業の死の様子》。これだによつて。〇[七]

一　大袈裟《おおげさ》な仕種で止める。

二　切腹のとき、悪心を翻して善心に立ち戻るのを「戻り」というが、ここはその戻りを逆用した偽りの述懐となっている。悪人が殺されるか、あるいは自ら死ぬとき、改心してこれまでの所行を告白するという趣向は、歌舞伎の重要なパターンの一つ。

三　配偶者や恋人がいる者に、他の者が、知っていながら無理に思いを掛けること。「脇から邪魔の横恋慕」（近松門左衛門『信州川中島』）。

四　金銭を惜しげなく遣うこと。前の場で恥をかかされたのにもかかわらず、この場の述懐では格好よく気取っているのが味噌。

五　皆様。ここでは、与茂七を主体に左門やお岩・お袖の姉妹をさす。婉曲《えんきょく》に尊んだ語。

六　情人。

七　死なねばならぬ、という思い入れ。

伊右　なるほど、さう聞いてはそちが身に、疑ひかゝると思ふも尤《もつと》も。また疑ふまいものでもないが、その方は刃物たいした物《刃物らしい刃物も》は持たず、舅《しうと》といひ与茂七殿〔といい〕、二人《ふたり》の死骸。[八]中間《ちゆうげん》小者《こもの》のその方に、二人が二人や《むざ》み〳〵と《むざと》、討たるゝほどな人たちでもない。そこを思へば《そう考えれば》その方のわざでない事明白なれば、さほど《そのように》本心に帰り、先非を悔い、言ひ訳致す所存なら《気持があれば》、与茂七討つたるその敵《かたき》、さがし出《い》だしてあのお袖に、討たしてやるが《敵討ちさせてやるのが》その方の潔白〔のあかしだ〕

直助　それは[九]下郎が願ふところ。この身の[一〇]身ばれ二ツには、お袖様へ今までも、無理なぢやらつき申した言ひ訳《無理に言い寄ったことへの》。この身を[一一]粉《こな》にくだいても、敵の助太刀《敵討ちの》〔を致しましょう〕

お岩　つらい貧苦のその内も《中にも》、言ふに言はれぬ才覚して《金の工面をして》、一日送るも《日を過すのも》とゝさんを、少しは楽にさせましたいと思ふばかり、そのとゝさんにあへなく別れ、なに《何を》楽しみに世の中に、生きてゐらるゝものぞいナ

お袖　さうでござんす。兄弟《姉妹が》互ひに隠しあうて、[一二]つらい苦しい恥づかしい、

八「中間」「小者」ともに武士の下僕。中間は、足軽または若党《わかとう》と、小者との中間《ちゆうかん》の身分で、俗に「折助」「二合半」などという。小者は雑役夫。『塵塚談』『飛鳥川《あすかがわ》』によれば、宝暦頃の中間・小者の給金は、年二両。見てくれのいい者は二両一分（文化頃は三両二分）であったという。

九 身分の低い者。「下司《げす》下郎」などという。この場合は、自分から卑下して言ったもの。

一〇 自分の潔白を証明すること。

一一 粉骨砕心して。

一二 春をひさぐといった、人に言えぬ賤業に携っていたことを言った。「つらい」「苦しい」「恥づかしい」と類語が重ねられ、一種の聞かせどころとなっている。三・四・五文字と口調よく畳みあげた点、また「い」の脚韻をふんでいる点など、音楽的効果に細かい神経が注がれている台詞。哀《かな》しみを一種の陶酔感に置き換えるのも、歌舞伎の台詞の特徴。

〔商売して〕苦労をしたも皆むだ事。とりわけ恋しい与茂七さんに、逢うて嬉《うれ》しと[一]思ふ間もなき別れとは情けない。いつそ逢はぬその前に、死んだと聞いたらあきらめられう《あきらめがついたろう》。夢見たやうな《夢のように儚い》女夫《めうと》の縁〔だつた〕

お岩　親の死骸の〔ある〕この場にて

お袖　夫とともに親子四人

お岩　あの世へ一緒に

両人　[二]さらぢや

　トお岩、〔左門〕死骸の持ちし刃物、お袖、伊右衛門の脇差[三]を取り、両人、自害せうとする。[四]伊右衛門・直助、〔両側から〕よろしく止めて

伊右　コリヤ、[五]うろたへ者め。今兄弟が自害して《姉妹が自害しては》、親夫《をつと》の敵はだれが討つ

両人　[六]エヽ

伊右　妹お袖は親夫〔に〕、一度に別れしそのかなしみ、死なうといふは尤《もつと》もなれど、姉のお岩は現在の、夫を捨てゝ相果てなば《自殺するなら》、[七]孝は立つても操《みさを》が立つまい

一　「思ふ間もなき」で一度切って「わかれとは」と発音する。「泣き別れ」を意味する掛詞ではない。

二　決意する際の語。歌舞伎の常用語である。

三　大小両刀のうちの小刀。伊右衛門の腰から最前直助が抜いた刀をとる。

四　自殺しようと刃物を喉に当てるのをあわてて止める。ここで死なれては元も子もなくなるから、ここだけは本気になる。見物の笑いを誘うところ。

五　思慮分別のない者。感情に走った行動をとる女性を叱《しか》りつける際の武士語。

下心ある諫言

六　ずばりと指摘されて、ハッと気付き、平静をとりもどす。

七　父に殉《じゅん》ずることで孝行の道は立っても、伊右衛門の貞節な妻としての操が立つまいというのである。

八　どうして私は見捨てようか、見捨てるつもりはない、の意。

お岩　ても別れたる夫婦仲、今さらどうも

伊右　サア、あきもあかれもせぬ仲にて、ことには懐妊、子まで籠《こも》りし《宿した》女房を、八なにとて身どもは見捨てねど、舅《しうと》の心に叶《かな》はぬゆゑ、まづ逆らはずに戻したが、死なれて《［親に］》みればさし当つて、九去り状やらぬ女房の親。このまゝにも捨ておかれず、身どもが為にも舅の敵《かたき》

お岩　一〇そんならこれから伊右衛門殿、頼りとなつて親の敵を《［討って下さるか］》

伊右　知れた事《言うまでもない》。女房の親は身どもが親サ

お岩　なるほど、一一相対で別れたとはいふものゝ、去り状取らねばやつぱり女房

伊右　一二親の敵は身どもが討たす。気遣ひせずとこれから一緒に

一三お岩　嬉しうござんス

お袖　あかれぬ仲ゆゑもと〳〵へ《嫌いになったわけでもないからもとの民谷家へ》、御帰りなされてとゝさんの、敵の助太刀。一四力になるはお連れ合ひ《御夫婦なればこそ》、お浦山《うらやま》しいお二人《ふたり》さん。わたしはどう《どうあ》でも《っても［死なねばならぬ］》

九　離縁状。俗に「三下り半《みくだりはん》」という。別れたくない恋人・妻に、切れ文や離縁状をやるという趣向は、歌舞伎の大きなテーマの一つなのだが、この場合にはあてはまらない。

一〇　恥ずかしそうに口ごもって言う。

＊　このところのお岩と伊右衛門の台詞は重要。二人は好きで一緒になった仲だが、舅《しゅうと》左門の気に入られず、お岩は無理矢理連れ戻されたということを強調してある。伊右衛門が「あきもあかれもせぬ仲」と言い、お岩が「嬉しうござんス」と応じているが、伊右衛門が変心するところに、裏切られた純情型のお岩の怒りと怨念《おんねん》とが形づくられることになる。

一一　相対ずくで。相談の上で。

一二　この台詞には伊右衛門の本心と、偽り心とが併存している。お岩には今も惚《ほ》れていて、取り戻したい気持は本心だが、敵討ちの方は、自分が殺したのだから、まったくの偽りごとである。

一三　東大本にない台詞だが、あった方が、お岩も伊右衛門が嫌《きら》いで別れたのではないことがわかっていい。

一四　二人を羨《うらや》む気持と、死んだ夫に操を立ててどうしても死にたいという、孤独な女心が出ている。

直助　ハテサ、今もわしが申すとほり、与茂七様を討ちたる敵、尋ねておまへに討たせねば、この身の潔白済みませぬ《潔白のあかしが立ちません》。どうぞそれまでおまへの命、わしに預けて下さりませ

お袖　それぢやといふて、これまでに、一愛想尽《あいそづ》かしたこなさんを《お前さんを》

直助　二サア、そこが先非《旧悪を》を悔いたる直助。善心になるからは、是非ともおまへのお力に

伊右　直助が申すとほり、とかく悲しい辛抱も、つゞまるところは《結局のところは》夫の為。首尾よく敵討つまでは、その直助と仮りの夫婦

お袖　三エ、

伊右四　サア、それが則《すなは》五ち世を忍ぶ世間の思惑《風評》［を封じて］。敵に油断さするの手段《てだて》

お袖　ても、直助殿の仮初《かりそ》めにも、夫婦と呼んでは、六未来の夫へ［操が立たぬ］

直助　七立たぬも道理、さりながら《しかしながら》、夫婦といふは人目ばかり《世間への手前だけで》、夜は別々、寝所も離れて寝るがわしが潔白

お袖　それでもどうやら［夫に操が］

一　嫌《きら》って振った、の意。世話物の重要な趣向の一つである「愛想尽かし」は、本来、愛する者に、心にもない憎まれ口を言って縁を切らせ、相手を助けようとする女形の見せどころとなっている。しかしここは文字通りの愛想尽かしであり、劇的中心部を占めていない。

二　姉の復縁を横目に、孤独感に苛《さいな》まれ、気が弱くなっているところへつけ入る直助の台詞には効果がある。

三　切ない受身の声。自分に納得させるように低い声で発音する。好きな男と一緒になるお岩の場合とは違う仕分けが必要。

四　底本は役者名を欠く。別本により補った。

五　親夫の敵討《かたきうち》ちのため、仮に夫婦となって敵に油断させようというもの。これも「忠臣蔵」の義士たちの行動と二重写しになっている。

六　あの世に行ったときに与茂七に対して操《みさお》が立たないというもの。

七　お袖の台詞の意を汲んで、夫婦となるのなら、操が立たないというのも道理だ、と受けた。

八 妹お袖から、向きをかえ直助へ向って言う。
＊ 直助には、惚《ほ》れた弱味から、とにかく一緒に暮していればそのうちなんとかなるという気持がある。彼は伊右衛門ほどにクールな悪人には書かれていない。
九 敵は案外そこらにいるかもしれぬと、暗に直助に疑いを残す思い入れ。直助と一緒にいるよう勧める本心がここでわかる。
一〇 台詞を途中で打ち消す語。
一一 納得させるために念を押す。目と顎《あご》とでのみこます思い入れが入る。

血祭りの祝言

一二 ぎっくりして息をのむ。
一三 これから、四人の「渡り台詞《ぜりふ》」となる。「渡り台詞」は、幕切れに、事件が終って、感慨を余韻として残す効果として行われることが多い。

お岩　アイヤ妹、うはべばかりの夫婦になりや《なりなさい》。それは姉が願うても、結んでほしいこの縁組。○[八] 直助殿とやらのさつきの詞《ことば》、うそか実《まこと》かは傍《そば》にゐて、とつくり《十分に》心も糺《ただ》したなら、敵もやつぱり。○[九] ヤサア[一〇] ついちよつと、知れる手掛りあるまいものでもないほどに、姉が詞《ことば》に随うて、仮りの夫婦に、ナ。それ、[一一]なつたがよからう

　ト のみ込ませる

お袖　なるほど、言はしやんすればわたしもどうやら〔直助が疑わしい〕

　ト 直助へ目をつける

直助　[一二]エヽ

お袖　うはべばかりの、そんなら夫婦

伊右　[一三]これで互ひに

お岩　力とたより

お袖　とは言ふものゝこれがマア

お岩　あきらめかねる女気《をんなぎ》の

伊右　これも尤《もつと》も

直助　しかしいつまで言つたとて

伊右　一尽きぬ名残《なごり》と

お岩　二尽きせぬ縁

お袖　三鴛鴦《をし》の衾《ふすま》に引きかへて

お岩　四心のつるぎ刃《ば》

直助
伊右　やがて本望〔を遂げよう〕

　　ト五につたりと思ひ入れ。この時、六以前の形《なり》にて、目太八、願哲、
　　　窺ひ出て

両人　人殺し

　　ト直助・伊右衛門へかゝる〔左右から〕。伊右衛門は、抜打ちに願哲を切り下げる《袈裟がけにする》。直助は、目太八の腕をねぢ上げ

伊右　敵討ちと婚礼の、門出《かどで》の七血祭り

お岩　仮初《かりそ》めながら祝言の

一　死者に対する名残を言ったもの。

二　二組の夫婦ができ上がったことをいう。前の「尽きぬ」を受けて美文調をなす。

三　「鴛鴦の衾」とは、仲睦まじい鴛鴦のように男女が共寝すること。ここでは、その鴛鴦のように結ばれて本当は嬉しいはずなのに、素直に喜べない複雑な心中を表現したもの。なお、底本は「鴛鴦の襖」。

四　うわべはあたたかく見える夫婦でも、心中では敵《かたき》を狙《ねら》う剣の刃を磨《と》いでいよう、というもの。「つるぎ刃」は、鴛鴦の雄のもつ剣羽に掛けた。

五　してやったりと顔を見合せる。

六　非人の格好。

七　戦場へ出かける門出に、いけにえの血を軍神に捧げて必勝を祈ること。ここは乞食を犠牲に供したことになるが、同時に、以後の様々な婚礼の場が、そのまま血の惨劇になることを暗示している。葬儀と婚礼を同居させるのは南北得意の趣向。

八　「とんぼ」をきって倒れる。

九　結婚式で、三三九度の杯から宴に移る際、花嫁が白小袖から色のある衣装に着替えること。ここは、願哲が血を浴びて倒れるのを見て、色直しに見立てた。

ト伊右衛門、脇差を引く《引きとる》、願哲、倒れる[八]

伊右　これがすなはち色直し[九]

ト刀の血をぬぐふ

お袖　涙の盃《さかづき》[一〇]

お岩　[一一]三々くどい

お袖 お岩　[一二]くり事ながら

ト死骸へ思ひ入れ

直助 伊右　どうやらかうやら〔うまくやりおおせたわい〕

ト両人、〔そっと〕顔見合せ、舌を出す。お岩・お袖、死骸へとりつく

お袖 お岩　思へばはかない〔身の上ですねえ〕

[一三]ト直助、[一四]目太八を見事に投げる。伊右衛門、〔死骸に向って〕手を合はせる思ひ入れ。このとたん、〔これとともに〕[一五]柝《き》の頭《かしら》

お袖 お岩　ハア、

ト[一六]泣き落す。伊右衛門・直助、よろしくこなし、[一七]拍子幕

一〇 三三九度の杯に死別の血涙の意味を重ねた。

一一 三三九度を「くどい」に掛けた。

一二 不帰の人々のことを繰り返し嘆くことを言った。「くり事」に　前行の「くどい」を掛け、「く」の韻をも踏む。

一三 以下伊原本のト書きは次の通り。ト直助、伊右衛門、泥太、目太八を見事に投げる。お岩、お袖、手を合せ、拝む。双方よろしく、木のかしら。お袖お岩 ハア、　ト泣き落す。伊右衛門、直助、ゆび先でよい〳〵〳〵としめる思入。是をきざみにして、拍子幕」。現行の演出は伊原本によるやり方である。

一四 直助は腕をねじっていた目太八を投げ、目太八は「とんぼ」をきって倒れる。

一五 幕が閉る前、きまる時に打たれる拍子木。

一六 一度に水を切って落したように、高調子で泣くのを言う。台本の慣用語。

一七 幕切れの拍子木の打ち方のうち最も一般的なもの。大きく一つ、チョンと打って、あとを静かに、細かく刻んでゆき、これに合わせて幕を引く。現行の演出では、チョンと柝の頭が入ると、銅鑼《どら》で、時の鐘がゴーンと入り、「風の音」をかぶせ、凄《すご》みのなかに三弦の合方を早めて聞かせ、拍子幕となる。

文政九年丙戌《ひのえいぬ》十二月補写

作者[一]　待乳　正吉[二]
　　　松井　幸三[三]

一 それぞれ分担した幕や場を受け持った作者の名を、正本裏表紙に記すのが慣わしである。全体の構想を立作者《たてさくしゃ》がたて、それぞれ身分、才能によって、書く場が与えられる。その区分は難かしい。また立作者がこれに補筆することもある。

二 文化十二年（一八一五）あたりから名が見え、天保三年（一八三二）十一月中村座の立作者を最後に消える。初め二代中村重助の門に入り、鶴屋南北の嗣子直江重兵衛の取り立てで、七代目団十郎付きの作者となった。

三 二代目松井幸三（一七九三—一八三〇）。囃子《はやし》方から転じて初代の門に入り、文化十三年二世幸三を襲名。南北・直江重兵衛親子の下にあって認められ、文政六年（一八二三）二枚目に進み、同七年に立作者格となって南北を助けた。浄瑠璃《じょうるり》の詞章にも秀《すぐ》れ「累《かさね》」の作詞者として知られる。この幕の主任作者。

初日中幕

初日二番目　中幕

一雑司《ざふし》ケ谷《や》四谷町の場

役人替名《かへな》

民谷伊右衛門《たみやいゑもん》　市川団十郎伊右衛門妻お岩　尾上菊五郎

二仏孫兵衛《ほとけまごべゑ》　沢村遮莫《しやばく》三小仏小平《こほとけこへい》　二役　尾上菊五郎

伊藤喜兵衛《きへゑ》　市川宗三郎伊藤後家《ごけ》お弓　吾妻藤蔵

按摩宅悦《あんまたくえつ》　大谷門蔵伊藤孫娘お梅　岩井春次

秋山長兵衛《ちやうべゑ》　坂東善次乳母《うば》お槇《まき》　市川おの江

四関口官蔵《くわんざう》　松本染五郎五利倉屋茂助《とくらやもすけ》　沢村川蔵

中間六伴助《ばんすけ》　中村千代飛助《ちよびすけ》若イ衆　大ぜい

一　神田川沿いの雑司ケ谷四家町（『江戸地名字集覧』によれば高田千登世町。現豊島区）。「四谷怪談」の実説は四谷左門町（現新宿区四谷）が舞台だが、間男をした妾と中間《ちゆうげん》を戸板に釘付けにして神田川に流したという当時のショッキングな事件に当て込んだ。ここに伊右衛門の浪宅と伊藤家の別荘があるとの設定。

二　仏のように穏やかな老人、の意をもたせた。「仏」の通称は南北の先行作『菊宴月白浪』の「仏権兵衛」などの先例がある。

三　仏孫兵衛の子。仏の子が小仏だとの洒落。有名な「木幡小平治」がモデル。「小平」としたのは『安積沼後日仇討』（文化四年）に小平治の子とある「法師小平」によったもの。「小仏」は甲州街道の四谷を出て信濃へ向う途中にある小仏峠のこと。戸板に釘付けされた中間（注一参照）から出稼ぎ下男の代名詞「信濃者」が連想され、四谷のお岩と小仏峠の小平とが神田川に流されるという設定。

四　モデル不明だが、神田川沿いの関口水道町（現文京区）を当て込んだ役名か。二五七頁注一三参照。

五　質屋の屋号。倉で利をとる意の洒落。

六　お供ゆえに「伴助」という洒落。

伊右衛門浪宅の場

本舞台三間《げん》の間《あひだ》、平舞台[一]。正面、暖簾口《のられん》。下手に、杉戸の押入れ。よきところに、床の間。上《かみ》の方《かた》、障子屋体《やたい》[二]。内に蚊屋《かや》[三]釣つてあり、六枚屏風《びやうぶ》建て、[四]いつもの門口。いつたい《全体に》造作《ざうさく》[五]そこねし家作り。雑司ケ谷四谷町、民谷伊右衛門浪人住居《ずまひ》の体《てい》。四ツ竹[六]節の合方《あひかた》にて、幕明く

トヽに、[七]伊右衛門、浪人形《なり》にて、[八]仕入傘《しいれからかさ》を張つてゐる。下《しも》の方に、仏孫兵衛、[九]木綿やつし、老けたる拵《こしら》へにてうづくまりゐるを、宅悦、件の《例の》按摩取りにて、取りなししてゐる《〔二人の間を〕とりもっている》体《てい》よろしく

小平の逐電

宅悦　モシ〳〵伊右衛門様、さやうではございませうが、そこが御了簡《お考えようで》ものでございます。私も[一〇]口入れ致した不肖《ふせう》には《責任上》、どのやうにもお詫《わ》び申しまするほどに、今一両日《もう一日二日》のところを《〔ご猶予下さい〕》

伊右　[一一]イヤ〳〵、待つ事はならぬぞ。いはばあの小平めは、取り逃げかけ《盗みを働いて逃亡し》

一 舞台の平面をそのまま用いてある舞台。
二 一間四方の障子のはまった部屋。
三 萌葱《もえぎ》色の蚊帳《かや》。
四 定式できまった所。下手。
五 畳、建具などが破《や》れ損じた体《てい》。
六 乞食の門付け芸人が四ツ竹を打ちながら唄って来る感じを出したもの。三味線の調子は二上がり。貧乏長屋などの世話物の幕開きに用いる。今日では、これに角兵衛の太鼓と笛の音を加える。これも門付け芸人の角兵衛獅子が通ってきた感じを出す。
＊ この場の舞台装置は今日では単なる貧家の浪宅のそれにすぎないが、初演の際には、実説の四谷左門町にあった御先手同心の組屋敷の風俗をうつし、床の間や六枚屏風を飾った。その御家人の組屋敷が浪人ゆえに破れ損じているとの見立て。
七 〈扮装〉御家人風の拵え。袋付むしりの御家人髷。黒襟《くろえり》のついた細かい藍色の弁慶格子の着付に、帯は茶献上の博多帯。手拭で片襷《だすき》をして片膝を立て、床の間を背に傘を張っている。
八 南北の先行作『謎帯一寸徳兵衛』(文化八年)の大島団七を受けた趣向。東大本では「仕入れ張灯」。四谷の組屋敷を訪れた市川団

十郎の芸談に「その組にて今ならば副頭取ともいふべき十五俵か二十俵の二十格好の人が、黒に肩入をしたる着物へ手拭で片襷をして内職に傘を張つて居たるその拵へが大いに海老蔵の気に入り、何かで一つあれを用ゐようと心掛けてゐた」（『役者百面相』）とある。当時の下級武士は、このほか楊枝作りや、木版の字彫を内職とした。

九　世話物の、木綿物を着る役柄。百姓・下僕などの役。「絹やつし」の対。〈扮装〉白がちの胡麻塩髷《まげ》に、色目も分らぬ木綿着。

一〇　奉公人の請人（保証人）となって奉公先を斡旋すること。別本では宅悦は「桂庵」との設定。

一一　浪人中ながら武士であることを強調し、高飛車な物言いをする。武士としては不安定な身分の者が武士であることを確認するために起す悲劇は歌舞伎の一つの系譜をなす。

一二　請人とともに奉公人を保証する、奉公人の父兄縁者。

一三　漢方薬。九七頁注一二参照。

一四　中国伝来の薬。

一五　漢方薬。調剤されていない生薬《きぐすり》。

落ち《た者》。捕へ次第、身が手打にせねば腹がいぬわへ《自分が斬り捨てて成敗せねば腹が納まらぬ》。このやうな賃仕《内職を》事致しをるも、浪人暮し、コリヤ慰《なぐさ》みと申すものぢやハ。主人《（塩冶公）》が栄えてゐらるれば、塩冶の藩中民谷伊右衛門、きつと致した侍ぢやぞ《歴とした侍なのだぞ》。なんと心得てをるのぢや。一二人主《ひとぬし》のおのれ《（孫兵衛）》、サア返答次第で、年寄り《年寄りと》とは言はさぬぞよ《ても容赦はしないぞ》

ト細工《（傘の）》を仕かけ《しかけたまま》、立ちかゝる《（孫兵衛へ）きっと詰め寄る》

孫兵　ヘイ／＼御尤《もつと》もでござります／＼。どのやうにおつしやりましても、この方《はう》に一言の申しやうも《こちらにひと言の申しわけも》ござりませぬは、小平めが不届き、たゞ今もおつしやりまする、その取り逃げ致した代物《しろもの》は、マア／＼《ところで一体》なに／＼でござりまする《ういったものなのでしょうか》

家伝の唐薬

伊右　なにと申しておのれら存じた品ではないが《どんなものといってもお前らが聞いてわかる品ではないが》、この民谷の家に先祖より持ち伝へをる《伝えている》、一三ソウキセイと申す一四唐薬《たうやく》。こりや外々《ほかほか》には少《すけ》ない一五薬《やく》種《しゅ》。腰膝《ひざ》ぬけたる難病にも、用《もち》ゆる時はその功たちまち眼前の不思議《その効果が眼前にあらわれるという》。浪人の身の不自由ながらも《浪人暮しの不自由な生活のなかでも》、外手《ほかで》へさへも《他人の手へは》渡さぬ品。それを盗《ぬす》

んでかけ落ちひろぎ《逃げやがって》[一]、かゝる《このような》[二]、コレ
ト拵《こしら》[三]へそこねし一腰を出し
このがた[四]〳〵丸も、忘れて失《う》せた《逃亡した》あいつが一腰。雑物《ざふもつ》[五]といふはこればかりだ。近所の衆も気の毒がつて、今朝早々に小平めが行方《ゆくへ》の詮《せん》議《ぎ》。俺も常《いつもなら》ならかけ出すが、何《なにせ》をいふも折悪い女房《にようぼ》の初産《うひざん》ゆゑ、人手が欲しさ〔に〕雇《やと》つた小平め、かへつて主に手をつかせる《主人に難儀をかける》。思へば〳〵腹の立つ。捕へ次第にぶち放すぞ《斬るぞ》。請人《うけにん》[六]め、さやう心得うせをらうぞ
ト叱りつける。孫兵衛、思ひ入れ[七]

宅悦　御尤《ごもつと》もでございます〳〵。按摩取りの私が口入れで、〔お宅の〕雇ひに抱《かか》へた小平がかけ落ち。折悪いお内儀[八]お岩様の初産《うひざん》が、血[九]が納まらいで跡の御病気。その中でのかけ落ち。まことにわしも、旦那《（伊右衛門）》へ言ひ訳がござらぬ。親父《おやぢ》殿、コリヤまあ貴様[一〇]、なんと思はつしやる《どう思っていなさる》

孫兵　イエモウなんと申してようございりませうやら。しかし、常から私が悴《せがれ》ながらも、正直者[一一]の役にたゝず。ことに取り逃げかけ落ちの、持

一「ひろぎ」は、他人の行為をののしっていう際の接尾語。
二 注意を喚起するための発語。
三 粗末な刀。「一腰」は、一振の刀の意。ここは、黒柄石地の町人差し。
四 柄《つか》と身が合わずがたがたになっている刀。「丸」を添え、刀の銘のように言いなした慣用語。
五 ろくでもない所持品。ソウキセイを盗んだ代りに残していった小平の持ち物。
六 保証人である宅悦に向って言う。
七 困ったことになったというように、身体を縮める思い入れ。
八 主婦の敬称。伊右衛門のモデルは幕府の御家人なので、「御目見え以上」の武家で使われる「奥様」の語を用いない。
九 産後の血が納まらず、肥立ちが悪く、月経なども不順である病気。
一〇 お前。同等以下の者に対して用いる。
一一 正直一辺倒で、融通がきかず役に立たない者、の意。卑下しつつも弁護しているところがある。

一二 申し訳ないという思い入れ。
一三 盗んで出奔する際には金銭を奪うのがあたりまえなのに、の意。
一四 もとの主人。ここでは小塩田《おしおだ》又之丞《またのじょう》。後日序幕「小塩田隠れ家の場」の伏線となっている。正直一辺倒の息子が薬を盗んだと聞き、孫兵衛は、それならばもしや病気の主人のために、と思いあたったのである。思わず身を乗り出すようにして声高く「もしや」と言って、心の中で息子をほめる心持で後の台詞を続け、「どうしたと」という伊右衛門の言葉に気づいて、「ヘイ〳〵、憎いやつで…」と、急にしゅんとして身を縮めるという演出。対立せずに事を処理する、老人の生活の知恵が窺える。
一五 聞きとがめた語。
一六 生薬屋《きぐすりや》。漢方の薬問屋をいう。日本橋本町三丁目（現中央区）に多かった。
一七 かなり高額である。当時、最も高価な薬は朝鮮人参であった。「人参飲んで首縊《くく》る」という皮肉な諺もあったほどである。
一八 薬に添えてある書付。薬の由緒や効能、処方などを記す。
一九 極め書。鑑定書。

つて参つたその品は、あなた様の御先祖から、御家に伝はるその薬種、アヽなんとも以て
　ト思ひ入れ一二

宅悦　サ、《それそれ》わしもさう思ふ。銭金一三は取り逃げのあたりまへ、薬種を持つて《取って出》かけ落ちは《奔したとは》〔合点がいかぬ〕

孫兵　アヽ、そんならもしや古主一四の御病気、あなたへ《そのご主人へ》用ゆる心から、その御薬を〔盗んだに違いない〕

伊右　どうしたと一五

孫兵　ヘイ〳〵、憎いやつでござりまする

伊右　コレ親父、今も申したソウキセイ、わづかなものと思はうが《たいしたものではないと思うだろうが》、世間に稀《まれ》な代物《しろもの》ゆゑ、薬種問屋一六へ持つて行けば、十両一七や十五両には直《ぢき》になるハ。先祖よりの添書《そへがき》一八、お医者方の極《きは》一九めもあり、相違ない品だ《まちがいのない品だ》ハ。しかしそれほどに〔猶予を〕願ふ事なら、その方に《お前に》免じて、一両日の日延べは致しくれうハ。その内に行方《ゆくへ》が知れずば《知れなければ》、取り逃げの薬種のかはり、

代金を持参致し、その上に済《すま》してくれうぞ《内済にしてやろう》。さやう心得、今日《けふ》は帰れ〱

孫兵　ハイ〱、それは有難うござります。たゞ今からきつと尋ね出しまして、その上お詫びを申しませう。○[一] これはおまへに、いかい《大変》苦労をかけまするて

宅悦　イヤモウどうも《なんとも》、迷惑ながらかゝり合ひ《迷惑だが関り合ってしまった》。まことに人の世話はこゝがこはい《口入れ稼業はこういうことが起るから》

　トこの内、孫兵衛、草鞋《わらぢ》[二]をはき、身拵《ごしら》へする

伊右　シテ親父が宅は、どの辺でかあつたナ

孫兵　エ、深川の寺町[三]辺でござりますれば、まことに遠方でござりまする

宅悦　帰りがけにも気をつけて、尋ねながら行かつしやいよ

孫兵　イエモウ、その心がけでござります。○[四] さやうなら《それでは》旦那様、お暇《いと》間《ま》仕りまする

伊右　一両日中にきつと《必ず》詮議[五]して参れ。さもないと我も《お前も》そのまゝには差し《してお》

一　宅悦に向って。

二　孫兵衛は、これから隅田川の向う河岸の深川（現江東区）まで帰る。深川から隅田川を越えることを「江戸へ行く」といったほどで、「草鞋」は当時の旅形《たびなり》を表している。

三　万年町二・三丁目、平野町辺り（現江東区深川）の俗称。仙台堀から油堀に抜ける道の東側一面に七つの寺が立ち並んでいたので、向いの町屋を含めて寺町と呼んだ。後日序幕の「小塩田隠れ家の場」に対応する。

四　伊右衛門に向って。

五　具体的には、取調べて薬を手に入れ、小平を連れて来い、というもの。

六　宅悦に向って。

七　宅悦は按摩だから、医者の類とみて、最

おかぬぞ《かないぞ》

孫兵　ハイ〳〵畏《かしこま》りました。○[六] お[七]医者様、御苦労にございます

宅悦　気をつけてござれよ

孫兵　ハイ〳〵。○[八]

　ト門口へ出、思[九]ひ入れあつて

常《つねづね》から正直な小平めが取り逃げをしをるとは、まことにこれが、子[一〇]は三界の首かせとはこゝの事《このことだ》。○[一一] とは言ふものゝ薬とあれば、て《薬を盗んだというから》つきりお主の《にはきっとご主人の（ために違いない）》

　ト思[一二]ひ入れ

宅悦　まだ[一三]ござらぬか《行かないのか》

孫兵　ハイ、お[一四]やかましうござりました

　ト唄[一五]になり、菅笠《すげがさ》[一六]を持ち、思案しながら《考えこみながら》向ふ《花道へ》へはいる

宅悦　さ[一七]う言うても、あの親父も気が気ではあるまい

　トこの時、蚊屋[一八]の内にて、手[一九]を打つ

大の敬語を使った。「先生」に同じ。
八 有難うございます、という気持で頭を下げ、戸口を出る。
九 小平の行方を思いやって自分に言い聞かせる思い入れ。以下は独白。
一〇 親は子を思う心にひかされて、過去・現在・未来の三界、つまり一生にわたって束縛され、苦労する、の意。中世以来の諺。
一一 思い直す気持を表す思い入れ。
一二 きっとそれに違いないという思い入れ。
一三 門へ出て、独り言をいっている孫兵衛を、まだそこにいたのかと、咎める語。
一四 いろいろお騒がせいたしました、の意。
一五 現行演出では、四ツ竹の合方、角兵衛の下座囃子。「おやかましうござりました」と木戸の戸を閉めるのがきっかけで、鳴物にかかる。
一六 富士山の形の汚ない三度笠。先に草鞋をはいて立ち上がった時に持っている。
一七 ここは後を見送って同情的に言う。宅悦の悪人でないところがうかがえる。
一八 上手障子屋体に釣られている蚊帳。
一九 障子屋体にいる病床のお岩が人を呼ぶために手を打ち鳴らしたもの。もっともまだお岩の出番ではないので、誰か弟子が代役で手を打つのである。

[一]アイ〳〵《ハイハイ》、御薬かナ〳〵《お薬のご用ですか》

伊右　〔産婦に〕気をつけて下さいよ

宅悦　畏りました

ト[二]屏風《びやうぶ》の内へはいる。伊右衛門、[三]思ひ入れあつて

浪人者の内証

伊右　このなけなしの《この貧乏生活の》その中で、[四]餓鬼《がき》まで産むとは気のきかねへ。これだから[五]素人《しろうと》を女房に持つと、こんな時に亭主の難儀だ

ト小言いうて、[六]仕事にかゝる。宅悦、〔屏風から〕出て来《きた》り

宅悦　サヽ、薬だ〳〵。あたゝめてあげませう

ト[七]七輪へ土瓶《どびん》をかけ、〔渋団扇で〕火を煽《あふ》る

伊右　お岩が薬か、産子《うまれご》の薬か

宅悦　イエ〳〵、お岩様の〔お薬〕でございます。あのお子はぐつともおつしやらぬ《少しもぐずつかれることがない》鷹揚《おうやう》なお子様だ《大人しいお子さんだ》。その上に、あれほどまでにおまへ様によう似てござるとは、まことに種《たね》は争はれぬ《血は争えない》ものでございます

伊右　ナニ、おれに似てゐるか

一　宅悦は、お岩に呼ばれたので、薬の催促と思って返事する。

二　お岩の用事を聞くためである。現行の演出では、屏風を用いず、傘を片付けてから障子屋体に入る。

三　いやになってしまう、といった表情をして、次の悪《わる》ぶった台詞になる。

四　生前の貪欲の報いとして、飢えや渇きに苦しむ餓鬼道に堕《お》ちた者。転じて、何でも食いたがる小児をこう呼ぶ。

五　「玄人《くろうと》」の対。商売上子を産めない体の女郎などの方がいい、というもの。

六　現行の演出では、仕事をせずに、片手襷を外し、煙草を飲む。

七　七輪、土瓶、渋団扇は煎じ薬を温めるための小道具。下手の奥にある。

八　伊右衛門役の七代目団十郎は、眼玉が大きく、二重瞼《まぶた》に特色があった。ここはそれをふまえた楽屋落ち。四方梅彦の談話に「眼玉は今の九代目よりまだ少し大きいくらゐで、片眼の黒玉が少し藪睨みといふふうになつて、かへつてそれで睨みがききました」とある。

宅悦　さやうでござります

伊右　親に似たなら、さだめし目玉[八]が思ひやらるゝ

宅悦　ハヽヽヽ

　　ト思ひ入れ。角兵衛獅子《かくべゑじし》[九]の鳴物になり、向ふより《花道から》、秋[一〇]山長兵衛、山水《さんすい》[一一]なる形《なり》、大小[一二]にて、走り出て来り。門口より

小平捕わる

長兵　伊右衛門殿、お宅か《ご在宅か》／＼。小平めを見つけて来た／＼

伊右　これは秋山氏《うぢ》、見当りましたか／＼

長兵　さやう／＼。まづ心当て《見当は》は下町《したまち》[一三]へんと存じつき《思いつき》、わしが身寄りが築[一四]地にあるゆゑ、あの辺まで参り、新堀《しんぼり》[一五]通りへかゝる道にて見あたり《［小平に］行きあい》ました。なんでもあいつは深川辺へ参ると見えました

伊右　さやう／＼。深川はあいつが親《（孫兵衛）》の内でござる。今まで親父も呼びつけておきました

長兵　エヽ、さやうか。〇　イヤ、なによりは《何よりも》貴様が苦労にさしつたが《［その行方を］貴公が気にかけていたが》、それ、持つて逃げた薬、これでござらう。

九　太鼓を細撥《ほそばち》または竹撥で打ち、篠笛《しのぶえ》を吹き合せる。現行では幕開けから四ツ竹の合方に合わせて用いられている。

一〇　伊右衛門の子分にあたる、浪人者の悪党仲間。〈扮装〉九五頁注一六参照。

一一　みすぼらしい服装のこと。枯れた墨絵の山水画が淋しいことから派生した語。

一二　刀の大小二本をさす。黒塗柄違いの大小。貧乏暮しで大小が揃わないという表現。

一三　「山の手」に対する地域。現在の台東・千代田・中央・港区にわたる低地。山の手には主に武家階級が、下町には町人が住んでいた。

一四　現中央区。「築地」とは長兵衛役の二世坂東善次の愛称。その父初世善次は築地に住み、脇役ながら「築地の善好」と呼ばれた人気者で「これぢやあ築地に帰《けへ》られねへ」の台詞は当時の通り言葉であった。敵役で道外方《どうけがた》を兼ね、おかしみの狂言を得意とする南北のよき提携者。その縁で南北は二世善次に「儲け役」を与え援助した。

一五　浅草中田甫の海禅寺裏手から、浅草御蔵前まで南北に通った堀割の称。四家町を出奔した小平は、両国橋を渡って深川へ行こうとし、御蔵前の辺りで裏田甫から築地に向って来た長兵衛に出会うことになる。

ト木綿の小風呂敷に包みし件《くだん》の薬包[一]を渡す

伊右　これは忝《かたじけ》ない。まことにこれが返れば安堵《あんど》します《安心です》。シテ小平めは

長兵　アレ〳〵、あそこへ官蔵殿が、ア、、もう来《〔小平も〕》さうなものだ

ト また角兵衛獅子の鳴物。向ふより《花道から》、関口官蔵[二]、浪人体《てい》の形《なり》、伴助《ばんすけ》、中間《〔の形〕で》にて、小平[三]の菊五郎をぐる〳〵[四]巻にしばり、髪も乱れ、着類も破れし体なるを、二人《ふたり》して、捨て台詞[五]にて、手荒く引きずつて来る

小平　ハイ、御免なされませ《お許し下さい》〳〵

官蔵　御免と言うてすむものかへ

伴助　うぬは《手前は》ふといやつだナ

トこのやうな台詞言ひ〳〵、連れて来《きた》り

官蔵
伴助　サ、はいりやがれ

ト内へ《家の中へ》引きたてはいる

伊右　これは官蔵殿、御苦労千万。秋山殿に様子承つて、なにかと忝《かたじけ》なう

一　小道具。現在では紫小帛紗《こぶくさ》に包んだ小さな薬包を用いる。

二　秋山長兵衛と同様、伊右衛門の子分格の浪人者。〈扮装〉長兵衛とほぼ同じだが、ちょっと着付を変え、黒襟付の吉野織に紺献上の男帯、鬘も袋付の髱《たぼ》のゆるんだ御家人髷で、黒緒の雪駄をはく。

三　孫兵衛の息子で、雇われ小者。この場の菊五郎の二役（お岩・小平）を特に意識した書き方。〈扮装〉千草模様の目立たぬ着付に、土器《かわらけ》茶の帯。六世尾上梅幸や六世中村歌右衛門は浅葱の石持《こくもち》の着付。鬘は袋付のすっぽりののんこ髷にぼっと付き。黒柄石地の町人差しをさし、とのこの藁草履（冷飯《ひやめし》草履）をはく。

四　猿轡《さるぐつわ》をはめられ、荒縄で後手《うしろで》に縛り上げられ、中間伴助に小突かれながら引きずられて、花道を出てくる。この時ツケが入る。

五　「こやつ太いやつだ」などと言う。

存ずる。◯　オヽ伴助か。大儀であつた《ご苦労であった》ナ

伴助　ヘイ〳〵[六]、モシ旦那、御安堵でござりませう[七]

官蔵　コレ伊右衛門殿。身どもなぞが出ますると《私がのり出すと》、直にかやうぢやて《こんな風にすぐ解決するのさ》。かの一薬も《薬も》〔小平が〕持つてゐました。[八]誠に見かけに寄らぬふといやつでござつた

宅悦　コレ〳〵、手まへゆゑに《お前のために》おれまでが難儀するハ《ひどいめにあうわ》。コレ、今まで親父《(孫兵衛)》も呼びつけられてゐたが、マア〳〵手まへ《お前は》、どういふ心になつたのだ《どういうつもりで盗んだのだ》

ト言はれ、〔小平は〕うつむきゐて、やう〳〵顔をあげ

小平　口入れして《紹介して》下さつた、おまへにまでも御苦労かけまするも、ふつと《ふとした》致した出来心[九]。もし、さやうなら《それなら》親父も参つて、帰りましたか。アヽ気の毒や。さぞ案じませう《さぞ心配しておりましょう》。◯　モシ旦那様、持つて走りました《逃げました》お薬も、長兵衛様がお取り上げなされました。モウ〳〵外《ほか》になにも取りました品はござりませぬ。どうぞ御勘弁の上、穏便《をんびん》になされて下されませ。ハイ、お願ひでござります〳〵

ト思ひ入れ[一〇]

六　中間・下僕・奴《やっこ》などのへり下った返事。

七　台詞を言いながら、猿轡と縄を解く。

八　この台詞から、小平がどのように見られていたかがわかる。もともと小仏小平には小男のイメージもあった。享保九年板『役者辰暦芸品定』に「芝品《しばぐち》大仏三郎兵衛に広次殿、神田口小仏小兵衛に団十郎殿なられ、お身は大男、大谷で大坂へむく、おれは小仏小兵衛ぢやによつて、おなじみの地ははなれられまいのおとし」とある。この「団十郎」は二代目。

小平の哀訴

＊　上手に伊右衛門、真中に小平がおり、その後ろに二人を取巻くように、上手から長兵衛、官蔵、伴助、宅悦、と並ぶ。

九　出来心とはいえ、小平には旧主人の病気を治すためという目的があった。したがって本心と弁解との二重の表現をしなければならない。その呼吸の間と腕を必要とする部分。

一〇　すがりつくように哀れみを乞うて泣く。

伊右　なに、[一]穏便《内済に》に致しくれろとか。イヤこいつ、不届《けしからぬ》きな事をぬかすナ。おのれが取り逃げかけ落ちを《出奔したのを》、主の身どもがなに穏便に致すものか《主人である私がどうして見逃しておくものか》。まことにこいつ、あきれるほどなふといやつだ

[二]官蔵　さやう〳〵、ことに常からこいつが申すを聞けば、きやつが古主は《こいつの旧主人は》塩冶《えんや》の家中《かちゆう》。お手まへの《貴殿の》朋輩、《同僚の》[三]小塩田《しほだ》又之丞《またのじよう》が《を》小者《こもの》との事。親父は《（孫兵衛）》もちろん、[四]女房子迄ござると申すが、まことに人は見かけによらぬものでござるて

伴助　さやうでござります。聞けばこいつが内に、その又之丞[五]とやらも、居候《ゐさうらふ》にゐるとの咄でござります

伊右　ア、なんと言ふ。同家中であつた又之丞が、こいつ小者か。[六]○　ヤイ、小平め、おのれいよ〳〵さやうか《本当にそのとおりか》

小平　ハイ〳〵、それに違ひはござりませぬ。私が親どもは、又之丞様の御家来筋、御恩を受けしお主様《しゆうさま》は、御浪人のうへ、この間の《この間からの》御難病。それを貢ぎに私が雇ひ奉公。女房悴親父まで、皆それ〴〵に賃仕

一　小平の台詞《せりふ》にすぐかぶせるように言う。

＊　小平の言い草は随分虫がいいようだが、内輪で見逃すというのが当時の政治感覚でもあった。火方盗賊改めの森山源五郎は与力に「人を捕ふる事、少なからん事よかるべし。ずゐぶん見遁すべし」と命じたという（鈴木白藤『夢蕉』）。南北作『御国入曾我中村』では、湯屋の板の間かせぎが、盗品を戻した後、顔に墨を塗られるだけで許されるという当時の習慣が描写されている。

忠義の盗み

二　後日序幕の「小塩田隠れ家の場」の小塩田又之丞の件が上演されなくなってから旧主人の名は台詞にのぼらず、以下次頁の伊右衛門の台詞までは省略されるようになった。

三　実説の四十七士の一人、潮田又之丞高教にあたる。ここでは、塩冶家没落後、下僕の孫兵衛のもとに身を寄せているという設定。実伝では、郡奉行・絵図奉行を兼ね、二百石拝領していた。享年三十五歳。

四　女房・子まである立場の人間のくせに、の意。当時は罪が一族にまで及んだ。

五　「とやらんも」とも。つっぱねた言い方。

六　小平に向って。

＊　旧主人が零落して、家来や下僕の世話に

事やら商《あきなひ》やら、身貧《みひん》な中へ主人の御病気。その御用にも立たうと存じ、盗みましたあの御薬。まつたく悪気《わるぎ》で致しませぬ。主人の為と忠義の盗み、捕へられたはまことに天命[七]。旦那様、どうぞお助けなされて下されませ〳〵

トいろ〳〵詫びるを聞いて

伊右　スリヤ《それでは》なにか、我が古主《お前の旧主人》の又之丞が病気につき、おれが家に持ち伝へた一薬を盗んでこいと、又之丞が我《お前に》を頼んだのか

小平　イエ〳〵〳〵。毛頭《すこしも》主人は存ぜねど《知りませんが》、こりや私が出来心で

伊右　出来心であらうが忠義であらうが、人の物を盗まば盗人。忠義で致す泥坊は、命は助かるといふ天下の[八]掟《おきて》があるか。たはけづらめ《馬鹿者め》。一薬も取り返し、取替の金子さへつぐのはゞ《または薬の代金を弁償してつぐないがつけば》助けてはやらうが、そのかはりおのれが指は一本づゝ折つてしまふハ

長兵　これはよい慰みでござらう。しからば十本の指を、残らず折つてみませうか

なったり匿《かく》まわれたりするという設定は、世話場の趣向として大きな定型をなす。家来筋の者が旧主人のために苦心惨憺することで悲劇が構成されるのである。ことに小平にとって、又之丞は親の古主であるから、それだけ忠義に対する執着が強い。

七　天の命ずるところ。ここでは運命に近い。天網遁《のが》れ難し（悪事には必ず天罰がある）と同意。

＊　忠義のための盗みをテーマとしたものに「曾我物」の鬼王貧家の場の団三郎などがある。それが後に幽霊になるという趣向は、文政期の草双紙趣味であろう。

指を折る

八　幕府の法。伊右衛門自身も主人の御用金を盗み出していながらこの台詞を言うところが味噌。小平は忠義のための盗みを悪と考える余裕がない。むしろ悪人伊右衛門の方が正当な理屈を声高に言う。

官蔵　命のかはりが指十本。イヤ、安いものでござるナ

伴助　私も稽古[一]の為に、折つてみませう

伊右　サア手伝へ〳〵

ト皆々、〔立ち上がり〕小平へ立ちかゝるを、（暴行しようとするのを）宅悦、捨て台詞[二]にて止める。（制止する）小平、思ひ入れ[三]あつて

小平　アヽモシ〳〵、このうへ指を折られまして、手が不自由では、主親（主人や親たちを養いますこととても）をはごくみまする事とても〔叶いません〕

三人　それをおいらが知るものか（そんなことわれわれの知ったことか）

小平　お慈悲でございます。お情けでございまする。どうぞその儀を〔お許し下さい〕

伊右　エヽやかましい。猿轡《さるぐつわ》でもかけさつしやい

三人　合点（承知した）だ〳〵

ト三人、立ちかゝり、（取り押え）伴助、手拭[四]を取つて、小平が口をゆはへて（結んで）

伴助　これでようございます

官蔵　指のこゝろみに、（ためしに）[五]鬢《びん》[六]の毛から抜きませう

一　居合せる目上の者たちに対してへり下った言い方。まだ敵役《かたきやく》として立派な役をさせて貰えませんが、後々の稽古のために試みましょう、という楽屋落ち。伴助役の千代飛助《ちよびすけ》は「千代飛頭《がしら》」と言われた中村座の中通り《ちゅうどお》の頭。他の二人よりも地位が低い。

二　「まア〳〵お待ちなされませ〳〵」等。

三　悲しがる思い入れ。

四　小平が腰に下げている豆絞《まめしぼ》りの手拭（略して豆手）で小平の口を上から縛る。この手拭には芯がついており、よれよれに見えぬようになっている。猿轡《さるぐつわ》だから口の中に嵌《は》めるのが本来だが、歌舞伎ではあくまで様式美を重んじる。

五　「指のこゝろみ」とは柔術などの予備運動の意。猫が逃れられぬ鼠を弄《もてあそ》ぶようなさま。南北好みの残忍な場面。現行台本「まず手始めに」。底本の方が面白い。

六　こめかみの毛。小平の鬢はぼっと付。左のぼっとが引張ると取れ、下に仕掛けられた血糊によって血が流れる。「ぼっと」は両鬢の上に使う、ぼさぼさとした毛。野暮な田舎者などに用いる。

七　煙草の煙は、傷口に滲《し》みて痛む。

八　指を一本一本折る。昔は苧殻《おがら》を折る音で骨を折る音を表した。今日ではツケが入る。

伊藤家からの産婦見舞

長兵　こいつはよからう

　ト立ちかゝつて、小平の小鬢《こびん》の毛を、皆々抜いて、[七]たばこ吹きかけ、[八]いろ〳〵さいなむ《虐待する》。[九]唄《うた》になり、向ふより《花道から》、お槇《まき》、序幕の[一〇]乳母にて《の形で》、[一一]供の中間、[一二]隅田川の[一三]巻樽《まきだる》と[一四]重詰物、[一五]風呂敷包を持たせ出て来り、門口へ来て

お槇　ハイ、[一六]お頼み申しませう《ご免下さいませ》

三人　アヽ、だれか来たぞへ〳〵

伊右　客があらば、その野郎《(小平)》は、押入れへなりとぶちこめ

三人　合点だ〳〵。うしやアがれ《来やあがれ》

　[一七]ト小平を引つたて《引きずって》、下の方、[一八]杉戸の押入れをあけ、〔小平を〕打ちこんで《投げこんで》、戸をさす《閉める》。その内《よい頃合に》、宅悦、〔門口へ〕出向ひ

宅悦　ハイ、どれからお出でなされました《どちらからお越しなされましたか》

お槇　アノ私は、御近所伊藤喜兵衛屋敷より参じました《参上いたしました》。御取次の儀を〔願います〕

　ト言ふを、長兵衛、聞きつけ

この間、小平の「御了簡なされて下さりませ〳〵」との捨て台詞が入る。指を折る趣向は、南北の先行作『彩入御伽艸《いろえいりおとぎぞうし》』の例を受けた。遡《さかのぼ》ると山東京伝の読本『安積沼《あさか》』『優曇華物語』、合巻の『安積沼後日仇討』『於六櫛木曾仇討』までゆきつく。

九　現行では「替った只合方に角兵衛」。

一〇〈扮装〉序幕通り（一八頁注四参照）だが、色々と小道具を持つ。ここでは他家訪問のため、黒骨金銀の女扇を持って出る。

一一　伊藤家の中間。〈扮装〉紺看板。袋付下馬銀杏の鬘。中間木刀を提げ一枚福草履をはく。

一二　酒銘。旧浅草並木町の山屋半三郎醸造。

一三　蕨縄《わらびなわ》で巻いた進物用の酒樽。

一四　蒔絵の重箱に入った料理。

一五　鼠色の縞柄の風呂敷。中に黒と黄の弁慶格子の小裁《こだち》（赤子の小袖）が入っている。乳母がこれを持って出る演出もある。

一六　訪問時の武家詞。男なら「頼もう」。

一七　現在の演出では、ここで小平に猿轡をかませ、縄で身体を縛る。

一八　杉の木目の二枚戸の押入れ。菊五郎はこれを抜け、舞台裏でお岩の拵《こしら》えにかかる。

長兵　ア、伊藤殿よりの御使か。〇[一]オヽ[二]、乳母のお槇か。サア〳〵こちらへはいりやれ〳〵

お槇　ハイ〳〵、さやうなら《それでは》御免遊ばされませ

ト内へはいる[三]

長兵　伊右衛門殿、喜兵衛殿より使が来ました

伊右　ア、さやうか。サ、これへ〳〵。まことに御近所に在つて《ご近所に住んでいながら》、御疎遠《ご無沙汰》に仕る《致しております》。御主人にも御変りもないかな

お槇　有難うござります。主人喜兵衛始め、後家弓事[四]もよろしう御言伝《ことづて》申しまする。承りますれば、御内方《ごないはう》[五]お岩様御事、御産ありしと御目出《おめで》たい御噂《うはさ》[六]。この品はあまりお粗末にはござりますれど、御目にかけ《お贈りします》まする。また、御酒《ごしゆ》[七]と煮《に》しめは、御夜伽《およとぎ》[八]遊ばされまするお方〳〵へおなぐさみの為《眠気ざましに》、御目にかけまする《差上げます》と遣はしまして《［私を使いに］》ござりまする。よろしうお頼み申しまする

ト切溜《きりだめ》[九]に煮しめ、巻樽、三重の組重《重箱に》へ、切餅《きりもち》[一〇]、白味噌《みそ》、鰹節《かつをぶし》の

一　お槇を見て。

二　「オヽ」という発語に、すでに伊藤家と気脈を通じている感じが出ている。巷説では「秋山某」が伊藤家と伊右衛門との仲人になっている。現行台本「お槇どの」。

三　このあとお槇は、伊右衛門に向きあって下手に坐る。

四　お梅の母、弓。夫を亡くしているので「後家」といったもの。「事」は、「私こと」などというように、あらたまって説明したり挨拶したりする際に添える語。

五　他人の妻の敬語。内儀、内室に同じ。

六　供の中間が置いた三重の組重を見て言う。

七　重箱とは別に、切溜《きりだめ》の煮しめと酒をさす。つまり、風呂敷包の小裁や、お祝の品としての鰹節、産婦のための切餅・白味噌以外の品。

八　夜間、寝ずに付き添いをすること。

九　煮物や料理の素材などを入れるための、木製で蓋のある薄い漆塗りの料理箱。

一〇　切餅や白味噌・鰹節は、産婦の乳を出すのによい食物とされている。

類を詰めたるをさし出す。伊右衛門、思ひ入れ[一一]あつて

伊右　これは〳〵いつもながら[一二]御丁寧に、まことにいたみ入りまする《恐縮に存じます》。忝《かたじけ》なう存じまする。御入物《おいれもの》はこの方より持たせ《こちらの方から持たせて》遣《つか》はしませう《やりましょう》。よろしく申して下され

お槙　畏《かしこま》りました。〇[一三]また一品のこの粉薬《こぐすり》[一四]。これはすなはち[一五]手まへ《私共の》隠居《（喜兵衛）》の家伝《家伝だそうで》とございまして、調合致されまする血の道[一六]の名薬《みやうやく》、お岩様におあげなされても苦しうございませぬ《結構でございます》と、わざ〳〵《〔私に持たせて〕》遣はしましてござります《よこさせました》る

ト懐中より、粉薬の包みを出す。伊右衛門、取つて

伊右　これは[一七]お心づけられ《お心にかけて頂き》、忝《かたじけ》なう存じまする。早速《さつそく》と用ひませう。コレ手まへ《お前》、白湯《さゆ》をしかけてくれろ《沸かす用意をしてくれ》

伴助[一八]　畏りました

ト七輪へ、別の《〔煎じ薬とは〕》土瓶へ水を入れて、かけ置く。この時、屋体《上手の障子》の内にて《屋体の中で》、赤子[一九]、しきりに泣く

一一 品物に目をやって。

一二 伊藤家からこれまでにもしばしば進物のあったことが分る台詞。お梅のために伊右衛門に取り入っていたのである。前頁の伊右衛門の「御主人にも御変りもないかな」というお世辞に照応する語。

一三 懐ろから薬を出して。

一四 紫の小帛紗に包んだ薬の畳紙《たとう》。一二八頁の薬は煎じ薬だが、ここは粉薬。南蛮渡来の感じが出る。

もう一つの名薬

一五 強調するための語。

一六 婦人病による身体の変調に効く薬。

＊ お槙の持って来た血の道の名薬は、後の惨事の原因となるため、このお槙の台詞は、強く見物に印象づけるものでなくてはならない。この薬とソウキセイとは、ともに家伝の名薬で、いずれも人命を断つことになる。

一七 伊右衛門は、伊藤家の真意を知らないから素直に受取る。台詞も自然な調子。

一八 伊原本にはこの部分がない。従って直前の伊右衛門の台詞は傍にいる宅悦に言ってもさしつかえない。その方がむしろ自然。

一九 赤子笛を使って赤ん坊の泣き声を出す。小道具方が扱う。今日では役者が吹く。

お槇　オヽ、やゝ様がいからおむづかり遊ばしまする《赤ちゃんがたいそうぐずっておいでです》。シテ、御《ど》男子《なんし》でございまするか

伊右　さやう〳〵

お槇　それは[一]御目出たう存じまする。○

　　トこの内、やはり、子がせわいで《やかましく》泣く

これはしたり《どうしたもの》。いかうおせわり遊ばしますが《大変むずかってお泣きなさいますが》、アヽ、おほかた《きっと》蚤《のみ》めがせゝりまするも《ちくちく刺すのかも》知れませぬ。私が見てあげませう

伊右　それは忝《かたじけ》ない。なにぶんよろしう

お槇　ハイ〳〵。○

　　ト立ち上がり

[二]コレ、こなたは先へ帰つて言はうには《言う口上に》、わしはたゞ今帰りますると、お上へ《旦那様へ》申して下され

中間　ハイ。畏りました

お槇　[三]さやうなら《それでは》、御免遊ばされませう

一 世継ぎの男子が生れたことに対する祝言。

＊ 当時、蚤は特に珍しくはないが、浪人住いなどの貧家の情景に適し、一種の「責め」の場の雰囲気づくりに効果をあげる。ここでは、お槇が恩を売る意味で赤子を見てやる動機ともなっている。要所要所で赤子笛を鳴らし、それによってドラマを展開・飛躍させてゆく南北の演出法は見事である。南北の作品で他に赤子をうまく使っている例としては『桜姫東文章』『彩入御伽艸』などがある。亡霊と赤子との取合せは、小夜中山の夜泣石伝説の系譜を引く趣向であろう。

二 門口の中間に向って言う。

三 伊右衛門に対して軽くお辞儀をし、唄とともに立ち上がる。

四 赤子の小袖の入った風呂敷包み。

五 今日の演出では、宅悦が案内して上手の障子屋体に入る。

六 今日の演出では、先に重箱、酒樽を置き中間はそのまま下手へ入り帰ってしまう。

七 「先生」をここで急につけたのは、伊右衛門のおかげで恩恵を受けるようになった卑屈な喜びの表れである。こんなことが時折あるので、長兵衛・官蔵は伊右衛門を兄貴株と

ト唄《うた》になり、お槙《まき》、[四]風呂敷包みを持ち、[五]屛風の内へ、産婦見舞にはいる。[六]中間《ちゅうげん》、向ふへ《花道へ》はいる。官蔵、長兵衛、切溜《きりだめ》を出し、樽を《酒樽を》引き寄せ

長兵
官蔵　伊右衛門先生、[七]はじめさつしやい《お始めなさい》[八]〳〵

伊右　ハテ、せはしない手やいだ《連中だ》

ト言ひながらうち寄つて、酒を始める。角兵衛獅子に《の鳴物》なり、向ふより、[九]利倉屋《とくらや》茂助《もすけ》、大風呂敷を肩へかけ、質屋にて、出て来り。ずつとはいり

茂助　伊右衛門様、御留守《るす》かな

伊右　イヤ、宿にをる《内にいる》

茂助　[一〇]これはめづらしい、御宿ぢや《ご在宅ですか》。この方から《こっちから》、お宅かと言ふとお留守と言はつしやるから、お留守かと言つたらお宿とは、おめづらしい儀で《ことで》ござります。モシ伊右衛門様、この間から御貸し申した蚊屋に蒲団《ふとん》に[一一]掻巻《かいまき》まで、替りもこぬのに上げましたが《質物の代りもよこさないのに差上げましたが》、あの代物の《品物の》[一二]元利〆《しめ》

して扱っているのであるが、ここではさらに一段上へ据えた現金さが面白い。東大本・伊原本は「殿」となっているが、ここは「先生」の方がいい。

八 相手を立てつつも、かついでいる口調。

＊ 窮屈なお槙が隣室に入ったので、眼前の酒肴を見て浪人たちは早速一杯やりたくなる。がつがつしている彼らの性根が出るところ。伊右衛門はその行儀の悪さをたしなめながらも、自分から立膝《たてひざ》になって酒樽に手をかけ、伴助が切溜を運んで酒盛りになる。

九 〈扮装〉木綿縞の着付を尻端折《しりはしょ》りして浅葱《あさぎ》のパッチを穿《は》く。鬘は袋付銀杏に半染の手拭を被り白足袋に麻裏草履。唐草の大風呂敷と通い帳をぶらさげる。

質屋の強催促

一〇 頻りに代金の催促に来ているのが分る。こんな会話にも南北のうまさがある。普段は居留守を使う伊右衛門が在宅を告げたのは、御馳走で気が大きくなったか、お槙の手前を繕ったかである。

一一 綿の入った夜着。

一二 元金と利息で三分二朱の意。

高《だか》三分二朱。サ勘定なさるとも品を帰さつしやるとも《支払いをして下さるか品物を返すか》、片づけて下《始末をつけて下》されませ《さい》。まだその外《ほか》に[一]去年中から不義理な借《かり》の五両の一件。サ、片づけて貰ひませう。さもないと、今日《けふ》は[二]この地面の御屋敷へ断つて、《［奉行所へ］》願つて出ねばなりませぬ。サ、、どうでござりまするナ〱

ト せたげる《きびしく催促する》。伊右衛門、[三]思ひ入れあつて

伊右　これはしたり《これはどういうことだ》、この方も取り込みがある《こちらにも忙しいことがあるので》ゆゑ、[四]挨拶も延引致すが《長引いてしまったが》、いづれ近々の内に《［支払いをするつもりだ］》

茂助　イエ〱待てませぬ〱。さやうなら是非がない《こうなったら仕方がない》、御地面の御屋敷へ御断り《訴えて》申して《［こようか］》

ト 行からとする。皆々、止めて

長兵 官蔵　コレサ、おいらが請け合ふから《われわれが引き受けるから》、あの一件は《五両の借金のことは》《［待ってやって貰いたい］》

茂助　イエ〱、[五]おまへ様方の御請合《うけあひ》、これまで一つもわかりませぬ《確かであったことがない》。おかまひなされまするナ〱

ト 行からとする。伊右衛門、[六]思ひ入れあつて

一 大晦日が一年の総決算期。それを越した不義理な借りの意。

二 この地の組屋敷の組頭に訴えようというもの。組屋敷では、町奉行に訴えるにはあらかじめ組頭に通知しておく必要があった。但し雑司ケ谷の浪宅という設定では「御地面の御屋敷」などありえない。実説の四谷左門町の組屋敷をふまえたものである。

三 もてあました様子を表現する。

四 言い訳やら何やらの応対。

＊ 借金取りの登場は世話場の常套手段。伊右衛門の家の貧窮状態を強調する効果をもつとともに、伊藤家から売られる恩がこのあとでもう一つ加わる契機をなしている。本作の次作『盟三五大切《かみかけてさんごたいせつ》』の「深川大和町の場」では、畳まで上げて持って行かれてしまう場面がある。

五 質屋はこの手の浪人の、最初から当てのない安請合にたびたび引っかかっており、もうその手には乗らないのである。

六 もうこれまで、どうにもならぬという表情で決心する。

伊右　利倉屋待〔七〕ちやれ
茂助　エ〔八〕
伊右　五両の勘定致してやらう
茂助　エ〔九〕ヽ、さやうなら、アノ五両を。サ、受け取つて参りませう《帰りましょう》
伊右　イヤ、その金はないが、その代りにはこれを渡さう
　ト薬〔一〇〕の包み、極書《きはめがき》〔一一〕、残らずつけて渡す
茂助　モシ、これはなにやら薬の包み。アノ〔一二〕これが、五両のかたになりま《抵当になるというの》すか《ですか》
伊右　その唐薬《たうやく》〔一三〕は、民谷の先祖持ち伝へたる《〔より〕伝来した》ソウキセイ。売り買ひならば《売買するならば》二十両〔一四〕、そのよけいにもなる《それ以上にもなる》薬種。相違ないのは《本物である証拠は》その添書《そへがき》。さる《ある》奥〔一五〕医者の極め《きはめ》〔一六〕もある。不承であらうが《いやでもあろうが》利倉屋《とくらや》茂助《もすけ》、五両の代り、《〔ともかくも〕》預つてくりやれ
　ト押しつけられ、茂助、よく〳〵見て
茂助　なるほど、お医者方の御判《ご印判の押してある》のすわつたこの唐薬、さうおつしやらば

七「まちゃれ」と発音する。
八 伊右衛門に呼びとめられて振り返る。
九 五両の大金など返済できるものかと高をくくっていた質屋が、返してやろうと言われ、驚いて発する語。

唐薬の質物

一〇 紫の小帛紗に包んだソウキセイの薬包み。
一一 鑑定書。
一二 疑いの意をこめた「アノ」。
一三 中国渡来の薬。
一四 孫兵衛には「十両や十五両には直になるハ」（一二五頁）と言っている。質屋には「二十両」と言って五両に値切られる。
一五 将軍や奥向きの者の診療に当った幕府お抱えの医者。
一六「極書」に同じ。

違ひもあるまい。しかし、さいはひ私が、[一]下質《したびち》送るは深川の[二]金子屋《かねこや》。
亭主《主人は》は以前薬種屋上がり《薬屋をやっていた者だから》、それへ見せたるその上にて〔受け取りましょう〕

伊右　わづか五両だ、預つておきやれ

茂助　そんならそれは、マアこれで〔清算するとして〕

　ト懐へねぢこみ

さてこれからが[三]入替の代物《しろもの》、蚊屋も蒲団《ふとん》も持つて行きます。御免
なされませ

　ト立ちかゝる《取りにかかる》

伊右　これはしたり《どうしたことだ》、まだその外《ほか》に借着の品を〔持ってゆくというのか〕

茂助　アイ、三分二朱の勘定がすまぬと、[四]店《たな》おろしが片づきませぬ。御免
なされませ

　ト[五]屏風の内へかゝる《行く》。[六]お槇《まき》、出て来り、茂助を止めて

お槇　[七]コレ町人殿《どの》、産婦の御居間へ〔入るとは〕ぶしつけな《無作法な》。聞けばなにやら金子《きんす》の
[八]かゝりも、ナ[九]。[一〇]〇 これでおほかた、ナ[一一]。〔品物を〕サ、そのまゝ置いて〔いきなさい〕

一 質屋が質物を他の質屋へ抵当に出して金を融通すること。「したしち」の訛。
二 「金子屋」は、深川の岡場所の隠語で質に入れることを意味する（三〇〇頁注九参照）。それをふまえて質屋の名としたもの。
三 質入れしてある品物を受け出すための品物。
四 棚卸し。商店で商品の現在高、価格などの確認整理をすること。正月上旬と七月に行なった。
五 強引に障子屋体に入る。中に釣ってある蚊帳や夜具を取りに入ろうとしたのである。
六 茂助を押し戻しながら出てくる。
七 高飛車に、武家が町人を見下していう心持で。
八 金銭関係のことなので婉曲に言った。
九 茂助に向って。
一〇 小判一両を茂助に与える。
一一 金を与えて、相手を納得させる意の「ナ」。

恩を売られる

一二ト思ひ入れして、紙に《懐紙に》包みし小判一両を、そつと茂助に握らす。

茂助、一三思ひ入れあつて

茂助　ヤ、コリヤコレ一両

お槇　サ、産所へ聞こえて《産所のお岩様が聞くと》益《えき》ない事《まずい》。それではこなさん《お前さん》〔これで言い分はありませんね〕

茂助　アイ、言ひ分もござりませぬ。まことにこれは、大きにお世話でござります

伊右　なにやらかやら《なにやかやと》度々《たびたび》のお心づけ。申さうやうもござらぬ仕合せ《お礼の申しようもない有様です》

お槇　なにしに《どうして》さやうな御心配、御無用にあそばしませ。私も、もうおいとま仕《つかま》りませう

ト門口へ出

茂助　さやうなら《そんなら》私も、道までお供致しませう。伊右衛門様、唐薬の儀は《ことは》、下質へ見せた上にてその御返事を

伊右　なにぶん預つて貰はう。◯一四 一五これは御乳母殿、よろしう頼みます。一六大儀でござつた

一二 このト書きは、直前の台詞の中での動きを指定したもの。

一三 小判の紙包みを確かめて、質物の代より多いのでちょっと驚く。一両は三分二朱より二朱多い。

＊ お槇は悪人ではない。主家大事と、主人のためには何でもするといった忠義一途の女なのである。奴婢の忠義者という点で小仏小平と一対の男女ということになる。

一四 お槇へ向って。

一五 お槇の計らいにすっかりまいってしまい、思わず心服したといった体《てい》で挨拶する。

一六 伊右衛門は、自分の弱気にふと気付き、改めて武士としての気概を取戻し、武士用語でお槇を下に見る言い方をした。その心理変化が出た台詞。

お槇　ハイ〳〵、あなた方も（皆様方も）おゆるりと。サ、茂助さんとやら

茂助　ハイ、ドリヤお供致しませうか

ト唄《うた》になり、〔その後に〕お槇、茂助付き、向ふへ（花道へ）はいる。皆々、残つて、

[一]思ひ入れ

長兵　コレ〳〵民谷氏《うぢ》、アノマア伊藤の屋敷からは、こなたのところへ丁寧に度々の折見舞（時節の見舞）。一度は礼に行つたというて〔罰も当るまい〕

伊右　サ、さう思つてもあの屋敷（伊藤家）へは、[二]どうも身どもは世間の手前で（拙者は世間体があって）〔行きかねる〕

官蔵
長兵　ソリヤまたなんで

伊右　ハテ（それは）、伊藤喜兵衛は高野《かうの》[三]の家中、今町宅のあの屋敷（今は町家に住んで立派な屋敷住まい）、この伊右衛門は塩冶《えんや》の浪人。〔敵同士でもあり〕それゆゑどうも、肩身がすぼつて（肩身が狭くて）〔行くことができぬ〕

長兵
官蔵　なるほど、そこもあるわへ（そういうこともあるなあ）

トこの時、上の屋体にて（上手の障子屋体の中で）、[四]赤子泣く。宅悦、聞いて

宅悦　アレまたあのお子が〔泣きます〕

伊右　よく泣く餓鬼《がき》だ。蚤《のみ》でも食ふのか。○[五]

一　一段落して、気分を改める。
二　世間の手前こう言ってはいても、決して伊右衛門が忠臣だというのではない。
三　高野師直の家来、の意。
四　ここで赤子笛が入ることによって、質屋とお槇との件《くだり》が一段落したことを示し、また次のお岩の出のきっかけとなる場面転換の役割を果してもいる。
五　ここで伊右衛門が立っていって上手の屋体の障子を開ける。現在の演出では宅悦が開けることになっている。
六　障子は舞台の寸法により、二枚の場合と三枚の場合とがある。一本引きで、手をかけると裏から引いて取る。役者の好みで、全部引き取ったり、少し残しておいたりする。
七　萌葱に赤の縁取りのくたびれた蚊帳を、手前の一方だけ外し、たるませて釣ってある。損料借りの貧乏臭い感じや生活疲れが出ており、産後のお岩の背景としてふさわしい。
八　風よけの屏風。現行では使わない。
九　菊五郎の二役を特に意識した書き方。下手の押入れに投込まれた小平が、舞台裏でお岩に早替りし、上手の障子屋体の括り蒲団に寄りかかっている。〈扮装〉鼠色の菊小紋の縮緬《ちりめん》（体にだらんとまといつき、見物からは

高価なものとは見えぬ。小菊の模様は菊五郎に因む）に、黒繻子《くろじゅす》の中幅帯、上から黒ちりの笹模様の中形の半天を引っかける（これらは役者の好みにもよるが基本的には地味な暗い感じの衣装）。鬘は、地髱《じたぼ》に崩れかかったつぶし島田を麻で結び鼈甲《べっこう》に銀小菊の櫛。病鉢巻をする。

一〇 安産の魔除け。麻苧《あさお》を輪にしてかける。

一一 赤子の人形（抱子《だきご》）を抱き、尻を軽く叩く。赤子には伊藤家からの黄八丈の一《ひと》つ身《み》（小裁《こだち》）が掛けてある。

一二 東大本・伊原本では「いぶりつけゐる」。

一三 この段階では、伊右衛門はまだお岩を捨てる気になってはいない。

一四 酒盛りの光景に目をやって。

一五 四、五歳までの小児の衣服の裁ち方の一つ。

一六 内々で。暮し向きの意ではない。

一七 「行って」が詰った言い方。

＊ お岩の方から伊右衛門に、隣家へ礼に行くよう催促する。このことが事態を一変させ、お岩にとっては仇《あだ》となってしまうのであるからここは重要な部分。伊右衛門は気が進まないのだが、この訪問によって変節し、悲劇となる。

産褥中のお岩

ト[六]障子をあける。この内に、[七]釣りかけし蚊屋、[八]屏風。木綿蒲団の上に、[九]菊五郎お岩にて、産後の体、[一〇]襟《えり》へ苧《を》を引っかけ、[一一]赤子を[一二]ゆすぶりつけゐる。この内、合方。伊右衛門、見て〔お岩を〕

長兵 官蔵　[一三]コレお岩、今日はこゝろよいか（具合はよいか）、どうだ

見舞に来ました

ト　これにて、お岩、[一四]思ひ入れあつて

お岩　有難うござります。産後と申し（出産の後ではあり）、この間の不順な陽気（この頃の不順な天候も手伝って）。そのせゐかして一倍気持が〔悪うござります〕

ト思ひ入れ。この内、抱子の上へ（赤子の上へ）、結構なる（立派な）小裁《こだち》[一五]かけてあるを、

伊右衛門、見て

伊右　コレお岩、その小裁は見なれぬ着る物（着物）、そりやおぬしが〔縫ったのか〕

お岩　イエ〳〵、こりや今、喜兵衛様のお宅から、後家ご様（お弓）の内証[一六]で、わたしが方へ心づけ、どうぞおまへ、礼に行《い》[一七]て下さんせ

伊右　アヽさうか。ハテ、あの内からは気の毒なほど物を送るが、どうも

伊右　おれは気が知れぬて《合点がゆかないわい》

長兵　それだによつて《それだからこそ》、度々身どもが《わしが》申すはこゝだ《このことだ》。以前は以前《以前は敵同士でも》、今は浪人民谷伊右衛門。敵《かたき》同士の[一]義理を捨て、あの屋敷へも行くがよからう

お岩　おつしやるとほり隣家の事、どうぞ御礼に行《い》て下さんせ

ト伊右衛門、思ひ入れあつて

伊右　いかさま《なるほど》お岩が言ふとほり、コリヤちよつと、行かずばなるまいが、なにを言ふも《なんとしても》おれ一人で《一人では［行きにくい］》

お岩　おまへその心なら《礼に行こうという気なら》、お二人を連れにして

長兵　さうさ〳〵、おいらが一緒に

官蔵　[二]行てしんぜう

伊右　そんならすぐに、[三]思ひたつ日を吉日《きちにち》と、行きませう〳〵

官蔵　さうさつしやい《そうなさい》〳〵

伴助　私がお供致しませう

宅悦　御留守は私がをりまする。ちよつと御礼にお出でなさるがようござ

＊妹のお袖が高野の家中の伊藤家に反発するのに対し、お岩はその親切を素直に受取って礼に行くよう勧めるが、伊右衛門は隣家の好意を計りかねている。彼にとっては高野家と旧主の塩冶家とは敵同士《かたき》であるから、世間への体面を思うと敵の家には行きにくい。しかも、「おれ一人で」と弱気なところもある。長兵衛・官蔵は、伊藤家との密約を果し、伊右衛門のとりまきとして行けば損はないと見積っている。

隣家を礼訪

一　ここは、因縁とか意地というほどの意。

二　伊原本ではここまで割り台詞とせず、長兵衛・官蔵が一緒に言う。待ってましたと言わんばかりの感じが出る。

三　諺。事を思い立ったらすぐ始めるがよい、の意。

＊現行の台本・演出では、伊右衛門が、「思ひ立つ日を吉日と」の後、「それにしてもこの身なりでは」と袖を両手で引っ張ると、お岩は「お羽織を」と言い、宅悦を呼んで羽織を持って来てくれという仕種をする。宅悦は、暖簾口に入り、羽織を出して伊右衛門のうしろから着せか

け、床の間から刀を持ってきて渡す。長兵衛がそれを見ていて「いや、さすがは御新造、お心がけのよいことでござる」というと、伊右衛門が「ヨウ気がつくのう。矢張り女房は素人に限りまする。たまかなものでござるのう」と言い、七行目に相当する「これ宅悦、あの押入れのやつを逃がすなよ」の台詞に続く。

四 大小の刀は、黒柄《くろつか》の蠟色《ろいろ》。

五 お岩の出してやった古い黒縮緬の役羽織。二六頁注九参照。

六 お岩のためを思いやった台詞。いつもは伊右衛門が、病床のお岩に代って飯を炊いているのである。御家人のうらぶれた生活を穿《うが》っている。市川宗家の団十郎が言うところに愛敬が出る。

七 傍に落ちている小平の脇差を取り上げる。

八 俸給を貰っていればこそ差すことのできる刀を、蔑んで言ったもの。

九 一二四頁二行目等に見られる小平の町人差し。ここでこれを宅悦に預ける。

一〇 薬畳紙《たとう》。内は銀紙で、渋紙の四つ折りにたたんだ薬包み。

一一 薬畳紙を懐中に入れながら、気を変えて。

ります

ト この内、伊右衛門、四大小《だいせう》差し、五古き羽折《はをり》を着て、支度する事あつて

伊右 イヤ、行くは行かうが《行くことは行くが》、六まだ今日は飯《めし》を炊かずにおいた。コレ手まへ、飯を炊いてくれまいか

宅悦 ハイ〳〵、なんでも致しませう

伊右 しかしあの押入れのやつ《(小平)》を逃がすなよ。〇七 コレ、これがあいつが八扶持方棒《ふちかたぼう》

ト 九件《くだん》の一本差しを見せ

ほんにこの粉薬《こぐすり》は、今伊藤の屋敷から、おぬしがところへよこさし《お前にといって持ってこさせた》つた血の道の薬、これを呑むがよい。家伝《〔伊藤家の〕》ぢやといふ事ぢや

ト 一〇粉薬の包みを渡す

お岩 さやうでござります、今お乳母《うば》殿が、その噂致されました。こゝへ下されませ。私が、白湯《さゆ》が沸いたら下さりませうか《飲ませていただきます》。〇一一 モシおま

伊右　へ、早う戻つて下さりませへ

伊右　ぢきに《すぐに》帰るわへ。サ行きませう。コレ、飯を炊からぞよ《炊きなさいよ》

宅悦　心得ました

伊右　行くぞよ《行ってくるぞ》、お岩

お岩　アイ、必ず早う《〔お帰り下さい〕》

伊右　なにをしてゐるものか《どうしてゆっくりしているものか》。○　サ、行きませう

　　ト[一]唄《うた》になり、[二]時の鐘《かね》、長兵衛・官蔵・伊右衛門、伴助付き、向ふへ、[三]宅悦奥へ《暖簾口へ》はいる。あと合方、[四]捨鐘《すてがね》。お岩《〔夫の〕》、跡見送り、[五]思ひ入れあつて

お岩の独白

お岩　常から《いつも》邪慳《じやけん》な伊右衛門殿《むごい》、男の子を産んだというて、さして悦《よろこ》ぶ様《様》子もなう《子も見せず》、なんぞといふと《なにかというと》[六]穀潰し、足手まとひな餓鬼《がき》産んでと、朝夕にあの悪口《あくこう》。それを耳にもかけばこそ《耳にもするものだから》、針の筵《むしろ》のこの家に、生傷《なまきづ》さへも絶えばこそ《生傷の絶えたことがなく》、非道な男に添ひとげて、辛抱《しんばう》するもとゝさんの、敵《かたき》を討つて貰ひたサ。○[七]

一 「ぎりと唄入り」（越後獅子）に角兵衛の鳴物をかぶせる。
二 本釣鐘《ほんつりがね》を打つ。ここでは入相の鐘。黄昏時の凄みのある場面に一転する。
三 捨て台詞で奥へ入る。
四 同じく本釣鐘だが、単に淋しさを出すために打つので捨鐘という。
五 障子屋体から出て小蒲団に赤子を寝かせ、小裁《こだち》を着せかけると、思いに沈み次の「くどき」に入る。汚れた鼠色の手拭を持つ。
六 飯ばかり食う役立たず者の意。
七 がっくりと畳に両手をついて泣くと、とたんに頭から櫛が抜け落ちる。
八 仕掛けのある櫛。懐中に通した黒い糸を引くと櫛が落ちる仕組。
九 不詳。「四谷三光稲荷」の連想（解説参照）か。三光天の略とも、三光斎という蒔絵《まきえ》に因《ちな》むともいう。河竹黙阿弥の『夢結蝶鳥追』にも用いられる。
一〇 髪飾り用の櫛。
一一 菊花を重ねた模様。菊五郎の紋に因むか。あるいは菊五郎の父松緑譲りの櫛か。
一二 手拭を目にあてて泣く。
一三 赤子の尻を叩きながら、捨て台詞で「たがよ、あアよし〳〵、たがよ〳〵」と言う。

ト思ひ入れ。この時、頭《つむり》に插したる鼈甲《べつかふ》の誂《あつらへ》[八]の櫛《くし》落ちるを、取
り上げ見て
コリヤかゝ様の御形身《おかたみ》の、三光《さんくわう》[九]のこの差櫛《さしぐし》[一〇]。ものずきなされし《お道楽でなさった》菊重[一一]
ね、むねに《峰に》古風な銀細工。身貧な中でもはなさぬは、《貧乏暮しではあっても手放さないのは》どうで《どっちみち》産後の
この病気、とても命もあやふいわしが、《とうてい命も助かるまい私が》死んだというて妹に、《死んだからといって妹に》せめ《〔遺す物もないが〕》
て形身と送るのは、《贈れるのは》母のゆづりのこの差櫛。これより外に、この身《私の身につけ》
についた。《た〔物はない〕》◯[一二]
ト思ひ入れ。この時、抱子《だきご》しきりに泣くゆゑ、ゆすぶりつ[一三]
け〳〵、産所をはなれ、よきところ[一四]へ来り。よろ〳〵として《〔坐る〕》
アヽ、また目舞《めまひ》がする。血の道のせゐであらう。この粉薬、マ
ア〳〵これなとたべて。《飲んで》◯[一五]
ト合方、虫の音《ね》[一六]、時の鐘、お岩、件《くだん》の粉薬を茶碗へあけ、土瓶《どびん》
の白湯《さゆ》をつぎかけ、《つぎ入れ》呑む事[一七]あつて
オヽ、これでちつとは気持も直らう。ドリヤ、大事のやゝを。《赤ん坊を》◯

一四 以下の件は、変貌の前行動として重要であるから、見物に印象づけるように舞台中央に座をしめて丁寧に演じられる。

一五 薬包みを持ち、膝に手をかけて立ち上がると、ゴーンと銅鑼《どら》（時の鐘）が入る。顔を押えて、下手の七厘の前に坐るともう一つゴーン、盆の上の茶碗に土瓶の湯をつぎ、それを持って立ち上がるとゴーン、よろけてふわりともとの座に坐り、またゴーンと鳴り、捨て台詞で「いつになったら直ることやら」などと言う。

一六 「虫笛」を吹く。

一七 「戴きます〳〵」と感謝をこめた捨て台詞で薬包みを開け、掌を手拭でふき、薬の粉を掌にあけるとゴーン。喜ぶ気持でこれに両手を添えて頂き、手から口へ直《じか》に飲む。さらに包みに残った粉を茶碗に叩き入れ、前かがみで一口に飲み、口の中に残った粉をゴボゴボと漱《すす》いで飲込むとゴーン。空の薬包みをもう一度頂き、手拭で口元を拭き、「これでちつとは」の台詞となる。

＊ 今日では、お岩が毒薬とも知らず感謝しつつ飲むのを、哀れみと、変貌への残酷な期待をもって見守るようになったため、演出が膨張していったものと思われる。

感謝で飲む毒薬

ト抱き取らんとして《抱き上げようとして》、[一]また《再び》候《ぞろ》にはかに《急に》病気おこりし体《てい》にて、苦痛の思ひ入れ

宅悦　ヤヽヽヽ。今の薬を呑むとしきりに、常より《いつもよりも》気持が〔悪い〕、アヽ、コリヤ顔が熱気《ねつき》して《上気して》、一倍気やひが《更に気分が悪くなった》。アヽ苦しや

ト[二]いろ〳〵思ひ入れ。奥より《暖簾口から》、宅悦、なに心なう《何も知らずに》出て来り

宅悦　モシ〳〵、おつけでも《お汁でも》しかけませうかな。○

ト言ひざまお岩を見て

これはしたり《大変》、どうなされた〳〵。おまへはそれ〳〵、顔色が変つてどうやら様子が〔変ったようだ〕

お岩　今の粉薬、呑むとそのまゝ《すぐに》〔発熱して〕。アヽ、苦しいわいな〳〵

宅悦　なに、粉薬をあがつて《飲んだら》苦しいとは、薬違ひではないか《薬をお取り違えではないか》。マア〳〵、〔病身を〕風にあてゝは〔悪い〕。サヽ、こちらへござつて《おいでになって》

ト[三]いろ〳〵介抱《かいはう》する。赤子泣き入る。お岩、苦しむ。宅悦、あ《うろ》ちこちとしてゐる内《たえている間に》、押入れの戸をやう〳〵《やっと》あけて、[四]吹きかへ

一　めまいに倒れる。現行では、両手をついて伊藤家に対して礼を言うと、本釣鐘が入って差櫛が落ちる。次に色々喜びの捨て台詞があって、小裁を赤子にかける。赤子を寝かせつけるうちまた急に気持が悪くなって湯をみな飲む。不審そうに「今の薬を吞むと…」とあって「どうしたことであろ」となる。

二　手をつかんだり顔に手をやったりする。

三　宅悦は「アイタ〳〵」と言いながら手拭で顔を押えているお岩を抱えて、障子屋体へ連れてゆく。お岩は蚊帳の中へ倒れ込む。

四「吹きかへ」は代役の役者の意。ここは菊五郎に似た弟子の役者が小平を演じる。

五　現行の演出では、小平の姿を見せず、押入れの戸を中から叩くだけである。

六「留守居を」でチョンと柝《き》が入り、「頼まれたわへ」と宅悦はべったり坐りこむ。

七　お岩の苦しむ声を聞き、上手へ行って障子を閉め、泣いている赤子を抱き上げる。

八　小平が戸を叩く音、赤子の泣声、お岩の苦悶《くもん》、狼狽《ろうばい》する宅悦、といった情景で、の意。

九　舞台がこの騒ぎの中をゆったり回ることにより、残影を見物に印象づける。

一〇　床の間や書院の脇に設ける棚。

一一　更紗模様の暖簾。輸入品である。

の小平、[五]出さうにするを見つけ
どつこい〳〵。逃がしはせぬぞ〳〵。◯
ト戸をたてゝ《閉めて》、思ひ入れあり
一方ふせげば《一方の戸口を閉めれば》二方三方。イヤ、とんだ[六]留守居《るすゐ》を頼まれたわへ
ト思ひ入れ。お岩、苦しむ。[七]かけ寄つて、介抱する。[八]この見得、
時の鐘にて、[九]道具、鷹揚《おうやう》《ゆったりと回転する》に廻る

本舞台三間《げん》の間《あひだ》、伊藤喜兵衛宅。座敷の体《てい》。床の間、[一〇]違棚《ちがひだな》、[一一]更《さら》紗《さ》暖簾《のれん》。結構なる構へ《立派な建築》。下《しも》には《下手には》、生垣《いけがき》、[一二]枝折門《しをりもん》、手水鉢《てうづばち》、よろしく飾りつけ、甚句《じんく》の唄にて、[一三]道具止る
ト伊右衛門《いゑもん》、上座にすわり、[一四]お弓、後家の拵《こしら》へ、件《くだん》のお[一五]槙《まき》、銚子《てうし》・盃《さかづき》・[一六]鉢肴《はちざかな》なぞ取りちらし、長兵衛《ちやうべゑ》、官蔵《くわんざう》、酒盛りの体《てい》。伴助《ばんすけ》、甚句を踊りゐる。二重《にぢゆう》舞台よきところに、[一七]喜兵衛、[一八]眼鏡《めがね》

一二 木の枝を折りかけたりして、風流に拵《こしら》えた戸口の門。押して開く仕組み。
一三 回り舞台が正面に向いて止る。舞台の下の奈落《ならく》にある支柱を四人ほどで押して回す。
＊ 伊右衛門の浪宅が平舞台なのに対し、喜兵衛宅は二重屋体。貧富の差を強調する。ここでは、伊右衛門が下の平舞台中央に坐り、お弓が伊右衛門の相手を、お槙は長兵衛・官蔵の相手をし、その前で伴助が甚句踊を踊る。また二重の上では、喜兵衛が小判を洗っている。このような光景で舞台が回ってくるのである。

伊藤屋敷の場

一四 〈扮装〉 鶯《うぐいす》色の縮緬《ちりめん》の着付に、皮色朱《しゆ》珍《ちん》の立涌《たちわき》風の玉唐草文様の帯。白足袋。鬘は丸髷《まるたぼ》の丸髷《まるまげ》。
一五 〈扮装〉 藤色の縮緬の梅小紋の着付。他は以前に同じ（一八頁注四参照）。
一六 鉢に盛った酒の肴。
一七 〈扮装〉 茶羽二重の着付、羽織。皮色朱珍の帯。鬘は袋付下馬《げば》銀杏《いちよう》。白足袋。茶柄《ちやづか》蠟《ろ》色《いろ》の大小を差す。
一八 注意して物を見る時のみ掛けた老眼鏡。水晶製。

をかけ、[一]隠居の体にて、[二]銅盥《かなだらひ》にて、小判を洗ひ、[三]手箱へ仕舞ら
てゐる思ひ入れよろしく[四]納まる《舞台が止る》。伴助、[五]踊りころぶ。皆々笑ひ
になる

長兵
官蔵　イヤ、どうでも《なんといっても》伴助は越後産れゆゑ、[六]甚句はきついものぢや《うまいものだ》

お弓　とてもの事に《いっそのことに》秋山様、あなたもなんぞ《なにか》、お隠し芸を拝見致したらご
ざりまする

長兵　イヤ、それは迷惑。身どもが芸と申しては、[七]声色《こわいろ》ばかりでござるて

喜兵　それは一興《おもしろい》。声色は誰を遣はつしやる《どの役者の物真似をなさるのですか》

長兵　やはり[八]築地が声色をサ

官蔵　イヤモ貴公の築地も、[九]あまり流行におくれました。チト[一〇]鉄炮洲《てつぱうず》へで
も転宅さつしやい《引越しなさい》

長兵　その転宅は[一一]愛宕《あたご》の下ではござらぬか

官蔵　なにを言はつしやる

ト笑ひになる。奥より《暖簾口から》、[一二]若イ衆、[一三]袴《はかま》ばかりの[一四]若党《わかたう》にて、吸物椀《すひものわん》

伊藤家の豪奢

一 家督を譲って責任のなくなった身。
二 赤銅盥。洗面器で、これも高級品。
三 手回りの品を入れて傍らに置く小箱。
四 うまく道具が納まる。
五 尻《しり》を端折《はしょ》って踊り、舞台が止ると転ぶ。このあと尻端折りを下ろし、一番下手の位置について酒盛りに加わる。但し、こうした端役についてはト書きの指示のないのが普通。
六 甚句の唄に合わせ、盆踊りや酒宴の席で踊られた踊り。秋田甚句・米山甚句・博多甚句など、諸国に分布している。越後では江戸に出稼ぎする者が多く、伴助もその一人。当時の世相の反映といえる。本作品上演の翌年（文政九年）の序をもつ『中陵漫録』にも、「越後の甚九踊の如き盛なるはなし」とある。この場面、現在では、相撲甚句の〽昨日はこの手で投げてやる」を用いる。
七 役者の台詞を物真似する芸。
八 楽屋落ち。一二九頁注一四参照。
九 「築地」の楽屋落ちも、坂東善次の台詞に必ず出てくるので、陳腐だと言ったもの。
一〇 川柳「鉄炮洲啌を築地の近所なり」の連想から、築地近辺の鉄炮洲（現中央区佃島付近）を引き出し、鉄砲洲と呼ばれた浅野内匠頭の下屋敷を当て込んだもの。

を三人前用意して、運び出《い》だす

お槙　御吸物がよろしうござりますが《お吸物の用意ができましたが》、あなた方へ上げませうか《お客さま方へ差し上げましょうか》

お弓　さうしてたも／＼《そうしておくれ》

ト お槙、三人〔の前〕へ膳をすゑる。伊右衛門、喜兵衛へ目をつけ

伊右　イヤ御隠居、あなたのそれにて《そこで》洗うてお出でなさるゝは、目貫《めぬき》[一五]などの類でござるかな。さやうかな／＼[一六]

喜兵　イヤ／＼さやうな品ではござらぬ。これは親どもよりたくはへまかりある小判小粒[一七]でござるが、折々かやうに《時々このように》洗ひませぬと、金銀と申しても、なんとやら《なにやら》錆《さび》が出まするゆゑ、かやうに金銀を洗ひまするが隠居役でござるて《隠居の役目ですよ》。ハヽヽヽ

ト 大風《おほふう》[一八]を言ふ

伊右　エヽ、さやうでござるな。それはお浦山《うらやま》[一九]しい儀でござりまする

[二〇]三人　我々もあやかりたう存ずるて、ハヽヽヽ

お弓　サヽ、御粗末にはござりませうが、御吸物にて御酒一献〔召し上がりませ〕

一一「転宅」（前行）から、浅野内匠頭が愛宕下の田村邸に移され、自害した史実を当て込んだ。

＊楽屋落ちは、意味がその当時しか通じないので、時代の変遷によって改変されるか省略されることになる。

一二 下級役者の総称。若くなくても用いる。

一三 羽織を着ない、袴だけの姿。

一四 従者。下僕より上。現在は女中が出る。

一五 刀身を止めるため柄に差しておく金具。頭部に細工を施す。美術品でもある。

一六 一見して金と分っても、わざと目貫かと問い、「さやうかな／＼」と念を押した。空空しくて滑稽味のある台詞。幕開きに小判を洗っている光景をもってくる趣向は奇抜で、富裕を伊右衛門に見せつけるのである。

一七 一分銀、一分金、豆板銀などの総称。

一八「大風」は、尊大かつ鷹揚《おうよう》なさま。

一九「羨しい」の当字。狂言作者や役者は必ずしも正しい字は用いない。台詞は耳から憶えるのだから台本は当字でも充分役立つし、台本を部外者以外一切見せぬことになっているためでもある。また芝居道の縁起からわざと用いねばならぬ字もあり（幕＝満久、切＝喜利等）、ときには無い字を作って用いた。

二〇 長兵衛・官蔵・伴助の三人。

お槙　サ、お過[一]ごし遊ばされませ

三人　それはご造作《ざうさ》[二]。○[三]　[四]ときに伊右衛門殿へ膳《ぜん》が足りぬが、マア〳〵これなりと

ト手前の膳を《自分の前の膳を》伊右衛門へすゑる

お弓　イエ〳〵、伊右衛門様へは外《ほか》に上げまする御吸物がござりまする。マア〳〵あなた方、御粗末ながら

三人　しからば御馳走にあひなりませう

トめい〳〵、蓋《ふた》をあける。内には小粒[五]だいぶん吸物にしてあり《小粒をたくさん入れて吸物にしてある》。

三人、びつくりして

長兵　この御吸物はまことに珍物

官蔵
伴助　イヤ、恐れ入りました

お弓　常から［お出でを］願ふ伊右衛門様を、御同道なされて下されしあなた様方、どのやうに御馳走申しても、決して厭《いと》ひはござりませぬ《惜しみはしません》。御心に叶ひましたら《お気に入りましたら》。○[六]　槙《まき》や、［御吸物を］お替へ申して上げやいの《お替えして差し上げなさい》

一　「過ごす」とは飲む意。
二　面倒をかける意から、御馳走の意となったもの。
三　伊右衛門の前に膳が出ないのを見て、不審を抱く思い入れ。
四　以下、実際の演出では、長兵衛が代表して言う。

小判の御馳走

五　小粒金。江戸時代通用した一分金などの小型の金貨。
＊　御馳走として金を三人に渡したのは、伊右衛門を連れてきてくれたことに対する礼金のつもりである。
六　お槙の方へ向き直って。

お槇　アイ〳〵。サア〳〵〔ご遠慮なく〕
三人　それはなによりよい御馳走でござります
　　　トすぐさま〔金を〕袂《たもと》へ入れる
喜兵　いづれも方へは《三人の方々には》御馳走を申せども《いたしたが》、肝腎の伊右衛門殿へは、ア[七]、なにを馳走に〔出したらいいのであろう〕
伊右　[八]その御馳走が拝見仕りたうござるて
お弓　さやう御意なされまするなら《そうおぼしめしなされることなら》、わけてあなたへ《とりわけあなた様への》御馳走は
　　　ト辺りへ思ひ入れあり
　　　[九]お二人様は少しの間この席を〔ご遠慮下さりませ〕
　　　ト[一〇]こなし。両人[一一]、のみ込み
官蔵
長兵　心得ました。しからば暫く〔この場はご遠慮申そう〕
お弓　お付き申して《お付き添い申してくれ》
お槇　サ、御案内仕りませう
　　　ト合方《あひかた》になり、お槇先へ、長兵衛・官蔵、伴助[一三]も引き添ひ、奥《暖簾》

七　表面はいかにも考えあぐねているような気味合いの台詞であるが、すでに仕組んであることなので、むしろわざとらしく聞える言い方をする。
八　喜兵衛の、気をもたせる台詞に乗せられたもの。見物にも期待を抱かせる台詞である。
九　実際には、長兵衛・官蔵・伴助の三人であるが、伴助は付属物で、人数に入っていない。人格を認められていないことになる。
一〇　お弓は、長兵衛・官蔵の顔を見る。
一一　二人は、この席を外してくれとのお弓の顔色をみて、それと悟る。
一三　伴助は、当然のこととして二人について入る。

へ《口へ》はいる。[一]三人残り、喜兵衛、洗うてゐたる小判[二]を手箱〔の蓋〕にのせ、
伊右衛門の前へ差し置く《差し出す》

喜兵　伊右衛門殿、ぶしつけながら《失礼ながら》この品御受納なされて下されませ

伊右　見ますれば多くの金子《きんす》を拙者《せつしや》が前へ差し置いて、受納致せとお言や《受け取れとおっしゃるの》るには《には》、なにか子細が《わけが〔ありそうなもの〕》

ト[三]思ひ入れ

お弓　その儀はわたしがたゞ今これにて。〔申し上げます〕○

ト[四]合方替つて、ずんと立ち《〔お弓は〕ずっと立ち上がり》、奥より《暖簾口から》[五]振袖娘のお梅の手を取り、
[六]よきところへ置き《よい位置に坐らせ》、[七]思ひ入れあつて
これなる《ここにいる》者は、病死致せしわたしが連れ合ひ《夫の》、[八]又市《またいち》殿と二人が中の《二人の間にできた》
娘のお梅

喜兵　これにをる身が《私の》娘、お弓が腹にまうけましたる孫のお梅。どういふ
縁《えん》にかそのもと様を《あなた様を》、見染めましたが病ひのおこり、[九]養生の為浅草
へ同道致してまた候《ぞろ》や《またもや》、その日にもまた貴公を思はず[一〇]。

一　喜兵衛・伊右衛門・お弓の三人。
二　伊右衛門への特別な御馳走（前頁）とは、この小判一山のことであった。
三　不審顔をする。
四　情況の変るとき、改めて合方がきっぱりとかわる。現行の演出では、ここで初めてお弓が、正面の襖からお梅の手を取って出ることになっている。
五　〈扮装〉武家の娘の風俗。赤裾回しのついた縮緬の矢絣《やがすり》の振袖に、赤地の帯を矢の字に結ぶ。白足袋。鬘は丸髷の文金高島田。
六　伊右衛門よりやや下手へ連れて出て、並べて坐らせる。
七　ちょっとお梅の方を見て。
＊　伊藤喜兵衛には男子が生れなかったために、その娘お弓に婿養子として又市を迎えた。又市は病死したが、お弓との間にできた子がお梅である。
八　『於岩稲荷《おいわいなり》来由書上』（文政十年）によると、伊右衛門を口入れした男の名である。
九　初日序幕の「浅草境内の場」で、お梅が伊右衛門を見かけたことをさす。
一〇　「お見受けして」と続けるところを、次にお弓が引取って、娘の言いにくいことを受け継いで言う。歌舞伎の台詞の技巧の一つ。
一一　もじもじして。

一二 娘の母に対する呼称。
一三 ここでは巷説通り、伊右衛門が後から越して来たことになっているが、初日序幕では逆に、伊藤家の権勢を誇示して、伊右衛門に惚れたお梅のために別荘をもったという設定であった。

恋の述懐

一四 前後の語法からすると、「その時、ふつと、思ひ詰め」となるべきだが、その中に「恥づかしい」という感情が入り込んだ、一種の倒述法。台詞としてはこの方が生々とした実感を与える。
一五 「因果」とは、さだめ、運命の意。仏教語で、前世の行いが因となって、この世にその結果が現れること。どうしようもなくなった状態を表すのに広く用いられた日常語。
一六 台所仕事の奉公。
＊ この恋の述懐の台詞は、一種の音楽的リズムをもって尻取り式にお弓とやりとりするという渡り台詞の形をとっている。金持の一人娘なるがゆえの世間知らずと、怖れのなさが表れており、ことに、女房のある男に恋をして、女中になってまでそばに置いてくれと言うあたりに、おぼこ娘の一途な真剣さもみられる。

お弓　御見受け申してこの子の悦《よろこ》び。サ娘、《さあ娘や》常々《つねづね》思ふ心のたけを《心のありたけを〔申せ〕》

　ト言はれ、お梅、[一一]耻づかしき思ひ入れあつて

お梅　[一二]かゝさんのそのやうに、御心つけての《お心にかけての可愛がりよう》いつくしみ、なにをかお隠し申しませう《どうして隠したり致しましょう》。いつぞやより《いつからか》も御近所へ、[一三]宅替へなされし《引越しておいでの》民谷様、どうした事やら御目もじの、《〔初めて〕お目にかかった》その時ふつと[一四]耻づかしい、女心の一筋に、思ひ詰めたが《思いつめたために》その身の煩ひ《恋の病〔となりました〕》

お弓　明け暮れ思ふが恋病みの、《四六時中恋い焦がれるのが恋煩いの〔習いで〕》枕につかねど顔かたち、《寝こんでしまわぬまでも顔や姿が》日に増しやせるその様子、やう〳〵問へば《やっと問い糺せば》あなたの事、《あなたのことを》忘れかねたる娘気の《忘れることができない娘心の》

お梅　奥様のあるおまへ様、思ひ切らうと思うても、[一五]因果《いんぐわ》な事には忘れかね、せめてあなたの召仕ひ、[一六]水仕《みづし》奉公《ぼうこう》致しても、わたしは大事ござりませぬ《ちっともかまいません》。どうぞおそばで《どうか側仕えになりと》御遣《おつか》ひなされて下されませ

　ト耻づかしき思ひ入れ

喜兵　サヽお聞きのとほり、ならう事なら《できますことなら》聟《むこ》にも取り、梅が願ひの《梅の願いを》叶へてやりたさ

お弓　あれほどまでに思ひつめた娘が心根。町人の身で暮しなば《町人の身分ならば》、お岩様の手廻りにて《身の回りのお世話でもさせて》、御遣ひなされて下さるか、たゞしは《あるいはまた》あなたの妾《めかけ》[一]にもと、遣はしたうは思うても《差し上げたいと思いましても》、武士の家にて世間の聞え《〔申し訳なくて〕どうしてもそれはできません》。ことに連れ[二]合ひ病死の上、位牌《ゐはい》の手前、どうもさやうな

ト思ひ入れ[三]。伊右衛門も、こなし[四]あつて

伊右　いかさま《なるほど》、様子承つて申しやうなき娘御の御心根。いはば《自分のことを言えば》拙者も民谷の家へは入聟《いりむこ》[五]の《で》、義理ある女房お岩が手前、こればかりは気の毒ながら《〔できかねます〕》

喜兵　しからば孫めが願ひもそれと《〔叶いませんか〕》

お弓　叶ひませぬもみな尤《もつと》も。このうへ我が身はあなたの事を《お前は伊右衛門さまのことは》

お梅　アイ、思ひ切ります。きつと《かならず》心を取り直し、思ひ切りますその証拠、こゝでわたしは。○[六]

ト帯の間より、髪剃《かみそり》を取り出し

南無阿弥陀仏

一　武士階級が妾を持つことは必ずしも不道徳ではないが、娘を妾にやることは、体面にかかわることになる。

二　夫が病死して、後に残された妻が娘を妾に出したとなると、亡夫の手前その名を汚すばかりか、後継ぎまで失っては家が立たなくなってしまう。

三　苦しい気持を表す。

四　初めて真相を聞いたことに対する軽い驚きと、やや困惑した気持を示す仕種。

五　伊右衛門は民谷家に入聟し、その上でお岩を嫁に取ったのである。作品の展開に直接関係ない「入聟」という設定をわざわざ用いたのは、衆知の巷説をふまえたため。

六　「そうじゃ」と、思いついたように決心する。歌舞伎の常套的手法。

狂言自殺

＊　現行の演出では、お梅の自殺の擬態が、前もって伊藤家で仕組まれていたことになっている。お弓が「思い切ったがよいぞや」と言うと、お梅は「それじゃというてどうもわたしゃ」と、思い切られぬ様子を見せる。そこでお弓が「はて合点の悪い、ナ、ソレ、ナ」とのみ込ませるように言い、お槙が扇で喉《のど》を突くふりをして見せる。それを見てお梅は、紅の布に包んだ

ト自殺せんとする。皆々、押し止め

喜兵　コリヤ尤《もつと》もぢや。そちが願ひの

お弓　叶はぬ時はと差しつめし、娘心も武士の種。《死のうと思いつめた娘心も武家の血なればこそ》かはいやそなたの願ひもこれでは《〔もう叶わない〕》

ト思ひ入れ。この内、[七]長兵衛、出かけゐて

長兵　コレ伊右衛門殿、こなたは大きな了簡違ひ。《考えちがいだ》どうで《どっちみち》死にかゝつてゐるあのお岩殿、そんなら遅いか早いかで、《早い遅いの違いだけで》[八]死んだ跡では、女房を持つは今の間だ。《またたく間だ》お二人の気休めに、《(喜兵衛・弓)安心させるために》こなたはいつそ[九]巣をかへる、《ねぐらを替える》その相談がよささうなものだぞよ

伊右　イヤ〳〵、この上[一〇]有徳《うとく》になるとても、《金持になるとしても》お岩を捨てゝは[一一]世間の手前、これればかりは出来ますまい

ト これを聞き、喜兵衛、[一二]思ひ入れあつて、手箱の金を残らず出し、伊右衛門の前へ、また差し出し

喜兵　サ、伊右衛門殿、殺して下され。この喜兵衛めを殺して下さい〳〵

剃刀《かみそり》を帯の間から出し、伊右衛門の方へ向き直って「そうじゃ」と、両手を添えて喉を突く真似をする。原作では、仕組んだ自殺かその場での決心の上の自殺かは不明。ただ、お梅が剃刀を持っていたことを、もし駄目だったら死のうと覚悟していたものと解すれば、思い詰めに純粋さがあり、家族にも悲壮感がある。しかし、仕組まれたものとすると、伊藤家は相当の悪人一家ということになる。歌舞伎には偽自殺の趣向が多くあり、南北もこれに引き寄せられたのかもしれぬ。

七 長兵衛は、暖簾口の蔭で話を聞いていたことになる。巷説の仲人「秋山某」の役割をそのまま演じてみせるという展開。巷説の薄れた現行台本では、暖簾口からの出も、以下の長兵衛の台詞もない。

八 お岩の死んだ後、どうせすぐ後妻を貰うことになるのだから、と説得したもの。

九 女房を取りかえること。

一〇 序幕で左門に言われた台詞（四六頁参照）を、ここでは伊右衛門が言う。

一一 前頁と同じ返事の繰返しであり、現在は省略されるが、お岩への愛着がまだ残っていることを感じさせる重要な台詞。

一二 決心した、という思い入れ。

懺悔の述懐

ト[一]せいて言ふ。伊右衛門、[二]思ひ入れあつて

伊右　お年寄りのつきつめた様子、この相談がと丶のはねば《成就しなければ》、なぜまた殺せとおほせらる丶ナ

喜兵　[三]サ丶、そこでござる。孫めが事が《孫のことが》不憫《ふびん》に存じ、聟に取らうにも《聟に取ろうにも〔あなたは〕》女房持ち。ア丶、どうがなと《どうしたらよいかと》工夫をこらし、[四]お弓にも知らさず、身が覚えを《私だけの知っている》[五]面体《めんてい》崩る丶[六]秘方の薬。お岩殿に呑ませなば《飲ませたならば》、たちまち相好《さうがう》かはるは自定《面相が変るのは明白》。その時こそは、こなたが女房に《〔あなたも〕ご自分の女房に》愛想《あいそ》がつき、[七]別れ引きにもなつたなら、跡へ持たせるこの孫と《その後に孫娘を後妻として持たせようと》、悪い心が出たゆゑに、口外せねど、さつきにこなたへ《さきほどあなたの家へ》血の道薬と《〔偽って〕》、乳母《うば》に持たせて遣はしたる《やったのは》は、面体かはる毒薬同前《顔つきの変る毒薬同然の薬》。しかし命に別条なし《命にはさしつかえない》。[八]そればかりを取得《とりえ》にして、よもや《まさか》罪にもなるまいと、お岩のところへやつたるが、[九]事叶《かな》はねば身の懺悔《さんげ》。それだによつて《そういうわけなので》殺して下さい

お弓　[一〇]スリヤそのやうな恐ろしい、[一一]工《たく》みの元《もと》もこの子ゆゑ

お梅　[一二]逆罰《さかばち》あたるは《逆罰を即座に受けるにちがいない》そりや眼前

一　のっぴきならぬといった決意で、畳みかけて言う。

二　不審に思う思い入れ。

三　喜兵衛の本心を述べる聞かせ台詞。「サ丶、そこでござる」と言って合方にかかり、次の台詞となる。現行台本では、お梅が自殺しようとする時、間髪を入れず喜兵衛が「お丶でかしたお梅」「手前もどうぞ殺して下され」と言い、伊右衛門が、「何とおっしゃる」となだめた後、「サ丶、さればでござる」と、悪計の懺悔の述懐になる。

四　娘お弓に言える行為ではないし、また娘をともに罪に引入れまいとする親心でもある。

五　顔つきの変る秘薬の意。薬で面体を醜く変える趣向には、柳亭種彦の『浅間嶽面影双紙』（文化六年）の時鳥《ほととぎす》に先例があり、南北も『霊験亀山鉾』（文政五年）ですでに用いている。

六　現行台本では、「秘方の毒薬」と言われて、伊右衛門は「エッ」と驚く。

七　離婚沙汰の意。「引き」は接尾語で、「別れ」を強める。

八　顔つきを変える以外毒性はないというもの。喜兵衛は孫のために悪心を起したが、お

喜兵　こなたが得心ある時は《あなたが承諾してくれれば》、家のあり金残らずこなたへ
長兵　その一三据膳《すゑぜん》を、食はぬはこなたの了簡違《考えちがい》ひ
喜兵　腹が立つなら殺して下さい
お弓　ぢやと申しても《そうは言っても》、あなたをこゝで「死なせるわけには参りません」
お梅　いつそわたしが
　　ト死なうとする。お弓、止める
喜兵　承知はないか《承知しては下さらぬのか》
伊右　一四サ、それは
お弓　死ぬる《死のうと言う》この子をどうぞ助けて
伊右　一五ぢやと申しても
喜兵　しからば身《み》どもを
伊右　サ、それは
お弓
喜兵　サア
伊右　サア

岩を殺そうとの意志はない。
九　自分の計略が成就しないことが分ったから、懺悔してここで死ぬまでだ、の意。
一〇「スリヤ」は、驚きの発語。
一一　計略。
一二　良からぬ事、及ばぬ事を願って、逆に神仏の罰を受けること。ここでは、お梅が、祖父や親にそういう行為に及ばせたという罰が含まれる。「及ばぬ願の逆罰か」（近松門左衛門『生玉心中《いくたましんじゆう》』）。
一三「据膳《すえぜん》食わぬは男の恥」（女の方から交情を持ちかけられて、これに応じないのは男の恥だ、の意）との諺を途中まで言い、後半を伊右衛門の態度に対する批評とした。
一四　返事を迫られて詰る。
一五　ためらう。

窮地に立つ伊右衛門

＊「承知はないか」から、次頁一行目「サア〳〵〳〵」までの形式を、歌舞伎用語で「繰り上げ」という。問答や口論で問い詰める技法の型で、江戸の台本に特に多い。時代物では「なんと返事は、ド、どうだ」などときっぱり大袈裟にきまるが、このような世話物の場合は、崩した感じになる。

三人[一]　サア〳〵〳〵

お弓　御返事を〔願います〕

喜兵　よこしまながら《人の道に外れているが》

トきつと《きっぱりと》言ふ。伊右衛門、思ひ入れあつて[二]

伊右　承知しました。お岩を去つても《お岩を離縁しても》娘御《（お梅）》を、申し請けう《いただきましょう》

喜兵　スリヤ御得心下されて《それでは納得して下さって》

お弓　さすればこの子の《ということはお梅の》

長兵　願ひも叶うて

伊右　そのかはりには拙者が御願ひ

喜兵　シテそのもとの願ひとは《それであなたの願いというのは》

伊右　[三]高野の御家へ推挙のほどを《仕官の推薦を》

喜兵　承知致した。お頼みなうても《なくても》一家《いっけ》となれば

伊右　御息女もらへば聟舅《むこしうと》。[四]民谷の家名もいつしか伊藤の

お弓　[五]思ひ立つ日の今宵が吉日

一　喜兵衛・お弓・伊右衛門の三人。この場合、喜兵衛とお弓の「サア」は、返事を求めて左右から詰め寄ったものだが、伊右衛門のは逆に問い詰められて困ったときのもの。

二　決意したという思い入れ。

伊右衛門の変心

＊三人の人物による渡り台詞。多くは、幕切れ近くの部分で、一場の情景を述べるとか、一つの事件の後、哀愁や喜びを表すときの型である。ここでは伊右衛門が伊藤家の申し入れを承知したことによる一同の喜びが、こうした型を用いて、トントンと早間《はやま》のリズムで表現されている。

三　両手をついて頼む。ずばりこう言っているところをみると、伊右衛門は喜兵衛の考えをうすうす察知していたものか。

四　かつては民谷家に入聟したが、今度は伊藤の姓を名乗るのだろうかと言ったもの。

五　思い立つ日が吉日の諺をふまえ、「今宵」を入れて、今宵に祝言するのがいいと言いなしたもの。

六　内々で婚礼の式をあげること。

喜兵　[六]内祝言《ないしうげん》もすぐに今晩。承知でござるか

伊右　いかにも《確かに》〔祝言を〕致さう。○[七]　女房《にようぼ》お岩と出入り按摩。なんとも《どうにも》以て〔あやしい〕

喜兵　[八]ソリヤ何事を

伊右　イヤ、その儀は《ことは》たゞ今貴公へ詳しう〔申しましょう〕

長兵　まづなによりもこれにて《ここで》〔祝言の〕盃。[九]仲人は身どもが〔勧めましょう〕。コレ、お梅殿

お梅　[一〇]いまさらどうやら

ト[一一]思ひ入れ

お弓　さすが[一二]おぼこな

お梅　エ[一三]

喜兵　[一四]ソリヤ聟殿ぢや

ト伊右衛門へ突きやる。お梅、〔伊右衛門に〕こけかゝり、[一五]恥づかしき思ひ入れ。伊右衛門、[一六]気を変へ

伊右　女房でござる。変ぜぬ[一七]金打《きんちやう》

ト[一八]小柄《こづか》を取つて、[一九]金打の体。両人見て

七　家に残っているお岩と宅悦にふっと思い至り、二人を姦通させるイメージが湧いたのである。

八　伊右衛門の独り言を聞きとがめた。

九　媒酌人。夫婦固めの盃の際に必要な後見人。盃親とも。

一〇　あらたまってとなると、どうも恥ずかしい、の意。

一一　恥ずかしそうな仕種をする。

一二　世馴れぬ、うぶなさま。

一三　恥ずかしがる様子を示す。

＊　女房のある男に命がけの恋をするのだから、お梅はしたたかな女とみられそうだが、ここで本来の、育ちのいい、世間知らずのおぼこな様子をみせる。役者の力倆を要する部分。作者の腕も光る。

一四　伊原本ではお弓の台詞となっている。また、現行台本では、お槇が「それお嬢様」と、お梅を伊右衛門の側に突きやる。

一五　袖で顔をかくす。

一六　片膝を立てて、お梅の肩へ手をかける。

一七　心変りしない契りのしるし。武士の習俗。小柄《こづか》を抜いて、その刃で刀の刃を叩く。

一八　刀の鞘に差し添える小刀。

一九　金打することが、同時にチョンと柝《き》が入るきっかけとなる。

お弓
喜兵　[一]エヽ、忝《かたじけ》ない

ト[二]手を合はす。[三]時の鐘、[四]唄《うた》になり、この道具廻る

本舞台、もとの伊右衛門の[五]世話場にもどる。[六]こゝに、菊五郎のお岩、[七]面体《めんてい》見苦しく変り、苦しみて、倒れゐる。[八]宅悦《たくえつ》、介抱してゐる体にて、道具止る

トやはり[九]虫の音《ね》、[一〇]合方、[一一]時の鐘。[一二]宅悦、いろ〳〵介抱して

宅悦　イヤ、まことにとんだ留守を頼まれた。モシお岩様、どうでござります。気持はようござりますか〳〵

お岩　アヽなんぢややら《どうしたことやら》、喜兵衛様より下された血の道の薬を、呑むとにはかに顔が発熱《ほつねつ》して、アヽ苦しう覚えたわいの

宅悦　イヤモウ大きに案じました《心配しました》。マア〳〵よいさうで、落ち着きまし《安心しました》た。○[一三]これはしたり《うっかりしていた》、もう暮れたナ。あかりもつけずばなるまい。

一 現行台本では、喜兵衛が一人で言う。
二 感謝の気持で手を合わせる。喜兵衛は武士だから、力強く指を組む。
三 現在はこれを省く。
四 柝《き》につき、「君が姿」の稽古唄になって舞台が回り出し、中ほどまで行ってから、次の舞台の鳴物に替る。
五 もとの伊右衛門の浪宅に戻る。「世話場」は、当時の日常語で貧家の意。時代物に対する言い方ではない。

元の伊右衛門浪宅の場

六 現行では、上手屋体の中、蚊帳をきちんと釣った中で、お岩は襟から麻苧《あさお》も取り去り、後ろ向きに坐っている。
七 まだ見物の目には見えない。
八 現行では、宅悦は、屋体寄りに坐り、そばの蒲団の上に赤子を寝かせ、火鉢に蚊遣り火を焚き、渋団扇で煽いでいる。

お岩の変貌

九 虫笛による。この場ではずっとこれを生け殺し（吹いたり吹かなかったり）して雰囲気を作る。
一〇 舞台の回ってくる中ほどから、四ツ竹節と「風の音」とをかぶせ、三味線の合方が、淋しく陰気な雰囲気を出す。
一一 ゴーンと時の鐘の音が入る。一段と暮れ

どりや〳〵。○一四

　ト行燈《あんど》を出し〔前に〕、あかりをつけて

一五しかし今の薬で、なぜあのやうにゝはかに苦痛を。○一六

　ト一七言ひざま《言いながら》あかりにて、お岩が顔の変りしを見て、びつくりして

ヤ、おまへは顔が

お岩　なに〔顔が〕、どうぞしたかいの《どうかしているかいな》

宅悦　一八サ、ちつとの内に《すこしのうちに》マアそのやうに

　ト言はうとして、一九思ひ入れあり

二〇サ、そのやうに直るとは《よくなるとは》、二一アヽ、おほかたそこが《おそらくこれこそ》家伝の良薬〔の効果〕でござりませうて

　ト顔の事を言はぬ思ひ入れ

お岩　わしも最前は《さきほどは》にはかの熱気、あの苦痛、少しは直つたやうぢやわいの

て闇が深くなった感じを出す。時刻を告げるのではなく凄みを出すのである。現行ではまだここでは打たない。

一三 注八に同じ。お岩の苦しみもやっと収まり、宅悦も介抱疲れしている感じである。

一三 安堵して、周囲の情況に気がつく。

一四 立って後ろにある行燈のところへ行く。宅悦がお岩の変貌を見せるために、照明を奥から持ってくることになる。

一五 独白である。

一六 疑問を抱く表情をする。

一七 宅悦の差し出す行燈に合わせてお岩が顔を上げる。ここで初めて恐ろしく変貌した顔をじっくりと見せる。

一八 お岩の台詞を受けて、詰ったもの。

一九 変貌のことを口に出そうとして、うっかり言うと大変だと思い直す。

二〇「サ」を繰返し、それを受けて別のことを言う。微妙な呼吸が必要。

二一「お、、それ〳〵」等と同意。以下がその場での思い付きであることが分る。

＊ 宅悦役の役者は、かなり腕のある者でないと勤まらぬとされている。お岩の変貌の様子を、ほとんど宅悦の独白のみで見物に想像させ、怖いもの見たさの好奇心を、十分起させておかねばならない。

宅悦　イヤ、御仕合せでござります《それはよかった》。○[一] [二]イヤ、あかりはついたが油がなかつた。私はちよつと買うて来て上げませう

お岩　さうして下され。この様子では、なか〳〵《とても》わしは歩行は叶はぬ《歩くことができぬ》。コレ、こゝにたしかおあし[三]が。○

ト辺りより《蒲団の下辺りから》、正真《しやうじん》[四]の小銭《こぜに》[五]五十ばかりとほしたるを、さぐり取つて

これ持つて、早う頼みます

宅悦　畏《かしこま》りました。○[六]

ト油つぎを取つて

まだ〳〵帰つてくるまではござりませう《〔油は〕切れますまい》

お岩　早う頼むぞや

宅悦　アイ〳〵。○[七]

ト門口へ出、思ひ入れ[八]あつて

ホウ希代《きたい》な事だナ《不思議な事だな》。さつきまでなんともない顔が、ちつと《少しの間》のうち苦

一 幸せだといいながら怖ろしさに身ぶるいするのである。事実と逆のことを言っているのだから、見物を笑わせることになる。

二 そうだ思い出した、というほどの語調。現行の演出では、舞台が伊右衛門の浪宅に変った直後、宅悦が行燈にあかりをつけたところでこの部分にかかる。「油を切らした、鳥目《ちょうもく》を下さい、買ってきます」などの捨て台詞で宅悦が上手の屋体へ行くと、お岩が「そうして下され、わしの床の下に巾着があるゆえ、取って下され」と頼み、宅悦から渡された巾着の中から銭を出し、蚊帳の下から寄越す。その際宅悦がお岩の顔を見て、「ヤア、あなたのお顔は」と驚くということになる。

三 「銭」の女性語。料足。

四 小道具でなく、本当の銭の意。舞台では本物の貨幣を使用することが禁じられており、小判は「みたけ小判」という作り物であった。そのために「正真の」とわざわざ断ったのである。

五 「小銭」は一文銭のこと。藁縄《わらなわ》に百文通して「百」という。「五十」はその半分。但し、蒲団の下に銭緡《ぜにさし》を置いておくというような生活習慣のなくなった今日の演出では、財布を使う。

しむと思つたら、あれほどまでにも〔変るとは恐ろしい〕

　ト これを聞きつけ

お岩　[九]まだ行かぬかいの

宅悦　ハイ、鼻緒[一〇]が切れましたから[一一]

　ト 時の鐘、合方[一二]にて、向ふ《花道を》へはいる。お岩、残つて

お岩　なんぢややら《どうしたことやら》伊藤様から下された御薬は、血の道にはよいやうなれ《効くようだが》ど、顔の熱気は今に《今もって》直らず、悪い御酒なと食べた《飲んだような》気持が。[一三]◯

　ト この時、赤子泣く

ア、、またせわる《ぐずつく》かいの。添乳《そへぢ》[一四]してやりませう。◯

　ト 抱子《だきご》[一五]と添乳して

サ、、今《もうすぐ》旦那様も御帰りぢや。こゝでは蚊が刺しまする。マア〳〵。蚊屋《かや》へはいつて。◯

　ト 上《かみ》の方《かた》、蚊屋[一六]の内へはいる、抱子をたゝき[一七]つけ

ドリヤ、添乳してやりませうか

六 銭をこわごわ受け取り、小さな銅の油差しを行燈の下から取る。
七 下駄をはき、戸を開ける。
八 ほっとして。
九 お岩は、立って下手へ行き、宅悦と顔を見合せてたしなめる。
一〇 自分の驚きをさとられまいと、ごまかしているのである。
一一 ここで戸口を閉める。
一二 合方に四ツ竹節を重ねた鳴物。
一三 蚊遣り火鉢を持って、赤子の枕元に置く。この火鉢は、小道具の土火鉢。釉薬《うわぐすり》のかかっていない、土焼きの粗末な火鉢である。
一四 「添乳」とは赤子に添寝して乳を飲ませること。
一五 小道具としての赤子の人形。
一六 赤子を抱えて蚊帳に入る。
一七 軽く上から叩いて泣き止ませる。

伊右衛門の帰宅

ト唄《うた》、時の鐘、向ふより《花道から》、[一]伊右衛門、思案の体にて《考えごとをする様子で》出て来り。

[二]花道にて、[三]思ひ入れあつて

伊右　今の喜兵衛が咄《はなし》では、命に別条ない代り、相好《面体が》変る[四]良薬と申したが、もしや女房があの跡で。[五]〇　ものはためしだ《[見てみよう]》

ト門口へ来り、ずつとはいる《ためらわずに入る》

お岩　油買うて下されたか

ト蚊屋の内より、[六]声かける

伊右　イヽヤ、油を買ひには行かない。[七]おれだ

お岩　[八]伊右衛門殿かへ

伊右　どうだ。さつき貰うた薬は、血の道によいか

お岩　アイ、血の道にはよいやうなれど、呑むとそのまゝ発熱《ほつねつ》して、わけて《ことに》面体にはかの痛み《顔面が急に痛みまして》[九]

伊右　なに、熱気が強くてその顔が[一〇]。

お岩　アイ、[一一]しびれるやうに覚えたわいナ

一　ここで着付を黒羽二重に変える演出もある。羽織を引っかけ、御馳走になったというので楊枝を使っている。すっかり自堕落になり下がった伊右衛門として登場。

二　花道で台詞を言う際は「七三」の位置と決っている。舞台から七分、揚幕から三分のところ。但し、時代や劇場により変動する。

三　お岩が毒薬を飲んだかどうか不安がる思い入れ。

四　毒薬を良薬と言っているのが面白い。薬が効けばすべてがうまくいくという意がこめられていよう。

五　つかつかと門口にかかる。

六　お岩が伊右衛門を宅悦と間違えたもの。

七　戸を閉めて言う。

八　赤子を抱いて蚊帳から出て、歩きながら言う。

九　台詞のあとお岩は上手に坐る。

一〇　ここで伊右衛門は、立膝してお岩に向って坐る。

一一　「しびれるやうに」で顔を押えていた手拭をとり、「覚えたわいナ」と悪女（醜女）になった顔を伊右衛門にぐっと向ける。

ト蚊[一二]屋の内より、出て来る。伊右衛門、見て、びつくりして

伊右　ヤ[一三]、変つたハ〳〵、ちつとの内にそのやうに

お岩　な[一四]にが変つたぞいナ

伊右　サ[一五]、変つたと言つたは、オヽ、それ〳〵、おれが喜兵衛殿へ行つて来た内に、手まへは大きに《大変に》顔[一六]色がよくなつたが、それもさつきの薬の加減《ききめ》であらう。イヤ、顔付が大きに直つた《顔色が大そうよくなった》

[一七]トあきれし思ひ入れ

お岩　わたしが顔付は、よいか悪いか知らねども、気持は《気分は》やつぱり同じ事。一日あけしいひまもなう《一日とて心のやすまる時もなく》、どうで《どっちみち》死ぬるでござんせう。死ぬる命は惜しまねど、産れたあの子が不憫《ふびん》に思うて《かわいそうで》、わたしや迷[一八]ふでござんせう。モシ、こ[一九]ちの人、おまへわたしが死んだなら、よもや当分〔後妻を持たないでしょうね〕

伊右　持[二〇]つてみせるの

お岩　エ[二一]ヽヽヽヽ

一二　この時、お岩が蚊帳の中から顔をつき出すと、ゴーンと時の鐘が入る型もある。

一三　驚いて後ろへ手をつく。

一四　お岩は、自分の顔が変ったことにはまだ気付いていない。

一五　思わず、変ったと言ってしまったので、ごまかしているのである。この台詞はそっぽを向いて言う。

一六　現行台本では、「顔色が」というと、お岩が「エエ」と不審を持つので、「よくなった」となり、コーンと本釣鐘が入る。以下台詞なく合方にかかり、お岩の台詞に入る。

一七　薬の効果に驚きあきれる思い入れ。

一八「迷ふ」とは子への愛着ゆえに、死んでからも冥土の闇に迷い、成仏できないことをいう。

一九　妻が夫をさして呼ぶ語。このときお岩は、伊右衛門の傍ににじり寄って問う。

＊　行動的なお袖に比べ、お岩の陰気で愚痴っぽい性格が表れている。伊右衛門のうんざりした気持も推察できる台詞である。このような悪女（醜女）のかたましい性格をテーマとしたものに、「伊兵衛佐兵衛」「累《かさね》」などの系譜がある。

二〇　ズバリと言う。

二一　驚いて、後ろへ両手をつく。

伊右衛門の愛想づかし

伊右　女房ならばぢきに持つ。しかもりつぱな女房を、おらア《おれは》持つ気だ。持つたらどうする。世間にいくらも手本があるわへ

トずつかり《ずばりと》言ふ。お岩、あきれし思ひ入れにて

お岩　[一]コレ伊右衛門殿、常からおまへは情けを知らぬ、邪慳《じやけん》な生れ《生れつき》。さういふお方を合点で《承知で》、添うてゐるのも《夫婦となっているのも》［父の敵討ちを頼みたいゆえのこと］

伊右　[二]親父の敵《かたき》を頼む気か。○[三]コレ、いやだの。今時分、親の敵もあんまり[四]古風だ。よしにしやれ《やめておけよ》ヨ。おれはいやだ。助太刀しようと請け合うたが、いやになつたの

お岩　[五]エ、そんならいまさら、アノおまへは

伊右　オヽ、いやになつた。いやならどうする。それで気に入らずばこの内を出て行けヨ。外《ほか》の亭主を持つて、助太刀をして貰ふがいゝ。これ《敵討ちだけは》ばかりはいやだの

お岩　おまへがいやと言はんしても、外《ほか》へ頼まん便りもなう《外の誰かに頼む手蔓もなく》、女の手一つ《女一人ではどうにもならず》。さすれば《それなら》願ひも叶はぬ道理。さりながら《そうではありますが》わたしにこゝを出て行《この家を出て行けと》

＊ 伊右衛門は、変貌したお岩を見たとたんに、お梅と夫婦になる気持をいっそう固めるのである。

一 ちょっと立腹して、詰め寄る気持で「コレ伊右衛門殿」と出るが、「さういふお方を合点で」で気持がくじけて泣く。

二 お岩が日常繰り返している愚痴を先取りしたのである。

三 ここで態度が一変する。直下の「コレ」は、開き直った際の発語で、よく聞け、の意。以下、一種の愛想づかしの型だが、南北調の歯切れのいい短い台詞は独特で、巻き舌の町人語に近く、幕末の武士の生態が活写される。

四 武士の敵討ちは、八代将軍吉宗の治世の末ごろから急減し、反対にその気風が町人階級、ことに農工業者層に移った。幕末には、生活苦もあって敵討ちの件数は少なかった。割の悪い仕事だ、との意が台詞から感じられる。同時にここでは、芝居で敵討ちをするなんて今では流行遅れだという意味合が強い。

五 呆れて言う。

六 右の人さし指で赤子をさして。

七 ここでは、海のものとも山のものともつ

けなら《いうのなら》、なるほど《おっしゃるように》出ても参りませうが、跡で《その後で》おまへは継母《ままはは》に、[六]あの子をかける心かいの《育てさせるつもりですか》〳〵

伊右　コレ〳〵、継母《ままはは》にかけるがいやなら《継母の手で育てさせるのが嫌なら》、あの餓鬼をつれて行け。まだ[七]水子《みづこ》のあの餓鬼と、新規《しんき》にはいる《新しく迎える》女房と、一口に言へるものかへ《〔どっちが大切か〕言わなくとも分るだろう》

お岩　スリヤ《それでは》こなさんは、女には実の我が子も《女のためには実の子をも》

伊右　見替へねへでどうする《見捨てないでどうする》ものだ。我《お前》もおれを見替へたから、おれも我を見替へるが、それがどうした《どうして悪い》

お岩　[八]エヽ、なんでわたしがアノ[九]おまへを、[一〇]誰に見替へましたぞいナ

伊右　[一一]サ、その見替へた男は、アノ

お岩　[一二]誰でござんす〳〵

伊右　[一三]オヽ、それ〳〵、あの按摩《あんま》坊主《ばうず》に見替へた。[一四]わりやアあいつと[一五]間男をしてゐるな〳〵

お岩　[一六]エヽ、なにを言はしやんす《何をばかなことを言うのです》。いかにわたしが《いくら私のようなつまらぬ女でも》やうな者ぢやというて《〔あんな按摩などと〕》、なんでマア[一七]不義間男をせうぞいナ

かぬ赤子の意。

八　驚いて言う。

九　「アノ」は、念を押し、また叱責の意をこめて言った語。感動詞的に使われている。

一〇　なじる調子で言う。

一一　按摩と言いにくいので、詰る。

一二　急《せ》き込んで、きっと坐り直す。

一三　お岩の詰問に促されるように、言いにくいことをさも思いついたごとく大袈裟に言う。

一四　「わりやア」は「われは」の訛《なまり》。「お前」の意の蔑称《べっしょう》である「我」を、さらに罵って言ったもの。

一五　「間男」は、姦通のこと。この間男の相手が後に入れ替る趣向。

一六　伊右衛門の言葉が、あまり出放題なので、却って安心し、落ち着いて言う。

一七　「不義」は、男女の私通のこと。姦通。「不義密通」「不義間男」のように、重ねて熟語として用いられる。

＊　夫婦喧嘩の売り言葉に買い言葉で、局面は一気に悲劇的な情況を迎える。また、按摩坊主を間男とこじつけることが見え透いた嘘だとは、見物にもわかり、お岩も安心することになる。伊右衛門の理屈ぬきの強引さが出ている。

伊右　わりやアしまいが《お前はそんなことをすまいが》、おれがまた、外《ほか》で色事をしたら《女をつくったら》どうする

お岩　サ、そりや男の名聞《みやうもん》。一　どのやうな事さんせうが《なさろうとも》、願うておいた敵討《かたきうち》、力になつて下さらば、なんのどのやうな事あつても

伊右　かまはぬと言ふ代りには、敵討を頼むのか。品によつたら《ことによっては》餓鬼まで出来た女房だから、助《す》けてもやらうが《助太刀してもやるが》、知つてのとほり工面が《金まわりが》悪い。コレ、二　なんぞ貸してくれ《何か金目のものを貸してくれ》ヨ。三　急にいる事がある、四　と言うてなにも質《しち》五　草《ぐさ》が〔ない〕

トあたり見廻し、落ちてある櫛《くし》を見つけ

コレ、これを借りよう

ト取り上げる。〔お岩は〕その手に取りつき《すがりつき》

お岩　アヽそりやかゝさんの形身の櫛。外《ほか》へやつては《手放すわけには》

伊右　ならねへのか。コレ、ありやうは《本当を言うと》ナ、おれが色の女が《おれの情婦が》、普段さす櫛が無い、買つてくれと言ふから、これをやらうと思ふが悪いか

お岩　こればかりはどうぞゆるして六

一　男の名声。女房の他に女がいるということは、その男に魅力があり、働きがあることを示すとする世相の反映でもある。

二　「なんぞ」とは、具体的には、質入れできるような品物を要求しているのである。

三　お梅との婚礼のための費用のことであるが、お岩には言えない。

四　金になるような質草がないということは分っているが、それでも捜すところが、貧乏人らしい。

五　質入れする品物。

形見の櫛

＊この櫛は、前の場で、隣家に感謝のお辞儀をしたときに落ちたものである。母親の形見だから、その霊が憑《つ》いており、毒薬を飲むお岩に、生あるごとく落ちてそれと知らせたのであった。この櫛の小道具は、さらにお岩の霊が憑いて、妹のお袖の手に渡るまでにいろいろな不思議な働きをすることになる。これらの小道具を動かす作者南北の手腕には、見るべきものがある。

六　ここで、櫛を取り返して、懐ろに入れるか頭に挿すかする。

伊右　そんなら櫛を買ふだけのものを貸せ《買うに価するだけのものを貸せ》。まだその上にナ、おれも今夜は身の廻りがいるから、[七]入替物でも工面せねばならぬ《算段しなければならん》。なんぞ貸せ。サ、早く貸しやアがれ

ト手荒く突き飛ばす。お岩、思ひ入れ[八]あつて

お岩　なんというても品もなし、いつそわたしが《私の》。◯

ト着る物[九]をぬぎ、下着ばかりになり

病気ながらもおまへの頼み、これ持つて行かしやんせ

ト差し出す。伊右衛門、取つて[一〇]よく〱見て

伊右　これでは足りねへ。もつと貸してくれろ。なにもねへか。◯[一一]　オヽ、あの蚊屋を持つて行かう

トかけ寄つて、釣り[一二]かけある蚊屋を取つて、行かうとする。お岩、〔蚊帳に〕すがつて

お岩　アヽモシ、この蚊屋がないとナ、あの子が夜[一三]ひどい蚊にせめられて

ト蚊屋に取りつく

七　質に入っている品を出すために、代りに入れる質草。

八　困ったという思い入れ。

九　上の着物を脱いで、鼠色の下着だけの薄着姿となる。後の亡霊の姿に近くなるわけである。

一〇　着物を取り、一部を懐ろにつっ込む。現行演出では、さらに赤子にかけてある小裁《こだち》を見て、「いい物がある。これを持って行こう」と取って、懐ろにつっ込む。お岩が「それは伊藤様から折角この子が頂いた物まではぐとは」と言うと、伊右衛門の「子の物は親の物だ。まだ足りねえ」となる。

蚊帳を質草に

一一　蚊帳の方を見て。

一二　一方が外れている蚊帳。針金でちょっと掛けてあるだけなので、伊右衛門が引ったくるとすぐ外れる。但し、きちんと釣る演出もある。

一三　東大本では「夜《よ》一夜《ひとよ》」。

伊右　蚊が食はゞ《蚊が刺せば》親の役だ、追うてやれ。サ、はなせ〳〵、エヽはなしやアがれ〳〵

ト手荒く引つたくる。お岩、これに引かれ、たじ〳〵《引きずられ》一として、蚊屋をはなすとて、指の爪二、蚊屋に残り、手先は血になり、どうと倒るゝ。伊右衛門、ふり返り三

伊右　それ見たか《ざまを見ろ》。エヽ、いけあたぢけねへ《けちなやつめ》四。しかしこれでも不足であらうが《〔仕方あるまい〕》

ト唄《うた》五、時の鐘、蚊屋と小袖をかゝへ、値打をしながら《値ぶみしながら》、向ふへ六はいる。お岩、起き上がつて

お岩　コレ、伊右衛門殿〳〵。その蚊屋ばかりは。◯七

トあたりを見て八

九そんならもう、行かんしたか《行ってしまわれたか》。あの蚊屋ばかりはやるまいと《〔蚊帳を〕離すまいと》、病み《病気の》呆けても《ためにぼけても》子がかはゆさ、はなさじものと取りすがり《取りすがったが》、手荒いばかり《手荒く引っぱられた》に《ために》指先の、爪ははなれてこのやうに。◯

血染めの生爪

＊蚊帳を質屋に持ってゆくという趣向は、『謎帯一寸徳兵衛《なぞのおびちょっとくべえ》』にもあるが、南北自身、高砂町（現葛飾区）に住んでいた時、貧乏で食うに事欠き、戸棚から蚊帳を引出すや血相を変えて質屋へ駆け出したというエピソードが伝わっている（『作者店おろし』）。実生活での経験を巧みに作品に生かしたのだろう。

一「たじ〳〵として」は、引きずられるさま。捨て台詞で、伊右衛門「放せ〳〵」、お岩「イヤ放さぬ〳〵」とあって、伊右衛門が「エヽ放すなよ〳〵」と言って蹴飛ばし、一度にぐいと引ったくる。

二 爪が蚊帳に引っかかってはがれる。お岩は「イタヽヽヽヽ」と、両手の指先を屈め、口にあてて転がる。この趣向はすでに南北の『謎帯一寸徳兵衛』にみられる。

三 蚊帳を肩にかけ、戸口近くまで来て、次の台詞になる。

四「いけ」は、罵る際の接頭語。

五 伊右衛門が外へ出て戸を閉めるのが唄のかかりとなる。何の唄かは不明。現行は合方。

六 現行の演出では、花道へ入る前に宅悦と会うことになっている。

七 少しいざり出てみる。

伊右衛門の奸計

ト指先のこらず[一〇]血の垂《た》る思ひ入れにて

かほどまで《これほどまでに》邪慳《じやけん》なこなさんの、種とは思へど《血筋ではあっても》、いとゞ《なおさら》不憫《ふびん》に《あわれだ》

ト[一一]思ひ入れ。赤子泣く。お岩、よろ／＼として［立ち上がり］、あたりをたづ《さがし》ね、[一二]土火鉢《つちひばち》を出し、[一三]蚊遣りを仕掛ける思ひ入れ。この内《その間》、[一四]捨鐘《すてがね》、合方、向ふより《花道より》、伊右衛門、[一五]件《くだん》の品々肩に掛け、宅悦を引つ捕へ、[一六]引つ返して出て来り。花道にて《花道の七三で》

宅悦　モシ／＼旦那、それはあまりお情けない《無情というものです》。[一七]さう致したら《そんなことをすれば》お岩様と私と、悪い[一八]浮名《うきな》が［立ちます］

伊右　サヽ立てさせるのがおれが仕事だ。首尾よくゆけば、コレ。[一九]○

ト囁《ささや》く

宅悦　エヽ、さやうなら《そんなら》、アノあなたは今宵、アノ内祝言《ないしうげん》を［なさいますか］

伊右　コレ、口外するナ《口に出すな》。それ

ト包み金[二〇]一分、［を懐中から］出しやる

宅悦　エヽ、この金を下されて、アノ私に［姦通させるのですか］

八 伊右衛門がいないことに気付く。
九 以下は、お岩の哀しい独白。
一〇 血まみれになって苦しむさまを見せる。
一一 情けないという思い入れ。
一二 釉薬《うわぐすり》のかかっていない土焼きの粗末な火鉢。小道具の一つ。
一三 蚊を防ぐため、松葉のような小枝を折ってくべるのである。
一四 時を知らせるのではなく、単に凄味を出すために打った本釣鐘。
一五 お岩の着物・小裁・蚊帳など。
一六 いったん揚幕に入って引き返したことになる。

＊ 現行台本では、伊右衛門と宅悦が花道で出会い、お岩との離別の口実をつけるため、「貴様にちと頼みがある」「お岩をどこぞへ連れて逃げてくれ」などと言うが、あまりに直接すぎ、底本の方が味があっていい。

一七 密通して逃げてくれという伊右衛門様の強要通りにしたら、の意。
一八 男女の情事のうわさ。
一九 お岩を追出し、隣家伊藤家のお梅と祝言をするのだということを囁く。
二〇 小判一両の四分の一。一分金。

伊右　やりそこなふと、やらかすぞ
　ト斬つてしまふと仕形《しかた》[一]して見せる
宅悦　ア、モシ、のみ込みました《わかりました》〳〵[二]
　ト伊右衛門、うなづき、また引つ返してはいる《〔揚幕に〕》。宅悦は油つぎを持ち、門口[三]へ来り
宅悦　お岩様〳〵、さぞお待ち遠でござりませう。サヽ油々
　ト行燈《あんど》[四]へ《〔油を〕》つぐ。お岩、やう〳〵《やっとの思いで》と蚊遣りをあふりゐたりしが《〔渋団扇で〕煽いでいたが》
お岩　オヽ、もどつてか。こなたの跡へ伊右衛門殿がもどつてござんして、釣つた蚊屋まで取り上げて
宅悦　アヽ、また得手吉《えてきち》[五]へやられましたか《〔なりましたな〕》。ハテ、無得心《むとくしん》[六]ナ。○[七]アヽ、見ればおまへは、だいぶ薄着に
お岩　冷えて悪いといふ病気《冷えると悪いという病〔なのに〕》、それも貸せとてこのやうに[八]
宅悦　はいでござつたか。アヽ困つたものだ。おまへもいかい《大変な》苦労性。その御苦労をなさるより、いつそ亭主を持ち替へる、工面《くめん》[九]をなさる

一　刀の柄を叩き、斬ってしまうとおどかしたもの。
二　現行台本ではこの後「ヘイよろしゅう。コリアまアえらいことになった。金はほしいが」と言い、伊右衛門が花道の揚幕へ入ったあと、「コリア、マア、とんだことを頼まれたな」と、門口に来る。
三　尻ごみしながら門口を入る。
四　暖簾口寄り下手に置かれた行燈。
五　得意とする事、の意の隠語。例の事、あの事。ここでは質屋のこと。
六　無慈悲な。東大本「むごい心だ」。
七　お岩を見て。
八　「剝《は》いで」と続けようとするのを、すぐ宅悦が引きとって言う。
＊　あのように恐ろしく顔の変ったお岩に、宅悦はどんな方法で言い寄るのかと好奇心と期待を見物にいだかせる場面。グロテスクな演出に巧みな南北の腕の見せどころ。宅悦役の役者も、かなり達者な役者でなければ勤まらない。
九　「工面」は、考え。算段。
一〇　といいながら、そろそろ伊右衛門に言いつけられた姦通のための段取りにかかる。
一一　「宅悦　私が若いとき、手相を学んだことがあります。ちよつと見て上げませう　ぉ

岩　わしや、そのやうなものはいらぬわいな　アヽ　宅悦　まアヽ、さうおつしやらずに」などと、捨て台詞をやりとりした後、宅悦は、お岩の醜い顔に辟易して顔を背けながら、無理矢理彼女の手をとる。

奇怪な求愛

一二「コリヤ」はこの場合、偽りの驚きである。現行の演出では、以下、台詞に様々な入れ事（台本にはない所作や文句の挿入）がある。

一三 手相が悪いなどとは、もちろんでたらめである。

一四 お岩は、思わずつられて宅悦の方へ顔を寄せて手を見るので、宅悦は顔を背ける。

一五 お岩はぱっと手を引込める。宅悦は再び「ご一緒に」などと言って彼女の手をとる。

一六 男女の間の無礼な振舞をさす。「千万」は武家言葉。

一七「モシヽヽ」は、叱られたので反撥し、同時に相手の注意を喚起する語。

一八「ども」は、自分を卑下する接尾語。

＊怖がりながらラブシーンをしかける宅悦のグロテスクな味は、南北独自の境地。

が。〇[一一]

　ト言ひながらしなだれ寄つて《いやらしく傍へ寄って》、[一二]お岩が《お岩の》手を取り

[一三]コリヤおまへには手の筋に《手相に》、悪い筋がござります。いつたい《総じて》コレヽ、この筋が、女は亭主で苦労の絶えぬ、これが筋ぢやて。[一四]そこでこの筋を切るがようござります。切るとは、その男《（伊右衛門）》の縁を切る事でござります

　トお岩の手を握る思ひ入れ。［お岩は］びつくりして飛[一五]びのき

お岩　コレ、そなたはマア武士の女房に、なんでそのやうにみだら[一六]千万《せんばん》。重ねて《二度とこのような》さやうな不行跡《ふぎやうせき》しやると《行儀の悪いことをすると》、今度はゆるさぬぞよ

　トきつと《きつく》言ふ

宅悦　[一七]モシヽヽ。おまへ様ばかりはそのやうに、真実《誠心を》をお尽しなされても、モシ、あの伊右衛門様は、とうから《早くから》心が変つてをります。それを知らずに亭主にかゝつて《尽していても》、跡で難儀をなされませうぞへ《後でひどいめにあうでしょうよ》。それよりおまへ、私ども[一八]にナ《私と［一］緒になった方が幸せですよ］》

一　この刀は、お岩の後方に置いてある。櫛と同様重要な小道具。
二「サア、言はぬか〳〵」といった捨て台詞で、よろけながら突いてかかる。
三　下手から上手へと、もみ合って動く。
四　宅悦がお岩を避《よ》けて突飛ばすはずみに。
五　宅悦は、お岩を押えて坐らせる。
六　ここは、悪い、ひどいの意。
七　ここで初めて自分の変貌を知らされたお岩は、半信半疑で次の台詞になる。
八　やはり騙《だま》されるのが女の常だ、の意。「さすがは」は哀れみの語。「女義」は女の意。
九　櫛など、髪結の道具を入れておく畳紙。
一〇「もし、気を沈めて、とつくりと」と、背後からお岩の右手へ鏡を持たせ、手を持ち添え、左手でお岩の左手を持ち添えて後ろへ開く。お岩は中腰で胸を突出し、右肩を落し、宅悦が「よう、マア、おかほを」と音を拾い、力を入れて「ごらうじませ」となってきまる。
一一「その様なこと嫌ぢやわい」と嫌がるお岩に鏡をさしつけると、ちょっと怖い顔が映る。ここで「風音《かざおと》」。仰天したお岩は「アレー」と飛退く。宅悦もその声に驚き鏡を持ったまま下手へ飛退く。そして「エヽ、も私を脅《おど》さうと思うてそのやうなもの持つてきやつて、我が身は悪いぢや、もう我が身の言ふこ
ト言はうとする。お岩、腹立て

お岩　なに、亭主で難儀しようより《〔に尽して〕苦労するよりも》、私どもとは《私と一緒になれとは》そりや聞き事《妙なことを言うね》。サヽ、そ《その》れを申せ《わけを言え》〳〵。言はぬと我が身は不義言ひかくるか《言わないとはお前は私に密通をしかけるつもりか》、慮外なやつの《無礼なやつめ》。女でこそあれ《女とはいえ》武士の娘で、侍の妻とも言はるゝこの岩が、品によつ《ことによって》ては《は〔許しはせぬ〕》

一トありあふ小平が一腰を取つて《そばにあった小平の一刀を拾って》、すらりとぬいて《鞘をすらりと払って》二立ちかゝるゆ《向ってくるので》ゑ、宅悦、うろたへ

宅悦　これはしたり《これは驚いた》、あぶなうござります〳〵。

トこの手を《お岩の手を》止めんとして三あちこちする。四はずみに、白刃を《抜身の刃を》あやまつて上《かみ》の屋体《やたい》の内《うち》へ打ち込む《飛び込ませる》。宅悦《たくえつ》、五うづくまつて

モシ〳〵、うそでござります〳〵。今のやうに申したは、まことにうそでござります。おまへの貞女を見ませうと《あなたが貞女かどうか試してみようと》、存じたからの皆偽り。ありやうは《本当は》、御腹をお立てなされるな、たゞ今までとは事変り《つい先ほどまでとは事情が変り》、おまへのやうな六そでない顔の女なぞと、私がやうなものでも《〔いくら〕私のような男でも》、アヽ

と聞かぬ〳〵」等の捨て台詞でお岩は両耳を塞ぐ。

一二 現行演出では、お岩が鏡を見て「アレ」と再び上手へ飛退き、宅悦も同時に下手へ飛退く。お岩は「びっくりするわいなア」、宅悦が「わ、た、くしも、びっくり致しました」と言い、グロテスクな笑いを誘う。「なんじゃ、そのような物を持って、私を威そうとしやる」と言うお岩に宅悦は「イ、エ、何にも持っておりは致しません」と両手を拡げてみせる。「イーエ、そこに持っていやる」となおも宅悦の背後を疑うので、宅悦は後ろ向きに杉戸にへばりつく。お岩は怖いものが後ろにいはしないかと見回す。と「風の音」。宅悦が「ほかには誰もおりません。今のはあなたのお顔でござります。よう御覧なされませ」と言うので、お岩は思わず落ちている鏡をとり、宅悦を睨む。宅悦尻込み。お岩は懐ろの手拭を出して鏡にかけ、中腰でゆっくり手拭を外すと風の音。次に恐る恐る鏡を覗きこみ、後ろ手をつき顔を背ける。

一三 着物・髪にさわりながら言う。

一四 鏡を持ち替えて腰を下ろし、左手で顔、着物、頭髪に触れて確かめ、改めて顔を映す。この一連の演出は「累《かさね》」物で洗練された型を踏襲した。

鏡の中の顔

うとましや〳〵《いやだいやだ》。なんの罰《ばち》にか《何の因果で》病気の上に、そのマアお顔は、はて気の毒なものだ

ト[七]この台詞の内、お岩、思ひ入れあつて

お岩　なに、わしが面《おもて》が《〔顔が変ったのであろうか〕》。さつきのやうに熱気とともににはか《急な》の痛み。もしやあの時

宅悦　サヽ、そこがおまへはさすがは[八]女義《をんなぎ》、喜兵衛殿から参つたる血の道の薬《届いたのが血の道の薬》は《などとは》、アリヤ《あれは》皆うそ。人の面《おもて》を変へるの《変えるための》良薬。それを上がつて《飲んで》おまへの顔は、世にもみにくい悪女の面《おもて》《醜女の》。それをおまへは御存じないか。うたがはしくば、コレ〳〵こゝの。○

ト[九]櫛畳紙《くしたたう》の内より、鏡を出し

[一〇]これでお顔を、御覧《ごらう》じませ

ト[一一]持ち添へて鏡を見せる。[一二]お岩、我が顔の映るを見て

お岩　ヤヽ、[一三]着類の色やい《着物の色合といい》、頭《つむり》の様子《髪形といい》。コリヤコレ《〔確かに私だが〕》ほんまに《本当に》、[一四]わしが《私の》面《おもて》が、このやうな、悪女の顔に《醜悪な女の顔に》なんでまあ、コリヤわしかいの〳〵、わた

一 役者の演技に委ねられる部分。ここで「どうしよう〳〵」などと捨て台詞があり、袖で顔を覆って泣き伏す。

二 この台詞は、お岩が泣くのにかぶせて言う。

三 この惨劇の筋書を書いた黒幕がある、の意。このあと早口に一気に喋る。

四 一杯食わされた、の意。

＊ これに続く「髪梳《かみすき》」の件《くだり》は、本作の眼目として力の入った演出となる。代々のお岩役者の腕の見せどころとして洗練され、極度に膨張し、歌舞伎独特の美を形成する。そこで、この前後は詳細な演出ノートを記して、底本との比較に供した。

五 以下、怨恨と嫉妬にさいなまれながら言う。

六 端女《はしため》や下僕のこと。ここでは、お槇のことを賤しめて「乳母やはした」と言ったのである。一四七頁では、お岩自身が「お乳母殿」と言っていた。

宅悦の白状

しがほんまに顔かいなう

　ト[一]いろ〳〵思ひ入れ

宅悦　[二]サヽそれにも外《ほか》[三]に作者がござるハ。すなはち隣家の喜兵衛様、手まへ《自分の》の孫のお梅殿、あの子の聟《むこ》に伊右衛門様を貰ひたいにも女房持ち。さすが向ふ《（伊藤家）》は金持でも《〔伊右衛門様も〕》、ちつとは《すこしは》おまへに義理もあり、断らしつたをくせ事《けしからぬこととして》と、血の道薬といつはつて、おまへに呑ませて顔を変へ、亭主に愛想《あいそ》をつかさす工面《計略》。さうとは知らいで《知らずに》うか〳〵《うっかり》と、[四]一盃まゐつたお岩様、近頃以て《いやはやまったく》気の毒千万

　ト残らず口走る《すべて白状する》。この内、お岩、段々に腹の立つ《次第に怒りがこみあげる》思ひ入れにて、鏡に映る顔をよく〳〵見て

お岩　[五]さうとは知らず隣家の伊藤、わしがところへ心づけ《贈り物》、日毎に送る《毎日届けてくれる》真実は、忝《かたじけ》ないと思ふから《有難いと思うから》、乳母《うば》やはした[六]へ最前も《先ほども》、この身をはたす毒薬《わが身を破滅させる毒薬》を、両手をついての一礼は、今々思へば《今になってみると》恥づかしい。さぞや笑《さぞかし笑って》はん《いるだろう》、くやしいわいの〳〵

七 伊右衛門が、醜女となったお岩に愛想をつかし、お岩を捨てたことをさす。
八 伊右衛門が、刀の柄を叩き、宅悦をおどしたことをいう。
九 剝いで。「はいで」の誤写か。
一〇 一四二頁注三参照。

一一 現行台本では「なんぼしがない按摩でも、その顔では、あんまりぞっと致しませぬ」となる。
一二 気をもみながら死ぬであろう、の意。
一三 入れ替って前からお岩を止める。
一四 ここで宅悦は、後ろからお岩の両肩を押える。「気違ひ」と言ったのは、田宮某の娘が狂人となり、鬼女のごとく出奔したとする巷説をふまえたもの。お岩の走り去った辺りを俗に「鬼横町」と呼ぶ。
一五 現行台本「いつに変りし、モシ、そのお顔で」。これによれば「いつに変りし」と、立っているお岩と入れ替り、「モシ」と言って自分と一緒にむりに坐らせ、「そのお顔で」と、前に膝をつき、両手を拡げて彼女を止める。

ト泣き臥す。宅悦、差し寄り《そばへ寄って》

宅悦 [七]愛想《あいそ》をつかして伊藤の聟様、おまへと手を切るその為に、どうぞ《なんとかして》手まへは女房と《お前は女房と》、間男致せ《密通しろと》とお頼みを、ならぬと申すとすつぱ抜き[八]、よんどころなう《致し方なく》今のたはむれ。おまへの着類《きるゐ》をそのやうに、非道に《残酷に》[九]そいでござつたも、ありやうは《実のところは》すぐに今夜が内祝言《ないしうげん》。聟の支度《したく》の入[一〇]替に、［質屋へ］持つてござつたおまへの代物。その上おまへを私に、色をしかけて《情事をせまって》逃げてくれろとお頼みは、すなはち嫁《お梅》をこの内へ、連れて来るにもおまへが邪魔。それゆゑわたしを頼んだ間男。[一一]その御顔ではどうして色に《どうして情人に》［できるものか］。イヤ御免だ〳〵

トこれを聞き、お岩、きつとなつて《決然として》

お岩 もうこの上は気をもみ[一二]死に。［せめて］息あるうちに《命のあるうちに》喜兵衛殿、この礼言うて《この恨みの礼を》

トよろめき〳〵［立って］［門口へ］行かうとする。宅悦、止め[一三]て

宅悦 その御姿でござつては、人[一四]が見たなら気違ひか、形《なり》もそぼろなその《着物もみすぼらしいう》上に《えに》、顔[一五]のかまへもたゞならぬ

髪梳

お岩　ト言はれ、お岩、鏡を取つて、よく〳〵見て
髪もおどろの《髪も恐ろしいほど乱れた》この姿、せめて女の身だしなみ、[一]鉄漿《かね》など付けて髪梳《髪をと》き上げ《かして》、喜兵衛親子に[二]詞《ことば》の礼を。○
ト[三]思ひ入れあり
コレ、鉄漿《おはぐろ》道具拵《こしら》へてこゝへ〔持ってきて下され〕

宅悦　[四]産婦のおまへが鉄漿《かね》付けても〔大丈夫ですか〕

お岩　大事ない《さしつかえない》。サヽ早う

宅悦　スリヤどうあつても

お岩　エヽ、持たぬかいの《早く持って来なさい》。○[五]
トじれて言ふ。宅悦、びつくりして

宅悦　ハイ
ト[六]思ひ入れ。これより、[七]独吟《どくぎん》になり、[八]宅悦、鉄漿《かね》付けの道具をはこぶ事。蚊いぶし〔の〕火鉢へ鉄漿《おはぐろ》をかけ、山水《さんすい》なる[九]半挿《はんざふ》、粗末なる小道具よろしく、[一〇]鉄漿《かね》付けあつて、件《くだん》の赤子《あかご》泣くを、宅悦、

一　お歯黒。既婚の女性がつける。
二　「礼の詞」を逆に言い、恨みを強調した。
三　うん、そうだと決意する。
四　産褥中の四十九日は、お歯黒も髪結もしない風習だった。これを見物の前で見世物とした辺りが南北の奇才。
五　お岩の立つのを宅悦が後ろから止める。お岩は「持って来いと言ふに」と前帯を把んで立ち、帯を引き締めて決意を表す。
六　「ハイー」と尻餅をつく。
七　立唄《たてうた》が一人で「瑠璃の艶」という「めりやす」を歌う。
八　鏡台を前に出し、行燈を側に置き、お岩が鏡を見て泣く間に用意を整える。
九　みすぼらしい角盥《つのだらい》。
一〇　先ず房楊枝で歯滓《はかす》を取り、鏡台を左側に置く。お岩がこれに肘《ひじ》をかけると、宅悦が鉄漿の鉄瓶を運ぶ。付けはじめると赤子が泣き、宅悦に「みてやって下され」と言う。
一一　「瑠璃の艶」の「一の句」の間に、お岩は口を漱《すす》いで角盥に吐き、手拭でふいて鉄漿を付ける。赤子をあやしつつお岩を見た宅悦は、鉄漿が口の端につき口が裂けた如く見える有様に、「ワアア」と叫んで尻餅をつき慄える。付け終ったお岩は、嗽《うがい》をし、口の端を隠すように拭取る。宅悦は道具をしまう。

かけ寄り、いぶりつける《寝かしつける》。この内、唄《うた》[一一]一ぱいに切れる。お岩、件《例の》の櫛《くし》を取つて、[一二]思ひ入れあり

お岩　母の形身《かたみ》のこの櫛《くし》も、わしが死んだらどうぞ《なんとか》妹へ。《〔やりたいものだ〕》○　アヽ、さは《そうは》さりながら《いうものの》、お形身のせめて《〔髪の毛に〕》櫛の歯を通し、もつれし髪を。《〔梳こう〕》オヽ、さうぢや。○

[一三]トまた唄になり、件の櫛にて[一四]髪を梳《す》く事。赤子泣く、宅悦、《〔抱いて〕》いぶりつける。お岩は梳き上げし落ち毛、前へ山のごとくにたまるを見て、櫛も一ツに持つて《〔落毛と〕櫛を一緒に持って》

お岩　今をも知れぬこの岩が《いつ死ぬとも知れぬこの私が》、死なば正《まさ》しくその娘《(お梅)》、祝言さするはコレ眼《祝言をさせるのは間もなくの》前《ことだろう》、たゞ恨めしき伊右衛門殿、喜兵衛一家の者どもも、なに《どうして》安穏《あんをん》[一五]におくべきや《無事にしておこうか》。思へば〳〵、[一六]エヽ恨めしい

ト持つたる落ち毛、櫛もろとも一ツにつかみ、きつとねぢ切る。髪の内より、[一七]血、たら〳〵と落ちて、前なる《〔お岩の〕前にある》倒れし[一八]白地の衝立《ついたて》へその血かゝるを、宅悦、見て

一二　じっと櫛を見つめる。
一三「三の句」で髪梳にかかる。畳紙を拡げ鏡台を組立て、引出しから油壺を出してぽんと置く。それを合図に舞台の切穴（舞台の床の穴）が開く。次に元結を切ろうとして叶わず宅悦を頼む。
一四　髪を梳いて前へ返すと、その髪の後ろへ切穴から後見が抜け髪を出す。髪は三段階に抜け、最後にお岩が耳の後ろの栓を引くと、前髪の台が落ち、お岩が髪をあげる際本釣鐘がコーンと入る。腰と両手を後ろについたお岩は、髪が額の上まで抜けた恐ろしい顔になっている。この間に本釣鐘を四回打つ。
＊「髪梳」は元禄以来、歌舞伎の代表的シーン。嫉妬に狂っての髪梳にも先例があるが変貌の趣向を交えたのは南北の独創で、前作『阿国御前化粧鏡』を承けた。
一五「安穏に」で立上がると「風の音」が入る。立つ際、切穴から血玉と毛を渡される。宅悦は衝立を柵としてお岩を前から押える。
一六　衝立を押返し、見物に見えるよう前へ倒す。以降ドロドロの幽霊太鼓が活躍する。
一七「血玉」を使う。小麦粉と食塩に少し墨を加え、海綿に吸わせて毛に包んだもの。
一八　小道具の一つ。薄墨で半月と秋草の絵が描かれている。脚の桟で血の滴りを止める。

お岩絶命

宅悦　ヤ、、、、。あの落ち毛からしたゝる生血《なまち》は

ト[一]ふるへ出す

お岩　[二]一念とほさでおくべきか

ト[三]よろ〳〵と立ち上がり、向ふ《花道の方》を見つめて、[四]立ちながら息引き取る思ひ入れ。宅悦、子を抱き《抱きつつ》、かけ寄つて

宅悦　コレお岩様〳〵、モシ〳〵。○

ト[五]思はずお岩の立ち身へ手をかけてゆすると、その体、よろよろとして、上《かみ》の屋体へばつたり倒るゝ。そのはずみに、[六]最前投げたる白刃《しらは》、程よきやうに《ちょうどよいように》立ちかゝりゐて《［柱に］ささっていて》、お岩の[七]喉《のんど》のあたりをつらぬきし体《てい》にて、顔へ血のはねかゝりし体にて、よろよろと[八]屏風《びやうぶ》の間をよろめき出て、よきところへ《適当な所へ》倒れ、うめいて落ち入る《死ぬ》。宅悦、うろたへ、すかし見て《［上の屋体を］》

宅悦　ヤア〳〵、あの小平めが白刃《しらは》があつて、思はず《偶然》[九]止め《とどめを刺したも同じ》もコリヤ同前。

サア〳〵、大変〳〵。○

一　下手の戸口近くで尻餅をつき、後ずさりしつつお岩を指さして前の台詞を言う。
二　幽霊の使う常套語《じようとうご》。「とほさで」で、握っていた毛を衝立《ついたて》の上に落す。
三　現行演出では既に立っているので、ここは血のついた両手で空を摑《つか》む。
四　立ち身のまま絶命する趣向は南北作『阿国御前化粧鏡《おくにごぜんけしようのすがたみ》』を継承したもの。執念の強さを表現する。
五　現行の演出では、戸口の方へ行くお岩を宅悦が止め、もみあって上手の障子屋体の方へお岩を押してゆくと、柱のところで一度ぐるっと回り、柱にささっている刀に喉《のど》をかけ空を摑んで「ドロ〳〵」となり、一間の中へ倒れ込む。このあと「風の音」。
六　小平の一本差しで、最前お岩が上の屋体に打ち込んだもの。一七八頁参照。
七　もみ合って打ち込んだ刀に、後で自分からぶつかって命を落す趣向は、南北の先行作『桜姫東文章』で使っている。
八　屏風の間を通る際に吹き替えとすり替り、死体を残しておく。
九　最後に喉を刺して仕止めること。
一〇　凄い雰囲気を出す三味線音楽。三下がりの調子。「凄味の合方」とも。
一一　小道具の差金《さしがね》（竹竿の先に針金を結び、

トうろたへる。この内、[一〇]すごき合方、捨鐘《すてがね》。この時、[一一]誂《あつらへ》の猫一疋《ぴき》出て、幕明きの切溜《きりだめ》の[一二]肴《さかな》へかゝる。宅悦、見て

この畜生め、[一三]死人に猫は禁物《きんもつ》だハ。シイ〳〵

ト追ひ廻す。猫逃げて[一四]障子の内へかけ込む。宅悦、追うて行く。この時、[一五]薄ドロ〳〵にて、障子へたら〳〵と[一六]血かゝる。とたんに、欄間《らんま》よきあたりへ《適当なところに》、[一七]猫の大きさなる鼠一疋、件《くだん》の猫をくはへ走り出る。猫は死んで〔欄間から〕落ちる。宅悦、ふるへ〳〵見る事。この時、鼠は[一八]ドロ〳〵にて[一九]心火《しんくわ》となつて消える

コリヤこの内にはゐられぬ

ト[二〇]抱子《だきご》を捨て、向ふへ《花道へ》逃げ行く。揚幕《あげまく》より、伊右衛門、着類《きるゐ》を[二一]着替へ、奇麗《きれい》にして出て来る。[二二]宅悦に行きあたり、〔宅悦を〕見て

伊右　ヤ、我は《お前は》按摩《あんま》か。どうした、お岩は連れて逃げたか。首尾はよいか《うまくいったか》〳〵

宅悦　ア、モシ〳〵、おまへのお頼みだが、そこどころぢやございませ

作り物の動物が動くようにしたもの）で使う猫。現行では、ここは鼠が赤子を引いて入るだけのことが多い。
一二 酒を飲む際の副菜。ここは猫が狙うのだから、お祝いの鯛のような魚とみてもいい。
一三 猫は魔性のもので、死人の上や枕上を通ると死人は立ち上がるとされ、死体に近づけることを忌み嫌った。
一四 お岩の死骸のある上手の屋体の障子。
一五 下座音楽で、妖異が起る際大太鼓を弱く打って怪奇味を出す。「大ドロ」の対。
一六 鼠が猫を食った血である。
一七「窮鼠《きゅうそ》猫を嚙《か》む」という諺を視覚化したもので、鼠は子《ね》年生れのお岩の化身であるという設定。鼠が猫を襲うところが怪奇。
一八 この「ドロ〳〵」は、幽霊などが消えるとき、調子を強められる。
一九 青白い怪火。小道具では「焼酎火」とも。綿を焼酎に浸したものを差金に釣って燃やす。鼠を心火にすり変えて消えるので、お岩の執念が鼠となったことを示している。
二〇 現行では、鼠が赤子をくわえて暖簾口に入る。宅悦は「シッシッ」と追い、入口の下駄を両手に持って逃げ出す。
二一 黒羽二重の着付になり、羽織を着る。
二二 花道の七三で行きあう。

ぬ〳〵

伊右　アヽ、そんならまだ逃げないのか。エヽ埒《だらしのない》の明かないやつだ。コレ、おれは伊藤の屋敷で内祝言をして来てナ。おほかた《たぶん》あのお岩は我《われ》が引き出して《お前が連れ出して》くれたであらうと思つたから、今夜向ふ《(伊藤家)》から花嫁を連れて来るが、お岩がうせては《いては》。サア〳〵大変だ〳〵《困ったことだ》

宅悦　さやう〳〵、[一]大変でございます。大きな鼠が。○　イヤ、大変〳〵、あのマア鼠[二]が

　トふるひ〳〵向ふへ《花道を》走りはいる。伊右衛門、見送り

伊右　[三]なんだあいつは、鼠々と跡もぬかさず逃げてうせたが《そのあとの話もそこそこに逃げていったが》、それにしても、お岩を追ひ出すその相手は《追い出すための間男の相手は》、だれにしようナ

　ト[四]思ひ入れあつて

伊右　オヽ、あるぞ〳〵、あの[五]中間《ちゅうげん》の小平めを間男にして、あいつら《(お岩・小平)》二人をたゝき出し、いづれ今夜中にお梅をこゝへ《[迎えよう]》

　ト門口へ来り

一　伊右衛門の台詞の末尾をそのまま繰返したものだが、二人のさしている内容が全然別である点のおかしみを狙ったわけである。

二　このあと伊原本では「猫をくはへて」と続く。現行台本では猫は出ないので、「坊《ぼう》ちやまを」と言いながら、下駄を合わせて叩きつつ、ふらふらと花道を揚幕に入る。

＊　芝居で鼠の活躍する例は少なくない。鼠は小道具の扱いで、人間のかぶる「縫いぐるみ」と、差金で使うものとの二種類がある。前者の用いられた例に『鳥羽絵』『伽羅先代萩《めいぼくせんだいはぎ》』等があり、後者の例としては、『頼豪阿闍梨』『八陣守護城《はちじんしゅごのほんじょう》』等がある。

三　伊右衛門は、お岩の悲惨な死をまったく知らないわけである。

四　考えをめぐらし、あっと思い当る。

五　按摩を間男に仕立てるかのようにみせておき、ここで結局、当て込んだ現実の戸板の事件どおり、中間の小平を間男にするという仕組になっているのである。

お岩〳〵、どこにゐる。お岩〳〵
ト呼びたてる。この時、足元にて赤子泣く。びつくりして飛びのき
コリヤどうだ。この餓鬼をこの道ばたへ《足元へ》。すんでの事にふみ殺さう《もう少しのところで踏み殺すところ》とした《だった》。お岩〳〵。○
ト呼ぶ。薄ドロ〳〵にて、大[六]きなる鼠出て、抱子の着類をくはへて引く。[七]また候《ぞろ》鼠出て《またもや鼠が出て》、件の鼠の尾をくはへて引く。同じく鼠段々《次々と》出て、尾をくはへて、段々と鼠連らなり、跡ずさりに赤子を引いて行くを、見つけ
ヤヽ、コリヤア鼠がこの餓鬼を、エヽ、とんだ畜生だ。シイ〳〵。○
ト追ひちらし
うぬが餓鬼を《自分の子どもを》、鼠が引くのも知らないか。コレお岩〳〵。○
ト赤子の泣くを抱へて、尋ね廻り、女[八]の死骸を見つけて

六 赤子を伊右衛門の手に委ねまいとして、お岩の化身である鼠が赤子を引いたのである。但し現行の演出では、先に鼠が赤子を引いていってしまっているのでこの件はない。原作の方がいいが、劇としての進行を早めるための処置である。

七 ぞろぞろと鼠が出る。この趣向には『貞操花鳥羽恋塚』等の先例があり、見世物としては面白いが、劇のテーマとは離れたものとなる。

八 お岩の死体。現行演出では、伊右衛門が障子屋体の方へ来ると、まもなくお岩の死骸を発見することになる。死体と見せているのは菊五郎の吹替え。すでに菊五郎は小平に扮している。吹替えは、早替りの扮装・化粧等の時間をかせぐために、その役に体つきや顔つきの似ている弟子を、代役として勤めさせるもの。

ヤヽヽヽ。コリヤコレお岩が死骸。喉《のんど》に立つたるは小平めが赤鰯《いわし》[一]。

そんならあいつが殺したか。[二]それにしてもあの押入れ。◯

ト かけ寄つて、下《しも》の《下手の》押入れをあけ、内より、件の小平[三]を引き出し、思ひ入れあつて

こいつが縄目はやはりそのまゝ《こいつの縄の結び目は以前のままで解けていない》。そんならこいつが、よもや《まさか》お岩を。◯

ト 思ひ入れ[四]して

事によつたらお岩を殺したこいつを咎人《とがにん》[五]に［仕立てて］

ト 言ひざま、縄目[六]を解く。小平、急《せ》[七]き込《こ》んで、伊右衛門にすがりつき

小平　旦那様、エヽこなたはの〳〵［なんという悪人だ］

伊右　なんだこいつは、おれがどうした

小平　イヤ〳〵〳〵、両手[八]も口も叶はねど、お岩様をこのやうに、気をもみ死にゝ殺したも、みんなおまへのさつしやるわざ《なさったしわざだ》。コレ、なにも

一 赤く錆《さ》びた鈍刀の意。刀に対する蔑称である。「がたがた丸」（一二四頁）の類。

二 押入れに入れておいたので殺せないはずだが、というもの。

三 ここは本物の菊五郎。お岩の死体が吹替えとなっている。早替りの間、手についた血を拭きとり、鬘は、鬢を抜かれて血のついた「すっぽり」にかわっている。

菊五郎早替り

＊ 早替りでは、衣装や鬘の交換の他、案外化粧に時間がかかる。菊五郎は、当り役の一つ「湯上りの累」の舞台上で、その素早い化粧術を見せ、「化粧の仕様けしからぬ早ふてきれいに出来ました。町も黒人《くろうと》も女中達がわざ〳〵此化粧の仕様を見に行きました」（『役者甚好記《じんこうき》』）と評された。

四 いや、そんなことができるはずもないという思い入れ。

五 罪人。伊原本では「相手に」。

六 現行演出では、柱にささっている刀を抜き、縄目を切り、手拭の猿轡《さるぐつわ》を取る。

七 一部始終を押入れの中で聞いていた小平は、急き込んで言う。

八 両手を縛られ、猿轡で口もきけないが、の意。

九 「だ」は、罵《ののし》って言う場合の接頭語。「折助」は、武家に仕える中間《ちゆうげん》・小者などの下僕の蔑称。

一〇 伊右衛門は小平の主人にあたる。主人の女房を殺したらどういうことになるかと、おどかして言いがかりをつけているのである。

一一 「めつさう」は、仏教語からでた俗語で否定する際に用いる。本来は四相の一つ、滅相界。

一二 小平が伊右衛門に、そんなことができるわけがないことを、捨て台詞で言う。

一三 伊右衛門がどうしてもきかないので、決心して次の台詞となる。

＊ 宅悦にお岩を連れて逃げるよう強制して仕組んだ計画が頓挫したので、小平にその役をさせようとするが、すでにお岩は小平の刀で死んでいるので、小平にその罪をなすりつけるという意外な展開になってゆく。南北の計算が冴えるところ。

かもあの按摩取りがお岩様に向ひ、隣屋敷の喜兵衛様と言ひ合せた《共謀したことの》る一部始終、ことに面体《めんてい》たちまちに、相好《さうがう》変へたも薬のわざ《顔つきを変えたのも薬の仕業》。現在《現に》女房いまさらに《女房である者を今さら》、宿なしにしてその身の出世《宿なしにして自分は出世を企むという》。どうしてそれが栄えませう《そんなことをしてどうして栄えましょうか》。エヽおまへ様は、見下げはてたお人だなう

ト きつと《強く》言ふ

伊右 やかましいハ、だ九折助《をりすけ》め。お岩が死んだもうぬが刃物《死んだのもお前の刃物のせいだ》。そんなら主一〇《しゆう》の女房を、うぬ《お前は》殺したナ〱〱

小平 ア、一一めつさうな《とんでもない》。たつた今まで両手も口もゆはへられ《〔手拭で〕縛られ》、どうしてさうな《そんな〔事ができましょう〕》やうナ

伊右 それでもそれ〱《〔今はその〕》、両手が動くハ。そんならお岩は、うぬが殺したく

ト まくしかけて《勢い激しく言いかける》言ふ。小平、一二いろ〱に言つてもきかぬゆゑ、

一三思ひ入れあつて

小平 さう言はつしやりまするなら《言われるのなら》、お岩様を殺したは、わしが《私の》咎《とが》に《罪という》なつ

小平を惨殺

て、人殺《ことにして》しになりませう。その代りには、モシ旦那様、どうぞ盗んで走《逃げ》りましたあの唐薬のソウキセイ、あのお薬を私に《〔下さいませ〕》

伊右　[一]べらばうめ。あの唐薬ならさつき質屋へ五両の質《ひち》[二]に遣はして、こゝにはないハ

小平　エヽそんなら薬はアノ質屋に《〔渡りましたか〕》、先さへ知るれば《先方の住所さえ分れば》参つて願うて《〔もらいうけ〕》。〇

ト門口へ行かうとするを、伊右衛門、抜き打ちに《〔刀を〕抜く拍子に》小平を切る。

[三]その手にすがつて

伊右　コリヤおまへ、なんでマア私を《〔殺すのです〕》しれた事だ《きまつたことだ》。お岩が敵《かたき》だ。殺しましたとたつた今、わりや《お前は》人殺しになつたぞよ。ことに隣家の[四]工《たく》みの様子、聞いたとあればなほさらに、生けておかれぬ《生かしてはおけぬ》小仏小平。民谷が刀で[五]往生《わうじやう》ひろげ

トまた切りつけ、[六]立廻りよろしく、小平、数ケ所の傷《きず》うけ、伊右衛門にすがつて

小平　[七]わづか一夜の雇ひでも、仮の主《しゆう》ゆゑ手出しをすれば

一「べらばうめ」との下町風の言い方をしつつ、以下の台詞は「遣はして」などと侍言葉となっている。
二「しち」の訛。
三 小平は伊右衛門と入れ替ってその腕に縋る。
四「工み」は悪だくみの意。お岩に毒薬を飲ませて変貌させる計略。
五 くたばってしまえ、の意。「ひろげ」は、「為《な》せ」の悪口。
六 小平が伊右衛門の斬りつける白刃を把《つか》んだりする。ただし小平は逃げるだけで手向いはしない。「立回り」といっても、常に殺陣《たて》を意味するとは限らず、二人以上の激しい動きや争いをさしている場合もある。
七 たった一晩雇われたということであっても、主人には違いなく、家来は手出しできないのである。封建社会の厳しい主従関係を感じさせると同時に、小平の善人性が出ている。

伊右　[八]主に刃向ふ道理だハ。それだに《それだから》よつてなぶり切り。お岩が敵《かたき》だ。く《死に》たばれ《やがれ》〳〵

[九]トずだ〳〵に切り倒《たふ》しゐる。この内、[一〇]木魚入りの合方《あひかた》、向ふより、[一一]長兵衛《ちやうべゑ》、官蔵《くわんざう》、出て来り、この様子を見て

長兵
官蔵　ヤ、コリヤ小平めを伊右衛門殿

伊右　なにか《すべてを》を聞いたこの小平、ことに死んだるお岩が不義の《お岩の姦通の〔相手だ〕》

長兵
官蔵　ヤ、そんなら内儀のお岩殿

伊右　相好変つて《顔つきが変り》こいつと二人《ふたり》、この家を逃げんとひろいだ《駆け落ちしようとしやがった》不義者

長兵
官蔵　聞けば聞くほど野太い《ずぶとい》野郎め。シテ《ところで》この死骸《しがい》は〔どうしよう〕

伊右　[一二]世間へ見せしめ、二人の死骸〔を〕戸板へ打ちつけ、[一三]姿見の川へ流して、すぐに水葬

長兵
官蔵　そんならこれなる

ト押入れの杉戸を引き抜き《はずし》、菊五郎の小平の死骸を件《くだん》の杉戸へ引つ張つて、[一四]釘《くぎ》にて打ちつける。この時、薄ドロ〳〵、あふむ

八 主人に刃向うという道義に反する行為となる、というもの。
九 ここで立回りがあり、小平をなぶり殺しにする。
一〇 木魚の音を入れた三味線の合方。木魚は小平についたもの。
一一 二人は花道から出ると、すぐ門口を入る。
＊ 長兵衛・官蔵は、間男の件を全く知らないので、伊右衛門に言いくるめられた。しかし二人にとっては、疑う必要のない、どうでもいいことなのである。
一二 姦通した者の末路がどうなるか、その見せしめである。
一三 牛込と小石川目白台の下を流れる、江戸川の上流。伊右衛門浪宅のある雑司ケ谷四家町（一二一頁注一参照）から西へ下りた、現在の新宿区西早稲田に姿見橋（今の面影橋）があった。
一四 実際に起った戸板流し事件の釘付け死体をそのまま写しとったもの。初演の辻番付（ポスター）には、釘付けにされた小平の生生しい姿が描かれている。現行の演出では、長兵衛・官蔵の二人が小平の死骸を暖簾口へ運び入れ、中間の伴助が杉戸を外してそのあとから入る。釘づけは見物に見えない奥で行われることになっている。

けになりし小平の引っ張られし両手の指、蛇《へび》[二]の形《かたち》となり、うご
めく。両人、見て
官蔵　アレ〳〵、両手の指が残らず
長兵　どうやら蛇《へび》に
伊右　なにをたはけた《ばかなことを》
　トこの時、向ふより《花道から》、伴助[三]、走り来り、門口より
伴助　伊右衛門様〳〵、喜兵衛様より花嫁御、たゞ今これへ〔参ります〕、御家内一緒に〔も〕
伊右　それは早急《さつきふ》。しからばお二人、死骸は奥へ
長兵
官蔵　心得ました
伴助　ヤ、小平が死骸にお岩様。そんなら二人は
伊右　間男心中。二人を戸板ですぐにどんぶり《どぶんと》〔水葬に〕、仕事は奥で
三人　のみ込みました《承知しました》
伊右　〔人に〕見られまいぞ
　ト唄《うた》、時の鐘になり、両人は小平の死骸を杉戸のまゝさし担《にな》ひ《杉戸につけたまま担ぎ》、

一　掌《てのひら》に釘を打ちつけられて引っ張られるのである。
二　指先が蛇になっている手袋を、前もって後見が小平にはかせてある。蛇はバネ仕掛けで動く。但し現行の演出では、小平が杉戸へ釘づけにされるのは奥であるから、この演出は伊右衛門が小平を切り倒す場面に用いられている。
＊　蛇や鼠が怪奇のシンボルとなる例は、芝居や江戸文学一般にも多い。指先が変じて蛇になるという趣向も、すでに鴨長明の『発心集』第五、「母、女を妬み、手の指蛇《くちなは》に成る事」にみられ、江戸期に入ると南北以前に、山東京伝が読本『桜姫全伝曙草紙』で使っている。南北の自作では『阿国御前化粧鏡』『隅田川花御所染』において、髪の毛や指先が蛇の形となる。

葬式と婚礼の隣合せ

三　現行ではすでに長兵衛・官蔵・伴助の三人が揃って出ていることになっている。
四　吹替えである。
五　何の唄か不明。現行ではコーンと本釣鐘が入り、只の合方になる。ここで劇は一段落する。
六　中間は次行のそれと合わせて四人。彼ら

伴助、お岩の死骸[四]を引つかゝへ、いづれも《みなみな》奥へ《暖簾口へ》はいる。この唄[五]をかり、向ふより《花道から》、中間[六]《ちゆうげん》二人に箱挑灯[七]《はこでうちん》、宗三[八]の紋付にて出る。[九]喜兵衛、袴、羽折にて、お梅[一〇]が手を引き、跡より、お槇[一一]。中間二人、釣台[一二]に絹地の夜具、六枚屏風[一三]《六枚折りの屏風をのせ》さし担ひ出て来り。門口へ来て

喜兵　伊右衛門殿〳〵、喜兵衛が参つた〳〵

ト酔うたる体《［内祝言の酒に］酔った様子》

伊右　コレハ〳〵、御隠居には《ご隠居におかれましては》早速にお梅を同道。サヽ、これへ〳〵《どうぞこちらへ》

お梅　アヽ、モシ、たゞ今も申したとほり、最前致せし内祝言《ないしうげん》。それさへあるにあなたのお宅へ《それでさえ憚りがあるのにその上お宅へ［押しかけては］》

喜兵　ハテ大事ない《差し支えない》。伊右衛門殿も家内《（お岩）》に間違ひ出来《しゆつたい》致し、内をまかなふ《家事をする》者なきゆゑ、縁者となつたを幸《さいはひ》に、武家のあるまい《武家の礼式に外れた》引越し[一四]女房。夜具屏風も持たせ参つた。サヽ、大事ない〳〵《かまわぬかまわぬ》

お槇　さやうではござりませうが、なにを申すも《なんといっても》お年[一五]の行かぬこのお子様

が先になって進む。

七　上下に丸盆状の蓋がついた大形の円筒形の提灯。御祝儀や花魁《おいらん》道中などに使う大袈裟な飾り提灯。中間二人に一つずつ持たせる。

八　伊藤喜兵衛を演じる市川宗三郎の紋。隅切りに「宗」の字紋。その紋が箱提灯に描かれているのである。

九　〈扮装〉着付は一五一頁注一七参照。これに茶字《ちやう》の袴、黒羽二重の羽織。

一〇　〈扮装〉白羽二重の振袖に、白の打掛、白の綿帽子の、婚礼衣裳。

一一　〈扮装〉初日序幕どおり。

お梅の輿入

一二　物を乗せて担いでゆく台。板を台にし、竹を折曲げたものを両端にして、棒をさして担ぐ仕組み。

一三　夜具の上に重ねて運ぶ。ここで屏風を持ち込むので、今日の演出では、先のお岩の寝所には置かない。

一四　披露もしないまま、引越しの如く嫁と家財道具が一緒に来ることをいう。本来、嫁入道具は嫁入り以前に運ぶのが作法。二番目の世話物ではよくこの趣向が用いられた。

一五　お梅がまだ若い、数え年十五、六の娘だということが分る。

を

喜兵　ハテ、大事ないと言ふに。◯

　トお梅が手をむたいに《無理に》引つ張り、内へはいる。皆々、座につき

ときに《ところで》伊右衛門殿、いよ〳〵《ほんとうに》貴公の申されしとほり、お岩殿には[一]

伊右　先刻《せんこく》内祝言のみぎり《際に》御咄申した男《(宅悦)》と違ひ、手まへ《私の下僕の》小者小平と申す者、[二]また候《ぞろ》きやつ《(小平)》と不義間男。事あらはれし《事が露見したと》と存じつき《感づいて》、産婦の女《(お岩)》を同《とも》道致し《なって》、乳呑み《乳のみ児を》を捨ておき家出致せし憎つくき二人。さすれば《そんなわけで》すぐにお梅殿、今晩よりして留めおきまする。舅《しゅうと》御にもさやう御心得な《そのようにご承知下さ》されて《いませ》下さりませ

喜兵　アヽ、まだ外《ほか》に男[三]がござつたか。イヤそれは不埒《ふらち》[四]千万《せんばん》な儀でござる《ことですな》ナ。しかしこの方《こちら》の為にはまことに合《あ》[五]うたり叶《かな》うたり、アヽ目出《めで》たう存ずる〳〵

お槇　先刻《先ほど》もさやうの御咄、よもやとは存じましたれども、あの御病後の御様子で、[六]どうして家出なされしやら。マア〳〵それは格別《それはまた別のこと》、さし

＊葬式と婚礼が、死と生が、同じシーンで踵《くびす》を接するという手法は、南北の得意とするところ。すでにこれ以前、『心謎解色糸《こころのなぞとけていろいと》』などで彼自身が用いている。ここには惨劇の行われた直後に花嫁行列がくるという、グロテスクな怖い美がある。

一　宅悦という間男と駆け落ちしたのですね、という意味の言葉が省略されている。喜兵衛が伊右衛門から聞いたのは、お岩と宅悦との関係だけということになっている。

二　宅悦と不義密通し、その上小平とも間男したと、話の前後を言いくるめたのである。

三　間男のこと。ここは小平。

四　けしからぬことですね、の意。武家言葉。

五　タイミングよく希望も叶った、の意。

六　お槇は伊右衛門の話を疑っている。これも、伊藤家への忠義心ゆえである。

当りまして御男子様に《男のお子様は［どうなされました］》

伊右　イヤ、まことに小児《せうに》によわりきるぢや《赤子の扱いには困りきっております》

喜兵　[七]サ、それゆゑ身どもも今晩から、留守居《るすゐ》がてらに泊つてしんぜる《やろう》。明日は早々《明日には早速》乳母を尋ねてしんぜう《求めてつかわそう》。コリヤ、槙《まき》よ。勝手よきところへ《具合のよいところへ》、おれが床も取つてくれい〳〵

お槙　畏りました

　ト[八]下の方へ、持参の夜具を敷く事。《［持参の］》屏風を立ておき《立て回し》

　ハイ〳〵、御隠居のお床、これへ延べましてござりまする《ここへ敷きましてございます》

喜兵　シテ、聟殿と孫めが寝間《ねま》はな《［どこだな］》

伊右　たゞ今まで、お岩がまかりあつた《おりました》[九]床の内、きやつへの《お岩への》面《つら》あて。やはりあれへ臥せりませう《あそこへ寝ましょう》

喜兵　なるほど、それもよくござらう。○[一〇]　コリヤ〳〵梅よ。これはそち《お前の》が守りぢや《お守りだから》ほどに、大事にこれを掛けてゐようぞ

　ト[一一]赤地の守りを渡す

七　この台詞から、喜兵衛の、祖父としての孫（お梅）可愛さが感じられる。

八　下手の押入れの前あたり。

九　上手障子屋体の、それまでお岩が寝ていた床。伊右衛門の異常な神経が感じられる。

一〇　お梅に向きを変えて。

一一　赤地錦に包んだ、立派な掛け守り。首から紐で掛ける。この小道具は後に活用されるので、ここで見物に印象づけておく必要がある。

お梅　さやうなら《それならば》、コリヤ《これは》はなさずに掛けてをりませうが、心がゝり《心配なのは》はあのお岩様の事が

お槙　さやうでござりますれど《それはそうでしょうが》、マア〳〵それは格別《別にして》、[一]お寝間ばかりは

伊右　ハテ大事ない。[二]身がよいと申すに、だれがなんと申すのぢや《他の誰が余計な口ばしを入れるのだ》

ト立腹《むっとする様子》の体

お槙　イエ〳〵、だれもさやうは《異議は》申しませぬ。さやうならおまへ様は。［あちらへ］○

トお梅《お梅の》が手を引き、上の方《上手の》、件《くだん》の床の上へ《例のお岩の寝床へ》連れ行き

お梅　今宵はこゝで[三]日頃の御願ひ［を叶えてもらいなされ］

お梅　それぢやといふても《そうとはいっても》、しひよつと、[四]わたしが事ゆゑお岩様

お槙　ハテそれおつしやるとあなたの願ひが［叶わぬことになりますよ］

ト[五]屏風引き廻す。赤子泣く

伊右　ハテ折悪いあの乳呑み《悪い時にあの乳呑み児》［が泣きやがる］

喜兵　身どもが今宵は乳のない[六]乳母《うば》、[七]かんがく致して寝さしてしんぜう

ト赤子を抱《いだ》き、下の方の床の上へ上がる

一　床だけは別の方がいいのではないかと言いかける。お槙は、お岩が寝ていた床でお梅と伊右衛門を同衾《どうきん》させることを躊躇《ちゅうちょ》しているのである。

二　「身」は、武士の一人称。

三　現行台本では「日頃のお恨みを」。普通なら「日頃の思い」となるところ。

四　わたしのためにお岩様が悲しい目にあうのではなかろうか、の意。お梅は一方ではこのようにお岩を思いやるやさしさを持っている。見物もこの台詞でちょっと救われた気分になる。

五　ここは上の方の屏風。他に喜兵衛の床にも屏風がある。現行演出では、お梅の方の屏風はない。

六　自分は男で乳は出ないが、乳母代りを勤めようと言ったもの。

七　「かんがく」は看護の意。面倒をみること。

伊右　しからば舅御、なにぶんよろしう
お槇　シテ私は《［どう致しましょう］》
喜兵　今夜の始末を《出来事を》娘《（お弓）》にも、咄してくりやれ
お槇　畏《かしこま》りました。そんなら私は、目出たう[八]おひらき申しませう
伊右　乳母も休みやれ《休みなさい》
お槇　ハイ、ゆるりと《ごゆっくりと》[九]おしげりなされませ
ト唄《うた》、[一〇]時の鐘になり、挑灯《てうちん》持ち先に、お槇、[一一]供廻り、残らず向ふへ《花道へ》はいる。喜兵衛も[一二]屏風引き廻す。伊右衛門、一人残り、[一三]思ひ入れあつて
伊右　ハテ、ものごともこれほどにむまく《うまく》行くものか
ト思ひ入れ。正面、暖簾《のれん》口より、長兵衛、官蔵、顔さし出だし
長兵　伊右衛門殿、戸板の二人を《杉戸に打ちつけた二人を》
官蔵　[一四]早稲田《わせだ》のあたりの流れへつき出《い》だし
両人　[一五]不義の成敗《せいばい》

八　ひきとりましょう、の意。ひきとるとか、おしまい、というのは婚礼の忌み言葉だから、末が開くように、の意をこめてある。宴席においても同様。
九　六八頁注四参照。
一〇　時を知らせる鐘の音。本釣鐘。一段と夜が深まったことを示す。
一一　行列の中間《ちゅうげん》たち。
一二　前の方の屏風を引き回して、見物の目から遮断する。喜兵衛が寝たことを意味する。
一三　ニタリとして。
一四　具体的には江戸川上流の姿見川（一九一頁注一三参照）をさす。当時この川一帯は田甫で、早稲田といわれた。現在の新宿区早稲田。
一五　不義をはたらいた者たちに対する仕置き。ここで声が大きくなる。

伊右　コレ。◯[一]

ト両人、顔を引く《〔暖簾口から〕顔を引込める》

さてこれからが[二]新枕《にひまくら》。[三]娘の手入らず。ドリヤ、[四]水揚げにかゝらうか。◯

ト[五]凄《すご》き合方《あひかた》になり、時の鐘。上の方の《上手の屋体の》屏風《びやうぶ》へかゝり《行き》

お梅殿、さぞ待ち遠に《さぞや待ち遠しかっただろう》

ト[六]屏風引きあける。床の上に、[七]お梅、うつむいてゐる体《てい》。伊右衛門、近寄つて

コレ花嫁御、うつむいてばかりゐる事はない。恥づかしくとも顔をあげ、日頃の恋の叶うた今宵、そんなら目出《めで》たく[八]こちの人、我が夫《つま》かいのと笑うて言やれな《笑って言いなさい》

ト寄り添ふ

お岩　[九]アイ。◯[一〇]　こちの人、我が夫《つま》かいの

ト[一一]顔をあげ、[一二]件《くだん》の守りを差し出し、お岩の顔にて、伊右衛門を恨めしげにきつと見詰めて、[一三]けら〳〵と笑ふ。伊右衛門、ぞつ

新床の怪

一　声が高いというように片手で長兵衛・官蔵を制する。
二　結婚初夜の枕を交わすこと。
三　処女のこと。
四　「水揚げ」は、遊女が初めて客をとること。遊里語。伊右衛門の不良っぽい性格が表れた言葉遣いである。
五　怪異が起る前触れの下座音楽。ツンルントチ、チンという合方に、「風の音」をかぶせ、時の鐘の本釣鐘を打ちこむ。
六　現行の演出ではこちらには屏風を用いないので、障子を開けることになる。
七　底本「春次」。但し、このときは、実はすでに菊五郎のお岩に替っている。
八　「こちの人」「我が夫《つま》」は、妻の、夫となった者への呼称。お梅の言うべき台詞を伊右衛門が先取りしている形。
九　「アイ」「こちの人」はお梅の声色、「我が夫かいの」でお岩の声となる。
一〇　恥ずかしそうな思い入れ。
一一　伊右衛門がお梅の綿帽子をとると、お岩が現れる。
一二　一九五頁注一一参照。怨霊を除避する力があるとされる守りも、効果がないというわけである。南北独特の趣向。

とせし思ひ入れにて、[一四]辺りなる《あたりにある》刀引き取り、抜き打ちにぽんと
[一五]首打ち落す。この首、前の縁《えん》へ見事に落ちる。トお梅の[一六]本首出
て、薄ドロ〳〵、首の辺りへ鼠[一七]出てむらがる。伊右衛門、首を
よく〳〵見て

伊右　ヤ、、、やつぱりお梅だ。コリヤ早まつて〔切り殺したわい〕

トつか〳〵と行き、辺りの[一八]差し添へをたづね《さがし出し》、腰にぼつ込《ぶちこみ》み、
刀引きさげ《抜き身の刀を提げ》、つか〳〵と行き、屏風引きのける。内に、[一九]喜兵衛、
赤子を抱《いだ》き、[二〇]掻巻《かいまき》を着て寝てゐる。伊右衛門、近寄つて、ゆり
起こし

コレ舅殿《しうと》、珍事がござる《大変な事件でございます》。アノ間違て〔お梅を殺しました〕

ト喜兵衛を引き起こす。その顔、[二一]小平の菊五郎の顔にて、抱《だき》
子《ご》を[二二]食ひ殺せし体《てい》にて、口は血だらけ。伊右衛門の顔を見つ
め

小平　旦那様、薬を下され

一三　現行の演出では笑わない。
一四　実際には、自分が差している刀を抜くことになる。
一五　小道具の首。「切り首」という。これを後見が奥から舞台へ投げ出す。
一六　小道具の首とすり替えて、人間の本当の首が出る。これを「本首」という。縁の切り穴からお梅の役者が自分の首を出すのである。但し今日では行われていない。
一七　お岩の怨念の化身である鼠。幾つもの差金《さしがね》の鼠を後見が使う。
一八　大刀に添えて差す短刀。小刀。
一九　底本「宗三」。このときの喜兵衛は、すでに二役早替りの菊五郎の小平である。
二〇　両袖のある綿入れの夜着《よぎ》。掻蒲団として用いる。
二一　上手のお岩から、下手の屏風の中の小平に早替りしている。花嫁の白衣を引抜いて水色の小平の着物になり、舞台の後ろを回ってここに入りこむことになる。「菊五郎の顔」とあるのはそのことをさす。
二二　赤子を食い殺して下に落す。

ト[一]言ふに目をつけ

伊右　ヤ、おのりや《お前は》小平め。現在《たった今》小児を。〔食い殺したな〕◯

ト言ひざま抜き打ちに首打ち落す。[二]よきところへ、喜兵衛の本首、血に染みて、[三]おけずへより頭の方へ、蛇一疋、本首にまとひ、うごめく。伊右衛門、よく〳〵見て

ヤヽ、切つたる首はやつぱり舅。かゝるたゝりに《こんな祟りがあるようでは》うか〳〵こゝには〔いられぬ〕。◯

ト門口へかけ行く。[四]戸は締りあるゆゑ《閉じているので》、さらりと《がらっと》あけて出んとする。また《再び》候《ぞろ》[五]この戸、しやんと締る。伊右衛門、びつくりして、[六]たじ〳〵と跡ずさりに来り。ホツと息をする《溜息をつく》。ドロ〳〵にて、[七]心火《しんくわ》たちのぼる。伊右衛門、ぎよつとして

[八]ハテ執念の。◯

トどうとなるを《尻餅をつくのを》[九]柝《き》の頭《かしら》

[一〇]なまいだ〳〵〳〵〳〵

一　片手を出して言う。

二　後見が、屏風の蔭から喜兵衛の「切り首」を投げ出す。そこへすり替えて喜兵衛の「本首」が出る。現在は「本首」は用いない。

三　「おけずへ」は腰骨。現在では行われないが、死骸の腰骨あたりから、差金の蛇が出て、本首の頭にまといつくものか。蛇は小平の怨念の化身である。

四　注五の仕掛けを際立てるため、閉めてある戸をいったん開けて見せておくという段取り。

五　開いている戸口が、ひとりでに閉る仕掛けになっている。ドロドロの音で、仕掛け物で引いて閉める。

六　目に見えぬ力によって襟首《えりくび》をつかまれ、それに抵抗しながらも後ろ向きに引き戻されるという演技。「引き戻し」と呼ばれる。

七　戸口のあたりから焼酎火が出る。一八五頁注一九参照。

八　現行演出では、「ハテ、怖ろしき」でチョンと柝が入り、「執念じゃナア」で大ドロドロになり、伊右衛門は抜刀で狂ったように空を左右に切りつけ、チョンチョンチョンと柝を打って幕が閉る。以下は、ない。

ト手を合せ、[一一]回向《ゑかう》する。これをきざみ[一二]、拍子幕[一三]

[一四]乙酉《きのととり》文政八年□月写

九 拍子木を初めに一つ打つこと。

一〇「南無阿弥陀仏」の訛。死者を弔う際の一般的な念仏。

一一 念仏を唱え、死者の冥福を祈ること。

一二 拍子木をチョンチョンと刻んでゆくこと。

一三 拍子木の調子に合わせて幕を閉めてゆくことをいう。

一四 文政八年の干支《えと》。なお、底本は月名を欠く。

初日三幕目

初日二番目　三幕目

一

十万坪隠亡堀《じふまんつぼおんばうぼり》の場

二

役人替名《かへな》

民谷《たみや》伊《い》右衛《ゑ》門《もん》　市川団十郎佐藤与茂七《よもしち》　三 尾上菊五郎

四 直助《なほすけ》権《ごん》兵衛《べゑ》　松本幸四郎お岩の死霊　二役　尾上菊五郎

仏《ほとけ》孫《まご》兵《べ》衛《ゑ》　沢村遮莫《しやばく》小平《こへい》の死霊　三役　尾上菊五郎

五 孫兵衛女房お熊《くま》　市川宗三郎乳母《うば》お槙《まき》　市川おの江

秋山長兵衛　坂東善次伊藤後家《ごけ》お弓　吾妻藤蔵

一 この幕は初日・後日ともに上演された。初日がこの幕で終り、後日がこの幕で始まるという構成になっており、この幕は初日・後日を結ぶ要《かなめ》の役割を果している。

二「十万坪」は深川石島町・末広町の東、小名木《おなぎ》川の東の一帯（現江東区北砂）にあたる。千田新田ともいう。海岸の干潟を埋立て江戸市中の塵芥《じんかい》を集めて築地され、享保以後新田が開発された。「隠亡堀」は、小名木川に架る扇橋から横に入った堀割に渡した岩井橋の辺りの俗称とされるが、不詳。そこに深川正源寺の茶毘《だび》所である極楽寺という阿弥陀堂があり、辺りは「砂のおんぼう」と俗称されたという。

三 初日・後日ともに上演され、本作の眼目であるこの幕でのみ、菊五郎は三役早替りを見せる。

四 初日序幕の「薬売り直助」と同一人物。ここでは鰻掻き。小名木川は俗に鰻川などとも呼ばれ、鰻は深川の岡場所の名物であった。「権兵衛」は、人目を晦《くら》ますためのありきたりな下男の名。「名なしの権兵衛」の意味合いもある。巷説の主殺し「直助権兵衛」をふまえた。

五 伊右衛門の母。欲深い女を擬人化した名。

十万坪隠亡堀の場

＊本舞台三間に、黒幕を背景として高い二重の土手が飾られ、その両端から前舞台に向って昇降用の階段がつく。下手の下座の口に樋の口、土橋の下は干潟。今日では、土堤を倍ほどの高さで舞台一面に飾り、樋の口も土堤の中に組込み、両端の階段の代りに、下手に「開帳場」と呼ばれる坂道をつける。

一 高さ二尺八寸の台を組んだもの。
二 表面を土で固めて造った小橋。田舎の寂しい風景に用いる。「累《かさね》」の土橋の連想。
三 枯れて葉の破れた葭の群生。
四 〈扮装〉お弓は、黒の肩入れのついた菊小紋の鼠色の紬《つむぎ》に、黒と鼠の中形中幅帯を締め、馬の尻尾《しつぽ》乱れの鬘《かつら》に晒《さらし》手拭、冷飯草履《ひやめしぞうり》をはく。お槇は、黒の肩入れのついた鼠地の着付に黒繻子《くろじゅす》の中幅帯。お弓と同じ鬘に浅葱手拭。麻の米袋をかける。
五 折れた木の枝で焚火の様子に見せる。
六 土手下の舞台の前面を水布で覆って川を表す。伊原本は「流川」。
七 水門。下手の下座の口。現在では土手下。
八 舞台天井から下げる木の枝。石地蔵の後ろにある松の木に枝がかぶさっている感じを

伊藤一家の零落

本舞台三間《げん》の間《あひだ》、後ろ黒幕。[一]高足《たかあし》の土堤《どて》。上《かみ》の方《かた》、[二]土橋。その下に[三]籠《こも》りし破葭《やれよし》。干潟《ひがた》の体《てい》。こゝに、お弓、[四]お槇、件《くだん》の役にて、非人《ひにん》の形《なり》、[五]焚火《たきび》してゐる。舞台は[六]川の体《てい》。誂《あつらへ》の[七]樋《ひ》の口。土堤の上に石地蔵。松の大樹《たいじゅ》。[八]釣枝《つりえだ》。ところ〳〵に[九]水草《みづくさ》重なり、すべ《全体の》て《光景が》十万坪、隠亡堀《おんばうぼり》の景色。[一〇]禅の勤め、[一一]時の鐘にて、幕明く

ト焚火へ[一二]刺股《さすまた》をたて、土瓶《どびん》をつるし、お弓は、病気の体。お槇[一三]介抱《かいはう》して

お槇　モシ、お弓様、今日の御様子はいかゞでござりまするぞいな

お弓　イヤ〳〵、案じてたもんな《心配してくれるな》。今日は別《べつ》してこゝろよいはうぢやわい《とりわけ気分がいい方です》の。たゞ心にかゝるのは、行方《ゆくへ》の知れぬ民谷伊右衛門。何の遺恨に《どんな恨みからか》親人様《(喜兵衛)》、娘《(お梅)》までも殺害《せつがい》なし、恩を仇なる人非人《にんぴにん》。わしや腹が立つわいの〳〵

お槇　御尤《もつと》もでござりまする。よしない者を《つまらない者を》[一四]聟《むこ》がねとなされたゆゑに、伊藤のお家は師直様より[一五]御改易《ごかいえき》。非人となつてこのやうに伊右衛門殿

出すために釣り下げた松の枝。
九 棕櫚《しゅろ》の葉で、張り物の土手の台を覆う。これを「棕櫚伏せ」という。
一〇 現行では「三弦入り禅の勤め」。上方《かみがた》では、「隠亡堀合方《あいかた》」で、一つ鉦を打ち込んでゆっくりと三下がりの合方を弾く。
一一 夕暮の雰囲気を出すためのもの。
一二 先が股になった木の枝や流木を、焚火の上にかざすように立てる。
一三 お弓の背中をさすっている。
一四 かねてから聟にしようと思っている者。
一五 武士の身分を奪われ、家禄・屋敷を没収されること。
一六 お梅が掛けていた赤地錦の守袋。
一七 伊原本では「コレ、この守は娘が横死のみぎりまで、肌につけたるお守」。死ぬまで身につけていたのに守りの効力がなかったとする伊原本の方が凄まじい。
一八 木魚の入った三弦入りの禅の勤めに、水の音をあしらう。
一九 〈扮装〉一一三頁注九参照。但し現行ではこの場での孫兵衛の登場はない。
二〇 追善供養のために墓に立てる五輪の塔になぞらえた細長い板。板塔婆。
二一 小平の死骸を捜す心で。

小平の卒塔婆

の行方の詮議《せんぎ》。数なりませねど私が（人の数にも入らぬような乳母の私が）、つき添ひまして御奉公、必ず（決して）
きな〳〵思し召さぬがよろしうござりまする（くよくよ思い悩まれぬのが）

お弓　いやもう以前を忘れぬ（昔の恩を忘れぬ）そなたの志、召仕ひとは思はぬわいの（もう召仕いなどとは思えないよ）。〇

ト懐より守袋[一六]を出し

[一七]この守りは娘お梅が肌身《はだみ》はなさぬ守袋。死なうはしにか（死ぬ前兆だろうか）忘れてゆきやつて思はぬ横死《わうし》。思ひ廻せば思ひ廻すほど（思えば思うほど）、あの民谷めにこのやうに

お槙　ア丶もし、また愚痴《ぐち》をおつしやりまするか。おまへ様はいつものやうにお回向《ゑかう》なされておあげなされませ（弔ってあげなさいませ）。私がお夜食の御飯拵《めしごしら》へ致しませうか

ト[一八]木魚《もくぎよ》入りの合方《あひかた》になり、お槙、小さな小桶《こをけ》にて、川の水を汲《く》み、米を洗ふ。お弓、守りを刺股の竹へつるし、回向する事（霊をなぐさめる）。この鳴物《なりもの》にて、向ふより（花道から）、[一九]孫兵衛、件《くだん》の親父にて〔の形〕、[二〇]卒塔婆《そとば》を持ち、川の方へ[二一]心をつけて出て来り。両人を見て

孫兵　ア丶物貰《乞食にしては》ひにしては、さて《まあ》人柄のよい女非人。コレ、こなた衆《そなた達は》はこの堀端に暮す様子ぢやが、ひよつとこゝへ杉戸へ女と男の死骸《しがい》[一]打ちつけた、浮き死骸が流れては来ませぬか

ト両人、聞いて

お弓　[二]イエ〳〵さやうな《そのような》死骸はなう、こゝ[三]へはたしか〔流れて来なかったねえ〕

お槙　イエ〳〵見あたりませぬが、そのまた死骸をなんでおまへは〔尋ねておいでですか〕

孫兵　コレ、聞いて下され、わしが悴《せがれ》がある武家方へ奉公に行きましたが、先から《奉公先から出奔して》かけ落ち、今に行方《ゆくへ》が知れませぬが、今日聞けば、女と男を杉戸へ打ちつけ、そのまゝに流れあるくときつい評判《流れ下っているとたいへんな評判》。[四]それゆゑ心《心が》も心ならず《落着かず》、内へ帰つてこのやうな噂《うはさ》すると、嫁も孫めも案じをらう《心配しようと》と、あいつらには隠して、コレ[五]霊岸《れいがん》様で御回向願うてこの塔婆。息災《そくさい》でゐれば仕合せ《元気でいれば幸せだが》。もし死にをつたらと《死んでいてはと》[六]戒名《かいみやう》もつけて貰うてきました

トこれを聞き、お弓、思ひ入れあつて

お弓　ア丶、いづれを聞いても《どこの話を聞いても》かなしい咄《はなし》

一　初日中幕で姿見川に流された戸板の死骸のこと。二一八頁四行目のお弓の台詞から推測すれば、この死骸は少くとも五十日近くは漂流していたことになる。

＊　江戸川上流の姿見川から流した戸板が、こんな所に流れてくることはありえない。これは、男女が戸板に釘付けにされて流された事件と、深川の鰻搔きが体を固く結び合った心中者の死体を発見して大騒ぎになった当時のもう一つの事件とを一緒に当て込んだための矛盾。隠亡堀という名にひかれた設定でもある。また後日序幕の舞台である深川寺町への転換を示す。

二　伊原本にはこの台詞がなく、次のお槙の台詞をお弓が言うことになっている。

三　ここでお槙の方に向って同意を求めるように言う。

四　伊原本では「もしや悴がそのやうな目にあひはせぬかと心ならず」。

五　深川の十万坪と寺町の中間にある霊巌寺。寛永元年（一六二四）に雄誉霊巌和尚の開基により、霊岸島を築いて創建され、明暦の大火後現在地へ移った。京都の知恩院の末寺で、浄土宗十八檀林の一つ。

死の淵への誘引

お槇　せめて御回向なされます守袋、かへつてあなたのもの思ひのたねともなりませう。こりやかう致しませう。◯

ト件の守りをとつて

お弓　明日辺り、私も霊岸様へ持参致して、こりや〔霊巌寺へ〕納めて参りませう

言へばそのやうなものかいの。持つてゐるほど娘が事を忘れかね、こりや我が身《これはいっそお前が》、納めて来て下され

お槇　畏りました。晩ほどに《晩になったら》もちよつと奉納して参りませう

ト何心なう《何気なく》守りを[七]よきところへ置き、[八]風の音して、[九]葦間《あしま》ザワ／＼として、[一〇]鼠一疋《ぴき》出て、件の守りを〔水際へ〕くはへ行くを両人見つけ

お弓　それ／＼守りをその鼠が

お槇　これはしたり《何ということだ》、どこから鼠が。◯

ト取り返さんと追ひ廻す内、鼠は守りをくはへしまゝ川へ飛び込む、お槇、うろたへ

六　以下、伊原本では「思ふから戒名もつけて貰うて、出た日を命日。アヽ、うとましの娑婆世界」。

＊　この場は、諸本によって台詞の異同が甚しい。これは、視覚的なものに主眼がおかれ、じっくり聞かせる台詞がないためである。「だんまり」等の動きを示すト書きに、さらに詳細な改訂稿を貼付するのが南北の台本の常で、その改訂前後のどれを書き写すかによって諸本間の異同が生じる。

七　具体的には、水辺近くの見物側。直後に鼠が引いてゆくために便利で、しかも見物の目にはっきりそれとわかる場所。

八　大太鼓を長撥で軽く続けて打って、怪しい風の音を聞かせる。現行は「ドロ／＼」。

九　「破葭」（二〇六頁二行目）の間から。

一〇　水布の下から後見が差金《さしがね》で動かして出す。お岩の化身である。

＊　現行の演出では、お弓が守りを回向するところ（二〇七頁一二行）に鼠が出て、二〇九頁一一行目のお弓の台詞となり、その間が省略される。

アレ〳〵鼠が《〔お守りを取ってゆく〕》

ト手を延ばし、取らん《〔守りを〕》として、干潟[一]《干潟ゆえ》にて、ずる〳〵として川[二]へこけ落ちる。お弓、うろたへ

お弓　アヽ、これあぶないわいの

トお槇が帯の端を捕へて引けども及ばず《力不足で》、居合すゆゑ《ちょうど居合せたので》、孫兵衛[三]も手伝ひ、お弓の帯を捕へ、でんつき[四]に引く。この時、お槇、帯の先切れて、お弓の手へ残り、ふたりとも干潟にどうと座す《どうっと尻餅を》事《つく》。お弓、これにて気をもみ《これに衝撃をうけて》、ウンと気絶する。孫兵衛、かけ寄り、介抱《かいはう》して

孫兵　コレ〳〵、物貰ひの女中[五]、気をつけさつしやい《気を確かにお持ちなさい》〳〵。〇

ト思ひ入れあつて

これはしたり《これは何ということだ》、アノマア鼠で《鼠が出て》一人の女中《（お槇）》は川[六]の藻屑《もくづ》。この女中《（お弓）》も気を失ふ。こりやけしからぬ事《奇怪な事だ》ぢや。〇

ト思[七]ひ入れあつて

一　干潟であるため、土がゆるんでいる。
二　水布と土手の間の、舞台下にある「奈落」へ落ちる。この時ドンと太鼓を打って飛込む音を出し、のち「水の音」（大太鼓を軽く続けて打つ下座の鳴物）となる。
三　「コレ、危い」などの捨て台詞が入る。
四　「でんつき」は、手を次々につないで、の意。伊原本「てんつぎ」。東大本「でんつぎ」。
五　女性に対する丁寧な呼称。
六　水死することをさす。
七　伊原本では「うろたへ廻り」。
八　思い直すときの常套語《じょうとうご》。
九　伊原本では「捨てるも気の毒」。
一〇　孫兵衛は好人物であるため、見捨てて行かれず悩むのである。
一一　赤色の桐油紙で作られた袖のある合羽。
武家の下僕や中間などが着用する。ここではお槇たちが以前使っていたものか。
一二　かわいそうだが仕方がないという思い入れ。
一三　今日では用いられない。孫兵衛が、捨て台詞で「南無阿弥陀仏〳〵」と言うのにかぶせて「禅の勤めの合方」に「水の音」が入り、退場となる。
一四　後ろ髪を引かれるのを振り切る様子を示す。

[八]イヤ〳〵、通りがゝりの女非人、かゝり合ひになつては迷惑。

というて（とはいえ）捨て[九]ゝも。○

[一〇]トいろ〳〵思ひ入れあつて

ア、いづくの女中か。ハテ気の毒

トありあふ（そばにあった）赤合羽《あかがつぱ》[一一]を着せて、塔婆を持つて思ひ入れ[一二]。佃節《つくだぶし》[一三]にな

り、早足[一四]に下座へはいる。やはり右の鳴物[一五]にて、向ふより（花道から）、直[一六]

助、鰻搔《うなぎか》[一七]きの拵《こしら》へにて、樽《たる》[一八]を持ち、箝《やす》[一九]を担《かつ》ぎ、出て来り。花道

にて

鰻搔きに変身

直助　イヤまた今年[二〇]のやうなべらばうに（ばかに）漁《れふ》のない事もない。どうかこゝら（なんとなくここら辺が）

が水の濁りがよささうな（〔鰻が棲むのに〕よさそうな水の濁り方だ）。どりや、搔[二一]いてみようか。○

ト舞台の川中[二二]へはいり、腰だけになつて搔く事。この内佃節[二三]、

捨て台詞よろしく、鰻搔きに前幕の鼈甲《べつかふ》[二四]の櫛《くし》、落ち毛少々から

みし体にて、これを搔き上げ、よく〳〵見て

なんだ、毛が引つかゝつたな、うすぎたない。○

一五「佃の合方」に「水の音」。生きのいい感じを出す。

一六〈扮装〉柿色の肩入れの入った紺の盲縞《めくらじま》の長半纏。紺の股引、腹掛、白の腹巻。鬘は袋付髷に結った頭布下、山道の手拭を権太かぶり。藁草履をはき、三里当に藁を巻き、縞柄の火打袋、口入莨入《たばこい》れに駄六煙管《きせる》をさす。

一七 隠亡堀で心中者の死体を発見した人物の職種を当て込んだもの。

一八 浮きに使うためのもの。

一九 鰻搔《か》きの棒。股状の鉄製の先端を長い柄につけた物。

二〇 直助は、この年の七月まで薬売りであった。ここではそのような設定とは別に、鰻搔きというイメージが先行し、「今年のやうな」の台詞となる。

二一 鰻は箝で搔き捕るのでこういう。

二二 水布の中に入ると「セリ」（俳優などを奈落からせり上げ、せり下げする装置）が下げてあり、腰まで水に浸ったように見える。

二三 ここも「佃の合方」であろう。

二四 前幕のお岩の櫛。直助が二度ほど水の中を搔き、三度目に髪の毛が絡んでくる。それを眼前に差し上げて、毛をとると、櫛が現れる。

ト捨《すて》てんとして《捨てようとして》、櫛を取つて

こいつは髄甲だ。まんざらでもねへわへ《まんざら安物でもないわい》。どれ、洗つてみよう

ト土堤[一]へ上がり、藁《わら》を抜いてみがいてゐる。かすめたる[二]禅の勤め、向ふより[三]《花道から》、お熊、木綿《もめん》[四]やつし、ばゞアの拵へ、塔婆[五]を持ち、跡より、伊右衛門、浪人形《らうにんなり》[六]、大小[七]にて、深編笠[八]、魚籃《びく》[九]をさげ、[一〇]釣り道具を持ち、出て来り。舞台近く来て[一一]

伊右　モシお袋様《母上も》。おまへも御息災なる御様子《お元気なご様子でなによりです》。伊右衛門も安堵《あんど》致しました《安心しました》

お熊の前身

お熊　わしもそなたの噂《うはさ》[一二]を案じ《心配していたが》、こゝで逢うてこのやうな嬉しい事はないわいの。知りやるとほり《お前の知るとおり》連合ひ源四郎[一三]殿に別れてより、師直様へ御《お》[一四]末《すゑ》の奉公。その時のあの顔世様の恋の取り持ち。しぶとい奥方《(顔世)》強情ゆゑに塩冶[一五]の騒動。その節《そのとき》師直様のおつしやつたは、もしやのちのち難儀な事のある時は《困ったことがあった時には》、願うて来いとこれ〳〵《〔このような書付けを〕》。〇

ト懐より風呂敷に包みし書物《かきもの》[一六]を出し

一 今日では土手がかなり高くなっているため、その上には上らず、土手下で煙草を出して飲みながら土手の草で櫛を磨く。
二 現行演出では「木魚入り、佃合方」に「水の音」をかぶせる。
三 現行では下手の土手の上の袖から出る。
四 木綿の着物を着た、世話物の人物。「絹やつし」の対。〈扮装〉世話湯具に松坂中縞の着付、黒と茶の紬の中幅の昼夜帯。胡麻のおばこの鬘、藁草履。
五 孫兵衛・お熊の夫婦が、それぞれの子、小平・伊右衛門のために真新しい塔婆を持って行き違う。その対照が面白い。
六 〈扮装〉黒羽二重の着付、白献上の帯、袋付むしりのひかえた、のびた御家人鬘、黒雪駄をはく。
七 黒柄の蠟色《ろいろ》の大小の刀。
八 顔まで隠れる深い編笠。
九 小振りの網付きの魚籃《ぎょらん》。
一〇 釣竿や餌箱。
一一 舞台近くの花道の七三。今日では土手上の中央で先を行くお熊に声をかけ、立ちどまって対話する。
一二 ここは、人を殺して逃げたとの悪い噂。
一三 お熊の夫、伊右衛門の養父、進藤源四郎。
一四 大名の奥向きの炊事女としての奉公。

これはあの御前様《(高野師直)》の御判のすわった御墨付《すみつき》も同前《同様》。聞けば我が身《お前は》は浪人したと聞いたゆゑ、願うて《〔師直様へ〕》出てそちが難儀を救はう《お前の生活苦を》とは思うても、今の亭主《(孫兵衛)》は塩冶の屋敷の又者《またもの》[一七]ゆゑ、どうかかうかと思ふうち《〔それを知られては〕などと思い迷ううち》、伊右衛門といふ浪人が、女房切つたその上に、隣り屋敷《(伊藤家)》の者どもまでも殺してのいたといふ噂《行方をくらましたとの噂》。それゆゑに《そこで》このやうに《こんな手口を考えた》。◯

ト塔婆を出し

戒名では目立つまいと、塔婆へ書いたは俗名民谷伊右衛門と、そなたは死んだと噂させるわしが献立《こんだて》[一八]。何と知恵であらうがの《〔私は〕何という知恵者であろうよ》

伊右　これは〳〵あなた様のこゝろざし、まづは大慶《たいけい》。しかし、喜兵衛と[一九]娘のお梅殺した事は、拙者が朋輩《同輩の》、官蔵《(関口官蔵)》とかれが小者《(伴助)》にぬりつけおけば《罪をかぶせておいたので》、よもやこの後この身に難儀もござるまい《後難もふりかかりますまい》が、いはゞおまへの気休めに《もしも母上の気安めになるというのなら》、その卒塔婆、こゝらへ立てゝおかつしやりませ

お熊　[二〇]さうしませう。幸ひ《いい具合に》この土堤のこゝらへ立つて《立てて》。◯

[二一]トよきところへ立ておき

一五「忠臣蔵」において、高師直が塩冶判官の妻顔世御前に言い寄り、不成功に終ったことがもとで塩冶家お取潰しに至った騒動をさす。そこで果したお熊の役割（一一行目）が、悪人側の人間としての彼女の前身を語る。

一六 伊原本は直後に「伊右衛門に渡して」が入る。

一七「又者」は家来のまた家来のこと。孫兵衛は塩冶判官の家来である小塩田又之丞に仕えていた。

＊ 一軒の家うちに敵同士が住みついているという趣向は、南北独自のものと言えよう。伊右衛門とお岩、孫兵衛とお熊、直助とお袖と、「四谷怪談」の世界は、この三家の絡みあいによって、地獄絵を展開するのである。

一八 ここでは計画の意。墓を立てて死んだと見せる趣向は、『霊験亀山鉾《れいげんかめやまほこ》』に先例がある。

一九 この部分、伊原本では「お梅殺したるも死霊のわざ。それゆゑ工夫をめぐらして、親子の者を害せしは朋輩官蔵と…」。

二〇 伊原本は「合点ぢや〳〵。人目に立つやう」。

二一 中央よりやや上手の藪畳の中に置く。のちに伊右衛門が取りやすいような位置。

伊右　コレ／＼、わしが住家を尋ぬるなら、深川の寺町[一]で、仏孫兵衛といふ苦しがり《貧乏人》、必ず我が身は《きっとお前》〔訪ねてきておくれ〕

伊右　そんなら[二]お袋様。その内尋ねませう。◯

ト木魚[三]の合方にて、お熊《くま》はとつかはと《いそいで》下座[四]へはいる。この咄の内、直助、まじ／＼《耳を澄まして》聞いてゐて、伊右衛門、川を見て[五]

ドリヤ、こゝらへ〔竿を〕おろして。◯

ト釣竿《つりざを》二三本[六]おろし、煙管《きせる》[七]を出し、思ひ入れあり[八]、直助を見て[九]

火を借りませうか

直助　おつけなされませ。◯

ト両人吸ひ付ける事[一〇]。直助、笠《かさ》の内をよく／＼伺ひ

もし、伊右衛門様、お久しうござります

トこれにて、伊右衛門、思ひ入れあつて

伊右　ヤ、さう言ふ手まへは直助か

直助　アイ、その直助[一一]も今では権兵衛。伊右衛門様、いはゞおまへはわし《わしに》

一　現在の江東区深川二丁目あたり。寺が立ち並んでいたので、俗に「寺町」という。

二　以下、伊原本では「伊右　心得ました。この間に尋ねませう。わしは当分、本所、蛇山、庵坊主を頼み、しばらく食客」等の台詞が入る。

三　木魚入りの合方。

四　上手の階段で前舞台に降りてから、奥の下座の口へ入る。

五　伊原本では「川を見廻し、入相鳴る　伊右　ア、、もう入相か。どりや」。

六　餌をつけて土手の上に並べておく。日暮れ時のこの江戸場末の情景はいい。現行では釣竿は一本のみ。

七　袖持ち莨入れ《たばこいれ》を懐中から出す。

八　火がないという思い入れ。

九　現行演出では、土手下の陰で煙草をのんでいる直助に気がついて、ふと直助を見る。

一〇　現行では、直助が土手の中段に足をかけ、煙管を出すのを、伊右衛門が土手の上から煙管を合わせて火をつける、というように絵面《えめん》にきまる。

悪人同士の再会

一一　薬売りの直助から鰻掻きの権兵衛へと改名したのである。

一二　洒落として言ったのか無駄口を叩いたの

が為《とっては》には姉の敵《かたき》といふところさ

ト伊右衛門、恟《びっく》りして

伊右　一二洒落《しゃれ》か無駄かは知らない一三が、〔なぜ〕手まへの姉の《俺がお前の姉の》〔敵にあたるのだ〕

直助　はて忘れなされたか。わしが女房の姉といふのは四谷の娘のあのお岩。わしが女房は妹のお袖。そんなら《とすれば》一四まんざらおまへとわしは敵同士。一五逢うた幸ひ《巡り逢って幸運》女房が姉の敵の民谷、サア、立ち上がつて勝負さつしやい伊右衛門殿。◯　ト言ふところだが言はねへの《そこは言わない》。そのかはりにはわしがまた、〔お前に〕出世の咄がある時は、今のおまへの貰つた一六書物、借りに行きやす。その時必ず知らねへ顔をなさいますなよ《決して知らん顔をなさいますな》

伊右　どうして〳〵、さうしてくれゝばこつちも出世の〔あかつきには〕

直助　一七種をまくなら権兵衛が、ほじくり出してもからんで行きやす

伊右　そりや承知サ。まことにそれで落ち着いたハ

ト この時、一八釣の糸を引く。伊右衛門、上げる。小鮒《こぶな》かゝり上がる。直助、見て

か知らぬがと、しらばっくれたもの。

一三 ここは「ねえ」と発音する。伊原本「ねへ」。

一四「まんざら…でない」と遠回しに言うようにみせて、ずばりと本質をついた言い方。

一五 芝居がかりの台詞で言うところ。伊原本では「ここで逢うたがうどんげの、女房が姉のお岩の敵、民谷伊右衛門、イザ、立上つて勝負なせ」。伊原本は、様式的な時代物の常套句になっている。

＊悪人が悪人を強請《ゆす》るところ。直助には、残酷一本槍の伊右衛門よりもさらに逞しい悪がある。大袈裟な、芝居もどきの台詞を言ったあとで「ト言ふところだが」と、世話物風にくだけるあたりは見どころ、聞かせどころである。

一六 お熊から渡された高野師直の書付。その書付で伊右衛門が出世した時は、こちらもその分け前を貰おうとの心積りである。

一七 伊右衛門の言葉尻をとって「出世の種」と続けたもの。〽権兵衛が種蒔きゃ烏がほじくる」という俗謡を引き出して、自分をその烏に見立てた。

一八 水布を張ったその割れ目から、「水後見《みずこうけん》」(水色の衣服で身を包んだ後見)が、釣糸の先を引く。

直助　ア、、[一]できたな。○
　トまた引く。ぴく／＼と引く
そりやかゝつたハ。○
　ト大きな声で言ふ。伊右衛門、〔釣竿を〕上げる。今度は大きなる鯰《なまづ》[二]上がる。伊右衛門、取らうとしても、撥ね廻る
ア、、それ／＼、逃げるハ／＼
　トそばにてあせり、ぬらつくゆゑ、直助、〔後ろに〕立てゝある卒塔婆を[三]取つて鯰《なまづ》を押へんとして《押えようとして》、魚は押へしが《鯰の方は押えたものの》、塔婆は干潟《ひがた》[四]へ落ちて、お弓の辺りへ落ちる。尤《もつと》も、お弓、[五]よき時分心づき《気がついて》、胸を押へてゐたりしが、この時、この卒塔婆を取つて、よく／＼見て
お弓　ヤ[六]ヽヽヽヽ。卒塔婆にしるせし戒名の、下には俗名民谷伊右衛門。
それならもしやとゝさんと、娘を殺せしあの者は。〔死んだのか〕○
　ト驚く。この声を聞き、伊右衛門、顔を[七]そむけ、直助《直助の》が袖を引

一 うまくいったな、の意。一種の感動詞。

二 鯰は小道具。水後見が針につけ、伊右衛門の動作につれて撥《は》ね回るように見せる。

三 先にお熊が立てた伊右衛門の卒塔婆。小道具によって芝居を展開してゆく技巧は、南北の得意とするところ。先行作『法懸松成田《けさかけまつなりたの》利剣《りけん》』では、流れてきた卒塔婆を与右衛門が二つに折ると、かさねの足がびっこになるという趣向が用いられている。

四 卒塔婆を川へ投げるつもりで土手下の干潟へ落してしまう。現行演出では、この卒塔婆がお弓に当り、彼女の意識が戻るという段取りになっている。

五 よい折を見はからって。役者に任せてある部分。お弓は卒塔婆の落ちてくる前に意識を回復していることになっている。

卒塔婆のゆくえ

六 驚きの声。大袈裟で様式的な歌舞伎の表現。

七 伊原本では「お弓を見つけ、さてはと笠にて顔をそむけ」。

き、土間[八]へ、煙管《きせる》にて書いてみせる[九]。直助、のみ込み《承知して》。お弓、
思[一〇]ひ入れあつて

直助　モシ〳〵あなた様、御聞き申したい事がござります

お弓　アヽ何だへ

直助　外《ほか》でもござりませぬが、こゝに立てゝござりました卒塔婆にしるせ《記してある》し民谷伊右衛門、こりや病死など致せしゆゑに《病死でもしたために》、こゝへかやうに《ここへこうして（立ててあるのですか）》

　ト聞きかける。直助、何心なう[一一]

お弓　なに、民谷伊右衛門[一二]。◯[一三]　いえ〳〵、その人は死にはしねへ。これこゝに。◯

　ト言は[一四]うとする。伊右衛門、袖を引いて、死んだと言へといふ思ひ入れ[一五]

直助　ア[一六]ヽなんだ、たしか死んだ〳〵。ほんに死んだ。コレ、死んだによつて身寄りの者が塔婆を立てた。生きたもの、なに立てるものか《生きている者の卒塔婆をどうして立てるものか》。死んだ〳〵

八　ここでは土手の上の地面のこと。
九　俺は死んだということにしておけという意味のことを書いたのであろう。
一〇　人影に気づく。
一一　お弓の質問についつりこまれて、何気なく言う。
一二　伊原本では「めつぽふかいな。伊右衛門さんは死にはせぬ。これこゝに」。
一三　ここで、伊右衛門の頼みを忘れたかのように、何気ないそぶりで彼の困惑した顔色を窺《うかが》ったとすれば、直助は一枚上手の極悪人となってしまうが、ここでは本当にうっかりして忘れてしまったとすべきである。こんな他愛ない一面をもつ愛敬のある悪人像が、直助役の松本幸四郎が創り出した生世話の人物像なのである。
一四　伊原本「うか〳〵言はうとする」。
一五　伊原本、この後に「直助心づき」とある。
一六　ここの台詞は、わざと大袈裟に、一調子高く言う。

ト[一]無性《むしやう》に言ふ。お弓、[二]こなしあつて

お弓　そりやマアいつごろの事でござりました

直助　[三]そりやアなによ、たしか今日が、[四]オヽそれ〳〵[五]四十九日ださうよ

お弓　エ、すりやあひ果てまして《死んでから》四十九日に《［なりますか］》。〇[六]エ、、、

ト無念泣きに泣きいる《口惜し泣きに泣きくずれる》。直助、見て

直助　コレ〳〵、そのやうに泣くのは手まへは《お前は［伊右衛門の］》兄弟か。エ、さうか〳〵

お弓　イエ〳〵、私が親と娘《（喜兵衛・お梅）》を、[七]民谷伊右衛門と申すものに討たれ、そのありかをと《居所を捜して》このやうに、女の身にて敵討《かたきうち》。それに尋ぬるその敵、病死と聞いては願ひの綱も切れはてゝ

ト[八]思ひ入れ。この内、伊右衛門、直助へ何やら書いて見せる事。

直助、のみ込み《承知して》

直助　コレ〳〵女中、よしまた《たとえ》伊右衛門が生きてゐても、[九]なに、そりや敵ぢやない〳〵

お弓　エ、、シテ民谷をのけて《それでは民谷伊右衛門のほかに》誰が敵でござりまする

一　むやみやたらに。江戸語。
二　驚き、せいて言うこなし。
三　慌《あわ》てて答えに迷うさまを示す。
四　ごまかす際に思いついて言う常套語《じょうとうご》。
五　人の死後四十九日目に当る日。中陰の満ちる日とされ、仏事を行う。
六　驚きの発語。ここでは哀しみや無念さを伴う。
七　伊原本では、以下「民谷伊右衛門と申すものが殺害《せつがい》致して行方知れず。その敵たる伊右衛門殿、女ながらもおのれやれ、一ト太刀なりとも恨みんと、かやうな姿になりまして、尋ねまするその敵。病気と聞いては誰を敵と打ちませう。願ひの綱も切れはてゝ」。
八　伊原本「無念の思ひ入れ」。
九　否定の発語。
10　伊右衛門は、お弓の様子を窺いながらそろそろと立って土手を下り、お弓を後ろから、川の水布と土手の間に蹴落す。その際大太鼓でドンと一つ大きく「水音」を打ち、川を流れ下る音（大太鼓を長撥で軽く続けて打つ）となる。伊右衛門はそれに合わせて編笠を脱ぎ、笠の紐を右肩にかけてお弓の落ちた所を見込む見得。この時コーンと本釣鐘が入る。この幕で伊右衛門が見物に顔を露《あら》わにするのはここが初めてである。

直助　まこと《本当に》殺したその合人《あひて》は、秋山長兵衛、関口官蔵、家来が一人《（中間伴助）》《ひとり》、こいつらがきつと《確かに》殺した合人

お弓　そんならあの時仲人《なかうど》せし、あの三人が親や娘を、〔殺したのか〕なんの遺恨で《何の恨みで》、〔あんなことを〕エ、腹の立つ

ト きつと《決然と》となる。一〇伊右衛門、〔お弓を〕ずんと立つて、脛《すね》にて川へ蹴落す。水音して、深みへはまりし体《てい》。両人、顔見合せ

直助　一一なるほど一二おまへは

伊右　おぬし《お前さんの》が一三仕草を

直助　一四奇妙

ト一五唄《うた》になり、時の鐘になり、直助、思ひ入れあつて、下座へは《下座の口へ》いる。伊右衛門、残つて

伊右　いらざるところに《よけいなところに〔お弓が〕いたばっかりに》うせたばかり、おれにも一六殺生《せつしやう》。〔をさせやがった〕◯

ト言ふ時、釣糸を引く、手早く上げて

なむさん《しまった》、餌《ゑ》を取られた

一一 この部分の二人のやりとりは古来有名なところ。団十郎の親代りである幸四郎が、なるほどお前は強悪だなあと言おうとしたのに対し、幸四郎の芸の継承者でもある団十郎が、お前さんを見習ったまでだと切り返した楽屋落ち。伊原本では、その関係がいささか説明的で、「直助　伊右衛門様。なるほどおまへは　伊右　ヤ　直助　強悪《がうあく》だなア　伊右　強悪にやア、誰がしたへ」となっている。現行台本は「直助　伊右衛門さん、おまえもよっぽど強悪だねえ　伊右　みんなてめえのお仕込みだ　直助　そう言われちゃあ面目ねえが、もとより曲った鰻掻き、どうでしめえは身を裂かれ　伊右　首が飛んでも動いて見せるわ　直助　奇妙。ドレ河岸を替えようか」。「首が飛んでも動いて見せるわ」という小気味好い台詞は、後の上方根本《ねほん》に現れたもの。

一二 ここは、「おめえ」と発音する。

一三 ちょっとした動作をさす舞台用語。

一四 直助が藤八五文の薬売りをしていたころの口癖が出たもの。

一五 現行では、「佃のカッタ合方、水の音」で直助が土手の上の上手へ入る。

一六 現行台本は「益ねえ殺生」。

ト差《一》し替へる。禅《二》の勤めになり、向ふより《花道から》《三》、長兵衛、件《くだん》《四》の侍に
て、走《五》り出て来り。窺《うかが》ひ見て《六》

長兵衛の強請《ゆすり》

長兵　ヤ《七》、民谷。こなたを《〔探していたのだ〕》
伊右　コレ
　　ト思《八》ひ入れ。長兵衛、小声になり
長兵　これ〱、こなたが《貴殿が》お岩と小平を殺し、まだその上に喜兵衛親子も、
残らずこなたのした事が、おいら主従三人へ、思ひがけなき疑ひ
かゝり、科《とが》のない身が人殺し《罪のない者が人殺しにされ》。めん〱《各々の者が》身《九》晴れと思ふから、すぐに
こゝから名《一〇》乗つて出て、あの人殺しは伊右衛門と《伊右衛門がその犯人ですと》、貴様の旧悪いち〱に言ひ上げて《ひとつひとつ言いたてて》おいらが身抜《一一》け《〔をするぞ〕》。必ず跡で恨むまいぞ。きつと断つたよ〱《確かに言い渡したぞ》
伊右　コレ〱、そりやお手まへ、これまでねんごろにした《親しくつき合った》甲斐《かひ》がないと
いふもの。いはゞたとへに言ふ如く《言ってみれば世間のたとえどおりに》、人《一二》の噂も七十五日、その内に
はまたどのよな風《一三》が《〔吹かぬとも限らぬ〕》

一　餌を替える。現行の演出では、竿を引き上げて片づけにかかる。
二　現行では、「木魚入りの合方」に「水の音」。
三　現行の演出では、土手上の下手の袖から出る。
四　〈扮装〉前幕通りの浪人者の扮装であるが、御家人髷《まげ》のむしりの乱れた鬘の上から、浅葱《あさぎ》の手拭で頬かむりして顔を隠している。
五　きょろきょろしながら小走りに出てくる。
六　ここで伊右衛門を見つける。
七　思わず大声で。
八　声が高い、と制する。
九　「身晴れ」は、世間に対して身の疑いを晴らすこと。
一〇　お上へ名乗り出て。幕府の司法機関へ訴え出ることをさす。
一一　嫌疑のかかった身を脱すること。
一二　諺《ことわざ》。世間の評判になっても、七十五日ほどたてば忘れられてしまう、の意。
一三　そのうちどんなよい風の吹き回しになるかもしれぬではないか、の意。

長兵　一四サア、それを貴様が言はるゝが、苦しいと思ふなら《いやな思いがするのなら》、おいらが当分
遠国《をんごく》へ、影《かげ》を隠すが《姿を隠すが》その替り、旅金《りよきん》を貸しやれ《旅費を貸せよ》

伊右　なるほど、それも尤《もつと》もだが、身どもかゝる苦しがり《自分はこのような貧乏人》

長兵　そんならいち〳〵《罪状を一つ一つ》訴へて

伊右　アヽこれ

長兵　貸してくれるか

伊右　サ、どうして金が〔工面できようか〕

長兵　一五貸さずばすぐに〔訴える〕

伊右　サア

両人　サア〳〵

長兵　どうして下さる

　トこれにて伊右衛門、一六思ひ入れあり、お熊が渡せし書物《かきもの》を出し

伊右　コレこの書物は高野の殿（高野師直）の御判のすわつた墨付《すみつき》同前《同様》。おれが母から
かうした廻りで《こうしたいきさつで》、コレ

一四 長兵衛が伊右衛門から金をゆするこの辺りのやりとりは、捨て台詞に近いため、伊原本ではもっと詳細になっている。以下本文一一行目相当部分までの形を記す。「長兵　コレ〳〵、そのあらましを申し出、それをこなたの言はるゝが、定ていやであらうと存じ、当分われらが遠国へ、かげを隠すつもり。それでよからう〳〵　伊右　サヽ、さう致せば手前も安堵　長兵　しからばこなたの安堵の代り、コレ、路金を貸しやれ　伊右　何、路金を。この、日頃から苦しがりの身共。どうして金が　長兵　工面はできまい。できずばこのまゝ訴へに　伊右　アヽ、コレ、それをこなたが　長兵　言はぬ代りに路金を少々　伊右　サ、どうして金が　長兵　貸さずばすぐに　ト行きにかゝる　伊右　アヽ、コレ、それ言はれては　長兵　路金はどうだ　伊右　サア　両人　サア〳〵　長兵　路金の工面は出来ぬのか」。

一五 以下次行までは「繰り上げ」という演出技法。問答・口論などで、せり合い詰めよるときの常套の型。

一六 困ったという思い入れ。

　　　ト引き寄せ囁《ささや》く。長兵衛、のみ込み

長兵　なるほど、さうした品なら（そのような品であるならば）路金の代り、当分わしが

伊右　預る属託《ぞくたく》[一]、金と引き替へ

長兵　承知した、民谷氏《うぢ》

伊右　秋山殿

長兵　気をつけさつしやい（身辺に気をつけなさい）

　　　ト合方[二]。時の鐘になり、書物を持つて、長兵衛、向ふへ（花道へ）走りはいる。伊右衛門、跡見送り

伊右　よしなきやつが（くだらぬ奴が）うせをつて（来おったばっかりに大事なお墨付を）、大事の墨付、口ふさげ（口止めのために取られたわ）。ハテ、悪いところで逢うたわへ。〇

　　　ト思ひ入れあり

　　　アヽ、もう暮れるに間もない（間もなく日が暮れるだろう）。どりや（どれ）、竿《さを》を上げようか

　　　トすごき合方[三]。時の鐘。おろせし竿を〔水から〕引き上げる[四]。これに菰《こも》[五]の〔竿で〕かゝりし杉戸[六]の死骸流れ出る。伊右衛門、思はず引き寄せて、

一　墨付。契約書。ここは「書物《かきもの》」に同じ。

二　現行の鳴物は「木魚入り合方、水の音」。

三　コーンと本釣鐘が入り、「ツンルン」と呼ばれる凄みの効いた三味線の「凄き合方」に「ドロ〳〵」をかぶせ、さらに「水の音」をかぶせる。伊原本ではこのあと「この時、雨窓を下ろし、暗くなる」とあるが、これは両桟敷の上の窓の雨戸を下ろして舞台を暗くしたことを示す。現在では、照明を暗くすることによって同じ効果をあげる。

四　竿を片づけ、手に持って伊右衛門が花道の七三まで来ると「薄ドロ〳〵」になり、「俺を呼ぶのは誰だ〳〵」と捨て台詞で、もとの土手上の真中に戻る型もある。

五　剣菱《けんびし》（酒の銘柄の一つ）の酒菰《さかごも》。

六　上手の水面から戸板が流れてくるので、伊右衛門が「確か、覚えの」と言う。すると戸板は一度沈み、別の仕掛けのある戸板が浮き上がり、土手へ立つ。

七　顔面は、入れ歯をし、下唇に濡れ紙を貼り、血の気の失せたように見える化粧が施されている。胴体には胴人形を使う。

八　お岩の化身である鼠が水中へ引き入れたお梅の守袋。これを持つ腕も人形で、水布の下から糸で引くと、伊右衛門の眼前に上がってくる。

戸板返し

かけたる菰を取る。薄ドロ〳〵。こゝに、菊五郎、[七]お岩の死骸
にて、両眼見開き、きつと見つめて、この死骸、鼠のくはへし
[八]守袋を持つてゐる。伊右衛門、怖気《こはげ》だつて《ぞっとして》
[九]お岩〳〵、[一〇]許してくれろ。あやまつた

お岩　[一一]民谷の血筋、伊藤喜兵衛が根葉を枯らしてこの恨み《子孫の血統を絶やしてこの恨み〔をはらしてやるぞ〕》
ト守りを差し出し、見つめるゆゑ、手早く件《くだん》の筵をかけて

伊右　南無阿弥陀仏〳〵。さすがは女、まだ[一二]浮かまぬか。このまゝ川へつき出したら、[一三]鳶《とび》や烏《からす》の。◯
[一四]ト戸板を思はず裏返す。後ろには藻をだいぶ《たいそう》かむりし死骸あるゆゑ
ヤ、そんなら後ろは
ト思ひ入れ。死骸の顔にかゝりし藻[一五]は、薄ドロ〳〵にて、ばつたりと落ちる。小平の死骸、これも両眼見開き

小平　お主《しゅう》の難病。薬を下され

九 現行台本「わりゃ、岩、迷うたな」。ここから「寝鳥《ねとり》」（凄みをおびた笛）が入る。
一〇 現行台本では「許してくれろ」とは言わない。だが思わず伊右衛門が弱さを見せてしまう底本の方が南北の意図に添っていよう。
一一 伊右衛門夫婦・伊藤親子・秋山一家など計十八人が、お岩にとり殺されたとする巷説をふまえた台詞。
一二「浮かむ」とは成仏すること。直前に「さすがは女」とあるのは、女は執念が強いから成仏し難いという通念の反映。
一三 人間には持って生れた業《ごう》というものがあり、これを果さないと成仏できぬとされていた。鳶や烏につつかれるのも業を果して成仏するための苦業なのである。伊原本はこのあと「業《ごう》が尽きたら仏になれ」と続く。
一四 現行の演出では、伊右衛門が「裏はまさしく」と言って戸板を返す仕種をすると、後見が後ろから田楽返しに返す。
一五 水藻。伊右衛門が取り除く。
＊「戸板返し」と通称される場面。菊五郎が一人二役の早替りを見せるのがここの眼目の一つ。戸板には顔を出すための穴が開いており、菊五郎は鬘を替えて、藻の下から小平となった首を出す。男女の怪談を描く本作の中核となる趣向。

トじろりと見やる。伊右衛門、ぎよつとして

伊右　またも死霊の《〔仕業か〕》

ト[一]抜き打ちに《〔刀を〕抜きざま》死骸へ切りつける。ドロ〱[二]にて、この死骸、たちまち骨となつてばら〱と水中へ落ちる。伊右衛門、ホツと[三]溜息ついて、きつとなる《身構える》。この時、バツタリ[四]と音して、正面[五]の地蔵のかげより、直助、鰻掻《うなぎか》きを持つて窺ひ出る《〔辺りを〕窺いつつ》。下の《上手下の》樋《ひ》[六]の口より、三役[七]菊五郎、与茂七にて、非人《ひにん》[八]の形《なり》、桐油《とうゆ》[九]に包みし廻文《くわいぶん》状《じやう》を襟《えり》にかけ、糸だて[一〇]に巻きし一腰をかゝへ、窺ひ〱《〔忍びながら辺りを〕》高土堤に上り、三人、入れ替つて、伊右衛門、廻文を見つけ、手をかける。後ろより、直助、おなじく手をかけ、これを枷《かせ》[一一]に三人だんまりの立廻り。鳴物よろしく、直助、鰻掻きを差し出す。伊右衛門、暗がりゆゑ、抜き打ちにする。鰻掻き、切り折れる。柄に権兵衛と印のある方は、与茂七の手へはいる。廻文は直助の手へ納まる。三人、立廻りよろしく、足元に落ちてある魚籃《びく》

一　現行演出では刀を抜かない。

二　現行演出では、伊右衛門が藻を小平の顔にかけると、小平は首を引込め、胴体の中から髑髏《どくろ》がバネ仕掛けで飛び出す。「ドロ〱」で衣装を落し、糸で釣ってある骸骨がバラバラになり、「大ドロ〱」で水中に落ちて消える（「骨寄《こつよ》せ」の逆の趣向）。戸板はもとの奇麗なものに戻り、水中へ入る。この辺り、伊右衛門の幻想だったともとれる。

世話だんまり

三　ほっとした瞬間、人の物音がしたので、きっと気を取り直したもの。

四　「ツケ」の打ち方の一つ。

五　「大ドロ〱」を打ち上げると、寺鐘が激しく打鳴らされ、直助が出る。

六　直助と同時に、与茂七が下手の下座の口の樋の口を開けて出、三人同時の「見得」となる。ここで〽「君は春咲」の合方に「水の音」「竹笛」が入り、舞踊的動きの「だんまり」（無言のまま暗がりで小道具を争う立回りが様式化したもの）となる。世話だんまりは、場面を水辺とすることが多い。

七　真《ま》女形がお岩を演じている場合、お岩役者は、与茂七ではなくお袖に扮して出た。今日では、茶屋女「お花」などになって傘をさして出る。男三人だけの凄みのだんまりに比

に三人手をかけ引き上げる。薄ドロ〳〵になり、魚籃[一三]には目鼻
あらはれ、心火燃え立つ。このあかりにて、三人、顔見合せ、
びつくりして件《くだん》の魚籃を投げ捨てる。心火、消え、暗くなる。
柝《き》の頭《かしら》、三人三方にわかつて《別れ別れになって》、ホツと思ひ入れ。これをきざみ
にて、よろしく、拍子幕

文政八年乙酉□月写

して、妖艶なものになる。
八 初日序幕で奥田庄三郎と取り替えた非人姿。しかし再演以降は、三役早替りの菊五郎が樋の口から出てくることを知っている見物のために、派手な扮装になる。〈扮装〉役者の好みにより納め手拭をはぎ合せて作った浴衣か、首抜きの白地の縮緬浴衣の着付を尻端折り。八端の三尺帯、白縮緬の下がり。黒柄青貝鞘の一本差し。
九 桐油紙の略。
一〇 縦を麻糸で、横を藁《わら》や藺《い》で織った筵。
一一 歌舞伎用語。ここでは、回文状を中心に三人が動くことをいう。
一三 唐茄《とうなす》形の魚籃《びく》に仕掛けがあり、お岩の死霊の顔に変る。隠亡堀のある砂村がかぼちゃの名産地だったことをふまえた趣向。
＊ 現行演出では、鰻掻《うなぎか》きの先端と回文状が各々の手に渡ると、チョンと柝に付き黒幕が落ちて、背景は「野遠見」となる。伊右衛門は刀を肩にかけ、上手に与茂七が鰻掻きを持って下を見おろし、下手では直助が回文状を月光にかざして見る。女の出るときは、中央上手で傘を開き、「だんまり」の鳴物に「早双盤」を打ち、拍子木をきざんで幕を引く。

後日序幕

後日[一]二番目　序　幕

[二]深川三角屋敷《ふかがはさんかくやしき》の場
[三]小塩田《をしほだ》隠《かく》れ家《が》の場

役人替名《かへな》

直助権兵衛《なほすけごんべゑ》	松本幸四郎
[四]小塩田又之丞《をしほだまたのじよう》	三桝源之助
仏孫兵衛《ほとけまごべゑ》	沢村遮莫《しやばく》
孫兵衛女房お熊《くま》	市川宗三郎
按摩宅悦《あんまたくえつ》	大谷門蔵
古着屋庄七《しやうしち》	鎌倉平九郎
佐藤与茂七《よもしち》	尾上菊五郎
[五]小平《こへい》の死霊	二役　尾上菊五郎
お袖《そで》	岩井粂三郎《くめさぶらう》
小平女房お花	尾上菊次郎
[六]赤垣伝蔵《あかがきでんざう》	[七]若太夫　中村伝九郎
小平倅次郎吉《こへいせがれじろきち》	子[八]役

一 底本は、幕の指定を欠く。絵本番付によって補った。東大本では「第二番目四幕目」。

二 東大本によって補う。「三角屋敷」は現江東区深川一丁目にあった氷川明神付きの町屋敷の俗称。三角形をした地域であるためこう呼ばれた。近くに、主人の赤穂浪人小山田庄左衛門を殺した直助権兵衛に因んだ地、直助屋敷（旧深川万年町一丁目）がある。不吉な「三角」の名の連想が、この場の設定を生んだ。

三 東大本によって補った。伊原本では「寺町孫兵衛内の場」。深川寺町（一二六頁注三参照）辺の孫兵衛の家に、小塩田又之丞が匿まわれているとの設定。場面としての家が誰を主体にしているかの表示は重要で、ここでは小塩田又之丞に力点が置かれる。

四 赤穂浪士、潮田又之丞をモデルとした人物。「小山田庄左衛門」の音から連想した名でもある。

五 戸板に釘付けされた男女の死霊のうち、初日中幕にはお岩の怪談が、後日序幕では小平の怪談が語られるのである。

六 赤穂浪士の一人赤埴《あかはに》源蔵がモデル。

七 座元の後継者。

八 子供の役。番付によれば萩野藤十郎。

深川三角屋敷の場

米屋 長蔵　市川好蔵　若イ衆 大ぜい

本舞台三間《げん》の間《あひだ》、[一]二重《にぢゆう》の世話屋体《やたい》。正面、暖簾《のれん》口、[二]鼠壁《ねずみかべ》。[三]一ツ竈《べつつひ》。[四]引き窓。上《かみ》の方《かた》、[五]卒塔婆《そとば》交《まじ》りの生垣《いけがき》。この奥、苔《こけ》むしたる[六]五輪の頭《あたま》、塔婆などを見せ、[七]卵塔場《らんたふば》の体《てい》。下の方、下座《げざ》へ、黒の[八]棟木門《むなぎもん》を取り付け、門口より軒《のき》つらへ棹《さを》を渡し、前幕《まへまく》小仏小平の着る物乾《ほ》してあり。門口、[九]醬油樽《しやうゆだる》に樒《しきみ》の花を入れ、すべて《全体に》深川三角屋敷、[一〇]法乗院門前のかゝり《様子》。こゝに、庄七、[一一]古着屋にて、風呂敷包を持ち、長蔵、[一二]米屋の若イ衆、[一三]叺《かます》を持ち、煙草《たばこ》のんでゐる。門口には、子役の次郎吉、蜆《しじみ》の荷を担ぎ、[一四]若イ衆の仕出し、花《樒を》を買うてゐる。お袖《そで》、[一五]世話女房にて、[一六]山刀《やまがたな》を持ち、樒の《樒の根を切》根を廻してゐる《り下ろして整理している》。この見得《この情景で》、[一七]てんつゝ、[一八]弔《とも》ひの鳴物《なりもの》にて、幕明く

長蔵　モシ、米を持つて参りやした

洗濯物の伏線

一 二重の段に組んだ屋体。普通の世話屋体は平舞台が多い。
二 歌舞伎における貧家の壁は必ず鼠色。
三 火床一つだけの竈《かまど》。貧乏世帯を示す。
四 竈の上の屋根に作られた、採光用の窓。後の月の出のために付けられる。
五 上手の家の外、下座の口の前あたりに灌木の生垣があり、卒塔婆でつくろってある。
六 五輪の塔の石頭。
七 石塔などの立ち並んでいる場所。墓地。
八 下手の下座の口に取り付けた、棟木を上に渡した黒塗りの門。法乗院に通じる裏門。
九 墓に供する樒を入れて売るのに、手桶の代用品として醬油樽を使っているのである。
一〇 深川寺町の賢台山法乗院。法乗院と三角屋敷とは直接地続きではないが、三角屋敷には関東大震災まで法乗院の墓地があった。運慶作の閻魔像は俗に「深川の閻魔」と称される流行仏《はやりぼとけ》。宅悦内の「藪の内の閻魔」と対をなす。宅悦の家は地獄宿、こちらは畜生道の地獄である。
一一 深川門前仲町の質屋金子屋。古着屋を兼ねる。庄七はその手代。〈扮装〉銘仙中縞の着付に羽織、紺の前掛けに千草模様の長《なが》をはく。

お袖　どうぞいつものところへ《いつもの米櫃へ》あけて《入れておいて》下さんせ

長蔵　おつとのみ込みやした《承知しました》

庄七　わしが頼んだ洗濯物《せんたくもの》はまだ干《ひ》ぬかしらん《乾かないのかな》

ト干《ほ》し物《もの》をあちこち持ち歩く。長蔵は押入れをあけて、米櫃《こめびつ》へ米を入れる

お袖　庄七さん、おまへもせはしない《気ぜわしい》。冬の日でそのやうに早う干るものかいナ。もとのとほりにしておきなさんせ

庄七　なるほど、どうしてみてもこゝが一番日当りがよいやつさ

トよきところへかけておく

○[一九]　コレ〳〵お内儀《ないぎ》[二〇]、こゝへも《私にも》花[二一]を十六文《もん》売つて下さい

お袖　ハイ〳〵、たゞ今上げまする

長蔵　モシ、今入れた米の銭《ぜに》はどうなされやす。待つてをりやすよ

お袖　どうぞもそつと《もう少し》待つてゐて下さんせ。[二二]おまへには咄がござんす

庄七　わしも急に頼みたい事があつてまた来やした。なんにしろちよつと

一二〈扮装〉松坂縞の長半纏に黒の肩入れ。茶中筋帯、米屋前掛けをして千草模様の長。

一三 米を入れる筵の袋。

一四 大部屋の役者が通行人に扮したもの。「仕出し」は場面の雰囲気作りを助けるための端役。〈扮装〉いずれも縞物の着物。

一五〈扮装〉中縞の着付に貧困を示す皮色格子の肩入れ。銘仙縞の前垂。丸髷《まるまげ》に布をかけたおばこの髪に姐《あね》さん被り。砥粉《とのこ》の藁草履。

一六 樵《きこり》の使う鉈《なた》に似た刀。

一七 三味線で二上がりで替手《かえて》と地を軽やかに弾く。世話場で賑やかな人の出入りに使う。現在は木魚入りの合方。

一八「ドン・ボン・チン」などと、楽太鼓・ドラ・磬《きん》を繰り返し打つ鳴物。

一九「マル」と読む。仕出しの「若イ衆」には、「中通り」以上の役者と違って、普通役名を与えることはなく、○《マル》・□《カク》・△《ウロコ》・⧖《チキリ》などの符号を使う。

二〇 町人の主婦に対する敬称。

二一 通称「三文花」。当時は最低八文。このような小価な物は四文の倍数で買われた。

二二 米屋に対して話があるなどという時は、どうせろくなことではなく、また前借りの相談である。人前を憚ってこう言ったもの。

＊世話場の幕開きには群集描写があるのが常例で、「仕出し」と呼ばれる大部屋の役者たちがこれを勤める。大名行列など多人数が出る場合などは、場内の売り子や木戸番等、役者以外の表方《おもてかた》も動員される。端役ではあるが、情景を補い、生活の雰囲気を出さねばならない。たんに通過するだけの役でも、ドラマの導入部としての雰囲気づくりを助成する。

蜆売りの次郎吉

一 樒を束ね、客に渡しながら言う。

二 魚鱗の形ゆえ「ウロコ」と読む。前頁注一九参照。

＊次の「小塩田隠れ家の場」を省略して上演される場合、この場での次郎吉の出はない。

三 別の客に向って言う。

四 相手を特定せず、そこに居合せた人に向って次の台詞を言う。

五 「阿蘭陀渡り」とは、珍しいものの代名詞であった。

水死体の風説

六 隅田川が小名木川と交わる所にかかった橋。江東区常盤と清澄とを結ぶ。戸板の死骸は、隠亡堀から さらに小名木川を下って万年橋にまで流れついたことになる。

お袖　お目にかゝりたいね〳〵

お袖　エヽモウせはしない《気ぜわしい》。このやうに手がふさがつてゐるものを。○[一] サア、お持ちなされませ

△[二]　アイ、銭は〔花の〕《代金は》そこへ置きましたよ

次郎　をば様、蜆《しじみ》買うて下されませ〳〵

お袖　ホヽヽヽ、今買うてやる《すぐに買ってやるから》ほどに、ちつと《少しの間》のうちそこに遊んでゐやしやんせ。ほんに愛《いと》らしい。○[三] サア、おまへさん、〔花を〕お持ちなされませ

ト仕出しに花を渡す

○　アイ〳〵。○[四] モシ、今日はこの法乗院に弔《とも》ひがござるかな

庄七　しかも二ツあるが、イヤ、珍らしい亡者《まうじや》を持ちこんだ

長蔵　[五]阿蘭陀《おらんだ》からも渡りはせまい《来たわけでもあるまい》、亡者に珍らしいといふがありはせまい《あるものか》

庄七　コレ、こなたは《お前さんは》あの万年橋[六]へ流れついた戸板の死骸《しがい》の噂《うはさ》をまだ聞かないか

長蔵　その咄は聞いたが、エヽそんなら今日の仏は《死人は》戸板を背負つた土左衛《どざゑ》[七]

七 溺死者。水で身体が肥大したその身体を、成瀬川土左衛門というきわめて太った力士に譬《たと》えたことからこう言い習わした。略して「土左」とも。

八 土左衛門が男の名なので、女の呼称として呼び換えたもの。煎餅《せんべい》(煎兵衛)をお煎と言う類である。ここでは土左衛門は小平、お土左はお岩に当る。

九 「間男」は密通、「出入り」とはそれに関するもめごとをさす。

一〇 よせやい、というほどの意。「おきゃアがれ」と発音する。

＊ お袖が男をひきつけるいい女だから、男はついからかってしまうのである。庄七役の鎌倉平九郎は敵役《かたきやく》を主に演ずる憎々しい顔であるから、彼の台詞は特に笑いを誘う。そのため長蔵の「おきやがれ」が効いてくる。

一一 お岩と小平の弔い。「見る気はござらぬか」には、物見高い江戸っ子の弥次馬根性が出ている。

一二 下手の下座の口の法乗院の墓地の門。

門《もん》に、お土左《どざ》[八]の弔ひかネ

庄七　男と女を戸板の両面へ釘《くぎ》づけにして、どんぶりやらかすといふは《どぶんと川へ流すとは》、なるほど世の中にはむごいやつもあるものさ

お袖　どのやうな悪い事してそのやうな目に逢うた事やら、ほんに気味の悪い咄でござんすな

△　そりやアてつきり《間違いなく》間男《まをとこ》[九]出入りでござりませうネ

長蔵　それだからお袖さん、おまへも間男は、マアしない事だ

庄七　しかしこの庄七となら大事あるまい《かまわないだろう》

長蔵　[一〇]おきやがれ

○　こなさんはその[一一]弔ひを見る気はござらぬか

△　どうで《どっちみち》寺へ参りますから《お参りしますから》行つて見ませう

○　サア〳〵行つて見ませう。そんならお内儀《ないぎ》

お袖　どなたも参つてお出でなされませ

ト弔《ともら》ひの鳴物になる。(○・△)仕出し両人、下座[一二]の門の内へはいる

一　この台詞から、お袖は、古着屋から古着の洗濯を頼まれて内職にしていることがわかる。

見覚えのある着物

二　冬の日の夕方だから、これから洗濯しても乾かぬというもの。日暮れは、「逢魔が時」とされ、怪異の前触れとしての意味をもっている。
三　庄七から着物の方へ気を移す思い入れ。
四　見覚えがあるので不審な顔をする。
五　着物を広げて見ながら言う。
六　「お株」は、その人の得意とするわざのこと。
七　「湯灌場」とは、死人の湯灌をするために寺院内に設けられた小屋。その亡者の着類を脱がせて隠亡（死骸の火葬を業とする者）が売ったりしたものを「湯灌場物」といった。ここは、それを買うのがお得意なのだろうと古着屋を揶揄《やゆ》したのである。
八　投げ出すように置く。

庄七　ときに（ところで）お袖さん、お頼みといふは外《ほか》でもないが、[一]どうぞまた、この着物をざつと振り出して（すすぎ出して）貰ひたいネ
　ト風呂敷包より、お岩の死骸に着てゐたる衣装を出す
お袖　[二]もう日暮れぢやに（もう日暮れのことだから）洗うたというて干る事ぢやござんすまいぞへ（乾くものではありますまいよ）。◯[三]
　ト手に取り上げ、[四]思ひ入れあつて
　[五]この着る物はどうやら見覚えのある（何だか見たことのある）、たしかにこりやわたしが姉《あね》さんの。〔着物ではないか〕◯
　トこなしあつて
　モシ、庄七さん。コリヤおまへ、どこから買うて来やしやんしたへ
庄七　コリヤアなにサ、あそこに干してある着る物と一緒に、戸板の土左《どざ》に〔着せてあったものさ〕
長蔵　ハヽア、そんなら[六]お株《かぶ》に[七]湯灌場物《ゆくわんばもの》だナ
お袖　エヽなんぢややら（何となく）気味の悪い
　トそこへ[八]置く

庄七　[九]コレサ〳〵、なんに《なあに》そんなものぢやアないよ。[一〇]コレ、おまへも野暮[一一]な事を言ふものだ。[一二]たとへ湯灌場物だといふて、門前住居《ずまひ》をしてゐて香花《かうはな》を売るお内儀が、それを嫌《きら》つてなるものかな。なるほどおまへもまだ業《ごふ》[一三]じみないぞ

お袖　ぢやといふて《だからといって》、わたしやそのやうな物なら御免ぢや《お断りだよ》わいナ。したが《だけど》モシおまへ、この着る物、どこから買うて来やしやんした

ト[一四]聞きたがる思ひ入れ

庄七　ソリヤアなにサ、おいらが店の流[一五]れだが、あんまり汚れてゐるから、ざつと振り出して《すすぎ出して》貰ひ、[一六]競《せ》りにでも出さうと思つてさ

長蔵　おきやがれ、みす〳〵知れた土左衛門の着物を〔ごまかそうとしやがって〕

庄七　コレサ、胸気《むねき》な事を言ふまい《気の悪いことを言うなよ》。お袖さん、この男の言ふ事を必ずま《絶対に信》ことにせまいよ《じちゃいけないよ》。なんでおれが湯灌場までも買つて歩くものか。それほど欲ばりはしないハ

長蔵　あんまり欲ばらない事もあるまいて

九　打消しの意の発語。
一〇　お袖に向って。
一一　気のきかぬこと。
一二　寺の門前に住んで線香や花を売っている者が、湯灌場物だといって驚いたり嫌がったりするとは素人くさいと非難したもの。
一三　ここでは香花を商う者としての運命に対する覚悟が足りない、の意。「業」は仏教語。
一四　東大本は「ト」の下に「無性に」が入る。もし姉お岩の着物だとすれば、どうしてそれを入手できたのかを熱心に聞き出そうとするのである。
一五　質流れの品だと、とっさに取り繕ったもの。
一六　競り市に出して売ろうというもの。

＊湯灌場の着物は死人と共に焼いてしまうのが本当だが、隠亡などが秘かに売って金にしていた。大っぴらにできる物ではないので、それと知って買う古着屋も強欲だといえる。寺の湯灌場を回って死人の衣服や早桶に掛けてきた着物などを買うことを「湯灌場買い」といった。河竹黙阿弥の『吉様参由縁音信《きちさままいるゆかりのおとずれ》』にも、「湯灌場小僧吉三」の名を持つ人物が登場する。

庄七　なるほど、胸気を《嫌な事を》言ふ男だ。〇[一]

　　ト門口にある中盥《ちゅうだらひ》の中へ右の着る物を入れ

　からしておくから、どうぞ〔洗濯を〕お頼み申しやす

長蔵　ほんに胸気《むねき》といへばお袖さん、米の代はどうしてくんなさる。いつ《だい》たい《たい》置き替へ[二]のつもりだから、先頃《前の》の代《だい》《代金が》の済まぬうちは〔米を〕入れるではなかつたが、おまへが度々さう言ふから《そう言って頼むので》持つて来たが、今すぐに代《代金》をやつて下されやし《を払って下さいませ》

お袖　サ、尤《もつと》もでございますが、こちの人が《うちの人が》帰らしやんしたなら、すぐに〔代金を〕持たしてあげるほどに、後《のち》まで待つて下さんせ

長蔵　そりやア迷惑なものだネ

次郎　をばさん蜆《しじみ》買つて下され

　　ト樒の花を持ち、飯事《ままごと》して遊んでゐるを、両人見つけ

庄七　この子は小仏小平殿の子だが、ハヽア、蜆を売りに来て遊んでゐるな

一　門口に立てかけてある盥を見て盥のそばに行く。

二　前の代金を貰う代りに米を置くというように、順送りに支払いを受ける掛売り（貸売り）の方法。

＊　蜆は、堀割りなどの多い深川や砂村（現江東区）で採れ、多く貧乏人の子が売り歩いた。次郎吉の住む寺町は、三角屋敷とは隣合せなので、ここまで足を伸ばしてきたという設定である。南北は、先行作『謠競艶仲町《いきじくらべはでなかちょう》』の中で、伯母に苛められる蜆売りの少年磯松を描いているが、ここはそれを承けたもの。河竹黙阿弥の『鼠小紋東君新形《ねずみこもんはるのしんがた》』（「鼠小僧」）では、鼠小僧次郎吉の子三吉が剝身《むきみ》売りの風俗で登場する。

三　伊右衛門の母、仏孫兵衛の女房お熊。邪険な性格で、孫の次郎吉をいじめる敵役。お熊の名を出して次郎吉を怖がらせるこの部分には、都市の野次馬《やじうま》の冷酷さが出ており、南北のリアルな目が光っている。

小平の悴

長蔵　よし〳〵、おいら《俺が》が内《〔お前の〕》へ行つて、あのばゞアさん[三]に言[四]つつけてやるぞ

次郎　それではわしが叩かれまする

　ト泣くを、お袖、かけ寄つて

お袖　おまへ方もかはいさうに、そのよな《そのような》事言うて、泣かしてからに《〔この子を〕泣かせたりして》

庄七　[五]ハヽヽヽ、そんなら干《ほし》をお頼み申します《干し物を》

長蔵　モシ、親方へは後までと言つておきますぞへ《米屋の主人へは後ほど〔代金を〕届けると言っておきますよ》

お袖　アイ。〇[六]ほんに憎てらしい《憎らしい》をぢさんぢやなう

　ト佃節《つくだぶし》[七]、木魚《もくぎよ》の音になる。両人、向ふ[八]《花道へ》へはいる。お袖、次郎吉の顔など拭いてやる事あつて

次郎　をば様、蜆買うて下さりませ

お袖　商ひしようとさつきから、こゝに遊んでゐたおまへの物、買うてやりたいが、今日は大事の仏の日[九]ぢやによつて。〇[一〇]

　ト銭を取つて来《き》り《た》

四　次郎吉が蜆売りを怠けて遊んでいると言いつけてやるというもの。

五　詰問されたので話題をそらして笑う。

＊「小塩田隠れ家の場」を省略する現行台本では、次郎吉・孫兵衛・お袖のやりとりはすべてカットされ、二四三頁五行目まで飛ぶことになる。

六　次郎吉に向って。

七　〽吹けよ川風上がれよ簾《すだれ》」という歌詞の、三下がりの三味線唄に木魚が入る。佃節は、深川が舞台であるために用いたのであろうが、今日では粋な川辺の情緒を出すための唄で、こうした野暮な人物や仕出しなどには用いない。

八　東大本「下座へ」。下座は法乗院の裏門なので、花道へ入る方が適当であろう。今日では花道の出入りには必ず照明があてられ際立ってしまうので、こうした脇役の場合には下手の袖に入る。

九　養父四谷左門と、許嫁の佐藤与茂七の死んだ命日。百か日である。初日序幕、浅草裏田甫の事件以来九十九日が経過し、季節も残暑の厳しい七月から十一月の冬の日に移っているという設定。

一〇　命日ゆえ精進しなければならず、生臭いものは食べられないという思い入れ。

蜆はいらぬほどに《いらないから》、これ持つて行《い》たがよいわいナ《行けばいいよ》

ト[一]次郎吉に銭をやる

次郎　イエ〱、蜆買うて下さらねば、銭は取りませぬ

お袖　ホヽヽヽ。ほんに正直な、[二]おとなしい子ではある。コレ、そのやうに思ふなら、かうしなさんせ《こうしなさいよ》。わたしに売るだけ《売る分だけ》その蜆、[三]川へ放して下さんせ。それではよからうがな《それならいいでしょう》

次郎　アイ〱、そんならアノ川の中へ逃がしてやりませう

お袖　オヽ、さうして下さんせ。おまへは利口な子ぢやナア

ト思ひ入れ。[四]木魚《もくぎょ》の音、合方《あひかた》にて、[五]下座の門の内より、孫兵衛、[六]ふけたる拵《こしら》へにて出て来《きた》り、次郎吉を見て

老人と孫

孫兵　わりや《お前は》次郎吉。また今日も蜆売りに出をつたな。アヽ[七]なんにも知らずに生き物の。[八]○

ト[九]干《ほ》してある着る物に目をつけ

[一〇]あそこに干してある着る物は悴《せがれ》の死骸《しがい》に〔着せてあったものではないか〕

一　蜆は一升で二十文ぐらいの値段。ここもその程度の銭を次郎吉にわたす。

二　「おとなしい」は、大人びていて立派な様子をいう。

三　亡き人の命日に、生き物の命を救ってやると、供養になるとされていた。私的な放生《ほうじょう》会である。三角屋敷は深川八幡の裏手から大川へ向って流れる油堀に面しており、川に近い。

四　孫兵衛の出につく下座音楽。木魚入りの三味線の合方であるが、先の仕出しの引込みと違って淋しく奏される。

五　孫兵衛が法乗院の墓地に通じる下座の門から出てくることによって、たった今、戸板に釘付けにされた悴の死骸を見てきたことが示される。

六　〈扮装〉初日三幕目と同じ。

七　父親の小平が死んでいるとも知らず、蜆売りなどをして殺生《せっしょう》を重ねていることをさす。

八　ちょっと暗澹とし、気を変えて。

九　悴小平の着物だと気付く。

一〇 それがたった今見てきた湯灌場物であることを覚ったのである。

一一 聞きとがめる際の発語。

一二 干してある小平の着物に向って、思わず目をつぶり、念仏を唱える。

＊ 悴の死骸を捜し求める孫兵衛の姿は、先行作『天竺徳兵衛韓噺《てんじくとくべえいこくばなし》』の船頭作太夫をふまえたもの。ともに愛情深い老人で、家族に先立って、作太夫は孫娘お汐の亡霊を見、孫兵衛は小平の死を知るのである。

一三 売り上げ。孫兵衛が銭をやるのは『諵競《いきじくらべ》艶仲町《はでなかちょう》』をふまえたもの。

一四 「邪慳」とは無慈悲な性質をいう。もと仏教語で、因果の道理を無視すること。その罪過は特に重いとされる。五見・十惑の一つ。

一五 町人たちの持つ財布は、多くは縞の布の袋で、紐で口を締め、余った紐で口の辺りをからげておく。

一六 「小銭」は一文銭のこと。四文銭は「大銭」という。

一七 お袖を指さして言う。

一八 「こちら」とは家の中のこと。門の外にいる孫兵衛に向って言う。

一九 お袖が茶碗を盆にのせて出したので、お盆はいりませんと謙遜の挨拶をしたもの。

お袖　エ[一一]

孫兵　南無阿弥陀仏《なむあみだぶつ》[一二]〱

次郎　ぢゞ様、今日は蜆が売れぬゆゑ、晩にばゞ様にまた叩かれるわいナ〱

孫兵　オヽいとしぼげに《かわいそうに》、年端《としは》もゆかぬ孫めにこのやうな商《あきなひ》させて、コレ案じやんな《心配するな》、ぢゞが銭やらう。これを今日の売《う》り溜《だ》め[一三]ぢやと、あの邪慳[一四]ばゞめに見せてやりや〱

　ト懐《ふところ》[一五]より小銭《こぜに》[一六]を出して、次郎吉にやる

次郎　あのをば様にもたゞ銭貰うた[一七]

孫兵　そんなら何と《なんだって》言ふ、この内《この家の》のをば様にもたゞ銭貰うたと言ふのか

　トこの内《このあいだに》、お袖、茶を汲んで来る

お袖　すりや《それでは》おまへさんはこの子のおぢゞさんかいナ。マヽお茶一ツ上がりなさんせ。モシ、こちら[一八]へおはいりなさんせぬか《なさいませんか》へ

孫兵　これは〱、お手[一九]で下されませ。ほんに孫めに銭下されたさうにご

ざります。忝ならござりますが、なぜまた蜆取つては下されぬぞい
の

お袖　今日は大事の仏の百ケ日[一]ぢやによつて《だから》、それでの[二]事でござんすが、
ほんにいとしらしい《かわいらしい》子ではござんすわいな

孫兵　テモマア若いに似合はぬお優しい。それに引きかへ、聞いて[三]下され
ませ。この孫めがばゞめ《(お熊)》はわしが後添ひ[四]でござるが、それは〳〵邪《無慈》
慳なやつで《悲な女で》、ちつと商《あきなひ》がたるいと《不十分だと》、年端《としは》もゆかぬこの坊主[五]めをぶつ
たりつめつたり、それを見るめが《見るのが》不憫《ふびん》でござるわいの《かわいそうなのです》

お袖　それはマアかはいさうに、そのおばゞ様のかはりに、おまへいとし《可愛がって》
ぼがつてあげなさんせ。シテ、おまへはこの近所でござんすか《この近所にお住まいですか》

孫兵　アイ、この二三丁[六]先きでござるが、こなさんは《お前さんは》この頃こゝへ越して《引越して》
ござつた様子でござるの

お袖　わたしも段々《いろいろ》不仕合《ふしあは》せな事がござんして、先月[七]こゝへ参りまして、
このやうに香花売つたり濯《すす》ぎ洗濯、艱難な暮しをして《苦しい生活をして》恥づかしうご

一 人の死後百日目にあたる日。またその日に行われる法要をさす。左門と与茂七の百か日。

二 それで供養のために捕えた蜆《しじみ》を川に戻してやったわけです、の意。

三 「聞いて下されませ」は、強調するための挿入句。

孫兵衛の一家

* 孫兵衛のような穏やかな老人は、歌舞伎において一つの系譜をなす。『夏祭浪花鑑』の三婦や『三人吉三廓初買』の土左衛門伝吉などには、若い頃の侠気を治め、仏三昧に浸ろうとする老人の心情が描かれている。江戸時代の男にとって、自分の家を立てて子孫に継続させることが最大の責務であり、跡継を立てて隠居した後、初めて社会的責任を逃れた穏やかな生活に入れるのである。従って歌舞伎における本格的悲劇は老人には起りえないのだが、その範疇を逸脱した役が、古来「三婆」などという難役とされてきているのである。

四 後妻。小平は先妻との間の子である。

五 男の子に対する愛称。

六 約二、三百メートル。ごく近所である。

七 直助と同居してから三か月の間に、お袖

ざんすわいナア

孫兵　なに《どうして》、それが恥づかしうござらう。コレ艱難な暮しといへば、この子の母親め《母親のことを》を聞いて下され。それは〱かひ〱しい《勤勉な性質》生れ、まだ生《なま》[八]若い身の上で、正月の薺《なつな》[九]からはじめて、嫁菜《よめな》[一〇]・たんぽぽ・ほうれん草《さう》、または枝豆・ゆで玉子、あるとあらゆる《ありとあらゆる》出商《であきなひ》[一一]、その艱難の中で舅《しうと》のわしらをば、よう孝行にしてくれまするて

お袖　それはマア奇特《感心な》なお方でござんすな。そんならこの子の親御の衆は[一二]夫婦養子とやらでござりますかへ

孫兵　イエ〱、悴めは、わしが為には《わたしにとっては》血を分けた〔息子です〕

ト干してある着る物へ目をつけ、[一三]こなし

お袖　それでは頼もしうござんせう。モシ必ず《決して》心細う思はしやんすなへ。[一四]コレいナ。とゝさんがモウ待つてぢやあらう《待っているだろうから》ほどに、モウ商《あきなひ》やめて、ぢゞさんと帰つてなんぞよいもの《何かいいものを》をとゝさんに買うて貰はしやんせへ

が何か所か流転してきたことが分る。

八　はなはだ年若い、の意。「生」は、十分熟していない意の接頭語。

九　ぺんぺん草。春の七草の一つで、正月七日に炊く七草粥《ななくさがゆ》用に摘んで売り歩いた。

一〇　嫁菜・たんぽぽは、山野に自生する野草で、茹《ゆ》でて食用とした。これらは他から仕入れるのではなく、自分で摘んで売り歩いたのである。

一一　店で売るのではなく、街頭を流し、戸別に売り歩くこと。店売りより格が低い。

一二　夫婦とも養子であること。

一三　お袖の問いかけに、思わず「わしが為には…」と言いかけ、再び死んだ悴を思い出して悲しむのである。そんな孫兵衛の事情を知らぬお袖が、力づけようとして言う次の言葉も、かえって彼の心の痛みを募らせることになる。この辺りの台詞は巧妙。

一四　次郎吉に向って言う。

次郎　コレ、ぢゞ様、とゝ様によいもの買うて貰うて下されや〳〵

トこれを聞き、孫兵衛、たまりかね

孫兵　南無阿弥陀仏〳〵〳〵

ト[一]花道の方へ行きかゝるを

お袖　モシイナ、おまへもマアなんぢややら《何となく》、心細いやうな事《心細いような様子》。かはいさうに、この子も一緒に連れて《連れて》行《ゆ》かしやんせ《いらっしゃいな》いナア

孫兵　アイ〳〵、ほんに年寄ると《年をとると》なにかにつけて涙もろうて。サア、次郎や、ぢゞと一緒に［おいで］。これは大きに《大そう》厄介《やくかい》になりました

お袖　モシ、また[二]寺参りのついでには必ずお寄りなされませへ

孫兵　ほんにマア、[三]袖《そで》の振り合せも他生の縁とやら、[四]悴が死骸、あのやうに

お袖　エ[五]

孫兵　[六]モウ洗濯物、取り入れさつしやれや

トこなし[七]。[八]入相《いりあひ》の鐘《かね》になり、孫兵衛、次郎吉を連れて向ふへ《花道へ》は

一　お袖・次郎吉とのやりとりのうちに、悴の死を哀れむ孫兵衛は、たまりかねて前後不覚になり、念仏を唱えながら挨拶もせず、孫を残してこの場からすたすたと離れてゆくのである。お袖はそれを見て呆れ、何となくせっぱつまった情況を察して声をかけることになる。ほんのちょっとしたことであるが、優れた描写である。

二　お袖は、法乗院の墓地から出てきた孫兵衛を、たんなる寺参りとしかみていない。

三　諺。道行く他人と袖が触れ合うような些細な事でも、前生からの深い因縁によることなのだ、の意。「五百生の機縁」とも。

四　悴の亡骸の着物がここに乾してあるというのも、何かの因縁だろう、の意。

五　不審気に言う。

六　再び話が悴のことに及ぶところを、お袖の不審気な反応で我に返り、話題を変える。

七　小平の着物を見て愁う仕種。

八　孫兵衛の台詞をきっかけに、日没の鐘（銅鑼）がゴーンと入る。

お袖の述懐

いる。お袖、思ひ入れ[九]あつて

お袖　ほんにあのお人も年寄つてなんぢややら《何やら》、いかうもの案じのある様子《たいそう心配ごとのある様子だが》。とかく苦労の[一〇]娑婆《しやば》世界[一一]。〇

ト思ひ入れあつて

[一二]待たぬ月日は早いもの。今日は義理あるとゝさん《（四谷左門）》、許嫁《いひなづけ》の夫与茂七殿の百ケ日。同じ場所にて同じ日に、親や夫を[一三]非業《ひごふ》の刃《やいば》に失ふといふは、よく〳〵[一四]因果なわたしが身の上。まだその上に、枕こそ交さね《同衾こそしないものの》、[一五]今の権兵衛殿を夫に持ちしも、なにとぞお二人《ふたり》の仇敵《あだがたき》。〇[一六]モシ、堪忍《かんにん》して下さりませ

トこなしあつて

[一七]アヽ、モウ日が暮れるに、庄七さんに頼まれた洗濯物。〇

ト門口の[一八]盥《たらひ》を取つて来り。手桶《てをけ》の中へ水を入れ

こりやかうしておいて明日の朝の事《こうしてつけておいて明朝の仕事にしましょう》。〇

ト棹《さを》にかけてある着る物をさぐり見て

九　孫兵衛・次郎吉を見送り、不審気に次の台詞を言う。
一〇　苦労に堪えねばならぬ人間界。梵語。
一一　他人の身の上から自分のそれを思い合せて、苦労を嘆く思い入れ。
一二　諺《ことわざ》。期待感があれば待ち遠しくて時の経過は遅く感じるが、そうでないと月日の経つのは早いものだ、の意。以下五行はお袖の「くどき」である。「くどき」は、女が男に対して恋心を訴えるのが普通で、この場合のように、その身の上を述べ、悲しみをかみしめるものは、むしろ「述懐」に近い。
一三　思いがけぬ災難に遭って死ぬこと。
一四　「因果応報」という仏教語から出た語。前世の悪行の報いとしての不幸を嘆く言葉。
一五　許嫁与茂七に対する言い方。「権兵衛」とあるが、直助はお袖にも旧名を口にすることを禁じていることがわかる。
一六　敵を討ってくれると思えばこそ直助と添うているだけで、本心は変りませんと、与茂七に詫びる気持で両手を合わせる。
一七　ふとわれにかえって言う。
一八　底に仕掛物がある盥。本物の水を入れて、種も仕掛けもないということを見物に印象づけておく。

この着る物はまだ少し乾かぬ。コリヤもそつと《もう少しの間》からして置いて、どりや、[一]お燈明《みあかし》をあげうかいナ

ト[二]四《よ》ツ竹節《だけぶし》の合方《あひかた》、木魚《もくぎよ》の音。こなしあつて、お袖、仏壇へあかしをつけ、行燈《あんど》をともす。この時分、上《上手の》の[三]柾垣《まさきがき》の奥の卵塔場《らんたふば》へ[四]白張《しらは》りの挑灯を、あかりをつけ立てる。[五]この鳴物を借り、向ふより、直助、前幕《まへまく》の役、川魚を捕る簗《やな》を三ツ四ツ提げ出て来り。門口にて

直助　コレ、日が暮れかゝつたに《暮れかかったのに》、干《ほ》し物《もの》が取り込まずにあるハ

ト[六]内へはいる

なんだこの盥《たらひ》の中にも洗濯物があるナ。イヤたいそうにかせぐな《ずいぶん働くな》。それに引きかへ、おらア今日はあぶれてしまつた《仕事にありつけなかった》

お袖　あぶれたとは[七]へ

直助　横川へ三ツ四ツ[八]笯《ど》をふせて置いたに、[九]めぞつこにもお目にかゝらない

一　日暮れになると先祖を祀る仏壇に明りを点《とも》した。燈心を油の皿につけたものを用いた。

＊　この場は、尾上菊五郎家のお家狂言『天竺徳兵衛韓噺』のパターンをそのまま踏襲している。菊五郎は、本作初演の一年前の夏芝居『音菊高麗恋《おとにきくいちようのくせもの》』で天竺徳兵衛を演じたばかりであった。そこでは、女房があげたお燈明にひかれるように、死んだはずの前夫が花道から出てくるが、ここでは生きている今の夫が出て、死んだと思った前夫が後に出る。盆燈籠に引かれて出る玉手御前（『摂州合邦辻』）の場合もある。

二　貧家の情況と寺門前の感じを出す合方。

日暮れて直助帰る

三　柾の生垣。その背後は、石塔の立ち並ぶ墓地（卵塔場）である。

四　新仏があるときには、墓に白張りの葬式の提灯を立て、灯を入れておく。ここにお岩と小平の死骸が埋めてあることを暗示する。

五　「四ツ竹節の合方、木魚の音」（三行目）の鳴物をそのまま用いて、の意。主として生世話物《きぜわもの》では、前の鳴物をそのまま用い、出入りの演出を同時進行的に行うこともある。

六　戸を開けて家の中へ入る。

七　「へ」は疑問詞。

お袖　そのやうな事もようござんせう《かえってよかったですねえ》。もうあまり物の命を《生き物の命を》取る事はよして下さんせ

直助　馬鹿な事を言ふぞ。鰻掻《うなぎか》きが殺生《せつしやう》[一〇]やめては腮《あご》[一一]を釣《つる》してゐないけりやアならない。コウ、腮を釣すといへば、米はどうした

お袖　最前《さつき》持つて来る事は来たけれど、後までとがた〳〵言うてゐたぞへ《やかましく催促していたよ》[一二]

直助　それみた事か。さつそく御差しつかへだ。[一三]コウと、たつた一枚の広袖《どてら》[一四]は、大屋《おほや》がたて[一五]催促《ざいそく》に飛んでしまふし。○[一六]

ト思ひ入れあつて

オツトあるぞ〳〵。天道《てんたう》[一七]人〔を〕殺さず。いつやらかういふ物を拾つた。

○[一八]

ト叺《かます》煙草入れの中より、前幕の櫛《くし》を出し

コレお袖、この櫛は〔質屋で〕いくらくらゐ貸すであらう

トお袖、なに心なく《何気なく》手に取つて、思ひ入れ[一九]あつて

お袖　モシ、この櫛はどこで拾はしやんした

八　鰻などの川魚を捕るための円錐形の筌《ざる》。
九　「めぞっこ」は、鰻の幼魚。江戸語。
＊　鰻が一匹もかからぬと聞いて、お袖は、今日が義父・許嫁の命日であることに思い及び、因縁を感じるのである。先に蜆の命を助けていることにも対応している。お袖が命を救う一方、直助が命を取るといった対照は、いかにも南北らしい。
一〇　生き物の命をとる悪業。仏教の五戒の一。
一一　餓死しなければならぬ、の意。
一二　代金は後刻に払ってもらう、との意。
一三　どうしたらよかろう、そうだ、と思いついた時に用いる発語。
一四　袖口の開いた綿入れの大きな着物。防寒用に着たり、夜具にしたりする。
一五　たて続けの催促。家主の家賃の強催促で広袖を質入れし、流してしまったというもの。
一六　米屋の払いはどうしたものであろう、と考えこむ思い入れ。
一七　諺。お天道さまは人を見捨てはしない、の意。
一八　次行のト書きの動きに移る間《ま》。具体的には懐ろをさぐる。
一九　思いあたることがあるという思い入れ。

直助　[一]二三日跡《あと》に[二]猿子橋《さるこばし》の下で、鰻掻《うなぎか》きへ引つかゝつて上がつたが、手めへ見覚えでもある櫛か

お袖　ある段かいな《あるどころではないわな》。この櫛は、わたしが姉のお岩さん、かゝさんの形身ぢやというて[三]たいていやおほかた秘蔵なさんした事ぢやござんせぬ。ゆく〳〵はわたしへ譲つて下さんす約束。それがどうして川の中に。それにまた不思議なは、あの庄七さんが洗うてくれいと頼ましやんしたこの着る物。姉《あね》さんの夏中着てゐやしやんした[四]単衣物《ひとへもの》に寸分《少しも》ちがはぬ

直助　コレ〳〵、手まへも馬鹿な事を言ふものだ。着物の模様や櫛のかたは世間に同じものはいくらもあるハ

お袖　イエ〳〵、着る物はともかくも、[五]この櫛ばかりはそれに違ひはござんせぬ

[六]直助　そんならそれにしても《それはそれとしておいて》、おれが[七]工面《くめん》が直つたなら、受けて手まへにやらうから、ちよつとこれを[八]曲げて米屋の払ひを

一　二、三日前に。
二　現江東区常盤二丁目の六間堀に架っていた橋。六間堀は小名木川と交叉する横川の一つ。直助が櫛を拾った隠亡堀は砂村にあり、同じ小名木川沿いでも猿子橋とはかなり隔たっている。

櫛の因縁

三　大事になさること並大抵ではありませんでした、の意。倒置法で「たいていやおほかた」を強調する。
四　夏衣。「合せ」に対する語。裏地のついていない薄い着物。
五　特別誂えで菊重ねの模様が描かれていたためにこう言ったのである。
＊　この櫛は、お岩の髪梳（初日中幕）に使われてから、隠亡堀で直助に拾われ、この場でお袖の手へと渡る。櫛は民俗的にも「奇《く》し（不思議な力をもつ）」の義とされ、女の生命が宿るものと見られていた。『古事記』で、伊邪那岐《いざなき》が黄泉の国から追い縋る予母都志許売《よもつしこめ》に櫛を投げつけたのも、その呪力を期待してのことである。
六　東大本はこれより次頁四行目までを欠く。伊原本ではこの間次の台詞が入る。「直助　コレサ、手前、もらふ約束の櫛だといふ

お袖　イエ〳〵どうぞそればつかりは堪忍《ゆるして下さい》して下さんせ。姉《あね》さんが大事にさしたその櫛。わたしが見て《私が見つけた以上》はどうも《どうしても》そのやうな事はならぬ。コリヤ明日《あした》おとなりの伯父《をぢ》《おじさんにでも頼み》なと頼んで四谷まで、届けねばならぬわいナ

直助　なるほど、手まへ《おまえ》も馬鹿律気《りちぎ》な。その心意気《心がけだから》だものを、今時《いまどき》の女に似合はない、死んだ亭主へ義理を立て、かうして《こうして一緒に暮していても》ゐても夫婦といふはほんの名ばかり。コレ、おらア毎晩変な心持だ

お袖　エヽ、おまへもわたしが願ひの叶ふまではその約束《そういう約束では》ぢやござんせぬか。それを承知でありながら、またしても〳〵そのよな事を《そんなことを》〔言うとは〕

直助　オツトあやまつた。のろいやつだが《〔女には〕だらしのない俺だが》どうなりと御意《ぎよい》次第《お心次第》。〇

ト思ひ入れ[九]あつて

お願ひ申しやす

ときに[一〇]御新造《ごしんぞ》様、わたくしめは、はなはだ空腹。どうぞ夕飯《ゆふまま》を一膳《いちぜん》

お袖　ホヽヽヽ。何を冗談《てんがう》[一一]。ほんにまだ夕飯前でござんする。そんなら

ではないか。そんならそのやうなむだな事をせずとも、直に手前の物にしておいたがいゝではないか　お袖　イエ〳〵実の兄弟なら、そのやうな事しても大事ござんすまいが、義理ある姉さんの櫛、このまゝにしておいては私の心が」。

七　いずれ金まわりが良くなった時に質屋から買い戻してやるから、の意。

八　質に入れること。「十」の字の尻を曲げると「七」になり、「質」と音が通う。

＊　直助ほどの男がお袖におあずけを食っているのは、いささか不自然である。南北は、直助の性格づけとして、お袖への惚れこみ方のほかに、小悪党としての純情さ、滑稽さを加えている。「馬鹿律気な」（五行目）との台詞は、直助の自嘲ともとれ、あとのお道化《どけ》た台詞（一〇～一三行）と相俟って面白い。このような直助像は、幸四郎の持ち味である。

九　おどけた照れ隠しの表情をする。

一〇　武家や上層町人の妻の敬称。ここではわざとふざけて言ったもの。

一一　馬鹿なことを、の意。「癲狂《てんきよう》」からきた語。

[一]飯《まま》持つて来てあげるほどに、必ず《決して》その櫛はどこへもやつて下さんす
なへ

直助　ハイ〳〵[二]畏り奉りました《承知を致しましてござります》

お袖　エヽ、なんぢやぞいナ《何ですそんなことを言って》。ホヽヽヽ。どりや夕飯《ゆふまま》の支度しようか
いナ

　ト[三]すごい合方《あひかた》、[四]一ツ鉦《がね》になり、お袖、[五]こなしあつて、暖簾口《のれんぐち》へ
　はいる。直助、[六]思ひ入れあつて

盥の中から手が

直助　ヘヽヽヽ。[七]姉の櫛であらうがお袋の足袋《たび》であらうが、おれが手に
渡つては安穏《あんをん》におくものか《そのままにしておくものか》。こいつ質にやるよりいつそ《いっそのこと》のくされ大
家のかみさんをだまくらかして、[八]ばつたに売つてしまふわへ。それ
にしても女といふものは、こんなものを親の形身だの妹に譲るのと
大事にするといふは、[九]なるほど罪の深いものだぞ。〇

　ト櫛をひねくりながら《いじくりまわしながら》、門口へ出ようとする《門口の方へ行きかかる》。一ツ鉦《がね》、誂《あつらへ》の合
方、薄ドロ〳〵になり、[一〇]よき時分より、[一一]行燈、[一二]仏壇の明り、明

一 直助のおどけた調子に合わせて、直助を子供のように扱った言い方をした。

二 最大級の敬語を使って、惚れた女房の言うことなら何でも聞きますと、下手《したて》に受けて笑わせた。睦まじい兄妹仲をふと匂わせるところ。

三 滑稽な場面から怪奇な場面へ、雰囲気の一転をはかるための鳴物。ただし現行演出では、これを次の直助の台詞の後にもってくる。

四 怪奇な場面に凄みを出すために打つ鉦。時の鐘とは異なる。

五 気を変えて。

六 うまくだましたと、にんまり笑う。

七 頭に挿すものと足にはくものとを対照させた軽妙な台詞。

八 叩き売りにすること。古道具屋の用語。

九 仏教では、女性は情が深く執念深いため、成仏できないとされていた。むしろ悪人の方が、情がなく思い切りがよくて成仏しやすいのだ、ともとれる直助の自分勝手な言い草が面白い。

一〇 直助の動作を見計らって。

一一 行燈の内部に上から竹筒が釣り下げてある。紐を緩めるとそれが下がって灯に被さるので暗くなり、引き上げると明るくなる。

るくなり、また、暗くなる事。この時、[一三]盥の着る物の袖より、
[一四]細き手を出し、直助の足を捕へる。[一五]心得ぬ思ひ入れにて、直助、
これを見て、悑《びつく》りして、持つたる櫛を盥の上《かみ》の方へ取り落す。
これにて手は盥の内へ引つ込む。ドロ〳〵やむ。直助、ホツと
[一六]思ひ入れあつて

ハテナ、今のはたしか女の手だが、なんにしろこいつは[一七]希有《けう》だわへ

ト[一八]合方、[一九]思ひ入れ。この時、暖簾口より、お袖、[二〇]日光膳の上へ
[二一]粗相《そさう》なる燗徳利《かんどくり》、猪口《ちよこ》をのせ、[二二]飯櫃《めしびつ》と一緒に持ち出て来り

お袖　[二三]サア、夕飯にしようぢやないかへ
直助　もう膳を持つて来たのか。コレ、酒の買つたのはあるか
お袖　アイ、とつておいたわいナ
直助　そんならあつく燗《かん》をして来て[二四]下ツし
お袖　モシ、それに如才《じよさい》があるものかいナ《ぬかりあるもんですか》。◯

ト徳利《とつくり》を見せながら、お袖、そこに落ちてある櫛を見つけ、取

一二 糸で燈心を油の中に引きこんで消す「消え離し」の仕掛けを用いる。
一三 この盥は実は半分に割ってある。前に水を入れたのはその片方である。
一四 盥の水のない片割れの底が開き、奈落（舞台下）から後見が、盥の着物の袖を通して青く染めた手（または小道具）を上に出し、直助を把《つか》む。この時「ドロ〳〵」を打つ。
一五 はじめ足が捕えられたので不思議に思って振り返り、「ワッ」と言って飛びのく。そのはずみに櫛を落すのである。
一六 安心する思い入れ。
一七 不思議だ、の意。「けぶ」とも発音する。
一八 お袖の出につく合方。怪奇な雰囲気からもとの日常的なそれに戻る。
一九 直助は腕組みなどして不思議がる。
二〇 日光（現在の栃木県日光市）から産出する、日光塗りの脚のついた膳。粗末だが堅牢で実用的であった。
二一 粗末な。
二二 お櫃。飯鉢とも。
二三 お袖は直助の見た怪奇を知らないから陽気に言う。ここはその対照を狙う気味合《きみあい》。
二四 「下さい」が「くだせえ」となり、さらに「くだっし」と変化したもの。江戸弁。

り上げて
あれほど姉《あね》さんが大事がらしやんす櫛ぢやといふに《大事がっておいでの櫛だと言っているのに》、このやうに捨て丶おかしやんして、ほんに[一]男といふものは、モシ、コリヤわたしが預つておくぞへ

ト直助、[二]思ひ入れあつて

直助[三] なるほど、手めへの言ふのが尤《もつと》もだが、長くは借りまい。あすはどう《どう》かやりくつて《にかやりくりして》受けて《〔質屋から〕》返すが、ちつとのうち《少しのあいだ》、それを貸してくれまいか

お袖 ぢやといふて《だからといって》姉さんが大事がらしやんした事を思うてみると、今からでも届けてあげたうござんす。そりやモウたいてい探して[四]

直助 なにも借り取りにするといふでは《借りたまま取り上げてしまうわけでは》あるまいから、明日《あした》はすぐに持た《〔姉のもとへ〕》してやるがよい。畢竟《ひつきやう》おれが鰻掻きへ引つかゝつたから《もともと俺の鰻掻きへ〔櫛が〕引っかかったからこそ》、手まへの手へも渡るといふもの。さうでないと水の底で腐つてしまふ代物《しろもの》だ。コレ、うぢ〳〵してゐるうち《ぐずぐずしていると》、米屋の野郎が《米屋のやつが》来るとうるさいハ。野《融通》暮を言はずと《のきかぬことを言わずに》貸して下ツし

一 男というものは、物事に気をとめぬ、しょうのないものだとの意を言外にこめる。

二 怪異が起ったので、お袖に断ってから取り上げた方がいいと考え直す思い入れ。

三 東大本・伊原本は、ここから九行目までを欠く。くどいので省略したと思われる。

四 後に「いるこっちゃござんすまい」等の台詞が省略されている。大いに探しているどころか、もう血眼になって探していることだろう、の意。

五 炊事の費用。「煙」とは、ここは食生活を営むための煙をさす。

六 「ちっとの内貸して下さんせへ」と言いながら、お岩に詫びる心で両手で持って戴き、礼をする。

お袖　なるほど、思うてみれば言はしやんすとほり、おまへが見つけたり《見つけたからこそ》やこそ姉さんの仕合せ。その上栄耀《ええう》につかふといふではなし《贅沢するために使う訳ではないし》、細い暮し《貧乏暮しの》の煙五の代《しろ》。姉さん、ちつとの内《少しの間》貸して下さんせへ。○

ト櫛六をいたゞき

直助　サア、持つてゆかしやんせ

そんなら聞きわけて《いうことをきいて》貸してくれるか。○

ト盥《たらひ》七は真中。お袖、上《かみ》の方《かた》、直助、下《しも》の方より、および腰八に櫛を受け取る。やはり右の合方九、また薄ドロ〳〵になり、盥の中より、以前の女の手出て、直助が櫛を持つたる手首を握る。一〇これを見、直助、また恂《びつく》りして

アレ〳〵、また細い手が。○

トぞつとして、櫛を盥の中へ取り落し

エヽ、一一無《ぶ》きびな《気味の悪い》

お袖　なにをおまへはそのやうに仰山《大げさ》な、櫛はどうしたのぢやへ

＊直助がお袖から櫛を借りる趣向は、初日序幕の伊右衛門浪宅におけるそれと照応する。お岩は邪険な伊右衛門の要求にもかかわらず形見の櫛に執着するが、お袖は直助の説得に折れて一度は櫛を貸すのを承諾するのである。陰湿なお岩と、現実的で勝気なお袖の性格を対照的に捉えている。本作は初日・後日の二日間で上演されたため、このような初日・後日一対の趣向が多く設定されている。再演以降、一日の通し狂言として上演されるようになると、その趣向の重複は自然に解消されてゆく。

七　平舞台に置かれた盥を中心に、上手にお袖、下手に直助がいる。

八　物を取ろうとして手を伸ばした時の腰つき。「及」という字に似ているのでいう。

九　二四八頁六行目の「すごい合方」のこと。現行では「ドロ〳〵」だけを打つ。

一〇　二四九頁注一四の方法で、今度は手首をつかむ。だが後見は奈落の下から手を出すので、舞台の上はよく見えないかもしれない。その際は指先だけを動かすことになる。

一一　「無気味」に同じ。

直助　櫛か、櫛は盥の中へ。ア、、そんなら手まへは《おまえは》、[一]今のは《細い手を》見ないか

お袖　そりやなにを《それは一体何のこと》

直助　こいつはいよ〳〵希有《けう》だわへ《ふしぎだな》

　　　ト思ひ入れ。お袖、こなしあつて

お袖　モシ、早うあの櫛持つて行《ゆ》かしやんせ。今に米屋が来ようぞへ《「代金の請求に」来るよ》

直助　イヤ〳〵、もう〳〵あの櫛は借りない

お袖　[二]おまへもマアなにを言はしやんすやら。そして櫛は盥の内へ落した
と言はしやんしたナ。○

　　　ト[三]あちこち盥の中を探してみて

よう啌《うそ》を言はしやんす、盥の中にはありもせぬものを《何もありはしないのに》

直助　なに、ない事があるものか。たつた今おれが持つてゐた櫛を、その
盥の中へ引こんだハ

お袖　[四]エヽ、モウ気味の悪い。そんならおまへ、探してみやしやんせ

直助　いやな事。もう〳〵あの櫛へかゝり合ふ事は御免《ごめん》だ。手まへよく探

一　お袖には直助の手首をつかんだ細い手が見えない。彼女が脇見をする隙に手が出るという演出も考えられるが、ここはむしろ、お袖の眼前で手が出、それが彼女には見えないという方が面白い。

二　無理にでも借りて行こうとした櫛なのに、態度を急に変えたのでこう言った。

三　怪異の起った盥の中を捜してみせ、種も仕掛けもなかったことを見物に確認させる。

四　お袖は、ここではじめて何がしかの怪異を感じる。

五　あるわけがないのに。「ない」を強調。

六　凄みを出す伏鉦《ふせがね》の音。

七　二四八頁六行目の「すごい合方」をさす。現行では「ドロ〳〵」。

八　本物の水。

九　着物の中に粉紅の氷嚢を仕掛けておき、着物と同時にこれを絞ると、裂けて血汐がしたたる。これもお袖には見えない。

一〇　驚きの声。

*　盥を使って手品のような仕掛物を随所に織り込んでゆく見世物的演出が、尾上家の夏芝居の呼び物になっていた。「天竺徳兵衛」では、石のかけらが蛙になったり、抜いた刀に小蛇が纏わりついたりする。これらの仕掛物は、菊五郎の養父尾

してみるがよい

お袖　それぢやというて、ない[五]もせぬものを

トまたあちこちと探してみる。やはり一[六]ツ鉦《がね》、以[七]前の合方にて、お袖、櫛を探すとて、盥の中の着る物をふるつてみて、水を絞る。はじめのうちは本水《ほんみづ》[八]にて、薄ドロ〳〵になり、この絞る水、自[九]然と血汐《ちしほ》に変じてしたゝる仕掛け、直助、これを見つけ

直助　[一〇]エヽヽヽ。それ〳〵、その着物は血だらけだハ〳〵

お袖　エヽヽ

ト悧《びつく》りして、絞りあげた着物を、盥の中へ取り落す。薄ドロ〳〵、一ツ鉦。このとたん盥の中より、鼠一匹《ねずみいつぴき》[一一]、櫛をくはへ飛び出す

直助　それ〳〵、鼠が櫛を。◯

トこの跡を追はへる《追いかける》。鼠は[一二]櫛を[一三]仏壇の上へ置き、消える。直助、

上松緑が「竹田機関《からくり》」という見世物芝居の技術を学んで考案したものである。当時菊五郎のもとには、松緑の相談相手として活躍した直江重兵衛、鬘師の友九郎、大道具の棟梁長谷川勘兵衛をはじめ、鉄砲町の人形屋政、福井町の勘治などと呼ばれる細工師が集まって仕掛物の腕を競い合った。しかし、舞台装置や扮装などが様式化された今日では、このような他愛のない仕掛物は許容されなくなる傾向にある。

着物の怪と鼠の怪と

一一　お岩の化身。「鼠」は小道具。ジャリ糸を引くことによって動かす。盥から出て、二重屋体を上り、畳を伝って仏壇へ上って消える。現行ではこの場の二重屋体は、鼠が上りやすいように一尺低めに組んである。

一二　鼠のくわえるものとは別の櫛。鼠は櫛をくわえたまま仏壇へ消え、別の櫛を鼠が置いていったかのように出す。櫛は、お岩の髪梳《かみすき》の際のもの、隠亡堀で拾われるものとを加えると、その用途に応じて全部で四枚用意してあることになる。

一三　お岩の鼠は、母の形見を先祖の祀られる仏壇に置いて消えるのである。

櫛を取り上げ

なんにしても今夜はへんちき《妙な》な晩だぞ。コレ、それでも櫛は見つけたハ。その盥の中で《中から》鼠がくはへて飛び出して、あの仏壇へ置いていつたハ

お袖　そんならアノその櫛を、鼠が仏壇へ〔持っていって置いたというのですか〕

直助　コレ、この櫛はおらアいやだ。手まへ《おまえが》挿してゐて、明日《あした》さう〳〵《早く》姉《あね》御《ご》に届けるがよい

ト直助、[一]お袖の頭《つむり》へ櫛を挿してやる

お袖　エヽモシ、そのやうなところへ挿しては。〇

ト櫛を直さうとして、〔櫛をとり〕自分の手[二]を見て

エヽ気味の悪い。どうせうぞいナ〳〵

直助　今の血がついたのだ。どれ〳〵、おれが洗つてやらう

ト[三]手桶の本水にて、お袖《お袖の》が手を洗うてやる

お袖　モシ、早《はや》うその盥、どこぞへ《どこか》〔目につかぬ所へ〕片づけて下さんせ

＊子年《ねどし》生れのお岩は、鼠に化身していくつかの怪奇を起す。ここでは、お袖が直助の要求をのもうとするのを見て、鼠となって櫛を守ったのである。

一 直助は男だから、どこへ櫛をさしてよいやら分らず、いい加減にさしてやる。

＊このあたりの直助の行動には、小悪党としての臆病さや、女への甘さなどが描かれていて面白い。

二 手には着物を絞った際の血がついている。お袖はここで初めて血に気付くのである。具体的な怪奇を見た直助と違い、姉の浴衣に似た湯灌場物から付けられた血を見たお袖は、漠然とした不安感に襲われる。

三 下手の上がり口にある、本物の水が入った手桶で手を洗ってやる。お袖の手に血がついたままでは他の物に血がついてしまうなど、この後の演技に差しつかえるのである。

四 気がかりだという思い入れ。

五 夜にする仕事。原義を「夜並べ」「夜延べ」「夜鍋」等に求める諸説がある。ここは縫物の賃仕事。

六 船積みした荷物を河岸に陸揚げすること。

七 荷物を担ぐ際に肩に当てる刺子《さしこ》。

直助　オット合点《承知した》だ。イヤとんだ洗濯物を頼まれたぞ

　ト門口の外へ出す

お袖　わたしやモウ怖さも怖し《怖くもあるし》、《〔姉さんが〕》気にもかゝる《気がかりでもある》。ちよつとマア姉さんの身の上に《〔もしものことがなければいいが〕》

　ト思ひ入れ[四]

直助　ハテ、ものは気にかけると、放図《はうづ》がないものだ《きりがないものだ》。必ず案じないがよい《決して心配しないがいい》

お袖　それもさうかいナ。どれ、そんならわたしや《私は》、夜《よ》[五]なべ仕事にかゝらうかいナ

　ト針箱を出し、河岸《かし》[六]揚げの肩当[七]を刺し[八]にかゝる。直助、見て

直助　なんだ。アヽ木場《きば》[九]の河岸《かし》揚げの肩当だナ。そいつを刺し溜めて《作りためて》売るといふ始末[一〇]か

　ト[一一]かすめたる佃の合方、四ッ竹、木魚の音になり、下座の門の《下手の墓地の門の》内より、宅悦《たくえつ》[一二]、頭巾《づきん》[一三]をかむり、足力《そくりき》[一四]の杖《つゑ》を担ぎ、前幕《まへまく》の按摩《あんま》に

八　布を針で裏表刺し通し、全面を縫い固めるのを「刺す」という。

九　現江東区木場。材木商人が集住し、貯木場として繁栄した。お袖は近所の木場の河岸揚げに使用される肩当の需要に応えているのである。

一〇「始末」は、今日とはやや違い、生活の切り盛りに無駄がなくうまいことをいう。

一一「佃の合方」は粋《いき》な合方だから、宅悦の出に用いる鳴物としては不適当。伊原本では「四ッ竹、木魚の音」、東大本では「四ッ竹の合方、木魚の音」となっている。こちらの方がふさわしい。今日では、木魚入りの合方に「風の音」。

一二〈扮装〉半坊主の頭。茶の木綿の小格子の着付に、花色のパッチをはき、鼠色の手拭を腰に下げ、くり下駄をはく。按摩笛をくわえ、足力の杖（注一四参照）をかついで出る。

一三　現行の演出では頭巾はかぶらない。

一四「足力按摩」の略。目明きの按摩で、手のほかに足を用いて客の背・腰・脚を踏んで揉みほぐす。そのとき松葉杖のような撞木杖《しゆもくづゑ》を両腕に挟《はさ》み、体を支える。

宅悦との再会

て、笛[一]を吹き出て、花道[二]のよきところまで行きかける。直助、
これを聞きつけ

直助　オイ按摩さん〳〵
ト呼ぶ。これにて、宅悦、花道よりとつて《戻って》返し、門口へ来り

宅悦　お呼びなされましたかな

直助　オットこちらだ。はいらッしやい

宅悦　ハイ〳〵、御免なされませ
ト内[三]へはいり、頭巾《づきん》をぬぐ

直助　アヽ、足力《そくりき》だな。こいつは奇妙[四]だわへ。そして按摩さん、おまへ《お前さん》見ゆるの《目あきだね》

宅悦　さやうでござります。○
ト行燈《あんどう》の火《ほ》かげに直助をつく〴〵見て
ヤ、こなさん《あなたは》はたしか、いつやら浅草で逢《あ》つた薬売りの藤八[五]殿ぢや
ござらぬか

一　按摩笛。当時按摩は笛を吹きながら流して歩き、客に呼ばれるとその家を訪問して仕事をした。『嬉遊笑覧』には、江戸ではこれが天明ごろからの風俗であったとある。
二　直助の家の前を素通りして、花道を揚幕の方へ七三のあたりまで行きかける。
三　戸を開けて中へ入る。
四　初日序幕で直助は薬売りで登場した。「奇妙」はその薬売りの呼び声で、当時の新しい流行語であり、直助の口癖でもある。
五　薬の発売元「岡村藤八」の名や、「藤八五文」の呼び声から、世間では「藤八」がこの種の薬売りの名だと了解していた。
六　お灸屋。宅悦は以前地獄宿を営んでいたが、表向きは灸点屋の看板を出していた。
七　地獄宿に出ていた頃のお袖の呼び名。
八　呆れた、という気持を表す発語。
九　諺。辛い蓼を食う虫もあるように、人の好みは一概には説明できぬ、の意。
一〇　相手に悪く言われた場合に返す決り文句。ひどいことを言うよ、の意。尊敬語を用いて苦笑の気持を表す。「これは」を頭につけるのが慣用。

直助　道理で聞いたやうな声だと思つた。その時の[六]灸点《きうてん》屋だナ。イヤ、こいつはとんだ人を呼びこんだ

　　　トお袖、宅悦を見て

お袖　おまへは宅悦さん。どうしてこゝらへ〔来なすった〕

宅悦　ヤ、[七]おもんさんが。〔ここに〕おれより《俺のことより》おまへはどうしてこゝに。〔いるのだ〕ハヽア、そんならたうとうこの人を亭主に持つたのか。[八]イヤ、[九]蓼《たで》食ふ虫もすき〴〵だぞ

直助　[一〇]これは御挨拶だ。ときに《ところで》まだこなたは《お前さんは》浅草に居るのか《住んでいるのか》

宅悦　ちつと《少しばかり》あの辺には[一一]ゐにくい事があつて《住みづらいことがあって》、この頃まで《最近まで》四谷の方へいつてをりやした

お袖　[一二]モシ、四谷はどの辺に《四谷のどのあたりに》ゐやしやんしたへ

宅悦　[一三]水道町の近所さ。なに、やう〳〵《やっと》一月ばかりしかをりませぬて

直助　[一四]お坊もとかく尻《しり》がすわらない《落着かない》様子だナ

お袖　あんまり[一五]色事を稼がしやんすからの事サネ

一一「ゐにくい事があつて」（九行目）とあるが、宅悦は、何らかの不都合で浅草の藪の内の地獄宿をやめ、流しの按摩になっているのである。宅悦の役は一種の狂言回しで、地獄宿（初日序幕）、伊右衛門の浪宅（初日中幕）、三角屋敷（後日序幕）と、三つの場面に現れるにも拘らず、その場に登場するまでの経緯《いきさつ》は十分には説明されていない。

一二 改めて呼びかけるときの発語。

一三 現在の文京区水道から、神田川を隔てたその対岸にあたる新宿区水道町付近の称。四谷に近いが四谷そのものではない。なぜこの地名を出したか不明。近くの音羽（現文京区）に岡場所（私娼窟）があった関係で住んでいたのかもしれない。

一四 坊主ではないが、頭を丸めているのでこう言ったもの。

一五「尻がすわらない様子」という言い方から、色事を連想したもの。売春業をする、女に手を出す等の意を重ねてある。お袖は自分の前歴から、宅悦の動静を察知してこう言ったのである。現在の宅悦は老練な役者の受持ちであるが、初演の際の大谷門蔵は、若さと色気のある敵役で、この種の台詞が生きていた。

宅悦　ナニ、[一]稼がせもせぬくせに《もうけさせもしないくせに》。[二]イヤまた、おまへとなら夜昼《よるひる》寝ずに稼ぎたいが、イヤ、このやうな事を言つて[三]七両二分の[四]施主になつてはならぬ。ハヽヽヽヽ。ときに療治《れうぢ》をなされやすか

直助　せつかく呼びこんだものをたゞも通されまい《そのまま帰されまい》。ざつとやらかして貰ひやせうか《まあやってもらおうか》

お袖　モシ、一服のましやんせ

　ト[五]煙草吸ひ付けて出す

宅悦　おまへの吸付煙草も久しぶりだ。[六]こいつは仕合《しあは》せが直りませうよ。◯

　ト[七]煙管《きせる》をはたき

サア致しませうか

直助　どうぞきつく頼みます

　ト[八]誂《あつらひ》四ツ竹合方になり、宅悦、[九]捨て台詞《ぜりふ》にて、直助が《直助の》肩を揉《も》みにかゝる。お袖、やはり継ぎ物をしてゐる

一　浅草の地獄宿で、お袖が客をとっていた頃のことを言っているのである。客を断って、自分に儲けさせなかったというもの。

二　商売ぬきならば昼夜かまわずお前と情事に耽《ふけ》りたい、の意。お袖役の粂三郎は、見るからにそんな気にさせる女形だったのである。

三　武家と違って町人の場合は、間男の罪を金で許すことがあり、「七両二分」はその相場であった。

四　寺に金品の布施をする人。ここでは単に払い主の意だが、洒《しゃ》落れてこう言った。

五　客商売時代の癖で、思わず吸いつけ煙草を差し出したのである。武家や一般町人の女性ではこのようなことはありえない。このあたりの描写の抜け目なさも南北ならではである。

六　こいつは有難い、運が向いてきた、の意。

七　一服のんで煙草盆に吸い殻を叩き落す。

八　「誂四ツ竹合方」とは、誂の合方に四ツ竹を打ち合せる意か。こういった場面では、二五五頁の宅悦の出の際の合方をそのまま使うのが普通だが、底本では相違している。伊原本では「四ツ竹、誂の合方」、東大本は「やはり四ツ竹の合方」と、諸本により若干違う。鳴物が決るまでの流動的一面の反映である。

宅悦　イヤモシ、いつぞや中田甫《なかたんぼ》[10]の騒動《さうどう》はまことに珍事[11]中夭《ちゆうえう》[12]な事でござりましたネ。いつたいあの一件は

直助　[13]コレサ〳〵、その咄はこゝでは御免だ。[14]れこがふさぐよ（気をめいらせるよ）

ト[15]お袖へ思ひ入れする

宅悦　ハヽア、あの咄は禁句[16]かネ。しかしおまへ方がかうして夫婦になつてゐるといふのも、［その］仲人は人知らずわしがしたのだ（知らぬうちに私がしたことになるのだ）。なんでも今夜はしつかりと（十分な）御馳走がありやせうネ（ご馳走にありつけるんでしょうな）

直助　なに、夫婦といふはほんの名ばかり、まだおらア女房の味[17]を知らない

宅悦　うそを言ふぜ。モシ、御亭主があのやうな事を言はつしやるが、ほんの事かへ（本当の事ですか）

お袖　ホヽヽヽ。ほんの事ぢやわいナ

宅悦　イヤあきれるわ。なるほど、似たもの[18]は夫婦とはよく言つたものだ。二人ながら（二人とも）閻魔《えんま》[19]様の前へは行《ゆ》かれぬわへ

九「イヤ、随分、肩が凝っていますね」などと、即興的な台詞で間をつなぐ。

一〇「中田甫」は、浅草寺の奥山と新吉原の間の田甫をいう。初日序幕の「浅草裏田甫」と同じ場所。「騒動」とは、四谷左門と奥田庄三郎が殺された事件のこと。

一一 珍しい事件。

一二「中夭」は、不慮の災難。

一三 これこれ何を言う、と注意する発語。

一四「れこ」は「これ」の倒語。一種の隠語で、自分の女などをさすことが多い。ここではお袖のこと。

一五 お袖の方を顎でしゃくり、彼女に聞えてはまずいという仕種をする。

一六 触れてはならぬ言葉。

＊ 伊右衛門の浪宅では臆病そのものだった宅悦が、ここではお追従を言って直助にたかろうというのである。

一七 夫婦としての共寝の味。

一八 諺。夫婦は性格が似てくる、の意。

一九 そんな嘘つきが閻魔大王の前に行ったら舌を抜かれるに決っているというもの。汚れた世界に住む宅悦には、二人の言葉が信じられるはずもないのである。

トこのやうな事を言ひながら、[一]直助の頭《あたま》を揉《も》む

直助　[二]ア、かゆい／＼。コウ、按摩さん、[三]思ふしま《十分に》頭を掻いて貰ひたい

宅悦　それでもおまへ、まだ昨日あたり結《い》つた頭《つむり》を、[四]二十八文《もん》の出入り《出費になる》だ。
[五]おもんさん、ちよつと櫛をお貸しなさい

お袖　そんなら待ちなさんせ。ちよつと[六]黄楊《つげ》の櫛を取つて来て［あげましょう］

宅悦　[七]モシ／＼おまへ、頭《つむり》にそれほど《そこにちゃんと》挿してゐるではないか

お袖　でもこの櫛で頭《つむり》を掻いてはたまらぬわいナ

[八]ト櫛をとつて、何心なく《何気なく》宅悦に見せる。宅悦、この櫛を手に取つて見て

宅悦　この櫛はどうか《どうも》見たやうな櫛だが
[九]ト思ひ入れあつて
さうだ／＼、イヤこの櫛について、とんだ咄がありますよ

お袖　エ、この櫛について咄があるとは、そりやどのやうな

宅悦　その櫛はおまへ、どこから買つて挿してゐなさるか知らないが、そ

一　按摩の動作にかこつけて、この嘘つきめと、直助の頭を小突いたのである。見物の方から見ると、小突かれた直助が頭を振る格好がおかしみをさそう。

二　現行では、直助はお袖に聞かせたくないことがあるので痒くもないのにこう言って宅悦の言葉を止めさせ、ごまかそうとしたという演出となっている。伊原本「かいゝ／＼」。この方が江戸弁の発音。

三　「思ふさま」の訛。

四　当時の男の髪結賃。米代も払えないくせにちゃんと髪結床には行っているのである。悪党としての気取りや、お袖への思慕が出ている。

五　宅悦はどこまでも、かつて地獄宿にいたころの名でお袖を呼ぶのである。

六　髪を梳いたりとかしたりする際には、丈夫な黄楊の櫛を用い、飾りの挿櫛とは区別する。

惨劇を告げる櫛

七　男である宅悦は、櫛の用途の違いを気にかけず、お袖の挿櫛を使おうとした。

八　伊原本では「ト奥へ行かうとするを、宅悦、櫛を無理に取つて」。櫛を何気なく見せるのと、無理やり宅悦が取るのと、二通りの演出に分れるところ。いずれにせよ櫛からお岩の話が出る導き方はうまい。

りや山の手の四谷町で、民谷伊右衛門といふ浪人の女房、お岩殿といふ女の插してゐた櫛であつたが

直助　コレこなた、詳しい事を知つてゐるナ

宅悦　一〇知らないではサ、あの辺は療治場一一でござりました

お袖　そしてモシ、そのお岩さん一二といふ女中は、どうぞしやしやんしたか《どうかなさったのですか》へ

宅悦　どうした段か《どうかしたどころか》、イヤ大《おほ》騒動でござりやした

お袖　エヽ、そりやマアどうしたわけで

宅悦　モシ、世の中に怖いものといふは焼餅《やきもち》一三深い女と人切庖丁《ひときりばうちやう》一四を差してゐるお侍《さむらひ》サネ。その民谷伊右衛門といふ侍の女房のお岩といふ女は、もとが焼餅からおこつて亭主に殺されやした

お袖　エヽヽ

ト恟《びつく》りする

直助　お袖、そりやマアたいへんだぜ

九　不審がる思い入れ。

一〇　知らないでどうする、の意。直助の台詞にすっかり調子づいて言う。

一一　按摩が治療をして歩く地域。縄張り。

一二　宅悦に、それが自分の姉だと知れてはまずいので、他人事のようにしらばっくれたもの。

一三　嫉妬するのを「焼く」というところから派生した語。お岩が嫉妬深い女だというのは巷説をふまえた宅悦の言い草だが、「岩」を名にもつ女の系列的な嫉妬深さへの連想でもあろう。

一四　侍の刀を罵る時の呼称。

＊　宅悦は、お岩の死に立ちあった、たった一人の証人であるが、すでに宅悦の創作によって事件の真相が歪めて伝えられようとしている点が面白い。嫉妬する女と人切庖丁をさしている侍と、二つの題材を並べて謎めかし、興味本位の巷談をでっちあげようとしているのである。

宅悦　ハ、ア、そんならおまへ方、縁《ゆかり》でもござるかネ《縁つづきにでも当るのですか》

直助　縁《ゆかり》どころか、そのお岩といふはこのお袖が姉だよ

宅悦　エ

ト思ひ入れ[一]。お袖、宅悦を捕へ[二]

お袖　モシ、そりやマアまことでござんすか。ほんの事かいナ《本当の話ですか》〳〵

宅悦　サ、ほんの事はほんの事だが、わしはまた、そんな縁引《えんびき》のある事と《縁故があるとは》は知らず《知らず》、うか〳〵とんだ咄《はなし》をしだして〔申しわけありません〕

お袖　イエ〳〵、よう言うて聞かして《よくぞ話して》下さんした。シテマア《ところでまた》姉《あね》さんには、なんの咎《とが》があつてそのやうに

宅悦　サ、わしもその一件には関《かか》り合つて《関係があって》。〇[三]イヤ〳〵関り合うたといふわけでないゆゑ、詳しい訳《わけ》は知らないが、速く言ふと《手っ取り早く言うと》亭主の伊右衛門殿が女房に飽きがきて、外《ほか》の女を足[四]にしようとしたのを、少し妬《や》きかけたから《嫉妬しかけたために》起つた騒動だといふ咄さ。それからその伊右衛門といふ人が気が違つたか自棄《やけ》になつたか、その外《ほか》に二三人[五]を殺して

一　びっくりする思い入れ。

二　宅悦の胸倉をとる。ここで宅悦は、直助の後ろから離れて、直助・お袖の真中に坐らされることになる。

＊　宅悦が、直助の肩を揉みながら、思わず問わず語りをするのは、『加賀見山《かがみやま》旧《こきょうの》錦画《にしきえ》』でお初《はつ》が中老尾上の肩を揉みつつ意見をするパターンに類する。しかし櫛が媒体とされているため因縁話にも深みが増し、髪梳の際のお岩・宅悦の情景のパロディーともなっている。

三　その場にいたことをうっかり喋ってしまったので、自分に累が及ぶのを恐れ、急いで打ち消そうとする瞬間の間《ま》。

四　「足」は、情婦のこと。男女ともに使われる。因みに、紐《ひも》の男のことを「悪足《わるあし》」などという。

五　伊藤喜兵衛・お梅・小平などをさす。

影を隠したが《姿を隠したが》、イヤモウ思ひ出すとぞつとするほど恐ろしい事が。[六]〇 [七]イヤまたそのはずの事かへ《そういえば本当にそうだった》。さして咎《とが》もない《罪もない》お岩殿、それ《［を］》は〱むごい殺しやう。[八]〇 [九]イヤこの咄は止めやせう。なんだか目先へ死顔がちら〱ちらつくやうだ。なんにしても《いずれにせよ》、その民谷伊右衛門殿といふ男は、強悪《がうあく》な侍さ《ひどい悪侍さ》

　ト[一〇]思ひ入れ。直助、こなし。お袖、[一一]思ひ入れあつて

お袖　[一二]チエヽ、いかに夫の[一三]高下《かうげ》ぢやというて、咎《とが》もない姉《あね》さんを、そのやうにむごたらしう殺すといふが《殺すなどという理屈が［あるものか］》。わたしが為には義理ある姉さんの《私にとっては義理の姉に当る人の》敵《かたき》、その伊右衛門殿のありかを《居所を》言うて聞かせて下さんせ。モシ、教へて下さんせ〱

　ト宅悦を[一四]こ突きまはす

宅悦　これサ〱、どうしてわしがそれを知るものか。こりやマア、ひよ《とんで》んな《もない》咄をしだして《［困ったことになった］》

お袖　イエ〱、なんぼでも《是非とも》おまへからくはしく聞かねばならぬ。サ、姉

六 途中まで言ってその時の実感が甦り、絶句する思い入れ。
七 現場の実感を振り切るように、今度は事件に対する客観的な批判を行ったもの。
八 再び当時の実感が甦り、絶句する。
九 途中まで話しておきながら、その際の恐ろしい記憶の再生を避けるために、もうその話はよそうと我にかえる心理を、「仕方話《しかたばなし》」で見せる。
＊ ここでの宅悦の物語は、二六一頁の創作風の噂話と違って真実味がある。初日中幕の伊右衛門浪宅の事件に立ち会った人物として、その内容を後日の見物に簡単に話して聞かせるという仕組にもなっている。

お袖半狂乱

一〇 一気に話し終えて、一息入れる。
一一 無念の思い入れ。
一二 口惜しいときの発語。
一三 夫の地位が高く妻のそれが低いこと。江戸時代の夫婦関係は主従関係に准ずる。
一四 胸倉をとって揺する。

さんをどのやうにむごう《惨酷に》殺したのぢや。サヽ、もつと言うて聞かして〔下さい〕

逃げ出す宅悦

宅悦　イエサ、わたしやアそんな詳しくは
　　ト[一]持てあましたるこなしにて、だんだん門口の方へ出る。お袖、つきまとひ

お袖　サ、その伊右衛門殿のありか《居所》を〔聞かせて下さい〕

宅悦　これはまた迷惑な。[二]ありやうはわしも人の咄で聞いたが《実は私も人から聞いた話なので〔詳しくは知りませんが〕》、なんにしても《いずれにせよ》お力落しでござりやす。[三]○　わしはお暇《いとま》申します

お袖　イエ〳〵、もつと聞きたい事がござんす。どうぞ言うて聞かせて
　　ト宅悦の袖を捉《とら》[四]へる

宅悦　これはしたり《これはどうしたことだ》、わしは今夜大事[五]の出入場の御隠居を療治せねばなりませぬ。マア、こゝを《この袖を》〔離して下さい〕

お袖　イエ〳〵、詳しく聞かぬその内は、なんぼでも《どうしても》離す事は〔なりません〕

直助　コレ、お袖、かはいさうに帰[六]してやるがいゝ。たいてい《だいたいの》訳はわかつ

一　お袖が宅悦の胸倉をとって詰め寄るので、宅悦は逃げ腰になり、だんだん下手の入口の方へ行く。

二　お袖の詰問に、人から聞いたなどと嘘をつくのだが、「ありやうは」という前置きは、その嘘を見破られぬようにごまかそうとしたもの。

三　お袖の手を振り切り、別なことを言う。

四　振り切った宅悦の袖を再び捉えるのである。

五　按摩療治でお得意にしている出入り先の隠居。

六　江戸弁で「けえして」と発音する。

七　小さくなって、履物を手に、慌てて裸足《はだし》で逃げ出す。

*　初日中幕での宅悦は、何で不義を言いかけたかといってお岩に白刃を向けられ、

てゐるハ
宅悦　さやうさ。いくらしやべつてもこんなものさ。アレ〳〵気の毒な〔ことだ〕
　ト花道の方へ、こそ〳〵[七]とゆく
直助　コレ〳〵、療治代を持つてゆかないか[八]
宅悦　なるほど、肝腎《かんじん》のものを。〇[九]
　ト帰りさうにして〔思い直して〕
イヤ、[一〇]こゝが按摩《あんま》の辛抱《しんばう》どころだ
直助　コレサ〳〵、足力《そくりき》の杖《つゑ》もあるよ
宅悦　それも按摩の辛抱どころだ
直助　コレサ、道具がなくつて商売が出来まいが
宅悦　それも按摩の辛抱どころだ
　ト[一一]木魚入り合方になり、宅悦、足早に向ふ《花道へ》へはいる。直助、思ひ入れあつて
直助　コレお袖、おれもはじめて[一二]聞いたが、さて〳〵とんだ事になつたナ

伊右衛門の悪事を白状する。後日には、その妹のお袖に問い詰められて難儀をすることになる。そして最後はともにほうほうのていで逃げ出すのである。

八　東大本「ねへ」。発音は江戸弁で「ねえ」となる。

九　療治代を貰うのを忘れるところであったわい、という思い入れ。

一〇　按摩治療の最中に客が痛がると、「ここのところが按摩治療の辛抱どころです」と言うのが慣わしになっていた。ここでは、それを自分自身に対して言うので観客の笑いを誘う。しかも三段階に追い込む手法が効果的。宅悦役者の見せ場である。

一一　宅悦の出のときに用いた鳴物（「かすめたる佃の合方」）をここで再び用いて退場させるのが普通（二五八頁注八参照）。但し、その際、宅悦の足早の退場に合わせて「のり」め（早め）に演奏する。

一二　直助は隠亡堀で、お熊と伊右衛門のやりとりを立ち聞きしており、事件のことは知っているが、お袖に対してしらを切ったのである。今日の演出ではこの点が強調され、二六〇頁注二のような演出がいくつか加えられる。

ト[一]思ひ入れ。お袖、[二]途方にくれし思ひ入れあつて

お袖　思ひがけない姉《あね》さんの、刃《やいば》にかゝつてはかない御最期《さいご》。さういふ事とはつゆ知らず、あすは[三]これなる櫛を添へ、文にこま〲便りをと《〔近況を〕詳しくしたためた手紙をと》、思うてゐたのに今の噂《うはさ》。とゝさんと姉《あね》さんまで、非業にお果《は》てなさんす《お亡くなりになった》といふは、[四]モシ、わたしやどうせうぞいな〱《どうしたらよいのでしょう》

ト[五]泣き伏す。直助、[六]こなしあつて

直助　かういふ噂[七]聞《きか》う端か《聞く前兆か》、[八]種々さま〲な希有《けう》な事。コレ、その櫛もおれが拾つて来て、[九]思はずおぬしが手へ《知らず知らずのうちにお前の手へ》渡るも、[一〇]死んだ姉御が

お袖　わたしに届けて下さんしたのか。それほどまでに姉さんの、妹を思うて下さんす、形身のこの櫛。今は[一一]仇《あだ》なれ姉聟《あねむこ》の

直助　その伊右衛門も武士の浪人。舅左門殿の仇敵《あだがたき》、[一二]討たねばならぬ身をもつて、かへつてその身が敵となれば《敵となったからには》、[一三]コレ、親の敵、姉の仇《あだ》、討《討た》つべきものは《ねばならないのは》そなた一人《ひとり》。なにをいふにも《何といっても》か弱い女。[一四]エヽ、コレ、この《この》直助もつながる縁もあるならば《直助もお前とつながる夫婦の縁があるものならば》、なに[一五]安穏《あんをん》に敵をば、さぞ左門殿

一　知らぬふりで通そうとの思い入れ。
二　なす術《すべ》を知らぬ様子を表現する。
三　宅悦と揉《も》みあった時に落した櫛に気づき、それを拾って手に取りながら言う。演出によっては、宅悦の手から取り返した櫛を頭に挿しており、それを取ってこの台詞にかかる場合もある。
四　台詞のつながりからいえばここで「どうした因果であろう」となるべきだが、感情が激していて、自分の嘆きが先に立っている。「モシ」は直助に対する呼びかけであり、この男に頼ろうとする女心がよく表れており、同時に、直助につけこまれる隙を見せたことにもなっている。
五　女方としては世話場における最大級の泣き方をする。
六　お袖の様子から、しめたという動作をし、同情したふりをして言う。
七　「端《はし》」は前兆の意。伊原本「聞《きく》はしか」。
八　さきに直助の体験した怪異をさす。
九　亡きお岩の意志の働きであることを感じているのである。
一〇　東大本「姉御が一念の」。伊原本「姉御の一念」。
一一　今は仇敵となっている、の意。

も草葉《あの世で》のかげで口惜《くちを》しからう。無念であらうよ

ト一六よろしくこなし

お袖　いかにかひない《どんなにか弱い》女子《をなご》ぢやとて、なに安穏に仇敵を《［見逃しておこうか］》

ト一七思ひ入れ

直助　そんならそなたは親左門、姉のお岩に夫の与茂七、その三人の敵《かたき》をば、みごと女の身一ツで。一八その仇討は覚束《おぼつか》ない。おれも以前は武士奉公、二人や三人相手にもしかねぬ手ぶし《腕前は持っていながら》は持ちながら、《［お前と］》赤の他人でゐる時は、酔狂《すいきやう》らしく助太刀《すけだち》も、一九エ丶二〇これ、腕がむづ〳〵するわナア

ト二一思ひ入れ。二二合方替つて、お袖、二三思ひ入れあつて、燗徳利《かんどくり》と猪《ちよ》二四口《こ》を持ち来り、直助がそば《直助のそばに》へ来り。手酌にて一口呑《の》んで、直助の前へ置き

お袖　サ、一ツ呑んで下さんせ

ト思ひ入れ

一二 伊右衛門は、舅四谷左門の敵を討たねばならぬ身だったはずなのに、の意。
一三 強意の発語。
一四「エ丶」「コレ」は、悔しがってみせる発語。お袖の注意を喚起する。
一五 何で敵を無事でいさせよう、討ってやるその意。「安穏」は「あんのん」と発音。
一六 まだ本当の夫婦になっていないことに気づかせ、仇討を餌にして同衾しようという腹で演ずる。
一七 敵討に心を奪われ、直助の言葉など耳に入らぬという思い入れ。思いこみの強さが受けつけないのである。
一八「討ってみせるというのか」などの台詞を省略して強く迫ったもの。
一九 言外に「できねえではないか」といった意をこめ、お袖に気づかせる手を使った。
二〇 口惜しがるさまを表す発語。
二一 お袖の顔色をうかがう。
二二 現行では直前の直助の台詞につく「山姥《やまんば》合方」から、お袖につく「媚《こび》合方」に替る。
二三 直助の台詞をじっと聞いていたお袖は、決心したように急に立ち上がる。
二四 現行では茶碗。この方が貧乏世帯の感じや、お袖の決意の悲壮感が出ていて、より効果的。

お袖の決意

直助　これは御馳走。そんなら一ツついで貰はう。○[一]
　ト お袖、酌をして、直助、一杯ひつかけ、こなし[二]あつて
なるほど女の狭い心では《小さい心では》、酒でも呑まずば立ちきれまい《酒の力でも借りなければやりきれまい》。咄を聞いてはこの胸が、いはゞ他人[三]のおれでさへ〔口惜しくてならぬわい〕
お袖　イエ〳〵、おまへを他人にせまい為、[四]女の方から差した盃。○[五]
直助　ヤ[六]
お袖　モシ、もう祝言《しうげん》はすんだぞへ
　ト 思ひ入れ。直助、こなし[七]あつて
[八]親と夫の百ケ日、今日が過ぎれば今宵《こよひ》[九]から、約束どほりおまへと夫婦《めをと》に〔なりましょう〕
直助　そんならおぬしは帯紐《おびひも》といて〔一緒に寝るつもりか〕
お袖　アイ
　ト 思ひ入れ[一〇]
直助　イヤ、そりや悪からう。[一一]おれもおぬしにありやうは《本当のところは》、のろけきつた

一 猪口を取り上げる。
二 お袖を口説いてやろうといったこなし。
三 特に「他人」にアクセントをつけて強調し、お袖の反応を見る。
四 女の方から、口をつけた杯を男へさすことを「付差《つけざし》」といい、心を許したことを意味する。結婚のときも女の方から杯をさす。
五 きっぱりと直助のものになろうとの決意を見せる。
六 軽い驚きを表す。本当か、という軽い疑いでもある。
七 驚き、お袖の決意に心動かされたさまを見せる。
八 近親の死後百日間は喪に服する風習であった。ちょうどこの日が義父左門と夫与茂七の百か日なのである。
九 現在とは時間の概念がちがい、太陽の照る日中が一日と考えられていた。従って夜が来れば次の日ということになる。
一〇 恥じらう思い入れ。
一一 正しい語法からすれば「おれもありやうは、のろけきつた心から」となるべきところ。台詞の場合、正規の文法に添わない倒置がしばしばなされる。感情の起伏をそれによって表出するためである。

心から、女房になるなら力にならうと約束はしたものゝ、よく〳〵
思つてみる時は、草葉のかげの与茂七へ《あの世にいる与茂七に対して》、それではそなたが（一二）
お袖　（一三）操《みさを》を破つて操を立てる、わたしが心。〇（一四）モシ、そのよな事は《そんなことは》捨て
おいて
　トまたお袖、手酌にてぐつと酒を呑んで
直助　おまへもモ一ツ、呑ましやんせぬかへ
酒ならいくらでも（一五）お辞儀《遠慮などしないよ》はなしだ
　トお袖、酌をして、直助、呑みかける
お袖　酒はお辞儀なしだと言はしやんすが、そして女子《をなご》は（一六）へ
直助　（一七）イヤ、女といふものは怖いものよ
お袖　それでお辞儀をしやんすのかへ《お断りになるのですか》
直助　（一八）マアざつとそんなものさ
お袖　そんならわたしや、もう一ツ呑まうわいな
　ト手酌にて呑む

一二　後に「操を破ることになる」等が省略されている。立場が逆転して優位にたった直助が、お袖を焦らせながら手もとに引き寄せていくところ。
一三　直助と同衾すれば、殺された夫与茂七に対する貞操を破ることになるが、それで夫の敵討ができるとなれば、やはり操を立てたことになる。
一四　直助に助太刀を頼まなくてはと心付いて、気分を変える。
＊　ここは、『桜姫東文章《さくらひめあずまぶんしょう》』「山の宿権助住居の場」で、敵同士の夫婦、権助・桜姫が酒を飲むパターンにあたる。
一五　「お辞儀」とは、辞退すること。
一六　「女子はどうだへ」を略した言い方。ずばりと迫るお袖の思い切った口説きである。
一七　お袖の問いかけをはぐらかしたもの。操を破って操を立てぬこうとする女お袖の強さに驚嘆し、自分が圏外にはじき出されたことを思い知った直助の、簡潔だが凄い台詞である。
一八　本当に辞退しようというのではなく、女の決意を知って、手の内へ入ってくるように罠をもう一つ仕掛けたもの。

直助　イヤ、一こいつは素敵《すてき》、二今夜はだいぶ出来がよい《今夜は大いに飲みっぷりがいいな》

お袖　わたしやモウ気がもめてならぬによつてな《気持がやきもきしてしかたがないからね》

ト直助に三少々しなだれるこなし

直助　なるほど、気がもめるも無理はない。たつた一人の姉御がひよんな《姉さんが思いがけず》

お袖　サ、それぢやによつて《それだからこそ》どうぞ力に〔なって下さい〕

直助　四そんならいよいよ直助と、夫婦になつたその上で〔敵討を頼むというのか〕

お袖　五一人ならず二人三人、討たねばならぬ仇敵

直助　助太刀しよう

お袖　六エ

直助　七ぶつてやらうよ。八女房になるか

お袖　必ず《決して》見捨てゝ下さんすなへ

直助　九たうとう首尾よく《うまくいった》

お袖　エ

直助　一〇素敵に酔つた《ずいぶん酔った》

一　こいつは御機嫌だ、の意。「素敵」は、現在の意味とはちがって、数量、程度などの甚だしいことを表す形容動詞。伊原本「素敵に」。

二　平常では考えられないお袖の飲みっぷりなのである。

三　直助の横に背をもたせかける。

四　以下、割り台詞となる。

五　夫与茂七、義父四谷左門、義姉お岩の三人の敵を討たねばならないというもの。

六　あっさりと助太刀を約されて、驚喜する発語。

七　「討つ」の訛。伊原本は「うつて」。

八　東大本・伊原本はここでお袖の「エ、エ、。すりや、アノ、ほんまに」が入る。

九　独白であるが、うっかりお袖に聞えるのである。

一〇　お袖に聞き咎められ、ごまかしたもの。

一一　お袖と逆の脇。直助が上手、女のお袖は下手に坐るのが定石だから、具体的には上手の方を向くことになる。

一二　与茂七を自分が殺したと思っている直助は、うまく騙《だま》したと、ずるそうに舌を出す。

一三　お袖の方から積極的に同衾を勧められたので、有難いと悦に入っている。

ト脇《わき》[一一]の方へ向き、舌《した》[一二]を出して、につこり《にやりと》思ひ入れ

お袖　そんならもう寝やしやんせぬか《寝ませんか》へ

直助　有[一三]難い床急ぎ。サア〱寝よう

ト[一四]こなし

お袖　アレせはしない。今蒲団《ふとん》を敷くわいな

ト押[一五]入れより蒲団と枕を出し、よ[一六]きところへ敷く。直助、二[一七]重より、古き六[一八]枚屏風を持ち来《きた》り。枕元へ立て、門（下手の）[一九]口を閉め、思[二〇]ひ入れあつて

直助　サ、か〻ア、寝ないか

お袖　わ[二一]たしや、もちつと《もう少し》夜鍋《よなべ》しようわいな

直助　そ[二二]んなら勝手にするがよい。おれもありやうは《実のところは》赤の他人が勝手だ

お袖　エヽモウ寝る事は寝るけれどな。◯[二三]

ト思ひ入れあつて、仏[二四]へ手を合はして拝む。直助、見て

直助　コレ、今に敵《かたき》を討たしてやるわへ

一四 立って、そわそわするこなし。

一五 仏壇の下の押入れから、盲縞《めくらじま》の煎餅《せんべい》蒲団一枚と、箱枕を二つ出す。

一六 前舞台に、見物席の方へ頭を向けて中央に敷く。敷く前に徳利と猪口は片付けておく。但し現行演出では、二人が上手障子屋体に入るか、蒲団を二重舞台の上に敷くかのいずれかとなる。

＊ 舞台に蒲団を敷いて濡れ場を見せるものは、この他にも数多い。『義経千本桜』の「釣瓶鮨屋の場」をはじめ、南北の『桜姫東文章』の「山の宿権助住居の場」等は有名。本作の初日序幕でも、地獄宿の描写でエロ・グロを見せている。

一七 二重屋体。屏風を二重屋体から前舞台に下ろすのである。

一八 現行演出では、六枚屏風は大きすぎるので、二枚折り屏風を用いる。

一九 心張棒あるいは落し（枢《くるる》）をかける。

二〇 喜び勇む思い入れ。

二一 躊躇の表れである。

二二 腹を立てて言う台詞。

二三 ためらう思い入れ。

二四 伊原本は「仏壇へ」。仏壇に向って、仏となった与茂七に許しを乞うのである。

トお袖が手を取り、[一]こなし。唄《うた》[二]になり、お袖、思[三]ひ入れあつて、直助に手を引かれ、床の上へ上がり、よ[四]ろしくあつて、屏風を引き廻す。この[五]唄をかり、向《花道から》ふより、与[六]茂七、一[七]腰差し、前[八]幕の鰻掻《うなぎか》きを持ち来り、花道にて《花道の七三で》、思ひ入れあつて

与茂 いつぞやはからず《いつか思いもよらず》大切なる廻文状を失ひし、その折手に入《い》るこの品に、あり〳〵と《はっきりと》名前の彫りつけし権兵衛といふものこそ、法乗院の門前にて、香花商《あきな》ふ家なりと、聞き出せしが詮議《探索の》の手がゝり。主《あるじ》に逢うて廻文の有無を糺《ただ》したその上にて《詰問した上で》、術《すべ》によつたら《場合によれば》蟻《あり》[九]の穴、つゝむ大事にや代へられぬ。不憫ながらも《可哀そうだが》。○[一〇]

トこなしあつて

なにはともあれこの持ち主に逢うた上《ともかくこの〔鰻掻きの〕持ち主に逢った上で〔決心しよう〕》。ム[一一]、さうぢや

ト思ひ入れ[一二]あつて、舞台の方へ来かゝる。誂[一三]の合方、薄ドロ〳〵になり、門口に干《〔の竿〕》してある小平が着物の裾《すそ》に陰[一四]火燃えて、誂[一五]の蛇《へび》まとふ。与茂七《〔門口で〕》、これに目をつけ

一 さあ来い、という仕種《しぐさ》。

二 唄入りの合方の意。現行演出では「執着唄入り」の合方を用いる。

三 あとに心が残る思い入れ。

四 うまくいったという直助と、恥ずかしそうな、哀れげなお袖との色模様をちょっと見せ、そのあと屏風を引き回して見物の目を遮《さえぎ》る。但し二人がすでに上手の障子屋体に入っている場合には、この演出はない。

生きていた与茂七

五 注二参照。現行では別の鳴物で、「木魚入り合方」に「風の音」をかぶせる。

六 〈扮装〉革色縮緬《ちりめん》の格子に花色の襟付の着付に、黒襟付き納戸の半合羽。勝色《かついろ》の紐付手甲。鬘は袋付に二つ折り。晒手拭で姉さんかぶり。中太の麻裏草履をはく。

七 黒柄胴金石地の一本差し。

＊お袖が貞操を破る危機一髪という時に、死んだと思っていた与茂七を登場させるスリル満点の作劇法。

八 前幕の幕切れで手にした直助の鰻掻きの先。代りに与茂七は回文状を失った。

九 「蟻の穴から堤も崩れる」という諺をふまえた表現。些細なことから塩冶浪人の討入りの大事が洩れてしまうかもしれぬ、従って秘密を隠し通すことには何事も代えられな

ヤヽヽ。陰火とゝもに[一六]蛇《くちなは》の、あれなる衣類《あそこにある着物に》につきまとふは。[一七]ムヽ
非業《ひごふ》の最期に《非業の死によって》世を去りし、正《まさ》しく死霊《しりやう》の《「祟りなのか」》
　ト[一八]思ひ入れあつて、つか／＼と舞台へ来る。薄ドロ／＼[一九]打ち上げ。蛇《くちなは》、陰火、ともに消ゆる。与茂七、[二〇]こなしあつて
[二一]さても不思議な。ハテなア。○
　ト思ひ入れあつて、[二二]門口を叩き
モシ、[二三]お頼み申します《ご免下さい》／＼
　トこの声に、直助、起きかへつて《起き直って》、屏風《びやうぶ》をあけ
直助　オイ誰だ／＼
与茂　どうぞ線香を一把《いちは》売つて下されませ
直助　アヽお気の毒だが線香は切れ物《品切れでございます》でござりやす
与茂　そんならこゝにある樒《しきみ》を売つて下されませ
直助　樒かへ《樒ですか》、そりやア滅法に《むやみに》高い。[二四]一本で百より《百文より》安くはまからない《まけられない》。そしてそれは売つてある花だ《売れ口の決った花だ》。外《ほか》へ行つて買はつしやるがいゝ《お買いになるがいい》

い、の意。「包む」に「堤」を掛けた。
一〇 刀に手をかける仕種をする。
一一 心を決した時の常套句《じようとうく》。
一二 「そうだ」と、顎で頷く仕種をする。
一三 怪異についた合方。
一四 「天竺徳兵衛」で前夫の登場に五百《いお》機《はた》の陰火がついて出るのにならったもの。
一五 仕掛けのある小道具の蛇。糸で引くと着物を上り、離すと落ちるようになっている。
一六 蛇の異名。忌言葉。
一七 怪異に出会った際に思案する発語。一段低音でいう。
一八 怪しむ思い入れ。
一九 下座音楽用語。ドロ／＼の太鼓を、だんだん高く、早く打ち上げて止める。
二〇 ほっとした仕種をする。
二一 怪奇現象を見た際の常套句。「さても不思議な」と張って言い、「ハテなア」と落して言う。
二二 門口の戸は大道具の世話木戸。世話場の門口に置かれる格子戸である。
二三 町人が他家を訪問する際の挨拶。訛って「おたのん（う）申します」と発音する。
二四 樒は一束で八文くらい。直助はお袖と同衾中で、起き出すのが面倒なために断った。

トまた屏風を引いて、寝る

与茂　まだ日暮れて間もないに、けしからず《たいそう早く》早く寝たわへ。ア、これどう《どうに》ぞ《かして〔戸を開けさせなくては〕》

ト[一]思ひ入れあつて

[二]モシ〳〵、外《そと》に干してある洗濯物を盗人《ぬすびと》が持つて行きますハ。アレ〳〵[三]盗人を洗濯物が持つてゆくハ〳〵

ト[四]こなしにて言ふ。これにて、直助、とつかは《急ぎ慌てて》と起きて、[五]三尺帯を締めながら門口をあけ

直助　さつぱり忘れて寝てしまつた。おまへよく気をつけて下さりやした《注意して下さいました》

ト洗濯物を持つて内へはいらうとして、与茂七を見て

こなたは《おまえは》たしか《〔佐藤与茂七では〕》。◯

ト[六]思ひ入れあつて

ヤヽ、幽霊《いうれい》だ〳〵

一 前の台詞「ア、これどうぞ」の演出を示す。門口の外に立ち、独り言を言うのである。

二 一段と声を張り上げる台詞。

三 戸を開けさせるために、「盗人」と「洗濯物」の主格転倒をもって慌てた様を演出する。与茂七の余裕ある態度が窺《うかが》える。また、見物を笑わせる二枚目の伝統の味でもある。

四 大袈裟な演技で前の台詞をいう。

五 長さ三尺の幅の狭い木綿帯。職人・鳶の者・馬子・遊び人などが用いた。単に「三尺」とも。

六 殺したはずの与茂七が生きていたので、ぎょっとする思い入れ。

幽霊にされた与茂七

＊ 死んだと思った夫に邂逅した現在の夫婦が、前夫を幽霊と見誤るというこの趣向は、『天竺徳兵衛韓噺』をふまえたものである。尾上家のお家狂言として繰返し上演されてきた場面のパロディーとして茶番化されている。滑稽な幽霊騒動のパターンは、本作の後日譚ともいうべき『盟《かみかけて》三五大切《さんごたいせつ》』の大詰「四谷鬼横町の場」にも受継がれ、偽の幽霊騒動に拡大されている。怪奇の場面に滑稽味を挟むのは南北得意の手法でもあり、生世話らしい情景をも生む。

トとつかはと《慌てて》内へはいつて、門の戸を押へてゐる

与茂　ナニ幽霊がどこに〳〵

ト[七]うろ〳〵する

直助　コレ、幽霊が来たハ〳〵

トこの声にて、お袖、起きて来り。直助にすがり

お袖　エヽ気味の悪い。どこに幽霊がゐるぞいな

[八]直助　コレ近所の衆、幽霊が出た。来て下さい〳〵

ト無性《むしやう》にさわぐ《やたらにさわぎたてる》

与茂　無性に幽霊〳〵と言ふが、おれが目にはさつぱり見えない。コレ、幽霊はどれ〳〵どこにゐるのだ〳〵

直助　エヽ、幽霊たけ[九]〴〵しいとはこなたの《お前の》事だ

与茂　ナニ、わしが幽霊だ《幽霊だと》。そりやア人違ひだ。わしやアそんなものではない。マアなんにしろこゝを《この戸を》あけて下されませ

直助　イヤ〳〵めつたに《容易に》あける事はならない。幽霊に近づきはないぞ《知りあいはないぞ》〳〵

七　与茂七は、奥田庄三郎が自分と間違えられて直助に殺されたとは知らない。だから幽霊と思われたことが理解できず、どこに幽霊がいるのかと探したのである。先に小平の着物の怪異を見てもいるので、また出たのかと思ったせいもあろう。

八　伊原本は直前に次の台詞が入る。「直助　門口に立つてゐるハ〳〵。コレ〳〵、手まへ、幽霊よけは持たねへか〳〵　お袖　わたしやそのやうな薬は持たぬわいな。藤八五文は、幽霊には効かぬかいなア」。

九　「盗人たけだけしい」を洒《しゃ》落れたもの。幽霊でありながら何くわぬ顔で幽霊を探すとはずうずうしい、の意。直助にはこのような滑稽味があり、愛敬のある悪人として描かれている。

＊　このどたばた喜劇の一齣は、一転して次の悲劇にもちこむための味付けとなっている。優れた作劇法である。

夫婦の再会

与茂　これはしたり《これはどうしたことだ》、ちよつとお目にかゝりたい事がござります。門の戸をあけて[一]もらひ《もらいたい》ませうよ

トこの声を聞き、お袖、[二]こなしあつて

お袖　モシ、今もの言はしやんしたは以前の夫、与茂七殿によう似た[三]ものごし

直助　それだに《それだから》よつて幽霊だと言ふのだ

与茂　モシ、幽霊か幽霊でないのは《幽霊かそうでないかは》御目にかゝればわかります。マア〳〵こゝをあけて、正体を見さつしやるがよい《正体を確かめてみなさるがいい》

トこれにて、お袖、[四]直助をかきのけ、門口をあけ、与茂七を見て

お袖　[五]ヤヽヽヽ、おまへはほんに《本当に》与茂七さんぢや〳〵

ト与茂七、お袖を見て

与茂　お袖か。コレ、おぬしがありかも捜したが、変つたところで《意外な所で〔逢ったものだ〕》、[六]ハテ面妖《めんえう》な《不思議だ》

一　やや高圧的な物言いである。
二　声に聞き覚えがあるといったこなし。
三　ここは言葉つきの意。
四　止める直助を押しのけて。
五　驚きを表す歌舞伎の慣用的表現。
六　不審を表す慣用語。「ヤア戻られぬか。ハテ面妖な」（『仮名手本忠臣蔵』六段目）。
七　足があるかどうか、与茂七を眺めまわす。
八　やっと安心して。
九　直助に肌身を許してしまったと、次に言おうとしてハッと息をのむ。一瞬の躊躇の後、再会の喜びが次の台詞となって表れる。
一〇　口惜しさと恥ずかしさの交った思い入れ。
一一　お袖は、「面目ない」と言ってふと直助を見る。与茂七に対して面目が立たぬのみならず、色仕掛けで助太刀を頼んだ直助への義理に思い至るのである。

お袖　エヽ、わたしよりおまへが面妖《不思議です》な。そんならきつと幽霊ぢやござんせぬな。サア〳〵こち《こっちへ》へはいりなさんせ
　　ト与茂七を内へ入れ、七いろ〳〵こなしあつて
ほんに幽霊ぢやない。正真正銘寸分違はぬ与茂七様ぢや〳〵。○八モシ、わたしやおまへが人手にかゝつて死なしやんしたと思うたゆゑ。○九エヽ、今一足《もうひと足》早く来て下さんすりやよかつた《よかったのに》に、わたしや面目《めんぼく》ない。○一〇
　　ト直助の方を見て、一一こなしあつて、また一二気を変へ
よう達者でゐて下さんしたなア
　　ト一三思ひ入れ。直助、一四こなしあつて
直助　そんならいつぞや中田甫《なかたんぼ》で、ばつさりやつたと思つたは《ばっさりと斬り殺したと思ったのは》一五
与茂　一六ヤ
直助　一七いつも達者でお目出たうござりやす
　　ト与茂七、直助をよく〳〵見て

一二 与茂七に向って。
一三 与茂七・直助の双方に対する気味合いの思い入れ。お袖は身を縮めて少し後ろに退る。
＊ お袖は、直助と同衾したことによって直助への感情が変化した筈である。かといって与茂七への愛が変ろう筈もない。ここはお袖の複雑な気持を表現してゆかなければならない部分で、お袖役者の腕の見せどころである。
一四 直助は、お袖・与茂七のやりとりから、殺した筈の与茂七が生きていたことをすでに察してはいたが、ここで初めてそれを表現する。それまではお袖の複雑な感情を見せる場面なので、同時に進行した筈の直助の感情は、このときまで保留される。
一五 直後に「与茂七ではなかったのか」が省略されている。
一六 奥田庄三郎の死を知らぬ与茂七が聞き咎めた語。
一七 自分の所業が現れては大変と、急いでごまかしたもの。殺そうとしておきながら「いつも達者で」というところにブラックユーモアがあり、見物を笑わせる。これも悪人直助の愛敬であり、かえって悪人としての凄味も出るところである。

与茂　たしかこなたは浅草で、見知りごしの[一]薬売り、たしかその名も直助殿。ハテ、変つたところに。[二]○[三] コレ、お袖、こゝは手めへの内か

お袖　アイ、マア[四]そのやうなものぢやわいな

与茂　シテこの人はなんで今時分《こんな夜中に》来てゐるのだ

お袖　サア、あの人はナ。○[五]

ト思ひ入れあつて、そこにある宅悦が置いて行《ゆ》きし足力の杖《つゑ》を取つて

オヽ[六]それ〳〵、[七]按摩ぢやわいな〳〵

直助　なに、おれを按摩だと〔言うのか〕

お袖　按摩ぢや〳〵。モシ、按摩さんになつて《なって下さいな》、な。○[八] 按摩さんぢや、按摩さんぢやわいな

与茂　[九]ハヽア、薬売りが按摩と化けたか

直助　さうさ。薬売りが按摩と化けるは、まんざら縁のないでもないが、以[一〇]

一「見知りごしの」は、すでに見知っている、の意。
二 後に「住んでいるねえ」等が省略されている。
三 気を変えて、お袖に向って言う。
四 はっきり言わずにごまかすときのきまり台詞。
五 詰って、返事に困る思い入れ。
六 思いついたときの慣用的表現。
七「按摩ぢやわいな、按摩ぢやわいな、按摩さんぢやわいナア」と繰り返すところ。
八 与茂七に見えないよう、直助に向ってちょっと手を合わせる。
九 はやくも直助とお袖の関係を悟って、ユーモアのある皮肉を言ったのである。町人生活に慣れた与茂七の、洒《しゃ》落れた人柄を窺わせる。
一〇 赤穂浪士の与茂七・奥田庄三郎が、初日序幕で小間物屋や非人に変装したことを暴露する。

与茂　前は赤穂《あかほ》の御家中も小間物屋や袖乞《そでご》ひと〔化けたではないか〕

直助　一一どうしましたとへ

与茂　一二世の中といふものは、さま〴〵なものさ

直助　ハテ、思ひがけなく女房の内へ尋《たづ》ね当てゝおれも安堵《安心だ》。その上按摩まで呼んでおいてくれるといふは、一三ハテ気のついた。○一四　これ按摩さん、ひと療治やつて貰はうか

与茂　そんなら〔俺を〕たうとう按摩にするのか。一五わしやア足力療治で無性やたら《めったやたらに》にふんでふみこくる《ふみつけるのだ》。それ承知なら療治さつしやるがよい

直助　その荒療治がこつちの望み。しかし足力の道具はわしが貸してやりませう

与茂　こりやアめづらしい。そんなら道具は御持参で

直助　わしが持参の足力の杖は、すなはちこの品だ

ト替つた合方《あひかた》、持ち来《きた》りし前幕の鰻掻《うなぎか》きを出す。一六誂《あつらへ》合方になり、直助、見て思ひ入れあつて

一一　身分を悟られたかとぎょっとし、空とぼけて、詰問した。

一二　与茂七が詰問するので、鉾先《ほこさき》を転じて一般の諺のごとく概念化し、空とぼけたのである。直助のこうした打てば響くようなところが、凄みでもあり松本幸四郎の年功でもあろう。

一三　疑いの「ハテ」。知っているのに疑うふりをして、鼻の先で笑う。

一四　気を転じ直助に向う。

一五　伊原本ではこの直前に次の台詞が入る。「お袖　サア、按摩さんぢやによつて、療治してあげなさんせ　直助　イヤ、按摩とは、あんまりむごい　与茂　サア、揉んで下さい」。

＊ **だんまりほどき**　敵対する関係の相手に、あえて足力の荒療治をさせようという趣向は、のちに歌舞伎十八番の一つ「鎌髭《かまひげ》」の原形パターンで、局面は緊張したものに一変する。そこで与茂七は、初日三幕目幕切れの「だんまり」で手に入れた証拠の鰻掻きを直助につきつけ、ここから「だんまりほどき」になる。

一六　それまでとは雰囲気の違う合方。三下がりの曲。下にみえる「誂の合方」のこと。具体的には不明。

直助　ヤ、[一]コリヤコレいつやら六ぱ島、[二]隠亡堀《おんばうぼり》で失つた
与茂　そんならそれはこなさんの
直助　商売道具さ[三]
与茂　その柄《え》にしつかり権兵衛《ごんべゑ》と、ありく《はっきりと》彫りつけあるからは、そんならこなたの今の名は

直助正体を明かす

直助　[四]以前は直助中頃《そのあとは》は、藤八五文の薬売り。今は深川三角屋敷《さんかくやしき》、寺門前《寺の門前》の借家住み《の長屋暮し》。見世で商ふ代物《しろもの》[五]は、三文花《さんもんばな》[六]に線香の、煙り[七]も細き小商《こあきん》人《ど》[八]。後生の種は売りながら、片手仕事に殺生《せつしやう》の、簗《やな》を伏せたり砂村の、隠亡堀で鰻掻き[九]。ぬらりくらりと世を渡る、今のその名は権兵衛といふ、金箔《きんぱく》[一〇]《立派な》のついた貧乏人サ[一一]
与茂　そんならこなたはこの家《や》の御亭主。シテまたお袖はなにゆゑこゝに
直助　この女かへ、こりやアわしが、女房さ
与茂　ヤ[一二]
お袖　アモシ、それを言うては

＊初日三幕目の幕切れの「だんまり」で、回文状と鰻掻きがそれぞれ持ち主をとりかえたが、それがここの「だんまりほどき」で解決をみるのである。見物に近い、前舞台の上手に与茂七、下手に直助、その真中後ろにお袖が坐り、様式的に演じられる。

一　「これはこれ」の詰った言い方。歌舞伎の慣用句。

二　不詳。二八二頁六行目には「砂村六ぱ島」とある。

三　現行演出では、ここで「バッタリ」と見得になり、「三河島よう合方」が入る。以下この合方に乗ってリズミカルな台詞となる。

四　以下、いわゆる「名乗り台詞」である。「弁天小僧」（『青砥稿花紅彩画《あおとぞうしはなのにしきえ》』）の、有名な「知らざア言って聞かせアしょう」に当るもの。七五調で音楽的効果を狙っている。

五　品物。

六　最も安い切り花。

七　線香の煙の細さに、細々とした暮しを掛けた。

八　来世で救われる機縁となる線香や花を売る一方で、鰻を捕るなどの殺生戒を犯している、というもの。

ト思ひ入れ[一三]

直助　いゝわへ《これでいいんだ》。以前の亭主にありかを知られ、いつがいつまで《いついつまでも》そのやうに、しらをきつてもゐられまい《そらとぼけてもいられはすまい》。与茂七殿とやら、この女は、わしがかゝアサ

与茂　そりやはやいつたん《それはすでに》この与茂七、〔と〕夫婦別れした女、再縁するもまゝあるならひ、しかしいまだに去状《さりじやう》[一四]は、渡さぬからは妻女のお袖。誰が許して再縁したのだ

お袖　サヽ、さう言はしやんすも皆尤《もつと》も、訳を話せば長い事。とゝさんはじめおまへまで、人手にかゝつて

直助　ヤイ〳〵[一五]、今となつて百万陀羅《だら》[一六]、言《い》ひ訳《わけ》するほど罪が深い。[一七]未練を言はずと《〔お袖に〕未練を残さずに》、この女はわしに下さい、貰ひましたよ

ト思ひ入れ[一八]。与茂七、こなしあつて[一九]

与茂　なるほど、こなたも横車《よこぐるま》、押手《おして》[二〇]を強くずつかりと《ずばりと》、女房をくれろとよくも言はれた。その大丈夫な気性に免じ《男らしい気性に免じて》、長熨斗《ながのし》[二一]つけてこの女、

九　鰻からの連想で、世渡りの意を掛ける。

一〇　開き直った言い方。

一一　ここでちょっときまる。「見得」に準ずるポーズである。

一二　心にこたえたことを示す発語。

一三　つらいという思い入れ。

一四　離縁状。当時は夫から出す一方的なもので、妻からは離婚を要求できなかった。三行半に書くところから「三下《みくだ》り半」ともいう。

一五　自分の犯した罪がばれる恐れがあるためお袖の台詞を遮《さえぎ》ったもの。お袖がまだ喋っているうちから「ヤイ〳〵」と言い出し、次第に早く、強く言って相手を封じこめる台詞回し。

一六　何度も繰り返すこと。「百万遍」に同じ。

一七　伊原本は直後に「所詮《せん》けがれたおぬしが体、根性をするゐて俺が見る前、先の亭主と別れてしまへ。またこなさんも薄のろく、心の腐つた女のあとを、おはへて歩くも恥のうはぬり」が入る。

一八　言い切った後の緊張した思い入れ。

一九　直助の台詞をよく聞き、決するところのあった与茂七は、これに対してずばりと次の台詞を言う。

二〇　「横車」の縁語「押す」を受けた。

二一　進物につける長大な熨斗。直助にお袖を与える旨を誇張して言ったもの。

直助　進上せまいものでもないが《やらないものでもないが》、たゞはやられぬ、望みがある
望みといふは古風なお[一]仕着《しき》せ、たいがい知れた《だいたいは察しのつく》[二]紋切形《もんきりがた》、[三]女の手切れ
は金ところんで

与茂　イヽヤ、卑劣な、なにしに[四]金子《きんす》を。望みといふは金ではない

直助　ムヽ、シテ《では》またなにをこなさんは〔望むというのか〕

与茂　場所は砂村六ぱ島、[五]隠亡堀の闇の夜に、鳴《な》かぬ烏《からす》のいどみ合ひ。そ
の時思はず失ひし、小間物仲間の[六]符帳《ふちやう》の書付《かきつけ》。拾つた人はこなさん
と、知つたはこれなる道具から《ここにある鰻掻きから》、女房とその品かへ〴〵《取りかえに》に

直助　かはつた物と女と引かへ。[七]しかしこつちは素人《しろうと》で、小間物仲間の符
帳は知らぬが、その連名《れんみやう》も四五十人。徒党を集むる廻文状と、この
権兵衛はにらんでおいた

お袖　その書物《かきもの》なら浅草で、わたしもちよつと見かじつて

与茂　[八]アコレ。◯[九]そんならいよ〳〵こなさんが〔持っているのだな〕

直助　[一〇]拾つて持つてゐるならば、〔自分が〕握つてゐても益ない《持っていても役にたたぬ》反古《ほご》《紙屑》。返してやりた

一　盆と年末の二季、または四季に、主人が奉公人に与えるきまった着物。転じて、きまりきったものの意に用いられる。
二　紋を切り抜くための型。転じて、きまりきった形式を表す。
三　女の手切れというからは、御多分にもれず手切れ金で済まそうというのか、の意。
四　何で金など望むものか。

回文状を挟んで睨み合い

五　暗闇の夜に真黒い烏が争うように、互いに誰とも分らず争い合った、初日三幕目幕切れの場面のこと。「鳴かぬ烏のいどみ合ひ」は、「だんまり」をさす常套句でもある。
六　同業の仲間でしか分らぬ商売隠語の書きつけ。実は塩冶浪人の回文状である。
七　本当は回文状と知っているが、小間物仲間の符帳といわれたので、皮肉たっぷりに、私は素人で何も知らぬが、と出た。
八　喋ってしまうなと、お袖を制した。
九　直助に向って。
一〇　一筋縄ではゆかぬ直助の悪党ぶりを窺わせる台詞。
一一　「一筋縄ではいかぬ気性」というところ

いものなれど、拾はぬものは是非がない《仕方がない》。外《ほか》を捜すがマア近道でご

ざりやせう

ト思ひ入れ。与茂七、こなしあつて

与茂　なるほど、こなたもなか〳〵もつて[11]一筋縄《ひとすぢなは》ではほぐれぬ気性。しか《しかし》し言ひ立てする《特にとりたてて言い張ると》時は、みす〳〵《隠しようもない》間男密夫の権兵衛、以前の身ならば《以前の武士の身分なら》[12]女敵討《めがたきうち》。また町人ならすべにより《手段によっては》、耳鼻そぐか金銀を、ゆすつて取るもまゝある《よくある習慣》ならひ。その両用にかゝはらず《その両方に触れずにおいて》、ひたすら望むはその書物。渡さぬ内は[13]外《そと》へは決して。この家《や》の内にゐしかつて《坐り込み》[14]

直助　[15]腮《あご》を釣すが承知なら、そりやアこなたの勝手次第に

与茂　[16]一人の女房に二人の男

直助　ハテナ、[17]札《ふだ》はどちらへ落ちるであらう

与茂　[18]それはこつちが先《せん》なりや

お袖　[19]蔓《つる》の一筋のわたしが心で

直助　[20]二人へ立てる心中を

を、縄の連想から「ほぐれぬ」といい、直助の心がほぐれる意をかけた。

一二 武士の妻が密通した場合に、夫がその妻と相手の男を斬り殺すこと。これで武士の面目が保てるとされていた。

一三 家の外へ逃しはしない、どこまでもここに居坐って見張るのだ、というのである。

一四 伊原本ではこのあと「お袖　そんならおまへはこの家の内に　与茂　かたのつくまで懸《かか》り人《うど》」が入る。

一五「腮を釣す」は、餓死すること。

一六「天竺徳兵衛」物の三角関係の趣向に必ず用いられる決り台詞。「一人の女房に二人の夫《をつと》」とも。

一七 入札の結果どちらに軍配が上がるか、の意。商売上の取引で多数の買手がある場合、それぞれの見積価額を書いた紙を提出させ、それによって買手等を決めることを「入札《いれふだ》」といい、その結果が出ることを「札が落ちる」という。

一八 私の方が先夫なのだから、当然こっちへ落ちるであろう、の意。以下渡り台詞となる。

一九 前行「先なりや」を「千成り瓢簞」に掛け、その蔓の一筋のように、ひとえに私の心次第で決るのだ、というもの。

二〇 誠を尽すことを「心中を立てる」という。

与茂　[一]見たいはたしかに、懐中の〔回文状〕

　ト寄るを、お袖、[二]隔て〻（間に割って入り）

お袖　モシ、たゞ何事も私が胸に（私の気持一つに〔任せて下さい〕）

直助　上から見えぬ（表面からは分らぬ）人心《ひとごころ》

与茂　鏡に映るものならば〔はっきり見たいものだ〕

お袖　[三]さぞ恥づかしい〔心の中であろう〕

直助[四]　昔の御亭主

与茂　今の御亭主

お袖　[五]モシ

　ト思ひ入れ

与茂　[六]今宵《こよひ》はさぞかし

直助　[七]ヤ

与茂　[八]おやかましうござりませう

　ト[九]よろしくこなし。[一〇]唄《うた》になり、与茂七、お袖、奥へ（暖簾口へ）はいる。直

一　見てみたいその心中はたしかにこうであろうと言いかけ、「たしかに」にひかれて「懐中の」と話題を転換したのである。
二　直助の懐中を狙ってそばに近寄る。
三　直助に肌を許したことを言ったもの。
＊　渡り台詞は、三人がそれぞれの思いを抱きつつ、一人をだんだん追いつめてゆくパターンでよく用いられる。台詞は、すべてを言わず、残りの半分を次の人に渡してゆく方法をとり、連歌の形式に似通ったところがある。
四　以下二行は、「一人の女房に二人の男」の趣向の決り文句。この趣向はパターン化しており、並木正三作『桑名屋徳蔵入船物語』（明和七年）がその代表である。原拠は近松半二作の院本『天竺徳兵衛郷鏡《さとのすがたみ》』（宝暦十三年）だが、それを江戸で歌舞伎芝居化した『天竺徳兵衛韓噺』は、尾上家の十八番《おはこ》となった。菊五郎は、初日に自身の考案と称するお岩の怪談を配し、後日にお家狂言である「天竺徳兵衛」の趣向を据えたのである。なお、「天竺徳兵衛」の舞台は、播州（今の兵庫県）高砂の浦だが、一番目の『仮名手本忠臣蔵』の実説である浅野家の国元も播州である。播州は敵討ちの名所とされた所以でもある。

助、残り、こなし[一一]あつて

直助　ハテ、面妖な《不思議なことだ》。いつぞや浅草中田甫《なかたんぼ》で、ばらしてのけたと《殺してしまったと》思つた与茂七。生きてゐるのも不思議の一ッ。そんならあの時殺したのは、どいつであつたか。［殺した奴は］よく／＼運の尽きたやつ《なんと運のない奴だろう》。それはともあれ、あいつが欲しがる[一二]廻文状。この書物《かきもの》を、師直様の屋敷へ持ち出し《持って行って差出し》、恩賞受けたその上で、[一三]疫病神《やくびょうがみ》で恋の敵の与茂七を［除いてしまおう］。◯

ト思ひ入れ[一四]あつて

イヤ、それよりいつそ手短かに、この家《や》の内でぐつすりと《ぐさりと》［刺してしまおうか］

ト思ひ入れ[一五]あつて、[一六]そこにある出刃《でば》を持ち、奥へ行かうとする。

お袖　よき時分より、[一七]お袖、出かゝりゐて

マア／＼待たしやんせ、[一八]こちの人

直助　そんならわりやア《お前は》、今の様子を

お袖　モシ、与茂七殿も以前は武士。もしもおまへに怪我《けが》あつては、誰を力に親姉の［敵を討って貰うことができましょう］

五　つらいという感じを出して言い、思い入れとなる。

六　今夜はさぞ見ものであろう、の意。何が起るか見ておれ、というもの。

七　ぎくりとした際の発語。

八　前言をわざと打ち消すように、世話物風にくだいてさらりと皮肉に言う。

九　三者三様の思いを秘めて、きまる。

一〇　与茂七・お袖の退場のための唄。今日なら「只唄」と思われる。伊原本では「引きながし」。

一一　考えこむこなし。

一二　ここで懐中から回文状を出す。

一三　疫病を流行させる悪神。ここでは与茂七のこと。

一四　そうだ、と思いつく。

一五　考えを変えたという思い入れ。

一六　下手の水仕にある出刃包丁。

一七　お袖は、それまで奥の暖簾の陰で様子を見ていたのである。

一八　自分の夫に対する呼称。二八七頁で与茂七を「おまへ」と呼ぶのに比べ、こちらの方が迫力がある。

直助　ハヽヽヽヽ。お為ごかし[一]にあやなして、以前の男の与茂七を、かばひ立てする言葉のはし[二]

悲愴な計略

お袖　[三]エヽモウ男のくせに廻り気な。一旦《いつたん》おまへに大事を頼み、枕交した上からは、[四]金輪奈落《こんりんならく》、おまへと女夫《めをと》に。モシ、与茂七殿を殺す手引きはナ

　　ト直助に囁《ささや》く[五]。直助、[六]のみ込み

直助　そんならそなたが与茂七を、酒に酔はしてこのところへ〔手引きして〕

お袖　[七]屏風《びやうぶ》を引いて寝入りばな〔回して〕

直助　合図《あひづ》はおぬしが行燈《あんどう》の

お袖　明りを消す折り忍び寄り

直助　あの与茂七をたつた一突《ひと》き

お袖　モシ

　　ト思ひ入れ[八]〔待っているぞ〕

直助　必ず合図を

一　「お為ごかし」とは、相手のためになるようにみせかけて、その内実は自分の利をはかること。「あやなす」は、口先で巧みに丸めこむ意。

二　末。かど。伊原本「はしぐ〱」。

三　女がじれた時の発語。

四　どこまでも。金輪際。仏教語。「金輪」は、大地の最下底、「奈落」は地獄の意。

五　直助の耳に口を寄せ、見物に見える方の手で口元を覆って、囁く。

六　顎で領く。分ったという表現。

七　以下割り台詞となる。危機を孕《はら》んだクライマックスへ持ってゆくとき、短い台詞で畳みかけてゆく手法。

八　直助が思わず「たつた一突き」と大きな声を出すので、お袖は「モシ」とこれを制する。

＊　行燈の明りを消すのを、恋敵を殺す合図にするという趣向は、「鳥羽恋塚《とばのこいづか》」の袈裟・盛遠の焼き直しである。盛遠は松本幸四郎の当り役の一つであった。尾上菊五郎は、「四谷怪談」初演の年度の顔見世狂言で、幸四郎の芸を継承した市川団十郎の盛遠の相手役として、渡辺亘の役を演じたばかりであった。

お袖　[九]ちがへぬやう
直助　合点《がってん》だ
　トうなづき。[一〇]合方、時の鐘になり、直助、[一一]こなしあつて、下座《下手の》
　の門[一二]口へ忍ぶ。お袖、思ひ入[一三]れ。奥より《暖簾口から》、与茂七、[一四]窺ひ出て
与茂　お袖、あるじの権兵衛、いづこへ参[一五]つた
お袖　たしかのがれぬ《なんだかよんどころない》用事とやらで
与茂　[一六]他行《たぎやう》なしたか。それぞ幸ひ《それはちょうどよい》帰りを待ち受け[一七]
　トつかく門口の方へ行く。お袖、止めて
お袖　モシ、待たしやんせ。あの直助も以前は武士。ことに常から強気《つよき》者。
　[一八]大事をかゝへしおまへの身に、もしものあやまちある時は、古主へ
　不忠になりませうがな
与茂　その心配もさる事ながら、今も奥にて言ふとほり、一味の廻文きや《あいつ》
　つめに《めに》拾はれ、大事を知られし上からは《知られた以上》、しよせん生けては《いずれにしても生かして》おかれ
　ぬやつ

九 同じ合図でありながら、お袖と直助ではその思わくが違う。お袖には別の決意があり、直助が約束を確実に遂行してくれなければ困るのである。
一〇 直助の退場についた合方。現行では「風の音」のみ。
一一 そうだ、といった決意を見せる。
一二 下手の下座の口、法乗院の墓地の中に身を潜める。
一三 直助のあとを見送り、決意を新たにする。
一四 暖簾口の暖簾の一枚をそっと上げて辺りを窺い、人がいるかどうかを確かめて出る。
＊ 与茂七はここでは町人の言葉を使っていない。
一五 伊原本では「やつた」。
一六 「他行」は外出の意。武家言葉である。
一七 「たった一打ちに殺してくれん」などが省略されていよう。
一八 旧主の塩冶判官の敵討という大事をかかえたお前の身に、もしものことがあれば、敵討にさしつかえ、不忠につながりましょう、というのである。

お袖　さう《そのように》思はしやんすなら、仕様模様《しやうもやう》[一]は。○[二]ナ、モシ

　　ト囁《ささや》く[三]

与茂　ムヽ、すりや《それでは》、いよ〳〵そちが手引きして〔討たせるというのか〕

お袖　わたしが親も塩冶《えんや》の御家来なりや《御家来だから》、わたしが為にも《私にとっても》やつぱり御主人。〔主人の〕お為にならぬ直助殿、殺す手引きも〔主人への〕御奉公

与茂　でかした《よく言った》お袖。シテ《それはそうと》また合図は〔どのようにするのだ〕

お袖　[四]寝酒すゝめて正体なき、折を窺ひ《正気を失っている時を狙って》行燈の

与茂　あかりを消すを合図と定め

お袖　枕に立てし《枕元に立てた》屛風《びやうぶ》越し

与茂　あの直助めをたつた一突《ひとつ》き

お袖　モシ

　　[五]トこなし

与茂　コレ必ずともに〔うまくやってくれ〕

お袖　怪我せぬやうに

一「仕様」を強調するために語呂を重ねた表現。その方法は、の意。
二 気を変えて。
三 口元を与茂七の耳へもってゆき、袖屛風をして囁く。
四 以下割り台詞。
五「たつた一突き」と思わず大声になるのを、「モシ」とお袖が制する動作をさす。前の直助の場合（二八六頁）と同じパターン。
＊同一パターンを重ねることによって強調し、危機感を高めてゆく手法は、歌舞伎の様式的演出によるものである。
六 ここでちょっときまる。
七「ゴーン」と銅鑼の音が入り、三弦の合方にかかる。
八 情態・光景の意。世話物の演出では、時代物的な「見得」で舞台が回ることはない。ここも、ちょっと二人がきまり、与茂七が立ち上がって、奥へ忍んで入ろうとすると、お袖があたりに気を配ってそれを助けようとするさまを見せるなど、舞台が回っても人の動きは止らない。なお今日では、道具が回る際に観客に大道具の側面が見えてしまう都合で、大道具を下手へ回す場合（下出《しもだ》し）と、上手へ回す場合（上出《かみだ》し）とがある。

与茂　承知致した

ト両人、よろしく[六]こなし。時の鐘[七]。合方になり、この見得《みえ》[八]よろしく、道具廻る

小塩田隠れ家の場

本舞台三間《げん》の間《あひだ》、平《ひら》舞台[九]。向ふ[一〇]、鼠壁《ねずみかべ》。真中、暖簾《のれん》口。上《かみ》の方《かた》、折廻し[一一]一間の反古《ほご》[一二]張りの障子屋体《やたい》。下《しも》の方《かた》、誂《あつらへ》[一三]の門口。下[手の]座の口[一四]、同じく誂の黒板塀《くろいたべい》。こゝに、お熊[一五]、前幕《まへまく》のばゞア［の拵え］にて、蜆籠《しじみかご》より銭を出し、数へてゐる。仏孫兵衛、次郎吉をかばうて捨て台詞《ぜりふ》[一六]。かすめたる[一七]合方引きながし、禅の勤めにて道具納[一八]まる

強悪婆

お熊　コレ、このざまアなんだ。今日一日担いで歩いて、売溜《うりだ》[一九]めはこれ《これっ》ばかりか《ぽっちか》。うぬ《きさま》、おほかた銭をくすねたのだらう《ちょろまかしたのであろう》。サア、こゝへ出せ

九「二重舞台」に対する語。二重に組まず、舞台をそのまま家として用いる。
一〇 見物席から見た舞台正面。逆に舞台側からいうと花道をさす。ここは前者。
一一 直角に折れ曲ったさま。具体的には、正面と下手向きの側面に、三尺幅の障子が二枚ずつ立てられているのをいう。
一二 帳面等の反古などを、障子紙として用いて張ったもの。貧家のさまを強調する。
一三 仕掛けのある戸口。
一四 仕掛けのある黒板塀。
一五〈扮装〉二一二頁注四参照。
一六 泣いている次郎吉に対して「コレ、泣くな〳〵」、またお熊に向って「まア、もういい加減に許してやりなさい」などと即興で言う。
一七「かすめたる」は薄く弱く弾くこと、「引きながし」は、二行目の「合方」をそのまま続けること。
一八 大道具の回り舞台が回ってきて、ぴったりと定着することをいう。チョンと止め柝が入る。
一九 売り歩いて溜めた売上げ金。

孫兵　コレサばゞア殿、かはいさうに子供をそのやうに叱らぬものぢや。シテ《ところで》売溜めはなんぼある

お熊　[一]エヽ見さつしやい《見てくれ》、こればかりだわナ《これっきりだよ》

トそこへ[二]百二三十の[三]つるべ銭《ぜに》を放《はふ》り出す。孫兵衛見て

孫兵　ハテ[四]五ツか六ツの子供の商《あきなひ》、それほどあればよいではないか。坊や、泣くなよ〳〵。オヽ稼《かせ》いだ、坊はよい子ぢやぞ

お熊　エヽこなさんがそのやうに甘やかすによつて、とかく商《あきなひ》に出ても銭[五]をくすねて《ちょろまかして》、買ひぐらひばつかり《買い食いばかり》しやアがる。サア銭をどこへ隠しておく、出さないか、この餓鬼は出しやアがらないのか

ト[六]つねる

次郎　どこへも隠しはしませぬ。ばゞ様堪忍《許して下さい》ぢや〳〵

孫兵　[七]これはしたり、かはいさうにどうしたものだ

お熊　こんたが《お前さんが》そんな[八]結構人《けつこうじん》だに《だから》よつて、世間で仏孫兵衛と言ひますハ。その子も同じ代物《しろもの》ゆゑ、小仏小平。わしは身腹痛めぬ子のせゐ《自分の腹を痛めた子ではないせいか》かし

一　じれて言う発語。東大本「コレ」。

二　百二三十文の小銭。蜆の値段は一升で二十文といわれた。六升分ほどの売上げということになるが、その大半は孫兵衛やお袖が与えたものであろう。

三　藁《わら》の緡《さし》に差しつらねた一連の一文銭。「つるべた銭」とも。百文一緡《ひとさし》であるから二緡を投げ出したことになる。一緡の残りをバラにした場合は、舞台の後始末に困る。

四　当時は数え年だから、満でいうと四歳くらいにあたる。

五　「銭をくすねて、買ひぐらひ」というのがこの種の叱り言葉の常套句。江戸では京坂に比して街頭での食べ物売りが多く、ちょうどこの頃は、裏店《うらだな》の女房などが手造りの菓子などを売る素人店が出はじめた時期だった。

六　孫兵衛に見えぬように頰をつねる。

七　次郎吉の泣き声が急に高くなったので、孫がつねられたことを知らぬ孫兵衛は驚いて、この台詞となる。

八　好人物。ここは愚鈍な人の意に用い、皮肉をこめて言ったもの。

九　癇癪をおこしたときの発語。

一〇　次郎吉を打とうとする動作。

一一　「常住」「三界」ともに仏教語。「常住」は常に、の意。「三界」は強調のために用いた。

て、一倍《いつそう》間抜けに思はれます。そいつ《(小兵衛)》がこしらへた餓鬼だによつて《だから》、薄馬鹿の筋を引かぬやうに、根性をたゝき直さにやならぬ。エヽ九の《のき》かつしやい《なさい》〳〵

ト 一〇こなし

孫兵　ヤイ、おのれは年端もゆかぬ者を、一一常住三界《じやうぢゆうさんがい》一二ぶち打擲《ちやうちやく》。モウ〳〵《もうこれ以上》手荒事《手荒いことは》はおれがさゝぬ。一三手節《てぶし》かけるときく事ぢやないぞ《許しはしないぞ》

お熊　こなさんが《お前さんが》庇《かば》ふだけなほ腹がたつ。一四うぬ、どうしてくれう。エヽ小づらの憎い餓鬼だ

ト 蜆《しじみ》の籠を持つて一五立ちかゝる

孫兵　この鬼ばゞめ、なにしをるのぢや

お熊　なにをこの一六挑灯ぢゞいめが

孫兵　おのれ、なんとぬかしをる《今なんと言ったのだ》

お熊　うぬ餓鬼め、どうするかみやアがれ

ト 笊《ざる》を持つて、ぶつてかゝる。孫兵衛、お熊へつかみかゝる。

一二 同意語を畳みかけた表現。
一三 手出しする、の意。「節」は強意。
一四 きさま。次郎吉に対して言う。
一五 打とうとして立ち向ってゆくこと。歌舞伎演出用語。
＊ お熊が蜆籠を持って次郎吉を打とうとするのを、孫兵衛が「なに、しをるのぢや」とひったくる。すると今度は笊を持って打つので、それを取ろうとして揉み合いになる。お熊の方が強く、「仏」の名の通り喧嘩したこともない孫兵衛は、孫のために必死に防戦する。江戸歌舞伎の世話場では、夫婦喧嘩が重要なモチーフとなっている。一年の最大の興行である顔見世狂言の二番目では、夫婦喧嘩を見せるのが恒例であったほどで、大立者の役者が裏店の夫婦に扮し、下町言葉でポンポンとやり合っておかしみを見せた。ここでは、老人夫婦の喧嘩を見せる趣向で、捨て台詞を交えた二人の騒がしいやりとりが、前の場の緊張した雰囲気を切り替えることになる。
一六 男性器が役に立たなくなった老人を罵っていう語。小田原提灯（老人の陰茎の俗称）を略したもの。逆に、たくましい生活欲を持つお熊像が浮びあがってくる。

嫁や孫の出商

[一]かすめたる佃《つくだ》の合方、時の鐘になり、向ふより《花道から》、お花、[二]女房の拵《こしら》へ、手拭をかむり、前垂、[三]高からげにて、ゆで玉子を売る籠《かご》をさげ出て来り、すぐに内へはいる

お花　ハイ、今帰りました。[四]○

トこの体《てい》を見て《有様を見て》、とつかは《あわてて》とこの中へ分け入《い》る

コリヤア何事でござります。マア〳〵御了簡《ごれうけん》なされませ《気を鎮めて下さい》

ト捨て台詞にて、[五]双方をなだめる

孫兵　お花や聞きやれ《聞きなさい》、このばゞめが、また坊主をいぢりをるわいの《いじめているのだ》

お熊　コレ、そなた《(お花)》の[六]へり出したこの餓鬼、ふだんわしがかはいがつてやればよい事《つけあがって》にして

孫兵　ヤイ〳〵、うぬ《お前が》この坊主めを、いつかはいがつた。[七]大福餅一ツ買うてやつた事はあるまいが

お花　ハテもうようござります、マア〳〵御了簡なされませ。コレ次郎吉、なにをそなたはばゞさんの機嫌に背《そむ》いたのぢや

一「佃の合方」を弱く静かに弾く。伊原本では「かすめたる禅の勤め」。

二〈扮装〉世話女房の拵え。木綿の縞物の着付。伊原本では「世話の拵へ」。

三 歩きやすいように裾を高く上げた格好。女物売りの一般的な姿。

四 何気なく入り、中の様子を見て驚く、その移り目の気味合いの「間《ま》」を示す。

五 孫兵衛・お熊の両人。

六「へり出す」は「産む」の卑語。「ひり出す」の訛である。

* 当主である小仏小平が伊右衛門の家に住み込みの雇い中間《ちゅうげん》となってから、三か月ほどが経過している。その間この一家は小平の妻お花と子の次郎吉の行商によって家計を支えているのである。

七 小豆《あずき》の塩餡《しおあん》を餅の皮でくるんだもの。空腹のたしにしたので「腹太餅」といった。文化中頃から「大福餅」といわれるようになり、大道で焼いて一個四文で売られた。

孫兵　また売溜め《売上げ金が》が多いの少ないのと言うて、いぢりをる《いじめて》わいの

お熊　コレ親父《おやぢ》殿、なにも商売ぢやもの、売溜めの事言はいで《言わずにおくわけがない》わいの。これぱつかりは憎まれても言はにやなりませぬ。コレお花、今夜なんぼほど商《あきな》ひしやつた

お花　ハイ、勘定は致しませぬが、ちよつと御らうじて下されませ《ご覧になって下さい》

ト玉子の笊《ざる》[八]をお熊《くま》が前へやる。お熊、中を見て

お熊　コリヤ、まだ売りきらずに帰つて来やつたの

お花　ハイ、三ツ余りました

孫兵　[九]オヽヽヽ、よう売りやつたの。サ、ひもじからう、茶漬[一〇]でも食うたがよい。コレ、売溜めはさぞ沢山《たくさん》さうな

トこの内、お熊、籠[一一]の中の銭《ぜに》を見て

お花　ハイ、おほかた《多分》四百五十[一二]か五百ばかりもござりませうよ

孫兵　ヤア、そりやマア大枚[一三]な《たいした》商《あきなひ》ぢや。それでこなたも機嫌が直つたであらう。オヽ大儀であつた《ご苦労だった》〳〵

八　一一行目の「籠」と同じもので、二九一頁一四行目の「笊」ではない。
九　ほめる発語。
一〇　当時京坂では、普通御飯を昼に炊いたが、江戸では朝に炊き、昼と夕は冷飯をとった。『守貞漫稿』によれば、夕飯は茶漬にして香の物を添えるとある。
一一　銭緡《ぜにさし》をとって数えたりする。
一二　四百五十文のこと。卵は一つ二十文くらいで売られていた。
一三　お熊に向って言う。
＊「お熊」という役名は、古歌舞伎の継母方に源を発し、以後、その敵役としての性格は一つの系譜をなすことになった。例えば『心中宵庚申《しんじゅうよいごうしん》』のお熊は、養子夫婦を責め抜いて心中に追いやる。このほか「女団七」のお梶の養母お熊、『鼠小紋《ねずみこもん》東君新形《はるのしんがた》』のお熊婆、『善悪両面児手柏《ぜんあくりょうめんこのてがしわ》』のお熊、『処女評判善悪鏡《むすめひょうばんぜんあくかがみ》』の悪婆須走りお熊、『金看板侠客本店《きんかんばんたてしのほんだな》』の熊鷹お爪など、この名を持つ人物はすべて邪険な性格の、たくましい生活力をもった老役《ふけやく》である。

お熊　またこのくらゐな商せねば、水も呑まれるものではない。どこの馬[一]の骨か、牛の頭か知れもせぬ病人を内へ引きずりこんで、たいてい[二]物のいることではない。コレお花、とても《いっそのこと》の事に、なぜ《〔卵を〕》みんな売つてござらぬのぢや

お花　ハイ、そりやおまへの、あすの朝の茶[三]うけにあげうと《差し上げようと》思ひまして

お熊　ホヽヽヽ、そりやよう気がついたが、わしや[四]玉子食うても、ぢゞい殿はあのやうなり、当てがござらぬ、いけ馬鹿〱しい

お花　さやうなら、ぢゞ様にあげませうわいナ

お熊　ナニ玉子食うたとて、あの挑[五]灯がお役に立つものか、費《つひ》えな事ぢや《むだなことだ》。コレ次郎吉、お袋《ふくろ》[六]がのらかはいて売り残した玉子、早う売つて来い

孫兵[七]　かはいさうに、今日一日、蜆《しじみ》担いで歩いて草臥《くたび》れたであらう。もう了簡《れうけん》してやりやいの《許してやれよ》

お熊　イエ〱、あのやうな病人のか[八]ゝり人《うど》がゐるもの《いるから》、うつかりし

＊直助や孫兵衛の住む裏店の借家には、「棒手振《ぼてふ》り」と呼ばれる行商人など、その日暮しの者が多かった。『文政年間漫録』に記された野菜の棒手振りの一日をみると、まず早朝に六、七百文で野菜を仕入れ、夕方まで売り歩き、その売上げの中から翌日の仕入金と一日分の家賃を除き、残りで米二百文、味噌醬油を五十文買い、子供に菓子代十二、三文を与え、最後の百文か二百文で酒を飲む、というその日暮しであった。このような生活にもかかわらず、「田舎の地と違ひ義理恥のなき世界にて凌《しのぎ》安」（『世間見聞録』）とされ、江戸の裏店が膨れあがった時代であった。このようなところに難病の古主が匿まわれることで、悲劇が始まるのである。

一　「馬の骨」は素姓の知れない者の喩え。「牛の骨」ともいう。「牛の頭」は、骨を頭に替えてたたみかけ、罵倒を強めた。

二　出費がかさんで仕方がない、の意。

三　「茶うけ」はお茶菓子のこと。

四　卵を食べて性欲が高ぶっても、夫があのとおり性的不能者なのでどうにもならないということ。卵は精のつく食物とされていた。

てゐると、生きながら[九]餓鬼道へ落ちにやならぬ。サア、よい子ぢや、ちよつと売つて来やゝ

　ト[一〇]猫《ねこ》なで声をして、次郎吉に玉子の籠《かご》を持たせ、両人に見えぬやうに次郎吉を[一一]つねる

次郎　アレ、痛いわいの〳〵

孫兵　オヽ、どうしやつた〳〵

次郎　ばゞ様がわしをつめつて

お花　エヽ、この子はよう啌《うそ》を、あれほど普段いとしがつてゐやしやんす《いつもかわいがっていらっしゃるんだもの》もの、[一二]ナニ《どうして》ばゞ様がそのやうな事《［をしようか］》。コレ、早う売つて来やいの

次郎　アイ〳〵

　ト[一三]泣きながら門口へ出る

孫兵　エヽうぬ、邪慳な[一四]

お花　[一五]アモシ。[一六]◯　サア怪我せぬやうに行つて来やいの

　ト[一七]思ひ入れ。次郎吉、籠をさげ、泣きながら

五　孫兵衛の勃起しない性器では、いくら精をつけたところでものの役には立つまいというのである。「お役に」と、自分の方に敬語を使ったところが働きである。

六　「のらかはく」は「怠ける」の卑語。

七　東大本は、以下、次頁一行目「落ちにやならぬ」までを欠く。

八　居候。本人を見せずに台詞にだけ出しておいて、見物に印象づけておくのも、劇ならではの手法。

九　仏教でいう三悪道・六道・十界の一つ。一種の地獄で、ここへ落ちた者は常に飢餓に苦しむという。

一〇　猫を撫でるような、相手を自分になつかせようとする時の作り声。

一一　今度は太股などをつねる。

一二　「ナニ」は反語。お花はお熊の邪険な性格を十分知っているが、一家を丸く治めるためにこう言った。

一三　お花は次郎吉をなだめて送り出す。次郎吉は片手で籠を持ち、もう一方の手で目をこすり、泣きじゃくりながら門口へ出る。

一四　再びお熊に向ってゆこうとする。

一五　孫兵衛の振り上げた手を止める発語。

一六　気を変え、次郎吉に向って。

一七　可哀そうに、との思い入れ。

次郎　玉子[一]〈〵、ゆで玉子〈〵

　ト呼びながら向ふ《花道を》へはいる。合方[二]、どん[三]

お熊　なるほど、瓜《うり》[四]の木に茄子《なすび》のたとへ、そなたの亭主ぢや、あの小平が意気地《いくぢ》のないところによう似てゐるわいの。わしが[五]産んだ子をほめるぢやないが《わけではないが》、そりやこなさんたちに見せたい歴《れつき》とした侍《さむらひ》。それも今は浪人して、ほんに浪人といへば、あの腰抜けの病人殿は、まだごねさうもないが《死にそうもないが》、あれがほんの《本当の》穀潰《ごくつぶ》し。○

　ト上の方障子の内へ思ひ入れあつて

どりや売溜めの、勘定でもしませうか

　ト合方[六]になり、お熊、籠の蓋《ふた》へあけたる銭を持ち[七]、奥へ《暖簾口へ》はいる。

　孫兵衛、お花残り、思ひ入れあつて

孫兵　なるほど《まったく》、あのばゞも年寄るほど根性が悪うなるて。わしも、年寄つて退《の》き去りするも《離縁するのも》、外聞が悪さに捨てておけば《世間体が悪いのでそのまま放っておけば》、よい事にしてつけ上がりをる。コレお花や、わが身《お前も》もさぞ〈〵うとましからうが《きっといやであろうが》、

一　茹卵売りは、「ターマゴ〈〵」と必ず二声ずつ繰り返して売り歩いた。一声で切るとか三声繰り返すことはなかったという。
二　次郎吉の退場についた合方。「只合方」か。詳細不明。
三　時の鐘(銅鑼)。暮れてゆく感じを出す。
四　「瓜の蔓に茄子はならぬ」という諺をふまえた表現。血統は争えない、と諺にもあるようにの意。
五　伊右衛門のこと。
六　二行目の「合方」と同じものか。
七　お熊は、正面を向いて銭をいかにも大事そうに抱え、それから振向いて後ろの暖簾口へ入る。
＊　孫兵衛に扮した沢村遮莫《しゃばく》は、もと沢村四郎五郎と名乗り、本作初演の一時代前の文化期には、幸四郎をはじめとする大立《おおだて》者《もの》を向うにまわし、立敵《たてがたき》を勤めていた。又之丞に扮する三枡源之助など文政期以降の役者と違い、重要な役を演じたわりに、生涯立者《たてもの》の位に上らなかった古風な格式をもっている。苦味走った顔立ちと押し出しのよさで、文化期の南北作品に欠くことのできぬ人物である。晩年、隠居名として俳名の「しゃばく」を名乗り、このような老役《ふけやく》に回ったのである。

マヽ辛抱してくりやれ。また仕様《しやう》もあるぢやあろ《やりようもあるだろう》

お花　エヽ勿体《もつたい》ない。かゝ様はかひ〴〵しい[八]お生れゆゑ、私どもや連合ひ《（小平）》の致す事はお気に入らぬも、尤《もつと》もでござります。それはさうと、こちの人《（小平）》が留守の内も、くれ〴〵気をつけて進ぜろと《くれぐれも面倒を見てさしあげるようにと》言うておかしやんした御病人様、今日は少しもお心ようござんすかへ《少しは気分がようございましょうか》

孫兵　今すや〳〵寝てござつたが、どうもはかどらぬ《はかばかしくない》御病気、[九]あなたへ対しても、あのばゞが邪慳ゆゑ、わしや気の毒で。◯[一〇]　[一一]ほんに薬あげてもよい時分《じぶん》であらうぞや

お花　ハイ〳〵、あたゝめて上げませう

トとつかはと《あわただしく》立つて、[一二]七輪へ土瓶をかけ、[一三]扇《あふ》いでゐる。[一四]障子の内にて

又之《居候の旧主》　お花は帰りやつたか。孫兵衛や〳〵

ト[一五]呼ぶ

孫兵　ハイ〳〵、[一六]若旦那様、お目が覚めましたか

八　甲斐性のある、きびきびした性質の形容。
九　あのお方。旧主の子息小塩田又之丞のこと。
一〇　気を変えて、思いついたように。
一一　「ほんに」は、そうだ、と気がついた時に用いる言葉。
一二　煎じ薬の入った土瓶を、下手にある七輪の上へかける。
一三　渋団扇で七輪の口を扇ぐ。
一四　上手の障子屋体の中。
＊　江戸の歌舞伎や小説類では、その日暮しの裏店の女房は、「亭主稼がせ昼寝する」（『きゝのまにまに』）といった道楽者のパターンで描かれることが多いが、実際にはお花のように内職で家計を切り盛りする者が多かった。そのリアルな一面が、江戸の歌舞伎としては少々異質な上方風の感じをこの場に与えている。
一五　姿を見せず声だけが聞える。
一六　主人の子息に対する呼称。

ト合方[一]になり、上の《上手の》屋体の障子[二]をあける。こゝに小塩田《をしほだ》又之丞《またのじよう》[三]、病ひ鉢巻[四]、掻巻《かいまき》[五]に寄りかゝり、木綿布子[六]を肩に引つかけゐる体《てい》。

又之　今宵はだいぶん寒気《かんき》が強いが、雪でもちらつきは致さぬかな

孫兵　イエ〳〵、雪は降りませぬが、この寒さでは御病気に障《さは》りませうか《お悪かろうと》と、私も大きに御案じ申しまする《心配しております》て

ト　お花、茶碗[七]へ薬を持ち来《きた》り

お花　ハイ、お薬をお上がりなされませ

ト又之丞、薬を呑みながら

又之　お花、小平はまだ帰らぬか

お花　モウかれこれ三月《みつき》[八]余りにもなりまするゆゑ、おいとまを願つて帰る時分でござりまするが

又之　イヤ、おほかた今宵は帰るであらう[九]

孫兵　エ[一〇]

又之　お花、そなたさぞ待ち遠《どほ》であらうナ

一　二九六頁二行目の合方と同じものか。

二　障子は一本引きになっている。舞台にもよるが、二枚一度に押し開けるのが普通。また、場面が一段落した時点で、上手の屋体のなかの病人が声をかけて姿を見せる段取りは、初日中幕のお岩の場合と一対をなしている。

三　〈扮装〉肩つぎの当った着付。月代《さかやき》の伸びた頭。汚れた薄い敷蒲団の上に坐っている。

四　病人の役がする鉢巻。状況によって色工合と地がちがうが、紫色の縮緬《ちりめん》か塩瀬《しおぜ》が多い。左に結ぶのが定式。伊達《だて》鉢巻は右結び。

五　綿入れの夜着。掛蒲団の代りにする。

六　木綿仕立ての綿入れ。

七　煎じ薬を土瓶から茶碗に注ぎ、はげちょろけた丸盆に載せて持ってくる。

八　小仏小平が、伊右衛門に雇われてからもう三か月余りになるというもの。「小仏」は、川柳などで信濃者《しなのもの》（冬期の臨時雇い）を暗示する「小仏峠」に通じる名でもある。信濃者は三か月契約が普通であった。

九　小平が今夜帰るであろうということを、又之丞はある事柄から確信している。

一〇　孫兵衛は、小平が殺されたことを知っているので、胸にぎくりときて、「エ」と聞き咎めたのである。

お花　ホヽヽヽ、一一　あなたなにを《〔御冗談ばかり〕》一二

ト思ひ入れ。一三　孫兵衛、念仏唱へるこなし一四

又之　夫《をつと》小平は雇ひ奉公、妻のそなたは女の身として夜商《よあきなひ》一五、その艱難《かんなん》の暮しの中へ、かやうに長々の病気にてのかゝり人《うど》。それをうたてく《いやとも思わ》も思はず《ずに》、よう世話しておくりやる一六親切《しんせつ》。コレ、寝た間も忘却は致《少しの間も忘れはしな》さぬぞや《いぞ》、忝《かたじけ》ない〱

ト思ひ入れ一七

孫兵　なんのお礼に及びませう。この親父めは、おまへの親父様《あなた様の親父様の》はお草履一八つかみ。また悴《せがれ》の小平めはおまへのお家来。お屋敷の騒動一九から、御家老由良之助《ゆらのすけ》様はじめ、御家中もちり〲ばら〱、畢竟《ひつきやう》私風情を二〇も御家来と思し召《おぼしめ》せばこそ、頼つてお出でなされた若旦那、粗末に致すと罰《ばち》が当ります。また艱難の中と言はしやりますが《貧苦な暮しの中でとおっしゃいますが》、この親父はずんと《うんと》工面が《〔金の〕》ようござりまするぢや。しかし、金のあるふりを致すと人が貸せ〱と言うてうるさし、第一はこの嫁なぞが、金の

一一 本心を言い当てられて、照れ隠しに笑ったもの。
一二 尊敬の人称代名詞。現代語におけるような親近性のある言葉ではない。
一三 恥ずかしがる思い入れ。
一四 孫兵衛はお花の姿を見て哀れに思い、同時に小平の死が改めて身に迫り、思わず「南無阿弥陀仏〱」と唱える。
一五 夕方お花が茹卵を売りに出かけることをさす。
一六 「おくりやる」は「おくれやる」の訛。
一七 感謝する思い入れ。
一八 草履取り。武家の下僕、中間《ちゅうげん》のこと。
一九 塩冶判官の高野師直への刃傷から、切腹・お家断絶、となる一連の騒動をさす。
二〇 私のような軽い身分の者を、の意。
＊ 没落した主人を再び世に出すため、その下僕が忠義を尽し、艱難辛苦するパターンは、江戸歌舞伎では曾我狂言の「鬼王貧家」が典型的。京坂の時代物・時代世話物にも欠くことのできぬ趣向であった。また、旧主又之丞が足腰たたぬ病人となっているが、こうしたパターンは「非人の仇討」「躄の仇討」「鶯塚」など一連の定型がある。

簪《かんざし》買うてくれいの、やれ錦《にしき》[一]の振袖がほしいのとねだりまするゆ
ゑ、ないふりをしてをるのでござります。ナニ千両箱の二ツや三ツ、
神棚へものせておきまするぢや、ハヽヽヽ

お花　ホヽヽヽ、とゝさんのなに言はしやんすやら、いつも〳〵癲狂《てんがう》[二]ば
つかり。◯[三]
　　ト思ひ入れあつて、又之丞《またのじよう》の引つかけてゐる搔巻[四]に目をつけ
モシ、あなたのお召しなされましたこの着る物は〔どうなさいました〕

孫兵　ほんにコリヤおれが布子ぢやが、夏中[五]質屋の蔵へ

お花　ア、モシ。◯[六]　コリヤマア、誰が持つて参りましたぞいナ

又之　コリヤ最前《さきほど》、あの次郎吉が持つて参つて、寒気をふせぐ為身どもに
着せるようにと言うて、アノ小平が届けたと申す事ぢやて

孫兵　エヽ、アノ悴の小平が
　　ト思ひ入れ[七]

又之　まだコレ、この搔巻も届けたぢや

一　錦の振袖など現実には存在しない。
＊　あり得ぬことを、場をしめらさぬようわざと陽気に言うのだが、そのためいっそうみじめな気分に襲われるのである。
二　冗談。
三　ふっと気づく思い入れ。
四　ここは木綿布子のこと。搔巻は別にある。
五　夏には不必要な綿入れだから、質屋に入れて金を借りたが、冬になってもそれを受け出す金がないのである。
六　質入れのことを又之丞に聞かせまいと孫兵衛を制する思い入れ。

謎の衣類

＊　搔巻と布子は、死んだ小平が次郎吉に届けさせたものだと分り、場面は急に怪談じみ、見物を引き込む。
七　「はてなア」と不思議に思う思い入れ。
八　深川富岡門前仲町（現江東区）にある横町の一つ。入堀通りの横町の俗称。富岡八幡宮の西にあたるためこう呼ばれた。
九　「金子屋」は、深川の岡場所（私娼街の総称）の通言で「質屋」の隠語。質入れにそなえて、櫛や簪などを、金子横町の金子屋で立派に誂えておくことから転じた。金子横町は、西横町に平行する横町の俗称で、安永頃の金子屋新八の名に由来する。

お花　ほんにこの搔巻も夏中西[八]横丁の[九]金子屋へ《〔質入れしたもの〕》

又之　それぢやによつて《それだから》、小平が近所《きんじよ》までは帰つてゐるによつて、今宵は宿へ《家に》帰るであらうと申したのぢや

お花　ほんにこちの人も《夫も》、あの子に《〔布子を〕》届けるくらゐなら、ちつとも《少しでも早く》早う内へ帰つて来やしやんすがよいに

　　ト孫兵衛、[一〇]思ひ入れあつて

孫兵　モシ若旦那様、ソリヤマアほんまの《本当の》事でござりまするか

又之　ナニ身どもがいつはりを申すものか、あの小平が届けたに相違もあるまい

孫兵　[一一]スリヤそれほどまでも御主様を。《〔思っているのか〕》悴でかしをつた。《息子よでかしたぞ》南無阿弥陀仏〳〵

　　トこなし

お花　[一二]ホヽヽヽ、とゝさんとした事が《お父様ともあろうものが》なにを言はしやんすぞいナ。またさういふ事なら、早う戻りやさんすりやよいに。◯

＊金子屋の件は、初日序幕の「お袖」（二二四頁注六参照）、「おもん」（同注二二参照）、「馬道の地獄」（六一頁＊印参照）などと同様、当時七十二歳の南北の青年時代にあたる、安永・天明期のことを当て込んだもの。安永・天明期は、寛政の改革以後に登場してきた文政期の人達にとって、全く隔絶した古い時代として受け取られていた。その時代を当て込むことで、遠い昔の出来事に、伝奇としての実感を与えようとしたのである。

一〇　お花をいじらしげに見、次に不審に思って又之丞に確かめる。

一一　小平が幽霊となって主人又之丞につくす行動を讃《ほ》めると同時に、執念が残って成仏できずにいる悴を哀れんで念仏を唱えたもの。

一二　夫がすぐそこまで帰ってきていることを知ったお花は、嬉しさで孫兵衛の念仏を気にかけないでいる。

＊夫の死を知らずに、いそいそと喜び迎えるお花の哀れさは、女方の演技の見せどころ。それを助けるのが孫兵衛の老役である。『ひらかな盛衰記』の「松右衛門内の場」でも、その死を知らずわが子を迎えようとする類似のパターンがある。

ト門[一]口をのぞいてみたり、いそ〳〵する。孫兵衛、思[二]ひ入れ

[三]モシ〳〵、若旦那様、おみ足さすつて上げませうかいナ

又之　イヤ〳〵今宵はだいぶんこゝろよい《気持がいい》。かまやるな〳〵《構わずともよい》

お花　ハテ御遠慮には及びませぬわいナ。◯

ト又之丞《又之丞の》が足をさする。孫兵衛、口[四]の内にて念仏となへる思ひ入れ。静かなる木[五]魚入り合方になり、向ふより《花道から》、次郎吉、三布《みの》[六]蒲団《ぶとん》を縄にてしばり、これを引きずり出て、門口へ来り。戸をあける。これにて、お花立つて来り

小平殿、帰らしやんしたかへ。◯[七]

ト次郎吉を見て

こちの人《(小平)》かと思うたら、コリヤ次郎吉、そりやなんぢやぞい《それはどうしたのだい》の

次郎　とゝ様がこれを、旦那様に着せろと言うて、届けさしやつたわいの

トお[八]花、蒲団を内へ入れて

お花　そんならこれも、若旦那へお着せ申せと、アノとゝさんが《［言ったのかい］》

一　下駄をはき、門口に出て、「早う戻りなさればいいに」「どこにおいでなさるやら」などと捨て台詞を言う。

二　お花のいそいそする様子を見て、いよいよ憂いに沈む。

三　親切心を見せることで嬉しさを紛らすような動きをしながら言う。

四　ぶつぶつと、半分ほど聞きとれるように唱える。

五　姿こそ見えないが、次郎吉の陰に小平の幽霊が添っているかのような雰囲気を出すための合方である。木魚の音にひかれて亡霊が出現するパターンをふまえた。伊原本では「木魚入合方、禅の勤め」、東大本「禅の勤め」。「禅の勤め」も同様の効果を狙ったもの。

六　三幅《みはば》の布で表裏を引続きにした敷蒲団。

七　夫のことしか頭にないお花が、いそいそと立ってみると、帰ったのは次郎吉なので、気を変える。その「間《ま》」を示す思い入れ。

八　次郎吉を手伝って蒲団を家の中へ入れる。

重なる怪事

孫兵　なんと言《なんだって》ふ、それも悴《(小平)》が届けたと言ふのか

お花　アイ。○[九]　エヽなんの事ぢやぞいな《まあどうしたことでしょう》。年端もゆかぬ者に、このやうな重い物届けずとも、なぜにぬしが自身に《どうして自分自身で》持つて早う帰つては下さんせぬぞいナ

ト思ひ入れ

孫兵　南無阿弥。○[一〇]　エヘン〳〵

又之　ヤレ〳〵次郎吉、大儀であつた《ご苦労であった》、こゝへ来やれ、褒美をとらさう《やろう》〳〵。○

ト又之丞、そばにある袋[一一]の中より菓子[一二]を出して次郎吉にやる

コレ、今《今に》とゝが帰るであらう、おとなしうしませうぞ《おとなしくして待っていような》。ほんに賢いやつではある。お花ほめてやりやいの《ほめてやりなさい》

お花　ハイ〳〵。○[一三]　コレ、久しぶりでとゝ様と一緒に寝々《ねね》[一四]するのぢや、嬉しいかや〳〵

又之　[一五]その子よりも、第一そなたが。○

九　孫兵衛に「アイ」と答えておいて、早く夫に会いたい気持でいっぱいのお花は、ちょっとじれて次の台詞にかかる。

一〇　小平の幽霊の仕業と信じ、思わず声高に念仏を唱えかけ、お花と顔が合ったので、咳払いでごまかした。

一一　菓子を入れておく袋。裕福な家では菓子簞笥《だんす》を用いる。

一二　駄菓子の類であろう。

一三　又之丞に対して返事をし、ここで気を変えて、次郎吉に向う。

一四　「寝る」の幼児語。

一五　お花を見て、思いやりのある冷やかしを言いかけたもの。

＊　暖かい人情味のあふれた会話の交わされる場面。この明るい笑いは、後の悲劇とその陰惨さを深めるための味付けとなっていて、暗さの前の先触れとしての効果を持つ。

トお花、恥[一]づかしき思ひ入れ
身ども〻嬉しい、ハヽヽヽヽ
ト思ひ入れ。[二]孫兵衛、うつむいてゐる。[三]唄《うた》[四]になり、向ふ《花道から》より、
赤垣伝蔵《あかがきでんざう》[五]、大小《だいせう》、ぶつ裂き羽折[六]にて、小挑灯[七]をともし、出て来
り。門口へ来り、こなし[八]あつて

伝蔵　[九]頼みまする《ご免下さい》〱
お花　ヤ、こちの人《(小平)》が帰らしやんしたさうな。○[一〇]
トとつかはと《慌てて》門口へ行き、戸をあけて
小平殿かいナ、おまへはマア。○
ト伝蔵を見て
[一一]ホヽヽヽ、私とした事が[一二]
ト気[一三]の毒なるこなし
伝蔵　ナニ人違ひかな、ハヽヽヽ。○　イ[一四]ヤナニ女中、孫兵衛殿と申す
はこちらかな

赤垣伝蔵の来訪

一 嬉しい恥ずかしさの表現。もじもじと身体を「く」の字に動かしたりする。
二 お花を見て喜ばしそうに笑うが、一方、独り身の男としての色気をも漂わすところ。
三 孫兵衛だけは、ますます哀れをそそられて顔を上げられなくなる。
四 唄入りの合方。
五 赤垣伝蔵のモデル赤埴《あかはに》源蔵は、小塩田又之丞のモデル潮田又之丞と同じ二百石取り、行年も同じ三十五歳であった。又之丞の同僚としてここに登場したもの。〈扮装〉今日、この場が上演されてきた伝承がないため具象性を欠くが、打裂羽織《ぶつさきばおり》に旅袴《たびばかま》といった形《なり》になる。
六 打裂羽織。背縫いの下半分を裂いてある。武士が旅行の折などに用いた。
七 手丸提灯。
八 提灯をかかげ、門標を見て、「うん、そうだ、ここだ」というように頷き、次の台詞となる。
九 武士ならば「頼もう」となるが、世間を忍ぶ身であるため、柔らかに言ったもの。
一〇 気を変えて立ち上がる。
一一 自分の間違いを照れ隠しに笑って。
一二 後に「まアそそっかしい、お許し下さいませ」等が省略されている。

お花　さやうでござります。あなたどちら《あなた様は》から〔お出でなされました〕

伝蔵　身《私は》どもは小塩田又之丞殿に用事あつて参つたもの、[一五]チトゆるしやれ

ト内へはいる。又之丞、見て

又之　ヤ、貴殿は赤垣伝蔵殿

伝蔵　小塩田氏、さて[一六]一別以来

又之　コレハ〱、ようこそ[一七]御入来《ごじゅらい》、まづ〱これへ〔お通り下さい〕

伝蔵　しからば御用捨下されい《それではご免下さい》

[一八]トよきところに住《すま》ふ《坐る》。又之丞、〔障子屋体から〕よきところへ[一九]ゐざり出て

又之　まづは御健勝《けんしょう》にて〔なによりです〕

伝蔵　貴殿にも御無事で、と申したいが、承ればなにか御病気との事

又之　[二〇]されば《そのことですが》でござる、[二一]鶴膝風《かくしつふう》とか申す病にて、[二二]いまだに歩行が心に任せ《歩くことが心のままに》ぬやうにござるて《まいらぬようです》

伝蔵　ハテさて、それは御不自由でござらう。[二三]イヤナニ孫兵衛殿とやら、なにかと又之丞殿の世話致さるゝと申す事、身どもゝ[二四]古朋輩《こほうばい》の事、

一三　当惑するような動作をする。

一四　途中で言い直す発語。浄瑠璃・歌舞伎における武士語。

一五　武士が他家を訪問したときに使う言葉。

一六　再会の際の武士語。久しぶり、の意。

一七　おいで下さった、の意。これも武士語。

＊　久し振りで再会した又之丞と伝蔵は、朋輩であった頃に戻り、当時の武士語で会話を交わすのである。

一八　役者にとっても、見物の側からも適切な位置。ここは前舞台中央よりやや上手。

一九　這《は》い出して。ただし、自分の足が立たぬさまを見せまいとするのである。このとき伝蔵を上手に招き、自分は下手になったのだろう。

二〇　相手の言を受ける際の決り文句。

二一　脚の肉が落ちて痩せ細り、鶴の脚のようになる病気。今の結核性関節炎等か。

二二　人ごとのように客観的な言い方である。弱みを見せまいとする、武士気質の出た台詞。

二三　又之丞から孫兵衛へと気を移した台詞。本来ならこの直前に「〇」が入るところ。

二四　昔の同僚。

祝着《しうちやく》[一]致す、忝《かたじけ》ならうござる

孫兵　ハイ〳〵、若旦那も長々の御病気にて、このやうな見苦しい内へかくまひ申しておくといふは名ばかり、ほんに心は弥猛《やたけ》[二]に思ひまするが、貧乏人の事、思ふやうに櫂《かい》[三]は廻らず、それでも奇特に〔感心にも〕この嫁《よめ》が手一ツで、昼は人様のすゝぎ[四]洗濯、夜はするめやゆで玉子。○[五]

トお花、茶を汲みながら孫兵衛の袖を引く[六]

ナニ、おれ[七]に茶を呑《の》めと言ふのか

お花　イヽ[八]、エナア。○

ト伝蔵の前へ〔茶を〕持ち行き

ハイあなた〔あなた様〕、お茶一ツ〔お上がりなさいませ〕

伝蔵　イヤ〳〵、かまはしやるナ〳〵〔おかまい下さるな〕

トお花、孫兵衛に囁《ささや》く

孫兵　オヽよう気がついた、二合半《こなから》[九]とつて来やれ、コレ、西横丁《にしよこちやう》[一〇]の西の宮[一一]

一　満足に思って喜び祝う、の意。
二　何とかせねばと心がはやるさま。「弥猛《やたけ》心《ごころ》」とも。
三　生活のやりくりが思うにまかせぬ、の意。舟の櫂がうまく回らないことを掛けた。
四　洗濯の意を重ねた畳語表現。
五　ここまで言ってきたところでお花に袖を引かれ、言葉が途切れる。
六　客人の目の前で讃められるので、やめてくれと注意したもの。
七　夢中になって喋っている孫兵衛は、お花の注意の意味に気がつかないのである。人のいい孫兵衛の性格が出ている。
八　そうではない、という意の発語。
＊　この場の伝蔵の訪問と又之丞との関係は、『仮名手本忠臣蔵』六段目の二人侍と勘平の型である。
九　二合五勺の酒。
一〇　当時西横丁（三〇一頁注八参照）の中ほどの十間ばかりを、俗に「猪口長屋」と呼んでいた。かつて「猪口屋」という酒屋があったための呼称だが、その酒屋の連想で「西横丁」が出たものか。
一一　「西の宮」は伊丹の酒の銘柄であろう。

がよいぞや。そして、なんぞ肴《さかな》をみつくらうて

ト伝蔵、[一二]思ひ入れあつて

伝蔵　又之丞殿、[一三]なにか[一四]宿《やど》にて酒なと申しつける様子ぢやが、拙者ならば《私のことなら》無用に致すやう《おかまい下さるな》

又之　さやうではござらうが、夜中《やちゆう》と申し、寒気もはげしうござれば

伝蔵　イヤ〳〵、馳走は《御馳走は》御無用になされい

お花　なんのあなた御馳走と申すではござりませぬが

孫兵　早う行《い》て来やれよ

お花　アイ〳〵。[一五]○　そんならとゝさん、[一六]竈《へつつひ》の下を〔頼みます〕

孫兵　そりや合点ぢや

お花　[一七]さやうなら《それでは》あなた〔ごゆるりと〕

伝蔵　ハテさて《まあまあ本当に》、無用にさつしやれと申すに

ト　お花、門口へ出る。孫兵衛、こなしあつて

孫兵　コレ〳〵〳〵お花や、酒買うて帰りに、ちよつと[一八]法乗院様へ寄つて、

一二 ちょっとあたりを見て、苦しい生活の中で孫兵衛が無理していることを感じ取る思い入れ。

一三「なにか」は婉曲な言い方。

一四 この家で、の意。

＊ 底本は、このあたりから伊原本・東大本に比して特に詳細になっている。この場は、最後に菊五郎が登場するのみで、団十郎・幸四郎・粂三郎等の大物は出ない。立者の中では一番格の下がる三枡源之助のための場となっている。担当作者も南北自身でなく二枚目の勝井源八と思われる。そのためもあって大幅な改訂がなされ、諸本に異同がみられるのだろう。また、菊五郎の小平は評判がよかったが、後にお岩を真女形《まおんながた》が演じるようになるにつれ、小平の活躍するこの場は上演されなくなり、今日では演出の参考になるべき伝承が少なくなっている。

一五 気を変えて。

一六「竈」はかまどのこと。「竈の下」とは食事の支度のための焚火。酒の燗などのための用意。

一七 伝蔵に向って言う。

一八 二三〇頁注一〇参照。

ぢゞ《（孫兵衛）》がお願ひ申しておいた物[一]を下されませと、そなた持つて来て下
され

お花　アイ、そりやなんでござりまする《ございますか》へ

孫兵　なんであらうと持つてくればわかる。コレ、必ず、恟《びつく》りせまいぞや

お花　エヽなんぢややら《なんのことやら》気味の悪い。○　どりや酒買うてこようかいナ

ト合方[二]、木魚入り禅の勤めにて、お花、徳利[三]をさげ、向ふへ《花道を》は
いる。又之丞、思ひ入れ[四]あつて

又之　コリヤ〳〵孫兵衛、その坊主が眠うなつた様子ぢや、納戸[五]へ連れて
いて《行って》、寝さしてやりやれ

孫兵　[六]ほんになんにも知らず、子供は仏[七]。南無阿弥陀仏〳〵。さやうなら《それでは》
あなた、ゆるりと《ゆっくりと》お咄しなされませ

ト伝蔵、会釈《ゑしやく》する。木魚入り合方になり、孫兵衛、次郎吉を連
れ、こなし[八]あつて奥へ《暖簾口へ》はいる。両人残り、こなし[九]あつて

討入りの密談

伝蔵　さて小塩田氏《うぢ》、身ども［が］今宵貴殿の隠れ家を尋ね、わざ〳〵参つたる

一 実体を明かさず、単に「物」と言っておいて見物に課題を残し、後にそれを解いてみせる手法。
二 お花が花道を入るまでの下座音楽。「木魚入り禅の勤め」は、次郎吉について小平の亡霊がこの家に来ていることを示す。
三 ここでは貧乏徳利。酒屋や油屋では、通い帳で買う家には貸樽や酒徳利を貸したが、貧家は自分で器を持って行って買った。
四 次郎吉が孫兵衛の傍で居眠りをはじめるのを見やる。伝蔵と重要な話をするには孫兵衛が邪魔なので、追い払う口実として次の台詞になる。
五 ここでは寝間のこと。物置き部屋でもある。
六 父の死も知らずにと、ほろりとして言う。
七 子供の無邪気さを神仏に喩えた諺。
八 伝蔵に挨拶する。
九 あらたまって居住いを正す。
一〇 高野家討入りの件。
一一 又之丞の声が高くなるのを手で制する。
一二 小平の憑《つ》いた次郎吉が奥へ入ったので、合方が替る。
一三 戸を開けて外を窺い、人が立ち聞きしていないかどうか確かめる。
一四 江戸。但し『仮名手本忠

は余の儀でござらぬ《ほかのことではない》。[一〇]かねての一儀、最早《もはや》近々の内〔実行する手筈でござる〕

又之　すりや《それでは》敵《かたき》の館《やかた》へ乱入の《討入りの》

伝蔵　[一一]コリヤ

ト思ひ入れ、[一二]合方。門口へ行き、[一三]方々見廻し、戸を閉《し》め、こなしあつて

大星由良之助殿はじめ、徒党の人数《にんず》、[一四]当地へあらまし《おおかた》[一五]下着《げちやく》なし、[一六]石町本庄、[一七]或は芝の辺[一八]などにひそまりをれば《忍んでおりますので》、日限はまた〳〵《日取りは》廻文を以て申し伝へるでござらうが、さて困つた事には貴殿の病気、歩行かなはぬ《歩くことのできぬ》その時は、乱入の《討入りの》砌《みぎり》とても《際も》一個の働き《一人前の》覚束《おぼつか》なうござらう。日限はおほかた[一九]来月中旬、どうぞそれまで《なんとかそれまでに》全快あれば[二〇]重畳《ちやうでふ》、お手まへにはいかゞ思はるゝな

又之　サその儀でござる《そのことについてですが》。随分《十分に》ともに手抜かりなく《油断なく》、療治も仕りまするが、とかくめき〳〵《ぐんぐん》とはかどりませぬ《よくなるとはゆかぬ》[二一]業病。これにはほとんど当惑致しまするが《困っておりますが》、お気遣ひ下されな。[二二]念力岩を通すの諺《ことわざ》、是非ともそれま

臣蔵』の舞台は鎌倉である。

一五　下って到着して。京都中心の言い方。

一六　中央区日本橋本石町。江戸城の東、丸の内の町名。付近に垣見五郎兵衛と変名した大石親子、潮田又之丞のほか、六、七人の浪士が住んでいた。

一七　現墨田区本所。両国橋の東詰の地。吉良邸があり、辺りに米屋に化けていた前原伊助や堀部安兵衛はじめ多くの浪士がいた。

一八　港区芝一帯の地。浜松町には赤埴源蔵、旧源助町には磯貝十郎左衛門などが潜伏していた。

＊　赤穂浪士は、吉良邸を見張るのに好都合な地、日本橋・麹町・芝・両国・深川・本所などに隠れ住んでいたが、江戸の民衆はこのことを熟知していた。なお、孫兵衛の名は深川黒江町に住んでいた奥田孫太夫からとったとも解せる。

一九　浪士の討入りは十二月十四日（一五日未明）だから、この場は十一月ということになる。この頃は、打合せの回文状がしきりに出されていた。

二〇　結構だ、の意。

二一　悪業の報いとしての難病をいう。

二二　一念をこめればできないことなどないという意の諺。

でには全快なし、各《おのおの》の真先《まつさき》かけ、見事拙者が一番槍《やり》[一]を

伝蔵　イヽヤ亡君の敵師直《かたきもろのう》殿へ、一番に槍付けるは、この赤垣伝蔵でござる

又之　イヽヤ弓矢八幡《はちまん》[二]照覧あれ、[三]かく申す小塩田又之丞

伝蔵　コレサ小塩田氏、肝精焼《きもせい》[四]かれな。敵の首は身どもが手へ

又之　イヽヤサなか〳〵《けっして》、余人の《他の人の》手へはかけ申さぬぞ《かけさせぬぞ》

伝蔵　イヽヤ拙者が

又之　イヽヤ身どもが

ト両人きつと[五]なつて顔を見合せ、こなし[六]あつて

伝蔵　ムヽ

又之　ハヽ

両人　ムヽハヽヽヽ

伝蔵　ハテいさぎよい[七]。〔貴殿が〕さほど勇気が満ちをれば気遣ひござらぬ。全快な《全快する》さん《のも》はまたゝく内、それにて身どもゝ安堵致す《これで私も安心致した》。随分《十分に》ともに保養《養生して》あつて、[八]必ずその夜に。◯[九]

一　敵陣へ第一番に乗込んで槍を突くこと。

二　武士が宣誓するときの成語。弓矢神である八幡大菩薩にかけて、の意。

三　名乗り台詞の決り文句。

＊　二人のライバルとしての勇みが描かれているところ。次第にリズムに乗って高揚させてゆく、一種の「ノリ」の手法。又之丞の様子を見ながら鼓舞してやっている伝蔵の友情も感じ取れる。様式的には、過去の戦闘の有様を再現してみせる「物語」や「御注進」の系譜をひいている。ここではまだ討入り前なのだが、実際の赤穂義士の討入りは過去のことであるため、このパターンが成立している。台本の筋立てより見物の熟知している話を優先させるのが、歌舞伎の常套手段。

四　「肝精焼く」は世話をやく意。余計な世話をするなと軽くあしらった。

五　感情が高潮し、一瞬静止する型。ここではお互いに張りあい、睨み合って静止し、見得の形となる。ツケが入るが、外すこともある。

六　どうなることかと緊張させておいて、からっと気をほぐし、次の笑いとなる。

七　心地よい、勇ましい、の意。

八　必ず当夜には参じて下され、の意。

ト思ひ入れあつて、伝蔵、懐中より小判五両[一〇]取り出し、又之丞が前へ置き

この金子《きんす》は由良之助殿より四十七人へ配分[一一]の金子、小塩田氏お受け取りなされい

又之　なにか存じませぬが《どんな理由かは存じませぬが》大星殿のお志、忝《かたじけ》ならば存じまするが、余人は《他の人はと》格別《もかく》、拙者儀は、敵《かたき》の門内へ踏み込みまするど、まづ生きて再び帰らぬ所存でござれば《つもりでおりますので》、所持致しても《持っていても》不用の金子《必要のない金です》

伝蔵　[一二]さればでござる。拙者はじめ誰々も《各々も》、皆さやうに思ひをりましたが、由良之助殿申さるゝには、もしも敵地にて討死《うちじに》致すその砌《みぎり》《その時》、死骸《しがい》に金子所持なき時は《お金を持っていないとなれば》、塩冶浪人たつきにせまり《塩冶浪人は暮し向きに困って》、師直の館へ乱入なし、[一三]斬り取りなさん企《くはだ》てと、世の人口をふせがん為《世人の噂を封じるため》、これはめい〳〵《この金子は各々の》肌につけ、持参あるやう《持ってくるようにとの》大星殿の差図でござるて

又之　ハヽア、さすがは大星殿の御了簡《れうけん》はまた格別。しからば受納致すで《お受け取り致し》ござりませう《ましょう》。◯[一四]

九　勇気づけてはみたものの、又之丞の病気は全快しそうもないので、暗澹とした心になるのである。ちょっと涙ぐんでもよい。

一〇　小判は帛紗に包んであるのが普通。

配分金

一一　序幕にみえる配分金（四三頁参照）とは別。『大岡政談』の「直助権兵衛一件」では、討入り直前十二月十日に、大石内蔵助が義士たちに、家内片付けの支度金を配らせるという設定になっている。その金を盗り逃げした不義士小山田庄左衛門が下男直助に殺されるというのが、「大岡政談」にまとめられた主殺し直助の筋立てである。

一二　そのことですが、と相手の言を受ける時の決り文句。武士語。女性なら「さればいな」、老婆なら「さればいの」となる。

一三　「斬り取り」は強盗のこと。

一四　両手で戴く。

ト金子を受け取り、そのまゝ前へ置き

[一]赤垣氏、シテその夜の《討入り当夜の》手配《てくばり》[二]は貴殿には御承知でござるかな

伝蔵　その儀も大星殿より書き立て[三]にしてかくのとほり《この通り》、密《ひそ》かに披見《ひけん》ある《ご覧》やうに《下さい》

ト思ひ入れ[四]。門口閉る。誂《あつらへ》[五]合方。懐中より書物《かきもの》を出す。又之丞、こなし[六]あってこれを開き見る。誂の合方[七]

又之　ムヽなるほど、四十七人二手《ふたて》となし、表門より二十四人、裏門よりは二十三人。伍々《ごご》[八]を略して三人一組、三々九人を一手《ひとて》[九]とし

伝蔵　[一〇]大星殿のかねての《ふだんからの》練磨、甲州山鹿の采配にて

又之　序の太鼓にて人数《にんず》を繰り入れ

伝蔵　[一一]いかにも。破の太鼓には人数をわかち

又之　急の太鼓に切り入つて

伝蔵　[一二]織部・大鷲《おほわし》・不破《ふは》なんど《などという》、太刀《たち》討槍術《うちさうじゆつ》手練の荒者《あらもの》、三九《さんく》[一三]二十七人は、こゝに押し寄せ、かしこを《あちらを》攻め立て

一 東大本、以下三一三頁六行目までを欠き、代りに次の台詞が入る。「伝蔵　サヽ御斟酌には及び申さぬ。〇　たゞこの上は養生あつて、目出たく門ン出、小塩田氏　又之　仰せにや及ぶべき。たとへ師直天地を駆けりひそまるとも、無念に凝《こつ》たる精気の一念　伝蔵　首級を得んこともまたゝく内　両人　チエ、、よろこばしい」。

二 人数の配置。

三 個条書きにすること。

四 伝蔵は、立って門口の外を窺って閉める。

五 台詞・仕種に合わせて、作者や役者から鳴物方へ注文して作らせた合方。

六 気分の高揚したような動作で、受け取って見る。

七 次の、次第に「ノリ」になってゆく二人の割り台詞を引きたてるための合方。前行の合方と同じであろう。

八 「伍」は五人一組の軍隊の編制をいう。

九 一隊として、の意。

一〇 大石内蔵助は山鹿流の兵法を習得していたとされ、これが大星由良之助に移入されたもの。山鹿流は甲州流軍学の流れをひく。

＊ 序・破・急は楽曲の形式原理。「序」はゆったりとした最初の部分、「破」は変化に富む中間部、「急」は最後の部分を

又之　残りの人数は四方をかため、八方隈々眼《くまぐままなこ》を配り

伝蔵　目指す敵《かたき》を取り逃がさぬやう、或は[一四]矢衾槍衾《やぶすまやりぶすま》

又之　ハヽア天晴《あつぱれ》〳〵。敵《かたき》師直天をかけ《翔り》、大地をくゞる術《じゆつ》ありとも、首《しるし》を揚げんはまたゝく《取ることは目前》内

伝蔵　[一五]コレ。○　密《ひそ》かに[一六]借覧《しやくらん》

又之　ハテさて感心

ト両人こなしあつて、これを見る。[一七]かすめたる佃の合方、[一八]時の鐘になり、向ふ《花道から》より、以前の米屋長蔵、金子屋の手代庄七、[一九]弓《ゆみ》張挑灯《はりてうちん》を持ち、出て来り。花道にて〔の七二〕

質屋の嫌疑

庄七　コレ〳〵長蔵殿、こなたの内では、孫兵衛が内にいくらばかり[二〇]掛けがある

長蔵　なに、わづか[二一]一分ばかりしかないが、親方の言ふには、その日暮しの貧乏人に貸してはおかれない、取つて来いと言ふから、今夜《こんや》はなんでも《どうしても》[二二]たて催促とするつもりだが、貴様にはなんであそこの内へゆ

急テンポで締め括る。ここは、この形式を兵法の太鼓の打ち方に応用したもので、普通「一打《いちうち》、二打《にうち》、三流《さんなが》し」などというが、実際には大石内蔵助は太鼓を打たなかったといわれる。

一二 伊原本では「いかにも〳〵」。伊原本の方が「ノリ」の手法に叶っている。

一三「織部」は堀部安兵衛を、「大鷲」は大高源吾を、「不破」は不破数右衛門をモデルにしてある。みな武術に秀れた者とされる。

一三 八行目「三々九人」を受けた。九人一手が三組であれば計二十七人となる。

一四 矢や槍を揃えて隙間なく並べること。

一五 又之丞が声高になるのを押えた発語。

一六 書物などを借りて見ること。

一七 町人たちの登場についた鳴物。

一八 時刻の推移と、情景が一転したことを示す。

一九 竹を弓のように曲げて、提灯をその両端に掛けたもの。

二〇 貸し。貸金の催促を「掛取り」という。

二一 一両の四分の一。三一六頁六行目には「一貫六百文」とある。お花の茹卵の売上げの三日分ほどの額。

二二 やかましく催促すること。

くのだ

庄七　聞かつしやい。おらが蔵《おれの〔店の〕》へ泥棒がはいつて、二品《ふたしな》三品代物《しろもの》が紛失し
たが、調べてみればみんなあの孫兵衛がところから置い[一]た質。そり
やアわづかな代物だが、四谷町の利倉屋[二]から下質《したびち》[三]に下がつてゐるソ[四]
ウキセイといふ唐薬《たうやく》。この置き主《〔質の〕》は浪人者の民谷伊右衛門といふ浪[五]
人者だが、このひと品が金目《高価な》な代物サ

長蔵[六]　なにか、それであそこの内《孫兵衛の家が》が怪しいによつて、さぐりに行くのか。
しかしそりやアなんぞしつかりとした証拠でも無くつては、かへつ
てあのお熊ばゞアに逆《さか》[七]ねぢを食ひさうな事だ

庄七　コレ、そのお熊がおれに内々《秘かに》知らせてくれたによつて、そこで穿鑿《せんさく》[八]
に行くのだ

長蔵　なるほど、それなら大丈夫だが、あのお熊殿が、先頃《このあいだ》おれに金儲《かねまう》
けの口があると言ふから、そりやアどういふ訳だと言つたらば

庄七　おつと、そりやおれにも言つたが、そりやアおほかたあすこの内《あそこの家に》に

＊この場の第一齣《こま》は、孫兵衛一家の情況とお熊の孫責め、第二齣が、又之丞と伝蔵の会話であった。この米屋と質屋の出《で》からが第三齣で、いよいよ頂点に向う導入部をなす。

一　質屋に物を預けることを「置く」という。

二　一四一頁参照。

三　他の質屋から二重に質に下がってきていること。質屋用語。

四　初日中幕で伊右衛門が手放した唐薬の名。これによって後日序幕のこの場が、伊右衛門の浪宅と関連をもつことになる。

五　伊原本は「浪人」なし。重複を正してある。

六　以下の台詞は、長蔵・庄七の以後の行動を考える上で重要なポイントを示すものだが、この幕の事件の推移からは末梢的に過ぎ、芝居のテンポが逆行してしまう。実際の上演の際には簡略化されたらしく、東大本は以下十一行目までを欠き、伊原本でも次行から次頁八行目までが、「庄七　マアそんなものさ　長蔵　ハテ、とんだことがあるものさ」となり、お熊の悪計が省略されている。

七　「逆ねぢを食ふ」とは、逆襲されること。

八　調べること。

長蔵　か丶つてゐる《居候をしている》、病人の浪人者の事であらう
その事よ、その塩冶浪人を師直様のお屋敷へ。○[九]
ト囁《ささや》く
庄七　なんと気はないか《どうだそうする気はないか》
[一〇]ある段か。金と聞いては見のがしはならない生れサ《生れつきさ》
長蔵　なるほど[一一]欲げはみぢん《少しも》もないな
庄七　[一二]おたがひ長蔵サ、ハヽヽヽ
長蔵　サア、行《ゆ》からではあるまいか
ト[一三]右の鳴物にて両人門口[一四]へ来り
庄七　孫兵衛殿お内でござるか《家におられますか》な
長蔵　はい御免なさい
ト門口をあける。[一五]この声に伝蔵、以前の書物《かきもの》を手早く懐中《懐ろにしまう》する。この声を聞きつけ、奥より《暖簾口から》お熊出て来り
お熊　ハイ／＼どつちからござりました《どなた様の所からお出でになりましたか》

九　師直に注進したら褒美の金はたんまり入る、といったようなことを、口には出さず気持で囁く。
一〇　有るどころか、大有りさ、の意。
一一　大欲張りだというところを逆に言ったもの。
一二　お互いさまの意。「おたがい長左衛門」という決り文句の後半を入れ替えて洒落れた。
一三　このすぐ前に用いた合方のこと。ここは長蔵・庄七の登場に用いた「佃の合方」をさす。
一四　花道から本舞台へかかり、門口で次の台詞となる。
＊　赤穂浪士を扱った芝居では、塩冶家に好意を示す人物が立役で、師直方に加担するのが敵役、というパターンがある。ここもその類型がふまえられている。
一五　この直前まで、伝蔵・又之丞は、回文状を繰返し見て、感じ入っている様子を見せる。但し、目立たぬように動作を押えている。

お熊の奸計

ト長蔵、庄七を見て

こなた衆は《あなた方は》西横丁の金子屋に米屋の若イ衆、おほかたろくな事では《ろくな用件で来たの》ござりますまい《ではありますまい》

長蔵　これは来がけから御挨拶《来た早々ひどいことを言う》、さう言はれてはなほの事だ[一]

ト懐より帳面[二]を出し

この間から書き出し[三]を上げておきました米の代《だい》、一[四]貫六百文はどうさつしやります。是非とも今夜払つてやつて下さりませ、勘定して《勘定を済まして》下さい〳〵

お熊　サヽ、尤《もつと》もでござりますよ。命をつなぐ米の代、なにをおいても無沙汰《放って》にはならぬ訳でござりますが《おくわけにはいかないはずですが》、見さつしやるとほりの《ご覧のとおりの》かゝり人《うど》、御病人に似合はぬひとかたげ[五]におも〳〵[六]盛つて三四膳《ぜん》。それでは米の代《だい》もたちまちたまるも無理ではござるまい。ぢゞい殿はあのとほりの結構人[七]、嫁も息子も甲斐性《かひしよ》[八]なし、櫂《かい》[九]の廻らぬ身上へ、重荷に小[一〇]づけの薬三昧《ざんまい》[一一]。〇[一二]

一　そんな憎まれ口をきくならなおのこと、強い催促をしてやろうというのである。
二　貸し代の付帳《つけちょう》。
三　勘定書。請求書。
四　一貫は銭千文（実質九百六十文）。六百文とあわせて約一分となる。当時の相場で米約二斗弱にあたる。
五　一回分の食事。
六　重々と飯をてんこ盛りにして。
七　好人物。ここでは貶《おとし》めて言ったもの。
八　働きがない人の意。
九　生活が苦しいのを、櫂が回らず舟がうまく進行しないことに喩えた。
一〇　「重荷に小づけ」は、重い負担の上にさらに余分のものが加えられる、という意の慣用句。

お熊の悪態

一一　明けても暮れても薬ばかり飲むこと。
一二　次行のト書きに移る「間《ま》」。
一三　この居候めが、というように、又之丞の方を顎でしゃくって憎々しげに見る。
一四　東大本、以下一二行目「まことに迷惑」までなし。
一五　おこり病。今のマラリヤ。

ト又之丞を見て、一三こなし

ほんに気のへるほど《気が滅入るほど》、ものがいりますわな。一四それゆゑ四方八方が借銭だらけ、その《〔催促の〕》防ぎ方もみんなわしが口一ツ、そのせゐかして《そのせいでもあろうか》、この間《あひだ》は一五瘧《おこり》がおこつて、一六ゴホン〳〵

ト咳《せき》をせき

一七これはどなたか存じませぬが御免なされませ、唾《つばき》が《〔そこら中に散って〕》

一八トそこらを拭きながら、又之丞を尻目にかけて一九こなし。又之丞、

二〇気の毒なる思ひ入れ

伝蔵　イヤ〳〵苦しうござらぬ《気にしなくともよい》。これは身どもが古朋輩でござる《この又之丞は自分の古い同僚だが》が、なにかとこちらの内の厄介でござらう

お熊　なにサ、おまへさん、別に厄介と申すではござりませぬが、二一物入の《出費》多いには《がかさむことには》まことに迷惑。二二〇といふ訳だによつて、米屋の若イ衆、長くとは言ふまい《長く貸してくれとは言わないから》、モウ二三二月《ふたつき》か三月のところを《〔待って貰いたい〕》

長蔵　イエ〳〵〳〵どうして〳〵。待たれませぬ。今夜は是非とも勘定し《清算して》

一六　瘧病で咳が出るはずはない。でたらめの病名を言ったのである。咳も偽《いつわり》で、いかにもわざとらしく咳をする。

一七　赤垣伝蔵に対して言う。又之丞の客人と知っていながらわざと嫌がらせをするのである。

一八　腰に下げている浅葱《あさぎ》色の手拭で、伝蔵の膝のあたりを拭きながら。

一九　上手の赤垣伝蔵に向って嫌がらせをしているのだが、その間、下手の又之丞に見せつけるように意識して動作をする。

二〇　伝蔵に対して心苦しいという思いを表現する。

二一　お熊の欲張り根性がよく出ている。その日暮しの家に病人の又之丞を匿まうことがどんなに苦しい情況かは、初めてここを訪れた赤垣伝蔵にもすぐ分るし、孫兵衛らにとっても隠しようのない事実ではあるが、お互いの配慮からこれまでは一言も触れられていない。核心にずばりと迫るところに、お熊の悪《わる》婆《ばば》としての力強さが感じられる。

二二　気を変えて長蔵に向って。

二三　米屋と孫兵衛の家とは、たかが十日ばかりの米の代金さえ猶予のならぬ関係である。にもかかわらず、わざと二、三か月などと空とぼけている。愛敬のある台詞。

て貫はにやアなりませぬて

　トこの内、庄七、又之丞が引つかけてゐる布子《ぬのこ》[一]、そばにある搔《かい》巻《まき》、蒲団などに目をつけ

庄七　モシ、ちつと御ゆるしなされませ

　ト挑灯《てうちん》[二]を持ち、立ちかゝり、あちこち見て

これだ〳〵、これに違ひない。店の符帳《ふちやう》[三]もまだそのまゝ、モシおまへさん、この品はどこから持つてお出でなされました

又之　どれから持つて参つたやら、身どもゝ存ぜぬが、親《父親の》の小平が届けたと、申してあの次郎吉が持参致した

庄七　ヘイ、さやうなら《それならば》、あの年端もゆかぬ次郎吉殿が、この品々を。[四]モシおまへさん、[五]それはつもりにも知れた事。イヤ、これは捨てゝお《別のことと》いて《して》、この外《ほか》にソウキセイと申す薬包が参つてはをりませぬかな

伝蔵　[六]コリヤ町人、そのソウキセイと申す薬品は、高値なる薬種にて、足腰などの立たぬ難病には至つて《たいそう》良薬なりと承つたが

一　布子・搔巻《かいまき》・蒲団などは、又之丞が障子屋体を出て前舞台の下手に来たとき、お花が介添えして持ってきておいたのであろう。これらの品は、伊右衛門の浪宅に見られる蚊帳などと同様、「損料貸」と呼ばれるもので、一日毎に借り賃を払って借りる。貧乏人はそれをまた質に入れ、質の利子と日々の損料と二重の支払いに苦しんだ。

二　弓張提灯。室内に提灯を持ちこんでの詮議になり、場面は緊迫した情況になる。

三　蒲団のすみなどに縫いつけてある金子屋のしるし。先行作『謎帯一寸徳兵衛』の団七は、そのしるしを引抜いて、別の質屋に持っていくという手強い悪を見せる。

四　後に「持って来たと言いなさるのか」等が省略されている。

深まる疑惑

五　それは少し考えればわかるはずだ、どうしてあの小さな次郎吉が搔巻や蒲団を持ってくることができるものか、というのである。ここで、小さな次郎吉が大きな三布《みの》蒲団を縄で縛って引きずって出てきた三〇二頁の変った趣向が生きてくる。

六　この台詞は、初日中幕での経緯をもう一度説明するためのもの。初日・後日の二日で完結するという上演方法ゆえにとられた配慮

又之　[七]さればでござる。それゆゑ拙者も所々方々へ申し遣《つか》はし、尋ねてをりまするが、とかくに得難い品にて《手に入りにくい品で》、手に入らぬところ《入手できずにいたところ》、今[八]あの者が言葉のはし、よい事を承つた。コリヤ町人、そのもと《お前の店に》の家にソウキセイを所持してをると申す事なら《いうのならば》、是非身どもが求めたうござるが

庄七　モシ〳〵しらをお切りなされまするな《知らぬふりをなさいますな》。あのソウキセイは、私の店でも、四谷の方から下質《したびち》[九]に取つた品でござります。あなたがその御病気に御入用なら、先様《さきさま》[一〇]と御対談なさるがようござります。どうぞ薬は私に御返しなされて

又之　待て〳〵、町人、なにか合点《がてん》のゆかぬもの丶言ひやう《［どういう意味だ］》。そのソウキセイを身どもに返せとは

庄七　イヽエサ、モシわたしがやはらで申すうち《やさしく言っているうちに》、お返しなさるが、あなたのお為でござりませうぞへ《身のためでございましょうよ》

又之　ヤイ〳〵、その方は狂気致したか《気でも狂ったか》。なにを申すのぢや

だが、一日の通し狂言となれば不必要になる。

伊原本、以下次頁九行目までなし。

七　前言を受けて言う際の前置き。武士語。

八　質屋の庄七をさす。距離をおいた言い方である。

＊　武士語と町人語が見事に書き分けられている。武士に対する町人語は、あくまで敬語であるが、理屈や気迫においては少しも引け目を感じさせない。

九　「下質」は、質屋が質物を他の質屋に入れること。

一〇　四谷の質屋利倉屋から下質に取って預っている品なので勝手に売るわけにいかないから、預け主（伊右衛門）なり利倉屋なりに相談してくれというもの。

＊　江戸の歌舞伎には、貧乏に苦しむ「世話場」が、一日の眼目として必ずあった。顔見世二番目の世話場では、その日暮しの裏長屋の夫婦喧嘩を、また春の曾我狂言では、大晦日の借金取りに責めたてられる零落した武家の家臣一家を描くのが型である。毎年、興行ごとに繰り返し用いられている貧家を、一幕中に二つ取りこんでみせた点がこの幕の趣向となっている。但し、三角屋敷よりも盗みを伴ったこの場の方が、貧家としては本格的。

お熊　[一]これサ〱、庄七殿、遠慮せずとなにもかも言つてしまはつしやい

長蔵　コレお内儀《おかみさん》、人の事に口を出す暇《ひま》で、こつちの払ひはどうするか言《はっ》ひ切つて貰ひませう《きり言ってもらいましょう》。挨拶によつては《応対の仕方によっては》わしも了簡がござりますよ《考えがありますよ》

お熊　エヽ、こなたも女をとらまへて《つかまえて》、とやかう《とやかく》言はずと、親父殿《(孫兵衛)》に会つ《掛け合》て《って》着物をふんばくとも《ひっぱがすとも》、踏《ふ》んのめすとも勝手にさつしやいナ。コレ質屋の若イ衆[二]、ぐぢ〱《ぐずぐず》言つてゐられては、わしらも痛くない腹[三]を探られるやうな心持だ。なにもかもあらひざらひぶちまけて言つてしまはしやい

庄七　言はないではサ《言わずにおくものか》。モシ、おまへは見[四]かけに寄らない盗みをさつしやりまするな

又之　ナニ、ど[五]ゞどう致したと

　[六]トきつとなる

庄七　[七]ハテ、腹をお立てなされますな。コレ、御らうじませ《ご覧なさいませ》。おまへの引《〔肩に〕》つかけてござる布子《ぬのこ》、こゝにある搔巻蒲団《かいまきふとん》、店の符帳が付いてをり

一　お熊は、盗品の件を庄七に内通し、又之丞を窮地に立たせようと仕組んだ首謀者である。庄七が丁寧にかけ合っているのを手ぬるいとみて、やきもきしながらけしかける。

二　手代など、使用人の一般称。若くなくとも使われる。江戸訛で「わかいし」と発音する。

三　自分の関知しない事柄について他人から疑いの目を向けられることを喩えた諺。

四　「渇しても盗泉の水は飲まぬ」という武士でありながら、というもの。

五　どもって激情を表現する。

六　詰め寄る。ことにこの場合は同輩の前で盗人呼ばわりされたのである。

七　又之丞のけんまくにちょっと飛び退く様子で。

ますぞへ。私どもの蔵《くら》へ泥坊がはいつて、外《ほか》の物には手もつけず、この三品とたゞ今申したソウキセイ、右の四品が紛失《ふんじつ》しました。三品は早速こゝで見当りましたが、モシ、とてもの事《いっそのこと》に薬もこゝへ出さつしやるがようござります

又之　コリヤヤイ町人、こゝに身ども《拙者の》が古朋輩も《昔の同輩も》聞いてゐらるゝに、身に覚えない無実の難題[八]。ことにだいそれた盗人などとは、おのれ、今《もう》一言《いちごん》いうて見やれ、ゆるさぬぞ

ト脇差[九]を引き寄せ、きつとなつて[一〇]思ひ入れ

お熊の悪態

お熊　モシ／＼、そのやうにおどしかけては、町人といふものはびく／＼して、言ふ事も言ひませぬわナ。モシ、あなた[一一]も聞いてお出でなされまするが、質屋がうたぐるも無理ではござりませぬぞへ。その病気には、なくてならぬといふソウキセイとやら、箒星《はうきぼし》[一二]とやらいふ薬を、おまへが盗んだであらうといふ証拠は、ソレ、現在引つかけてゐさしやるその布子、搔巻の出どころ、くはしく言はつしやりませ。

＊一番目の『仮名手本忠臣蔵』では、早野勘平という塩冶浪人が、親殺しの罪をきせられて切腹する。二番目の『東海道四谷怪談』では、同じく塩冶浪人の又之丞が盗人に仕立てられ、追いつめられる。赤穂浪士を扱った芝居は、義士と呼ばれるに足る立派な行動を描くことよりも、むしろこのような「不義士」ともいうべき状態に追い込まれて苦悩する姿の方にドラマの力点がおかれる。

八　無理難題。言いがかり。

九　左手に置いてある脇差。

一〇　右手で刀の鯉口《こいぐち》に手をかけ、庄七の方をきっと睨《にら》みつける。庄七は飛び退き、お熊の後ろへ隠れる。お熊はかえってぐっと前に出て、又之丞を睨む。

一一　伝蔵に対して言ったもの。

一二　「ソウキセイ」の音に似た無意味な単語を持ってきて並べたもの。「箒」は音が「ソウ」で、「キ」は両者共通、「星」の音は「セイ」となり、音韻的に近いが、見物には洒落として通じない。また箒には、嫌な奴をはき出すものとしての意味合いと、夜這《よば》い星の卑俗なイメージがある。

わしらも世間へ《世間に対して》、どうか《なんだか》盗人を飼つておくやうに思はれては〔面目が〕立ちませぬわナ。サア、その品々は、どこから取《と》つてござつた。それとも、誰ぞ持つて来ましたか、それを有体《ありてい》に言はつしやりませ《ありのままにおっしゃいませ》。[一]いけふてく〳〵しい

又之　ハテ合点のゆかぬ。スリヤものゝ間違ひか《とすれば何かの間違いだろうか》。◯[二]　コリヤ、この品々はたゞ今も申したとほり、この家の小悴次郎吉が〔持って来たのだ〕

お熊　へヽエ、年端もゆかぬあの餓鬼が、そんならその品々を。おまへもマアたいがいつもりにも《ちょっと考えてみても》〔分るわ〕、[三]ハヽヽヽヽ。◯

ト[四]思ひ入れあつて、奥《暖簾口》へ向ひ

コレ[五]小僧や、ぢゞい殿、餓鬼を早く連れてござらつしやいナ〳〵

ト奥より孫兵衛、次郎吉を連れ出て来り

孫兵　ばゞ、なにをそのやうにけたゝましく呼ぶぞいやい

お熊　呼ばないでどうするものか《これが呼ばずにいられるものか》。ことによるとこゝの内の者は、残らず盗人になる[六]穿鑿《せんさく》でござるわいナ

＊お熊役の市川宗三郎は、実敵《じつがたき》の喜兵衛を本役とするが、ここでは二役の世話の悪婆《わるばば》で力を発揮している。似顔絵にみられる宗三郎は、鷲鼻の眼光鋭い立派な顔形である。お熊役者にかなりの腕がないと面白くない場面なので、筋を運ぶための時間に限りがあるときには相当省略されることになる。

一　あつかましいの意。「いけ」は強調の接頭語。

窮地に立つ又之丞

嚙《か》んで捨てるように言うことにより、お熊の憎まれ口が生き、又之丞に対する見物の同情もつのる。

二　詰問された内容を咀嚼《そしゃく》し、その答えを思いつく間。

三　あざ笑う。

四　「そうだ」と思いつく。

五　孫を「小僧」と呼ぶ言い方は、かなり突っ放した男性的な呼び方である。

六　ここは罪人を調べ求めること。

孫兵　なんと言ふぞいヤイ、そりやまアどうした訳《わけ》で

長蔵[七]　これ孫兵衛殿、わしもさつきから来て待つてゐるが、米の代《だい》はどうさつしやる。このお内儀《（お熊）》が言ふには、こなたをふんばぐとも《お前さんの［着物を］ひっぱがすとも》、踏み《足で》こくるとも《踏みにじるとも》勝手にしろと言ふによつて《［待っているのだ］》

孫兵　[八]コレ〳〵、この人は、こゝにお客人もござるのに、ふんばぐの踏みこくるのと。なるほど若イ衆といふ者は《［行儀も知らぬものだな］》

長蔵　そんならたつた今、米の代を払つて貰ひませう

孫兵　ぢやというて、今というては《今すぐといわれても》

お熊　[九]エヽなにをぐち〳〵《ぐずぐず［言っているのだ］》、その餓鬼をこつちへよこさつしやい。○[一〇]

　ト次郎吉を没義道《もぎだう》[一一]に引つたくり

コレ小僧、あの掻巻や着る物は、われ《お前が》が持つて来たのか、サア有体《ありてえ》に言へよ

次郎　アイ、あれはわしが

　ト言はうとするを、お熊言ふなといふ思ひ入れして、[一三]つねり上

七　東大本は以下の長蔵・孫兵衛のやりとりを欠く。九行目のお熊の台詞が一行目の孫兵衛の台詞にもつながるために、中間の七行分を省略したもの。台詞をカットする際の典型的手法。伊原本では三行目の「このお内儀が…」から七行目までを略して、長蔵・孫兵衛が一言ずつ米代についての台詞を言う形をとる。

八　長蔵をたしなめる発語。又之丞や伝蔵の前で、生活苦のことに触れるのは失礼だという孫兵衛の態度が表れている。

九　「エ、」は、じれて言う発語。又之丞をおとし入れようと企んだお熊は、またしても話題が外《そ》れてゆくことにじれて、自分自身で問題の核心に切り込むことになる。また庄七や長蔵を演じる役者より一段上の、立敵としての宗三郎の位を示すところでもある。

一〇　気を荒く詰めて言う意気を示す。

一一　むごく、乱暴に。

一三　ここは股をつねる。

げるゆゑ
イヽエ、わしぢやない、知らぬわいナ〱

お熊　アレこのとほり、知らぬと言ひますぞへ

庄七　ハヽヽヽ、それはまた、[一]聞くがものはない。この子の分際《ぶんざい》でどうして蔵へはいつて泥坊が《［できるものか］》

又之　コレ次郎吉、それではすまぬ。こゝへ来い〱。○
　ト次郎吉を引き取り
サア、なんにもこはい事はない。手まへ《お前が》が持つて来たとほり、こゝで有体《ありのままに》に申せ〱

次郎　アイ、あの着る物は。○[二]
　ト[三]言ひさうにする。お熊、にらめる《［次郎吉を］にらむ》。これにて次郎吉おろ〱《とまどって》
　して
知らぬわいナ〱

又之　コレ、知らぬではすまぬ。サヽ、ありやう《ありのままを》に申せと言ふに、サヽど

一　それを本当にして聞く者など誰もない、の意。
二　子供らしく素直に真実を言いそうにする気合。
三　次郎吉は本当のことを言いそうにしてお熊の顔を見る。
＊　お熊は又之丞に対する出費が惜しいためだけでなく、この場の立役に対する敵役の代表として、塩冶方に対立したのである。考えようでは、息子伊右衛門と同じ塩冶家の家臣である又之丞が煙たいので、何とかして追い出そうと謀ったともとれる。
＊　お熊が次郎吉を脅して「知らぬわいナ」と三度言わせるが、三段階に局面を展開させてゆく手法は歌舞伎の演出の特色の一つ。伊原本では、三行目から十三行目までを省略し、三段階に行われる繰り返しを二段階にしている。
四　じりじりして気をもみ、思わず平生心を失い、次郎吉を責めたてる。
五　温和な又之丞も、次郎吉に手こずり、思わず罵倒する。

うぢや〳〵
　ト せつく[四]。お熊、〔次郎吉を〕にらめる
次郎　知らぬわいナ〳〵
又之　エヽ、それではこの場が〔収まらぬ〕。エヽ、鈍《どん》なやつ〔愚かな奴〕[五]ではあるわいヤイ
　ト 気をもむこなし。孫兵衛、思ひ入れ[六]。お熊、次郎吉を引き取り
お熊　なんとどうでござります。子供は正直、知らぬと言ひますぞへ。そんなら誰が持つて来ませう。やつぱりこの盗人は[七]
孫兵　おれぢや、この親父《おやぢ》ぢや
皆々　ヤ[八]
孫兵　その搔巻蒲団を盗んで来たのは、[九]南無阿弥陀仏〳〵。コレ〳〵、この親父ぢや、南無阿弥陀仏〳〵。サア質屋の若イ衆、孫兵衛をしばるとも、くゝるとも勝手にさつしやれ。南無阿弥陀仏〳〵
　ト 涙ながらにこなし[一〇]

＊二枚目の主人公を窮地に落し入れ、次第に興奮させてゆく手法を「病《やまい》づかせる」という。『伊勢《いせ》音頭《おんど》恋寝刃《こいのねたば》』の「油屋の場」の、貢と万野《まんの》の関係のパターンが、又之丞とお熊にあたり、お鹿が次郎吉の役所《やくどころ》にあたる。又之丞に扮する三枡源之助は、若手花形の二枚目役者であるが、陰翳の濃い屈折した雰囲気をもつ役者であった。源之助や菊次郎等の上方下りの役者は、高踏的で心意気を売り物にする江戸根生いの役者に対して、実生活のリアルな実感にもとづく役柄を身上とした。従って、源之助を中心とするこの場は、本作の中でやや異質な場面となっているといえよう。

六 腹を決めた思い入れ。

七 続けて「居候の又之丞」と言おうとする。

八 驚く発語。

九 本当は小平の幽霊のしたことだ、と言う代りに、思わず念仏を唱えた。

＊孫兵衛は、小平の旧主に対する忠義を賞でる心から、その罪を被って身代りとなったのである。

一〇 正体がなくなるほど悲しむさまを見せる。

借財責め

お熊　エヽ、この親父殿は耄碌《もうろく》して、埒《らち》[一]はござらないわナ

庄七　[二]この盗み手（盗人は）はみす〳〵（明らかに）知れた浪人殿、それとも盗人でないならば、それそこに金[三]もあるではないか。薬とともに四品締めて（四品の代金の合計の）元利六両たらず、勘定すれば盗人《ぬすっと》の

又之　[四]悪名抜けとお言《い》やつても（悪名を取り除けい　と言われても）、金輪奈《こんりんな》落《らく》この金子は（金輪際〔渡されぬ〕）

庄七　そんなら[五]こんたは、やつぱり盗人

又之　なにしに身どもがさやうな事を

お熊　エヽ、盗人[六]たけ〴〵しいとはこなたの事だ

長蔵　サア孫兵衛殿、米の代の一貫六百、どうするのだ。盗人を飼つておく内へ、三文[七]でも貸してはおかれない。たつた今、済まして貰ふ

孫兵　コレ、今と言うては（今すぐといわれても）どうも才覚が（工面が〔できない〕）

庄七　サア、質[八]を受けねばこなたは盗人、それともその金こゝへ出すか

又之　サアそれは

長蔵　米の代は払はないか

一　何を言うのやら他愛もない、の意。

二　武家に対して表面上とはいえ丁寧な言い方をしていた庄七は、このあたりからぞんざいな物言いになる。それだけ又之丞の立場が悪くなっているのである。

三　伝蔵から渡された配分金の五両を指です。配分金を持ちながら、使うことができず耐えしのぶ二枚目の姿は、初日序幕の地獄宿における与茂七（八三～八四頁）と一対の趣向である。

四　伊原本・東大本では「悪名抜ける」。この場合には、金を払えば自然に悪名は消える、の意となる。

五　「こなた」の音便形。同輩や目下の者に対して用いる。

六　盗みをしていながら、逆に食ってかかることをいう。諺。

＊　貧家の場における借金取りの責め場。ここは、一人ならず二人まで用いて、左右から責める手法をとった。

七　「三文」は、極めて少額の意。

八　質に入っている品を持ち出しているのだから、その代金を支払わなければ盗人になる、という正統な要求である。だが、このような理屈とは別の感情が見物にはあり、正統

孫兵　サアそれは
庄七　その金こゝへ出さないのか
又之　サアそれは
長蔵　払ひはどうする
孫兵　サア
皆々　サア〳〵
長蔵　エヽ、小じれつたい、[九]へぼくた親父
庄七　金を出さねば
両人　いつその事に〔こうしてやるわ〕

ト長蔵は孫兵衛、庄七は又之丞を引つ捕へ

これでもいゝか〳〵

ト[一〇]打ちするゐる。最前《以前から》より、伝蔵、[一一]始終手を組み、この様子を聞いて、この時すつと立つて、[一二]長蔵・庄七を投げのける《投げ飛ばす》。両人、[一三]はふ〳〵〔のていで〕起き上がる

な理屈を言う側が敵役として憎まれるという寸法なのである。

＊金を出すのか出さないのか、と詰め寄るこの演出法は、歌舞伎の一様式「繰り上げ」である。この部分は、伊原本・東大本にはかなりの省略があり、底本が最も丁寧。原作の形をとどめていると言えようが、それが必ずしも良い台本というわけではなく、筋立ての上では必要な描写や説明も、役者の仕種次第で必要がなくなることもある。この場合は、初演時の稽古や上演の過程で台本が洗練されていったものといえよう。

九「へぼくた」は役にたたぬ意。「へぼ」を強調したもの。

一〇 打ったり叩いたりするシーンを「打擲場」という。「ツケ」がパタ、パタ、パタリと入って打つ音を強調する。

打擲場

一一 伝蔵は一種の「捌《さば》き役」。思慮深い人物がこのような事態の急変を見つめる際には、じっと腕を組んで額に「八」の字の皺を寄せるのが一種のパターンである。

一二 東大本では、伝蔵が二人を投げ飛ばしたりする動きはなく、台詞によって処理される。

一三「はふ〳〵」は、散々な目にあって、の意。

長蔵　アイタヽヽヽ。このお侍《さむらひ》は、なんでこのやうな〔ことをするのだ〕

庄七　コレ〔なんで〕、盗人の肩を持つのだ

　ト[一]立ちかゝるを、伝蔵、懐中より包金《つつみがね》を出し、[二]両人へ投げつける

両人　ヤ、コリヤなんだ

伝蔵　それでその方達《お前らは》、言ひ分はあるまいがな

　ト両人、金を見て

庄七　ヤヽヽヽ、これは小判できつちり[三]六両

長蔵　こゝへも一分、そんならこれは〔米の代金〕

伝蔵　二人の町人へ身どもが立て替へ遣《つか》はす、受け取つておきやれ

又之　スリヤ伝蔵殿には某《それがし》が、この場の難儀を救はん為

孫兵　米の代まで立て替へなされて

又之　お礼は千万この胸に、チエヽ忝《かたじけ》ない

お熊　[四]ほんに酔狂《もの好きな》なお侍もあつたものぢやなう

一　長蔵と庄七が左右から腕まくりして立ち向うのである。

二　二人の前へ投げ出す。初日中幕のお槙と一対の趣向だが、女のお槙は茂助に小判をそっと握らせるのに対し、伝蔵は投げつける。

三　損料貸しの品物の代にソウキセイの代金を含めた額。

四　お熊は、浪人者の伝蔵がこんなに金を持っており、人のために投げ出しさえしたことに対して、信じられないという驚きと、軽蔑したようなせせら笑いとをもって、この台詞を言う。

五　古くさい言い草だが、の意。借金取りの敵役が立役に投げ飛ばされた際の台詞として、「投げられても金さえ取れば」という言い草は、曾我狂言の「鬼王貧家」などで使い古された決り文句であった。古くは、一種の負けおしみの意味で狂歌など詠んで引込んだのだが、ここでは「古いやつ…」などと、楽屋落ちめいたことを言ってこの場を収めた。

六　同じ痛い目にあっても、庄七は六両もせしめたのに対して自分は一分、これでは痛みの埋めあわせはできぬ、不公平だ、というもの。古風なことを言って敵役としての愛敬をふりまいた庄七に対して、現代っ子的な本音を言って切り返したところが、文政期の敵役

の新しい愛敬であった。
七 貰う金高が違うのに同じ痛い目にあわすとは不公平だとの言い分。庄七が、言い分はないと言っているのと対をなす。投げ飛ばされても意に介さぬ長蔵のとぼけた味で笑わせるところ。
八 伊原本にはこの発語がない。ない方が侍らしく、伝蔵の人格も軽くならない。
九 商人のくせに弱い者いじめをするとは何事か、の意。
一〇 伝蔵にひどく投げ飛ばされて、痛くて立ち上がれないのを、やっと立つ。
一一 ここに居にくくなったので、長蔵・庄七が帰る時に点《とも》す提灯の明りを借りて一緒に行こうというのである。明りを借りるところなど、とことんまで欲張り根性が表れている。
一二 念仏宗の信者たちが集まって念仏する集会。厳粛な宗教の場というよりも一種の老人のリクリエーションの場。
一三 来世の安楽を一心に願うこと。お熊が念仏講へ行くことをさして言った。
一四 「八万地獄」の誤り。「八万奈落」とも。人間がその悪業に応じて落ちるという八万四千の地獄。「八幡」としたのは、神に誓いをたてる時の言葉をとり入れて、きっと地獄へ、との意をもたせたものか。

庄七　ヤレ〳〵[五]古いやつだが、投げられても金さへ取れば言ひ分は〔ない〕
長蔵　[六]そつちは六両こつちは一分、同じ痛い目、うまらぬものだ《割に合わないことだ》。コレ、
お侍、[七]わしはこなたに言ひ分が〔ある〕
伝蔵　[八]ヤイ〳〵、[九]おのれら商人の身を以て、病人と申し老人を《病人やら老人やらに》手ごめに致《暴力をふるう》す無法者《乱暴者》、たゞおくやつではなけれども、その分に《そのまま》ゆるして遣《つか》はす。きり〳〵《さっさと》この家を帰りをらう《立ち去ってしまえ》
トきつと《決然と》言ふ
長蔵　ハイ〳〵、帰りまする〳〵。コレ、庄七殿、長居したならまたどのやうなひどい目に逢《あ》はうも知れぬ
庄七　痛い目するは辛抱《しんばう》するが、罰《ばち》が当つて立ちきれない《立ち上がれない》
ト[一〇]立ち上がるを
お熊　[一一]コレ、こなさん達が帰るなら、その挑灯の明りをかすり《借りて》、わしも隣の[一二]念仏講へ
孫兵　なにをおのれが後生三昧《ごしやうざんまい》[一三]。八幡《はちまん》[一四]地獄へ真逆様《まつさかさま》に

お熊　アイサ、それが承知サ。鬼[一]のやうな亭主がほしいから
　ト三人、門口へ出かゝる。孫兵衛、次郎吉を抱き上げ
孫兵　コレ坊《ぼん》よ。わりや《お前は》アノほんまに、とゝに逢つたか《お父さんに出逢ったか》
次郎　アイ
孫兵　[二]南無阿弥陀仏〳〵
お熊　サア行かないのかな《行こうじゃないか》
　ト[三]寺鐘《てらがね》、[四]合方《あひかた》になり、孫兵衛、次郎吉を連れ、暖簾口《のれんぐち》へはいる。お熊・庄七・長蔵、行きさうにして《行ってしまったかと見せて》、囁《ささや》き合ひ、お熊・庄七は[五]下座、長蔵は向ふ《花道を》へ[六]挑灯を消してはいる。伝蔵、[七]こなしあつて、ものを言はず、ずんと《決然と》立つて行きにかゝるを、又之丞、[八]止めて
又之　ア、モシ、お待ち下され伝蔵殿、ものをも言はず立ち出でめさるは《帰ろうとなさるのは》、スリヤ《それでは》拙者《せっしゃ》めをまことの盗賊と思し召《おぼめ》しての事でござるか
伝蔵　いや、そのもと《貴殿が》盗賊でない事、身どもよう《私はよく》存じてをる。ハテ、[九]行歩《ぎやうほ》

一 「鬼の女房には鬼神がなる」という諺をふまえ、地獄へ落ちて鬼のような強い亭主を持ちたいと言ったもの。仏のような孫兵衛を尻目に出てゆくお熊の強い性格がよく出ている台詞。
二 やっぱり幽霊だったのかと、思わず念仏を唱える。
三 時刻を知らせる本釣鐘。早めに流して打って寺の鐘の感じを出し、寺近辺の淋しい夕暮の雰囲気をつくる。
四 三弦の合方。
五 様子を探るため、物陰に潜むように、後ろを見ながら入る。下座の口には仕掛けのある黒板塀があるので、ここは下手の袖に入ることになる。
六 ひそかに提灯の灯を消す。見物に、彼らが高野家へ密告に行くものと思わせるのである。
七 一部始終様子を見守っていた伝蔵が、決意したようなこなしをする。
八 羽織の裾を引張って止める。

辛い宣告

九 歩行もできない体なのに、の意。

又之　叶はぬ身を以て、さやうなわざがなり申さうか《そのようなことができようか》

又之　シテまた《では》なにゆゑ拙者めに、[一〇]一言のお言葉もなくお帰りあるはナ

伝蔵　たとへその身は邪《よこしま》[一一]なくとも、四十余人《しじふよにん》の義士[一二]の内に、さやうの悪名《あくみやう》受けられては、世の人口《世間の風評は》はふせがれず、浪人の貧苦にせまり、盗賊夜盗《よたう》[一三]なしたりと、噂《うはさ》あつては亡君への不忠。はからず《思いがけず》汚名を受けられしは、その身の不運とあきらめ召されい

又之　スリヤ拙者めは、敵討《かたきうち》の一列に加はる事は

伝蔵　相《あひ》なりますまい《叶いますまい》。亡君伯州公《はくしうこう》[一四]の御家来多き中にも、この度の一儀は由良之助殿の智略を以て、忠臣無二[一五]の魂を見抜き、まつた《その上に》その身の行状まで《行動に至るまで》、一分一点曇なき、義士[一六]を選んで四十七人、その連判《れんぱん》[一七]の人《にん》数《ず》の内、さやうの悪名受けたる者は、なか〳〵《決して》以て大星殿、よも《よもや》承《しよう》引《いん》はござるまい《承知は致しますまい》

又之　サヽ尤《もつと》もなる赤垣氏の仰せではござれども、そこをひたすらお取りなしを以て、是非[一八]とも御供《おんとも》致すやう

一〇　初日序幕の、左門に対する伊右衛門の台詞（四四頁一二行目）に照応する。

義士の資格

一一　道を外れた所業がなくても。

一二　まだ快挙を遂げておらず、世評も定まらぬ四十七士を、自ら「義士」と呼ぶのはおかしいが、赤穂浪士を「義士」とみる世間の通念に従ったもの。

一三　夜の盗賊。類語を重ねて強調した。「金は取つても高がゆすり、夜盗かつさき屋尻切り盗みをしたことはねえ」（「切られお富」）。

一四　塩冶判官の国元に因んだ呼び方。「伯州」とは伯耆の国（現在の鳥取県西部）。実際には、浅野氏は播州公であったが、『太平記』の世界を受け継いだ『仮名手本忠臣蔵』の設定によっているのである。

一五　二つとない忠臣の魂、の意。

一六　この場合の「義士」とは、義士の魂を持つ者として大星由良之助に選ばれた者の意である。

一七　四十七人が連名して印を押した誓書。

一八　討入りに参加できるように取りはからっていただきたい、というもの。

伝蔵　そりやひとかたならぬ《並々ならぬ》〔忠臣の〕貴殿の事、申してはみませうが、まづ十か九《十中八九》
ツ、〔討入りの〕一列には叶ひますまい。その上いつ全快とも計られぬ《わからぬ》貴殿の病
気、御気[一]にはかけられな、亡君《(塩冶判官)》のお心にも叶はぬとみえまする。ハ
テさて、気の毒千万ナ
又之　スリヤどうあつても、拙者めは
伝蔵[二]　小塩田氏、御縁もあらばまた《そのうちに》重ねて〔お会いしよう〕
　　ト立ち出るを
又之　モシ
　　ト引[三]き止むるを、振り切つて
伝蔵　随分堅固に《健康に気をつけて》、保養召されい
　　ト[四]こなし。唄《うた》、時の鐘にて、伝蔵、向ふ《花道を》へはいる。あと、合方。
　　又之丞、思ひ入れあつて
又之　チエヽ、思へば〳〵、よつく《よくよく》武運に尽きたる某《それがし》[五]。最《も》早敵討《はやかたきうち》の日限も、
近づく折にかゝる《このような》難病。またその上に計らずも《思いがけず》、盗人なりと悪名う

一　冷酷な申し渡しをする前に、ひと呼吸おくときの慣用句。
＊　又之丞と伝蔵が討入りを勇んで語るとき、伝蔵が又之丞の再起不能を感じ取ってその心理を表現するといった演出は、「底を割る」といわれる。どこまでも表面上は見物を欺き、このシーンのように、後になってはじめて真実を明かすのである。またこの「小塩田隠れ家の場」は、「忠臣蔵」の六段目、勘平切腹の場に当るので、勘平と又之丞はよく似ている。六段目の二人侍を一人で勤めているのが伝蔵である。
二　東大本は、以下三行分ない。二段階に止めるのを一段階に省略している。
三　哀れげに、にじり寄って袂を取る。伝蔵は、同情しながらも、その手を内側から払う。
四　気の毒だという仕種。
五　武士の自称。
八　業病に侵された忠臣が志を果せず切腹するという設定はパターン化している。滝沢馬琴の読本『三七全伝南柯夢』の半七などがその典型。
六　武士の小刀。
七　伏鉦《ふせがね》をカン、カンと拾って打つ。幽霊の出現や、殺し場などに用いて凄惨味を漂わせ

小平の亡霊

け、四十余人の一列にはづれて、おめ〱生きながらへ、どの面《つら》さげて世の人に、武士の面《おもて》が合はされう。もうこの上は是非《是非もない》に及ばぬ。今日今宵、腹かつさばき《切腹して》、未来《来世で》において主君《（塩冶判官）》へ言ひ訳。オヽさうぢや《そうしよう》

トゐざり寄つて《膝ですり寄って》、脇差《わきざし》[六]を取る。この辺りより、奥にて一ツ鉦《がね》[七]聞える。又之丞、脇差を抜き、袖にて拭《ぬぐ》ひ[八]、きつと見る《〔刀を〕》。これより誂《あつらへ》[九]の合方《あひかた》、寝鳥《ねとり》[一〇]、薄ドロ〱になり、小平、ありし姿に《生前のままの姿で》て、薬包を《ソウキセイを》持ち、忽然《こつぜん》[一一]と門の外へ現れる。又之丞、思ひ入れあつて

小塩田又之丞武運に尽き、敵一人も討ち止めず、四十余人に先き立つて、生害《しやうがい》致す無念の心中《自殺致す口惜しい心の中》。亡君尊霊哀れみ給へ

ト腹へ[一二]突き立てようとする。この時、門口にて、小平、こなし[一三]。又之丞、腕すくんで腹切れぬこなし。また思ひ直して《気を取り直して》、突き立てようとする。この時、小平、ふうわりと《ふんわりと》立て[一四]たるまゝに門口

る。ここでは、孫兵衛が小平の菩提を弔うために、奥の仏間で打つという設定。

八 切腹の準備である。

九 「寝鳥合方」である。「幽霊三重」ともいい、幽霊の出現に用いる。

一〇 「寝鳥笛」のこと。幽霊出現の際に隙間風が通うような音で心淋しく吹く。俗に「ひゅうドロドロ」というが、その「ひゅう」の音に当る。幽霊笛とも。

一一 下手の下座の口の仕掛けのある黒塀から忽然と出る。「天竺徳兵衛」の、五百機《いおはた》の亡霊が笹藪から出る演出を流用したものだが、具体的な仕掛けは不明。

一二 両肌を脱ぎ、両袖にて刀を逆手に持って腹の左に突き立てようとする。

一三 戸外より、手を動かし、又之丞の切腹を止める仕種をするのである。幽霊は手を乳から上の高さへ上げてはならない。切腹を、亡霊や妖術使いが遠くから止める趣向は、先行作『三国妖婦伝』などにある。

一四 戸が閉っているところを幽霊が通り抜ける仕掛け。ここも、「天竺徳兵衛」の五百機の仕掛けの流用。格子の桟を、弾力性のある紐で作り、戸は閉めたままそれを押し開いて通るのである。

を通り抜け、又之丞《又之丞の》がそばへ坐る。又之丞、[一]いろ〳〵こなしあつて

ハテ心得ぬ《どうも分らぬ》。手先しびれて、腹切る事の叶はぬは、コリヤどうぢ《これはどうしたわけだ》や。[二]◯

トこなしあつて、小平を見つけ

ム、、それに居るのは、小平ぢやないか。[三]◯

トやはり薄ドロ〳〵、寝鳥、誂《あつらへ》の合方、一ッ鉦。又之丞、[四]こなしあつて

ヤ、、なんと申す、今切腹なしては犬死《無駄死になる》、手に入る良薬にて難病全《ソウキセイで》快なした上、敵討《かたきうち》の一列に加はれと申すか。[五]◯　コリヤ、、イ、それをおのれに習はうか《お前に教わるまでもない》。身ども《拙者は》はおのれゆゑに《お前のために》盗賊の悪名うけ、一大事《(討入り)》の人数にもはぶかれたハ。エ、こゝな《なんという》、不忠者めが。◯

ト小平が襟髪《えりがみ》を捕へるこなし。この時、ドロ〳〵激しく、[六]小平、衣装、鬘《かつら》引き抜き、誂《あつらへ》の姿となる

一　手先が痺《しび》れて切腹ができぬのを、どうも合点がゆかぬと、繰り返し試みる仕種。

二　呆れる際の意気の「間《ま》」。

三　ふっと気付く間合である。

四　見物には亡霊の言葉は聞えないが、又之丞だけにはその意味が分るということを示す仕種。南北の『桜姫東文章』の「山之宿権助住居の場」における清玄の亡霊も同じパターン。

五　亡霊の声なき声を聞き取って言う台詞から、自分自身の台詞に転ずる時の、気組の変化を示す。

幽霊の意見事

六　ここまでは、小平を日常の姿のままで見せておき、ここで「引き抜き」の演出により、衣装を替え鬘を崩してざんばら髪になる。初日三幕目で隠亡堀に流れついた時とは別の、「木幡小平次」などで定型化している男の幽霊の姿に変ずる。衣装は「アサガオ」という裾が尻尾《しっぽ》のように細くなった水色の着物。五世尾上梅幸の芸談『梅の下風』によると、「小平の着付は実際に幽霊が着てゐたといふ小道具の蔦さんの実見談を其儘三代目さんが用ひましたもの」とあり、紋付姿の幽霊というかわった姿だったようである。

＊　家来が主人に意見するというパターンは

なんと申す、身どもを大切に思ふゆゑ、心に《心ならず》思はぬ盗みを致し、良薬も取り得たれば《得ることができたから》、これを服して全快なせとか。○　エ、、さすがは[七]下郎め、《根性が》浅ましい。おのれが《お前が》その薬品《やくひん》を盗みしゆゑ、この又之丞はナ、身に覚えなき盗賊の悪名。敵討の供も叶はず。さすれば《とすれば》全快なしたとて、何の益なき《何のためにもならぬ》この体。止めだて致すな。南無阿弥陀仏。○[八]

トまた腹へ突き立てようとする。この時、ドロ／＼激しく、小平これを止めるこなし。又之丞、じれて

エ、、聞きわけなくまだ止めるか。下部《しもべ》[九]ながらもこれまでの、忠義に免じてゆるしおけば、某《それがし》に恥つらかゝせしその上に、なほも武士道捨てさせるか。もうこの上はおのれを手討《てうち》に致した上、邪魔を払うていさぎよく切腹致す。覚悟なせ

ト刀を取り直し、小平をゐざり[一〇]ながら追ひ廻す。この時、一ツ[一一]鉦《がね》の音せめ念仏となり、小平、よきところ[一二]へすつくと立ち

小平　あなたの《あなた様の》願ひを叶へんと、苦しい[一三]悲しい恐ろしい、言ふに言はれぬ

「意見事」と呼ばれる。ここは幽霊と化した下部《しもべ》が旧主に意見するという奇想が見ものである。小平の人物像は、南北の『彩入御伽艸《いろえいりおとぎぞうし》』の木幡小平次を承けている。小平次の亡霊は、主人の弥陀次郎に忠義を尽し、お家の重宝の印を得て主人に渡す。

七　下男に対する蔑称。

八　言い切った時の気勢。

九　下僕のこと。

一〇　足腰の立たぬ又之丞が、いざりながら小平の幽霊を追い回すところは一つの見せ場である。足腰の立たぬ様を、ここで十分に印象づけておく必要がある。ここは初日中幕で、お岩が宅悦を追い回す場面と照応する。

一一　伏鉦を打鳴らし、声高に早口で責めたてるように念仏を唱える。凄みを出すのである。

一二　クローズ・アップに有効な場所。それまで坐っていた小平が立ち上がり、又之丞との位置関係が変る。霊力の備わった感じが「すつくと」に表れている。ここで小平は自らの声で、執念と本音を述べることになる。一種の「見得」に当るところであるから、見《み》栄《ば》えのする場所に立つ必要がある。

一三　類語を重ねて強調した。

艱難《苦労して》にて、やう〳〵《やっと》手に入るこの薬《ソウキセイ》。それにて《これを飲んで》全快なされた上、どうぞ首尾よく本望の、門出《出立をいたされますように》あるやうに旦那様

又之　なにをおのれが《お前の》、覚悟なせ〔知ったことか〕

ト摺《す》り寄つて《にじりよって》、はげしく[一]切る。これにて大ドロ[二]〳〵になり、小平、柱[三]の中へ消えるとたん、又之丞、卒塔婆をはすにすつぱと《斜めにすっぱりと》切る。ドロ[四]〳〵、寝鳥《ねとり》、やむ。やはり一ツ鉦のせめ念仏の音。

又之丞、〔卒塔婆を見て〕ぎよつとして

卒塔婆と位牌

ヤヽ、小平を手討と思ひしに《手討にしたと思ったが》、姿は消えてこの卒塔婆。[五]ムヽ、俗名小仏小平、ヤヽ、コリヤどうぢや《どうしたことだ》

ト思ひ入れ。[六]ばた[七]〳〵になり、向ふより《花道から》、お花、白木[八]《しらき》の位牌《ゐはい》をかゝへ、一散に《一目散に》走り出て来り。門口へこけこ[九]む

お花の嘆き

お花　舅御様《しうとご》、モシ孫兵衛様、コリヤマアどうしよう〳〵ぞいナ〳〵

トうろ〳〵して、泣く。奥より《暖簾口から》、孫兵衛、[一〇]松虫の鉦と撞木《しゅもく》を持ち、[一一]よろめき出て来り

一　立ち上がらず、腰を浮かして斬りつける。
二　「ドロ〳〵」の太鼓は、幽霊が消えるときにドロンドロンと一番高く鳴り渡って、止む。これを「大ドロ〳〵」という。
三　詳細は不明だが、障子屋体の脇の柱の中に亡霊が入り、又之丞が斬る形をとると、後見が、斜めに切った卒塔婆を柱の陰から投げ出せばよいわけである。「天竺徳兵衛」の五百機の亡霊は、壁の中にふんわりと消えるが、その仕掛けを応用したものか。
四　鳴物が止むことは幽霊が消えたことを意味する。太鼓の音が消えると、奥の一間の孫兵衛の責め念仏が、再び耳に入るようになるという設定。
五　切り落された卒塔婆を手に取って読む。亡霊が卒塔婆になる趣向は、「天竺徳兵衛」でお汐の幽霊が卒塔婆になるのをふまえたもの。
六　驚く思い入れ。
七　足音を「ツケ」で表現したもの。
八　「位牌」は死者の戒名を記した木牌。新仏《にいぼとけ》の場合は白木である。小道具。
九　躓《つまず》いて飛びこむ。
＊　南北の狂言には、棺桶・卒塔婆・位牌がつきものだが、こうした墓場趣味はこの時代の頽廃的ムードを表している。

孫兵　オヽ悲しかろ、尤《もつと》もぢや、おりや《俺は》間《ま》[一二]がな隙《すき》がな仏壇の前で、この鉦撞木を杖柱《つゑはしら》[一三]、いつそ泣き死《じ》にに死にたいにも、命めが自由にならず《自分の命が意のままにならず》、よく／＼業《ごふ》[一四]のつくばつた親父が身の上。嫁よ推量してくれ《察してくれ》／＼

お花　おまへが最前《さいぜん》帰りには、お寺へ寄つて来るやうにと言はしやんしたゆゑ、何心なう法乗院様へ行《い》[一五]て、親父が願ひました品をと言うたれば、[一六]方丈様が御手《おて》づから、下さんした白木の位牌。不思議な事と手に取り見れば、コレ俗名小平、施主は親御のおまへの名。悔《びつく》りせまい《するどころか》か、わたしやもう、その場ですぐに死にたうござりましたわいナア

ト泣く。又之丞、こなしあつて

又之　スリヤ悴《〔孫兵衛の〕》の小平がこの世を去りし魂魄《こんぱく》[一七]の、身どもが難病救はんと、寒気を防ぐ衣類といひ、良薬までも業通《ごふつう》[一八]にて、取得て《手に入れて》我に与へしのみか《与えたのみならず》、切腹までも止《とど》めしは、死んでも尽す忠義の心底《しんてい》[一九]、忘れはおかぬ忝《かたじけ》ない。さうとは知らず我等《自分に》に悪名負はせし小平、憎さも憎しと追ひ詰めて手討になせしと思ひしに、姿は幻《まぼろし》消え失せて、はすに《斜めに》切

一〇 小型の伏鉦の一種。同じ伏鉦でも「一つ鉦《がね》」は大型で、音響もちがう。奥から聞えてくるのは「一つ鉦」の音だが、孫兵衛が持って出るのは「松虫」の鉦である。これは「一つ鉦」が大型で重く、強い感じを与えるので、弱々しい孫兵衛が持つ小道具には、弱々しい澄んだ音色の「松虫」を使う。ここに歌舞伎の小道具の使い方の美学がある。
一一 悲しみのため足元が定まらない様子。
一二 間や隙を見つけては。「がな」は願望の意の終助詞。
一三 頼りとしてきたの意。
一四 業つくばりの、の意。前世の悪業の報いで恥をさらすさまをいう。
一五 女方の台詞の習慣で「いて」と発音。
一六 寺の住職に対する敬称。
一七 霊魂。「魂《たましい》」を時代風に言ったもの。
一八 宿業によって自然に得た神通力のこと。亡霊・異類などの持つ通力。
一九 心根。
＊ 法乗院には、三七日の祈念により躄《いざり》の癒えた「いざりの無宿」と呼ばれる堂守がいて、大いにはやったことが『曳尾庵《えいりあん》記』寛政元年の条にみえる。その法乗院に葬られた小平の幽霊が躄の主人を救いに来たのである。

つたはこの卒塔婆

お花　そんならこちの人《わが夫の》、小平殿はありし姿をあらはして《生前の姿を現して》、今までこゝにゐやしやんしたか。[一]妻のわたしや子の次郎吉には、なぜに逢うては下さんせぬ。わたしや逢ひたい、なつかしいわいナア

　トしやくりあげて、[二]こなし

孫兵　オヽ尤《もつと》もぢや〳〵が、コレ嫁女《よめぢよ》、位牌になつたを見たそちより《お前よりも》、現在悴《外ならぬ悴の》が死骸《しがい》、隠亡堀《おんばうぼり》で見つけた時の悲しさは、コレどのやうにあらうと思やる《どんなものだったとお思いか》。その上、何者の仕業やら、むごたらしう目も当てられぬ[三]殺しやう、涙のありたけ泣いた上、法乗院様へお願ひ申し、葬《ともら》つたは今日の夕方。[四]嫁や孫めに知らさぬのは、[五]ちつとも《少しでも》おそく泣かさう為、この親父が心ひとつに納めてゐた胸の内、嫁女、若旦那様も、御推量なされて下さりませ〳〵

　ト[六]こなし。又之丞、思ひ入れあつて

又之　聞けば聞くほど不憫なは《哀れなのは》小平がなり行き。さるにても《それにつけても》、もとより正[七]

一「親子は一世の縁」ゆえ、実の娘の幽霊をその母は見ることができない、という「天竺徳兵衛」の設定をうけたもの。但しここでは、小平とお花とは夫婦で、この理屈は当て嵌まらず、たんに、若い生身の女房は忠義一途の亡霊の姿を見ることができなかったというわけである。

二 泣くこなし。

三「殺されやう」より強い言い方。戸板に釘付けされた姿を主観的に強調したもの。

四「天竺徳兵衛」で、おつな夫婦が父作太夫を悲しませまいと、娘お汐の死を隠すという設定をふまえたもの。

五 悲しい目にあって泣くのを少しでも遅らせてやろうとしたため、の意。

六 堰《せき》を切ったように大泣きに泣き伏す。

七 正直の意を畳みかけて強調したもの。

八 怒りの表現。

九 焼酎に浸した布か綿を、細い竹の先に吊して燃やす。幽霊の出現に用いる小道具。「心火《しんか》」とも。

一〇「立つ」には、神仏が示現する意がある。ここでは小平の霊が次郎吉に乗り移っているのである。従って次郎吉の人格が変ることになる。三三五頁注一二参照。

直正路《しやうろ》な生れ《生れつき》、非道を働くものでない《道ならぬことをする者ではない》、殺せしやつは何者か

八 トきつと思ひ入れ。また《再び》誂の合方、寝鳥、薄ドロ〳〵になる。九 焼酎火《せうちうび》もえ、奥より《暖簾口から》次郎吉走り出て来り、一〇 すつくと立つて

次郎　わしを殺したは民谷伊右衛門

お花　ヤヽ、すりやこちの人が《夫が》、この幼な子の

孫兵　体《からだ》を借りてもの言ふのか

又之　その民谷伊右衛門こそ一一 不義の随一、一二 進藤が悴にて、親にも勝《まさ》る邪《よこしま》もの

お花　そんなら敵《かたき》は民谷伊右衛門

一三 トきつとなる

次郎　イヤ〳〵、悪人なれども一四 一旦は、主人と頼みし民谷殿、敵と思ふは道でない《人道に反する》。たゞこの上は若旦那様《(又之丞)》、少しも《少しでも》早うその薬を〔飲んで下さい〕

又之　心尽しのこの良薬、いかにも服せしその上にて《服用したその上で》、この一五 一埒《いちらつ》を大星氏へ演説なさば《陳述したら》、我が悪名も晴れし上にて、大事の供に立たんは《お供ができるのは》一六 必定。

亡魂、息子に憑依

＊歌舞伎では、神霊が乗り移って真実を告げたり急を告げたりするパターンがある。「桑名屋徳蔵」では、倒れていた老爺に金毘羅の神霊が乗り移り、むっくりと立ち上がって御託宣となる。歌舞伎の子役は、棒読みに近い独特の台詞術を持っており、それを強調した単調な物言いが、かえって亡霊が乗り移ったらしい感じを与える。演出によっては、「付け声」といって小平役者が陰で台詞だけ言うこともある。

一一 義士の対。伊原本・東大本「不義士」。本作を不義士の外伝とみることもできる。

一二 進藤源四郎。赤穂藩の物頭で、討入りに加わらなかった進藤源四郎の名をそのまま用いたもの。だからこそ「不義の随一」とあるのだが、次の幕に登場する源四郎は不義士として描かれてはいない。役割番付（付録参照）では実名を避けて「近藤」としている。諸本には「近藤」と記すものもある。

一三 憤る思い入れ。

一四 伊右衛門に雇われて一度は主従関係を結んだことをいう。

一五 一件。

一六 確実だ、の意。

気《き》遣《づか》ひ致すな忠義の小平、今ぞ《今こそ》良薬服用なさん《服用するぞ》

ト孫兵衛、とつかは《急いで》水を汲《く》[一]んで来《きた》り。又之丞、紙包[二]の薬を呑《の》むこなし

次郎　嬉《うれ》[三]しやそれにて、未来の本望[を遂げて成仏できる]

トドロ〳〵激しく、又之丞、放[四]心する。次郎吉、倒《たふ》[五]れる。鳴[六]物打ち上げ、陰[七]火消える。よ[八]き時分、下《げ》[九]座《ざ》より、お熊、庄七、窺《うかが》ひゐる。この時、内へ走りはいり

お熊　さてこそ《さては》塩冶の浪人者

庄七　師[一〇]直様を

ト又之丞へかゝるを《打ってかかるを》、又之丞、す[一一]つくと立ち上がり、庄七をねぢ上げる。皆々これを見て

孫兵　ヤヽヽヽ、あなたは足が

又之　まことに。〇[一二]さては難病全快なしたか

お花　草葉の陰にて《あの世で》こちの人《(小平)》

一 茶碗に水を汲んでくる。
二 紙包の薬を飲む真似をする。粉薬であろう。お岩の飲まされた毒薬とは対照的に、再起の妙薬の功を発揮する。
三 「嬉しやそれにて」は、幽霊が本望を遂げたときの決り文句。
四 前の方へつんのめって意識を失う。
五 仰向けに倒れる。小平の魂魄《こんぱく》が次郎吉の体から離れることを意味する。
六 「ドロ〳〵」の鳴物を激しく打ち上げて止める。霊が立ち去ったことを表す。
七 焼酎火を陰へ引き取るのである。
八 折を見計らって。
九 ここは、下手の袖《そで》。
一〇 高野師直様をつけ狙う奴、の意。
一一 鶴膝風から回復したことを表現する。
一二 自分の足を見て、意気軒昂となる。

難病本復

一三 又之丞の腕をふりほどいて打ちかかる。
一四 かかってくる相手の肩をポンと突いて、ひと回りさせること。演出用語。
一五 上段から一刀のもとに切る。突き回されてもう一度かかってきた庄七を切ったのである。
＊ 回り舞台の直前には、このようなちょっとした立回りを插むのが常套手段である。

る。核心の場面の緊張感を解くとともに、前舞台に出ている役者を、自然に回り舞台の盆の上に連れ戻す効果もある。
一六 仏道の障害をなす者の意。この台詞ではじめて、孫兵衛がお熊に力強い発声できっぱりと言い放つ。「ウヌ、魔王め」（『摂州合邦《せっしゅうがっぽう》辻《がつじ》』）。
一七 お熊の手を後ろへねじって畳に押しつける。
一八 血糊《ちのり》の略称。小道具の用語だが、ここは単なる血の意味で、小道具の糊紅を使う必要はない。
一九 ここは手拭でぬぐうのが適当。
二〇 時を知らせる銅鑼《どら》がゴーンと入る音に送られて、回り舞台が回り出すのである。
二一 もとの深川三角屋敷の世話屋体。回り舞台の表裏に大道具を二杯《にはい》飾り、元の道具に戻すのである。これを歌舞伎用語で「いってこい」という。本作は初日・後日ともに核心となる狂言場は「いってこい」を用いている。
二二 「時の鐘」と同じ銅鑼の音だが、気分を出すために打ったもの。
二三 詳細不明。現行では、お袖が書置を書くための「めりやす」（独吟）に、「風の音」をかぶせる。

孫兵　さぞ喜んで〔いることだろう〕
又之　エヽ忝《かたじけ》ない
庄七　なにを
　ト[一三]かゝるを突[一四]き廻して、ポ[一五]ンと切る
お熊　アヽ人殺し
　ト声を立てるを、孫兵衛、引っ捕へ
孫兵　エヽ、こゝ《この》な魔王[一六]めが
　ト[一七]よろしく押しつける。又之丞、刀ののり[一八]を拭《ぬぐ》[一九]ふ。お花、右に位牌〔を持ち〕、左に次郎吉をかゝへ、泣く。この見得よろしく、時の鐘[二〇]の送りにて、この道具廻る

元の深川三角屋敷の場

本舞台、元[二一]の道具に戻る。真中に屏風を立ててあり。やはり捨[二二]鐘、誂[二三]の合方にて、道具納《とま》る

ト　[一]屏風の内より、お袖、[二]書置を片手に持ち、片手に行燈をさげ、[三]舞台よきところに行燈を直し《置き》、[四]こなしあつて

お袖の述懐

お袖　[五]水の流れと人の身は、移り変ると世の譬《たと》へ、思へば[六]因果なわしが身の上。実のとゝさん[七]元宮三太夫様、まだその上に一人の兄《あに》さんありと聞いたばかり、お顔も知らず。義理あるとゝさん(四谷左門)姉さん(お岩)は、非業におはてなさんした《お亡くなりになった》、その敵《かたき》が討ちたいばつかりに、女子《をなご》の操を破りし上は、所詮《しよせん》この身は。〔生きてはいられぬ〕◯

ト[八]思ひ入れあつて、懐中《ふところの》の守袋〔から〕、[九]臍《ほぞ》の緒《を》の書物《かきもの》を出す。やはり、[一〇]時の鐘、[一一]合方。下座《げざ》の門の内より、直助、出刃《でば》を手拭にくるみ、花道の方〔七三へ〕へ抜き足にて行き、[一二]内を窺ふ。お袖、思ひ入れあつて

この臍《ほぞ》の緒《を》の書物は、血を分けし親の形身。せめてはこれを兄《あに》さんに渡し、わたしが死んだその跡で、届けて貰ふは。〔あの人だ〕◯

ト思ひ入れあつて

一　二枚折りの屏風。お袖は回り道具の上の屏風の内にいて、道具が納まった後で姿を見せ、前舞台に出る。但し今日では、二重の上のお袖が「三弦入り地蔵経」に「松虫」の鳴物で書置を書く姿を見せつつ舞台が回ってくる。

二　遺書。屏風の内ですでに書き終えていたことになる。

三　舞台の中央付近。

四　嘆き悲しむ仕種をする。

五　運命に流されたことを嘆く時に使う諺。

六　「因果」は、仏教語で不運な巡り合せの意。

七　モデルは不明。

八　そうだ、死のう、という思い入れ。

九　出生の日時等を記した臍の緒の包み紙。

一〇　一段と夜がふけてゆくことを告げる。

一一　「凄み合方」に「風の音」をかぶせるか。

一二　振り返って屋体の中を窺う。

一三　鳴物を始めるきっかけとして強く打ち込むこと。

一四　三味線の調子の一。闇の中を忍び出て探り合う際に、凄みや淋しさを表す三下がりの手。今日では「風の音」のみを用いる。

一五　五代目幸四郎の得意とする「横見得」か。出刃をくわえ、両手を後ろへ回し、裾をたく

これがこの世の〔別れなのか〕

トこなしあつて、行燈を吹き消す。このとたん《これと同時に》、捨鐘の頭《かしら》[一三]を打ち込む。忍《しの》[一四]び三重になり、花道の直助、出刃を口にくはへ、裾《すそ》をからげ《尻をからげて》、きつと[一五]見得。この時、上の生垣《いけがき》[一六]を押しわけ《破り》、与茂七[一七]、出て、よろしくこなし[一八]。お袖、思ひ入れ[一九]あつて、屏風の内へ忍ぶ。両人、窺ひ〳〵[二〇]、直助は内へはいり、与茂七とすれちがひ、[二一]入れ替つて、たがひに思ひ入れ[二二]して、屏風越しに、与茂七は一腰〔で〕、直助は出刃にてぐつとつらぬく[二三]。内にて、わつと一声叫ぶ。両人、しすましたり《うまくやったと》とこなしあつて、屏風を引き退《のけ》る。内に、お袖、書置、臍の緒の書物を持ち、手[二四]を負ひ、苦痛の体《てい》。両人、左右より手をかけ、お袖を引きおこし、つらぬかう[二五]とする。このとたん《同時に》、ちよんトきつかけ[二六]にて、月出る[二七]。これにて、三人、顔見合せ、恟《びつく》りして

直助　ヤ[二八]、正《まさ》しく《確かにめざす男と思っていたのに》男と思ひしに

しあげ、舞台を見込んでぐっと睨む。
一六 上手の下座の口の前に置かれた生垣。
一七 菊五郎が小平から早替りしたのである。
一八 二枚目風にやわらかくきまる。
一九 注一五・一八と同時に見得になる。
二〇 両方から探り合いながら近寄る。
二一 出てきてすぐ突いては歌舞伎の様式に悖《もと》るので、入れ替るその間《ま》を楽しむのである。一つには、この場での座頭的位置を占める松本幸四郎を上手へやる必要があるのだろう。
二二 両人それぞれが、確かにここだと頷く。
二三 同時に差し貫く。初日序幕で、四谷左門と奥田庄三郎が同時に殺害されたのと照応。
二四 髪をさばき、襦袢は血糊がついている。
二五 止めを刺そうとする。
二六 「ちょん」は柝の音。月の出の合図。
二七 灯《あか》り入りの月を天井から下げ、それを覆う箱を引き上げると月が出て明るくなる。室内の事件に月が出るのは変だが、この趣向の根底には、禍々《まがまが》しい二十日亥中の月のもとで事件が起る「鳥羽恋塚」の設定がある。引き窓は月の出の理由づけとして存在する。
二八 「鳥羽恋塚」の盛遠の台詞「まさしく亘と思ひしに」を言換えたもの。耳慣れた決り文句が、ドラマの頂点で力を発揮するのが江戸歌舞伎の特色。

＊二人の男が一人の女を争い、女が犠牲になるというパターンは、世話物では『天竺徳兵衛韓噺』、時代物では「鳥羽恋塚」が当時最も知られていた。その二つをこの場の趣向の骨格として用いたのである。「鳥羽恋塚」は、天明・寛政期にすでに定本ができており、その余波で、この場にも古風な味わいが見られる。

一 東大本では「所詮生けてはおかれぬ女、いつそのことに」とあり、次頁の三〜七行目の台詞と照応する形をとる。健気な女の死に際し、身勝手ともとれる冷たい台詞を言うところが、与茂七役の菊五郎の体質でもある。

二 事の意外性に驚く思い入れ。

三 きっぱりとした、最も本格的な三弦の合方。現行では「虫の合方」。

四 苦痛をこらえるこなし。

五 来世は同じ蓮の上で契りたいというもの。「夫婦は二世の契り」という諺をふまえた決り文句。

六 与茂七と直助とへ、交互に手を合わす。

七 お袖の述懐を受けて次の台詞に移るための「間《ま》」。

＊死ぬときの「述懐」は最大のクライマックスで、お袖の真情はここで十分に述べられる。役者の存在感が大きい歌舞伎で

与茂　[一]屏風の内には女房お袖

両人　ヤヽヽヽ、こりやどうだ《これはどうしたことだ》

　　　ト[二]思ひ入れ。これより、[三]本調子の合方。[四]こなしあつて、お袖

お袖　同じ合図《あひづ》に二人の夫、手引きなしたは《手引きしたのは》とくより《最初から》も、わたしが命を《自分の命を》捨てる覚悟。たゞ恥づかしいのは《恥ずかしく思うのは》与茂七殿、わたしが操を破りしもとは、義理あるとゝさん姉さんの、敵《かたき》が討ちたさ一ツには《もう一つには》、おまへがな《生き》がらへゐやしやんすとは《ていなさったとは》、神ならぬ身の夢にも《少しも》知らず、やつぱりいつぞや浅草の、裏田甫にてとゝさんと、同じその夜に人手にかゝり、死なしやんしたと思ふゆゑ、おまへの恨みもはらさう為、直助殿を力と頼み、枕交して面目ない。おまへに面《おもて》が合はされうか。お手に〔与茂七殿の〕かゝつて死ぬるのが、せめての言ひ訳。また直助殿には約束の、養父の敵姉さん（お岩）の、仇《あだ》を討つたるその後は、この書置に添へてある、わしが一人の兄さんを、尋ねてこの訳言うて聞かせて下さんせ。返すぐ〵も与茂七殿、この世の縁は薄くとも、[五]未来は同じ蓮《はちす》の上、夫

婦になつて下さりませ。頼みます、願ひますわいナア

ト双方へよろしくこなし[六]。与茂七、思ひ入れ[七]あつて

与茂　出かした《よくやった》女房、そちがありかを尋ねしも《お前の居所を探したのも》、いつぞや《いつか》計《はか》らず《思いがけず》浅草にて、この与茂七が所持なす《持っていた》密書、手にとり見たる女ゆゑ、不憫ながらも《かわいそうだが》品により《ことによれば》、命は身どもがもらはん[八]と、思ひをりしにかゝるなり行き《思っていたのにこんな結果となった》。さはさりながら《それはそれとして》、合点ゆかぬは《納得のゆかぬのは》、何を証拠に某《それがし》が、裏田甫にて人手にかゝり相果てし《死んだと》と〔思っていたのか〕

お袖　[九]思ひつめしは死骸の顔、破れ損じて[一〇]それとは知れねど、着類《きるい》は目覚え《見覚えのある》あるおまへの定紋《ぢやうもん》[一一]、それゆゑに〔与茂七さんとばかり思い込んでおりました〕

与茂　ヤヽ、それにて思ひ合はすれば、奥田将監が悴庄三郎と、子細《しさい》[一二]あつて互ひに着類をぬぎかへしが《取替えたが》、さては身どもに意趣あるやつ《恨みのある奴が》、この与茂七と取り違へ、だまし討ちに打つたるか

直助　ヤヽヽヽ、すりや中田甫[一三]にて殺したは、奥田の悴庄三郎殿であつたか、ホ[一四]ヽヽヽ、ホイ

は、重要な役の死に際して、本人の口から長々と聞かせどころの述懐の台詞を言わせねばならない。この設定の原典である院本の『天竺徳兵衛《てんじくとくべえ》郷鏡《さとのすがたみ》』では女房の述懐がなく、死骸を前にした主人公の徳兵衛が心情を代弁する。『天竺徳兵衛韓噺』では、子供まで作った前夫と、義理のある今の夫との板挟みになったというのが述懐の中心で、それがこのお袖に流用されているのである。

八　討入りの計画が外へ漏れるのを配慮して、肉親にも秘密を明かさないという同志の約束があるので、女房のお袖であっても命を奪わねばならぬと考えていたのである。

九　死んだと思いこんだ理由は、の意。

一〇　一〇二頁一二行目参照。

一一　役の上の与茂七の紋というよりも、菊五郎の定紋「重扇《かさねおうぎ》に抱き柏」等であろう。

一二　九九～一〇〇頁参照。

一三　二五九頁注一〇参照。

一四　思いもよらぬ過ちを犯したときなどに発する、歌舞伎の常套語《じようとうご》。直接には、「鳥羽恋塚」で盛遠が誤って袈裟の首を打ったのを知ったときの表現をそのまま用いている。直助は以前奥田将監の下僕であったので、旧主の子息を殺したことに気づいたのである。

ト大きに悩《びっく》りする

与茂　さてはおのれが庄三郎を〔殺したのだな〕

〔直助に〕ト詰め寄るを

お袖　モシ。[一]〇

ト与茂七を止め《制して》

[二]この書置を兄さんに、逢うたらどうぞ〔渡して下さい〕

ト差し出す。直助、取つて、[三]臍の緒の書物《かきもの》を見て

直助　元宮三太夫の娘袖《そで》

ト[四]また悩りして

ヤヽヽヽ、《それでは》スリヤお袖が親は元宮の〔三太夫であったか〕

お袖　アイ

ト思ひ入れするを、直助、手早く与茂七が捨てたる一腰《刀で》にて、

お袖が首を[五]討ち落し、一腰を投げ出し、[六]どうとなる

与茂　ヤヽ、女が首を〔なぜ打った〕

畜生道

一　気力を奮い起して。

二　直助に向って言う。

三　臍の緒を題材にした南北の先行作に『杜《かきつ》若艶色紫《ばたいろもえどぞめ》』等がある。

四　「また」とあるのは、先に自分が主人殺しの罪を知った驚きに別の驚きが重なったことを示す。

五　女の首を打つのは「鳥羽恋塚」の型だが、「鳥羽恋塚」のパターンである三四三〜四頁では首を打たずにおいて、ここでもう一つ別の趣向によって首を打たせるという仕組になっている。

六　精神と肉体の限界によって尻餅をつくこと。演出用語。

七　出刃包丁で切腹するのがこの役の特色。下人の切腹である。「弥作の鎌腹」では、百姓の弥作が鎌で腹を切る。ともに、武士の切腹にはない変った印象をもつ。

八　悪人の比喩。主人殺しは人道に外れた行為と見做されていたので、見物にはそのことを言っているかに見せておいて、実は別な趣向が用意されているのである。

九　述懐に入る際の常套句。

一〇　腹を切って述懐する時の合方。三弦に竹笛を吹き合せる。

一一　苦痛をこらえるこなし。以下、直助は息

もたえだえに言う。

一二　ここで初めて、お袖の首を打った理由が明かされる。東大本は、以下「この書物」（一一行目）までなし。畜生道を示す個所を避けたものか。

一三　立派な侍の父と自分とを、対句仕立てで表現した。

＊　悪人が、死に臨んで善に立ち返って懺悔するというパターンを、本性に戻る意味で「もどり」と呼ぶ。代表的なものに、『義経千本桜《よしつねせんぼんざくら》』のいがみの権太がある。

直助の述懐

一四　近親相姦を犯した者は畜生道に墜ちたとされ、命は助からぬ設定になっている。有名なものに、河竹黙阿弥の『三人吉三廓初買《さんにんきちざくるわのはつがい》』のおとせ・十三郎には、畜生道に堕ちた意味で犬の格好をしてみせる型がある。

一五　深川万年町一丁目（現江東区）に「直助屋敷」の名を残した、有名な主殺し直助権兵衛をふまえた言い方。「末世にのこる」との表現は、実録・講釈風の「語り」の口調。自ら本作の原拠の性格を示している。本作は、初日に「お岩稲荷」の、後日に「直助稲荷」の利生を説くという基本構成になっている。

直助　打たねばならぬ言ひ訳は〔このとおり〕

　　　ト出刃[七]を腹へつゝこむ

与茂　所詮《しょせん》助けておかれぬ《生かしておけぬ》権兵衛。さはさりながら《それはそうとして》なにゆゑに〔自害したのだ〕

直助　[八]人の皮着た畜生が、往生際《死に際の》の懺悔咄《ざんげばなし》、聞いて下され、与茂七殿

与茂　[九]ヤヽ、なんと

　　　トこれより、竹笛入[一〇]の合方。こなし[一一]あつて

直助　もとこの直助は奥田の家来。身性《みじやう》が悪さ《品行が悪くて》に主人の勘当。因果のおこりはこのお袖。つけつ廻し《執拗につきまとって》つ口説《くど》いても、得心せぬのは《承知しないのは》夫のあるゆゑ。与茂七殺したその上で、この身の願ひを叶へんと、裏田甫にてくらまぎれ《闇にまぎれて》、だまし討ちに殺したは、古主《こしゆう》の御子息庄三殿《(庄三郎)》と、聞いて知つたはたつた今。[一二]親姉夫の仇敵《あだがたき》、討つてやらうと偽《いつは》つて、抱き《同衾し》寝をしたは《たその相手は》情けない、この直助が血をわけた、妹と知つたはこの書物。[一三]槍一筋《やりひとすぢ》の親は侍《さむらひ》。その子は畜生[一四]主《しゆう》殺し。[一五]末世にのこる直助権兵衛

与茂　スリヤ《それでは》それゆゑにこの切腹。まだしも[一]悪念発起は[二]奇特《きどく》

直助　[三]地獄へ急ぐ置土産、いつぞや手に入る廻文状

　ト〔回文状を〕差し出す。与茂七、取つて

与茂　たしかに[四]落手《らくしゅ》。未来成仏《来世で成仏されよ》

　ト[五]思ひ入れ。[六]よき時分、長蔵、門口に窺ひゐて、この時、つか〳〵と内へはいり

長蔵　さては塩冶の〔浪人だな〕

　ト廻文状へ手をかけるを、与茂七、[七]手早く抜身を取りあげ、どうと切り下げる。長蔵、[八]立身《たちみ》にて苦しむ

与茂　[九]飛んで火に入る

　ト刀を引く。これにて、長蔵、[一〇]宙返りするを、与茂七、また見事に蹴返《けかへ》す。[一一]これを柝の頭《かしら》

直助　南無阿弥陀仏

　ト[一二]引き廻す。[一三]与茂七、廻文状を口にくはへ、うしろ手に長蔵へ

＊直助・お袖を兄妹とした設定は、南北の合巻『敵討乗合噺《かたきうちのりあいばなし》』をふまえたものか。『敵討乗合噺』では、敵を狙う兄妹があわや近親相姦を犯しそうになるが、親の形見の木櫛でそれを回避する。

一　「悪念発起」は、悪心を翻して善心を起し、真人間として立ち直ること。

二　「奇特」は、殊勝なことだ、の意。

三　死んで地獄へ転落する時の置土産として、回文状を与茂七に返すというもの。

四　「落手」は、受け取った、の意。

五　心の中で念仏を唱える。

六　よい時分を見計らって。

七　直助がお袖の首を打ち落した際にそこに置いた抜身の刀を急いで取り、刀を振り下ろす。「どう」はその時の刀の勢いを表す。

八　立ちながら虚空をつかむ。

九　「飛んで火に入る夏の虫」の諺をふまえその夏の虫とはお前のことだと言ったもの。

一〇　与茂七が刀を手元に引くと同時に、長蔵が手前に向いて宙返りをする。その後で与茂七が長蔵を後ろへ蹴返す。

一一　長蔵がとんと腰をつき、与茂七がその体を蹴返すために踏み出した足を合図に、幕を閉める柝の最初のキッカケをチョンと打つ。

止めをさす。[一四]この見得、よろしく、[一五]拍子幕

一二 直助は、腹へ突き立てていた出刃を右へ引いて、一文字に切る。

＊「述懐」がすみ、腹を切って最後の息を引きとるところを「落入り」という。鬘は総さばきで、安座し、両手を組合せてがっくりと落ち入る。

一三 直助が腹を切ると、長蔵を切った与茂七が廻文状を口にくわえ、仰向けの長蔵に馬乗りになり、両手を刀に添えて喉笛のところを後ろ手にぐっと刺す。つまり見物には後ろ姿を見せることになる。この幕の主人公である直助役の松本幸四郎を立て、物語の聞き手である与茂七役の尾上菊五郎が「裏見得」を見せたわけである。

一四 ここは、舞台の情景・ポーズの意。

一五 柝をきざんで幕を閉める。

＊ 底本の演出は、「時代世話」と呼ばれるもので、時代の様式性の中にリアルな生世話の様式が組み込まれているが、現行演出では世話物としての様式に統一されている。直助が両手を組合せるのを柝の合図に、与茂七が、直助を苦しませぬよう介錯にかかり、刀を振り上げるとゴーンと時の鐘、「早めの合方」に「風の音」をかぶせ、柝をきざんで幕となるのが現行演出である。

後日中幕

後日二番目[一] 中幕

夢[二]の場

蛇山庵室《へびやまあんじつ》[三]の場

役人替名《かへな》

民谷《たみや》伊《い》右衛《ゑ》門《もん》　市川団十郎
孫兵《まごべ》衛《ゑ》女房お熊《くま》　市川宗三郎
[四]進藤源四郎　大谷門蔵
関口官蔵《くわんざう》　松本染五郎
中間《ちゆうげん》伴《ばん》助《すけ》　中村千代飛《ちよび》助《すけ》
[六]植木屋甚太　尾上梅五郎

佐藤与茂七《よもしち》　尾上菊五郎
お岩の死霊　一役　尾上菊五郎
秋山長兵衛　坂東善次
[五]小林平内《へいない》　鎌倉平九郎
庵主《あんじゆ》浄念《じやうねん》　尾上扇蔵
歯磨き屋半六　市川市五郎

一 底本では「五幕目」。絵本番付によって改めた。
二 底本・伊原本・東大本、いずれも場の名称を欠く。再演の際の評判記『役者註真庫』によって補った。「夢の場」は、夢の中の場面の通称。現行台本では「王子滝の川螢狩の場」等々、時代によって呼称の変化があるが、いずれにしても「蛇山庵室」で伊右衛門が見た夢の中の出来事、という設定である。
三「蛇山」は、本所中之郷原庭町（現墨田区）の長建寺の横道の辺りの俗称。表道が竹藪、奥へ続く道も潰れ道で、往来する人もなかった。『遊歴雑記《ゆうれきざつき》』には地名の由来を「蛇の多く生るといふ所以にはあらず、安永より寛政の末まで、塩瀬諸馬此地に閑居して和歌のみをたのしみ、真淵の門人にして蛇山《だざん》と号しけるより、誰か戯て仇名に呼しより、押移りてへび山とて小名とはなれり」と説く。南北の恩人坂東薪水《しんすい》の別荘があった所。
四 伊右衛門の父。赤穂藩士で、脱盟者の進藤源四郎の名をそのまま用いたもの。
五 赤穂浪士討入りの時に斬り死にした吉良家隠居付家老、小林平八郎がそのモデル。
六 植木屋、歯磨き屋、肴屋、船頭、ともに裏長屋に住むその日暮しの人達である。

夢の場

肴屋《さかなや》三吉《さんきち》　沢村東蔵
船頭浪蔵《なみざう》　市川銀兵衛
若イ衆　大ぜい

よろしく触《ふ》れ[一]済むと、ドロ〳〵[二]になり、幕の前より心《こころ》[三]の文字上へ引いて取る。やはりドロ〳〵にて幕明く

本舞台三間《げん》の間《あひだ》、正面縁側付の亭屋体《ちんやたい》[四]。伊予簾《いよすだれ》[五]掛け、左右の柱[六]に七夕《たなばた》の短冊《たんざく》竹を立て、屋根より軒づらへ《軒先へ》唐茄子《たうなす》這《は》ひまとひ、入口、栗丸太の枝折《しをり》門[七]。こゝへも、唐茄子まとひある《まきついている》。辺りは萩《はぎ》の盛り《花盛り》。百姓家、秋の体《てい》。ドロ〳〵[八]打ち上ぐる唄浄瑠璃《うたじやうるり》[九]、トヒヨ[一〇]になり、鷹[一一]一羽外《そ》れて来《きた》り、屋体の内へはいりし体。置唄《おきうた》[一二]一くさりきれる《一節を唱いおわる》。誂《あつらへ》の合方《あひかた》。向ふより《花道から》、伊右衛[一三]門、袴《はかま》、着流し、大小《だいせう》、庭下駄《げた》にて、鷹の韝《へを》[一四]を差し、朝顔の絡

一　口上触れ。各幕ごとに出る。ここは特別な演出がなされるため台本に注記された。役触れの巻物を持った下立役の頭の口上言いが、座元の紋の付いた裃《かみしも》姿で幕の中央から出て、口上書を読む。
二　「夢の場」についた下座の鳴物。
三　大きな「心」という字の切り出し。以下の場面が夢の中での出来事であることを予め説明するためのもの。
四　亭（庭園のあずま屋）を模した大道具。
五　伊予（愛媛県）産の、細い篠で編んだ簾。
六　舞台の大巨柱。本舞台三間の間に飾られる大道具の柱として用いられたり、桜や梅の立樹にも流用される。所作事など様式的な場面で意識的に使用される。
七　栗の木の皮のついた風流な枝折門。
八　太鼓を早く強く打って止める。
九　浄瑠璃風の長唄。ここは「独吟」のこと。
一〇　鳥の鳴声のこと。鳥笛を吹く。
一一　小道具。差金で使う。
一二　役者の登場する前に、場面の情況を表現するための前奏曲。
一三　〈扮装〉殿様の鷹狩の姿。縫の熨斗目《のしめ》の着付に羽織。織物の袴。頭は棒茶筅《ぼうちやせん》に浅葱の螢打《ほたるうち》。重ね草履。

みしきれいなる[一五]切子《きりこ》燈籠《どうろ》を持ち、跡より《後ろから》、[一六]秋山長兵衛、これも
きれいなる中間の拵《こしら》へにて、[一七]首玉つけし犬を引いて出る。この
とたんに、正面の簾《すだれ》巻きあげる。内に[一八]お岩、[一九]模様やつし、夏形《なつなり》
の振袖、在所娘《田舎娘の》の拵《こしら》へ、置き手拭にて、前垂、[二〇]五色の糸を巻き
たる糸車にて糸を引きゐる《引いている》。よきところにきれい《美しい》なる行燈をと
もしある。その上に件《くだん》の鷹とまりゐる体《てい》。両方見やつて、[二一]七夕
の見得《みえ》よろしく。空には月を[二二]引き出す。舞台は、[二三]螢《ほたる》むらがる

伊右　[二四]天の川、浅瀬白浪更《しらなみふ》くる夜を

お岩　恨みて渡る[二五]鵲《かささぎ》の橋。◯　鵲ならぬこの鷹《鵲ではないがこの鷹が》の、外《そ》れてやこゝへ羽を休
め

伊右　[二六]秘蔵の得《え》ものいづれにと《どこへいったかと》、尋ね来《きた》りしあの庵《いほり》、[二七]女竹《めだけ》に結ぶ短冊は

長兵　ほんに今宵《こよひ》は文月《ふみづき》の七夕祭り《七月の七夕祭りだ》。星合《ほしあひ》のその日に外《そ》れて[二八]こがすみは、
天の川へ飛びはせまいか

伊右　なにを阿房《あはう》な。◯　しかし外れたる鷹はたしかにこのあたりぢや。

一四 鷹の脚に結びつける紐。脚緒。
一五 四角な燈籠の角を切り落した風流な燈籠。盂蘭盆《うらぼん》に用いる。朝顔が絡んでいる点は、「牡丹燈籠」になぞらえたため。
一六 〈扮装〉白繻子《しろじゅす》の着付の伊達奴。頭は油付しい茸。紫のくり足袋。
一七 犬や猫の首にかける環。
一八 〈扮装〉白縮緬の井絣《いがすり》の着付。黒繻子の振り下げ帯。頭は結綿《ゆいわた》。
一九 「やつし」は、田舎娘の様をいうが、「模様」で美しいイメージとなる。
二〇 七夕に九つの穴のあいた縫針と五色の糸を祀って、裁縫が上達するようにと祈ることをふまえた趣向。

牽牛と織女

二一 花道の七三にいる伊右衛門と、本舞台のお岩を天の川の牽牛織女に見立てた。双方が別次元の台詞を言う。
二二 雲の枠の中から月を引き出す。
二三 小道具。後見が差金で使う。
二四 『古今集』の「天の川浅瀬白浪たどりつつ渡りはてねば明けぞしにける」による。
二五 鵲が天の川に架けるという橋。
二六 伊右衛門が秘蔵する鷹のこと。
二七 細く節の少ない竹。庵の中の女に掛けた。
二八 「焦がす身」を掛けた。鷹の名。「小霞」か。

サ、、尋《探してくれ》ねてくれ〳〵

ト思ひ入れ。また唄浄瑠璃になり、両人[一]、門口へ来り。長兵衛、内を窺ひ、お岩を見て、肝をつぶし

長兵　モシ旦那〳〵、御覧《ごらう》じませ。あのやうな美《び》《美しい女が》なやつが、糸を取ってをりまする

伊右　ナニ美しい女が糸を引いてゐるとか

長兵　さやうでござります

伊右　どりや〳〵。〇[二]　なるほど、鄙《ひな》のすまひには《田舎の住居にしては》めづらしい女。そちは《お前が》案内《あない》[三]して、鷹の事を問うてみぬか

長兵　さやう致しませう。〇

ト内へはいり

長兵　これ〳〵、姉《あね》い〳〵、おらア旦那《俺の旦那が》が合《あは》[四]せさしつた鷹が外《そ》れて行方《ゆくへ》が知れぬが、モシこゝの内へ舞ひ込みはせなんだか。どうだ〳〵

お岩　ハイ、その鷹は、これ御覧《ごらう》じませ。わたしがそばへ来てこのやうに、

* お岩の亡霊の祟りによって転落してゆく伊右衛門が病のなかで見た夢である。はかなく消え去ったお岩とのロマンの一齣《ひとこま》を伊右衛門の深層心理のうちに見せるところであり、娘時代の美しいお岩を見ることのなかった見物に、ありし日のその姿を見せる場でもある。また、糸車を引く女が後に変身するという趣向は、この場が「安達原」の「一つ家」のパロディーであることを示している。「夢の場」の設定は、元禄期歌舞伎からの伝承がある。

一 ここで伊右衛門・長兵衛が、花道の七三から本舞台に来る。
二 好奇心を起した伊右衛門が中を窺う間《ま》。
三 取次して、の意。
四 鷹狩で、鷹に鳥をとらせるのを「合せる」という。
五 鷹は上手の行燈にとまっている。
六 明和頃からの流行語。すばらしい、素敵だ、の意。
七 お岩を見ての独白から、伊右衛門に対する台詞に移るときの意気の変化を示す。

とまつてをりまするわいナ[五]

長兵　イヤ、、、、こいつは妙々[六]。そんなら旦那を呼び申して来よう。

〇[七]モシ〳〵旦那、鷹がをります〳〵

伊右　さやうか〳〵。しからば貰《もら》ひに参らう。そちも参れ《お前も来い》

ト門口へ来り

女中[八]、ゆるしやれ[九]。〇

ト内へはいり。思ひ入れ[一〇]あつて

さて〳〵風雅な住居ぢやナ《しゃれたお住いですな》。いや、手前ことは、このあたりに住居致すものぢやが、今日《こんにち》小鳥狩りにまかり出《い》で[一一]、手飼ひ[一二]の鷹が外《そ》れたぢや。聞けばこの家へ参つたとのこと、申し受けて《受け取って》帰りたいが、身《私に》に渡してはくれまいか

お岩　これはマア、あらたまりましたお頼み。あなた様の手飼ひのお鷹とあるならば、御遠慮なう御持参遊ばしませ《お持ち帰りなさいませ》いな

伊右　それは忝《かたじけ》ない。しからば持参《もちまゐ》るでござらうが《貰って帰ろうと思うが》、ア[一三]、、夜に入つて歩

八　婦人の敬称。
九　内に入るのを許してくれという意の挨拶。「ゆるしゃれ」と発音する。
一〇　美しさに感じ入る思い入れ。伊右衛門にはお岩の化身だとは見えないのである。
一一　やってきて。武家の丁寧語。
一二　鷹狩のために自家で飼っている鷹。
＊　幕府は、鷹狩を武士の練武の一課とし、寛永三年（一六二六）、庶民がこれを行うことを禁じた。従って鷹狩は殿様でなくては叶わぬことなのだが、ここでは、伊右衛門が、高野師直公の書物《かきもの》で出世した自分の姿を夢想するという設定になっている。八代将軍吉宗が、享保二年（一七一七）五月に亀戸の隅田川沿いの地で鷹狩を催したとの記録からすれば、深川（現江東区）一帯は鷹狩の場所であった。「夢の場」の場所については底本に指定がないが、おそらくこの地域であろう。なお、鷹が外れて、殿様が賤が家の美女と出会うという設定は、南北の先行作『梅柳若葉加賀染《うめやなぎわかばのかがぞめ》』等をふまえている。
一三　躊躇する発語。美しい女を見たので、夜道の暗さにかこつけて、帰るまいとしているのである。

色悪の美男

行致すは道のほど《道中》、コレ、さぞ〳〵《これはさぞかし》暗う難儀なことであらう《暗くて行きなやむことだろう》な

ト[一]いろ〳〵思ひ入れ

長兵　モシ〳〵旦那、なに《どうして》暗いことがありませう。今晩は七夕祭り。アレ〳〵お月様がお上がりなされて、昼のやうでござります。ことにあなたは、お帰りの御用意とあつて、お手細工のその切子《切子燈籠》。それをともして参れば、お挑灯より明るうござります。サヽ、お帰りなされませ〳〵

ト言ひながら、切子[二]を軒へ掛け、心[三]なくせりたてる

伊右　これはしたり《これは何ということだ》。ハテ、おのれ《お前は》は気の効《き》かぬやつぢや。あれほど表《おもて》は暗いではないか。暗いによつて帰られぬと申すに、おのれ[四]ばかり《お前だけが》月の夜ぢやと申さば、かうしやれ《このようにしろ》。この鷹を〔手に〕すゑて、その犬を引いて、おのればかり先へ帰りをれ。たはけづらめ《馬鹿者め》

トこれにて、長兵衛、むつとしたる体《てい》にて

長兵　コレ〳〵、あんまりそんなに大風《おほふう》な事を言ふな《尊大な言い方をするな》。今でこそそこなたの《貴殿の》

一　美女に惹《ひ》かれて口実を構え、この場から立ち去り難いという思い入れを様々に見せる。

二　伊右衛門が持ってきた切子燈籠を受け取って軒端にかける。

＊　この場へ切子燈籠を出したのは、「牡丹燈籠」の趣向がふまえられているためである。燈籠を持って出る人物を、女から男に替えてはいるが、女が亡霊である点は変らない。日本には、七夕を盆の入りとして仏前に切子燈籠を飾って霊を迎える風習があり、それがこの趣向の民俗信仰的裏打ちとなっている。「玉菊の魂軒にぶら下がり」。

三　伊右衛門が在所娘に心惹かれて躊躇しているのを見て、思いやりなくせきたてるのである。

うちわもめ

四　「闇の夜も吉原ばかり月夜かな」（宝井其角）をふまえ、「吉原」を「おのれ」に置き換えた表現。自作『浮世柄比翼稲妻』（「鞘当」）の伴左衛門の台詞にも使われている。

[五]折助《をりすけ》になつて、旦那〳〵と言ふが、以前はおれも[六]朋輩《同輩であった》の秋山長兵衛。[七]犬も朋輩、鷹も朋輩。引いて帰らば《引いて帰るというなら》、[八]サア貴様が引け。イヤ、手まへ引いて行け〳〵

ト犬の綱を伊右衛門に投げつける

伊右　イヤ、こいつが〳〵、以前は以前、たゞ今は予が折助ではないか《私の下僕ではないか》。おのれ引いて帰りをれ〳〵

長兵　ナニ、予《よ》が折助だ。コレ、あんまり大風《おほふう》を言ふな《尊大なことを言うな》。今でこそ出世して[九]大禄《たいろく》取り、以前は民谷伊右衛門とて、我も《お前も》[一〇]ひつてんてれつくでな、いやがられた悪《わる》仲間。女房のお岩もかけ落ちして行方《ゆくへ》なし。その一件でおいらもこのざま。それといふも我が《お前が》した事だハ。畜生《犬を》引いて帰りやアがれ

伊右　イヤおのれ、帰りをれ

ト両方より犬をつきやり

長兵　[一一]オヽしき〳〵

五　武家屋敷の下僕の蔑称《べつしよう》。

六　以下、朋輩尽しの語呂合せだが、長兵衛役の坂東善次は道外方《どうけがた》を兼ねた敵役《かたきやく》だからこの台詞が生きて、見物を笑わせる。

七　大部屋の役者が犬の縫いぐるみを着て出る。縫いぐるみは小道具方に属し、白黒の斑《ぶち》で、喉《のど》の所が透けて見えるようになっている。「丸橋忠弥」「座頭《ざとう》」「尾上伊太八」などに使われ、「座頭」では踊りを見せる。

八　自嘲的な笑いから怒りに転じるところ。「貴様」「手前」と二段階に格を落してゆく点が面白い。「貴様」は「貴殿」より尊敬の意の薄い言い方。「手前」になると下世話な呼称である。

九　高給取りのこと。伊右衛門は、高野師直の書物で出世した夢を見ているのである。

一〇　神楽囃子の譜。「ヒッ」は笛、「テンテレツク」は太鼓の音を模したもの。貧窮のさまの形容。

一一　嗾《けし》けるかけ声。「オヽ、シキ〳〵　トけしかけてゐる」（南北作『盟三五大切《かみかけてさんごたいせつ》』の「五人斬りの場」）。

トけしかける。犬は吠《ほ》える。[一]お岩、この中へはいって

お岩　これはしたり《まあどうしたことでしょう》、マア／＼お待ちなされませ。そのやうにばかりおつ《おっし》しやらいでも《やらなくても》よいぢやござりませぬか。承《うけたま》はりますれば《うかがいますと》、主家来《しゅうけらい》とはいふものの、以前は御朋輩ぢやとおつしやるからは、お二人様の[二]その中を、私がお貰ひ申しませう。さやうなされて下さりませいな

伊右　主《あるじ》のそなたがさやうに申さば、身ども《私は》は随分《極力》この者と、仲直りも致し遣《つか》はさう

長兵　相手《あひて》の民谷が承知なら、こつちにも言ひ分はないが、コレ[三]おむす、[四]そもじ[五]仲人《なかうど》にはいるか

お岩　アイ、わたしが仲を結ぶわいな

長兵　そいつは面白い。[六]○　イヤ、これ／＼、こゝに用意して来た酒がある。こゝで始めようか。[七]○

ト腰につけたる[八]吸筒《すひづつ》の瓢箪《へうたん》をさし出し

[九]姉《あね》い／＼、茶碗を貸さつし《貸して下さい》

一　亭《ちん》屋体から前舞台に下りてきて、伊右衛門と長兵衛を止める。以後の演技は、前舞台中央上手にお岩、下手に伊右衛門、長兵衛は少し後ろに坐って行われるので、頃合を見計らって門口は取り払われなければならない。

仲直りの酒盛

二　その喧嘩を私が貰います、仲直りして下さい、の意。顔見世狂言の浄瑠璃所作事で、若殿《わかとの》と色奴《いろやっこ》に若女形《わかおんながた》が絡むパターンを受け継いだもの。江戸歌舞伎では、一日の狂言の中に所作事が一幕は組み込まれるのが通例。ここでは、初日では「忠臣蔵」のお軽・勘平の道行《みちゆき》、後日では「夢の場」がその役割を果している。

三　「お娘子」の略。娘に対する愛称。

四　そなた。単語の第一音をとって「…もじ」という言い方は、典型的な女房言葉。

五　仲介人。

六　気を変えて、腰のあたりを探りながらの台詞。

七　次の動作をする前の間《ま》。

八　携帯用の酒器。

九　若い女に対する心やすい呼び方。「姉《あね》さん」にあたる。

お岩　アイ〳〵。○[一〇]

ト酒[一一]呑みを出し

なにはなしとも《なにはなくとも》、これ〳〵、こゝに今日の節句[一二]を祝うた刺鯖《さしさば》[一三]、これなと当時《即席の》のお肴《さかな》に［どうぞ］

ト刺鯖[一四]を取つて鉢のまゝ出す

伊右　イヤ、刺鯖とはおもしろい。そなたとわしとその刺鯖のやうに、二人かやうにひつゝいてゐたいわい

ト しなだれかゝる[一五]

お岩　これはしたり。わたしがやうな在所女《ざいしよをんな》[一六]に、なんの《どうして》あなたが

伊右　これはいたみ入つたお言葉。たゞ今にては身どもは独り身《ひとみ》。その請《うけ》[一七]人《にん》、それ[一八]〳〵《そうそうあの》その折助《をりすけ》ぢやて

長兵　さうさ〳〵、女房もあつたが、どうした事やら行方《ゆくへ》なし《行方知れず》。マアなんにしろ、亭主役[一九]に姉御《あねご》、始め[二〇]さつし

お岩　そんならわたしがお始め申して

一〇「どりゃ」と気を変えて立ち上がる間《ま》。
一一 ここは盃のこと。
一二 七月七日の七夕の節句。
一三 鯖を背開きにして塩漬けにしたのを串に刺したもの。二尾を連ねて一刺とする。盆の贈物に用いた。七夕は盆の入りに当る。「盆の刺鯖、正月の鏡餅」(『日本永代蔵』三巻)。
一四 串から抜かず、二尾が連なったまま出す。次の台詞を引き出すためであり、また奇麗な娘が魚をいじるのはさまにならぬためである。
一五 背をお岩にもたせかける。
一六 立派なお侍が私のような田舎娘に惚れるなどということがある筈がない、というのである。
一七 請け合う人。証人。
一八 ちょっと間を置いて考え、思いついたように言う。
一九 庵の亭主。ここは、酒席の主人役の意。
二〇 酒宴の口火をお切りなさい、の意。主人役が先に飲んで毒見をする習慣であった。「さつし」は下町風の気取った軽い言い方。

ト[一]長兵衛酌《しゃく》して、お岩呑む思ひ入れあつて

このお盃《さかづき》[二]はどなたへお上げ申しませう

伊右　さしづめ《まず》[三]我等がいたゞきませうか

長兵　さうさ〳〵。このマア〔盃を差上げます〕[四]旦那づらへ[五]刺鯖〳〵

お岩　はゞかりながら

伊右　戴きませうか

ト両人酒を呑む事より《飲みながら》、いやらしく寄り添ふ

長兵　コレ〳〵[六]旦那の伊右衛門、朋輩の折助にも呑ませてくれぬか〳〵

伊右　なるほど、おのれへ《お前にも》さす〔酒を〕ハ〳〵

長兵　いや有難いな

ト吸筒《すひづつ》引き寄せ、[七]引き受け〳〵、むやみに呑む

伊右　コレ〳〵折助、ちとまは[八]さぬか〳〵

長兵　ナニ、まはさぬかとは、おれがまはせば[九]善次《ぜんじ》舞《まひ》だ。その[一〇]流行《はやり》は神事《じんじ》舞《まひ》だな

一　お岩が盃を取り上げると長兵衛が注《つ》ぎ、娘はちらっと伊右衛門に思い入れあって両手で受けて飲む。

二　娘の胸中では伊右衛門に回すことに決めているのだが、わざと気をもたせて言った。

三　自称を婉曲に表現したもの。

四　「旦那様」という代りに、憎らしさをこめて言ったもの。「づら」は「やつ」「め」等に同じ。

五　「刺鯖」に酒を注《さ》す意を掛けた洒落。

六　伊右衛門とは同輩の間柄なのに、今の自分は彼の折助役をしている、ということを嫌味をこめて言った。

七　手酌で自分だけが何杯も飲むのである。

八　こちらへも盃を回せ、という意に、「舞はす」を掛けた。

九　長兵衛役の坂東善次が、自分の名を「神事舞」に掛けて洒落れたもの。

一〇　「その流行《はやり》は」とあるのは、本作が上演された文政八年春、両国広小路で出雲の神事舞が興行された、その流行を示す。

厄介払い

一一　お岩に向って言う台詞。

一二　神事舞の賑やかな鳴物。

お岩　その舞《［を］舞って》まうて見せなさんせ

長兵　どうして《いやいや》〳〵、あれは舞へない

伊右　そこを我等が《そこをなんとか》頼みぢやほどに《特に頼んでいるのだから》

長兵　イヤ〳〵御免だ〳〵

伊右　[二]コレ〳〵、手伝うてくりやれ

お岩　アイ〳〵、舞はんせいな〳〵《舞いなさいな》

長兵　いや、これは迷惑

ト[一三]鳴物になり、お岩、伊右衛門、二人して長兵衛を捕へ、目を[一三]おさへて、ぐる〳〵と廻し、つき放す。長兵衛、ぐるり〳〵と[一四]廻る。これを見て、犬は吠えかゝり、廻りながら犬もついて下[一五]座へはいる。両人、残つて、合方[一六]

伊右　はてたはけたやつではないか《はてさて馬鹿なやつではないか》。○　イヤ、それはさうと、そなたはこの辺《あた》りの百姓の娘などといふ事か。さやうか〳〵

お岩　アイ、わたしやこの辺りの民家《みんか》に育ちし賤《しづ》[一七]の女子《をなご》でござりまする

一三　お岩が両手で長兵衛の目隠しをし、伊右衛門は身体をぐるぐる回す。

一四　ぐるぐる自転する形を、「きりきり舞」という。

＊　長兵衛と犬とを舞台から消すための「きりきり舞」であるが、当時大坂で評判の出雲神楽を採入れた点が味噌。文政七年（一八二四）五月に大坂の角丸芝居で出雲神楽の神事舞が興行され、「狸々舞」や「弁慶千人斬」が演じられたが、その際「きりきり舞」で評判をとった。大坂で出版された根本《ねほん》『いろは仮名四谷怪談』ではその影響が大きく、「官蔵　それ〳〵回る〳〵、じん〳〵舞ぢや、きり〳〵舞ぢや〳〵　ト千遍舞の囃子になる。ト官蔵くる〳〵と千遍舞しながら橋懸へ舞ひ〳〵入る。ト跡より犬もついて入る」となっている。「じんじん舞」「きりきり舞」「千遍舞」は、いずれも同じもの。大坂では下座の合方もこの「千遍舞」の囃子であったことが分る。

一五　下手の下座の口に入る。

差し向い

一六　賑やかな鳴物から一転して静かな艶《つや》っぽい合方になる。

一七　田舎育ちの女。

伊右　アヽ、そなたは民家《みんか》の娘か。民家の文字はかはれども《文字こそ違っているものの》、いはゞ我等が家名《かめい》にて、[一]民家《みんか》は民谷《たみや》

お岩　スリヤ《それでは》あのあなたの御家名《ごかみやう》は、民谷様と申しまするか

伊右　いかにも民谷。シテ、そなたの名は、なんと言ふぞ

お岩　アイ、わたしがその名は。◯[二]

ト[三]思ひ入れ。[四]風の音して、[五]竹に結びし七夕の短冊、ひら〳〵と落ちて来り、お岩のそばへ吹き散り来るを、手早く取つて、思ひ入れあり

すなはちこれが、わたくしが〔名前です〕

ト差し出す。伊右衛門、取つてこの歌を見て

伊右　こりや七夕へさゝげたる[六]百人一首の歌の内、[七]〽[八]瀬をはやみ、岩に堰《せ》かるゝ滝川の

お岩　われても末に、逢はんとぞ思ふ。◯[九]　われても末に

ト伊右衛門が顔をじつと見て

一　「民家」は、「たみや」とも読めることから、伊右衛門の家名にこじつけた。
二　言わずに気を持たせる間《ま》。
三　じっと伊右衛門の顔を見る。
四　太鼓で薄い風音を出す。下座音楽。
五　縁先の竹につけた七夕の短冊の一葉に糸をつけておいて物陰から後見が引く仕掛け。
六　藤原定家の手によって成った秀歌撰。「ひゃくにんしゅ」と発音する。
七　以下が和歌・唄・浄瑠璃等の文句であることを示す。「歌括弧」と呼ぶ。
八　『詞花集』恋上の崇徳院の歌を二人で割ったもの。川瀬の水流が早いので滝のような激しい流れをなし、その川が岩に堰き止められて分れている。今はそのように恋人と引き離されているが、いつか必ず再会しようと思う、の意。歌の上句に下句をつけて一首を完成させる趣向は、親子・恋人の再会や口説の場面に用いられる常套手段。尾上松緑以来の家の芸「崇徳院」の「讃州松山の場」に用いられている。
九　間を置き、恨みをこめて繰り返す。
一〇　崇徳院の歌の結句を言い換えたもの。
一一　お岩は家出などしていない。狂人となって出奔したとする巷説をふまえたものだが、

お岩に生き写し

[一〇]逢うてたまはれ民谷様

伊右　ヤ、さう言ふそなたは、[一一]家出しやつた〔お岩ではないか〕

お岩　[一二]岩に堰かるゝその岩が、思ふ男は《恋い慕う男は》おまへならでは

ト〔伊右衛門の〕膝にもたれて、[一三]思ひ入れ

伊右　岩によう似た賤《しづ》の女《め》の振りの姿は《振り袖姿は》、以前に変らぬ《以前のままの》妻のお岩に

お岩　[一四]岩に堰かれ、わたしが恋人。今日からわたしを

伊右　色にするのぢや《情人にするのだ》。[一五]コレ、人の見ぬ間に

ト お岩の帯へ手をかける

お岩　[一六]また移り気な

伊右　移りやすきは[一七]

ト帯の端を引つ張り、刀をさげてつか〱と[一八]屋体の内へ引つ込む。お岩、こなしあつて

お岩　誰も見えねど、アレ〱鷹が〔見ています〕

伊右　[一九]下世話《げせわ》でいはゞ[二〇]夜鷹とも

伊右衛門の自己韜晦《とうかい》ともとれる。

一二 歌に詠まれた「岩」を名に持つ私が、の意。岩という名の女は深情けだとの通念がある。

一三 情をこめて伊右衛門を見る。

一四 仲を裂かれた私の恋人、の意。

一五 呼びかけの発語。他人の見ぬうちにここで情事に耽ろうというのである。

一六 お岩と在所娘とは実は同一人物であるから、お岩の立場から、また他の女に気を移して、と伊右衛門をたしなめたのである。

一七 下に「人の心」「男心」等が略されていよう。

一八 伊右衛門は二重舞台へ上がり、お岩を亭《ちん》屋体に引き入れる。それまでは庭という設定でもあった前舞台で、盃事を演じていたのである。これは江戸歌舞伎独特の演出で、『役者内百番』の大坂の巻に「勝手の悪い時は座敷も庭もわからぬ様な世話場も有。舞台に人がせる時は、いつの間にやら門口がないやうになる事もござる」とあるように、今日はもちろん、当時の大坂でもすでに認められなくなっていた演出である。

一九 卑俗な言い方をすれば、の意。

二〇 街娼。お岩が初日序幕で夜鷹に出ていたことを掛けた。

螢火のゆらめく中で

お岩　そんならわたしや夜鷹かへ

伊右　[一]これは閉口。灯《あかし》[二]があつては

ト行燈《あんど》のあかりを消す

お岩　アヽモシ、蚊遣《かや》[三]りもないに

伊右　ほんに藪蚊《やぶか》が。◯

ト団扇《うちは》を持つてあふる。[四][五]残らず螢《ほたる》ゆゑ、思ひ入れあつて

ヤ、螢の火が

お岩　[六]身で身を焦《こが》す螢火も、[七]露よりもろきはかない朝顔、〔露も朝顔も〕日のめにあはゞたちまちに〔消えしぼんでしまう〕

ト[八]燈籠に目をつける

伊右　[九]しほるゝ花の

お岩　露の命も

伊右　ヤ、咲く朝顔も

お岩　[一〇]吹く秋風も

一　いやまいった、の意。お岩の問いに対して、とんでもないと否定したのである。

二　情事を行うのに部屋が明るくては照れくさいのである。

三　蚊遣《かや》り火もないのに灯を消しては藪蚊がくるというもの。

四　煽ぐ。伊原本「あほぐ」。東大本「仰ぐ」。

五　蚊だと思ったのは実は螢だったのである。螢は差金にきらきらした真鍮《しんちゅう》の三角形の板を吊《つる》して使う小道具。今日では、豆電球を細い電線に結びつけて天井から下ろして明滅させる。

六　恋慕の闇に身を焦がすのを、螢火に見立てた。『源氏物語』螢の巻の「声はせで身をのみ焦がす螢こそ言ふよりまさる思ひなるらめ」をふまえた表現。

七　露・朝顔ともに脆《もろ》く儚《はかな》いものの喩え。

八　軒端につった朝顔の蔓のまとう切子燈籠。

九　以下、割り台詞となる。

一〇「秋風」に飽きる意を効かせて、朝顔、秋風と頭韻をふみ、朝顔が秋風の立つ頃にはもう枯れてしまうように、人の心も飽きっぽく移ろいやすいものだ、ともっていったのである。

簾の向うの顔

伊右　ヤ

お岩　オヽさむ《寒い》

ト伊右衛門へ[一一]もたれかゝる。[一二]唄《うた》になり、[一三]知らせあつて簾《すだれ》おりる。[一四]合方になり、[一五]奥より、長兵衛、件《くだん》の犬を引き出て来《きた》り

長兵　アヽ酔つたぞ〳〵。酒を呑んで善次舞をしたから、まことに《まったく》目が廻つて、アレ〳〵〳〵。まだこのやうにそこらぢゆうがぐる〳〵〳〵と、とんだ《ひどく》廻るハ。◯　しかしあの民谷めは、こゝの娘をしめたか《ものにした》しらぬ《のかな》。なんだか娘も嫌味《いやみ》な目つきであつたが、おほかたあの座敷で[一六]きまつたであらう。[一七]エヽ畜生め

ト[一八]犬に抱きつく。犬は吠えて、長兵衛が頭へ食ひつき、踏み散らして下座へはいる。長兵衛、思ひ入れあつて

オヽ痛い〳〵。あの畜生めは、[一九]長い頭をすでに《もう少しで》かじらうとしをつた。これ民谷〳〵、どうだきまつたか《うまくいったか》〳〵。アヽ浦山《うらやま》しい。どれ、ちと窺《うかが》うてやらう。[二〇]◯

一一 伊右衛門の膝にもたれる。

一二 唄入りの独吟《どくぎん》。

一三 頃合を見計らって、大道具方が綱を引いて簾を下ろす。

一四 長兵衛の出につく合方。

一五 ここは下座の口、すなわち屋体の後ろの方から出る。

一六 「きまる」は、満足に事が運ぶこと。ここでは、二人の交情の首尾を推測したもの。「関の扉」のパターン。

一七 うまくやったな、というほどの意。

一八 簾の中の二人の姿を擬《もど》いて演じて見せているのである。「畜生め」と言いながら畜生である犬に抱きつくところに洒落がある。犬が喰いつき、長兵衛を蹴散らして入ってゆくあたりは、見物の笑いを誘うところ。なお、上方根本《ねほん》ではここは犬の登場がない。

一九 長兵衛役の二世坂東善次は父譲りの長い頭を売り物にしていた。役名の「長兵衛」とともにその楽屋落ちである。底本では役名が「藤兵衛」となっているところもあるが、それでは洒落が通らない。善次父子は、ヌーボーとした風貌でいながら、機敏な立ち回りを得意とした人気者であった。

二〇 息を殺して。

一 簾の傍へ行って。
二 そうだ、そうしようという息の間《ま》。

場面は一変

＊ 簾の内を覗《のぞ》き見て正体を知り、エロチックな場面がグロテスクなものに一変するという趣向である。これは中国の『牡丹《ぼたん》燈記《とうき》』を翻訳した『御伽婢子《おとぎぼうこ》』や、山東京伝の読本『本朝酔菩提全伝』『浮牡丹全伝』にみられ、南北自身もすでに『阿国御前化粧鏡』に用いている。
三 影絵燈籠のような仕掛けになっていたものか。あるいは面を裏返して誂《あつらえ》の顔を見せたか。現在は用いられていないため未詳。
四 あっちこっち呼び回る間《ま》。
五 前幕の幕切れには、唐茄《とうなす》形の魚籃《びく》が、仕掛けでお岩の顔に変る趣向が用いられている。
六 糸を引くと、かぼちゃの皮が二つに割れてお岩の顔となる仕掛け。
＊ 菊五郎の父尾上松緑相伝の仕掛け物を、色々見せるところである。『役者註真庫』(文政十年刊)では「誠に化物屋敷の如く恐れ入つた事」と評されている。
七 「こんな恐ろしい所にはいられぬ〳〵」などと捨て台詞を言いながら、慌てふためいて転がるように花道へ入る。

ト[一]簾《すだれ》にかゝり、隙間《すきま》より内をのぞき、恟《びつく》りして
ヤヽヽヽ、アリヤなんだ〳〵。今の娘のあの顔は、アリヤ人間ぢやアあるまい〳〵。サア〳〵、こいつはこゝにはゐられぬ。この燈《とう》籠《ろ》でもさげて、はやく逃げて行かうか。[二]◯
ト軒の切子《切子燈籠へ》へ手をかける。ドロ〳〵になり、この[三]燈籠へ、お岩の如き顔現はるゝ。長兵衛、ワッと言うて腰を抜かし
これはどうだ〳〵《どうしたことだ》。とんだものが。[四]これ〳〵民谷殿〳〵。◯
ト呼び歩き、思はず軒を見る。這《は》ひまとひし[五]かぼちゃ、残らず[六]顔と見える。長兵衛、ワッと言うて
南無阿弥陀仏〳〵〳〵。こゝにはゐられぬ〳〵
ト薄ドロ〳〵。[七]逃げ、こけつ、まろびつ、向ふへ《花道へ》逃げてはいる。
[八]時の鐘。すごき合方にて、[九]簾《すだれ》上がる。内に、伊右衛門、鷹をすゑ、刀をさげ、立身《たちみ》。お岩、[一〇]裾《すそ》を控《ひか》へゐて
お岩　こりやもうおまへ、お帰りなさんすのかへ

伊右　オヽ、夜の更《ふ》けぬうち、帰宅致さう。さやう致して、またの御見《ごげん》を

　　ト行くを引き止め

お岩　それ見やしやんせ。おまへさんにはかはゆいお方、お岩さんといふお内儀《ないぎ》さん《奥様が》があるゆゑに、いはゞ《本当は私をからかって》わたしをお嬲《なぶ》りなされて

伊右　イヤ／＼、なんの《どうして》そなたを嬲らうぞ。しかしお岩と申したる妻もあつたが、いたつて悪女[一一]。ことに心もかたましい女ぢや《心のねじけた女であったから》ゆゑに離別して

　　トお岩、これを聞いて

お岩　すりや先妻のお岩さん、それほどまでに愛想がつきて、未来永劫《やうごふ》[一二]見捨てる心か《見捨てる気ですか》、伊右衛門[一三]さん

　　トきつと見つめる。伊右衛門、こはげだつて《ぞっとして》

伊右　さういふそなたの面ざしが《顔つきが》、どうやら《何となく》お岩に似たと思うてござんすか。似し面影は冴《さ》えわたる、あの月影[一四]のうつるがごとく、月[一五]は一ツ、影は二ツ、三ツ汐《しほ》の岩[一六]に堰かるゝあの世の

八　時の鐘がゴーンと鳴って「凄味合方」になり、三下がりの三味線が凄みを出す。

九　大道具方が綱を引いて簾を上げる。簾の外の怪異とうらはらに、こちらは何も変っていないところが味噌。

一〇　立身の伊右衛門の裾をつかまえている。

一一　「お岩」という名の響きは、姧《かたま》しい悪女のイメージをもつ。南北は彼女を貞淑な女として描きながらも、その名に由来するイメージを利用している面がある。

＊　在所娘にとり入ろうと、伊右衛門はお岩のことを悪しざまに言う。「愛想づかし」の手法は本人を前にして用いられるのが普通だが、ここでは亡霊の前で本人と知らずに言う点、趣向として珍しい。

一二　永遠に。「えいごう」とも発音する。

一三　このあたりから、お岩が産褥に苦しんでいた頃の、恨みをこめた声色になる。

一四　直前の「面影」から「月影」を引き出した。

一五　「月は一つ影は二つ満つ潮の」という謡曲『松風』の文句をふまえ「岩」を導いた。

一六　崇徳院の歌（三六四頁注八参照）の一句から、お岩にせきたてられて死後も地獄に落ちて苦しむ身であることを暗示した。

　苦患《くげん》を

伊右　ヤ、、、、、なんと《なんだって》

お岩　恨めしいぞへ伊右衛門殿

伊右　ヤ

　ト飛びのくはずみに、持ちたる《拳に据えていた》[一]鷹は鼠《ねずみ》となつて、伊右衛門をめがけ飛びかゝる。この時、冴えゆく月へ[二]黒雲かゝり、薄ドロ／＼、[三]黒幕落ちて、舞台一面、闇の景色。このとたんに、菊五郎、[四]引き抜き、あやしきお岩が死霊の拵《こしら》へ。大ドロ／＼にて、両人、[五]きつとなつて

伊右　さてこそ《さては》お岩が執念《しふねん》の、鼠来《きた》つて妨《さまた》げなすか

お岩　[六]ともに奈落へ誘引せん。《地獄へ連れて行ってやる》来《きた》れや民谷

伊右　おろかや立ちされ

　ト〔刀を〕抜いて切つてかゝる。大ドロ／＼。焼酎火、あまた《数多く》立ちのぼり、伊右衛門、心火《しんくわ》を切り払ひ／＼、精根つかれて苦しむ。よ《よい》

一　小道具の仕掛けで鷹を鼠に変え、後見が別の鼠を差金で使い、伊右衛門を襲わせる。

二　灯を入れて上からつってある月に、紐仕掛けで蓋を下ろす。

三　黒幕で屋体を隠し、闇の情景を作る。

四　上に着ている衣服の仮縫いの糸を引き抜いて、下に着込んだ亡霊の衣装となる。

五　両方で張り合って強いポーズをつくり、ツケを打たせてきまる。

六　こういう台詞は怨霊の決り文句である。

七　糸車に心火が飛び火し、火の車となって回る。「火の車」は、鬼形の獄卒が亡者を地獄へ送るために引く車。なお、火の車に乗って相手を地獄に誘引するお岩の姿は、辻番付の絵組で宣伝され、恐らく絵看板にも描かれたであろうお岩の原像である。

八　両輪揃っていない火車。『往生要集』に、産女の亡霊がこれに乗ってきて、小児を取ってゆくという怪談がある。

九　幽霊が手を伸ばして引っ張る形をすると、逃げる相手が引き戻される演技をいう。

一〇　切穴から人物を奈落へセリ下げる手法。地獄と奈落とのイメージ重層を狙ったもの。

きゝつかけに、糸車[七]へ心火移り、たちまち火の車となつて、片輪車[八]、火のつきしまゝ廻る。お岩、伊右衛門を連理引き[九]に引きつけて、きつと見得。ドロ〳〵にて、両人をせり下ろす[一〇]。この道具替る[一一]。心の文字[一二]、下へ引きおろす。下座にて、百万遍《ひやくまんべん》の鉦《かね》の音。念仏の声[一三]にて、道具替る[一四]。日覆《ひおほひ》[一五]より、すぐに雪降つて[一六]ゐる

蛇山庵室の場

本舞台、庵室《あんじつ》[一七]の体《てい》。上《かみ》の方《かた》、障子屋体《しやうじやたい》。真中に紙帳《しちやう》[一八]釣り、その中に、伊右衛門、病気にて寝てゐる体《てい》。丸太の門口。外へは一面に雪つもりし体にて、白布《しろぬの》[一九]を敷く。よきところへ[二〇]流れ灌頂《くわんぢやう》[二一]、手桶《てをけ》添へてあり。柳に雪つもりし景色[二二]。こゝに庵主浄念[二三]、黒衣《くろごろも》、庵坊主《あんばうず》にて、鉦《かね》[二四]を打ち、庭作りの甚太、歯磨き屋の半六、船頭の浪蔵《なみざう》、魚売の三吉、数珠《じゆず》に取りつき、百万遍[二五]の体。

一一 黒幕の内で道具転換を行い、頃合を見計らって黒幕を切って落す。
一二 今の場が夢であったことを示す。
一三 幕の中で役者が唱える念仏の声。
一四 根本には「みな〳〵仕掛けにて一時にどんでん返し」とある。
一五 舞台の天井の前面に、太陽の光線を避けるために仮設した宙づり簀の子。
一六 天井の方々につった籠から三角の紙片を散らす。この時太鼓で「雪おろし」を打つ。
一七 僧尼などが住む小さな仮の住家。
一八 紙製の蚊帳。反古張りで、息抜きのため針の穴を無数にあけてある。冬用いているのは、病人の風よけのため。
一九 「雪布」という。屋体の外に敷く。
二〇 下手の門の外。
二一 産褥で死んだ女や水死人を供養する法会。流水の中に四本の卒都婆を立てて布を張り、往来の人に水をかけてもらう。現行では用いない。
二二 この場合は綿を用いる。
二三 〈扮装〉白衣の上に黒法衣をつけ、白足袋。頭は老けの丸坊主、二つ輪の数珠を持つ。
二四 伏鉦。
二五 大きな数珠を大勢で繰り回し、弥陀の名《みやう》号《がう》を百万回唱える法会。

[一]進藤源四郎、白半天《しろばんてん》、股引《ももひき》、[二]世話六部にて、[三]笈《おひ》をおろし、[四]足を洗うてゐる。すべて、[五]藪《やぶ》の内、蛇山草庵《へびやまさうあん》の道具。雪降りにて、

[六]よろしく納まる《〔道具〕》

百万遍念仏

浄念　[七]願以此功《ぐわんにしゆく》徳《どく》、平等施一切《びやうどうへいつさい》、同発菩提心《ぜうほつぼだいし》、南無阿弥陀《なむあみだ》〳〵

皆々　なむあみだ仏〳〵

浄念　これはどなたも御苦労でござります

甚太　イヤモウ、わしらは[八]同家中《どうかちゆう》に勤めてゐるうちから念頃《ねんごろ》な人ゆゑ、いちばい《親しい人だからいつそう》気の毒に思ふのさ

半六　さうでござる。殿様の屋敷が[九]だりむくつて《没落してから》から、このやうに歯磨き売つて世を渡れど《生活しているが》、今ぢやア町人の方がはるかにましでござるよ

浪蔵　さう言へば、おまへ方も[一〇]二本差しで、[一一]二百石も取つた衆だが、今では一日が[一二]又兵衛取りの職人とは、洒落《しや》れた身の上《結構な身分ですね》でござるの

三吉　それ〳〵、[一三]屋敷出の衆がおいらが《俺の》長屋《ながや》へ引越して、庭仕事やら商人《あきんど》やら、よく早く覚えたものだ。おいらは武士になつたら、さぞ[一四]腰が

一〈扮装〉現行では鼠色着付に、手甲、鼠色足袋。鬘は袋付白がちの胡麻の茶筅《ちやせん》。

二「六部」は、六十六か国の霊場を巡り歩く行者のこと。歌舞伎では時代の六部と世話の六部があり、前者は様式的で立派な装い、後者は現実的なうらぶれた姿となる。

三 回国の僧や山伏が背負う箱。仏像や経文、衣類などを入れる。

四 長旅をしてきた者は、宿につくとまず足を洗う。諸国を遍歴してきたことを表す。

五 本所（現墨田区）中之郷の竹町から福厳寺門前を通る藪道の俗称。その中ほど、南側の裏手が蛇山。なお初日序幕の「藪の内」は浅草。

六 夢の場が省略される場合は「大坂の合方」に伏鉦で幕が開く。

＊雪景色で幕が開くのは、「忠臣蔵」の討入りに季節を合わせたためである。今日のように夏の場面に改められたのは、天保二年（一八三一）以来のこと。また百万遍念仏で幕開きとなるのも一つの型で、『ひらかな盛衰記』「船頭松右衛門内の場」等がその例。

七 念仏宗で唄える『観無量寿経註疏広義分』の文句。なお底本は仮名書き。

重からうと思ふの

浄念　イヤモウ、合ひ長屋[一五]だけ親切な事でございます。ときに六部殿[一六]は、今日江戸へ着かしつたか

源四　さやうでございます。生国は播州[一七]《ばんしう》産れ、昨日《きのふ》お江戸へ着きましたが、逗《とう》みち〳〵も聞いてきましたが、六部宿[一八]をさつしやる庵室との事、留内《りうち》お頼み申します《滞在中よろしくお願いします》

浄念　イヤモウ、ゆるりと《ゆっくりと》江戸も見物さつしやるがよい

源四　ハイ〳〵、さやう致して参りませう

浪蔵　アヽそんなら六部殿は、播州はどの辺でござる

源四　ハイ、赤穂[一九]《あかほ》でございまする

三吉　アヽ塩冶[二〇]様の御城下だの

源四　さやうでございます

　　　トこの声を聞き、両人、思ひ入れ[二一]あつて

甚太
半六　ヤ[二二]、さう言はつしやるは、源四郎殿ではござらぬか

八　甚太・半六は塩冶の家中にあった同輩。
九「だりむくる」は滅亡する意。罵倒語。
一〇 侍のこと。武士は大小二本の刀を差す。
一一「二百石取り」といえば中堅幹部。又之丞や伝蔵のモデルも二百石取り。
一二 賃金の符牒。金銭に「後藤」の刻印（幕府の御金改役後藤庄三郎役所の印）が押されていることから、戦国武将後藤又兵衛の名を掛けて金銭の陰語としたものか。
一三 屋敷に仕えていた者。武士。
一四 腰の刀のように重い武士をやめ、身軽に商売にとけこんでいる二人を皮肉ったもの。刀の重みで左肩が下がるのが武士の職業病。
一五 同じ長屋の店子《たなこ》連中だけに、の意。
一六 諸国巡礼中の進藤源四郎をさす。
一七 播磨の国（兵庫県南部）。
一八 六部や巡礼を泊める宿。
一九 現兵庫県赤穂市。
二〇 塩冶判官のモデル浅野内匠頭の領地が赤穂であったことからきた台詞。
二一 もと塩冶家の家中であった甚太・半六が聞き耳をたて、さては、という思い入れを見せる。
二二 ここで急に武士言葉となる。

一　真壁・堀口は、甚太・半六の本来の姓。赤穂藩士をモデルとした役名ではない。
二　京都山科に潜居した進藤源四郎が、半髪して可言と称したことをふまえた設定。
三　新しい主人に召しかかえられること。
四　武士の俸禄。藩から支給される切米。
五　町人たちのする「付合い」とやらいうものですか、の意。武士なので町家の生活は経験がないが、聞いたところによると、といったニュアンスが「やら」に表われている。

＊　源四郎・真壁・堀口は、同じ塩冶の浪人ながら、いわゆる義士たちではない。禄を離れて市井に生活を求めた平凡な人々である。源四郎だけが主君の菩提を弔うという、やや志のある人間なのである。

六　世話になっている人。居候。
七　伊右衛門は、源四郎が離縁した女房お熊の連れ子。塩冶藩中の民谷家には入聟をしたとの設定である。民谷家は、お熊の家でもお岩の家でもなく、モデル田宮某にひかれた命名。巷説が流布していなかったと思われる大坂では、源四郎が民谷の姓を名乗り、伊右衛

もう一つの塩冶浪人

源四　これは真壁[一]、堀口の御両所。やれ〳〵久しうて《久し振りで》御目にかゝりました
甚太　まづは御堅勝《けんしよう》の段《ご健康にて〔なによりです〕》
半六　お互ひに御慶に存じまする《おめでとうございます》
源四　イヤモウ、達者でをると申すのみの儀でござる《健康でいられるというだけのことです》。お互ひに浪人仕り、亡[二]君御菩提の為と存じ、廻国に出ましてござるが、おの〳〵方のその《その》御姿《町人姿を見ると》、いまだよい主取《しゆうど》[三]りもござりませぬかナ
甚太　さやう〳〵。イヤモウ、わづかな知行[四]を取らうより、その日暮らしがましでござるて
半六　私なぞは商《あきなひ》にかゝりましたて《商売を始めましたよ》
源四　ア、さやうか。みな見ますれば百万遍の様子、それも町家[五]のつきやひとやら申す儀でござるかな
浪蔵　ア、コレ六部さん、ぬし達《この人たちは》は以前の朋輩だというて、この庵にかゝ[六]り人《うど》の病人の祈禱《きたう》の為の百万遍でござる
三吉　さいはひ《ちょうどよかった》おまへも《あなたも》念仏を助《す》けて下さりませ《一緒に唱えて下さいませ》

門は入聟でなくなる。

父子の対面

八 諸藩が江戸で持っていた屋敷。留守居ら江戸詰めの役人が宿泊していた所。初日序幕では、「忠臣蔵」の定九郎のイメージにひかれ、伊右衛門は国元にいて御用金を奪ったとされているが、ここでは幕府の御家人であった。巷説の田宮某にひかれて江戸詰の侍ということになっている。

九 複雑な家庭事情があるので触れては気の毒だと、浄念を制したのである。

一〇 あたりの人々を見て、眼や顔で制する。

一一 ツケを打って出す足音。

一二 団十郎が、「夢の場」の殿様姿から浪人姿に変ることを特に意識した指定。源四郎らの会話は、団十郎の早替りのための時間稼ぎにもなっていて、扮装を替えた団十郎は、紙帳の中に潜りこむことになる。〈扮装〉黒羽二重に、茶地細格子の肩入れのある着付。鼠献上の襤褸《ぼろ》になった帯を締め、髪は袋付の五十日に、がったりの御家人髷。これに紺の病《やまい》鉢巻《はちまき》をしめ、黒柄蠟色の刀をひっさげる。顔色は青白い。

一三 伊右衛門が紙帳を破って出る。従って舞台では、紙帳を毎日張り替えねばならない。小道具の「消え物」の一種である。

半六　アヽコレ〳〵、さつそく《すっかり》忘れてゐました。コレ源四郎殿、この庵に
かゝり人《うど》の病人は、そこもとの《貴殿の》御子息

甚太 半六　民谷伊右衛門殿でござります

源四　ヤヽヽ、[七]離縁致した女房の実子、[八]江戸屋敷に勤めてをつた伊右衛門でござりまするか

甚太 半六　さやうでござる

浄念　エヽさやうなら、病人殿の親御《おやご》でござりまするか。さう致せば《ということは》、あのお袋《(お熊)》の為には、このお方はお連合《つれあ》ひかな《夫ですか》

甚太 半六　[九]アヽモシ〳〵、その御咄は少し御遠慮〳〵

ト[一〇]言ふなといふ思ひ入れ。この時、紙帳の内、[一一]ばた〳〵して、
[一二]団十郎病気の体《てい》の伊右衛門にて、刀を引つさげ、[一三]紙帳をちぎつて、熱気にをかされ、正気失ひ、走り出て

伊右　おのれお岩め、立ち去らぬか〳〵

ト刀を抜かうとするを、居合す大勢《おほぜい》、これを止めて

皆々　またおこりましたか、気を鎮《しづ》めてござりませ。皆がゐますぞ〳〵

ト取りすがつて止める。伊右衛門、皆々の顔を見て、[一]胸なで下ろし

伊右　ア丶夢か。ハテさて恐ろし、いまだ死なぬ先に、[二]この世からあの火の車へ。◯[三]　南無阿弥陀仏《なむあみだぶつ》〳〵

[四]ト思ひ入れ

源四　こりやヤイ悴《せがれ》、わりや《お前は》この親が目にかゝらぬか《目に入らぬか》

伊右　ヤ、まことにおまへは親父《おやぢ》様、どうしてこれへ《ここへ》〔おいでになったのですか〕

源四　[五]年寄つて浪人すりや、二君《じくん》に遣《つか》へる所存もなく《考えもなく》、[六]後生《ごしやう》を願うて廻国修行

伊右　スリヤ親人《おやびと》には、[七]主取《しゆうど》りなされぬ御心がけとな

甚太　我々とてもそのとほり、[八]よしなき企《くはだ》て致さうより

半六　その日暮らしがまことに気楽

源四　シテ、その方が病気のおこりは

一　ふっと気がつき、正気に戻る。
二　三七〇～一頁参照。地獄からお岩が火の車に乗って迎えに来る夢を見ていたのである。
三　気を変えて、幻想を振り払うように。
＊　夢から覚めて、「今のは夢であったか」とわれに帰るパターンを「夢覚め」という。坪内逍遙の『桐一葉《きりひとは》』で、淀君が夢に見た畜生塚が、気づいてみると寝所に一変する場面などが好例である。
四　ほっと溜息をつき、疲れきったさまを見せる。
五　「武士は二君に仕えず」というような武士の倫理からではなく、年取ってから浪人するはめになったために、いまさら仕官する気になれないというもの。リアルな生活の実感が出ている台詞だが、裏には、やはり二君に仕えぬという信念があり、それを言いたてるのは面映ゆいためにこのような言い方をしたのである。源四郎の実直な人柄を窺わせ、対照的な父子像が描き出されているところ。
六　来世の安楽を願って。
七　旧主の禄を離れた浪人者が、新しい主人に仕官すること。
八　主君のための仇討ちなどというつまらぬ計画をめぐらしたりするよりは。

伊右　わづかな女《とるにたらぬ》の死霊のたゝり

源四　ハテさて、それは難儀であらうに、いづれも方《かた》《皆様方の》のなにかと御世話。シテ、少々も《少しでも》〔快方に向っているか〕

伊右　ハイ、心よいやら悪いやら[九]、折にふれては熱のさし引き。どうでこ《どっちみち》の身は浪人の、ありつき[一〇]あるまで庵主の御世話〔になるでしょう〕

源四　存ぜぬ[一一]事とて、なにかとあなたの

浄念　イヤモ、御念頃《ねんごろ》[一二]ゆゑ愚僧[一三]が方に

源四　しからば《それならば》拙者もしばらく御庵主に〔御厄介になります〕

伊右　どうで《どっちみち》この雪小止《をや》[一四]むまで、親も悴もかゝり人《びと》。どなたも後方《のちかた》[一五]

皆々　また念仏を〔致しましょう〕

伊右　お頼み申します

ト唄、時[一六]の鐘になり、浄念案内《先に立って》して、源四郎その外《ほか》四人[一七]の人数、皆々奥へはいる。伊右衛門、残つて、思[一八]ひ入れ。上の方《上手の方の》、障子をあけ、お熊[一九]出て来り

＊次頁一行目のお熊の台詞「縁の切れた親父殿」ではっきりするように、現在の伊右衛門は源四郎と直接の縁は切れている。しかし、かつて父として接した源四郎の前で、伊右衛門は殊勝にならざるを得ないのである。

九 快方へ向っているのやら悪化しているのやら見当がつかぬというもの。

一〇 仕官の口にありつくまでは。

一一 そうとも知らぬまま何かとお世話になっております、の意。

一二 親しい間柄ですから、の意。

一三 僧が自分を謙遜して言う言葉。

一四 「小止《をや》む」は、少しの間止むこと。

一五 またのちほどお目にかかりましょう、の意。

一六 下座の時の鐘。

一七 甚太・半六・浪蔵・三吉の四人。

一八 病み疲れて悩む思い入れ。

一九 〈扮装〉初日三幕目・後日序幕と同じ形《なり》（二一二頁注四参照）で浅葱の手拭を持つ。

お熊　コレ伊右衛門、[一]縁の切れた親父殿、思ひがけなうこの庵へ、わしも離別のその後は、高野の家へ取り入つて、頂戴したるあの書物《かきもの》、今《今す》にでも持つて行きや《ぐにでも持って行けば》ア、大なり小なり御褒美《ごほうび》ぢやが《を貰えるのだが》、そなたに渡したあの[二]属託《ぞくたく》、必ず《十分に》ともに〔大切にしなさい〕

伊右　どうで《どっちみち》なが〳〵この庵にかゝつてもゐられぬゆゑ《厄介になってもいられないから》、[三]平内殿を頼み込み、近々《きんきん》高野へありつく手段《仕官する段取りです》。それもおまへの下された、[四]御判のすわつた書物ゆゑ

お熊　それは耳より《耳よりな話》、しかし高野へ奉公と聞いたら、真面目《まじめ》な親父殿《(源四郎)》、わしらが心に叶はぬ事を〔と憤るだろう〕

伊右　それも合点《承知の上です》、いづれ近々この身の落着き《身も落ち着きます》。それは格別《それはさておき》、シテ、母人《ははびと》はいつもの鼠が〔苦しめに現れますか〕

お熊　イヤモウ、今日もあまたの《たくさんの》鼠。それもおほかた

伊右　[五]子《ね》年のお岩が親子の者を苦しむる、思へば執念深い女め

ト[六]思ひ入れ。[七]かすめたる禅の勤め。[八]雪降りて来る。向ふ《花道から》より、

一「離縁致した女房の実子」（三七五頁四行目）に照応する。この場へきて、伊右衛門の育った家庭の環境がはっきりしてくる。

母子の邪な悲願

二 報酬の書付。

三 小林平内。但し現行台本では出ない。

四 高野師直の判のある書物。

五 子年《ねどし》生れのお岩の亡魂が鼠となって母子を苦しめるというもの。

六 悔しがる思い入れ。

七 静かな禅の勤め合方に木魚が入る。

八 三角の紙片の雪。「雪音」をかぶせる。

九 〈扮装〉革色合羽、黒足袋。黒柄蠟色の大小。爪皮《つまかわ》付の白なめし緒の足駄。これに雪の中を来たことを表すために綿をつける（雪持ち）。蛇の目傘をさす。

一〇 上半身を覆う短い合羽。綿布か桐油を引いた雨具。カッパは、ポルトガル語で外套の意。

一一 主に中間など下級武士の着用する雨具。中間は若イ衆が扮する。

一二 衣服などを入れた黒塗りの箱。棒を通して従者に担がせた。

一三 家来の侍。若イ衆が扮する。

一四 庵室の門の戸を開ける。

一五 お熊は、下手の、平内・伊右衛門より少

[九]小林平内、[一〇]半合羽《はんがつぱ》、大小《だいせう》、下駄、傘にて、[一一]赤合羽《あかがつぱ》の中間《ちゆうげん》、[一二]挾み箱をかつぎ、[一三]同じ侍一人、菅笠《すげがさ》、合羽にて、出て来り。門口に来り

高野家からの使者

平内　この庵室に同居の御方、伊右衛門殿に用事ござつて《〔参った〕》

　ト[一四]これを開き

伊右　これは小林平内殿、この大雪に、サヽこれへ《〔お通り下さい〕》

平内　ゆるし召されい。◯

　ト上座《上手へ》へ通る。お熊、[一五]下手に控《ひか》へる

　このほど《さきごろ》内談致せしとほり《下相談したとおり》、貴公御所持の《貴殿が持っておいでの》殿の属託《ぞくたく》、拙者披見のその上にて、いよ〳〵御判に相違《まちがいなければ》なき事ならば、貴公を同道致せよとの仰せ《〔師直公に〕》、御目見えの節、用意の《〔着用するための〕》[一六]衣服大小相添へ《〔持参致した〕》、家来、その品《〔をここへ〕》

供　ハツ

　ト[一七]衣服、[一八]大小、[一九]広蓋《ひろぶた》にのせ、差し出す。お熊、受け取り、[二〇]嬉しさうに持ち行き

し奥の方に坐る。

一六「衣服」「大小」は、仕官のための仕度金のようなもの。浪人者のところへ御目見えのための衣服・大小を持った使者が訪れるという設定は、「天竺徳兵衛」の桂源吾をふまえた。

一七 紋服。裃《かみしも》の礼服。

一八 刀と脇差。

一九 衣服などの引出物を載せる木製の縁の低い容器。紫の風呂敷を上から掛けて持参する。

＊根本《ねほん》『いろは仮名四谷怪談』では、お墨付のほか、伊右衛門が盗み出した塩冶家の家宝照月の一軸を差し出す設定となっている。歌舞伎では、御家の重宝が運命を決定するパターンが千編一律のごとく用いられる。今日では馬鹿馬鹿しい悠長なことのように映ろうが、当時の武家や寺社、また町人にとってさえも、それ相応のリアリティーがあった。文政度の町《まち》方書上《かたかきあげ》（国勢調査）を見ると、町人の家宝までが奉行所に報告されており、少くとも建前上は、家宝が家の存続の重要な鍵を握っていたことが分る。

二〇 ト書きには、「嬉しさうに」のように、動作の指定以外にその状態を形容する表現が用いられることは少ない。

一 広蓋を伊右衛門の前の適当な位置に置く。
二 墨印の押してある文書。主君が家臣に与えた、後日の証拠となる正式文書。
三 今手もとに墨付を持っていないので、やや焦る思い入れ。
四 地方の者が出入りする草庵の意。「地方」は、「町方」の対で田舎のこと。東大本では「他人」。これによれば、いろいろな見知らぬ人たちと同居している庵の意となる。
五 不審顔で。
六 文法上は「あれほど大事…」と続けるべきところ。「あれほど」を強調するために倒置したもの。
七 お熊に向って。
八 平内に向って。
九 「必ずともに」は「必ず」を強調した語。
一〇 高野師直公によろしくお伝え下さい、の意。
一一 平内の退場につく合方。
一二 銅鑼《どら》で時の推移を示し、同時に場面転換をはかる。
一三 平内の持参した衣服・大小の刀をさす。
一四 来た道を引返して入ること。ここでは花道へ入る。

お熊　コレハ〳〵、あなた様、このマア雪に御苦労に存じまする
　　トよきところへ差し置く[一]
平内　伊右衛門殿、殿《(師直公)》よりの下されもの、受納おしやれ《載きなされ》
伊右　忝《かたじけ》なう存じまする。しからば御目見えの儀は貴殿方より〔よろしくお願いします〕
平内　それもそのもと所持おしやる《それというのも貴殿が持っておられる》、殿の御判のすわりし墨付《すみつき》[二]。披見致さう《拝見しよう》
　　トこれにて、伊右衛門、思ひ入れ[三]
伊右　サ、その御墨付の儀は、かゝる《こんな》地方《ぢかた》[四]の入り込む草庵。ことには《そのうえ》病中。それゆゑ外《ほか》へ預けおきましてござれば、後方《のちかた》までには《後ほど》〔取り寄せて差出します〕
　　トお熊、心得ぬ[五]思ひ入れにて
お熊　コレ〳〵悴《せがれ》[六]、あれほどそなたに渡した大事の
伊右　ハテ[七]、お気遣ひなされまするナ。いづれ後方《のちかた》[八]、御披見あつて《御覧下さって》
平内　しからば《それでは》拙者はまた《再び》候《ぞろ》これへ〔来よう〕。必ずともに[九]その節に〔披見しよう〕
伊右　御目にかけるでござりませう。御前《ごぜん》[一〇]よろしう

平内　御暇《いとま》いたさう
ト合方[一一]、時の鐘[一二]にて、件《くだん》[一三]の品は残し、家来をつれ、引返しては[一四]いる。お熊、〔伊右衛門に〕差し寄り
お熊　コレ悴、あの大切の書面《しょめん》[一五]をそなたは〔どこへやったのだ〕
ト思ひ入れ[一六]
伊右　それもやつぱりこの身の為に《私の身の安全のために》、訴人[一七]に行かうと申した秋山《（秋山長兵衛）》、あの品渡して少し[一八]の内を
お熊　スリヤあの品で〔一時を凌いだのか〕
伊右　取り返して参ります。お気遣《きづか》ひなされまするな
ト お熊、思ひ入れ[一九]。この時、暮れ六ツ[二〇]の鐘鳴る
お熊　アリヤもう暮れ六ツ
伊右　おまへもわしも熱気《ねっき》[二一]の時刻。冷えないやうになされませ
お熊　我が《お前も》身も大事に
伊右　ドリヤ灯《あかし》をつけませうか。◯[二二]

一五 お墨付のこと。
一六 心配そうな面持の思い入れ。
一七 二二一〜二頁参照。
一八 長兵衛に少しの間猶予してもらったというのである。
一九 困惑する思い入れ。
＊ 平内に対する伊右衛門の答えを不審に思うお熊の姿は、「天竺徳兵衛」で、前夫の徳兵衛が現在の夫尾形十郎になりすまして使者の口上を聞くのを、訝《いぶか》しがるおつなの姿を当てはめたもの。このように、先行作で類型化された設定を、少しずつ視点を変えて組合せる手法が、歌舞伎の作劇法の中核をなしている。
二〇 日暮れを告げる時の鐘。暮れ方は「逢魔《おうま》が時」といわれ、幽霊の出る刻限とされた。
二一 お岩の亡霊のために起る熱病。
逢魔が時
＊ 百万遍の音楽的効果によって怪異現象の描出を盛り上げる技法は、南北の得意とするところ。自作『初冠曾《げんぶくそ》我皐月富士根《がさつきのふじがね》』『曾我中村《そがなかむら》穐取《あきのとりこみ》』『法懸松成田利剣《けさかけまつなりたのりけん》』などでも用いている。
二二 次の局面に移るための、ちょっとした一呼吸を示す。

ト[一]時の鐘、唄になり、お[二]熊は障子の内へはいり寝支度《ねじたく》をする。
伊右衛門、ありあふ《そこにある》行燈へ火をともし、門口をあけて
ア、、積つたハ。まつ白になつたナ。〇
ト辺《あた》りを見廻す。門口に[三]菰《こも》をかぶり、雪を負うて、秋山長兵衛、
寝てゐる。伊右衛門、よく／＼見て
ア、、この大雪に軒下の宿無し、[四]初雪の樽拾《ひら》ひよりもみじめなざま
だ。〇
ト[五]台詞言ひながら、流れ灌頂《くわんぢやう》に向ひ、卒塔婆《そとば》を見て
[六]戒名つけても俗名も、やはりお岩としるしおき、[七]世上の人の回向《世間の人々の供養を》な
ど、受けたらよもや浮かまうと《受けたらあるいは成仏してくれようかと》、[八]跡《あと》の祭りも《「祈って成仏させてやろう」》怖さがいちばい。産後
に死んだ女房子の《妻子の》、せめて未来を
ト[九]手桶の内の杓《ひさく》を取つて《「流れ灌頂へ」》、立ち寄る。こゝにて[一〇]寝鳥、薄ド
ロ／＼、一ツ鉦《がね》鳴る。伊右衛門、[一一]白布《しろぬの》の上へ水をかける。この
水、布の上にて心火《しんくわ》となる。伊右衛門、たじ／＼《たじたじと後ろへさがる》となる。ド

一 ゴーンと銅鑼《どら》の音に唄入りの合方。お熊の入りにつき、情景描写の役割も果す。
二 上手の障子屋体の中へ入る。「寝支度をする」とあるが、屋体の中なので見物には何をしているか分らない。
三 莚《むしろ》。「雪を負うて」は、体にかけた莚に雪が積っているさま。雪は小道具の綿。
四 「雪の日やあれも人の子樽拾ひ」（冠里）をふまえた表現。「樽拾ひ」とは、酒屋の小僧が得意先から空樽を集め歩くこと。みじめなものの例として引いたのだが、自分のみじめさを棚に上げているところが皮肉である。
五 直前の台詞を言いながら門口を出る。
六 戒名と俗名を併記しているのである。
七 流れ灌頂は、死者が火の山で熱くないようにと、道行く人に水をかけてもらう習俗。
八 死後の供養をしても、成仏を祈る気持より恐ろしさの方が先立つというもの。
＊ ここに至って初めて伊右衛門が弱音を吐く。怨霊の祟りにすっかり弱っているのである。
九 門口に置いてある手桶から柄杓《ひしやく》を取る。
一〇 幽霊の出に吹く笛の音。これに薄ドロドロと一ツ鉦が入り、「寝鳥の合方」という三味線音楽になる。これを「幽霊三重」ともいう。

ロ／＼はげしく、[一二]雪しきりに降り、[一三]布の内より、お岩、[一四]産女《うぶめ》の拵《こしら》へにて、腰より下《しも》は血になりし《血に染まった》体《てい》にて《姿で》、[一五]子を抱いて現はれ出る。伊右衛門、ふつと見つけ、ぎよつとして跡へさがり、入り替つて、お岩、上《かみ》の方《かた》へ行く。この時、お岩の足跡は雪の上へ血にてつく事。伊右衛門、跡ざりに《後ずさりしながら》内へはいる。お岩もついてはいる。内には[一六]引きちぎりし紙帳、よきほど《ほどよく》に散らしある。その上を、お岩、歩む。こゝへも血の足跡つく事よろしく。お熊が寝てゐる方をもじろりと見やつて、恨めしげに立身《たちみ》。伊右衛門、さし寄つて

ハテ執念の深い女。これ、[一七]亡者《まうじや》ながらもよく聞けよ。喜兵衛が娘を嫁に取つたも、高野の家へ入り込む心《潜入するための算段》。義士のめん／＼《人達を》手引きしようと、不義士と見せても心は忠義。それをあざとい《あさはかな》女の恨み、舅《しうと》も嫁もおれが手にかけさせたのも《俺の手で殺させたのも》、我がなすわざ《お前のしわざだ》。その上、伊藤の後家も乳母《めのと》も水死したのも死霊の《「お前の」》たゝり。ことに[一八]水子《みづこ》の男子《なんし》まで

一二 流れ灌頂の上に張ってある白布。
一三 「雪音」の太鼓を強く鳴らす。
一三 仕掛けで布の中から出現したように見せる。『御狂言楽屋本説』の「朝顔火の幽霊」という仕掛けを用いたとすれば、腰より下の部分を焼酎に浸して火をつけ、腰から下が火になるという奇術めいた演出になる。
一四 産褥で死んだ者の霊が「産女」となって現れるという言い伝えによった趣向。南北の先行作『追善累扇子《ついぜんかさねおうぎ》』等で、赤子を抱いた累の幽霊が水中から出現する趣向をふまえた。上方では、産女が赤子に小便をさせて門火を消すという演出がある。
一五 小道具。「抱き子」という人形。
一六 三七五頁で伊右衛門が引きちぎったもの。お岩の歩くのに都合のよいように散らしておく。血の足跡を見せるためだが、大道具を血糊で汚さぬための配慮でもある。
一七 「畜生ながらもよく聞けよ」という常套的な台詞の型を流用した言い方。
一八 生れたばかりの赤子。
＊ 現行の演出では、流れ灌頂でなく盆提灯からお岩が現れる。この「提灯抜け」は、天保三年（一八三二）からのもので、以来この場は盆の季節という設定が定着した。

横死[一]させたも、根葉[二]を絶やさん亡者のたゝりか。エヽ、おそろしい女めだな。○[三]

トきつと言ふ。お岩、この時、抱きたる赤子を見せる。伊右衛門、思ひ入れ[四]あつて

ヤ[五]ヽヽヽ、そんならあの子は、亡者の手塩《てしほ》で。〔養育していたのか〕○

ト嬉しげ[六]に赤子を受け取り

まだしも[七]女房、でかした〳〵。その心なら浮かんでくれ《成仏してくれ》ろ。南無阿弥陀仏〳〵

ト子を抱いて念仏申す。お岩、この時、両手[八]にて耳を押へて聞き入れぬ思ひ入れ。この時、門口に伏したる野伏せり[九]の長兵衛、襲[一〇]はれし声にて

長兵　アヽまた鼠が、畜生め〳〵

トはね起きて追ひ散らす。ドロ〳〵にて、鼠あまたむらがり、障子[一一]の内へはいる。このとたんに、お岩、見事[一二]に消ゆる。伊右

＊この期に及んでも、伊右衛門は偽りの言いわけをし、逆恨みさえ述べる。彼の現実的で軽薄な人格が窺われるところ。伊右衛門は幽霊にはもう馴れきっているので、また出たか、うるさいといった心持で演ずればよいとする口伝もある。

一　「横死」は、非業な死に方をすること。

二　「根葉」は、子孫の意。隠亡堀でのお岩の台詞「民谷の血筋、伊藤喜兵衛が根葉を枯らして」（二二三頁五行目）に照応。根葉を絶やすのがお岩の死霊の本意である。

三　息の気勢を表す。

四　さてはわが子か、といった思い入れ。

五　意外だ、との驚きを表す。初日中幕で伊右衛門は、赤子が鼠に引かれ、小平の亡霊に食い殺されるさまを目撃している。

六　自分の赤子に対して邪険であった伊右衛門が、ここで急に愛情を見せる。お岩の祟りで気が弱くなったともとれる。またここは、産女の霊が往来の人にその子を抱かせようとする習俗伝承をふまえる（『今昔物語』二七、第四十三）。

七　いろいろと障碍をなしたが、それでも、の意。

八　念仏には怨念を消す利益《りやく》があり、どこまでも祟ろうとするお岩の亡霊にとっては邪魔

衛門、恂《びつく》りして、抱きたる赤子を取り落す。この子はたちまち
[一三]石地蔵となる。障子の内《障子屋体の中で》にて、お熊、うなる声する。伊右衛門、
こなしあつて

伊右　ハテ恐ろしい〔執念だな〕

[一四]ト思ひ入れ。ドロ／＼打ち上げる。[一五]長兵衛、内を見て

長兵　これ、そこにゐるのは伊右衛門殿か

伊右　秋山殿、やれ／＼こなたを尋ぬる最中。コレ、[一六]貴様に渡した書物にて、高野の家〔の禄〕にありついた。早くあの品《あの書物を》戻して下さい／＼

長兵　サア／＼戻すよ／＼。おれもこなたに無心言ひ、金《かね》の代りのあの属《ぞく》託《たく》、持つて帰つたその夜から、どこからうせるか《どこから出てくるものか》多くの鼠、髪の毛爪《つめ》までかじられて、まことに難儀だ。返してしまはう／＼

伊右　スリヤこなたへも鼠が憑《つ》いたか《とりついたのか》。ア丶、これもお岩が《これもお岩の亡霊の仕業》。[一七]○　南無阿弥陀仏／＼。[一八]○　サ、返す気ならば、あの書物〔を早く出せ〕

長兵　返しは返すが、貴様の仕業で多くの人を殺したが、すでにその科《とが》と

になるのである。「累《かさね》の霊、思ひ入れありて耳を塞ぎ」(『法懸松成田利剣』)。

九　山野に野宿する者。非人や乞食など。長兵衛もお岩の亡霊に追われて野宿する身となっている。但し現行ではこの部分はない。

一〇　鼠に襲われてうなされる声をたてる。

一一　紐で上手の障子屋体へ鼠を引き取る。

一二　「壁抜け」の仕掛けによる。上手の壁の一部を蛇腹《じゃばら》にしておいて、その部分を突きあけ、壁の後ろに仕掛けた車の手掛けに手を掛け、車を回して体を一時に引き込む。「見事に」とは、一度にぱっと消えたという印象をいう。

戻ってきた属託

一三　小道具。下のセンを引くと「抱き子」が石地蔵に変る仕掛け。

＊　現行の演出では、伊右衛門が石地蔵と化した赤子を投げ出すと、お岩はそれを指して「ヒ丶丶丶」と引き笑いをして壁へ消える。

一四　きっと宙空を見上げて、きまる。

一五　伊右衛門の声を聞きつけて、長兵衛は屋体の中を見る。

一六　二二〇〜二頁参照。

一七　恐ろしいという気持で。

一八　気を変えて長兵衛に向って。

つちへかゝつた。ことに官蔵・伴助まで、皆巻き添への人殺し。コレ〳〵民谷、これにはおほかた訳《わけ》があらうな〳〵

伊右　サア〳〵、その訳といふは、[一]もとおれが母が、高野の家中の娘ゆゑ、師直様へ手蔓《てづる》がよさに《つてを頼りやすくて》、悴のおれが浪人の、身を苦に病んで《浪人の身であることを気に病んで》、高[二]野の家へ仕官の願ひ《〔をしたところ〕》。それがこの節聞済《ききずみ》あつて。○[三]

ト件《くだん》の咄のうち、よき時分より、長兵衛頭《あたま》の上へ、[四]お岩の死霊、さかしまに《さかさまに》下がり来り、長兵衛の襟《えり》にかけゐたる手拭にて、長兵衛をくびり殺す《締め殺す》。長兵衛、《〔ワッと〕》声を立てるゆゑ、お岩、長兵衛の口を押へ、長兵衛、[五]落ちいる。右の死骸を、お岩、件《くだん》の手拭の先を持つて、[六]欄間《らんま》の内へ引き込む。伊右衛門、これを知らず《これに気付かずにいたが》、この時、ふつと見つけて、恟《びつく》りして立ち寄らんとする。この時、天上より、[七]血潮だら〳〵と落ちる。伊右衛門、きつと見上げて

これもお岩が《お岩の死霊の〔祟りか〕》。○

一　ここで、お熊がもと高野師直の家来の娘であったことが明らかにされている。再婚の相手の源四郎は塩冶の家中であるから、結果的に敵同士ということになる。

二　高野家の小林平内を通して仕官を願い出、師直に聞き届けられたことをさす。

三　話を端折られる思い入れ。

四　天井から逆様につられて下がってくる。この時、「薄ドロドロ」が入る。『役者註真庫』では「此仕掛け台の上に乗り下るゆへ鮹のどうびんに水を入れたやうにござりました」とある。また、長兵衛役の善次は「菊五郎のお岩、おのが首筋を捉《とら》へて引窓より抜出で、昇天する場」(『筆まかせ』)と評したという。

五　死ぬことをいう。歌舞伎・浄瑠璃用語。

六　長押の上の欄間へ引きずり込む。伊原本は「日覆《ひおひ》へそのまゝ引き上げる」。こちらの場合は幽霊の下りてきた天井へ引き上げる。

＊　現行演出では、仏壇の中の掛物の後ろから、幽霊が車仕掛でくるりと回って出て、長兵衛を仏壇の中へ引き込む。「仏壇返し」と呼ばれる仕掛けである。

七　この演出は、「昔はどのやうに酷う切れても練薬の血綿ですみましたが、今では一寸した事でもすをふの血をつかひ舞台中血だら

ト思ひ入れ。この時、上より、長兵衛が預かりし書物《かきもの》落ちる。

伊右衛門、手早く取つて（拾って）

こりや秋山へ預けし墨付《すみつき》。これさへあれば

ト思ひ入れ。この時、向ふ（花道から）、ばた〳〵になり、小林平内[八]、身軽の形《なり》、捕手《とりて》[九]四人従へ、走り出て来り。門口より

平内　伊右衛門殿〳〵。先刻の契約（先程の約束通り）、〔書物を〕披見の為に、早速これへ〔お出しなさい〕

伊右　それは御苦労。さりながら（しかしながら）、貴公の出立《いでたち》[一〇]、なにともつて〔不審ですが〕

平内　か丶る姿も（こうした姿でいる理由は）高野の家中、伊藤喜兵衛が親子の者ども〔を〕、殺害《せつがい》なせしは関口官蔵、下部《しもべ》伴助、二人《ふたり》[一一]が仕業《しわざ》と早速召し捕り、道にて預け、ついでに書物《かきもの》披見の為、サ丶、少しも早う

伊右　しからばこれにて内見《ないけん》[一二]あつて（ご内見下さい）

ト差出す。平内、取り上ぐる（受取る）。この時、薄ドロ〳〵、件《くだん》の墨付を開く。いつの間にかは（いつの間にやら）、この書物、鼠食ひ[一三]にて、御判・文言《もんごん》食ひ散らしある体《てい》。平内、恟りして

頼みの綱も

けにせぬと見物が得心致しませぬ」（『役者内百番』文政十二年刊）という当時の風潮を反映したもの。

八〈扮装〉仙台縞の袴を股立ちにし、襷、鉢巻。鬘は袋付銀杏《いちょう》。捕手頭の形《なり》。

九 下級の役人。〈扮装〉鬘は袋付剃茶筅《ちゃせん》。朱房の十手を持ち、黒足袋に草鞋《わらじ》をはく。「黒四天」と呼ばれる形。

一〇 扮装のこと。

一一 二人の仕業だということが発覚して捕え、その道中でその身柄を預け、ついでを利用して書物《かきもの》を見に訪れた、というもの。

一二「内見」は、確認のために前もって見ておくこと。

一三 師直の押した判形や文章が、鼠に食われて判読不能になっているのである。一行目の「書物落ちる」というところで、虫食いのある書物と取り替えておくのである。

＊ お岩の怨念が伊右衛門を最後の最後まで追いつめて、自滅させてゆく過程を、一つ一つ見せる。赤子といい墨付といい、一度喜ばせておいて突き離すところなどは、あたかも戯れて嬲《なぶ》り殺しにしているような印象がある。

平内　ヤヽヽヽヽ、コリヤコレ、御判も文言も、鼠の歯節《はぶし》[一]で食ひ裂きあ《食い裂かれてい》れば《るので》、反古《ほご》[二]も同前。こりやどうぢや《これはどうしたことだ》
　ト呆《あき》るゝ《れる》。伊右衛門、取つて、よく〳〵見て
伊右　まことに食ひ裂く鼠の仕業《しわざ》。これもお岩が死霊のわざが《〔なす祟りか〕》。はて是非《仕方が》もない《ない》
　ト思ひ入れ[三]
平内　役にも立たぬ暫時の隙入り《ひまい》《無益な時間を費してしまった》。この由《よし》主人へ言上《ごんじやう》致さん《申上げよう》。さすれば《となれば》最[四]前渡せし品々、家来ども取り上げい
捕人　ハアヽ
　ト件《くだん》の広蓋《ひろぶた》[五]のまゝ、取り上げる
伊右　スリヤ下されし品々まで
平内　持ち帰つて右のあらまし《このいきさつを》披露《〔師直公に〕》致さん。あまりと申せばたはけた《馬鹿げた》民谷。いけ[六]馬鹿〳〵しい。ハヽヽヽヽ[七]
　トあざ笑ふ。時の太鼓[八]になり、平内、捕手《とりて》連れ、足早に向ふへ《花道へ》

一　歯のこと。
二　役に立たぬ紙きれ。
三　がっくりと気落ちした思い入れ。
四　高野家より下賜された衣服・大小の刀をさす。
五　三七九頁注一九参照。
六　「いけ」は、卑しめ罵《ののし》る感情を強調する接頭語。
七　嘲笑である。
八　時刻を知らせるために打つ太鼓。白洲の場・城の内外の場や、武将の出入り・捕手の出入りに用いられる。
九　呆然と平内を見送る。
一〇　ちょっと姿を見せて、様子を窺う。
一一　亡者の霊を弔うために供養すること。
一二　戒名の書かれた卒塔婆なりと折ってやろう、というもの。
一三　卒塔婆の方へ行こうとするのを捕える。
＊　初日三幕目にも卒塔婆が出てくるが、この場と共通しているのは、双方とも信心からではなく自分の身の保全のためにそれを用いている点である。また、同幕で罪をまぬかれようと立てた伊右衛門の卒塔婆が、やがて自分自身の死の前触れとして意味を持ってくるというのも面白

はいる。伊右衛門、見送り[九]ゐる。この時、源四郎、出[一〇]かゝり、
　窺ひゐる

勘当場

伊右　せつかく母の志、この身の出世のこの属託《ぞくたく》、鼠の仕業もお岩めが死霊のたゝり。もうこの上は《こうなっては〔お岩のために〕》、立てた卒塔婆も《〔無益となった〕》
　ト門口へ行かうとする。窺ひゐたる《様子を見ていた》源四郎、走り寄つて、伊右衛門を引き止め。きつとなつて
源四　こりや悴、わりや腹立てゝあの卒塔婆、脛《すね》にもかけん心ぢやな《脛にあてて折るつもりだな》
伊右　[一一]施餓鬼回向《せがきゑかう》も聞き入れぬ、あの亡者《まうじや》めが、戒名[一二]なりと
　ト行[一三]くを捕へ
源四　ヤイ、道《人道を》わきまへぬ、不忠者めが。◯[一四]
　ト思ひ入れあつて
こりやゝい、聞[一五]きわけのない亡者より、無得心《むとくしん》なる不[一六]義士のおのれ。あの母[一七]親めが縁につれ《縁をたより》、敵《かたき》高野の館へ取り入り、奉公願ふ道[一八]知らず。さすれば親の身どもまで《そうすれば父親の自分までが》、不忠の汚名をとるわいやい《不忠者という汚名を着せられるわい》。エヽ、見下

い。なお卒塔婆を打ち折る趣向は『法懸《けさかけ》松成田利剣《まつなりたのりけん》』に用いられている。但し現行演出にはない。
一四　激しい怒りの気勢から、意見に移る気の変化を示す。
一五　成仏しようとしない亡霊よりも、不義士のお前の方がよほど納得がゆかぬというもの。「無得心」は得心できぬ、の意。
一六　義士といわれる四十七士に対するもの。
一七　お熊は高野の家来の娘である。武士道を知らぬ伊右衛門をさす。
一八　「道」は、ここでは武士としての道をさす。
＊　源四郎は、後日序幕「小塩田隠れ家の場」では「不義の随一」(三三九頁七行目)と言われているが、ここでは忠義な人物として描かれている。実説の源四郎は、大石内蔵助とともに連盟の中心にいたが、最終的には討入りを時期尚早とみて思い留った人である。従って本人は忠誠の念が厚くても、他の義士からは「不義の随一」と見られていたのだろう。実際には討入りに加わらなかった人物の経緯が取り入れられるほど、赤穂義士の物語は流布していたのである。

げはてたる畜生めが

　ト[一]思ひ入れ。伊右衛門、[二]こなしあつて

伊右　親父殿、敵の館へへつらふも《取り入るのも》、[三]義士の輩《ともがら》手引きの為に

源四　まだ[四]ぬかすか。なんのおのれがその一言《いちごん》。この親は、エヽ、聞くまい。かゝる未練な《このような卑怯な》民谷の一族、武士の風上《かざかみ》に置かれぬやつ、親が手にかけ〔殺してやる〕

　ト[五]腰刀抜かんとする思ひ入れあつて、刃物なきゆゑ

以前にあらぬ今は《昔のような武士の身分でなく》出家も同然な、人の物乞《ものこ》ふ修行の身。[六]〇

　ト思ひ入れあつて、辺り《辺りの》[七]伏鉦《ふせがね》の撞木《しゅもく》を取つて、伊右衛門をしたたかに打つて、きつと《決然として》なつて

[八]勘当《かんだう》ぢや。親でも子でもないおのれ

伊右　エ、さやうなら《そんなら》親父様、アノ私を〔勘当なさるのですか〕

源四　親でもない。エヽ、勝手にしをれ

　ト撞木打ちつける。[九]唄、時の鐘になり、源四郎、思ひ入れあつ

一　怒りと情けなさを表す思い入れ。
二　ちょっと考えて、また父親を欺こうという表情をする。
三　同輩の塩冶浪人の討入りを手引きするために奉公するのだと偽ったのである。
四　「ぬかす」は「言う」の卑語。
五　武士であった頃の気持に立ち戻っているために、思わず刀へ手をかけようとする。しかし、刀のないのに気づき、六部となっている現在の身に思い至って、沈んだ声で次の台詞となる。
六　絶句する思い入れ。
七　「伏鉦」は、修行者が胸にかけたり手に持ったりして打つ叩き鉦。源四郎の手の届く所に、それを打つ木製の撞木が落ちており、それを拾って伊右衛門を打ったのである。伏鉦の撞木で打つのは、『摂州合邦辻《せっしゅうがっぽうがつじ》』の合邦・玉手御前親子のパターン。
八　親が不孝な子を勘当するのは封建時代の慣習法であった。
＊「勘当場」と呼ばれるパターンの用いられているところ。意見と述懐とを伴うのが常である。元禄期に成立した趣向。
九　只唄。甲高い唄入りの合方となり、時の鐘を銅鑼でゴーンと打つ。

て、奥へはいる。[一〇]伊右衛門、残つて

伊右　昔気質《かたぎ》な偏屈《へんくつ》親父。勘当されたも、やつぱりこれも、お岩が死霊が。〔祟りだ〕◯ イヤ、[一一]あきれたものだ

ト[一二]思ひ入れ。この時、障子の内、[一三]物音して、お熊、苦しむ体《てい》にて

お熊　アレ〳〵鼠が〳〵

ト狂ひ出て〔狂乱して〕、のた打つ〔逃げ回る〕。[一四]所々に鼠むらがる。薄ドロ〳〵、伊右衛門、介抱《かいはう》して

伊右　コレ〳〵お袋、心をたしかに、気をたしかに。コレお袋、コレ。[一五]◯ エヽ、畜生め。◯[一六]

ト[一七]撞木《しゆもく》を取つて、鼠を追ひ散らし

モシ〳〵、[一八]また刻限だ、お頼み申します〳〵〔念仏を〕

トこの声にて、浄念はじめ、[一九]以前の四人出て来り

浄念　起りましたか〔病気が〕〳〵、ちつとも早く〔すこしでも早く〕、お念仏を〳〵〔唱えて下さい〕

一〇 伊右衛門一人が残る。

一一 ニヒルな感じのする台詞である。伊右衛門は、もうかなり投げやりになっているのである。

一二 呆れはてた思い入れ。

一三 バタバタとツケの音が入る。

法力に縋って

一四 後見が差金で数多くの鼠を使い、お熊に飛びつくさまを見せる。

一五 直前の台詞の語勢を表す。

一六 気を変え、鼠に向って。

一七 そばに落ちていた源四郎の撞木を拾って鼠に向う。伏鉦を打つ撞木だから法力が加わっており、鼠は追い散らされる。

一八 また熱病に苦しむ時刻になったので、浄念たちに念仏を唱えてくれるよう頼んだのである。

一九 甚太・半六・浪蔵・三吉をさす。

四人　心得ました《承知しました》〳〵

　　ト苦しむお熊を数珠《じゅず》[一]の中にとり込め

四人　サア〳〵、お念仏〳〵

浄念　[二]南無阿弥陀仏《なむあみだんぶつ》

皆々　南無阿弥陀仏

　ト伊右衛門も数珠[三]に取りつき、百万遍になる。お熊、やはり苦しむ。薄ドロ〳〵、よき時分より《頃合を見計らって》、お熊がそばへ、お岩[四]、ぼつ《忽然と》と現はれ、お熊を捕へて、惣身《そうみ》をゆすり《全身をゆさぶり》〳〵、いろ〳〵と引[五]き廻す。お熊、これにて苦しむ。皆々、これを知らず

伊右　サア〳〵、念仏〳〵。○

　ト皆々、念仏[六]申す。お岩、伊右衛門[七]が顔をきつと見つめながら、お熊を苦しむる

またも死霊が眼前に。○[八]　サヽア念仏〳〵。○

ト皆々、繰りかけ《〔念仏を〕繰り返し繰り返し》〳〵唱ふるうち、お岩、お熊を捕へ、喉《咽笛に》へ食

一　百万遍を繰る大きな輪状の数珠の真中にお熊を入れる。

二　「南無阿弥陀仏」の名号《みょうごう》の訛。他にも「なんまんだ」「なまえだ」「なもだ」「なむあみどうや」等の訛り方がある。

三　念仏仲間に加わり、数珠を両手にとって回しながら念仏を唱える。

四　多くの人々の輪の中に、気づかれぬように後ろから入りこみ、立ち上がる。

五　引き摺《ず》り回して苛《さいな》む。

六　一段高い声で念仏する。

七　お岩の死霊は、伊右衛門の顔を見てその効果を確かめながら、お熊をいたぶる。

八　ぞっとして気を変えて。

すさまじき執念

＊　百万遍念仏の中で亡霊が相手を苦しめるという趣向は、すでに自作『法懸松成田《けさかけまつなりたの》利剣《りけん》』の「与右衛門内の場」に用いられている。累《かさね》の亡霊が百万遍の中でおりえを苦しめるが、祐念の法力によって退けられる。ところがここでは、お岩の怨霊のすさまじさに念仏も効き目がないのである。

九　絶句する思い入れ。

ひつき、食ひ殺す。伊右衛門、見つけ

ヤヽヽヽヽ。母者人《ははぢやびと》をこのやうに。◯[九]

ト立ちかゝる《近寄ろうとする》。お熊が喉《のんど》、[一〇]糊紅《のりべに》になつて苦しむを見て、皆々、わつと言つて、数珠も投げ捨て、奥へ走りはいる。伊右衛門、刀を取つて

おのれ死霊め。◯

ト抜いて切りつける。お岩、ドロ〳〵にて、伊右衛門を苦しめ〳〵、下の方へ跡しざりに《後ろへさがりながら》来り、壁のあたりへ寄る。伊右衛門、これを見て、たじ〳〵として、[一一]上の方の障子へ《上手の障子屋体へ》、どんとこけかゝり、障子倒《たふ》るゝと一度《いちど》のとたん《同時進行で》、このうちに《障子の内で》、源四郎、首くゝりしてさがりゐる。お岩、[一二]ホイと消える。[一三]一度《いちど》の仕組。

伊右衛門、見つけて

[一四]ヤヽヽヽヽ。親父様にも首くゝり、ふた親ともに暫時《ざんじ》のうちに、エヽあさましき《いたましい》この亡骸《なきがら》。[一五]これも誰ゆゑ《これも他ならぬ》、お岩めゆゑに、エヽ、口《くち》

一〇 血潮に見せかけるため、その部分に塗る紅。伊右衛門以外の人々には、あくまでお岩の姿は見えない。血まみれになって苦しむお熊を見て初めて驚くのである。現行の演出ではお熊の首（小道具）が投げ出される。

一一 伊右衛門がお岩の亡霊を怖れて後ずさりしながら上手の障子に体をぶつけると、障子が倒れて屋体の中が見える。そこに源四郎が縄で首を括っている。武士ではなくなっているので刀を持ちあわせず、首をつったのである。伊右衛門を見限った父親さえも、結局は死に追い込まれる。大坂での再演では「狭箱より出民谷源四郎やく楽十郎を殺し其儘上へ上る」（『役者註真庫』）と評された。

一二 一度に見えなくなってしまうことをいった。三八四頁では上手の壁に消え、ここでは下手の壁に消える。壁が田楽《でんがく》になっていて、お岩が寄るとぐるりと回転し、裏へ入る仕組みである。

一三 源四郎が首をつっているのが見えるのと、お岩が消えるのとが、同時に進行することをさす。民谷・伊藤・秋山の根葉を枯らしたお岩は、以後舞台に姿を現すことはない。

一四 最大級の驚きを表す。

一五 自分の悪事を棚に上げて、お岩を恨んでいる点、伊右衛門らしい。

惜《を》しい

ト無[一]念のこなし。関[二]口官蔵、下部《しもべ》伴助、向ふ《花道から》より走り来り、内《屋体の内へ》へ駆け込むゆゑ、〔伊右衛門は〕悔《びつく》りして飛びのく。跡よりは、小林平内、捕《とり》手《て》を連れて、窺[三]ひ〳〵つけて来り。門口に窺ふ

官蔵　伊右衛門殿〳〵、こなたの旧悪なにもかも、拙者がわざと言ひとつ《私の仕業ですと自白して》て、伴助までも縄《なは》かゝり《捕縛されて》

伴助　おまへのお身に科《とが》もなく《罪が懸らぬよう》、言ひ抜いたで事納まり《言いぬけたから詮議を逃れ》、油断を見すまし

縄抜けし《縄をはずして逃げ》、こゝまで来ました

官蔵　ちつとも《すこしでも》早くこの隙《ひま》に、落ちさつしやい《逃げのびなさい》〳〵

ト両人、せりたてゝ《せきたてて》言ふ

伊右　なにかと貴公の心遣ひ、しからばひとまづ《そうなればいったんは》この場を落ち失《う》せ《逃げて》

両人　影を《姿を》隠さつしやい〳〵

伊右　合点だ《承知した》。○　しかし、路[四]銀《ろぎん》を〔どうしたらよかろう〕

ト思[五]ひ入れ。両人、目くばせして

一「チエ、、、」と、悔しさを動作で表現する。

二 官蔵・伴助の二人は、小林平内によってすでに捕えられているはずである。三八七頁参照。

三 忍びながら低く身を隠すようにして二人をつけて来る。

四 旅費のこと。

五 路銀をどうしようと考え込むさまをして油断する隙《すき》を作ってみせる。これに乗せられて二人が伊右衛門に立ちかかるのである。

悪友の裏切り

＊平内に捕えられた関口官蔵は、捕手の手先となって乗り込んできたのである。密告をして仲間を売った者は罪を許されるという制度をふまえた設定。のちの河竹黙阿弥も、『天衣紛上野初花《くもにまごううえののはつはな》』の丑松に同じ設定を用いている。

六 捕えたぞ、の意。捕手の決り文句。捕手の代名詞としても用いられる。

七 二人が左右から伊右衛門の両手を捕えるのを振り切って、刀を抜く。

八「ソレ、かかれ」といった意の指揮の台詞。

両人　捕[六]つた
　　ト伊[七]右衛門にかゝるを、抜打ちに、二人を切つて捨て
伊右　その手を食はうか《そんな手にのるものか》。おれもさうとは《そんなことだろうと》〔思ったわ〕
平内　[八]ソリヤ
捕人　捕つた
　　ト伊右衛門へかゝるを、すかさず《隙をみせず》組[九]子を残らず見事に切り捨てる。もつとも《ただし》組子の跡より、[一〇]赤合羽《あかがつぱ》、菅笠《すげがさ》の[一一]中間体《てい》の者、この内へまじりゐて、門口に窺ひゐる。伊右衛門、身拵《みごしら》へして
伊右　死霊のたゝりと人殺し、[一二]どうで逃れぬ《どっちみち逃れられぬ》天の網。しかしいつたん逃るゝだけは〔逃げてみよう〕
　　ト門口へ出かゝる。外より、[一三]雪をつぶてに打つ。〔伊右衛門は〕心得て抜きはなす。この時、合羽、菅笠脱ぎ捨てる、[一四]与茂七の菊五郎、伊右衛門とちよつと立ち廻つて、きつと止る
与茂　民谷伊右衛門、こゝ《そこを》、動くな

九　捕手の組の手下。
＊　こうした立回り（殺陣《たて》）は「立て師」といわれる専門家が指導して型をつける。現行の演出では、捕手が「捕つた」と伊右衛門にかかって立回りとなり、花道へ行くと道具が回りだす。次の仇討の場面に変るためである。
一〇　赤合羽・菅笠は、中間の雨雪の際の服装。
一一　「中間体の者」という書き方は、見物にはこの役者が誰だか明かされていないことを示す。しかし台本の上では「菊五郎」と種明しをしても支障はなく、その方がむしろ普通である。この場は、この他にも三七九頁注二〇、三八二頁注二等に示したように、台本には珍しい戯作者流の描写がみられる。尾上松緑以来、お家の仕掛物を見せる場は立作者の担当ではなく、尾上家付の作者が執筆するのが常で、この場も菊五郎付の作者花笠魯助（戯作名「文京」）が担当したのであろう。
一二　「天網《てんもう》恢々《かいかい》疎にして漏らさず」（『老子』）という諺をふまえた表現。
一三　雪を丸めて投げる。
一四　お岩から早替りで与茂七になった尾上菊五郎、の意。〈扮装〉鬘は油付の茶筅で、白晒の向う鉢巻、襷《たすき》に草鞋がけ。

伊右　ヤ、我[一]《お前は》は与茂七、なんで身どもを《どうして私を》〔討つのだ〕

与茂　女房お袖が義理ある姉、お岩が敵《かたき》のその方《はう》ゆゑ、この与茂七が助太[二]刀して

伊右　いらざる事を《よけいな邪魔だてをするな》、そこのけ佐藤

与茂　民谷は身どもが〔討ちとるのだ〕

ト立ち廻つて[三]、きつとなる。これより、薄ドロ〳〵、心火《しんくわ》立ちのぼり、両人、立廻りのうち、伊右衛門を苦しめる[四]思ひ入れ。この時、鼠あまた《数多く》現はれ、伊右衛門が白刃[五]にまとひ、思はず白刃を取り落す。すかさず《その機を逃さず》、与茂七、伊右衛門に切りつける[六]立廻りよろしく、両人、きつとなつて

[七]これにて成仏得脱《じやうぶつとくだつ》の

伊右　おのれ与茂七

ト立ちかゝる[八]。ドロ〳〵、心火《しんくわ》とゝもに、鼠むらがり、伊右衛門を苦しむる。与茂七、〔その隙に〕つけ入つて《つけこんで》、きつと見得[九]。ドロ〳〵[一〇]は

一 発音は「わりゃア」。
二 「助太刀」は、敵討の助力をすること。敵討をはたすべき本人はその場にいてもいなくてもよい。敵討の骨格が現れるところ。
三 立回りがあって、バッタリとツケを打たせて二人の見得となる。
四 目に見えぬお岩の亡霊が苦しめているのである。
五 「白刃」は、抜身の刀。「天竺徳兵衛」で、徳兵衛の刀に蛇がまといつく趣向をふまえたもの。
六 ここでツケが入る。
七 これで成仏できるだろう、の意。「の」は強意。勝負がついたので、お岩の亡霊に対して言ったもの。
八 肩先の傷口を押えて再び与茂七に斬りかかる。
九 最後の「大見得」である。ツケも最大級に激しく打ち上げる。
一〇 ドロドロを強く打ち、最後は「大ドロ」で打ち上げる。

げしく、雪一一しきりに降り、一二この見得にて　幕

この跡、雪一三を用《もち》ひて、十一段目、目出度く夜討

文政八年乙酉□月写

一四牛込山伏町　鈴木岩次郎

一一 雪の紙片を激しく降らす。

一二 この光景で、の意。静止したままで拍子木を打って幕を引く。

一三 この場の雪降りを用いて、大切《おおぎり》が「忠臣蔵」の十一段目の討入りにつながるという趣向である。

＊当時の怪談物は、敵討物として仕組まれるのが常套である。本作は再演以降「忠臣蔵」から独立して、通して上演されたため、別に敵討の場を独立させてこの後に「回向院」の場を付加したが、季節は秋の紅葉の頃という設定となっている。現行演出では、小塩田又之丞と小平の女房お花が敵討姿で加わり、敵討物の大切《おおぎり》としての演出が様式化されている。

一四 以下、白藤を号とした所蔵者の鈴木岩次郎の筆跡であろう。しかし本文は、狂言作者が手控え用に写しておいたものと思われる。白藤は、御書物《おかきもの》奉行を勤めた幕臣で、名は恭。嘉永四年（一八五一）、八十五歳で没。世に白藤本と称される多くの筆写本を伝えた。

解説

「四谷怪談」の成立

郡司正勝

興行期日と外題について

『東海道四谷怪談』は、文政八乙酉年《きのととりのとし》(一八二五)七月、江戸中村座で初演された。辻番付(現在のポスター)の予告、および役割番付(パンフレット)によれば、同月二十六日よりの興行、絵本番付(各場面の絵組のパンフレット)によれば、二十七日よりとなっている。あとから出板される絵本番付の二十七日初日の方が正しいものと思われる。なんらかの都合で一日延びたのであろう。

外題については、絵本番付の初日・後日の二種ともに、『東海道四谷怪談』を「あづまかいどうよつやくわいだん」と読ませている。岩波文庫本の解説では「多分筆耕やの書きそこないであろう」としているが、絵本番付が、役割番付より遅れて出回るとすれば、むしろ役割番付の誤りが正されているとすべきであろう。これは、あるいは現実の「東海道」を、わざと「あづまかいどう」と読み変えたのではないかとの推測も成り立つ。四谷は、四谷見付から内藤新宿に至る甲州街道に当るから、それを東海道に外《そ》らし、さらにかぶきでよく用いる「あづま」(吾妻・東土・東都・吾嬬)の読みをあてたのではなかろうか。吾妻街道・吾嬬下・東海道・東下を「あづまくだり」と読む外題が先ず馴《な》れていて、赤穂の四十七士や大石内蔵助の東下りが念頭にあったとすれば、むしろ「あづまかいどう」と読ませる方が自然であったというべきではなかろうか。

東海道に、実際に「よつや」があったのだという説は、あまりうがちにすぎるようだ。岩波文庫本の河竹繁俊博士の解説も「実在の人物の名、地名を用いられない当時の作劇上の制約のため、東海道、藤沢近辺の四谷に見せかけたとの説があるが、南北は、判然と、雑司ケ谷四谷町として、制約との抵触を避けているので、その説は当らない」とし、さらに「東海道ということについては、定説はないが、三世菊五郎が、東海道から、太宰府《だざいふ》へ参詣《さんけい》に出るお名残狂言だったので、それに因《ちな》んでつけたのではないかと考えられている」としている。本作の命名法は、かぶきとしては、かなりストレートなものであるが、これは、あるいは当時すでに著名であった十返舎《じっぺんしゃ》一九《いっく》の『東海道中膝栗毛《とうかいどうちゅうひざくりげ》』などに引かれたのかも知れない。本作上演の二年後に書かれた鶴屋南北（本作の作者）の怪談狂言『独道中《ひとりたび》五十三駅《ごじゅうさんつぎ》』（文政十年）は、あきらかに弥次・喜多が登場する「膝栗毛」の世界である。鶴屋南北は、怪談の「東海道」を仕立てようという意企をすでに『東海道四谷怪談』に潜ませていたのではなかろうか。

さらに推測が許されれば、あるいは南北は、ストレートに「とうかいどう」と読ませて、その新鮮味を狙《ねら》ったのに、芝居道の者が旧習に馴れて、「あづまかいどう」と読んだものかも知れぬ。また南北自身も、両方の読みに迷っていたかも知れないのである。

とにかく外題の「四谷」には、甲州街道の「四谷」を、東海道に外らしたところに働きがみられ、同時にそれを、雑司ケ谷の「四ッ家」（高田千登世町。現新宿区）にもかけて、得意の二重構成としたとみる方がより真意に近いのではないか。

さらに、南北はこれまでの外題にはみられぬ「怪談」という語を用いた。それはいみじくも怪談劇時代の到来を表徴していて意味深い。文化・文政期は、かぶきの伝統の怨霊劇《おんりょうげき》の一つの革新期であった。それを代表し、主流に導いたのが、初代尾上松助・三代菊五郎親子である。「累《かさね》」「皿屋敷《さらやしき》」「木《こ》幡《はた》小平次《へいじ》」「四谷怪談」と、打続く彼らのヒットは大きい。しかもその陰には、常に鶴屋南北の指導力があったのである。

その先駆的作品が、文化元年（一八〇四）の南北の出世作『天竺徳兵衛《てんじくとくべえ》韓噺《いこくばなし》』である。そこでは、蝦蟇《がま》の妖術を使う反逆者天竺徳兵衛を主人公としながらも、一方で、五百機《いおはた》という女の幽霊が活躍する。やがて文化三年からはじまる、小説界における敵討物の流行のなかで、幽霊が登場する世界を規定する潮流に、南北はいち早く棹《さお》さしているのである。

南北と小説の関係については、ここでは詳しく触れないが、文政期は、いわゆる頽廃期《たいはいき》に入って、世は妖怪趣味の時代を迎える。しかもその傾向は広く文化人に及んだ。文政三年（一八二〇）には、大田蜀山人《しょくさんじん》、宿屋飯盛《やどやのめしもり》、山東京伝《さんとうきょうでん》、大屋裏住《おおやのうらずみ》、鹿津部真顔《しかつべのまがお》らが、つどって怪談噺《ばなし》の百物語をする百鬼夜狂の会を催したことが、平秩東作の『夷歌百鬼夜狂』にみえる。そこには百四種の妖怪の名が挙っている。また文政十二年（一八二九）の菊酒屋真恵美《きくのやまえみ》の『百鬼夜狂』は、鹿都部左衛門尉が、当時の狂歌師を百物語に誘った記録だが、その妖怪の題材は、九十六種に及んだ。

また文化・文政期は一方では講談・落語の寄席噺の全盛期で、文化の末年には、江戸市中に百二十五軒を数える寄席が出来たという。それは江戸ばかりでなく上方《かみがた》にも波及した。文政十年正月板の役者評判記『役者註真庫《やくしゃちゅうしんぐら》』は、役者の立身伝を講釈師が語るという形式をとって、その流行にあやかっている。その口上には、

今市中に講師数多《あまた》ありて夏は浜々に涼講釈、常店は神社仏閣の境内或は手習屋、生花の稽古場、菓物や草履草鞋を釣店迄も取片付て、昼夜の分なく、彼方此方に講釈有、如此流行に及故、中々

一通りの事にては聞客不来

と、その流行ゆえに、役者の芸道物めかして講談になぞらえて評するのだという主旨を述べる。怪談噺も、その寄席噺の流行に乗ることになるのである。

もともと「怪談」といい「雑談」といい、「はなし」「談話」としての性格がつよく、すでに『奇異雑談集』は怪談であり、「四谷怪談」は「四谷雑談」として語られるという性格をもつ。「怪談」という語を書名としたものにすでに元禄の林道春の『怪談全集』がある。ただ文化・文政期の怪談は、敵討物と結びつき妖怪よりも幽霊が活躍するのが特色で、残忍で強悪な敵役が幽霊と対決するのが南北劇の骨格であるが、その先駆的小説作品は、文化初年の合巻、とくに同三年の式亭三馬の『雷太郎強《いかずちたろうごう》悪物語《あくものがたり》』などにその端を発するとされる。

「怪談」という語が、講釈場で実録物の一種として幅をきかせたのはいうまでもなかろう。『東海道四谷怪談』という、これまでのかぶきの外題にみられぬ名題を南北が選んだのは、その実録としての怪談の魅力を訴えかけようとしたのである。「四谷怪談」の上演に当っては、怪談噺で有名な林屋正《はやしやしょう》蔵《ぞう》の助言もあったといわれる（尾上梅幸「四谷怪談」について、「歌舞伎」一の三）。番付の口上にいう「怪談新狂言」とは、その流行の怪談噺を仕組んだ新狂言だという意味になる。文化十四年（一八一七）の『桜姫東文章《さくらひめあずまぶんしょう》』に、はやくも幽霊の落語《おとしばなし》を仕込んだ南北は、文政期に四谷の怪談噺を構想したのである。「怪談」なる語は、当時、かぶきの外題として、まことに新鮮であったはずである。南北の狙《ねら》いは、その実録風を装うことにあったのである。

『東海道四谷怪談』上演と菊五郎の動静

『東海道四谷怪談』上演の経緯については、辻番付の二種と役割番付に載るところの口上に、まず当ってみる必要がある。この三種は、同内容ながら措辞に多少の異同がある。辻番付の初日と後日の二種においても同じであるが、いずれにせよ辻番付が、宣伝上、もっとも早く出板をみるものとして、その主旨が述べられるのが常だから、まずその初日の辻番付から口上を活字化してみる。

乍憚口上

一御町中様益御機嫌能被遊御座恐悦至極ニ奉存候随而私芝居之義」打続大入大繁昌仕候段冥加至極難有仕合ニ奉存候依之盆狂言之義」種々及相談ニ候所尾上菊五郎義兼々天満宮信仰ニて此度心願之旨有之」忰松助同道仕筑紫太宰府江参詣仕度由暫御当地をも相はなれ候義故」御暇乞之口上申上度候相頼候ニ付打寄相談仕候所先年私座ニて元祖尾上菊五郎」太宰府江参詣之砌御名残と仕忠臣蔵の狂言由良之助となせの役義相勤御評判」に預リ候先例も候得バ右之役義相勤口上申上候様申聞候所菊五郎申候ハ右大役ニて」不及義と辞退仕候故団十郎始メ粂三郎源之助幸四郎其外の者共端役をも不厭相勤」遣し可申様深切ニ申呉候ニ付打寄相進メ漸々得心仕右の役相勤申候右ニ付菊五郎」兼而工夫仕置候四ツ谷宿お岩物語男女の怪談新狂言六幕御座候間右狂言」三幕ツヽ引分ケ忠臣蔵大序より六段目迄を初日の一ばん目と仕第二ばん目世話物」相添且又後日七段目より敵討

迄怪談三幕右一番目二ばん目二日がわり御」名残狂言と仕惣座中罷出奉入御覧候尤大星の役義ハ名人共仕置候大役ニ候へば」元祖菊五郎俤と被思召賑々敷御見物ニ御出之程偏奉希上候　座元
中村勘三郎

この口上のなかで、この盆狂言が、菊五郎の太宰府参詣のためのお暇乞の狂言であることを特に強調しているが、これはやや異常である。ふつう一年間の興行の最後は、「お名残《なごり》狂言」といわれ、その年の千秋楽となる。これは大方は秋狂言で、夏狂言の次期で、ときには盆狂言といわれることもあるが、いずれにしても初秋の九月興行、十月十五日までに打ち上げるというのが、いちおうの原則である。したがって、この七月の興行で、尾上菊五郎がお暇乞狂言を出すのはちと異常といっていい。そこで天神様の信仰問題を担ぎ出して早めに切り上げようというのであるから、一座の中でも抵抗がある。みんなの承認を得なければならない。いくら菊五郎に人気があるといっても、ことに座頭の市川団十郎はじめ多くの立者がいる。もし上方へ上ってどこかの座に納まるとしても、秋のお名残狂言をしてからでも遅くはない。この菊五郎の行動は、世間なり見物衆なりをも納得させずにはおかないものがなくては叶うまい。元祖菊五郎の太宰府詣の前例を出し、一座の者の勧めがあったからだといい、しかも、いったんは「忠臣蔵」の大役をも辞退したといったおきまりの謙譲さを唱ってあるにしても、わざとらしい誇張がある。そこで、思い出されるのは、三升屋《みますや》二《に》三治《そうじ》の『作者年中行事《さくしゃねんちゅうぎょうじ》』における「近来口上書にむづかしき人は、尾上菊五郎と云ふ」という記事である。この口上の異常さは、あるいは菊五郎のその気質に基づくのであろう。果して、この狂言が終了しても菊五郎は太宰府には旅立ってはいない。翌九月には河原崎座へ出勤するのである。しかも、中村座の口上に名の見えた重立った役者の加入がない菊五郎一座の座組で、ここで再度、お名残りの餞別《せんべつ》狂言を打っているのである。

いったいこの河原崎座は、森田座の控櫓《ひかえやぐら》であるが、この期は興行情況はかなり不安定で、森田座を代替している河原崎座にしても、三座の筆頭中村座にしても、休座がしきりである。したがって役者も一年間の契約を一座で履行することができなくなっており、ときには両座を掛け持ちするという状態が生じている。「四谷怪談」上演の文政八年もそうした状況が現れた年である。

いっぽう、地方の地芝居が文政期ほど隆盛をみ、大芝居の役者がさかんに旅興行に出かける時期もかつてなかった。こうした旧制度が動揺し崩解してゆく季節にあって、その実力と人気をもって、その傾斜に拍車をかけたのが、この三代目尾上菊五郎である。伊原敏郎は、菊五郎の性格について、『近世日本演劇史』で、傲慢《ごうまん》かつ躁急《そうきゅう》、人に下らず争い、無法なる高給を請求して同僚に疎外されたといっているが、自他ともに許した世を絶した美男ぶりと、役柄の専業を破って各役柄を自在にこなした菊五郎はよく旅芝居に出ていた。臨時の高給が入ったからであろう。中村座で暇乞い狂言をし、河原崎座で二度の名残狂言をしているのも、旧制を無視した菊五郎の実力であろう。

それにしても言いわけに苦しいのは興行元である。翌月の河原崎座の口上に、当の菊五郎が亀井戸の天満宮を参詣した折に、境内で元祖菊五郎が演じた「天神記」の番付を拾ったので、神意の依るところとし、『菅原利生好文梅《すがわらりしょうのとびうめ》』を上演させたなどとは、かなり作意的である。なおこの二番目の『舞扇《まいおうぎ》栄松稚《ちよのまつわか》』は、菊五郎の工夫による隅田川の狂言という怪談物で、作者は鶴屋南北である。これもやや異常なのは、辻番付の外題の傍に、大きく南北の名が書き添えられていることで、作者がこんな扱いをされている場合も、外にはみられない。実力者南北の人気のほどがわかる。

菊五郎は、果していつ太宰府に上ったのであろうか。『役者珠玉尽《やくしゃたまづくし》』によれば、菊五郎は「霜月八日が乗込にて目出度御当着でござりました同十六日より初日」とあるから、河原崎座を済すと同時に、大坂の道頓堀の角の芝居へすぐ旅立ったので、九州まで行っている暇はないはずである。しかも上ってみれば、大坂とても旧来の興行法が崩解に瀕していた。同評判記の「乍憚口上」にいう、「当年如何致した事にや道頓堀六ツの櫓一軒も顔見世無之折角梅幸丈お登リ成ども顔見世の儀式もなく存念《(ママ)》ニぞんじ升る」。道頓堀の六つの芝居も、この年は顔見世興行がなく、したがって乗り込みの儀式もなかったという淋しさである。

さて、太宰府詣はどうなったかというと、同評判記に「此頃聞ば築紫《(ママ)》太宰府へ御参詣とのこと、どふぞ二のかはりの間に合ばよいが」とある。すなわち、「四谷怪談」上演の翌年正月十一日初日の菊五郎再演の『いろは仮名四谷怪談』上演前に、太宰府へ出かけたら間にあうだろうかという贔屓の心配である。やや推理小説めくが、はたしてやはりこの間にも菊五郎は太宰府には行っていなかった。というのは『俳優茶話《やくしゃさわ》』の中の「筑紫へ飛し寺嶋の梅」という一話に、

寺嶋の尾上菊五郎中度《なかたび》難波におもむきし節《とき》兼て筑前の太宰府へ参詣せん事を心掛ければ二の替を舞納めて発行《かしまだち》なし

とあるからで、正月の二の替が済んでから太宰府へようやく立ったことがわかる。『俳優茶話』は虚実相半する読みものであるが、六十九斎夜半虫こと市川団蔵（市紅）の戯作で、楽屋内にかなり通じている記載があるからこの条《くだ》りは信じてよかろう。「中度《なかたび》」とは、菊五郎三度目の上坂を指す。これは、菊五郎が太宰府へ行こうとして、まず播州《ばんしゅう》明石の城下の大蔵谷で一興行して、古今無双の大入にて大いに懐が暖かくなったこと、それより室の津から船で丸亀《まるがめ》へ上り、象頭山《ぞうずさん》に詣でて、白峰で天狗《てんぐ》

に会ったことが話の中心であるが、平常天狗の菊五郎が大天狗（高神）に会ってぺちゃんこになるという風刺がきかせてあるのだろう。また、白峰からまた丸亀へ出て、備中宮内《びっちゅうくない》へ着船し、そこから太宰府へ参詣したという菊五郎の道順が窺われる。

上演方法の問題

さて、初演は、一番目を『仮名手本忠臣蔵《かなでほんちゅうしんぐら》』として、二番目に『東海道四谷怪談』を立て、初日後日二日間で完結するという上演方法であった。初日《しょにち》、後日《ごにち》と分けて演じたり、二日替り、三日替りに演じて、両方観て完結するという方法は、よく田舎芝居や旅芝居でやる方法であり、目を見張るような斬新な企画と受取るべきではなかろう。むしろ興行形態の崩解期に現われた現象であって、『東海道四谷怪談』の場合、結果として計らずも異常な効果を収めたというべきものであろう。しかし、それも今日からみた観点で、そうした異常な興行法を採ったのは初演のみであって、以後「四谷怪談」は、「忠臣蔵」から独立して演ぜられるので、この企画は、当時の苦肉の策であったとみた方がよいようである。

その先駆的な前例に、天明元年（一七八一）四月の市村座で、二番目を三日替りに別狂言を演じた例がある。文化十年（一八一三）七月の中村座では、一番目の『太平記菊水巻』を三段目まで演じ、二番目を三日替りに、「おその六三」「おつま八郎兵衛」「おちよ半兵衛」を演じているし、南北のものでは、文化五年閏六月の市村座の『彩入御伽艸《いろえいりおとぎぞうし》』の上演においては、一番目に「天竺徳兵衛」を出し、「木幡小平次」と「播州皿屋敷」を二日替に交互に演じている。「四谷怪談」の上演法がしいて新しいといえば、一番目の「忠臣蔵」も半ば分け、二番目の「四谷怪談」も半ば分けて半分ずつを二日交替に演じたことである。新手の日替興行を考えついたにすぎぬが、「忠臣蔵」と密接な関係を保ち、一番目と二番目が裏表の関係、あるいは義士の世界の、時代と世話という関係になったため、あらためて新鮮な構成面をみせることとなった。義士と不義士の対照をきわ立たせ、「四谷怪談」を文政の現代版「忠臣蔵」として映発させたことに意味があるのだとおもう。

ところで、具体的な上演方法を、初日・後日二種の絵本番付で見ると、初日の方の一冊は、「二立《ふたつ》目《め》」のあと『仮名手本忠臣蔵』の「初段」から「六段目」、『東海道四谷怪談』の「初日二番目序幕」「中まく」となり、最後に幕の指定はないが「隠亡堀」が描かれている。後日の方は、同じく「二立目」のあと、すぐに「隠亡堀の場」があり、つづいて「忠臣蔵」の「七段目」「九段目」「十段目」、「四谷怪談」の「後日二番目序幕」「中まく」の順となって、最後は「十一段目大切《おおぎり》」として「忠臣蔵」の討入りでおわっている。つまり、稽古芝居の「二立目」を除けば、初日は「隠亡堀の場」で打出し、後日はその「隠亡堀の場」で始まることになり、初日後日に展開されるお名残り狂言が、この「隠亡堀」を軸に、戸板の裏表に釘付けされた男女の死骸のごとく一つに結び付けられるという構造になっているのである。さらにいうならば、戸板返しの男女を、口上書にいう「男女の怪談」として、初日後日それぞれ一対の怪談噺に仕立てあげるという基本構想が浮かびあがってくる。

ただ問題は、「口上」の中では、どの番付も「四谷怪談」を六幕とうたってあるのに、同じ番付の外題脇では「第二番目　五幕続」とあって、幕数が齟齬《そご》していることである。内容は台本にある通り五幕物だから、「口上」にいう六幕は、初日後日二つに分けて上演した、その結果の幕数ということになるが、その際、後日では、「隠亡堀」を一幕と考えるか、または二番目中幕のあとに大切として付けられた十一段目の討入りを一幕とするか、にわかに決定しがたいところがある。「口上」に「男女の怪談新狂言六幕御座候間右狂言三幕ツヽ引分ケ」とあることからすれば、当初は「隠亡堀」を初日後日ともに二番目の一幕として想定していたとするのが妥当なようだが、のちにはむしろ二番目の大切に配された「十一段目」の討入りを一幕としていたようでもある。本作は好評のため、九月九日より追加日延となり、そのためにもう一種別の辻番付が出ている。その欄外に添えられた尾上菊五郎の口上に、

御当地御名残リ狂言古今稀成ル大入大繁昌仕候ニ付来ル十五日迄日延として後日怪談狂言序幕大切リ夜討の段迄仕物座中罷出相勤奉入御覧ニ候間是迄之通リ不被替御見物ニ御来駕之程ひとへに
奉希上候

とあり、「後日狂言」として「深川三角屋敷の場」「小塩田半之丞《ママ》隠家の場」とともに「本望夜討の場」があげられ、絵面にもその三場が描かれている。お岩の死霊の件りがないので、日延以前の後日狂言とは相違しているが、それでも怪談狂言とともに大切の夜討が扱われているところに、一番目二番目という構成のなかに置かれたこの一幕の位置をみることができよう。日延の追加番付には一番目に関する記述はないが、底本に使用した白藤本に挟み込まれた絵本番付の欄外に「乙酉九月十二日与松陰阿部氏西湾金田氏穆亭山内氏同視」という書込みがあり、その番付によれば、一番目も含めて後日そのままの演目をみたことになる。「忠臣蔵」に限らず、敵討物では、最後の敵討の場は、初日が出てもかなりしばらくは上演されることがなく、興行が一段落した時点で、勢いを取り戻すために追加上演されるのが普通で、また「四谷怪談」のように新作の場合、初日から全幕出幕《でまく》になることはな

く、興行が当れば当るだけ、あとの幕の上演が遅れるというのが常でもあった。追加番付には初日の分が一枚も残されておらず、おそらく後日の狂言が出揃うのが遅れたために、見残した見物が多かったのではないかと思われる。翌文政九年正月に出板された合巻《ごうかん》『四ツ家怪談』の花笠文京《はながさぶんきよう》の序に「初日は後日よりも人の山もなし、後日は初日の日取を違へて。二日見物せざれば趣向のつぢつま全からず、惜かな狂言のなかば見遺して、遺《のこりをし》とするもの多しとて」と、この冊子を綴った意図が述べられている。つまり、九月九日よりの日延の分は、あるいは辻番付で示された後日の特定狂言で演ぜられ、二日替りでなかったのではないかという疑問も残る。いずれにせよ、本作の初演は、文政八年（一八二五）の七月二十七日から九月十五日までの四十八日間の長期興行であったことは動かせまい。

題材について

新狂言の内容を、観客の好奇心に端的に訴えて、興味をそそるように作文されたものに「語り」がある。内容のダイジェスト風の宣伝文でもあるが、まず、それを『東海道四谷怪談』とある初日の辻番付の外題の上に付されたものから写し取ってみると、次のようなものである。

御贔屓よりの御好《おこのみ》に任《まか》せ古《ふる》き世界《せかい》の」民谷《たみや》何某妻《なにがしつま》のお岩《いわ》は子《ね》の年度《としど》妹《いもと》の」袖《そで》が祝言《しうげん》の銚子《てうし》にまとふ嫉妬《しつと》の朽縄《くちなわ》」それも巳年《みどし》の男《おとこ》の縁切然《ゑんきりしか》も媒《なこど》に直助《なをすけ》が」三下半《みくだりはん》の去状《さりじよう》は女《おんな》の筆《ふで》のいろは仮名《かな》今《いまも》」専流行の出雲が作へ無躾《ぶしつけ》も御差図」故に書添し新狂言《しんきやうげん》は歌舞妓《かぶき》の栄《さかへ》 （振り仮名原本のまま）

狂言の内容を想像させる語彙《ごい》が句調よく並べられているのが「語り」だが、実際の「四谷怪談」の内容とでは、かなりの食い違いのあることに気付く。これは他の作品でも共通した現象であるが、結論から言えば、まだ台本ができぬうちに語りがまず出来ているという感じである。また、一種の宣伝文句を兼ねたものであるから、かなり煽情《せんじよう》的に出来ているのであるが、この語りから、本作品が出来る以前の作者の構想をほぼ探ることができる。

たとえば「古き世界の民谷何某」というからには、すでに世間周知の民谷某にまつわる話柄があるということが匂わせてある。次に、「妻のお岩は子の年度」の女であることは、そのまま本作にも反映されているが、「妹の袖が祝言の銚子にまとふ嫉妬の朽縄」というのは、三角屋敷のお袖の件りをさしているようではあっても印象がちょっとちがう。どうもこの光景は、やはり南北作の、お岩の前身を想わせる『阿国御前《おくにごぜん》化粧鏡《けしようのすがたみ》』（文化六年、一八〇九）の、「重井筒の場」の阿国御前の霊が祝言の累《かさね》に乗り移って嫉妬事になり、小判が蛇になる趣向が基底にあるように思う。「それも巳年の男の縁切然も媒《なこど》に直助が三下半の去状は女の筆のいろは仮名」となると、これに当る趣向は、本作の内容にはない。ただ、「女の筆のいろは仮名」の「いろは仮名」は、『仮名手本忠臣蔵』を受けたもので、本作を上方で上演した再演の際に『いろは仮名四谷怪談』となったその「いろは仮名」に当ろう。竹田出雲作の「忠臣蔵」に「書添し」つまり、それに対決した「四谷怪談」の意企は、この語りにも現れているのである。

一方「口上」のなかで、「菊五郎兼而工夫仕置候四ッ谷宿お岩物語男女の怪談」といい、「語り」では「古き世界の」という以上は、なにか根拠がなくてはなるまい。この菊五郎云々について、思い当るのが、『お岩喜平次復報四屋話』という文化十一年（一八一四）板の六冊物の合巻である。著者は尾上三朝、すなわち尾上菊五郎自身である。この合巻は、おそらく狂言作者の代作であろうが、管見に入ってないので内容の詳細はいまは報告出来ない。『日本小説年表』に書名があって、岩波の『図書総目録』には『日本小説年表』によるとだけあるものである。「お岩・喜平次」と角書《つのがき》にしているのも、お岩と小平の前身に違いない。なお、『復報四屋話』は「かたきうちよつやばなし」と読むのであろう。

　さらにこれより遡《さかのぼ》れば、天明八年（一七八八）の『模《も》文画《もんが》今怪談《こんかいだん》』という五冊本、唐来山人著、鳥文斎栄之画が決定的な先行作品ということができる。本書は、怪談数十種を集めた絵本であって、形式は黄表紙的であるが、内容的にはむしろそれ以前の赤本の性格に似たものである。そのうちで四谷怪談の種は、十三丁裏と十四丁裏にわたるだけの短文であるが、「四谷怪談」の核心はことごとく備わっている。次に本文を、漢字交りに書きとってみる。

[東]都四つ谷に、間宮何がしのひとり娘、いたつて悪女なり。喜右衛門といへる者を養子として、これにめ合せ、何がし、病死したり。喜右衛門、つね〲女房の顔の醜きを愁いているをりから、伊とう何がし、秋山何がしの両人を相談して、喜右衛門、衣類金子とうを持ちいだし、ほかへ預け置き、博奕に打ち負けしと偽り、貧しく暮らし、のちは朝夕の煙もたへ〴なりしかば、妻ものうく想いて、離別じやうを取り、番丁辺の屋敷へ奉公に出たり。あとにて秋山何かし、世話にて、伊藤の妹を妻とし暮らしけるを、先《せん》の妻《さい》、聞きいだし、偽りつれなくもてなしたる事を、深[く]憤《いか》りて、たちまち鬼女となりて駆け出《いだ》せしに、屋敷にても血気の若者ども支へけれども、力[十]倍にして、向ふ事かたく、四つ谷をさして走りゆきしが、何処《いっく》へゆきしや生死わからず、それより喜右衛門夫婦、子三人、伊藤親子七人、秋山方にて六人、都合十八人を取り殺せしとなり。

本文は、一種の実録体であるが、この種が、辻番付にいう「古き世界の民谷何某」の話であることに見当がつく。文化六年春の年記のある滑稽本『楽屋《がくや》雑談《ぞうだん》』の四方歌垣主人の序の中に、「怯《こは》い物見たしとはぞつとする四ッ家雑談の読人《よみて》の註文」とあるところから、すでに実録物としての講釈の読みものも、前もってあったのではないかと臆測することができる。これは、さらに後年の記事だが、万延二年（一八六一）板の『役者俤言艸《たとえぐさ》』の大坂巻の嵐璃珏の条に「実録にては江戸の四谷左門殿町民谷何某の娘の事にてお岩稲荷と勧じやらして有なる」と記し、次に狂言に仕組んだ由来を述べているが、年代的に齟齬《そご》している点もあり注意を要するが、これより先、文政九年の上方の再演のときの角の芝居の番付には、芸題の下に「宝録七冊」の文字がみられる。「宝録」は「実録」の誤刻であろう。というのは、同じ年、江戸下りの途中、名古屋の清寿院境内で、菊五郎が『いろは仮名四谷怪談』を演じたとき「実録七冊」とした番付が残っているからである。「四谷怪談」は最初から実録として、周知の巷説を利用して、うたい上げようとした意図があったのである。

㈠　於岩稲荷来由書上

三田村鳶魚《みたむらえんぎょ》は、『芝居ばなし』（第一編）で「四谷怪談」の実説について触れているが、その後の多くの「四谷怪談」の解説書は、みなこの三田村の解説によったものである。三田村が「四谷怪談」の出典としているのは、「以上は文政十年十月、四谷塩町並同所忍町支配、名主茂八郎が古来の伝説を集録して、町奉行へ出した書上に依つて、記述したのである」（『四谷怪談の虚実』）とする国立国会図書館蔵の町方書上《まちかたかきあげ》で、そのなかの「四谷町方書上」の付録として、七冊目の末に付けられた『於岩稲《おいわい》荷来由書上《なり》』なるものである。これは、三田村の言うところの文政十年（一八二七）十月の、名主孫右衛門と茂八郎が書き上げた奥付のあるもので、三田村は、他に、寺伝の考証を加えているが、内容が一致する。これが、河竹繁俊博士が岩波文庫本の解説で述べている「四谷左門町に住んでいた御先手同心、田宮又左衛門伊織の娘お岩が、婿の伊右衛門と媒妁人秋山長左衛門とにだまされて、嫉妬のために身を果たし、怨霊となって良人、縁者を悩ましたという、元禄以来の伝説」にあたるものである。ただ不審なのは、お岩の父の「伊織」という名で、これは書上にはない。また秋山の名が三田村も長左衛門であるが、書上は「長右衛門」である。もっとも「左」と「右」とでは、写し誤りということがある。「伊織」の名は、三田村が巣鴨の妙行寺の過去帳から得たものである。

書上げは、莫大な量を有する「町方書上」のなかでの特異な形式のもので、各町ごとに提出した「地誌御調書上」とは別に、奉行所よりの特別の下問により急遽作製されたものとおもわれ、その年は文政十年（一八二七）であり、『東海道四谷怪談』上演後であるから、芝居の人気につけ入って書かれたところがある。ことに本文中、上演中の文政八年（一八二五）八月に、お岩の百五十回忌追福として、大層な法名がついていることなどからして、かなり巧みな作意が見受けられる。前述の『模文画今怪談』の説話が十分に採り入れられ、お岩の怨念によって、関係者十八人が変死するなどの数も符合するのである。『模文画今怪談』は、山東京伝によって編纂された『絵本東土産《えほんあずまみやげ》』（享和元年より出板）にも『怪談四更鐘』と改題されて入っているので、かなり普及していたものといってよかろう。『於岩稲荷来由書上』は、これまで活字化されたものを知らないので、次に読点を補って翻刻しておきたい。最初は、

一　於岩稲荷社
　　但社間口壱間半
　　　奥行九尺土蔵作

右稲荷地所起立之儀は

で始まるのであるが、天正十年（一五八二）に始まる土地の支配者の変遷を羅列した件《くだり》は、左門町の由来に至る条までを省略することとする。

寛文年中、御先手諏訪左門様御組ニ相成候節、其辺を里俗左門町と相唱来候所其後榊原采女様御組ニ相成候砌、貞享年中、同組同心田宮又左衛門（後に伊右衛門と改名）と申者、五拾四歳之節大病ニ付、弐拾壱歳ニ相成候娘いわ江急養子相尋候得共同人儀年丈ヶ重キ疱瘡相煩ひ片眼盲シ勝れて醜婦、殊ニ生質頑クネニ付、養子ニ可参者も無之処下谷金杉辺住居之由、又市と申もの口入、同組同心秋山長右衛門媒人ニ相成、摂州出生之浪人名前不知、三拾壱歳ニ相成候者を聟養子ニ致し、田宮伊右衛門と相改、名跡相続、同人儀元来人品不野鄙人愛も在之、物事器用ニ而組内気請能ク、同組与力伊東喜兵衛儀、別而入魂ニ致し同人方江同夜立入、同人妾こと伊右衛門両人共互ニ恋慕之情は乍含打過候内、妾こと儀は懐妊、喜兵衛五拾有餘ニ罷成老年之出生、人口を厭ひ、平生両人之仕成シニ基付ことを伊右衛門妻ニ可遣、肝計を発し、秋山、田宮之両人を招き、蜜談之砌、伊右衛門儀一躰肝佞之生質ニ付、胸中は乍悦一旦難申断、喜兵衛、長右衛門両人、再三申勧ル巧ニ任セ、家附之妻いわを離別可致手段を以、追々勤向家事をも忘却致し候躰ニ仕成シ、博奕を好ミ、放逸無慙之行ひ家財を代ロ成シ、いわ着類等迄質入致し、暫時も在宿不致、いわ儀異見申聞候得は憤リニ事寄セ無躰ニ打擲乱妨ニ及粮米資量等、心付ヶも不致終ニはいわ飢渇ニ及ひ艱難ニ迫リ候砌、隣家長右衛門妻諸共、実意之躰ニ執成置、喜兵衛宅江岩呼寄セ、伊右衛門身持不埒之旨頭向江響候而は、家名断絶も難計併夫トを離縁と申儀も人道ニ背キ可申哉、一旦夫トより離別請奉公稼ニも罷出、実心之様子見聞及ひ候は、伊右衛門心底相直リ可申旨厚志之躰ニ申諭候より、岩も早速得其意伊右衛門江対談之上、離縁状貰請兼而知ル人四谷塩町家主不知紙屋又兵衛、請人ニ相頼、番町辺江下女奉公ニ罷出候後、喜兵衛妾ことを懐妊之儘、右長右衛門、媒人ニ而、貞享四丁卯年七月十八日迎取、夫婦睦敷相暮し、喜兵衛、妊種女子そめ、二男権八郎、三男鉄之丞、末女きく出生致し候所、右伊右衛門近辺住居、刻煙艸背負ひ商ひ茂助と申もの、三番町辺江渡世罷出候砌、折節岩奉公先之屋敷江被呼入、同人面会之上、伊右衛門方様子、本末不残風聞致し候を、岩、聞請、妬心募リ鬼女之如く相成狂乱致し、其儘屋鋪を欠出し、伊右衛門居宅近辺迄罷越候得共、西之方江走り行、終ニ其行衛不相知、種々奇怪之儀在之、伊右衛門後妻こと幷子供不残変死、伊右衛門業病終ニ相果、秋山長右衛門妻子不残被取殺、田宮、秋山両家共断絶シ、伊東喜兵衛、老年之上池田伝左衛門と申者養子致し、喜兵衛と相改、家督相続致し、養父喜兵衛は土慎と替名、養子喜兵衛儀不届在之御仕置ニ相成、是又家名断絶致し、其外携候もの共、夫婦兄弟親子之無分ヶ、惣而一類十八人、追々変死家名断絶、其後田宮伊右衛門跡は、元録（ママ）年中、御先手浅野左兵衛様御組之頃市川直右衛門と申もの抱入ニ相成、勤を辞し、其跡江正徳五乙未年、御先手羽太清左衛門様御組之節、山浦甚平と申人被召抱、右伊右衛門地処ニ住居種々之奇怪在之ニ付、田宮之菩提所、元鮫河橋南町続里俗千日谷日蓮宗妙行寺江相頼屋敷内江稲荷勧請致し、同寺ニおゐて追善仏事慇懃ニ経営シ、其後自然と祟り之奇怪も相止ミ、後ニは霊験も弥増、今ニ於岩稲荷と小祠、右組屋鋪内、山浦甚蔵地面内ニ在之、前書山浦甚平五代之末孫同苗甚蔵、今以同地面ニ罷在候処、お岩狂走後、近々百五拾回忌ニも相成候故、追福作善之心得ニ哉。文政八乙酉年八月中同人法諱相贈リ度旨、前書妙行寺江相頼候処

得證院妙念日正大姉と称し
同寺過去帳ニ記在之候
一　里俗鬼横町
　但組屋敷内東通りより西通江往返之小巷也
右者お岩鬼女之如ク成て、此横町を走り過けるによりて、里俗唱来り候
右箇条之廉々私共支配ニ最寄ニ付取調此段申上候以上
文政十亥年十月　四谷伝馬町
名主　孫右衛門　印
同　茂八郎　印

この書上げが実説として、まことに異様なのは、それぞれの人物の歳や年代があまりに明記されすぎていることで、あきらかに作意が見える。お岩の父の又左衛門が五十四歳で大病に罹り、伊右衛門が三十一歳、お岩が二十一歳で結婚するとか、伊右衛門が、後妻を貞享四年七月十八日に迎えるとか、関係者十八人が変死したとか、あまりに数字が活躍しすぎるのである。それは芝居において、金銭について詳細に記してリアリティを強調する手段に似ていないこともない。

ただ不思議なのは、三田村鳶魚が触れているように、みな取り殺されて断絶したはずの田宮家が現在まで続いていて、その墓が巣鴨《すがも》（現豊島区）に移転した妙行寺《みょうこうじ》にのこされていることである。寛文だとか貞享といった極度に古いものは勿論、田宮家関係の墓は文化年間のものが古い方で、あとはのちに建て直されたのでもあろうか比較的新しい。それにかわって、「書上」で於岩稲荷を勧請したこ

とになっている山浦家の墓が享保九年（一七二四）のものから存在する。その一つ丸に二引きの紋と木瓜《もっこう》の紋を二つ並べた墓には「明和五戊子稔　四月十八日　妙法幽脱院妙解日得」と誌され、側面には「岩浪氏娘　山浦甚平勝方妻」とある。「山浦甚平」は、「書上」に稲荷を勧請したとある人物と同名で、その妻の「岩浪氏」の娘が、「妙法幽脱院」というのも、「書上」の正徳と年代は相違するものの大枠の設定は符合する。田宮家断絶ののち市川直右衛門という人が移り住んで異変がなかったのに、山浦甚平の代になって祟ったとするのもおかしいといえばおかしい。この説話は、実は田宮ではなく明和の頃の山浦甚平の妻が「幽脱」した事件とする線も、まんざら考えられないわけではない。

　だがここでは、お岩の実説より、むしろ作者鶴屋南北の作意の虚実の手際をみれば足りるので、それとは別に、お岩の実説が確定するまで、これまではもっとも古い『模文画今怪談』を、書上げと比して分析してみたい。『模文画今怪談』には、「四谷」という地名、「間宮某」「ひとり娘」「喜右ヱ門」「伊藤（東）某」「秋山某」「伊藤妹」という人名が現れる。これを「書上」と、さらに南北の『東海道四谷怪談』に振り当ててみると次のようになる。

〈模文画今怪談〉	〈書上〉	〈四谷怪談〉
間宮某	田宮又左衛門	四谷左門
ひとり娘	娘いわ	お岩
喜右ヱ門	伊右衛門	民谷伊右衛門
伊藤某	伊東喜兵衛	伊藤喜兵衛
伊藤妹	同妾こと	同孫お梅

秋　山　某　　秋山長右衛門　　秋山長兵衛
又　市　　宅　悦
茂　助　　与茂七

これにもう一つ『復報四屋話』を当ててみることができないのが残念であるが、とにかくこの三者を繋ぐと、本作の中心となった伊右衛門・お岩の話はわかる。また小仏小平・直助権兵衛・お袖・小塩田又之丞の筋は、これに付加した綯《な》い交《ま》ぜるための外からの材料であったことも明らかになる。

(二)　お岩の名の出所と性格

「お岩」の名は、『模文画今怪談』にはない。「書上」に「いわ」が現れるが、どうもこれは、むしろ芝居の「四谷怪談」から出た可能性の方がつよい。しかし、これより先、文化十一年（一八一四）の『復報四屋話』には、すでに「お岩・喜平次」という角書《つのがき》もある。ところがさらに南北の作の合巻で、文化五年に出板された『敵討乗合噺《かたきうちのりあいばなし》』にお岩が登場している。このお岩は、夫があるのに他の若侍に惚れた年増で「たくましき女」であり、恋煩いで妬《ねた》み恨《うら》み、死んでから駆け出して歩く様はさながら鬼女となったとされる『模文画今怪談』の女に近い。また『敵討乗合噺』のお岩の顔が、菊五郎の父初代尾上松助の似顔となっているところにも糸を引いていよう。だが、いずれにせよ、「お岩」という名は、「岩藤」「岩根御前」など、『古事記』の「石長比売《いわながひめ》」以来のかたましい女の系譜に名付けられたかぶきの独自な命名法である。『模文画今怪談』にはお岩の名がみえぬが、「いたつて悪女なり」

とある点に、お岩の名を導き出す素地が窺われる。「書上」においてお岩を、疱瘡で片眼で「勝れて醜婦」で、その上「生質頑くね」だと、最大級の悪女に仕立てたのは、その名の「いわ」を強調したものと思われるが、これは『東海道四谷怪談』の貞淑なお岩に反する。「かたくな」と「貞節」は裏表だとすれば矛盾はないはずであるが、「四谷怪談」のお岩の方が新しいタイプであると考えても、死霊となって、矛盾を感ずるほどに一転するのは、やはり本来の「お岩」の名の伝統的性格に根ざすものだといっていい。東京大学の知十文庫に『四谷《よつや》三光稲荷法楽《さんこういなりほうらく》』と仮題された句集があり、そのなかに「ねたみぬる心は岩にはなれ鴛《おし》」という一句がある。句集の後半は享和三年（一八〇三）に編まれたものである。この一句が、それ以前に詠まれたものか、以後のものか判断しえないが、「四谷三光稲荷」なるものの法楽に、ねたみ心の「岩」が詠まれていることは注目してよい。あるいはお岩の形身の三光の櫛は、この三光稲荷の連想なのかもしれない。

こうしたお岩の性格について、「四谷怪談などの手本である」と笹川種郎が『柳亭種彦集《りゅうていたねひこ》』（近代日本文学大系）の解説で指摘した、種彦の読本『近世怪談霜夜星』は、「四谷怪談」に先行する文化三年（一八〇六）の板であった。この「醜婦の死霊が蛇となつて、執念くつき纏ふ物語」の主人公は、「お沢」という名であるが、確かにお岩の系列の怨霊であるといっていい。これは、醜婦のお沢のところへ、三次の口車に乗せられて婿入りした伊兵衛（伊右衛門に通ずる）が、姉の仇を討って貰いたいという他人の妾の花子と密通してお沢を責め抜くので、お沢は投身自殺し、以後、お沢は死霊となって、関係者を祟り殺してゆくという話であるが、つねに一念の化身の鼠と蛇の怪が纏《まと》いつく点も、確かに、「四谷怪談」のお岩の前身のようにおもわれる。かぶきの系譜でいえば、「お岩」は「累《かさね》」の系譜に重なるもので、お岩の髪梳《かみすき》の鏡見の型は、累の型の流用であることはあらためて説くまでもない。また、お岩の名は、かぶきでは夫に裏切られるか、夫を裏切る人物の名であった。お岩の名が、「忠臣蔵」の世界と結び付いたのは、寛保元年（一七四一）の『塩冶判官故郷錦《えんやはんがんこきょうのにしき》』においてであるが、そこでは、面打ち岩見の娘お岩が、「夫と知らずして鉄砲にて打かけ」た悪女として、変貌するのである。

(三) 民谷伊右衛門という名

次に、民谷伊右衛門の名についてみてみよう。『模文画今怪談』にみられる「喜右ヱ門」は、「伊右衛門」に近い。『模文画今怪談』の姓の「間宮」は、「書上」では「田宮」であり、「四谷怪談」では、音は同じであるが字の違う「民谷」となっている。実際の墓誌も過去帳も「田宮」である。モデルを憚って「間宮」「民谷」と逃げたのであろう。「民谷」の姓は文政六年（一八二三）三月大坂中の芝居の『敵討乗合噺』に用いられている。これは同名の南北の合巻との関係は未詳だが、南北の合巻におけるお岩の恋煩いの相手は民五郎であった。ところが、辻番付では初日・後日ともに、「民谷伊右衛門」であるが、役割番付は「神谷仁右衛門」であり、絵本番付も「仁右衛門」であるから、これも「神谷仁右衛門」であろう。「来ル九日より」とある辻番付も、「神谷仁右衛門」となっている。また初演時の錦絵は、おなじ五渡亭国貞の描いた市川団十郎のうちでも、「民谷伊右衛門」と「神谷仁右衛門」の二種があり、これ以後に国貞が描いた松本幸四郎や関三十郎の演じた際の錦絵では「神谷仁右ヱ門」とある。また文政九年（一八二六）の合巻「四ツ家怪談」では、「神谷以右衛門」である。

この問題については、はやくから論じられていて、幸堂得知と伊原青々園（敏郎）の論争がある（『江戸好菊五郎稿』『風雲集』等）。たしかに、「語り」に「民谷何某」とあり、後日中幕「夢の場」で、団十郎（伊右衛門）に「ア、、そなたは民家《みんか》の娘か。民家の文字はかはれども、いはゞ我等が家名にて、民家《みんか》は民谷《たみや》」などと言わせている例を、青々園は挙げているが、やはり、なんらかの支障によって、初演時に、二通りの役名があったことは動かせまい。

本作初演時に当の田宮家から苦情が出たと伝えられるが、明らかでない。ただ、夏狂言では経費節約のため新たに役割番付の板木が起されることはないのに、ここではそれが別に出板され、しかも実説に関係のある役名が直されているところからも、なんらかの支障があったことが想像しうる。ちなみに、大坂では「民谷」のままで上演されている。天保五年に大坂で出板された絵入根本《ねほん》『いろは仮名四谷怪談』では「民谷伊右衛門」、同じく天保六年に大坂で出板された読本『屛風怨霊四谷怪談』でも「田宮伊右衛門」と、墓誌や過去帳通りの名を用いているのである。とすれば、この支障も大坂までは及ばなかったものとみられる。また大坂では、伊右衛門の父進藤源四郎が「民谷源四郎」になっている。巷説にひかれて伊右衛門を民谷家の聟としなければならなかった江戸と違い、大坂ではこの話が耳新しい説話であったことがわかる。

ただ、番付や書物の上では「神谷仁右衛門」と逃げていても、舞台の上では「民谷伊右衛門」と発音していたとみるべきであろう。少し時代は下るが、嘉永六年（一八五三）の『与話情浮名横櫛《よわなさけうきなのよこぐし》』の初演の際にも似たような支障があった。早稲田大学演劇博物館所蔵の絵本番付には、芝居関係者の朱墨による次のような書き込みがある。

おとみ、きられ与三郎といふ名、やかましく、おとき、むかふきづの与三《ヨソウ》と役わりにはあれど、やはり中にてはおとみ与三郎也、つる蔵かうもり安も、どうもり安と直し、ほふのほりものもかうもりへあしをつけるこの時は実際の地名「源冶店《げんやだな》」も、「源氏店《げんじだな》」と逃げているのだが、証拠として残る書物の上で必要な処置を講じておけば、舞台では、まず何を言おうともすんだものと思われる。

伊右衛門という色悪の役柄の系譜は、『仮名手本忠臣蔵』の、五段目の斧定九郎《おのさだくろう》の面影を宿し、「累」の系譜の「与右衛門」に当り、鶴屋南北の作品では、『霊験曾我籬《れいげんそがのかみがき》』の藤川水右衛門や『謎帯《なぞのおび》一寸徳兵衛《ちよつととくべえ》』の大島団七の役どころが先行するとみていい。しかしこの役は、「一たい此役は立やくでもなし、しつかりと実悪でもなし、先どうらく者の心持でする」（天保十三年正月板『役者投扇曲』）というのが役の性根《しようね》であろう。したがって『いろは仮名四谷怪談』の「首が飛んでも動いてみせるわ」という凄みやアクの強さは、伊右衛門には元来はなかったものと思われる。そうでないと、「蛇山庵室の場」でお岩の亡霊に翻弄される伊右衛門の性格と矛盾することとなる。

㈣　小仏小平について

尾上菊五郎がお岩と二役を演ずる小仏小平について述べよう。すでに、辻番付の口上で述べている「菊五郎兼而工夫仕置候四ッ谷宿お岩物語男女の怪談」の男の幽霊が、この小平である。今日では、小平の亡霊は、隠亡堀の戸板返しの個所のみで有名であるが、小平の活躍は、いまは上演されなくなった後日序幕の「小塩田隠れ家の場」があってはじめて「男女の怪談」のバランスがとれるのである。

その素材については、岩波文庫の河竹博士の解説で、「当時、山の手辺に住む、ある旗本の妾が、中間と通じて露見し、男女は一枚の戸板に釘づけにされ、なぶり殺しにされて、神田川へ流された話」と「砂村の隠亡堀に、固く身体を結び合った心中者の死骸が流れ着き、それを鰻《うなぎ》かきが発見して、大騒ぎになった話」とをあげてあるが、博士が何に拠ったかはあきらかでない。ただ、神田川に流されたお岩と小平の死体が隅田川を下り、さらに小名木川を逆流して隠亡堀にまであらわれ、また小名木川を引き返して隅田川の入口の万年橋に死骸があがるとした不思議な設定も、たんに怪談としてのおどろおどろしさを狙った趣向という前に、二つの相似した事件に、準拠した構想とみるべきであろう。本作の軸となる「十万坪隠亡堀の場」の戸板返しの趣向も、そのような三面記事的なまなましい印象を当て込んだ力がみられ、その戸板の裏表に、川柳に「小平次とお岩お化けの西東《にしひがし》」とよまれた代表的な男女のお化けを持ち出したところに、南北の働きがあったとみるべきである。

三升屋二三治の『作者年中行事』にいう戸板返しの仕掛けの工夫の話で、二三治が、「其年の七月十三日に、南北にいざなわれて、始て音羽やへ相談に行」とある「其年」は、初演の文政八年（一八二五）の七月十三日であろう。しかし、話のなかで、この男女の死骸の戸板返しの工夫は、すでに、「親松緑の工風せしもの」としているから、その趣向は少なくとも、尾上松助（松緑）在世の文化年中のものである。松助がその場で、人形を使って、男女の早替りをした例は、文化元年（一八〇四）に「天竺徳兵衛」を演じたときの評判にみえる。「次に女形に成、切殺され、船に半身出して、はやがはり。これは人形にて、首を出し、舟の内へからだが入と、徳兵衛舟頭姿にて出ると、うしろよりゆうれい出る。これも人形にて、うしろ向きにて上ると、松助、後がみを引、これも早からくりにて、皆々目をおどろかしました」（『役者正札附』）。

名の変遷を辿《たど》ると、尾上三朝作とされる合巻『お岩喜平次復報四屋話』にみえる「喜平次」が『彩入御伽艸』の「木幡小平次」となり、さらに「小平」となる過程が考えられる。小平次が小平となるのは、山東京伝《さんとうきょうでん》の合巻『安積沼後日仇討《あさかぬまごじつのあだうち》』に、

> 小はだ小平次が一子小太郎は、どうけがたの名人となり、ほうし小平といひけるが、ついにじようねんぜんじのでしとなり、しゆつけしければ、人〳〵小平ほうしといふ

とある小平次の子「法師小平」の名をとったものであろう。この「法師小平」は、元禄期の道外方《どうけがた》の名人「坊主小兵衛」をふまえたものである。「小幡」を「小仏」としたのは法師や坊主の連想ではあるが、さらに甲州街道の四谷につづく小仏峠を暗示し、四谷のお岩と小仏峠の小平が一枚の戸板の裏表に釘付けにされた姿を見立てたものともいえる。小仏峠は、甲州街道を江戸から信濃に向う途中にある峠で、冬期江戸に出稼ぎにくる信濃者《しなのもの》の代名詞として川柳などで使用される地名である。雇い中《ちゆう》間《げん》の代表的な信濃者を持ち出すことで、旗本《はたもと》の妾と姦通して、戸板に釘付けされた中間を暗示したのであろうか。さらに言えば、子供の遊戯で、「かごめかごめ」に似た「中の小仏」という遊びがあり、その唄の「まわりまわりの小仏、なぜ背が低いな、親の日にとと食って、まま食って、それで背が低いな」から、小平に民間伝承を基として因果譚の印象を与えているともいえよう。『和訓栞《わくんのしおり》』には、

> こぼとけ　児戯に中の中の小仏といふ事あり。是は白粉を焼の釜に小仏と称する物ありて其沸騰る体を摸せし也といへり

と記されていることからすれば、小仏は小さな持仏《じぶつ》のことでもあり、雑俳『壁に耳』に「奥様の手にかかる小仏」とある連想から、主人の妾と通じた下男を、猥雑な印象を隠して当て込んでいるのかもしれない。いずれにせよ、語呂合せを駆使した命名法によって、間男された男の幽霊木幡小平次を、間男に仕立てられた男の幽霊小仏小平にすり替えた鶴屋南北の手際にはみるべきものがあろう。

　芝居の上で、小仏小平の名がみられるものに、享保八年（一七二三）九月の中村座の『和歌浦稚小松』がある。この作の「小仏小兵衛」は、大仏三郎兵衛と一対に用いられる市川団十郎系の男達で、

明和五年（一七六八）にもその名が用いられているが、「四谷怪談」の小平とは別系統のものと思われる。本作の伊右衛門の浪宅で、小平が指を一本一本折られる趣向は、『彩入御伽艸』から来ているが、そのもとは山東京伝の合巻『安積沼後日仇討』である。

忠義一途の、馬鹿正直で陰気な小平の人物像はかなりユニークで、かぶきには、こうした正直者の迫害されるパターンの系脈があり、それが本作で、見事な定着をみせているのである。「此小平次と言男ハ、可なりの艶男にして、物ごと内端の素直者（中略）何となく淫（陰）気の質にて、所謂幽霊にはうつて付の人物なりし故、人仇名して、幽霊〳〵と呼びし由」（「歌舞伎新報」俳優叢談）と「小仏小兵衛の実説」なるものを伝えているが、実像とフィクションが混じて産み出された幻像であろう。生きながら亡霊であるような資質がすでに備わっているような、ある封建社会の人間像の典型が、この小平なのである。

(五) 直助権兵衛の出自

直助権兵衛が、最初から本作の案に入っていたことは、辻番付の語りに「然も媒《なこど》に直助が」とあることからもわかる。直助権兵衛は本作の前年度の文政七年（一八二四）一月の市村座の初春興行の『仮名曾我当蓬莱《かなてそがねざしのふじがね》』にも登場する。この狂言は、「忠臣蔵」と曾我狂言を綯《な》い交《ま》ぜたものだが、まず直助は、中間の閉坊直助として登場し、九郎兵衛娘定野を犯す。この濡れ場は、お家騒動の最中で、ちょうど「忠臣蔵」の裏門のお軽・勘平の型にあたる。『東海道四谷怪談』の進藤源四郎は、伊右衛門の養父であるが、ここでは転身して太田了竹という医者である。直助はその供の者となっているが、了竹を殺して百両を盗み、「しかし今では権兵衛と、変名したる直助権兵衛」と名乗って乞食となる。その後、渡り中間となって、深川芸者に売り飛ばした定野のおかるに殺されるのである。この了竹殺しは、すでに寛延二年（一七四九）に演じられている（三浦広子「南北物にみる曾我貧家の解体」『国語国文研究』第五五号）。『忠臣蔵後日難波かくし』がそれで、『歌舞伎年表』に「直助権兵衛（幸四郎）主人太田了竹（十四郎）を殺す仕内。大当り」とある。これは、八月より十月までの大当りの狂言であった。

岩波文庫本の解説によると、「享保年間、深川万年町の医師、中嶋隆碩の僕で、主人殺しの上、権兵衛と変名して、搗米屋の下男となっていた直助という男と、日本橋通一丁目の田中近江の下男で、同じく主殺しの権兵衛という男二人が、同年、同月、同日に鈴ケ森で処刑された事件」を本作の題材の一つとして挙げている。この実説は、『月堂見聞集』（近世風俗見聞集）や『江戸真砂六十帖広本』（燕石十種・第二）にもある有名な話なので、ここでは『於岩稲荷来由書上』と同じく文政期の深川万年町（現江東区）一丁目の町方書上に載せられたものを、『大日本地誌大系』の『御府内備考』によって引用しておく。

一　当町内中程ニ而間口拾間程之場所ヲ里俗直助屋敷と相唱申候右者享保六丑年中町内庄兵衛店町医師中島隆碩と申者住居仕右直助と申者右隆碩並家内之者ヲ害金子盗取逃去候ニ付其段町御奉行中山出雲守様大岡越前守様御番所ぇ御訴申上候得者為御検使野上幸左衛門殿篠原佐右衛門殿御出口書差上其後直助儀被召捕御仕置ニ相成候後唱来候由尤右体末々迄相唱候訳書留無御座相分リ不申候得共右隆碩儀者元播州赤穂御領主浅野内匠頭様御家来ニ而小山田庄左衛門と申右御城内ニ而金子配当之砌外御家来同様右金子配当請其後同御家来大石内蔵助初一同江戸出府仕本所吉良上野介様御屋鋪ぇ

一同入込候前夜逃去候者之由其後外御家来切腹被　仰付候後同人儀者剃髪仕前書医師ニ相成町内え住居仕右及始末候由ニ御座候其砌被盗取候金子者右配当金ニ有之由先年より申伝ニ御座候

また、『月堂見聞集』には、「七月十三日に麴町米屋に勤居申候を捕申候、勤申候内是も権兵衛と名を替居申候」とあり、この直助が同じく主殺しで名も権兵衛という別の男とともに、七月二十三日江戸市中引廻しの上、二十四日から二十六日の三日間、日本橋で鋸引の刑で晒され、二十六日品川で磔《はりつけ》にされたという。

この説話は、のちに「大岡政談」の「直助権兵衛一件」として大成されることになるのだが、三田村鳶魚によれば、宝暦頃の作であろうかとする写本『板岡政談』にすでにこの話があるという（『芝居ばなし』「権三と助十の前後左右」）。

この直助を祀った稲荷が深川の万年町にあったといわれ、『岡場所廓考《おかばしよくるわこう》』に「直助稲荷別当法光院ト云、万年町より深川一ノ鳥居辺へ転宅ト云々」とされている。深川一ノ鳥居下に移ったのがいつか分明ではないが、偶然にもここに、南北の嗣子であり片腕であり、菊五郎の竹馬の友といわれた直江重兵衛が住んでいた。想像をたくましくすれば、この重兵衛が、直助稲荷をこの地に勧請したものであろうか。いずれにせよ、初日にお岩稲荷の利生を怪談噺として描いた南北は、後日に直助稲荷の利生を畜生道の因果譚として描くことになったのである。

この直助権兵衛の人間像の系譜は、南北の得意とするところであった。『勝相撲浮名花触《かちずもううきなのはなぶれ》』の「下駄歯入権助」、『桜姫東文章《さくらひめあずまぶんしょう》』の「釣鐘権助」、『菊宴月白浪《きくのえんつきのしらなみ》』の「権兵衛」と「直助」、『仮名曾我当蓬莱』の「中間権助」などが、「権兵衛」の系譜である。元来、「権兵衛」という名は、「名なしの権兵衛」というくらいで、一般の下人の称であった。また「直助」の名も、中間の名として一般称でもあったのである。

脚色・演出とその変遷

『東海道四谷怪談』は、世界を「忠臣蔵」に借りて、三つの筋を綯い交ぜに仕組んだものであるが、その主軸は、お岩・伊右衛門の事件、副の筋が、直助権兵衛・お袖の件、別筋として小塩田又之丞の話となっている。そして主軸と副の筋を繋ぐ役として宅悦を、主軸と別筋を繋ぐのに小仏小平を巧みに配置した。また伊右衛門と直助、直助と与茂七を対決させ、彩りとしてそれぞれ特色のある人物を点綴《てんてい》してある。こうした「筋からみあつて新しく」(『伝奇作書』)というのが当時の脚色方針であって、鶴屋南北だけの特徴ではない。当時の読本や合巻といった小説もみな同じである。ただ南北の作品に登場する人間像に大きな特色があったからこそそれらが光彩を放ったのである。

出来上がった台本通りに、舞台が進行したかというとそうではない。台本は稽古の段階でも、本舞台の過程でも、常に流動し、変化して、やがて舞台化によって固定される。したがって台本と舞台とでは違っている場合がしばしばである。台本は、かぶきにおいては、舞台から生み出される傾向が強いのである。台本は、いわば「セリフ」の覚え書であるといっていい。しかも台本とちがう舞台化にもその作者が関与しているから、演出をも兼ねるのである。また、本来演出家のないかぶきでは、主役の俳優の演出力がかなりものをいうのであることも念頭におかなければならない。

初日三幕目「十万坪隠亡堀の場」の「戸板返し」の演出は、本作の白眉《はくび》ではあるが、大道具方の八代目長谷川勘兵衛の功績が大きかろう。またここは、菊五郎のお岩・小平・与茂七の三役早替《はやがわ》りが眼目であるが、今日ではこの三役に替ることが少なくなっている。与茂七は、別の立役が演ずることが多いからである。と同時に、お岩を女方が演ずることになっているため、小平はなんとかなっても、与茂七役までは、難かしくなるからであろう。こういうとき、与茂七のかわりに、小平の女房のお花が出てくることもある。ことに明治以後は、お岩を女方が勤めることが多くなっているため、与茂七役を、別の女の登場で代用する場合があるが、「夢の場」が省略されるとき、一度は美しい女をみせておきたいという役者の願望によったものと思われる。

「夢の場」は、浄瑠璃の所作事に代る場であるために、あまり出ることがなく、また上演のたびに、浄瑠璃が新作され、台本が流動することが多い。また「小塩田隠れ家の場」の小塩田又之丞の件も脇筋であるところから上演されることがほとんどない。

本作のお化け芝居の面が喜ばれることから、のちには、初演はなかった轆轤《ろくろ》首《くび》の趣向をはじめ幽霊のケレンを加えて、「四谷怪談」はいよいよお化け芝居に走ることになる。文政十年(一八二七)七月中村座の上演では、「『忠臣蔵』の仇討に、お岩稲荷大化物の仕掛」(『歌舞伎年表』)とあるように、「忠臣蔵」さえ化物芝居となりかかっているのである。この轆轤首の趣向は、初演後、九月に河原崎座に移って、南北の『舞扇栄松稚』を出したときに用いており、『役者珠玉尽』にも「ろくろ首の工夫誠にすごくこはい事〳〵」とある。それを取り込んだのが大坂の『いろは仮名四谷怪談』なのであった。『役者註真庫《やくしゃちゅうしんぐら》』(文政十年正月板)によると、「三光の櫛を妹にやりたき一念にてろくろ首と成屏風の内より出蘭《(ママ)》間をつたひ二階へ行所奇妙〳〵」とある。こうした演出は、さらに「秋山長蔵役子之助丈密書を持居るゆへ逆さまに下り首を手拭ひにてしめその儘上る所物すごふござりました」とか「挾箱より出民谷源四郎やく楽十郎を殺し其儘上へ上る所妙〳〵」と評された。お化け芝居へますますエスカレートしている様が窺える。

上方での尾上菊五郎二度目の『いろは仮名四谷怪談』は、金沢芝楽・花笠魯助《はながさろすけ》らが、大坂流に改修補綴した。有名な初日三幕目「隠亡堀の場」の伊右衛門の台詞「首が飛んでも動いて見せるハヽ」は、上方の根本に初めてみられるものである。文政十年の江戸の台本にはないから、上方系のものとみていい。江戸本における同じ場の、

直助　伊右衛門さん、なるほどお前は
伊右　この剛悪も見やう見真似の
直助　誰を見真似に
伊右　お主がしぐさを
直助　アノわしが平常《ふだん》を
伊右　見習つたためよ
直助　真ニ感心。〇　奇妙

という個所は、実悪で名高い松本幸四郎の直助に対する、伊右衛門という色悪を演ずる市川団十郎の、先輩の悪役振りを手本にしたのよという挨拶であり楽屋落ちであるわけだが、配役の替る上方再演では通じないので、この台詞が書き替えられ、その詰句が「首が飛んでも」となったわけである。さらに、文政十年霜月写本になると、

幸　なるほどおまへは

団　おぬしが仕草を
幸　奇妙

と簡単になっているが、これは初演ほどの説明がいらなくなったからであろう。つまり洗練されて簡素化されていったのである。また文政十年正月の再演では、神谷仁右衛門と直助権兵衛の二役を幸四郎が勤めているので、吹き替えを使わねばならず、さらに簡略にする必要があったともいえる。

初演時の「蛇山庵室の場」の産女の亡霊も、天保二年（一八三一）八月の市村座の四度目の上演の時には、「提灯抜け」へと演出が変った。『歌舞妓年代記続編』に、

菊五郎おいわの幽霊提灯より出る工風は長谷川勘兵衛工風也。盆挑灯の弍番を用ゆ。真中糸の骨のかゝり二間切つて捨て、其糸のつなぎへ針かねにてくゝり付け、紙を張り、尤前と後通抜なり。菊五郎細工場へ来て見て、是ではちいさいだろふといへば、勘兵衛笑ふて、大きい中より出るは誰でも出られます。ちいさい内からどふして出られると思はせねば面白なしとて工風見せたるに梅幸のみ込感心して工風にのりしと云々。挑灯より出るは此度はじまる也。

とある。この「提灯抜け」の演出は、すでに文化十二年（一八一五）の河原崎座所演の夏狂言『慙《はじ》紅葉《もみじ》汗《あせ》顔見勢《のかおみせ》』で用いられたものでもあった。初演の際の「うぶめの亡霊」はこうして忘れられていったのである。

この提灯抜けは、南北の関り知らぬことであったかもしれぬ。『作者年中行事』に、

菊五郎、化物の大道具は作者に構なし。梅幸は我が好ゆへ大工と相談して、さらに手にかゝらづなれども、作者は間抜にて、かわりもの、作者の方から長谷川に聞たりしておしへられる。是いかゞなれど、夫が世話なしでよし。是までのお化にいろいろの掛りあり。近年の南北（五世南北）

付て居て、梅幸にはたんとしかられたる人。

とある。文脈の通り難いところがあるが、作者の知らぬところで、芝居ができあがってゆく事情がわかる。お岩の「提灯抜け」についても、「菊五郎お岩にて提灯の内より初めて出たるは、南北、梅幸が工風に非ず、長谷川勘兵衛工風にて菊五郎へすすめる」(『芝居秘伝集』)とあるとおり、南北の発案ではない。

初演以来、「四谷怪談」は、今日に至るまで絶えず上演されてきたために、初演の演出の面影を失わずに伝承されてきた部分と、各々の上演時の演出が加わり、あるいは変更されて、かなり変化をみた部分とがある。絶えず役者の工夫が加わり、またその個性によっていくつかの型が生じたのである。

また、その外題も、初演の題名のほかにかなり変化があった。次に、別名題で演ぜられたものの初演時の呼称を、国立劇場上演資料集68「東海道四谷怪談」上演年表によって掲げる。

いろは仮名四谷怪談	文政九年(一八二六)一月	角の芝居(大坂)
昔尾岩怪談	弘化元年(一八四四)七月	中村座
当三升四谷聞書	嘉永元年(一八四八)九月	市村座
其昔住四谷怪談	嘉永二年(一八四九)一一月	角の芝居
増補四谷怪談	嘉永三年(一八五〇)六月	市村座
お岩稲荷霊玉櫛	明治五年(一八七二)七月	中村座
形見草四谷怪談	明治一七年(一八八四)一〇月	市村座
於岩稲荷四ツ谷本説	明治一九年(一八八六)五月	角の芝居

雨夜鐘四谷怪談　明治三十六年（一九〇三）八月　宮戸座

ほかに、たんに『四谷怪談』とのみ称した例も多い。また書替えならびに新作も多いが、これは略した。なお、天保五年（一八三四）に出板された絵入根本『いろは仮名四谷怪談』は、実際に上演された台本ではなく、当時の人気役者を集めた紙上かぶきで、ほぼ江戸での初演どおりに運ばれたと思われる文政九年（一八二六）大坂再演の際の台本とはかなりの相違がある。

『四谷怪談』初演時の南北とその時代

本作を書いた四世鶴屋南北は、当年七十一歳、すでに自他ともに許した名声高き作者である。彼はこれより四年後、文政十二年（一八二九）十一月二十七日に七十五歳で没するので、本作は最晩年の作品の一つである。没年まで健筆を揮った南北は、まことに稀有な老年作家であった。

彼が勝俵蔵《かつひょうぞう》から、道外方《どうけがた》の舅の名を嗣いで鶴屋南北を称するのが、文化八年（一八一一）十一月、時すでに齢五十七歳であった。文化十四年（一八一七）の顔見世から、初めて座頭になった三十四歳の尾上菊五郎のために、公私ともにこれを助ける。当時、南北の評判は「当時作者南北一人との取沙汰也。此節世間にて、都座に過ぎたるものが二つあり、延寿太夫に鶴屋南北といふ唄あり」（『歌舞妓年代記』文政元年一月の条）とうたわれるに至っていた。

晩年の南北は、本所亀戸《かめいど》村（現江東区）植木屋清五郎の隣に住み、深川（現江東区）の黒船稲荷の地内で死んだ。門前仲町《もんぜんなかちょう》から南の黒船橋を渡って左へ曲り、正面の古石場櫓手前の左側路地にこの黒船稲荷がある。いまの牡丹町一丁目である。本作にみられる砂村十万坪の隠亡堀も三角屋敷も蛇山もみな、南北の居住地からほど遠からぬ地点で、彼の散歩道が、その舞台となったわけである。本作初演の翌年の評判記『役者珠玉尽』には、南北作『御国入曾我中村』について、

　頭取 二ばんめ権三の仕置場　わる口 はつ〳〵しく引廻しにはり付け、しかし南北が早桶はわすれてつかわなんだ　イサミ ヤイ〳〵だまれ。芸評に狂言筋まで一ッにわるくぬかす事が有ものか　頭取 さやう〳〵正月早々チトいなものと思ひの外の大当。近年まれなる大入にて、しかもなが〳〵うちつゞけ　見功者 狂言も仕打も大出来だが

という評がみえ、晩年の南北の作品の特徴がよくわかる。正月狂言に縁起でもない「仕置場」で刑場をみせ、引き廻しや磔の様をみせたというのである。しかも、南北の狂言というと、棺桶《かんおけ》が必ず出るということが、すでに一般の通念となっていたこともわかる。それで、この正月狂言にも、その上早桶が出るのを忘れていたのではないかと皮肉ったのである。初春狂言に、こんな縁起でもない趣向を仕組み、それでも大入りになったというあたりが南北の力量であった。また、江戸の世紀末的頽廃が著しく進んでいたことのあかしでもある。

　作者としての南北は、当時の劇壇を圧していた感がある。役者も、役を「兼ねる」などといった生やさしいものでなく、一人で七役も十役も変身しなくては役者とはいえぬといったようなかぶきの乱世時代にあたって、南北の奇才は、これを操ること神のごときものがあった。

　昔は立役実事荒事ばかりを仕り、和実は艶事《やつし》而已《のみ》を心懸け、実悪敵役は悪工《わるだく》ミを腹とし、女形は女形一通りを致したものでござりますが、サアそろ〳〵と元祖梅幸丈が舞台の性根といふ事をは

じめ、いろ〳〵狂言の穴を穿ち、夫レより小六玉が座にて七役といふ事を思ひ付き、実悪女形の三ツをあへませ鱠《なます》にしてしまい、次に段々忠臣蔵も気が短くなり、幕なしにして銘々七役づゝ受取、四人して廿八やくをするやうになり、先由良之助に本蔵となせに師直或は与市兵衛定九郎勘平との早がはり等《など》、一日苦労して敵を討ち、由良之助と敵を討たるゝ師直を一人する事ゆへ、いづれ一方の役はお留主にていんでしまい、狂言もおのづから薄情になる道理なりと、元祖黒谷の文七浄光法師も大きに此事を歎れましたとの事でござります。しかしそれは昔かたぎの取沙汰、只今にては皆役者衆が狂言を達者に致さるゝ故、七役と十役もせねば腹に入ず、又見物も夫《それ》程にせねば得心せず名人上手と誉もせぬやうに成ました。昔は只一道にて我やく前を立抜、一年中同役廻りばかりして名人上手と呼ばれ、見物が肝心致しました。今は右申まする通り、立役から実悪、敵役、親仁、道外、花車、若女形、娘方迄も八宗九宗を一人してせねば名人上手の名を取る事かたし、昔と今と抜群の相違なり

と、『役者註真庫』は、長々と当時の早替りの流行を嘆じている。その陰の中核が南北であったのである。

『役者註真庫』は、さらに、

近頃にては杜若丈のお染の七役に恂《びつく》りし、其外さま〴〵の早替りを見て、見物も眼を驚かし肝をけし、誰が早替は仕かけが妙じやの梅幸の早替りは種が知れぬのと、手妻か品玉を見るやうな気に成て、肝心の狂言仕打を見ずと、早替りばかりに気が入りしもおかしく、此役を勤る役者も只早替りの工夫ばかりして、お持まへの役はおるすになりしもお気の毒、都《すべ》てかやうな心得違ひも儘あること也。

と、かなり当時の「早替り」の傾向を批判している。南北の優れた手腕は、一方ではこうした傾向に火をつけながら、他方では、それを武器にして、それまでにみられなかった新しい作品世界を創り出した点にある。破壊がなくては創造もあり得なかった時代に、破壊と創造を同時にやってのけた南北の腕前は、『東海道四谷怪談』において絶頂に達したのであった。

付録

道具帳

「道具帳」は、今日の舞台装置図にあたる。掲載の舞台装置図は、底本のト書き、初演の絵本番付・錦絵・合巻の插絵などをもとに、現行の装置図をも勘案しつつ描いたものである。一方、古くは、狂言作者自ら本舞台三間の間のスケッチを大雑把に書いて、大道具方に指定していた。その時代の道具帳の面影を伝えるため、河竹繁俊博士旧蔵の「天保五年中穐」と銘記された横本の台本『いろは仮名四谷怪談』に載せられた道具帳を、校注者の転写したノートにより再現して併録した。やや小さく掲げたものが後者である。

役割番付

初演当時の役割番付（今日のパンフレット）を、早稲田大学演劇博物館蔵の一本により紹介した。役割番付は六頁（三丁）が定型で、そのうちの三頁を図版にし、「役人替名」以下を活字化した。上演に先だって配られる辻番付（ポスター）では、モデルと思しき実説の人物が役名に暗示されていたが、役割番付ではそれが朧化されている。参考のため、役名の改変部分に傍点を付した。なお、原本は下部が若干裁断されている。「口上」では欠落を□で示し、役人替名では人物の名を補って傍線を付した。

役者評判記の位付・評判

当時、毎年正月の二日に、「役者評判記」と呼ばれる芸評・劇評が出板されていた。ここでは、役者評判記『役者珠玉尽《やくしゃたまつくし》』（文政九年刊）から、位付と呼ばれる役者の格付けを抜粋し、あわせて、有力な役者に付された見立評語を添えた。また、『東海道四谷怪談』関係の記事をも併録することにした。（　）内に示したのは、同評判記の巻名・部立である。ただし、『役者珠玉尽』に記載のない役者が若干あるので、それは文政八年刊の『役者花見幕《やくしゃはなみまく》』で補い、行末に〈花〉を付した。また、両本に記載のない役者は省略した。なお、『役者珠玉尽』江戸の巻の評者は、二世楚満人こと為永春水である。

香盤

歌舞伎界で「香盤」と呼ばれるものは二種類ある。見物席の図面と役者の一覧表である。役者の一覧表には、楽屋の頭取部屋に置かれた出勤簿に当る板と、各場ごとにその出勤が一目でわかる配役一覧表とがある。ここでは後者を、初演の配役から新たに作製して掲げた。なお、これは明治以後に出来たもので、当時の「役割帳」にあたる。

伊原本の地獄宿

底本で大幅に省略された初日序幕の「地獄宿」の部分を、伊原本によって紹介する。なお、「お大」に扮した役者は松本虎蔵といい、鶴屋南北の作品に欠くことのできぬ脇役の一人である。

道具帳

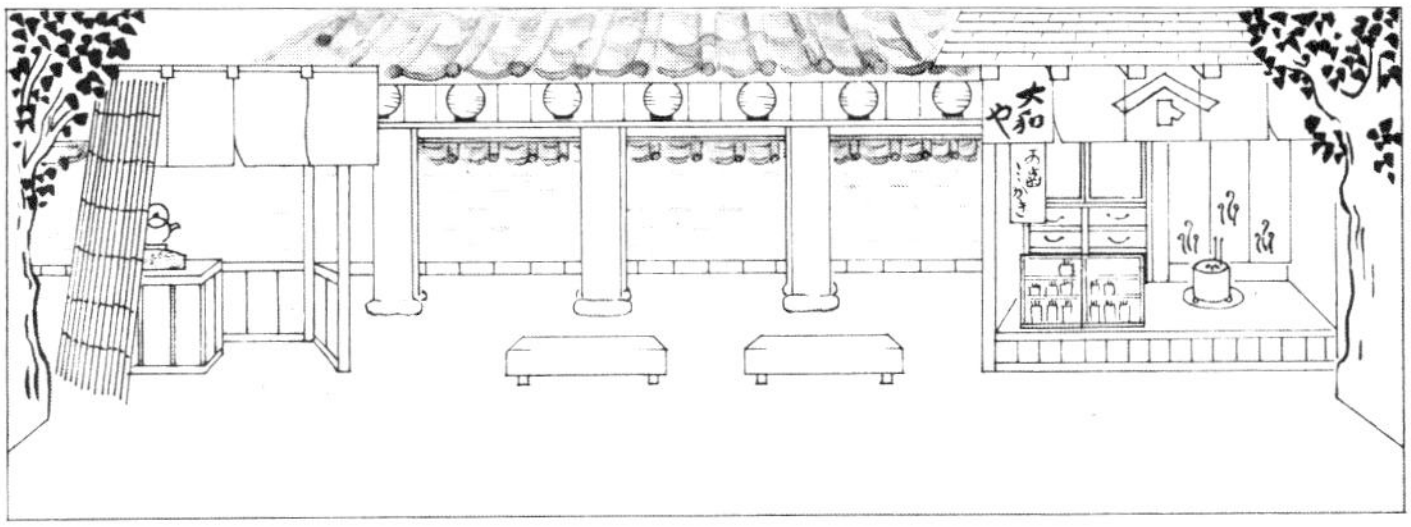

浅草境内の場

藪の内地獄宿の場

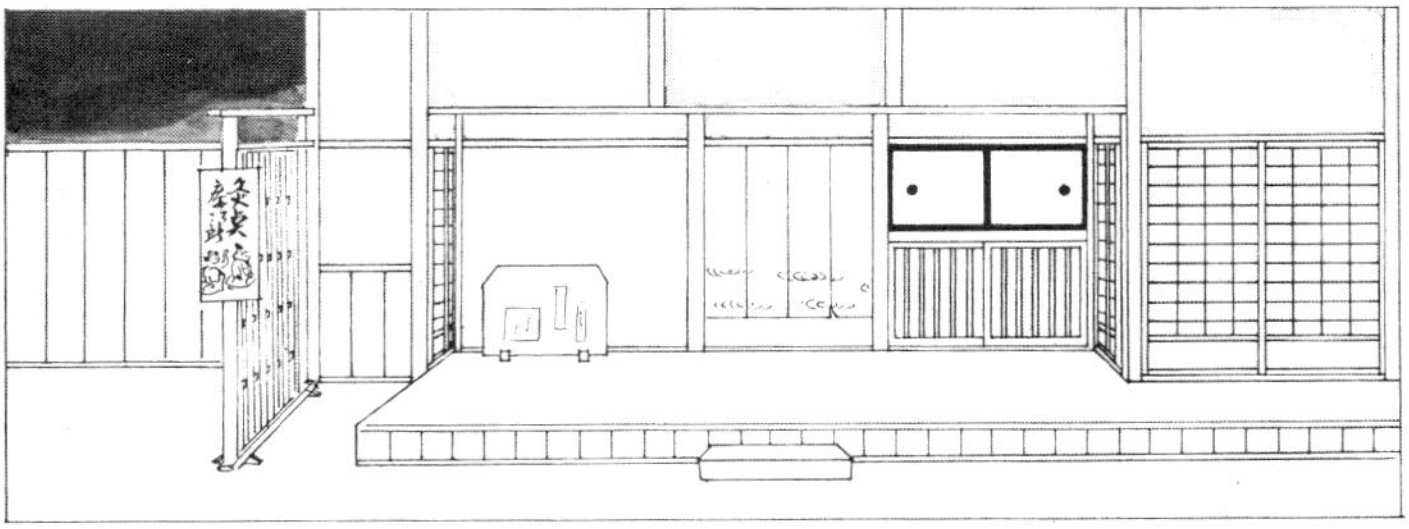

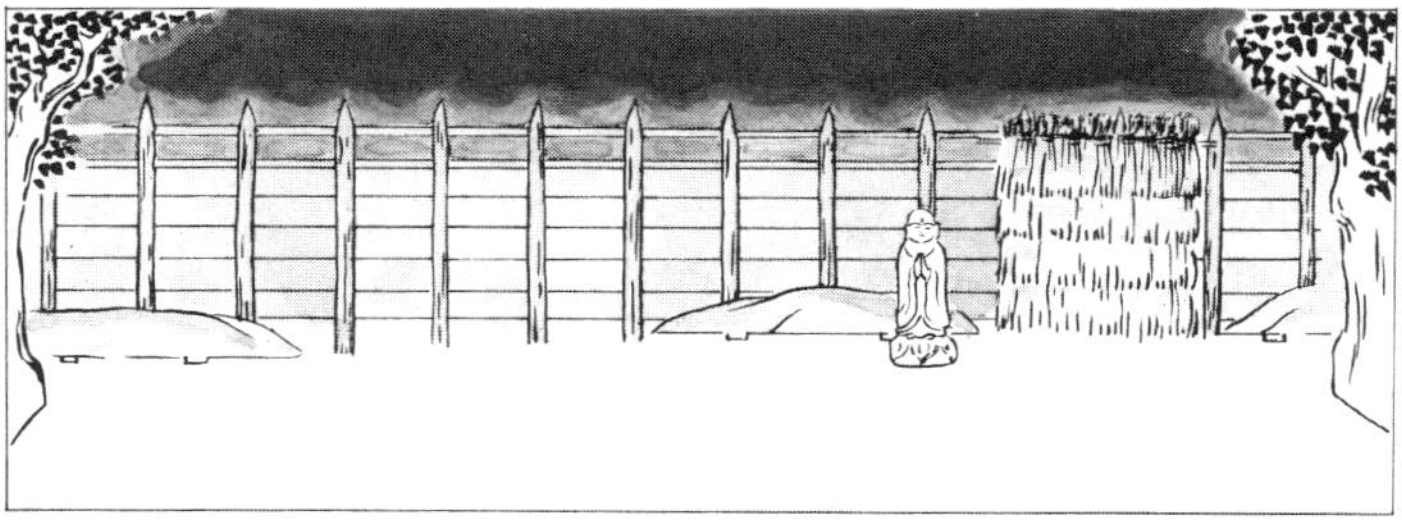

浅草裏田甫の場(一)

浅草裏田甫の場(二)

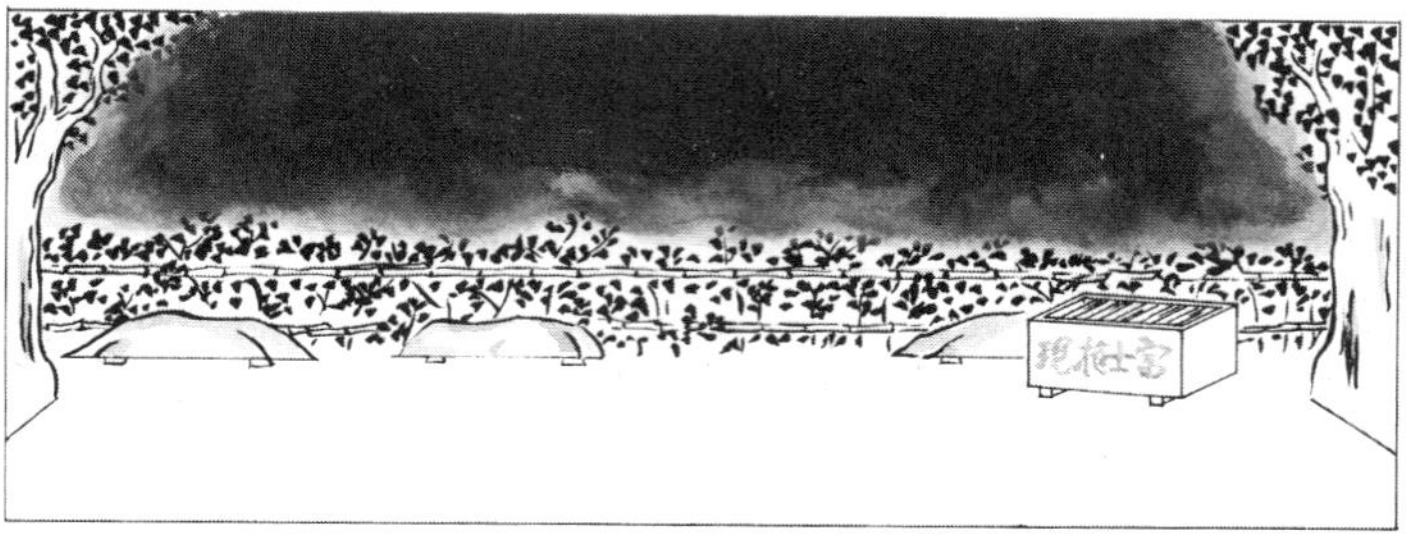

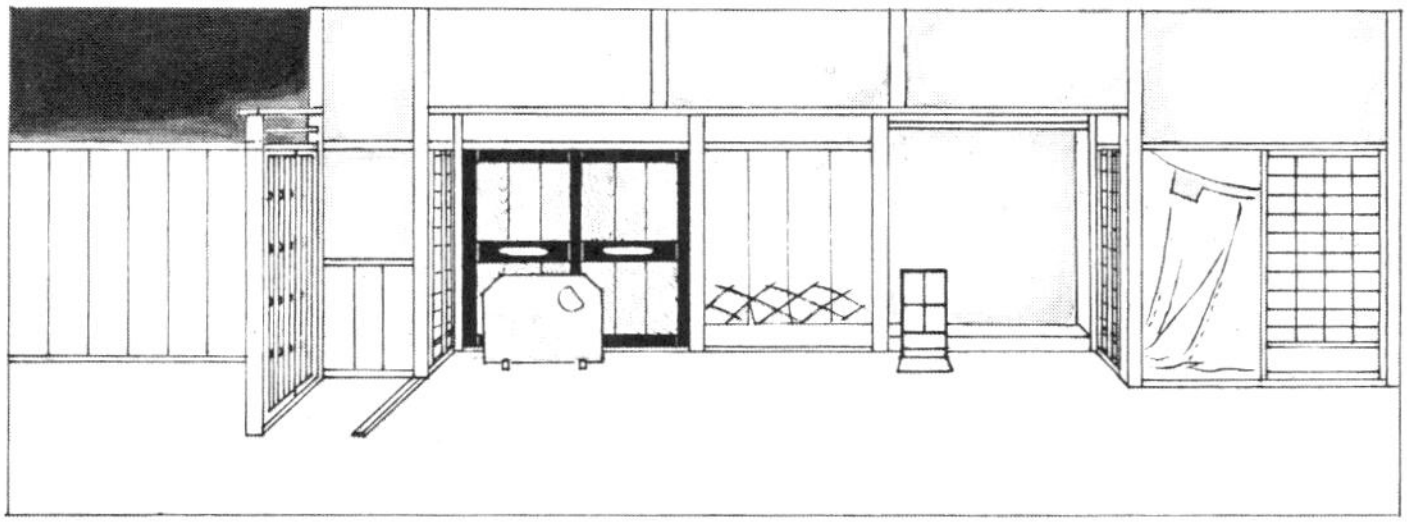

伊右衛門浪宅の場

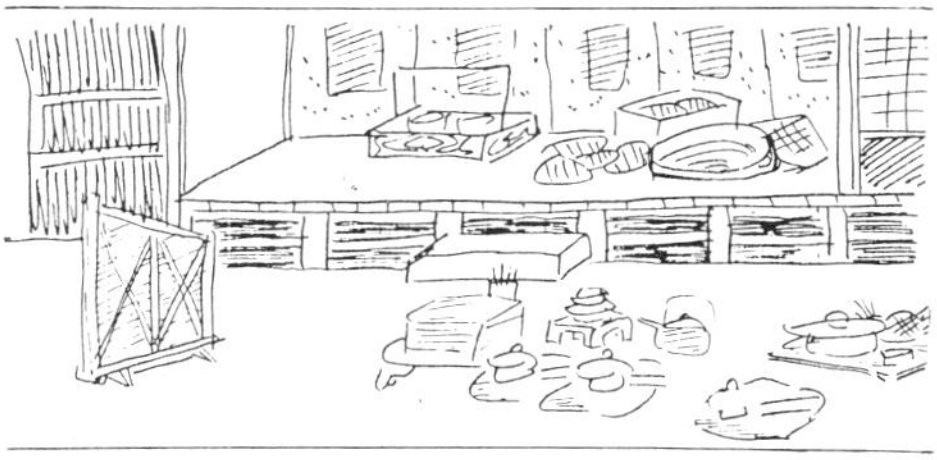

伊藤屋敷の場

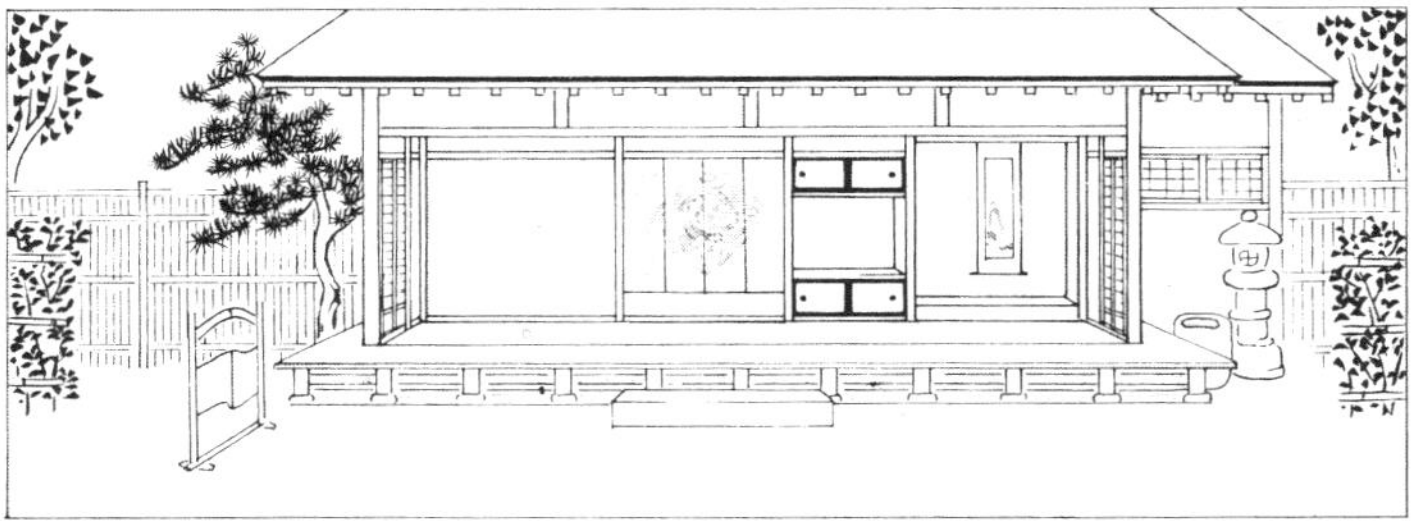

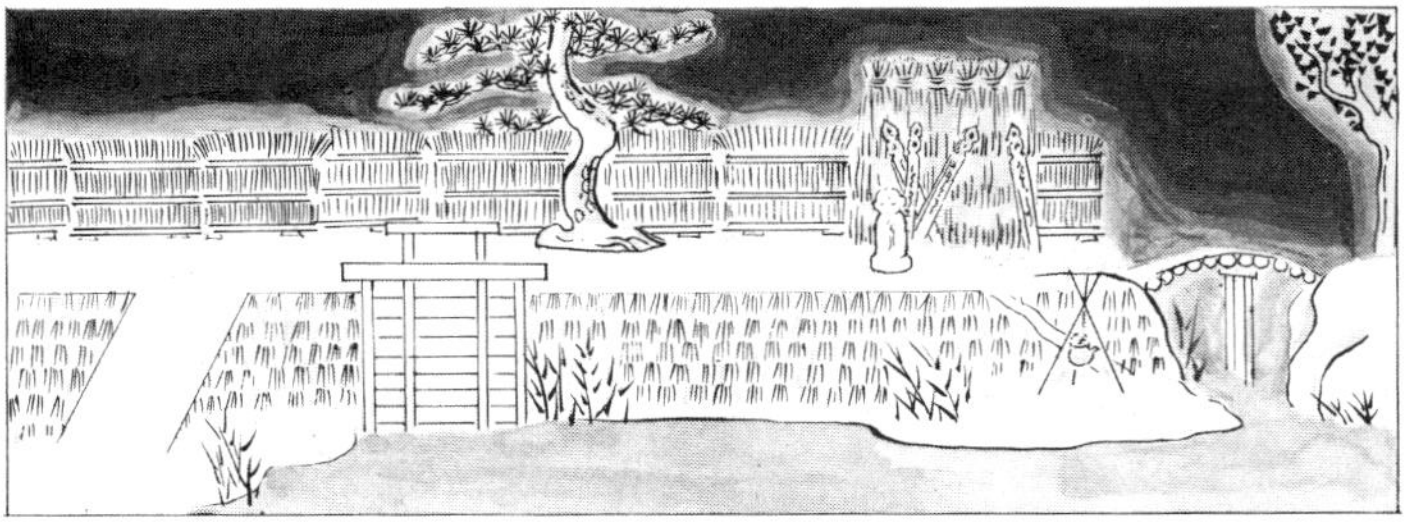

十万坪隠亡堀の場

深川三角屋敷の場

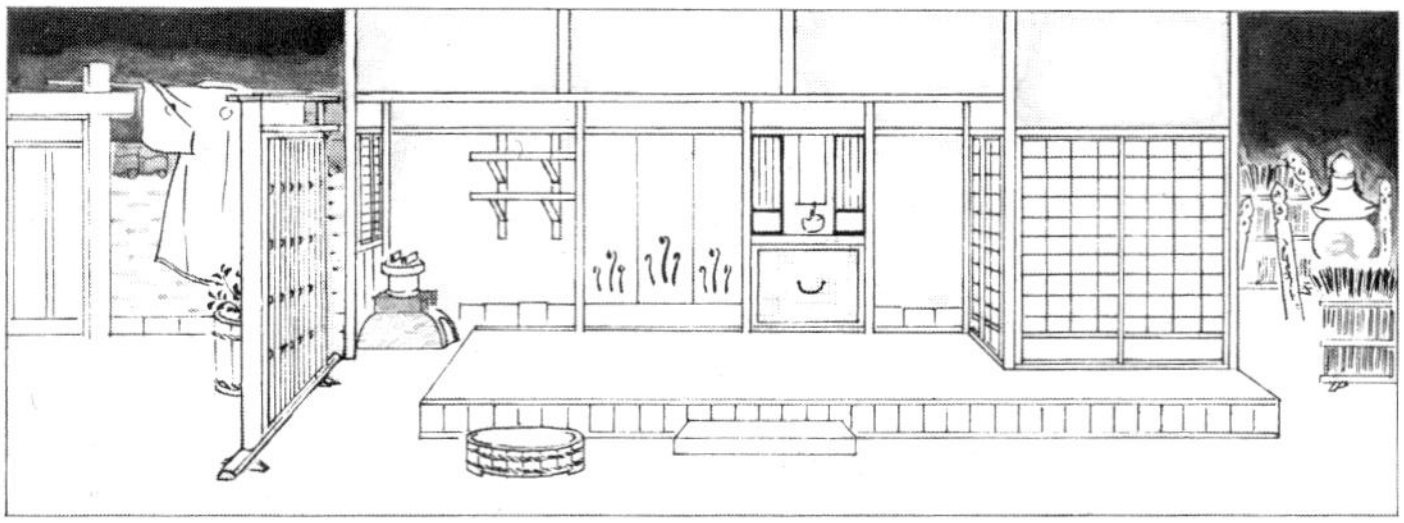

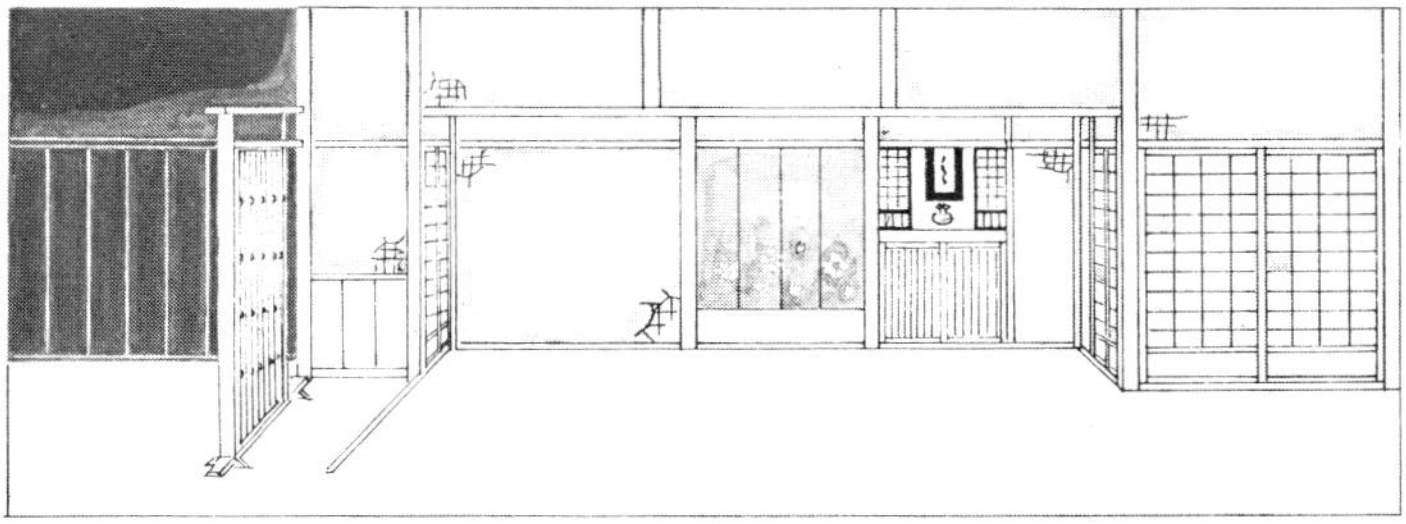

小塩田隠れ家の場

夢の場

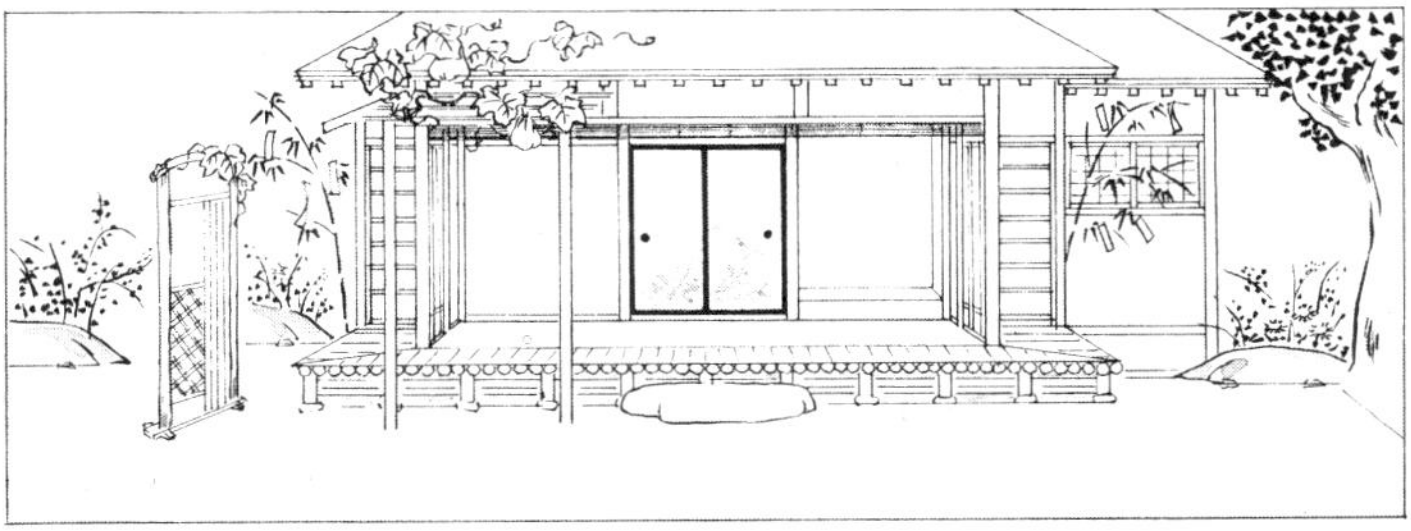

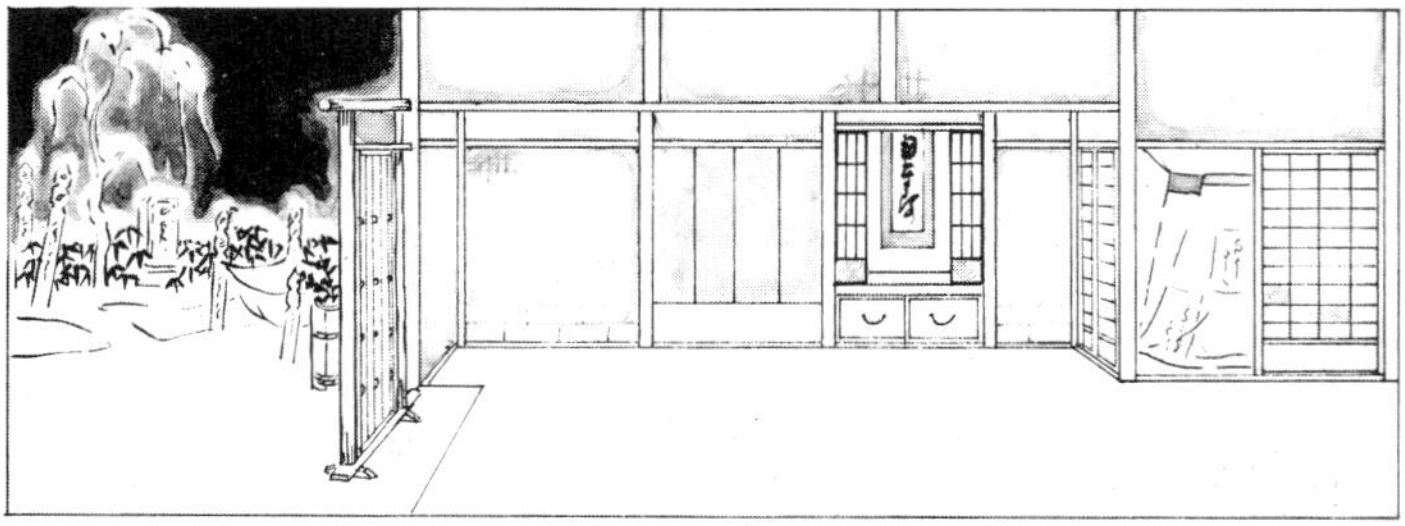

蛇山庵室の場

紋付け　表

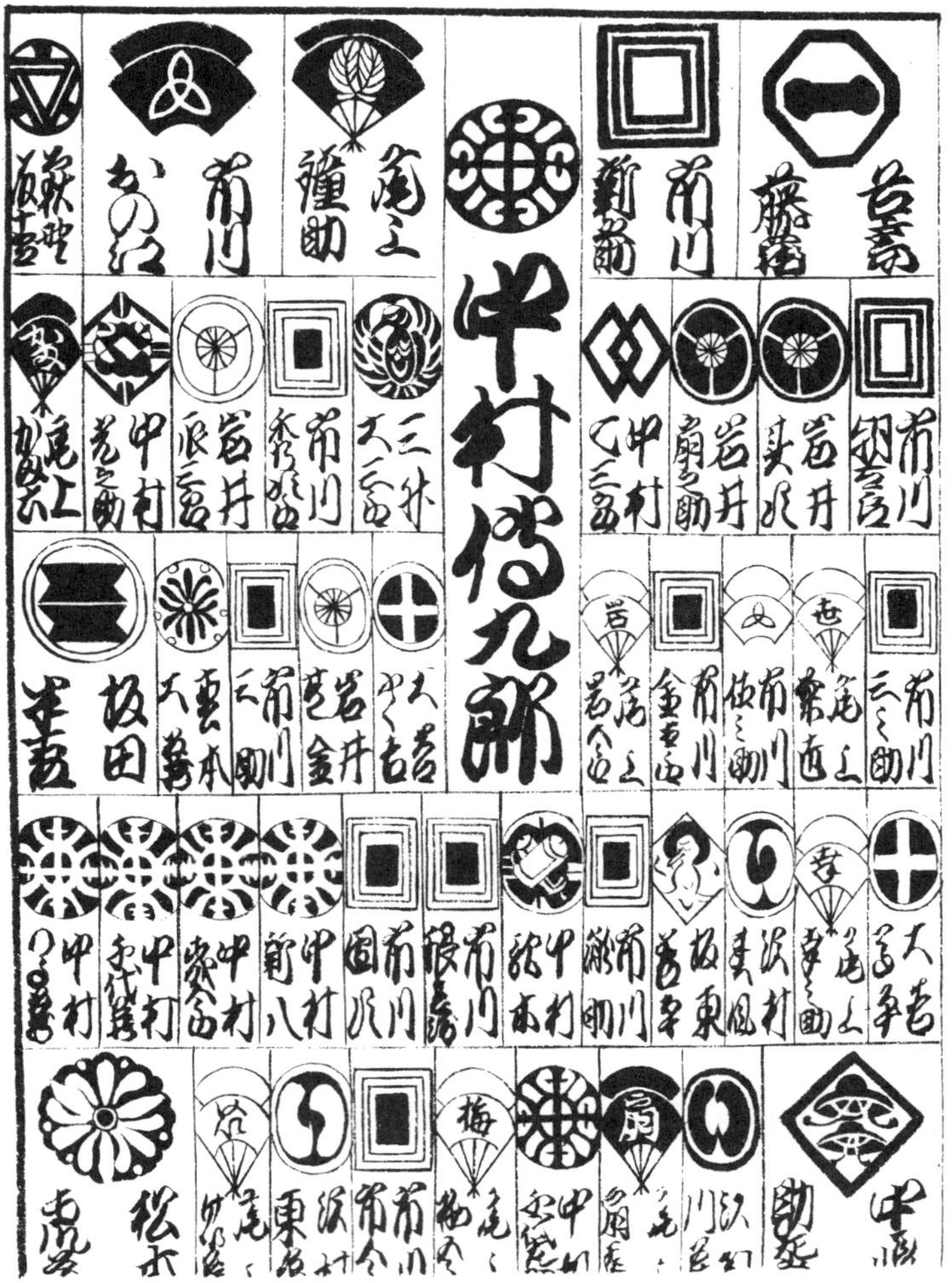

紋付け　裏

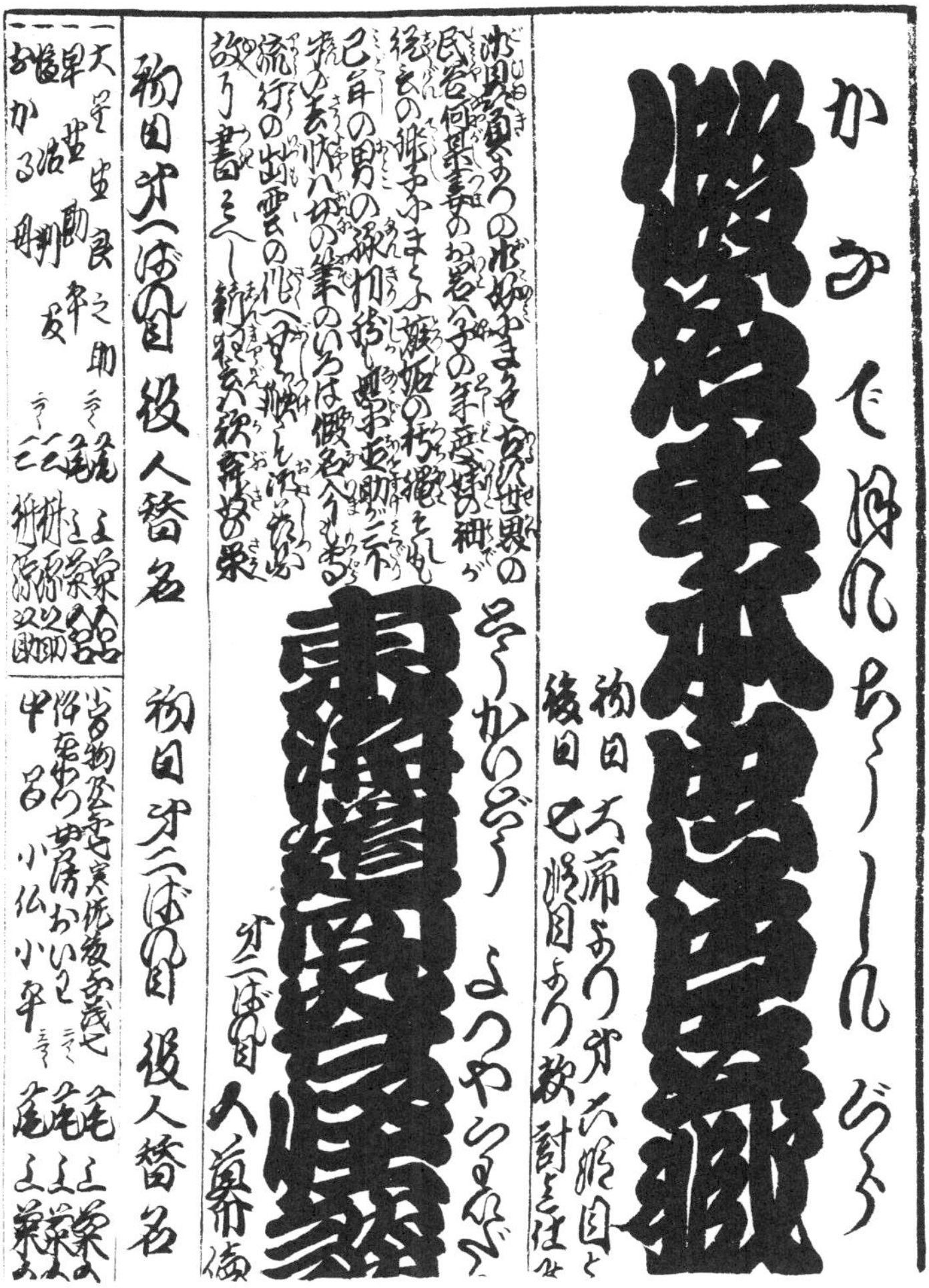

大名題

初日第一ばん目役人替名

一 大星由良之助　尾上菊五郎
一 早野勘平　二やく尾上菊五郎
一 塩冶判官　三枡源之助
一 おかる母　二やく三枡源之助
一 大星力弥　尾上松助
一 一もんじや女房おせい　吾妻藤蔵
一 ぜげん源七　市川宗三郎
一 鷺坂伴内　大谷門蔵
一 狸の角兵衛　坂東善次
一 山名次郎左衛門　松本染五郎
一 磯貝正太夫　鎌倉平九郎
一 間瀬久太夫　沢村川蔵
一 吉田辰右衛門　中村千代飛助
一 勝田兵左衛門　市川市五郎
一 塩多新左衛門　三枡勝蔵

初日第二ばん目役人替名

小間物屋与七
実ハ佐藤与茂七　尾上菊五郎
伊右衛門女房おいわ　二やく尾上菊五郎
中間小仏小平　三やく尾上菊五郎
一 奥田庄三郎　尾上松助
一 伊藤後家お弓　吾妻藤蔵
一 須藤工兵衛　市川宗三郎
一 あんま宅悦　大谷門蔵
一 萩山藤兵衛　坂東善次
一 関口官蔵　松本染五郎
一 薬売五文藤八　二やく松本染五郎
一 利倉屋茂助　沢村川蔵
一 中間伴助　中村千代飛助

一 松野十平次　市川団次
一 奥山孫七　尾上扇蔵
一 本蔵娘小なみ　市川三之助
一 こしもと松ケ枝　市川秀次郎
一 同　ふじなみ　岩井辰三郎
一 竹森喜多八　市川好蔵
一 種ケ島の六　岩井長四郎
一 富森助右衛門　松本錦吾
一 小寺十内　坂田半十郎
一 めつほう弥八　松本虎蔵
一 百性与市兵衛　松本小次郎
一 本蔵妹みなせ　市川おのゑ
一 不破数右衛門　尾上かに十郎
一 かほよ御ぜん　尾上菊次郎
一 斧九太夫　沢村しやばく
一 こしもとおかる　岩井粂三郎
一 高師直　松本幸四郎
一 斧定九郎　二やく松本幸四郎

一 地廻り猿寺の桃助　尾上梅五郎
一 同　砂利場の石　尾上けい蔵
一 通人文嘉　市川市五郎
一 かしわや彦兵衛　三枡勝蔵
一 非人ずぶ六　市川銀兵衛
一 同　うんてつ　市川子之助
一 同　泥太　市川団次
一 同　目太八　中村千代蔵
一 医者市谷尾扇　尾上扇蔵
一 伊藤娘お梅　岩井春次
一 宅悦女房おいろ　岩井長四郎
一 水茶屋女房おまさ　坂田半十郎
一 灸てん女おだい　松本虎蔵
一 乳母おまき　市川おのゑ
一 四ツ谷左門　尾上かに十郎

一　原郷右衛門　三やく松本幸四郎
一　加古川本蔵　四やく松本幸四郎
一　桃の井若狭之助　市川団十郎
一　千崎弥五郎　二やく市川団十郎
一　石堂右馬之丞　三やく市川団十郎
一　一もんじや才兵衛　若太夫中村伝九郎
一　足利直よし公　二やく中村伝九郎

一　仏孫兵衛　沢村しやばく
一　樽ひろい升太　市川高麗蔵
一　お岩妹おそで　岩井粂三郎
一　直助権兵衛　松本幸四郎
一　神谷仁右衛門　市川団十郎

乍憚以口上書ヲ奉申上候

一　御町中様益御機嫌能被遊御座恐悦至極ニ奉存候随而私芝居之義打続大入大繁昌□」大江都八百八町御贔屓御蔭故と惣座中いかばかり難有仕合ニ奉存候依之益狂言之義□」及相談ニ候所尾上菊五郎義兼々　天満宮信仰ニ而此度心願之旨有之候ニ付忰松助同□」筑紫太宰府江参詣仕度由暫御当地をも相はなれ候義故御暇乞之口上申上度□」相頼候ニ付打寄相談仕候所先年私座ニ而元祖尾上菊五郎太宰府江参詣之砌御名残□」忠臣蔵の操狂言由良之助となせの役相勤殊之外預御評判候先例も候得ハ右之役相□」口上申上候様申聞候所菊五郎申候ハ其義ハ銘人の衆中仕候大役ニ而中々不及義と辞退仕□」団十郎始粂三郎源之助幸四郎其外朋輩共端をも不厭餞別同前ニ相勤遣し可申□」深切ニ申呉候ニ付懸リ合之者共打寄相進メ漸々得心仕右役義

相勤候様ニ御座候右□」菊五郎兼而工夫仕置候四ツ谷お岩物語男女の怪談新狂言六幕御座候間右きや□」三幕ツヽ引分ヶ忠臣蔵大序より六段目迄を初日の一ばん目と仕第二ばん目世話物□」相添且又後日七段目より十一段目迄大切怪談三幕右一ばん目二ばん目二日かわり□」残狂言と仕惣座中不残罷出相勤奉入御覧ニ候尤大星之役ハ名人共仕置候大役ニ候得ハ□」菊五郎俤共被思召御ひゐき被成下初日後日共御賑々敷御見物ニ御出之程偏ニ／＼奉希上候以上

月　日

座元　中村勘三郎

後日第一ばん目役人替名

一　大星由良之助　尾上菊五郎
一　本蔵女房となせ　二やく尾上菊五郎
一　寺岡平右衛門　三枡源之助
一　大星力弥　尾上松助
一　仲居おなつ　吾妻藤蔵
一　吉田了竹　市川宗三郎
一　鷺坂伴内　大谷門蔵

後日第二ばん目役人替名

一　佐藤与茂七　尾上菊五郎
一　お岩死霊　二やく尾上菊五郎
一　小仏小平　三やく尾上菊五郎
一　小汐田又之丞　三升源之助
一　孫兵衛女房お熊　市川宗三郎
一　萩山藤兵衛　坂東善次
一　関口官蔵　松本染五郎

一 岡野佐次右衛門　坂東善次
一 一力ていしゆ専八　鎌倉平九郎
一 堀尾丹平　尾上梅五郎
一 わかひもの喜八　尾上けい蔵
一 下女りん　市川銀兵衛
一 倉橋善助　沢村東蔵
一 速水藤左衛門　中村森五郎
一 前原義助　中村千代蔵
一 若徒小文次　中村つる蔵
一 料理人五郎八　中村光之助
一 近松勘六　中島勘蔵
一 義平一子よし松　萩野藤十郎
一 小性三升紋弥　市川新之助
一 本蔵娘小なみ　市川三之助
一 仲居おてる　おのへ菊世
一 同　おなる　坂東熊次郎
一 同　おいわ　岩井春次
一 竹森喜多八　市川好蔵

一 小林平内　鎌倉平九郎
一 但馬屋手代庄七　鎌倉平九郎
一 下部伴助　中村千代飛助
一 植木屋甚太　尾上梅五郎
一 はみがき屋半六　市川銀兵衛
一 さかなや三吉　沢村東蔵
一 庵主浄念　おのへ扇蔵
一 小兵衛悴次郎吉　萩野藤十郎
一 民谷一子伊之吉　尾上鐘助
一 米屋長蔵　市川好蔵
一 新藤源四郎　大谷門蔵
一 小平女房おはな　尾上菊次郎
一 仏孫兵衛　沢村しやばく
一 お岩妹おそで　岩井粂三郎
一 直助権兵衛　松本幸四郎
一 神谷仁右衛門　市川団十郎
一 青垣伝蔵　若太夫中村伝九郎

一 たいこ持車立　松本錦吾
一 小寺十内　坂田半十郎
一 矢間十太郎　松本小次郎
一 仲居お市　市川おの江
一 不破数右衛門　尾上かに十郎
一 仲居おみち　尾上菊次郎
一 浦松三郎兵衛　沢村しやばく
一 斧九太夫　（二やく）沢村しやばく
一 大舘左馬之助　市川高麗蔵
一 勘平女房おかる　岩井粂三郎
一 由良之助女房お石　（二やく）岩井粂三郎
一 義平女房おその　（三やく）岩井粂三郎
一 高師直　松本幸四郎
一 加古川本蔵　（二やく）松本幸四郎
一 大わし文吾　市川団十郎
一 天川屋義平　（二やく）市川団十郎
一 でつち伊吾　（若太夫）中村伝九郎
一 足利尊氏公　（座元）中村勘三郎

狂言作者

松井幸三
待乳正吉
重扇助
中村喜市
松井由輔
中村重助
三升屋二三治
兼井長三
井筒弥助
篠田金治
勝井源八
鶴屋南北

浄瑠璃　竹本鐘太夫
竹本浜太夫

三弦　野澤大造
野澤吉作

千穐万歳大々叶

頭取　中村海丸
杵屋喜三郎

文政八年
乙酉七月廿六日ヨリ

若太夫　中村伝九郎

座元　中村勘三郎

役者評判記の位付・評判

至《ほうび》上上吉

尾上菊五郎（大坂の巻　惣巻頭客座）

いろ〳〵さま〴〵かはることはお家の品《しな》玉

＊二ばんめ佐藤与茂七お岩の死霊小仏小平中分なく怪談は松緑丈より弥増て身の毛もよだつ恐敷工夫当狂言は名残とて一番目二ばんめとも此人一人リの当り芝居ヒイキ梅幸がぬけたら跡は火のきへたよふだ

上上吉

三枡源之助（江戸の巻　立役之部）

うつくしくて女のほしがる東《あづまの》錦絵《にしきゑ》

＊小汐《ママ》田又兵衛《ママ》の役さしたる事なし

上上

尾上松助（大坂の巻　立役之部）

いづれも御姿はきれいな新玉《あらたま》

＊二ばんめ庄三郎中分なし

上上士

吾妻藤蔵（江戸の巻　若女形幷娘形之部）

あつさりとして色けの有隅田《すみだ》川の桜漬《づけ》

上上吉

市川宗三郎改

成田屋宗兵衛（江戸の巻　実悪幷敵役之部）

なんでもよく利《きく》田町の反《はん》ごん丹

＊二ばん伊藤喜兵衛大かたよろしく

上上吉

大谷門蔵（江戸の巻　実悪幷敵役之部）

ふうわりと味ひ紅屋のうすかは

＊二ばんめ宅悦伊右衛門が内の居候にていろ〳〵おかしみの骨折わる口あんまり永くてあき〳〵した頭取ヲツトそれは大違ひ梅幸丈の怪物を相手ニつなぐ舞台の達者外ニしてはござりませぬ

上上士

ぜんじ改

坂東彦左衛門（江戸の巻　半道敵之部）

手がるふて子供も嬉しがる雑司《ぞうし》が谷の風車

上上　松本染五郎（江戸の巻　実悪幷敵役之部）

上上　鎌倉平九郎（江戸の巻　実悪幷敵役之部）

上ト　沢村川蔵（江戸の巻　実悪幷敵役之部）

上上　中村千代飛助（江戸の巻　実悪幷敵役之部）

上上　尾上梅五郎（江戸の巻　実悪幷敵役之部）

上　尾上けい蔵（江戸の巻　実悪幷敵役之部）

上ト　市川市五郎（江戸の巻　立役之部）〈花〉

上　市川銀兵衛（江戸の巻　実悪幷敵役之部）

上　市川子之助（大坂の巻　立役之部）

上ト　市川団治（江戸の巻　実悪幷敵役之部）

上ト　中村千代蔵（江戸の巻　実悪幷敵役之部）

上　沢村東蔵（江戸の巻　実悪幷敵役之部）

上ト　尾上扇蔵（江戸の巻　実悪幷敵役之部）

上ト　岩井春次（江戸の巻　若女形幷娘形之部）〈花〉

上上士　好蔵改
市川宗三郎（江戸の巻　実悪幷敵役之部）
太刀打はきれいな向島の桜餅

上上　岩井長四郎（江戸の巻　実悪幷敵役之部）

上上　坂田半十郎（江戸の巻　実悪幷敵役之部）

上上士　市川おの江（江戸の巻　若女形幷娘形之部）
毎朝つかふ紅入はみがき

上上士　尾上蟹十郎（大坂の巻　実悪敵役之部）
お名前ばかりで分りかねる黒玉《くろ》

＊二ばん浪人四ツ谷左内《ママ》中分なし

上上士　尾上菊次郎（大坂の巻　若女形之部）
お師匠に付てわたつた玉藻《たまも》のまへ

上上吉　沢村しやばく（江戸の巻　実悪并敵役之部）
いつも賑《にぎ》はふ門跡前《もんぜきまへ》のあまざけ

上上吉　市川こま蔵（江戸の巻　若衆形并子役之部）
きれいで立派な十軒店のひな人形

上上吉　岩井粂三郎（江戸の巻　若女形并娘形之部）
ます〳〵はやる深《ふか》川の船ばし屋
＊二ばんめお岩妹お手のものとて大当り〳〵でんぼうおらァ気がわるくなつたからみかけて網打場へかけ出した

真上上吉　松本幸四郎（江戸の巻　惣巻軸）
八百八町でわるいと云ぬ八百善
＊直助権兵衛お手のものとて大当り〳〵

大上上吉　市川団十郎（江戸の巻　立役之部）
名物の親玉むかふ島《じま》の鯉《こひ》
＊二ばんめ四ツ谷怪談に神《ママ》谷伊右衛門の役誠に根つよき悪の立廻り三升連梅幸がお作のあたつたのは成田屋の色悪が手づよひからお岩のしつとに情がうつたのだ老人何をしても器用なお人伊右衛門の悪はからいやのうへに立くらいだ

上上吉　中村伝九郎（江戸の巻　立役之部）
名代もたへせぬ翁《おきな》せんべい

香盤

場割 ＼ 氏名	尾上菊五郎	三枡源之助	尾上松助	吾妻藤蔵	市川宗三郎	大谷門蔵	坂東善次	松本染五郎	鎌倉平九郎	沢村川蔵	中村千代飛助	尾上梅五郎	尾上けい蔵	市川市五郎	三枡勝蔵	沢村東蔵
浅草境内	与茂七		庄三郎		喜兵衛			藤八				桃助	石	文嘉	彦兵衛	
藪の内地獄宿	↓					宅悦		↓								
浅草裏田甫(一)	↓		↓				長兵衛				伴助					
浅草裏田甫(二)	お岩		↓													
伊右衛門浪宅	小平 ↓					↓	↓	官蔵		茂助	↓					
伊藤屋敷				お弓	↓		↓	↓			↓					
元の浪宅	↓ ↓				↓	↓	↓	↓			↓					
十万坪隠亡堀	↓ ↓ ↓			↓	お熊		↓									
深川三角屋敷	↓					↓			庄七							
小塩田隠れ家	↓	又之丞			↓				↓							
元の三角屋敷	↓															
夢の場	↓						↓									
蛇山庵室	↓ ↓				↓	源四郎	↓	↓	平内		↓	甚太		半六		三吉

↓は役の名を省略する記号

市川銀兵衛	づぶ六		↓										浪蔵
中村つる蔵	運哲		↓										
市川子の助	泥太		↓										
中村千代蔵	目太八		↓										
市川団次	願哲		↓										
萩野藤十郎										次郎吉			
音蔵			若い者										
尾上扇蔵	尾扇												浄念
岩井春次	お梅					↓	↓						
市川好蔵									長蔵	↓	↓		
岩井長四郎	お色	↓											
坂田半十郎	お政	↓											
市川おの江	お槇				↓	↓	↓	↓					
尾上蟹十郎	左門		↓	↓									
尾上菊次郎										お花			
沢村遮莫					孫兵衛			↓	↓	↓			
市川高麗蔵	升太												
岩井粂三郎	お袖	↓		↓					↓		↓		
松本幸四郎	直助	↓		↓				↓	↓		↓		
市川団十郎	伊右衛門		↓	↓	↓	↓	↓	↓				↓	↓
中村伝九郎										伝蔵			

伊原本の地獄宿

浅草境内の場

以下は本文二五頁に挿入しうる別演出

神楽になり、向ふより宅悦、按摩の形にて出て来り。すぐに舞台へ来て

宅悦　おかみさん、今日は御賑やかでございますナ

お政　オヤ宅悦さん、さつきからぬしが待つておいでだよ

文嘉　ときに按摩、おつりきなやつがあるなら、ちよつぴりいきてへの

彦兵　こちにもかつからな代物を一トきり頼みますぞや

お政　あるならおつれ申しなゝ

宅悦　よいのがございますとも、私のところは按摩と灸をすゑるが商売で、そのかた手わざに致しますから、おいでなされまして、年増がかこひたければ大をすゑる、中年増は中、娘は小をすゑる、またぐつと大年増は袋艾をばすゑてくれろとおつしやりますれば、そのつもりで呼びます

文嘉　なるほど、そいつは奇妙

ト手を打つ

直助　御用かね

文嘉　なにサ、内証の咄よ。どうぞおいらは大にせう

彦兵　こつちは小にしてほしい

宅悦　まづ見てからの御相談になされませ

トこれを聞き

桃助　コウ按摩どん、こんたのところでは地獄をするの

石　そんならおらつちも買ひにいくぜ

桃助　道理で又がそんな咄をしたつけ。ずるい坊主だぜ

宅悦　どう致しまして、私が宅でそのやうな事を。もつとも灸点の看板へ、女子が閻魔へ灸をすゑてゐる看板ゆゑ、そこで御客がたが、地獄へゆかう／＼とおつしやりまして、一ト月を十日づゝにしきりて、一分二朱ぐらゐ御出しなされしを、これを十日づゝ地獄と申しておいて、わりはおとくでございます。灸の方がお好きなら、熱い事は焦熱地獄、とりわけ大なぞはよう効きますて

文嘉　そんならちよつとすゑてもらはうか

彦兵　わしも腰の軽くなるように、焼いてこうか

文嘉　そんならかみさん、帰りに寄りやす

お政　お待ち申しまするよ

宅悦　サア御案内致しませう

トやはり右の鳴物にて、宅悦先に、文嘉・彦兵衛、みな立ち、下座へはいる。桃助、石囁き

桃助　なんでもあいつが内で敷をするにやア違へねへ

石　いつてごたついてやるべい

桃助　サア来や／＼

ト両人跡追うて、下座へはいる

藪の内地獄宿の場

以下は本文六〇～六七頁に相当する

本舞台三間の間、一重の世話家体。向ふ、反古張り付き襖。上の方に、破れ障子を立てたる一間の家体。よきところに小さき対立。二枚折りの交張りの屏風。いつものところに門口。閻魔の灸をすゑてゐる看板と、奉公人口入れと書きし看板を二枚並べてかけてある。こゝに、お大、鳥屋につきし、毛の抜けたる女、髪を島田に結い、白歯にて眉毛のなき拵へ。文嘉、彦兵衛、以前の形にて、宅悦、盆へ灸をほぐしてゐる。よきところに角行燈をつけ、誂へもの時花歌にて幕明く

文嘉　コウ〳〵、おらア素敵に大がいゝぜ

宅悦　ハイ〳〵、このくらゐのがよく効きます

文嘉　コレサ〳〵、ほんたうの灸をすゑられてたまるものか。かの年増の大の事だ

宅悦　それは承知でござります。マア〳〵、表向き人前が悪うござりますから、灸をほぐしてをります

彦兵　わしはまた、いつから年のゆかぬ小がよいぞや。いたつて小児がよい。ならう事ならかわらけナ

宅悦　エヽ、番太郎でうる灸でござりますか

お大　わたしが前でかわらけとは、ちとさしあひだネ

宅悦　コレサ、おめへは身拵へでもしねへかな

　トやはり歌になり、向ふよりお政、ぶら挑灯をともし、跡より直助、羽織着流しに着替へ、出て来り、花道にて

直助　コウ、おまへさん、いよ〳〵あの楊枝見世のお袖さんを買はしてくれるか

お政　初手はお袖といつたか知らねへが、いまではおもんさんといふよ、どうであゝいふことに出る日にやア、いやおうはないのさ

直助　そいつは奇妙

お政　コレサ、その奇妙が悪い。藤八があらはれるからお言ひでないよ

直助　それは承知だよ

お政　サア、お出で　◯

　ト舞台へ来り

　宅悦さん、お客を連れて来たが、いゝかネ

宅悦　アイ、そりやア有難うござります。サア、おはいりなされませ

　ト両人はいる

直助　ハイごめんなさい

宅悦　あなたのお望みは大か小かね

直助　なにサ、灸をすゑるのではござりやせん。かのおもんとやらを

宅悦　エヽ、障門をおすゑなさるのか

直助　なにサ、灸のことぢやアねへ

お政　コレサ、それは承知だがね。表向き灸のつもりにしておくのさ。そこで地獄の閻魔様が、灸をすゑてゐるのサ

直助　ハヽア、なるほど。◯　こいつは奇妙

お政　コレサ

　トおさへる

文嘉　今聞けば、おもんとやらは、さつきみた子ださうだが、おいらもそれを買いたへの

彦兵　さうぢやわいな。とても金出して買ふくらゐなら、よいのがよい。わしもそれにしませう〳〵

宅悦　さう大ぜい一人の子をめがけてはなりません。コリヤ、かう致しませう。あなたがたは大と小のお望み。あとからお出でなされたはおもんさんのお望み。恨みこいのないやうに、鬮とりが

ようござります

お政　さやうさ、両方の名を書いて、縁結びがようござります

文嘉彦兵　それがよい〳〵

直助　おらアほかの子ぢやアいやだ

宅悦　マア〳〵、運は天にまかせて

ト宅悦、縁結びの鬮をこしらへ、お政、これを結び、思ひ入れあつて

お政　サア〳〵みんな、しんをとつて開けて御覧じませ

文嘉　おれがのはなんだ。文賀にお大

宅悦　あなたのお望みのとほりだ

彦兵　わしは彦兵衛お小

直助　ドレ、そんならさしづめおれは、藤八おもん、奇妙

ト浮かれて言ふ

宅悦　サア、からあつらへたやうにきまることも、ないものだ

直助　藤八おもん、奇妙

ト無性にうれしがつて、鬮をつむりへゆはへる

お政　おまへはおもんさんの来るまで、あの障子の内に寝ころんでおいで

直助　さつきの小僧は酒を持つて来さうなものだ

お政　わたしがもういつぺん、行つて来ませう

直助　そんなら頼むよ

宅悦　そのついでに、かの

お政　承知だよ

トやはり歌になり、お政は向ふへ、直助は上手の障子家体へはいる

文嘉　サア、おいらたちのはどうするのだ

宅悦　おまへはとしまだネ

彦兵　わしは若いのぢやぞや

宅悦　かしこまりました。マア、ちつと横におなりなされませ

ト宅悦、小さき対立を真中におき、三布布団を二つ敷き、上の方へ二枚屏風を立て、その後ろへ行燈を薄暗くしておき、文嘉、彦兵衛、この布団の上に寝ころびゐる。宅悦、お大をまねき、囁き、宅悦、奥へはいる。お大、うなづき、そばにある硯箱を引き寄せ、懐中鏡を出して、眉毛を引くこなしあつて、彦兵衛のそばへ寄り

お大　モシ、お休みなされましたかへ

彦兵　おやまさん、お出でをまつていたのぢや

お大　わたしやおやまさんと言ふ名ぢやござりません

彦兵　ハ、ア、なるほどさうぢや。○

トお大の顔を見て

イヤア、おやまどころぢやない、こりや惣嫁ぢや

お大　なんだへおまへ。おやまだの惣嫁だのと、日光道中記を見たやうなことをお言ひだネ

彦兵　年はいくつぢや

お大　アイ、とつて十

彦兵　にはとりの化物ぢやア、木兎よりはやるであらう。しかしなんぼ若いものがよいというて、あんまり若すぎるな

お大　よしか、ほんたうの年は

彦兵　六十八か

お大　オヤ〳〵かはいさうに、たつた十六

彦兵　さかさまにすれば六十ぢやア

お大　エヽ、口の悪い

ト引き寄せて、抱きつく

彦兵　南無阿弥陀仏

ト両人よろしく寝る。合方になり、向ふよりお袖、以前の形にて草履をはき、爪だつてぬけ足にて出て来り、門口へ来て

お袖　御免なされませ。今晩は

ト小声にて言ふ。奥より宅悦出て来り

宅悦　オイ〳〵御苦労〳〵。今夜はだいぶ遅かつたの

お袖　ハイ、内の様子がちつと出にくうござりましたゆゑ

宅悦　サア〳〵あそこの障子の内へ

お袖　ハイ、有難うござります

ト お袖、上の方の障子の内へはいる

文嘉　コウ〳〵、おいらの年増はどうしたのだ

宅悦　ハイ〳〵たゞ今。◯　コウ〳〵お大さん〳〵。もう来さうなものだの

ト思ひ入れ。お大、おきて来り、紙にて眉毛をふく。宅悦、お大にまた囁き、奥へはいる。お大、文嘉のそばへ来り

お大　ヤットコしよ。◯

トすわり

おやすみかへ

文嘉　豪気にまたしたの

お大　アイ、年が寄ると歩くに大儀だからね。やう〳〵杖にすがつて

文嘉　エヽ、◯　コウ、おまへいくつだ

お大　わたしやア、としよわの七十九サ

文嘉　べらぼうな年増だの。年よわでなくつてものことだ。あんまり年増すぎるなう

お大　なに、それでも二人や三人くらゐの客は、なんとも思やアしません。おまへ大年増がいゝと言ふから、わたしが来ました。いゝくらゐの年増は、もうめつたにござりません。頭は黒いやうに見えても、残らず白髪サ。こればかりはほんのことでござります。皆さんのよう御存知でござります

文嘉　オヽ、ていねいに年の寄つた人だな

お大　サア、ちつとおやすみナ

文嘉　なんたる因果だらう

トお大、いやがる文嘉を無理に寝かす。合方、ばた〳〵になり、お袖、障子家体より逃げて出て来る。直助、跡追ひかけ出て来り

直助　どうして〳〵、逃がすものか

お袖　それぢやと言うて、どうマアそなたと顔を

直助　合はされぬも尤もだが、お袖さん、アノおめへは孝行なものだなう

お袖　エヽ

直助　マア下にいな。おれが言ふことをとつくりと聞きなせへ　◯

ト合方になり

おまへの親御もわしが主人も、不慮なお家の騒動にて今の流浪。親の貧苦を貢ぎのため浅ましいこのすぎはひ。外の人はともかくも、わしはそれを推量してゐるゆゑ、せめてちつとも手助けに、なつてしんぜようと　◯　コウ、いつまでもわしが無理に口説くゆゑ、おまへは得心もあるめへが、わしが言ふ事さへ聞いてくれゝば、こんな商売はさせねへ。親御をも過し、おめへにも楽をさせるが、それともおまへが好きこのんで、さういふ勤めをしなさるのかへ

お袖　なんのマア、苦しいこの身の世渡りも、いま言はしやんすとほり親の為

直助　親を思ふ心なら、わしが言ふ事を聞くがよいではないか。またこの事が親御へ知れてみなせへ、昔片気の左門様、貧乏してもけがらはしい、武士の名までよごすといひ、様子によればお主の名まで

お袖　エヽ

直助　サア、三方四方まん丸く、わたしが言葉につく方がよからうぜ

お袖　サアその深切はかたじけないが、どう

も肌身をけがすことは
直助　ならねへもの、がなぜまたこんな
お袖　勤めといふは身過ぎばかり、床の内で
は訳言ふて、頼めば人に鬼もなく
直助　その代りにやアうめへこともねへとい
ふものだ。ハテたゞ惚れて口説くと思
ふから了簡が違ふハ、サほんの以前の
深切づく、マアこの金で親御も　○
ト懐より金を出して
袷でも買つて着せるがいゝぢやアねへ
か
お袖　そんなら以前のそのよしみ、だいまい
のその金を
直助　浪人ならばたいまいだが、いま十や二
十やの金、商人の身ではなんでもない
のサ
お袖　その深切な心なら、ちつとのあひだそ
の金を
直助　貸すといふのは他人のことだ。ハテい
くらでも
お袖　嬉しうござんす
ト金を取りさうにする
直助　たゞ嬉しうござんすとばかりにてはち
つとまづいな
お袖　それぢやといふて
直助　床の内はともかくも、一緒に寝るくら
ゐは
お袖　エヽ
トこの時、奥より宅悦出て
宅悦　おもんさん、なにしにこゝへ出てゐる
のだ。サア／＼お客のところへ行き
な／＼
お袖　ハイ／＼
直助　いまちつと涼みに出たのだ。サア行つ
て寝よう
お袖　どうもそればかりは
宅悦　そんなことを言つてすむものか
直助　いゝわな、マア来なせへ
ト直助、お袖をつれ、上手の障子
へはいる。
彦兵衛、目をさまし
彦兵　わしが街妻めがをらぬわい／＼
宅悦　さうでござりますか。お小さん／＼
トこれにて文嘉の床より、お大出
て、また急に眉毛を引く
お大　いま手水にいつたのでござりまする
彦兵　ながい手水な
お大　子供だから下湯をつかつて来たのサ
ト文嘉、目をさまし
文嘉　コウ／＼お大さん、どこへいつた／＼
宅悦　ハイ／＼、いま参りまする
トお大、うろたへ、眉毛をふき、
文嘉のそばへ来り
お大　ハイ、いま手水にいつたのだわね
文嘉　おまへ、小水ぢかいの
お大　どうも年が寄るとなりは申せんよ
彦兵　お小さん／＼
宅悦　ハイ／＼、いま参りまする
ト気をもむ。お大、手早くかた
／＼の眉毛をひく。真中の対立よ
り半身出し
お大　いま手水に行きましたよ
彦兵　また小水か
お大　年が寄つて、手水ぢかいのさ
文嘉　これ／＼、お大さん／＼
お大　アイ／＼。○
トまた眉毛のない方を半身出して
いま下湯をつかひに
文嘉　ばゝアのくせに下湯か
彦兵　お小さん／＼
お大　アイサ。○
ト半身出して
彦兵　また手水か
お大　てうづかのばアさんだ、ばアさん
だ／＼
文嘉　お大さん、下湯かの
お大　ア、下湯むすめサ
文嘉　下湯むすめに聟二人

彦兵　こつちへ来なはい
文嘉　こつちへ寄らつし
　　トお大を両方にて引つぱる。この時、対立倒れる。文嘉、彦兵衛、お大、顔見合はせ
文嘉　イヤサ、眉毛が半分
彦兵　あたまが島田
宅悦　つらは猿に似て、なく声豚に似たりけり。丹波の国から生けどつた、代はおもどり〳〵
文嘉　おきやアがれ、とんだものを一座廻し
彦兵　新造のお小さんもすさまじいわいの
文嘉　鳥屋で毛の抜けたものを、お大さんも気がつよい
お大　なぜお大さんだといつて、安くおしでない。この三月開帳があつたよ
彦兵　お小さんはどうしたのぢや
お大　だいぶ損をしたとサ
文嘉　エヽ、悪く洒落れやアがる
　　ト突き倒す
両人　サア〳〵帰らう〳〵
宅悦　帰るなら、勤めを置いてゆかつしやい〳〵
文嘉　なに勤め、おしのつよい。こんなものに二百でもおくものか
彦兵　あつかましいもほどがあるわいナ。そつちから銭を取つてもいやぢや
お大　いやぢやも恐ろしい。二人ながら二度づゝ
宅悦　ヤア、そんなら二度ぶり勤めを置かつしやい
文嘉　真平御免なさい
お大　そんならおまへがたは、食ひ逃げだね
文嘉彦兵　エヽ、やかましいわへ
　　トつきたをす
宅悦　勤めがなければ、帰すことはならぬぞ〳〵
　　トあらそふ。時花歌になり、向ふよりお色先に、与茂七出て来り、あとより升太、五合徳利をさげ、出て来り
お色　大三つの升太、どこへもつて行くのだ
升太　おまへのところだ
お色　誰がさう言つた
升太　額堂のかみさんがさう言つたから、もつて来やした
お色　どれ〳〵、おれに渡した
升太　イエ〳〵、誂へた人に渡しやせう
お色　いゝわな、銭さへ払つたらよからう
升太　なに、銭は前銭に取りやした。それでなけりやア、おめへのところへもつて来やアしねへ。顔がわるいものを
お色　エヽ、この小僧は外聞のわるい。お客の聞いてゐる前で
升太　人の聞いてゐる前でさへ払はねへもの、誰もゐねへ時はなほ払はねへはずだ
与茂　こいつは違へねへ〳〵。マア〳〵内までもつてゆくがいゝ
　　トこれにて三人、舞台へ来る
升太　代がすんであるから、置いてゆきやせう
　　ト酒をかたわきへ置く
お大　サア〳〵、勤めをおくれ〳〵
文嘉彦兵　いやだ〳〵
宅悦　はなすな〳〵
　　ト文嘉、彦兵衛、お大を突き倒し、いつさんにかけて出る
お大　小僧どん、つらまへてくんな〳〵
升太　オイ合点だ〳〵。◯
　　ト升太、両人を捕へ
　こいつらは泥棒か〳〵
お大　イヤ〳〵、その人達は食ひ逃げだよ〳〵
升太　ハヽアとんだやつらだ。サア金を出しやアがれ
両人　テモあんまりのつらのやつに、だれが金を出すものか

升太　あんなつらでも、初手から承知で寝たであらう。食ひ逃げをしたそのむくい、うぬら二人は畜生道。これから山へ来るが最後、子供を集めてはやさせるぞ
文嘉　イヤ、それは恐れる。山でそれをはやされては
彦兵　これがほんのつるぎの山
升太　針の山をば棒ほどに、ふれてあるくぞ
文嘉　そんなら出します〳〵
　ト二人、二朱づゝ出す。升太、これを取り
升太　これさへとりやア、ゆるしてやるハ
両人　なんのことはねへ、三途の川ではがれたやうだ
升太　よまひごとをぬかさずとも、手に手をとつて死出の山、つん〳〵つれだち、うしやアがれ
両人　イヨ、高麗屋の若旦那
　ト両人、はふ〳〵向ふへはいる
お大　小僧どん、おかたじけ。サア、その金をおくれ
升太　この金は、やりはやらうが。○　アレ〳〵
お大　なんだへ
　ト振り返る
升太　べらぼうあまヤアイ〳〵
　トいつさんに逃げてはいる
お大　あの小僧め。泥棒〳〵
　トおなじくいつさんにはいる
お色　なんだかいけさう〴〵しい
宅悦　さう〴〵しいどころか、食ひ逃げにあつた
お色　オイ〳〵、閻魔の灸点へ来て食ひ逃げとは、恐ろしい亡者だ。しかし、そのうめくさに、いゝお客をお連れ申した。○　モシ、こつちへおはいりなされませ
与茂　ハイ、ごめんなされませ
　ト与茂七、内へはいる

新潮日本古典集成〈新装版〉

東《とう》海《かい》道《どう》四《よつ》谷《や》怪《かい》談《だん》

令和元年十二月二十日　発行

校注者　郡《ぐん》司《じ》正《まさ》勝《かつ》

発行者　佐藤隆信

発行所　株式会社　新潮社

〒一六二―八七一一　東京都新宿区矢来町七一

電話　〇三―三二六六―五四一一（編集部）

〇三―三二六六―五一一一（読者係）

https://www.shinchosha.co.jp

印刷所　大日本印刷株式会社

製本所　加藤製本株式会社

装画　佐多芳郎／装幀　新潮社装幀室

組版　株式会社DNPメディア・アート

ISBN978-4-10-620881-2　C0393

新潮日本古典集成

古事記　西宮一民
萬葉集　一～五　青木生子　井手至　伊藤博　清水克彦　橋本四郎
日本霊異記　小泉道
竹取物語　野口元大
伊勢物語　渡辺実
古今和歌集　奥村恆哉
土佐日記　貫之集　木村正中
蜻蛉日記　犬養廉
落窪物語　稲賀敬二
枕草子　上・下　萩谷朴
和泉式部日記　和泉式部集　野村精一
紫式部日記　紫式部集　山本利達
源氏物語　一～八　石田穣二　清水好子
和漢朗詠集　大曽根章介　堀内秀晃
更級日記　秋山虔
狭衣物語　上・下　鈴木一雄
堤中納言物語　塚原鉄雄
大鏡　石川徹
今昔物語集　本朝世俗部　一～四　阪倉篤義　本田義憲　川端善明
梁塵秘抄　榎克朗
山家集　後藤重郎
無名草子　桑原博史
宇治拾遺物語　大島建彦
新古今和歌集　上・下　久保田淳
方丈記　発心集　三木紀人
平家物語　上・中・下　水原一
金槐和歌集　樋口芳麻呂
建礼門院右京大夫集　糸賀きみ江
古今著聞集　上・下　西尾光一　小林保治
歎異抄　三帖和讃　伊藤博之
とはずがたり　福田秀一
徒然草　木藤才蔵
太平記　一～五　山下宏明
謡曲集　上・中・下　伊藤正義
世阿弥芸術論集　田中裕
連歌集　島津忠夫
竹馬狂吟集　新撰犬筑波集　木村三四吾　井口壽
閑吟集　宗安小歌集　北川忠彦
御伽草子集　松本隆信
説経集　室木弥太郎
好色一代男　松田修
好色一代女　村田穆
日本永代蔵　村田穆
世間胸算用　金井寅之助　松原秀江
芭蕉句集　今栄蔵
芭蕉文集　富山奏
近松門左衛門集　信多純一
浄瑠璃集　土田衞
雨月物語　癇癖談　浅野三平
春雨物語　書初機嫌海　美山靖
與謝蕪村集　清水孝之
本居宣長集　日野龍夫
誹風柳多留　宮田正信
浮世床　四十八癖　本田康雄
東海道四谷怪談　郡司正勝
三人吉三廓初買　今尾哲也